The Revolution of Moral Consciousness
Nietzsche in Russian Literature, 1890-1914

The Revolution of Moral Consciousness: Nietzsche in Russian Literature, 1890-1914
by Edith W. Clowes
The original English edition is an NIU Press book published by Cornell University Press.

Copyright © 1988 by Northern Illinois University Press
Korean translation rights © 2022 Greenbee Publishing Co.
This edition is a translated edition authorized by Cornell University Press
with arrangements made through Shinwon Agency Co., Republic of Korea.

러시아 문학,
니체를 읽다

도덕의식의 혁명에 관하어

이디스 클라우스 지음 • 천호강 옮김

그린비

♦

나의 어머니, 아버지
그리고 크레이그에게 바칩니다.

♦

차례

약어 풀이

본문 내 니체 작품 인용은 다음의 약어에 따라 표시했다.

B   *The Birth of Tragedy*[비극의 탄생], trans. W. Kaufmann, New York: Vintage, 1967.

GS   *The Gay Science*[즐거운 학문], trans. W. Kaufmann, New York: Vintage, 1974.

Z   *Thus Spoke Zarathustra*[차라투스트라는 이렇게 말했다], trans. R. J. Hollingdale, Harmondsworth: Penguin, 1975.

BGE   *Beyond Good and Evil*[선악의 저편], trans. W. Kaufmann, New York: Vintage, 1966.

GM   *On the Genealogy of Morals*[도덕의 계보], trans. W. Kaufmann, New York: Vintage, 1969.

TI   *Twilight of the Idols*[우상의 황혼], trans. R. J. Hollingdale, Harmondsworth: Penguin, 1975.

A   *The Anti-Christ*[안티크리스트], trans. R. J. Hollingdale, Harmondsworth: Penguin, 1975.

EH   *Ecce Homo*[이 사람을 보라], trans. W. Kaufmann, New York: Vintage, 1969.

WP   *The Will to Power*[권력에의 의지], trans. W. Kaufmann and R. J. Hollingdale, New York: Vintage, 1974.

러시아 작가들의 주요 저작은 다음의 약어에 따라 표시했으며, 약어는 검토된 작품의 순서에 따라 정리했다.

NKM   Nikolai K. Mikhailovskii, *Literaturnye vospominaniia i sovremennaia smuta*[문학적 회상과 현대의 혼란], St. Petersburg: 1900, II.

VP   Vasilii P. Preobrazhenskii, "Kritika morali al'truizma"[이타주의 도덕 비판], *Voprosy filosofii i psikhologii*[철학과 심리학의 문제들] 15, 1892, pp.115~160.

P   Petr D. Boborykin, *Pereval*[고갯길], in *Sobranit romanov, povestei i rasskazov v 12-i tomakh*[장편·중편·단편소설 선집 전12권], vol.7, St. Petersburg: 1897.

N   _____, *Nakip'*[찌끼], St. Petersburg, 1900.

Zh   _____, "Zhestokie"[잔혹한 사람들], *Russkai mysl'*[러시아의 사유], 1901. 잡지의 호수 뒤에 쪽수를 표시함.

SP   Leonid N. Andreev, "Rasskaz a Sergee Petroviche"[세르게이 페트로비치에 관한 이야기], *Sobranie sochinenii v 8-i tomakh*[선집 전8권], vol.2, St. Petersburg: 1908.

D   Aleksandr Kuprin, "Poedinok"[결투], *Sochineniia v 2-kh tomakh*[선집 전 2권], Moscow: Khudozhestvennaia literature, 1981, pp.68~219. 다음의 책에서 인용: *The Duel*, trans. A. R. MacAndrew, New York: Signet, 1961.

KB   V. Ropshin, *Kon' blednyi*[창백한 말], Nice: M. A. Tumanov, 1912.

VS   Mikhail Artsybashev, *Sanin*[사닌], Letchworth: Bradda, 1972.

L   Anatolii Kamenskii, *Liudi*[사람들], St. Petersburg, 1910.

KS   Anastasia Verbitskaia, *Kliuchi schast'ia*[행복의 열쇠], Moscow: Kushnerev, 1910~1913.

LTD   Dmitrii S. Merezhkovskii, "L. Tolstoi i Dostoevskii"[톨스토이와 도스토옙스키], *Mir iskusstva*[예술 세계], pp.1~12, pp.13~24, 1900.

J   _____, *Smert' bogov: Iulian otstupnik*[신들의 죽음: 배교자 율리아누스],

St. Petersburg: M. V. Pirozhkov, 1906.

LV   _____, *Voskresshie bogi: Leonardo da Vinci*[부활한 신들: 레오나르도 다 빈치], St. Petersburg: M. V. Pirozhkov, 1906.

PA   _____, *Antikhrish: Petr i Aleksei*[안티그리스도: 표트르와 알렉세이], St. Petersburg: M. V. Pirozhkov, 1906.

ML   _____, *M. Iu. Lermontov*[미하일 레르몬토프], 1911; rpt. Letchworth: Prideaux, 1979.

ASP   _____, *Pushkin*[푸시킨], 1906; rpt. Letchworth: Prideaux, 1971.

SS   Viacheslav Ivanov, *Sobranie sochinenii*[선집], Brussels: Foyer Chretien Oritntal, 1971~.

SS8   Aleksandr Blok, *Sobranie sochinenii v 8-i tomakh*[선집 전8권], Moscow: GIKhL, 1960~1963.

SII   Andrei Belyi, "Simfoniia, 2-aia dramaticheskaia"[제2심포니], *Chetyre simfonii*[네 편의 심포니], Munich: W. Fink, 1971.

SIII   _____, "Vozvrat, 3-ia simfoniia"[귀환, 제3심포니], *Chetyre simfonii*[네 편의 심포니], Munich: W. Fink, 1971.

SD   _____, *Serebrianyi golub'*[은빛 비둘기], 1922; rpt. Munich: W. Fink, 1967.

P   _____, *Petersburg*[페테르부르크], 1916. 다음의 책에서 인용: *Petersburg*, trans. R. A. Maguire and J. E. Malmstad, Bloomington: Indiana Universty Press, 1978.

R   Maks im Gor'kii, *Rasskazy*[단편집], St. Petersburg: Znanie, 1903.

SS30   _____, *Sobranie sochinenii v 30-i tomakh*[선집 전30권], Moscow: GIKhL, 1949~1956.

PSS   _____, *Polnoe sobranie sochinenii*[전집], Mowcow: Nauka, 1968~1972.

Ch   _____, *My Childhood*[어린 시절], trans. R. Wilks, Harmondsworth: Penguin, 1980.

MG   Andreevch (Evgenii Andreevich Solov'ev), *Kniga o Maksime Gor'kom i A. P. Chekhove*[막심 고리키와 체호프에 관한 책], St. Petersburg: 1900.

O   _____, *Opyt filosofii russkoi literatury*[러시아 문학의 철학 경험], St. Petersburg: Znanie, 1905.

LSS8   Anatolii Lunacharskii, *Sobranie sochinenii v 8-i tomakh*[선집 전8권], Moscow: Khud. lit., 1963~1969.

DI   _____, "Dialog ob iskusstve"[예술에 대한 대화], *Otkliki zhizni*[삶의 반향], St. Petersburg: O. N. Popova, 1906.

VMN   _____, "V mire neiasnogo"[불명확한 것의 세계에서], *Otkliki zhizni*[삶의 반향], St. Petersburg: O. N. Popova, 1906.

RiS   _____, *Religiia i sotsializm*[종교와 사회주의], St. Petersburg: Shipovnik, 1908.

일러두기

1 이 책은 Edith Clowes, *The Revolution of Moral Consciousness: Nietzsche in Russian Literature, 1890-1914*, Northern Illinois University Press, 1988을 완역한 것이다.

2 모든 주석은 각주이며, 옮긴이의 것에는 [옮긴이]로 표시했다. 본문과 각주 내용 중 옮긴이가 추가한 부분은 대괄호([ ])로 표기했다.

3 외국어 고유명사는 2002년에 국립국어원에서 펴낸 외래어표기법을 따라 표기하되, 국내에서 통용되는 관례를 고려하여 예외를 두었다.

4 원어를 병기할 필요성이 있는 인명이나 원서 영문명 등은 각주에 표기되지 않은 경우에 한해 본문에 표시했다.

제1장

러시아 문학과 니체의 영향

흔히 말하는 문화의 세계적 위기는 도덕의 위기이자 도덕의식의 혁명이다.
문화생활의 분화 영역으로서 도덕은 더 이상 영감을 주지 않으며 그 생명력을
잃어 퇴화되고 있다. 도덕은 존재의 창조를 향한 길에 방해물로 의식되고 있다.
절충적인 도덕, 안전의 도덕, 종말의 도래를 지연시키는 [그리고 존재의 한계를 덮
어 버리는] 도덕은 조만간 끝 지점에 도달할 것이고 인간 정신의 창조적 긴장에
의해서 극복될 것이다. 이러한 절충적이고 [종말을] 지연시키는 안전한 도덕의
위기에서 니체의 의미는 사뭇 거대하다. 니체의 창조적 정신은 규범적 도덕의 안
전한 중간지대 저편에 있기를 갈망했다. [규범적 도덕은 항상 개별적인 고도의 정
신이 아니라 절충적인 일반 정신의 표현자였다.] 니체는 절충적인 일반 휴머니즘
정신에 대한 위대한 폭로자였다.

— 베르댜예프, 「창조와 도덕」, 1916

여기서 우리는 19~20세기 전환기 러시아 문학의 격랑 속에 작용한 프리드리히 니체 철학의 역할을 검토할 것이다. 예술이 만개한 이 르네상스 시기에 철학과 종교 사상에 자극을 준 것은 신앙에 대한 전면적인 위기였다. 후기 인민주의 이데올로기의 무력함에 환멸을 느낀 당대의 지식인들은 보다 새롭고 포괄적인 비전과 명분을 탐색했다. 여러 전문가들에게 있어서 니체의 도발적인 철학은 관습에 대한 반란의 전형이었다. 서로 다른 유파의 비평가들, 즉 마르크스주의자 르보프-로가쳅스키, 러시아 모더니즘 문학사가 벤게로프 및 종교 사상가 베르댜예프는 이 시기를 니체의 용어를 활용하여 '가치의 재평가'pereotsenka tsennostei[1] 시대로 한껏 채색해 놓았다. 이러한 표지는

---

1 다음의 자료 참조. S. A. Vengerov, *Russkaia Literatura XX veka*, Moscow: Mir, 1914(rpt. Munich: W/ Fink, 1972), p.26[『20세기 러시아 문학』]; Nikolai Berdiaev, *Smysl tvorchestva: Opyt opravdaniia cheloveka*, 1916(rpt. Paris: YMCA, 1985), p.297[『창작의 의미: 인간 정당화의 시도』]; V. L'vov-Rogachevskii, *Ocherki po istorii noveishei russkoi literatury (1881-1919)*, Moscow: V.C.S.P.O., 1920, chap.1~2[『현대 러시아 문학사 개설』].

그들에게 오랫동안 인텔리겐치아가 고수해 온 '공리적'이고 '자유주의적'인 세계관에서 벗어남을 의미하는 것이었다. 사회적 책무가 이전 세대의 가장 고귀한 가치였다면, 새로운 지식인들은 자아발견과 자기실현이라는 목표를 달성하려는 노력을 기울였다.

베르댜예프가 언급하듯, 이러한 태도 변화 속에서 '도덕'은 '존재의 창조적 에너지의 방해물'로 받아들여졌다. 베르댜예프는 니체의 사상이 도덕적 가치와 미적 쾌락의 대립을 명료하게 만드는 지적인 저력을 지녔다고 짚어 내었다. '미적 쾌락을 위한 도덕적 가치의 희생'이라는 표현은 세기 전환기 문화를 규정하는 상투어가 되었다.[2] 이는 당대의 도덕적 가치와 미적 가치의 정확한 의미 및 그 상호관계가 두 범주의 필연적 대립이라는 역사기록학적 편견으로 인해 길을 잃었음을 의미한다. 따라서 그 시대 사고방식의 명확한 윤곽과 문화 변동을 야기한 실질적인 가치의 코드가 부족한 상황이다.

이 작업의 논점은 세기 전환기 도덕적 의식의 변화가 20세기 러시아 문화사의 전반적 윤곽을 그리는 데 있어서 통상 추정되는 것보

---

2 니체의 창조 철학이 강조되며, 니체 철학이 러시아에 미친 반윤리적 영향이 검토되는 자료들은 다음을 참조하라. George L. Kline, "'Nietzschean Marxism' in Russia", *Demythologizing Marxism: A Series of Marxism*, The Hague: M. Nijhoff, 1969, pp.125~153, esp.167; Bernice G. Rosenthal, "Nietzsche in Russia: The Case of Merezhkovsky", *Slavic Review* 3, 1974, pp.429~452, esp.436~438; K. M. Azadovskii and V. V. Dudkin, "Problema 'Dostoevskii-Nitsshe'", *Literaturnoe nasledstvo*, vol.86, 1973, pp.678~688[「도스토옙스키-니체의 문제」, 『문학 유산』 86호]. 이 외의 자료는 다음을 참조하라. Carol Anschuetz, "Bely's *Petersburg* and the End of the Russian Novel", ed. J. Garrard, *The Russian Novel from Pushkin to Pasternak*, New Haven: Yale University Press, 1983, p.126.

다 훨씬 더 복잡하고 중요하다는 것이다. 이 시대의 작가들은 전통적인 가치의 실패를 인지했음에도 불구하고, 창조적이지만 여전히 도덕적인 해결책을 모색하고 있었다. 거기서 희생되었던 것은 앞선 인민주의 시대의 규범화된 도덕[3]이었다. 새로운 세대는 차별적인 감수성과 그들만의 담론 유형, 즉 고유의 신화적 관점을 마련한 것이다. 이 작업의 최종 목적은 이러한 문화적 성숙기의 과정들이 그 주요 스승 가운데 한 사람인 프리드리히 니체에 대한 응답 속에서 어떻게 굴절되었는지를 보여 주는 것이다.

소비에트 비평가들은 이 문제를 논의할 때면, 당시의 니체 수용은 비록 강렬하긴 했어도 일시적인 것에 불과했다고 주장한다.[4] 이

---

3 [옮긴이] 자기헌신과 인민에 대한 복무.
4 이 시기에 대한 연구서는 다음을 참조하라. A. G. Sokolov, *Istoriia russkoi literatury kontsa XIX-nachala XX veka*, Moscow: Vysshaia shkola, 1979, pp.68~71, 152~160[『19세기 말 ~20세기 초 러시아 문학사』]; M. L. Mirza-Avakian, "F. Nitsshe I russkii modernizm", *Vestnik erevanskogo universiteta* 3, 1972, pp.92~103[「니체와 러시아 모더니즘」, 『예레반 대학통보』]; S. S. Averintsev, "Poeziia Viacheslava Ivanova", *Voprosy Literatury* 8, 1975, pp.145~192, esp.151~152[「뱌체슬라프 이바노프의 시학」, 『문학의 문제들』]; B. V. Mikhailovskii, *Tvorchtstvo M. Gor'kogo i mirovaia literatura*, Moscow: Nauka, 1965, pp.36~38[『고리키의 창작과 세계 문학』]; N. E. Krutikova, *V nachale veka: Gor'kii i simvolisty*, Kiev: Naukova dumka, 1978[『세기의 시작: 고리키와 상징주의자들』].
러시아에서 니체 철학의 수용을 검토한 기초 작업들은 소련의 국경 너머에서 마련되었다는 사실이 언급되어야 한다. 이에 관한 초기의 개론서는 다음을 참조하라. L. Szilard-Mihalne, "Nietzsche in Russland", *Deutsche Studien* 12, 1974, pp.159~163. 니체 연구의 신기원을 만든 저작으로는 리처드 데이비스의 서지학 저술이 있다. 다음을 참조하라. Richard D. Davies, "Nietzsche in Russia, 1892-1917: A Preliminary Bibliography", *Germano-Slavica* 2, 1976, pp.107~146; *Germano-Slavica* 3, 1977, pp.201~220. 이 서지학 저술은 로젠탈의 편집하에 약간 수정되어 재출간되었다. B. G. Rosethal, *Nietzsche in Russia*, Princeton: Princeton University Press, 1986. 이 주제에 관한 두 편의 학위논문은 다음을 참조하라. Ann M. Lane, "Nietzsche in Russian Thought, 1890-1917",

런 논의는 이른바 니체적 경향의 작가들의 성숙한 세계관에서 니체의 독해가 그리 중요한 역할을 하지 않는다는 데에서 기인한다. 그들의 이러한 반박은 영향 연구의 본성과 연관된 일련의 쟁점들을 부각시킨다. 영향을 주는 텍스트는 전통적으로 미국의 문예학자 라이어널 트릴링이 "릴레이 경기에서 주자의 손에서 손으로 전달되는 배턴"[5]이라고 명명한 어떤 것으로 여겨진다. 따라서 니체를 받아들이는 경우, 니체 한 사람, 즉 그의 사상을 이해하는 한 가지 길이 있다는 가정이 성립한다. 이렇게 보면, 영향이란 것은 각각의 독자가 텍스트를 '올바른' 방법으로 파악하고 또는 파악해야만 하는 일정 정도의 모방으로 입증되는 것에 다름 아니다. 트릴링의 릴레이 경기에서 여러 주자들의 이미지는 '영향의 과정과 광범위한 문화사적 변화 사이에는 어떤 관계가 있는가'라는 또 다른 문제를 제기하고 있다.

　　나의 작업은 영향에 관한 상당히 편차가 있는 가설들에 근거하고 있다. 해럴드 블룸이 『영향에 대한 불안』*The Anxiety of Influence*에서 영향은 받아들인 이미지, 스타일과 관념의 모방으로는 거의 표현되지 않는다고 쓴 것에 나는 동의한다.[6] 영향의 관계는 특수한 문화적 맥락에서 텍스트와 독자 간의 '거래'transaction라고 특징짓는 게 가장 생

　　Ph. D. dissertation, University of Wisconsin, 1976; Edith W. Clowes, "A Philosophy 'For All and None': The Early Reception of Friedrich Nietzscht's Thought in Russian Literature, 1892-1912", Ph. D. dissertation, Yale University, 1981.

5 Lionel Trilling, "The Sense of the Past", ed. R. Primeau, *Influx: Essays on Literary Influence*, Port Washington, N. Y.: National University Publications, 1977, p.7.

6 H. Bloom, *The Anxiety of Influence*, New York: Oxford University Press, 1973, p.7.

산적일 것이다.[7] 이는 저자(들)의 관점과 독자(들)의 관점이 변형되는 대화이다. 다시 말해서, '비범한' 독자는 자신의 문학적 목소리를 발전시키고, 영향을 주는 텍스트는 독자의 자기발견 과정에서 새로운 삶을 획득하게 된다.

여기서의 논의는 보다 능동적인 변형의 힘으로서 독자라는 관점을 토대로 한다. 2장에서는 영향을 주는 텍스트와 콘텍스트에 대해, 3~6장에서는 모방 단계를 극복하여 자신들의 독창적인 스타일과 세계관을 발전시킨 독자들에 의해 수행된 변형에 대해 다루었다. 이와 같은 '선호'는 강력한 텍스트가 영향의 원천이라는, 다시 말해서 그러한 텍스트가 그 자체의 주제, 모티브, 이념을 독자에게 강요한다는 식의 문학비평의 관습을 거부하려는 것이다. 러시아의 저명한 형식주의자 빅토르 지르문스키조차도 영향을 주는 텍스트가 '이상적인 존재'ideal'noe bytie라는 융통성 없는 관점을 고수한 바 있다.[8] 그는 자신의 저서 『바이런과 푸시킨』*Byron and Pushkin*(1924)에서 이러한 '이상적인' 텍스트가 영향을 발휘하는 것이고, 바로 그것이 문학비평의 적절한 대상이라고 주장했다. 이런 방식으로 이해하게 되면 견문이 넓은 독자들은 본질적으로 텍스트에 대한 동일한 해석에 이른다는 것을 전제하기 때문에, 영향의 연구는 문학사 서술 방식으로써

---

7 'transaction'이라는 용어는 루이즈 로젠블라트에서 유래한다. Louise Rosenblatt, "Toward a Transactional Theory of Reading", ed. R. Primeau, *Influx: Essays on literary Influence*, Port Washington, N. Y.: National University Publications, 1977, pp.121~136.

8 V. M. Zhirmunskii, *Bairon i Pushkin*, Leningrad: Academia, 1924(rpt. Leningrad: Nauka, 1978), p.17[『바이런과 푸시킨』].

그 자체의 역동성을 잃어버리게 된다. 한스 로베르트 야우스와 해럴드 블룸처럼 서로 다른 견해를 가진 비평가들을 비롯해, 보다 최근의 비평가들은 영향을 주는 텍스트가 아주 다양한 접근방식의 독서를 허용한다고 말한다. 야우스와 블룸은 공히 각각의 시대, 사실상 각 개인은 텍스트를 서로 다르게 독해한다고 주장한다. 여기서는 의미가 텍스트와 독자 사이의 복잡한 상호작용을 통해서 얻어지는 것이다. 그 두 요소의 관계에 보다 더 심리적으로 접근한 블룸은 의미의 선험적 원천으로서 텍스트의 존재를 부정한다. 블룸의 견해대로라면, 영향에 대해 언급하는 순간 우리는 "텍스트들은 없고, 단지 텍스트들 사이의 관계만이 존재"함을 인정하지 않을 수 없게 된다.[9]

텍스트를 사회문화적 대화의 공통된 기반이라고 보는 야우스는 나의 작업에 가장 유용한 텍스트 접근법을 제공한다. 그는 많은 잠재적인 독자와 텍스트에 대한 다양한 접근법을 예상하면서도, 독자에게 모종의 영향력을 행사하는 '텍스트'라고 불릴 만한 현상을 인정한다. 그는 저자가 텍스트 내에서 독자를 안내하고 방향을 잡아주는 특수한 방법들을 설명한다.[10] 야우스에 따르면, 텍스트 내에는 저자가 자신의 독자에게서 기대하는 일련의 가치와 체험, 즉 '기대의 지평'이 형성된다. 이러한 기대들은 사회심리적으로 조건화된 스스로의 '기대의 지평'을 지닌 실제의 독자들에게 호소하기 위한 것

---

9 H. Bloom, *A Map of Misreading*, New York: Oxford University Press, 1975, p.3.
10 H. R. Jauss, "Literaturgeschichte als Provokation der Literaturwissenschaft", *Literatur-geschichte als Provokation*, Frankfurt: Suhrkamp, 1970, pp.175~185.

이다. 독자를 관여시켜 관심을 얻은 다음 화자는 독자의 기대를 변화시키기 위해 독자를 교묘하게 다루어 사실상 그에게 충격을 주고자 한다. 그리고 독자는 자신의 '참조 체계', 즉 자신의 경험, 믿음과 가치에 맞게 저자의 기호들을 해석한다. 텍스트에 대한 야우스의 관점은 러시아에서의 니체 수용 문제를 다룰 경우, 다른 관점에 비해 확실히 유용할 것이다. 블룸식 접근법으로는 민족적·사회적·문화적 경계를 넘나드는 역사적 담론 내에서 텍스트가 행하는 적극적 역할에 대한 고려가 불가능하다. 한편 지르문스키는 가장 정통한 텍스트 독해를 제외한 모든 독해의 문학적·문화적 가치를 경시하는 듯 보인다. 독해라는 것이 텍스트 내의 미학적·도덕적·철학적 구조를 완벽하게 이해하고 그 구조에 '적당한' 해석으로 이상적으로 수렴할 수 있다는 면에서는 그가 옳을지 몰라도, 그런 접근법으로는 문화적 변동을 설명할 수가 없다. 역사적으로 복수의 독해가 있을 수 있으며, 그러한 복수의 독해가 궁극적으로는 혁신의 원천이다. 문학사에서 독자와 텍스트 간의 상호작용은 완벽한 텍스트라는 영원의 관점 sub specie aeternitatis(스피노자)보다 더 중요하고 필수적인 것이다.

2장에서 니체의 사상은 그의 텍스트 안에 설정된 기대의 지평 관점에서 검토된다. 비록 여기서는 누구보다 러시아 독자들의 큰 관심을 끌었던 도덕적 의식의 문제가 거론되지만, 러시아 독자들의 해석과 수용방식에 기대지는 않는다. 그러한 문제는 다음 장들에서 중점적으로 다룰 것이다. 오히려 2장에서는 니체의 저자로서의 감수성을 시사하는 지표들을 그의 텍스트 내에서 찾아내고자 한다. 나의 목적은 텍스트에 대한 어떤 절대적이고 권위 있는 견해를 내세우는 게 아니라, 니체의 텍스트가 독자의 반응을 예측하여 끌어들이고 독자의 방향을 잡아 가는 방법들을 제시하는 데 있다. 이를 통해 부각되는 것은 텍스트 내의 페르소나에 집중시키고, 니체가 인습상 도덕에 대한 그의 비판을 독자에게 납득시키는 방식들에 집중하게 하는 니체 철학의 '문학적' 독해이다. 마지막으로 나의 물음은 니체가 어떻게 독자를 자기 자신과 존재에 대한 색다른 기대로 이끄는가에 있다. 2장의 두 번째 부분에서는 러시아의 문화적 맥락, 즉 형이상학적 반란의 문학적 선구자들과 그들의 전통을 다룬다. 여기서는 도스토옙스키가 누구보다 중요하다. 가장 중요한 선각자로서 도스토옙스키와 니체는 세기 전환기의 문학적 상상력 발현에서 당대의 창조적 과정에 필수적인 방법으로 상호작용을 했을 것이다.

이후의 장들에서는 독자 및 니체 텍스트에 대한 독자의 이해를 검토한다. 3장에서는 니체 사상의 비판적 수용, 러시아에서의 니체 저작 전파, 1890년대와 1900년대에 갑작스레 떠오른 니체에 대한 대중적인 추종의 문제를 다룬다. 니체에 대한 이러한 대중적인 수용은 이후 더 창조적이고 중요한 여러 가지 반응을 위한 발판을 마련했다. 영향 연구의 이러한 측면은 이론가들로부터 그다지 주목을 받지 못했다. 형식주의자들 이래로 비평가들은 독자 반응의 개별적 사례에 집중하려고 했고, 어떤 이념이 전반적인 사회문화적 환경과 상호작용하는 경우 그것이 겪는 험악한 왜곡을 꺼렸기 때문이다. 이와 같은 문제들은 일반적으로 지성사 연구자나 사회사 연구자의 몫으로 남겨진다. 하지만 '고급스러운' 러시아의 문학적인 문화에 대한 니체의 영향을 이해하기 위해서 우리는 보다 광범위한 문화적 대화에 몰두해야 한다. 여기서 언급되는 작가와 비평가들은 니체 철학의 진정한 의미에 관해 언론 및 베스트셀러 소설가들과 활기찬 논쟁을 벌였다. 더욱이 그토록 난해한 철학이 인텔리겐치아라는 좁은 범위를 넘어 그만큼 많은 신봉자를 얻었다는 사실은 대중의 도덕적 감수성을 이해하는 데 있어 굉장히 중요하다.

어떻게 그토록 난해한 철학이 광범위한 독자층에 막강한 영향력을 발휘할 수 있었는지의 문제를 검토할 경우 우리는 이론적 진공과 마주친다. 야우스는 이러한 문제를 다루지만, 그는 독서와 그 해석의 특수한 문화적 관습으로부터 저자와 독자를 고립시킴으로써 사회적 영향의 과정을 설명할 수 없게 만들었다. 예컨대, 19세기 러시아적 독서의 한 가지 특징은 문학적 체험을 사회적 실천에 직접적으로 관련시키는 우직한 경향이었다.[11] 러시아 순문학에서의 일반적 수용 패턴은 독해 내용을 그대로 재연하려는 지향을 보여 주고 있다. 이념들은 그 추상적 상태를 벗어나 정서, 상호작용, 행위와 같은 대인관계의 영역으로 옮겨지곤 했고 거기서 이념들은 허구적인 구현자(문학적 주인공)의 도덕적·미학적·정치적 탐색에 맞춰 강렬하게 변형되었다. 순문학에서의 사회적 실험이 사회현실에 쉽사리 적용되었다. 투르게네프의 『사냥꾼의 수기』(1852)에 대한 차르 알렉산드르 2세의 전설적인 독서 혹은 체르니솁스키의 『무엇을 할 것

---

11 Isaiah Berlin, "Birth of Russian Intelligentsia", *Russian Thinkers*, Harmondsworth: Penguin, 1979, p.125.

인가?』(1863)에 대한 레닌의 일평생 변함없는 애착이 바로 그 사례가 될 수 있다. 레르몬토프의『우리 시대의 영웅』(1840) 속 주인공 그리고리 페초린이 "이념들은 유기적 창조물이고 […] 이념의 탄생은 거기에 형식을 부여하며, 그 형식은 행동"이라고 외침으로써 그러한 상호관계의 독특한 러시아적 인식을 가장 잘 표현한 건지도 모른다.[12] 따라서 러시아 문화의 독특한 예술과 사회활동의 동일시는, 그 이념들이 사회적 무대에서 재현됨직한 사회 철학자로 니체를 해석하는 것으로 자연스레 이어진다.

작품이 비교적 난해하고 독자가 조예가 부족하거나 특정 문화의 협소한 지식만을 갖춘 경우 또 다른 문제가 발생한다. 만약 저자가 철학자이고 독자가 교양이 부족하고 교육을 덜 받은 사람이라면 이해는 거의 불가능할 것이다. 또한 만약에 저자와 독자 사이에 인위적인 장벽이 세워져 있다면, 작품의 수용은 불가능하다. 예를 들어, 러시아의 검열은 인텔리겐치아를 제외한 모두에게서 이념과 지식을 차단하는 데 결정적으로 작용했다. 이 모든 경우 텍스트와 독자 사이의 통상적인 양자관계가 파괴된다. 이에 따라 접촉을 용이하게 하는 데 있어서는 일종의 매개자가 요구된다. 니체는 몇몇 비평가와 작가들, 그리고 대다수의 러시아 독서 대중을 포함한 대부분의 러시아 독자들에게 접근이 용이했다. 그것은 니체의 이념이 러시아어 등가물로 단순화되어 '번역된' 일련의 매개적 텍스트 덕분이

---

12 M. Iu. Lermontov, *Geroi nashego vremeni*, Moscow: Khudozhestvennaia litertura, 1985, p.426[『우리 시대의 영웅』].

었다. 엄격히 말해, 이러한 매개자는 비평과 소설 작품이었다. 그러한 작품들은 니체의 사상을 광범위한 독자층에 쉽게 이해시키기 위해 동시대의 사건 또는 일종의 민족문화적 전통을 더 자주 다루곤 했다. 알프레드 켈리는 자신의 책 『다윈의 기원』*The Descent of Darwin*에서 독일 대중문화의 사례를 들고 있다. 그에 따르면, 다윈의 이론들은 19세기 말의 독일 독자들에게 이상주의 자연 철학[13]의 입장에서 자주 소개되곤 했다는 것이다. 『영국에서의 니체, 1890-1914』*Nietzsche in England, 1890-1914*에서 데이비드 대처는 다윈의 자연선택설의 프리즘을 통해서 니체의 초인 철학의 대중적인 굴절을 분석하고 있다.[14] 마찬가지로 많은 러시아 작가와 비평가들 역시 도스토옙스키와 투르게네프의 '니힐리즘'적 주인공들의 세계관이라는 관점에서 니체 철학을 러시아 독자 대중에게 소개했다.

러시아에서의 니체 수용은 대중화popularization와 통속화vulgarization라는 두 가지 매개 유형으로 나타났다. 대중화는 단순화되기는 해도 추상적 이념idea이나 이론의 정확한 해설로 규정될 수 있다. 대중화 작업의 의도는 이러한 이념을 일반 독자들이 이해할 수 있도록 하는 데 있으며 호의적이고 균형 잡힌 저자의 어조가 중요하다. 저자는 독자에게 잘 알려진 특정한 사회문화적 환경에서 얻어진 사례를 이용하여 기본적인 핵심을 간추린다.

---

13 Alfred Kelly, *The Descent of Darwin: The Popularization of Darwinism in Germany, 1860-1914*, Chapel Hill: University of North Carolina Press, 1981, p.52.

14 David S. Thatcher, *Nietzsche in England, 1890-1914: The Growth of a Reputation*, Toronto: University of Toronto Press, 1970, p.23.

소설은 독서가 좋은 오락거리인 사회에서 자주 대중화 기능을 수행한다. 어떤 사상가의 저서를 읽고 그 이념들을 활용하는 소설 속 등장인물은 독자가 그러한 이념들을 쉽게 이해하도록 만들기도 한다. 일례로, 독일의 소설가 헤르만 헤세는 제1차 세계대전의 뒤를 잇는 시기에 니체 저서를 대중화하는 역할을 했다. 그의 소설 『데미안』(1919)의 주인공 에밀 싱클레어는 니체를 읽고, 전통적인 기독교 도덕을 부정하고 자신의 개인적 가치를 다시 생각하게 되었다. 소설은 제1차 세계대전에 참여했던 세대에게 강한 호소력을 발휘했으며, 그로 인해 1920년대에 니체 사상은 다시 대중성을 갖게 되었다. 훨씬 이전인 1890년대, 1900년대에 러시아의 표트르 보보리킨과 아나스타샤 베르비츠카야 같은 대중성 있는 작가들은 독자들에게 니체의 사상을 어느 정도나마 이해시키는 데 도움을 주었다.

유리 티냐노프의 '문학적 페르소나'literaturnaia lichnost' 개념은 대중화의 또 다른 가능성을 시사한다. 「문학적 진화에 대해」O literaturnoi evoliutsii(1927)에서 티냐노프는 작품의 주인공들이나 시적인 페르소나들의 체험과 감정에 근거하여 독자들에게 저자의 성격과 삶에 대한 인상이 형성된다고 언급한다.[15] 티냐노프가 경고하는 바에 따르면, 저자의 문학적 페르소나는 실제의 전기적 사실과는 거의 관계가 없다. 이러한 작가의 이미지는 독자의 사고와 행동에 그 자체로 영향력을 발휘할 수 있다. 니체는 차라투스트라뿐만 아니라 도스토옙스키의 지하생활자 같은 허구적 인물과의 비교에 근거한 러시아적인 문학적 페르소나를 분명하게 획득했다. 게다가 가장 널리 알려진 세 사람의 니체 추종자 고리키, 메레시콥스키와 발몬트는 각자의

'니체적인' 문학적 페르소나를 발전시켰다. 고리키와 발몬트는 러시아적인 니체 숭배의 중심 지점으로서 이차적인 영향을 미쳤음에도, 특히 그들 자신의 작품과는 일정한 거리를 두고 있었다.

통속화는 종종 독자의 가치 판단을 요구하기 때문에 대중화보다 정의하기가 더 어렵다. 우리는 **통속화**를 부정적이며 왜곡된 대중화로서 규정할 것이다. 통속화하는 사람은 저자의 의도에 전혀 관심을 두지 않는다. 저자의 구상은 단순한 방식으로 익숙한 상황들과 동일시됨으로써 왜곡된다. 그것은 표면상 비슷하지만 본질적으로는 다른 현상들, 즉 사건이든 고정관념 또는 발상이든 그런 현상들과 동일시되어 부당하게 그 구상의 신빙성을 상실케 하는 결과를 초래한다. 고의적 통속화는 쉽게 식별해 낼 수 있다. 통속화하는 저자가 자신이 소개하는 저자의 구상을 전복시키려는 목적을 갖고 있기 때문이다. 여기에 좋은 본보기는 '퇴폐적인' 19세기 유럽 문화를 다뤄 커다란 반향을 일으킨 막스 노르다우Max Nordau의 『퇴화』 Entartung(1891)이다. 노르다우는 추상적 이념들을 명백히 상반되는 이론 및 상황 그리고 인물 유형들과 연결시킴으로써 이런 이념들을 시종일관 구체화하고 개별화하고 극화한다. 니체의 도덕 사상에 대한 그의 통속화는 러시아에서 철학자 니체의 이미지에 지속적인 영향을 미친다.[16]

15 Iurii Tynianov, "O literaturoi evoliutsii", *Texte der russischen Formalisten*, vol.1, Munich: W. Fink, 1969, p.454.
16 영국에서 노르다우는 적어도 니체를 수용하는 가장 이른 시기에 유사한 효과를 끌어냈다. 다음을 참조하라. Thatcher, *Nietzsche in England, 1890-1914*, p.27.

여기서 통속화가 때로는 의도치 않게 빚어진다는 사실을 언급할 필요가 있다. 일례로, 지금은 니체의 독자 대부분이 그의 여동생이 쓴 두 권짜리 전기와 니체의 저작에 대한 그녀의 편집 시도를 명백한 왜곡으로 받아들인다.[17] 그러나 여동생 엘리자베트 푀르스터-니체와 그 동시대인들, 그리고 러시아의 많은 독자들은 그녀가 대중화한 니체의 삶과 사상이 정확했다고 느꼈다. 사실상 그녀의 잘못된 해석은 40년 이상 독일의 사회생활과 정치생활에 영향을 미쳤다. 그러한 통속화는 대중의 정신 속에서 본래의 사상과 동일시되기 때문에 극히 파괴적일 수 있다. 궁극적으로 그러한 통속화는 물론, 본래의 사상까지도 신뢰를 잃게 된다. 오로지 [본래의] 사상이 재발견되고 재평가될 때만이 통속화는 '잘못된' 해석임이 밝혀진다.

통상적으로 문학 비평가들은 수용 과정의 대중화와 통속화를 주목할 가치가 없는 불가피한 파생 작용으로 간주한다. 이러한 두 가지 매개 형식들 모두 텍스트 속의 표식과 지표를 지극히 잘못 해석한다는 점에서 이러한 태도는 정당하다. 하지만 아나스타샤 베르비츠카야는 1909년의 니체주의적인 베스트셀러 『행복의 열쇠』*Kliuchi schast'ia*에서 다음과 같이 지적했다. "예술가는 종종 자신도 모르는 사이 어떤 선명한 책을 가지고, 철학자들이나 사회학자들보다 더 완벽하게 흔한 도덕규범들을 파괴한다. 그는 대중을 상대로 말하고 있기 때문이다."(KS, I, 101~102) 이와 같은 대중화된 텍스트를 통해서 니

---

17 영어권 세계에서는 월터 카우프만 덕분에 그러한 이해에 도달했다. Walter Kaufmann, *Nietzsche: Philosopher, Psychologist, Antichrist*, New York: Vintage, 1968, pp.3~18.

체 같은 철학자가 폭넓은 층위의 지적 대중의 사고에 영향을 줄 수 있었다.

대중화는 또 다른 중요한 쓰임새를 갖고 있다. 대중화 속에 내포된 판단과 인식은 대중화하는 저자들의 자아상self-image, 즉 니체가 『우상의 황혼』Twilight of the Idols에서 "여러 문화와 내적 세계의 가장 귀중한 실제"(TI, 55)라고 일컬은 것의 해명에 더없이 귀중하다. 10월 혁명 이전 사반세기 동안의 도덕적·문화적 의식을 이해하는 데 니체주의자들이 행한 대중화는 분명 중요하다. 니체 철학이 해석되고 변이되는 방식을 검토함으로써 우리는 지적 엘리트와 준교양인들이 자신과 자신의 미래를 인식하고 평가하는 방식을 통찰할 수 있게 될 것이다.

4~6장에서는 통속적인 니체주의자들의 입장과의 논쟁을 통해 어느 정도 드러나는 문학적 해석과 재해석의 폭넓은 스펙트럼을 검토한다. 개별적 반응의 특성들을 찾으려는 시도와 더불어, 이러한 다양성 속에서 문화적 통일체의 구조 파악에도 관심을 두었다. 특정 쟁점과 관심사의 공유가 이 작가들을 공통의 문화적 맥락에 연결시킨 것인가? 이러한 텍스트들이 시대의 전반적 이해에 도움을 주는 공통의 신화체계를 숨기고 있는 것인가? 여기서 나는 그 시대에 발전되고 동일한 논쟁에 참여한 세 가지 주요 문학 경향을 구분한다. 이들은 서로 다른 관점과 서로 다른 담론 스타일을 취했음에도 불구하고 그 기저는 동일한 사고방식을 공유한다.

4장에서는 이른바 '중급'과 '하급'의 대중적 작가들과 개인적 실현이라는 이데올로기에 대한 그들의 탐색을 다룬다. 이러한 작가들은 초인 사상을 '민주화'하는 데 큰 기여를 했다. 나는 중급 작가들 중 안드레예프Leonid Andreev(1871~1919), 쿠프린Aleksandr Kuprin(1870~1938), 로프신Ropshin, 본명: Viktor Savinkov(1879~1925)을 검토할 것이다. 하급 작가들에는 아르치바셰프Mikhail Artsybashev(1878~1927), 베르비츠카야Anastasiia Verbitskaia(1861~1928), 카멘스키Anatoly Kamensky(1876~1941)가 포함된다. 특히 하급 작가들이 폭넓은 독자층의 주목을 받았으므로, 자기실현이라는 그들의 신화체계가 어떤 방식으로 대중의 의식에 영향을 주었는가를 검토한다.

5장은 '신비주의적' 상징주의자들의 니체에 대한 반응을 논한다. 정신적 부활의 탐색, 즉 차후 '구신주의'bogoiskatel'stvo로 알려진 것에 몰두했던 작가, 비평가 및 시인들이 여기에 속한다. 메레시콥스키Dmitry Merezhkovsky(1865~1941), 이바노프Viacheslav Ivanov(1866~1949), 블로크Aleksandr Blok(1880~1921)와 벨리Andrei Belyi, 본명: Boris Bu-gaev(1880~1934)가 포함된다. 5장에서는 반기독교적이며 외견상 반종교적인 철학이 어떻게 광범위한 종교적 신화창조의 분위기에 작용했는가, 또한 상징주의자들의 기독교 신앙에 대한 재해석에 어떻게 긍정적 영향을 미칠 수 있었는가를 중점적으로 거론한다. 이러한 상징주의자들을, 원래 자신들이 속한 소규모 엘리트 그룹보다 훨씬 더 광범위한 영역에서 문화적 담론의 참여자였다고 본다는 관점에서 나의 접근은 다소 특이하다. 통상 이런 작가들은 세기 전환기 전반적인 문학의 발전 방향과는 별개로 취급되어, 서유럽의 신낭만주의적 경향과 가깝게 이해되었다.[18] 그러나 대중문화에서 니체와 니체적 경향에 대한 그들의 응답은 예기치 않은 매우 생산적인 방법으로 그들이 중급 문화에서 벗어남과 동시에 거기에 참여했음을 보여 주고 있다.

6장은 '혁명적 낭만주의자들'과 그들에 의한 니체 철학의 전 유에 초점을 맞춘다.[19] 이들 중에 급진적인 작가 막심 고리키Maksim Gorky, 본명: Aleksei Peshkov(1868~1936)와 두 명의 마르크스주의 문학 비 평가 안드레예비치Andreevich, 본명: Evgeny Andreevich Solovyov(1867~1905) 와 루나차르스키Anatoly Lunacharsky(1875~1933)가 있다. 여기서는 또한 이른바 '건신주의'bogostroitel'stvo라고 알려진 사회적 신화를 니체 사 상과의 주요한 조우로서 다룬다. 여기서 나는 니체 철학과 같은 반 사회적 철학이 어떻게 혁명적 낭만주의 저술에 내재한 사회적 유토 피아 사상과 공존하며 실제로 사회적 변혁이라는 새로운 신화의 탄 생을 알릴 수 있었는지를 보여 주고자 한다. 이 그룹은 상징주의자 들과 마찬가지로 부분적으로 대중문화와의 관계에 비추어 검토될 것이다.

니체가 세기 전환기의 문학에 지속적 영향을 주지는 않았다는 주장은 우리가 이러한 영향이 단순한 모방 이상의 어떤 것이라는 점

---

18 서로 반대의 실례가 되는 두 권의 책이 있다. Richard Freeborn, *The Russian Revolu-tionary Novel*, Cambridge: Cambridge University Press, 1982, pp.39~64; Georges Nivat, *Vers la fin du mythe russe*, Lausanne: L'Age d'Homme, 1982, pp.150~154, pp.181~183.

19 나는 '혁명적 낭만주의'라는 용어를 사회참여적 작가의 특별한 유형을 규정하기 위 해서 타거(E. B. Tager)의 논문 「고리키의 혁명적 낭만주의」에서 가져왔다. E. B. Tager, "Revoliutsionnyi romantizm Gju'kogo", *Russkaia literatura kontsa XIX-nachala XX veka*, vol.1, Moscow: Nauka, 1968, pp.213~243. 그들의 사회-미학적 경향은 스탈린 시 대에 정치적으로 승인된 문학보다 앞선 것이기에 커다란 의미를 가진다.

을 인정하면 쉽게 반박될 수 있다. 물론 니체의 세계관은 19세기 러시아 지성계에 헤겔, 셸링, 쇼펜하우어의 세계관이 그랬던 것처럼 공공연히 인정되고 자유롭게 모방되는 모델에 이르지는 못했다. 하지만 현시대의 '걸출한' 작가가 선각자의 폭넓은 주도권을 인정할 것인가는 물어야 할 것이다. 형식주의자들은 그 이후 시기의 비평가들과 마찬가지로 영향을 미치는 텍스트에 대한 적대적인 태도를 걸출한 독자에게서 관찰한다. 독자는 통상 텍스트가 자신에게 미친 영향을 소극적으로 다루고 심지어 부인하기도 한다. 티냐노프는 초기 논문 「도스토옙스키와 고골」(1921)에서 도스토옙스키의 시도를 분석하는데, 이에 따르면 도스토옙스키가 고골의 양식을 패러디함으로써 선배인 고골의 평판을 떨어뜨리려 한다는 것이다.[20] 지르문스키는 푸시킨이 보여 준 바이런의 영향과의 투쟁을 연구한다. 여기서 그는 초기에 푸시킨이 바이런을 추종한 것에서 시작해, 바이런적 형식을 탁월하게 변형하고 '바이런주의'의 사회문학적 유행을 거부하는 데 이르는 과정을 추적하고 있다. 블룸은 영국 낭만주의자들이 영향을 미치는 텍스트를 어떻게 고의로 '오독'하는가를 보여 준다. 그러한 오독은 문학적 영향을 인정하지 않으려는 의도에서 비롯된 것이다. 블룸의 논거에 따르면, 이 시인들은 영향을 받은 등장인물, 이념과 시적 형식들을 자기 작품의 형상으로 재편하면서 강한 영향을 서서히 전복시킨다. 영향에 대한 부정이 그럼으로써 완성된다. 우

---

20 Tynianov, "Dostoevskii i Gogol': k teorii parodii", *Texte der russischen Formalisten*, p.302.

리는 러시아의 주요 니체 지지자들 사이에서 이른바 창조적 역경의 중요한 몇 가지 사례를 발견할 수 있다. 메레시콥스키와 고리키는 이바노프, 벨리 및 당대의 베스트셀러 작가 아르치바셰프와 같은 차후의 '걸출한' 독자들처럼 니체로부터 많은 것을 받아들였지만, 다양한 이유로 니체의 영향을 축소하거나 부정했다. 유사한 패턴이 민족적 규모로도 확연해진다. 다시 말해, 당대 문화 활동의 참여자들, 즉 독자, 작가, 비평가들은 니체로부터 많은 것을 차용했음에도 니체를 거의 전적으로 거부했다. 결국, 존 버트 포스터John Burt Foster가 그의 책 『디오니소스의 계승자들』*Heirs to Dionysus*에서 지적했듯이 그 동기가 무엇이든 그러한 부정은 혁신 과정의 자연스럽고 필연적인 부분이다. 작가는 자신의 스승으로부터 거리를 유지함으로써 더 이상 모방자에 머물지 않고 그 자신의 문학적 개성을 내세우게 된다.[21]

저자와 독자 사이의 적대적 관계를 보여 주는 흥미롭고 유익한 결정체는 '지연의 심리'psychology of belatedness라는 블룸의 개념이다.[22] 그의 이론의 핵심은 영미 낭만주의 시에서 관찰되는바, 이 현상은 바로 어떤 '이상적인' 시대에 살았던 영향력 있는 선배에 대해 저항하거나 공개적으로 부정하려는 신드롬이다. 블룸이 말하듯이, 이 시인들은 누군가를 모방한다는 생각을 경멸했고 위대한 조상의 그늘 속에서 살아가는 것도 두려워했다. 블룸의 심리시간적 사유는 러시

---

21 John Burt Foster, *Heirs to Dionysus: A Nietzschean Current in Literary Modernism*, Princeton: Princeton University Press, 1981, pp.23~37.
22 Bloom, *A Map of Misreading*, p.35.

아 혁명 이전의 작가들에 관한 필수적인 지점을 암시하고 있다. 현대의 영미 시인들이 모방의 불안 속에서 산다면, 러시아 혁명 이전의 작가들은 '미래에 대한 불안'의 감정을 19세기 선배들과 공유했다. 그들은 스스로를 데카당 시대의 마지막 생존자이자 인류를 총체적으로 재탄생시키는 선각자로 여겼다. 메레시콥스키는 제3성서시대[23]가 도래할 것이라 예견했다. 안드레예프와 베르비츠카야와 같은 대중적 작가들은 독자들에게 개인의 변모를 위해 노력할 것을 촉구했다. 고리키와 루나차르스키는 사람들이 조화롭고 당당하게 살아가고 그들의 창조적 잠재력을 온전하게 실현할 수 있는 유토피아 시대를 예견했다.

이러한 작가들은 미래의 인지된 요구 앞에서 무력감을 느낀다. 상징주의자 벨리, 대중 소설가 아르치바셰프, 그리고 사회참여적인 고리키 같은 다양한 작가들 모두가 새로운 인간성을 갈망하면서도 현존하는 인간으로서 그들에게는 이러한 변모를 이룰 충분한 힘이 결여되어 있음에 두려움을 느낀다. 미래에 대한 불안은 현재와의 완전한 단절이라는 이념을 환영하는 혁명 정신을 고조시킨다. 모든 문학 논쟁은 인간 의식의 급진적 변모가 어떻게 발생하는가의 쟁점에 초점을 맞춘다. 예술은 변화를 실행하는 강력하고 충분한 매체인가, 아니면 좀 더 크고 강력한 힘이 요구되는가? 이러한 변화는 개인의

---

23 [옮긴이] 구약 시대에는 신과 인간의 관계를 주종관계로 보고 신약 시대에는 이를 부자관계로 본다면, 제3성서 시대에는 신과 인간의 새로운 관계 —— 창조적 협력관계 —— 를 상정한다.

창조적 의지에 의해 유기적으로 성취될 것인가, 아니면 외부로부터 강제될 것인가?

미래에 대한 불안의 심리상태는 영향관계[텍스트/저자/독자]에 결정적인 영향을 미쳤다. 이러한 심리상태는 보다 젊은 작가가 선배의 압도적 현존에 대처하도록 돕는 전략으로 볼 수 있을 것이다. 미래에 대한 거대한 무지 앞에서는 모두가 동등하다. 니체 자신도 "나를 위한 시간이 아직 도래하지 않았음"을 주장하고, 그의 작품의 가치를 제대로 평가하고 이해할 수 있는 유일한 사람들로서 미래의 독자에게 호소할 때 이러한 전략을 사용했다(EH, 259). 1907년에 고리키 역시 같은 생각을 다음과 같이 피력한 바 있다. "(선배들의) 경험을 습득하는 것은 인간을 풍부하게 하는 동시에 그 내부에서 자신의 가치를 일깨우는 것이며, 그것은 창작 속에서 과거 세대와 경쟁하고 미래에 복무할 가치가 있는 모델을 만들려는 단호하고 고결한 욕구이다."[24] 따라서 선배는 논쟁의 파트너이자 미래에 대한 가장 신뢰할 만한 개념을 만드는 데 있어서의 경쟁자가 된다.

이와 같은 신드롬의 문학적 소산이 바로 미래지향적인 메타서술의 출현 또는 사회적·정신적 변모의 '신화들'이다. 이러한 패턴을 신화로 보는 것은 이 책의 부제(도덕의식의 혁명에 관하여)가 시사하는 문제를 해결하는 작업과 상통한다. 어째서 특히 도덕적 의식이 문학 창작에서 중심이 되는가? 미르체아 엘리아데의 규정에 따르면,

---

24 루나차르스키의 논문에서 인용. Anatolii Lunacharskii, "Budushchee religii", *Obrazovanie* 10, 1907, p.7[「미래의 종교」, 『교육』 10호].

신화는 가치의 코드화를 암시하는바, 그 가치 가운데 첫 번째가 도덕적 가치이다. 신화는 '올바른' 사물의 질서를 확립하는 초자연적인 힘이 자연에 스며 있던 과거의 신성한 시대에 대한 서사이다. 이러한 사실은 또한 올바른 행동 양식을 옹호하고, 따라서 인간 행위를 평가하는 올바른 방법까지도 옹호한다.[25] 그러므로 전통적인 도덕적 제약에 대한 세기 전환기의 저항은 새로운 포괄적인 의미 구조와 새로운 존재 목적, 마지막으로, 새로운 신화 탐색의 가장 가시적인 징후였다.

이러한 현대의 신화와 전통 신화의 차이를 지적하는 것은 중요하다. 엘리아데의 관점에 따르면, 전통 신화는 가치체계를 규범화하는 수단임에 비해 현대의 신화는 규범의 파괴와 변화의 칭송을 의미한다. 그러나 현대의 신화는 다른 가치체계가 정립되는 미래의 시간에 초점이 맞춰진다는 사실을 언급해야 할 것이다. 전통적 신화창조와 현대적 신화창조 사이에 또 다른 차이는 변화가 발생할 '신성화된' 시간이다. 전통적 서사에는 보통 오래된 과거가 있는 반면, 현대적 서사의 신성한 시간은 미래이고, 그것도 대개는 가까운 미래이다. 이 가까운 미래는 서사 자체 혹은 인물의 기대의 체계 속에 망라된다. 마지막 본질적 차이는 인간의 힘과 인간과는 또 다른 힘의 상호침투를 개념화하는 방법과 관련된다. 전통적 신화의 초자연적 힘은 현대적 서사에서 변화를 달성하기 위해 인간의 내적인 자아가 펼

---

25 Mircea Eliade, *Myth and Reality*, New York: Harper, 1963, p.8.

쳐져야 하는 인간 정신 속의 (인간의 통제를 넘어서) 현세적이고 무의 식적 힘으로 대체된다.

니체의 사상은 유럽 전역에서 문학적 신화창조의 열망을 자극했다. 그의 문학·철학적 페르소나를 둘러싼 숭배의 분위기가 고조되었다. 마침내 러시아에서 모습을 드러낸 대중적 숭배와 원숙한 문학적 신화들은 비록 유럽 문학사에 관련되어 있지만 특수하게 러시아적 심리상태를 보여 준다. 작가들이 상상한 스스로의 미래와 사회, 그리고 예술은 격변을 기대하고 심지어 환영했던 독특한 러시아 문화의 도덕적 의식에 대한 통찰을 제시한다.

제2장

선각자들

결국 그 누구도 책을 포함한 사물에서 자신이 이미 알고 있는 것 그 이상을 알 수는 없다. 만약 누군가에게 경험에서의 접근이 결여되었다면, 그에게는 귀가 없는 것이다. 지금 극단적인 경우를 생각해 보자. 어떤 책이 빈번하든 드물든 경험할 가능성을 벗어난 사건들만을 언급하거나, 그 책이 일련의 새로운 경험에 대한 최초의 말이 되는 경우를 생각해 보자. 이 경우에는 아무것도 들리지 않지만, 아무것도 들리지 않는 곳에는 아무것도 없다는 청각적 망상만이 남을 것이다.

이것은 결국 나의 평균적 경험이고, 말하자면 나의 경험의 독창성이다. 나에게서 무언가를 이해했다고 생각한 사람은 나에게서 자신의 이미지와 유사한 어떤 것, 즉 종종 나와 대립되는 어떤 것, 일례로 '이상주의자'로 만들었다. 게다가 나에게서 아무것도 이해하지 못한 사람은 내가 대체로 고려돼야 한다는 것을 부정했다.

— 니체, 「나는 왜 이리도 좋은 책을 쓰는가」, 1969

니체에게서 우리는 너무나 고귀하고 용감한 사상가를 목도한다. 다른 관점에서 극단적으로 고상하게 이해되는 개인주의의 관점으로 자신의 요구를 제시하는 몽상가이자 이상주의자를 목도하는 것이다.

— 미하일롭스키, 「다시 한 번 니체에게서」, 1894

니체 철학의 원죄는 종교적 파토스를 자연과학적 파토스로 대체하고 신비주의적 원경이 부재한 데 있다. 다시 말해, 물질이 개조되고, 상징적이면서 이상적인 것이 되는 심연의 분위기가 부재하다는 데 있다.

— 민스키, 「프리드리히 니체」, 1900

니체의 '초인' 혹은 이반 카라마조프의 '인신'(man-god)을 '선악의 저편'에 세우고 그들에게 '모든 것이 허용되게' 하는 공통된 관점만이 그 둘의 연결점은 아니다. 이기주의의 원칙, 폐지된 도덕의 자리에 들어선 이타주의의 부정도 여기저기서 반복된다. 초인의 이기주의적 위엄, 주인의 도덕과 노예의 도덕, 즉 의무와 사랑의 도덕이 붕괴되고 남게 된 불가피한 '심적 공허의 산물'이 그러하다. 프리드리히 니체와 이반 카라마조프의 영혼의 드라마가 그와 동일한 것이다.

— 불가코프, 「철학자 유형으로서 이반 카라마조프」, 1902

니체의 도덕 철학

자신이 이상주의자로 받아들여지리라는 프리드리히 니체의 염려는 그의 사상에 대한 초기의 러시아적 반향에 비추어 보면 불필요하고 적절치 않아 보인다. 인민주의 사상가 미하일롭스키가 니체를 '공상가'이자 '이상주의자'라고 일컬었음에도 불구하고, 러시아 독자들은 (그리고 사실상 미하일롭스키 자신도) 니체의 철학이 근거한 유물론적 전제를 인지하고 있었다. 니체의 사상에 찬성하든 반대하든 러시아 독자들은 니체를 특별한 유형의 도덕 사상가로 보았으며, 니체는 철학적 관념론의 독일적 전통보다는 오히려 그들의 도덕적 반란의 사회적·문학적 전통에 적합한 사상가였다. 니체 사상에 대한 어느 대중적 보급자는 니체를 '아주 고귀하고 재능 있는' 사회 사상가 알렉산드르 게르첸Aleksandr Herzen과 비교했다(VP, 119). 또 다른 이는 니체를 도덕적 신념과 행위의 역설을 사랑한 도스토옙스키의 지하생활자에 비유했다(NKM, 463). 독자들은 이미 투르게네프와 도스토옙스키의 소설 속에서 마주쳤던 전통적 도덕성에 대한 비판을 즉각 알아본 것이다. 그러나 니체가 열렬한 지지자들을 얻게 된 것은 그저 도덕 비판에 불과한 것을 넘어서려는 그의 노력 덕택이자, 실존적 혁신과 활력에 찬 신화창조적 비전에 대한 갈망 덕분이었다. 지지자들은 니체의 저작뿐만 아니라 개인적 삶에서도 당대의 정신적 퇴보를 초월하려는 그의 투쟁에 감탄했다. 이런 의미에서 니체는 좋은 본보기로 보였다. 다음으로는 니힐리즘을 넘어서려는 니체의 탐색을 살펴볼 것이다.

도덕의식에 대한 니체의 관심은 그의 최초 저작인『비극의 탄생』The Birth of Tragedy에서 발현되었고, 이후의 활발한 작업을 통해 이어진다. 고전 연구자로서 초기의 연구 작업이 니체로 하여금 특수한 가치규범을 지닌 독일 문화의 경계를 넘어서서 신선한 관점에서 독일 문화를 검토하게 만든다.『비극의 탄생』은 가치 판단 방식에서의 차이에 대한 니체의 섬세한 감각을 드러내고 있다. 일례로, 니체가 행한 프로메테우스 이야기와 성경의 원죄설이라는 두 신화적 서사의 비교는 신화가 도덕의식을 규범화하는 과정을 강조하고 있다(BT, 70~71). 니체는『인간적인 너무나 인간적인』Human-All-Too-Human을 집필한 중기에 인류학적 심리학의 관점에서 독일 문화에 대한 연구에 전념한다.『즐거운 학문』The Gay Science 이후 니체의 후기 철학적 저작들은 러시아 독자들을 강하게 매료시켰다는 이유에서 우리의 주요 관심사가 될 것이다. 여기서 니체는 19세기 문화의 실상을 알려주는 도덕의식에 대해 격렬한 공격을 감행한다. 니체가 열정적으로 비난한 대상은 기독교 도덕과 철학적 관념론이다. 이 공격의 궁극적인 목적은 당대의 도덕적 파탄에 대한 해결책을 찾아내는 것이다.

이후 도덕(지금은 제약적 코드로 이해된다)이라는 주제는 니체의 저작에서 극도로 가혹하고 비타협적으로 다루어지며, 놀랍게도 니체는 스스로를, 도덕을 철학의 '문제'로 접근한 최초의 철학자라고 부른다. 하지만 그가 적대적 태도를 취한 목적은 부분적으로 과거의 전통적 윤리주의자들을 자신과 구별시키는 동시에 그의 독자들에게 충격을 가해 도덕적 가치의 새로운 접근 과정을 자각하게 하려는 것이다. 니체는 『선악의 저편』*Beyond Good and Evil*에서 다른 윤리 철학자들이 사실상 도덕의 본성을 철학적 연구의 대상으로 고찰하기를 회피했다고 지적한다. 항상 도덕이 '주어진 어떤 것'으로써 받아들여진 것이라고 말이다. 그 결과 최고의 윤리 철학자들과 칸트까지도 '지배적인 도덕에 대한 흔한 믿음의 학술적 변형'을 제공했다(BGE, 98). 니체는 자신만이 '도덕의 유형학' 기술에 요구되는 '대단히 섬세한 손가락과 감각'을 지녔다는 암시를 한다(BGE, 97). 그의 후기 저작들은 엄밀한 의미의 온갖 도덕체계를 '외부에서' 작동시키고, 도덕적 판단을 제약하는 심리 유형을 간파하는 도덕적 가치의 연구에 집중되어 있다(GS, 342). 그리하여 니체는 그 자신의 유형학에 도달하는 것이다.

니체의 도덕 연구는 '보다 실재적인' 관념론자들의 세계가 더 이상 존재하지 않는다는 관점에 의해 촉발되었다. '신은 죽었다'는 니체의 도발적인 발언은 '신'이라는 개념이 인간 존재를 정당화하는 기능을 상실했음을 의미한다. 유럽 문명은 형이상학적 니힐리즘이라는 널리 확산된 '불신의 유령'(BGE, 219)에 직면한다. 니체가 주장하는바, 지난 세기 동안 빼어난 통찰력을 지닌 지성들은 지상의 삶에 형이상학적 원인이나 목적이 없다는 사실을 직관적으로 인식했지만 무시하려 애썼다. 깨어진 기대 앞에서 지상의 존재는 거짓과 기만으로 드러나고, 쇼펜하우어의 표현에 따르면 사람들은 '그로테스크한 캐리커처'로 나타난다.[1] 1890년 무렵 니체가 기대했듯, 모든 관념론적 가치체계 —— 정당화와 판단의 양식들과 진선미에 대한 기준들 —— 의 적나라한 붕괴가 임박해 있었다(EH, 289)!

　기독교를 맹렬히 공격했음에도 불구하고 니체는 강한 종교적 감수성을 지니고 있었다. 니체는 인간 본성의 파괴적이고 '사악한' 측면을 어떤 식으로든 포함해 합법화하며 인간 존재에 목적을 부여하게 되는 신화 및 세계관을 결여하고 있다(GM, 68). 이러한 문제에 대한 그의 답변은 후기 저작에서 공격적이자 카타르시스적으로 드러난다. 그는 병적인 쇠퇴와 실패를 끝장내기를 원했고, 이를 위해 그는 이미 반쯤 폐허가 된 주요한 신화체계, 즉 기독교적 우주론을 파괴하려한 것이다(Z, 226). 그는 기독교가 오랫동안 '죄악'으로 여겨 왔던 것의 본질을 격렬하게 드러내며 기독교의 '내세'를 위협하고 이를 치명적인 허구라고 공격한다. 그는 기독교 의례에 내재된 잔혹성과 사디즘에 대해서도 아주 상세하게 곱씹는다(BGE, 67). 니체의 어조는 그가 '성직자 유형', 즉 기독교 신의 세속적 대리자이자 전통적으로 이상적인 인간 유형의 허위와 악랄함을 논할 때 가장 격

---

1 Arthur Schopenhauer, *Essays and Aphorisms*, trans. R. J. Hollingdale, Harmondsworth: Penguin, 1981, p.49.

렬해진다.

니체의 철학적 반감을 부른 기독교적 신화와 관념론적 사유는 둘 모두 유사한 종류의 신화적 사건을 기초로 한다. 이 기독교 신화와 관념론적 사유는 지상적 존재의 초월로써 전통적으로 이해되는 '구원'을 지향한다. 이때 지향은 인간 자아가 내세적이고 '보다 실재적인' 초월적 힘과 접촉함으로써 성취된다. 이러한 사건을 둘러싸고 자기부정self-denial의 도덕이 정립된다. 활력에 찬 변모는 지상의 존재를 유일하게 가능한 존재로 지각하고 승인함으로써 실현될 수 있다고 제안함으로써 니체는 전통에서 벗어난다. 그는 중점적이고 생생한 신화적 사건을 외부 영역에서 내부 영역으로 옮겨 놓는다. 인간을 넘어서는 힘은 저 너머가 아니라 인간 정신 내부에 존재한다. 새로운 삶과 새로운 의식은 내부의 악마를 해방시킬 때만이 실현될 수 있다.

도덕적 본성의 문제에 대한 니체의 '심리적' 접근은 상당 부분 저명한 그의 선구자들, 즉 쇼펜하우어, 스탕달과 도스토옙스키의 영향으로 설명될 수 있다. 니체는 쇼펜하우어와 마찬가지로 정신을 세계관 형성의 자극 요인으로 보았다. 그러나 그는 스승을 넘어선다. 쇼펜하우어는 자기부정과 이웃에 대한 사랑이라는 표준적인 윤리적 미덕을 '도덕적 사실'로 여긴 반면, 니체는 '도덕적 사실'이라는 것은 존재하지 않고 '어떤 현상에 대한 해석, 보다 정확히는 오독'만이 있을 뿐이라고 주장함으로써 이런 가치들의 토대를 허물어 없애려 했다(TI, 55). 우리가 판단하는 방식과 이유를 이해하고자 니체는 선험적인 도덕적 평가의 유일한 원천인 인간의 잠재의식을 연구한다.

이러한 '지하적'underground 관점에서는 모든 전통적인 '미덕'과 '악덕'이 문제시된다.

　도덕의 문제는 니체에게 있어서 유례없이 인간적이고 심리적이며, '비자연적인' 문제이다. 따라서 니체는 자연을 '비가치적인 것'으로 규정하고, 또 아무것도 성장하지 않고 거의 윤곽조차 없는 아주 적대적인 풍경이라는 면에서 자연을 묘사한다. 후기 저작에서 니체는 시종일관 잘 알려진 낭만적 이미지를 '인용'하고 있다. 바로, 광대하고 평평한 수평선과 뚜렷한 특징을 갖지 않는 바다의 이미지다. 정신적 니힐리즘과의 대결이 니체에게는 폭풍우에 휩싸인 배의 모습으로 드러난다(GS, 180~181).『차라투스트라는 이렇게 말했다』전편에서도 니체는 사막을 우주적 무의미라는 이미지로 사용한다. 이러한 두 가지 설정으로 니체는 모든 가치들이 인공적인 인간의 고안물임을 증명하는 데 도움을 받는다. 자연은 '아무것도 아니'며, 다시 말해 자연은 아무런 내재적인 도덕적 의미도 제공하지 않는다.

　윤곽이 뚜렷하고 수직으로 치솟은 눈 덮인 산의 풍경은 니체의 저작에서 각자가 품고 사는 실존적 고독감과 황량함을 제시하기 위해서 사용되고 있다. 오로지 아주 강하고 매우 자립적인 정신만이 이러한 환경을 견뎌 내고 자기 내부에 있는 가치의 핵심을 드러낼 수 있다. 차라투스트라가 인간 존재에 대해 명상하고, 모든 인간 가치의 허구성에 직면하여 존재에 대한 그의 사랑을 거듭 시험한 곳이 바로 산이었다.

　니체에게 있어서 의미를 생산하는 힘은 인간 정신의 내적 세계이다. 따라서 우리는 시대의 도덕적 니힐리즘과의 대결에 주의를 돌려야 한다. 니체는 미지의 낯선 잠재의식의 세계에 생명을 불어넣기 위해, 이국적이고 때로는 충격적이며 선동적인 이미지를 사용한다. 니체는 빅토르 시클롭스키가 '낯설게 하기'라고 부른 바 있는 것의 대가였고, 사실상 그는 이러한 과정을 '관점 뒤집기'reversing perspective 라는 용어로 규정했다(EH, 223). 그의 독특한 단어 선택에 대해서는 이미 잘 알려져 있다. 니체는 1887년 덴마크의 비평가 게오르그 브라네스에게 보낸 편지에서 자신의 문체의 신랄함을 인정한 바 있다. "내가 사용하는 대부분의 말은 이질적인 소금의 외피를 두르고 있어서, 나의 혀와 독자들의 혀에서 그 맛이 다르게 느껴집니다. 나의 경험과 환경을 말하자면, 정상적이고 평균적인 것에서 동떨어지고 드물게 사용되는 약화된 어조가 우세합니다."[2] 니체는 자신이 기독교 및 기독교의 형체 없는 '내세'와의 '전쟁'을 벌인다고 여긴다. 그리하여 그는 파괴적인 이미지들을 의식적으로 시종일관 사용하고 있다. 그것은 질병과 왜곡과 불구의 그로테스크하거나 조롱하는 듯한 이미지이며, 착취와 폭력, 약탈과 전쟁이라는 혹독한 경제적이고 정치적인 이미지들이다. 그의 어조는 때로 무례하게 오만하고, 논의 대상에 대해 끊임없이 비난적인 태도를 갖는다.

니체는 잠재의식적인 '전前도덕적' 과정을 다룰 때면 독자들의 성급한 도덕적 무장을 바로잡는 생경한 비유를 사용한다. 일례로, 니

---

2 George Brandes, *Friedrich Nietzsche*, trans. A. G. Chater, London: Heinemann, 1914, p.69; Friedrich Nietzsche, *Werke*, vol.4, ed. K. Schlechta, Frankfurt am Main: Ullstein, 1988, 1272.

체는 도덕관념이 없고 구속이 없는 상태에서 도덕적 의식을 갖춘 상태로의 발달을 제시하기 위해 기나긴 시대와 느릿느릿한 진화라는 시간적 이미지를 사용한다. 니체는 "모든 장기적인 것은 시야에 들어오기도, 전체를 조망하기도 쉽지 않다"라는 자신의 비유로 유사성을 드러낸다(GM, 34).

하위 도덕적 정신의 지하세계를 기술할 때 니체는 독자로 하여금 감각의 제한적인 사용만을 허용함으로써 그 지하세계의 기이한 감각을 전달한다. '이상적인 것들이 만들어지는' '지하의' '어두운 작업장' 안에서 독자는 '거짓의 굴절된 빛' 말고는 아무것도 보지 못한다(GM, 46). 여기서 독자는 목소리를 듣지만 형체를 볼 수는 없다. "거기에는 구석구석에서 들려오는 아련하고 조심스럽고 불길한 중얼거림과 속삭임이 있다."(GM, 46) 그런 식으로 독자의 방향 감각을 상실시킴으로써 니체는 독자의 도전의식을 북돋고 그의 새로운 해석의 비상함에 대한 준비태세를 갖추게 한다.

니체의 '낯설게 하기' 이미지는 모두가 현세적임을 지적하는 것이 중요하다. 다시 말해 환상적이거나 초월적 실재를 표현하는 이미지는 하나도 없다. 은유적이지만, 그 대상이 달라졌다. 이상주의자와 낭만주의자들에게는 이미지가 '다른' 실재와 연관된다면, 여기서 그것은 존재의 무의식적인 수준이기는 해도 현세적인 수준에 초점이 맞춰져 있다. 이런 이미지들을 통해서 니체는 과거와 현재, 높은 것과 낮은 것, 내부와 외부, 그리고 선과 악이라는 대립물의 통일을 암시하고 있다. 존재를 전일체로 바라보는 이러한 이념 속에서 니체와 그의 이상주의적인 선조들, 특히 플라톤, 칸트 그리고 쇼펜하우어와의 커다란 차이가 엿보인다. 니체의 견해에 따르면, 이상주의자들은 천상과 지상, 이성과 본능, 존재와 외견이라는 개별적인 영역으로의 대립물의 분리를 주장했다(TI, 40~41). 어느 하나에 대한 믿음은 필연적으로 다른 것에 대한 불신으로 이어져서, 결국에는 전체 구조물의 붕괴를 가져온다. 니체는 불신과 부정 대신, 하나에 대한 다른 하나의 종속과 승화라는 전혀 다른 명령 과정을 제안하는 데 이른다.

니체 후기 저작의 주요 목표는 그가 인류의 '최고의 발전 상태'로 보았던 도덕적 의식의 본성을 이해하는 데 있다. 그럼으로써 그가 살고 있는 시대의 '병적'이고 쇠퇴한 정신성에 이르는 진화를 추적하고, 생명력으로써 도덕적 의식의 재생을 기대하기 위함이었다. 니체는 『도덕의 계보』에서 도덕적 의식을 분석한다. 니체는 (『지하 생활자의 수기』 2장을 읽은 직후) 아마도 도스토옙스키의 영향을 받아 불쾌한 잠재의식의 목소리가 들리는 어두운 지하로 우리를 이끌어 간다.[3] 도스토옙스키가 그의 작품에서 드러내고자 한 것과 마찬가지로 니체도 도덕성과 형이상학적 욕구가 가장 추한 최악의 감정, 즉 자기비하, 심술schadenfreude, 잔인함과 앙심과 같은 감정에서 발생한다고 주장한다. 여기서 니체는 도덕적 의식과 그 의식의 가장 강력하고 아름다운 산물들, 즉 기억, 자각, 자제, 책임, 정의감의 발전을 가장 어둡고 가장 파괴적인 충동을 제어하고 승화시키는 점진적인

---

3 다음을 참조하라. C. A. Miller, "Nietzshe's 'Discovery' of Dostoevsky", *Nietzsche Studien* 2, 1973, pp.202~257. [옮긴이] 그는 도스토옙스키의 이 작품을 프랑스어로 읽은 것으로 알려져 있다.

'역사'로 보여 준다.

　해석을 어렵게 하는 도덕적 의식의 기원에 대한 니체 탐구의 한 측면은 심리적 현상을 구체화하고 인격화시키는 니체의 성향이다. 니체의 원형들 ── '금발의 야수', '주인', '노예', '자유로운 정신', '성직자'와 '철학자' ──은 그의 문체의 배경으로 작용할 때 사회적이거나 정치적 전형들이 아닌 심리적 방향 설정으로 인식될 수 있다. 이런 의미에서 '금발의 야수'는 존재의 전의식前意識 형태를 대표한다. 이런 유형은 육체적 자유를 즐기는바, 그의 행동과 본능의 발현은 구속받지 않는다. 그는 단순하고 무미건조하며 천진하게 잔혹하며 또 순진한데도 여전히 '건강하고' 고결하다. 그는 갈등을 신속하게 해결하고는 바로 그것을 망각한다. 그는 과거의 사건을 곱씹음으로써 자신이나 다른 사람들을 괴롭히지 않는다. 금발의 야수는 보다 더 복잡하고 '고결한' 심리적 유형인 '주인'의 원형으로 여겨질 수도 있다. '주인'의 유형은 예의 단순함과 건망증, 건강한 감각과 자신감, 그리고 행위능력을 공유한다. 그러나 발전된 인간 문명의 맥락에서 주인은 금발의 야수보다 더 훌륭하게 '교육받고', 책임감도 있고, 자의식이 더 강하다. 니체가 일반적으로 이러한 심리 현상들보다는 복잡하고 불안하지만 궁극적으로 생산적인 '노예'적 심리에 더 많은 관심을 가졌다는 점이 언급되어야 한다. 주인에 대한 니체의 논의는 오직 노예 유형과의 대조와 결합을 통해서만 이루어진다.

　『도덕의 계보』의 대부분은 양심과 죄라는 도덕적 감정의 유산 및 자의식, 통찰, 그리고 도덕적 의식을 수반하는 반성을 추적하는 데 할애되어 있다. 니체는 본래적인 의미, 즉 부채라는 의미에서 죄가 사회의 작용의 근간이라는 것을 파악하지만, 그런 의미에서 죄에는 도덕적 양심의 개념이 없다고 지적한다. 거꾸로 원초적인 죄는 사회·정치·경제생활에서 책임을 지고 '약속'을 지키며 채무를 지불하도록 사람들을 양육하는 단순한 체계를 의미한다. 부채 탕감의 등가물로서 공개적인 육체적 처벌이라는 개념은 니체에게 있어서 주인의 근원적인 심리를 나타낸다. 다시 말해 외적으로 방향 지어진 잔혹한 충동의 지속과 육체적 고통의 즐김은 단순하고 구속받지 않는 '건강한' 정신성을 암시한다. 여기에 정의와 법의 원초적 개념이 담겨 있다(GM, 83). 각 개인에 대한 효과는, 니체에 따르면, 개인을 '길들이고', 신중하며 세련되고 책임감 있는 사람으로 만드는 것이다. 니체는 이러한 종류의 윤리적 양육의 필요성을 의심하지는 않았지만, 도덕적 본성에 대한 신화시학적이고 '형이상학적' 관점으로 빠르게 옮겨 간다. 이러한 종류의 사회적 관계는 정신의 생활과 더 깊은 도덕적 의식의 정수에는 영향을 미치지 않는다.

니체의 견해에 따르면 도덕적 의식의 기원은 다른 유형의 어떤 힘의 관계와 유사하다. 만약 사회적 계약과 부채 상환이라는 관념이 대등한 사이에서 작용하는 정의라면, '복수'라는 전적으로 다른 정의의 관념은 대등하지 못한 자들의 관계에서 드러난다. 니체는 도덕적 의식의 발전을 논하며 강한 것과 약한 것, 주인과 노예, 정복자와 피정복자, 무사와 사제라는 대립적 이미지를 사용한다. 복수의 욕망은 지상에서의 사물의 질서가 본질적으로 그리고 불변적으로 불공정하다는 감각에서 비롯한다. 선천적으로 무력하고 약한 사람은 전적으로 자신에게 불리한 환경에서 살 수밖에 없다. 그는 자기 자신을 약하고 나쁘고 무시당하는 사람으로 여기게 되는 것이다. 니체의 주장에 따르면, 결과적으로 외부 세계에 대한 적의는 부정적 자의식의 토대가 된다. 징벌이 신속하게 행해질 수 없으므로 복수에의 욕망은 '반작용'하는 방식으로 충족된다. 원한의 인간, 사제는 자신의 고통을 기억한다. 그는 숙고하고 음모를 꾸미고 시연한다. 그의 장기적인 곱씹기는 그가 상징적으로 사유하고, 자기조절 능력을 갖추며, 가치를 조작하고 왜곡하는 방법을 배울 때 생산적이 된다(GM, 38). 결국 그는 힘, 자기확신, 고귀함, 행복, 건강과 같은 관습적인 '주인'의 가치를 뒤집음으로써 복수를 실현한다. 원한의 인간은 이러한 가치들을 '악'으로 재해석한다. 그는 자신의 분노를 사랑으로, 나약함은 친절함과 상냥함으로, 복수심은 정의로 다시 명명한다. 원한의 감정은 내세적 이상들이 만들어지는 '암흑의 작업장'인 셈이다. 어떤 것도 더 이상은 표면상으로 보이는 것이 아니다. 세계는 분열된 것으로 지각되고, 세계의 보이지 않는 측면이 눈에 보이는 것보다 '더 진실하게' 나타난다.

니체의 관점에서 보면, 도덕적 의식의 아주 난처하면서도 심오하고 유익한 측면은 '나쁜 양심'이라는 현상이다. 나쁜 양심은 전반적인 허약함과 비참함의 감정, 지속적인 부채감에서 비롯한다. 이러한 감정은 감당할 수 없는 실존적 필요 때문에 모든 욕구와 충동을 강하게 억제함으로써 발생한다. 니체는 나쁜 양심을 만드는 조건을 바다 동물의 육지로의 이동 혹은 느슨하게 결합되어 방랑하는 사람들에게 '국가' 구조를 도입하는 것과 비교한다(GM, 84). 또한 자연 '법칙'의 석벽에 자신의 머리를 부딪치는 도스토옙스키의 지하생활자의 체험과의 비교가 떠오른다. 이 두 가지 경우 인간은 변화시킬 수 없고 희망을 주지도 않으며 자신이 약하고 추하고 그릇되었음을 믿게 만드는 삶의 '진실'과 마주하게 된다. 그러나 비난할 상대가 없다. 복수는 무의미하다. 이렇게 자유를 박탈하는 효과는 공격적이고 폭력적인 충동을 승화시키는 데 있다. 다시 말해서, 그 충동을 자신의 내부로 돌리게 하고, 자신을 갈가리 찢어발기며 분석하고 처벌하게 한다. 니체의 말에 의하면, 그 장기적인 결과가 더 예민한 감수성과 통찰력 그리고 존재에 형체를 부여하는 능력이다. 드디어 인간은 자신의 직접적인 조건을 넘어서서 사건에 대한 해명과 이유를 찾게 된다. 니체에 따르면, 이러한 탐색이 바로 창조적 상상력의 탄생을 의미한다(GM, 85). 전적인 절망에 직면해서 인간의 고통을 설명하고 정당화하기 위해 '영혼'과 '자유의 본능'이라는 개념이 발명되었다고 니체는 말한다(GM, 84). 마찬가지로 검열로 삭제된 유명한 『지하생활자의 수기』의 한 대목에서 도스토옙스키의 지하생활자는 그리스도를 '발명해 내기' 시작한다.

니체의 가장 독창적인 통찰 중의 하나는 두 가지 정신성, 즉 '사제의 원한'과 '예술가–철학자의 나쁜 양심'이 매우 다른 종류의 사회와 문화로 이어진다는 데 있다. 상징주의자 드미트리 메레시콥스키와 뱌체슬라프 이바노프가 찾은 니힐리즘의 딜레마에서의 출구는 이러한 생각과 상통한다. 니체에 따르면, 원한의 심리는 사회와 문화에 억압적인 영향을 미친다.

만약 '인간'이라는 맹수를 잘 길들여서 개화된 동물, 즉 가축으로 단순화시키는 데에 모든 문화의 의미가 있다고 […] 그렇다면 고귀한 종족이 그들의 이상과 함께 혼란에 빠져서 전복되는 원동력으로 작용하는 저 모든 반동의 본능과 원한의 본능이야말로 의심의 여지없이 실제적인 문화의 도구로 봐야 할 것이다. (GM, 42)

니체는 근원적인 생명의 에너지에 형태를 부여하기보다 그것을 억압하고, 광범위한 인간 가능성의 영역을 제약하며, 단지 '길들이고' 통제하기만 하는 도덕성을 증오한다. 그러한 도덕에 내재된 도덕적·훈련은 일종의 '뇌엽절제술'인 셈이다. 다시 말해, 그것은 인간 본성의 중추에 대한 부정인 것이다. 인간 자신이 분열되고, 위협적이고 통제 불가능하면서도 궁극적으로 강한 비이성적인 충동은 지각되는 '이상적인' 인간의 본성에서 떨어져 나간다. 니체의 견해에 따르면, 당대의 독일 문화는 '악한' 충동에 대한 전체적 억압에 따른 시시한 결과에 불과하다. 인간의 본성을 '안전'하게 만드는 것은 가장 미묘한 방법으로 그 본성을 죽이는 것이다. 니체가 가장 두려워한 평온하고 공허한 니힐리즘의 뿌리가 여기에 있다.

니체는 진정한 자기변신을 위한 토대를 나쁜 양심의 역사 속에서 찾을 수 있다고 본다. 그에게 있어서 나쁜 양심은 일종의 질병이지만, 이것이 원한처럼 유해한 것은 아니다. 니체는 나쁜 양심을 "임신이 질병인 것과 같은 의미에서의 질병"이라고 명명한다. 나쁜 양심은 미래를 약속하며, 또한 그것은 창조의 형식이기도 하다(GM, 88). 니체는 이러한 현상에 내재한 심리적 순화 과정 속에 인간 갱생의 실제적인 토대가 있다고 여긴다. 니체에게 있어 나쁜 양심은 자기극복 및 초자아를 창조하는 수단이자, 존재에 형식을 부여하는 수단이다. 니체는 나쁜 양심의 심리적 효과를 다음과 같이 언급한다.

이러한 은밀한 자기학대, 이러한 예술가적 잔혹함, 곤란하고 저항적이며 괴로워하는 소재인 스스로에게 형태를 부여하여, 거기에 의지와 비판, 모순, 경멸, 부정을 새겨 넣는 이러한 기쁨, 괴롭히는 기쁨 때문에 스스로를 괴롭히며 자발적인 자신과의 불화로 인해 기괴하고 끔찍하게 기쁨을 주는 이러한 영혼의 작업, 결국 이러한 모든 적극적인 '나쁜 양심'은 [⋯] 이상적이고 상상적인 현상의 본래적인 모태로서 이상하고 새로운 아름다움과 긍정을 드러냈고, 어쩌면 아름다움 그 자체를 드러낸 것이다. [⋯] 만약 애초에 모순이 자각되지 않았다면, 애초에 추한 것이 스스로에게 "나는 추하다"라고 말하지 않았다면, 대체 '아름다움'이란 무엇이란 말인가? (GM, 87~88)

이러한 언급은 인간 본성의 '사악'하고 잔혹한 심리적 충동에 대한 니체의 가장 강력한 확언일 것이다. 그는 자기비하, 가혹함, 잔혹함과 추함이 순화되어 내부로 향하고 자각될 때 이것들이 그 대립물을 창조하는 과정을 포착한다. 여기서 니체는 자신이 그의 반론자, 즉 분노한 사제와 어떻게 구별되는지를 확연하게 제시한다.[4] 사

4 다음을 참조하라. GM, 116. 여기서 니체는 자신의 선행자에 대해 다음과 같이 쓴다. "금욕적인 사제는 최근까지도 역겹고 어두운 애벌레의 형태를 하고 있었는데, 이 형태 속에

제는 모든 사악한 충동들, 다시 말해 선한 것과 '이상적인 것'에서 인간을 멀어지게 하는 인간의 '동물적 요인'을 억압하고 단죄한다. 각자는 자신만의 세계에 존재한다. 니체는 순화된 형태의 악을 잠재적으로 생산적인 에너지라고 주장한다. 그는 우리의 최상의 목표를 개념화하는 과정에서 인간 본성의 추악한 측면의 작용을 역설하고 있다.

니체의 후기 저작에서 중요한 국면인 동시에, 러시아 독자들이 반응할 법한 어떤 국면은 자신의 도덕-종교적 요구에 답하려는 그의 시도와 관련된다. 니체는 자기 시대의 도덕적 질병을 진단하며 도덕적 건강에 이르는 방법의 탐색과 마주한다. 니체의 사유는 이 지점에서 '진보적이자 퇴보적인' 것으로 적절하게 명명되었다. 그의 미래에 대한 비전은 많은 면에서 기독교 이전, 소크라테스 이전의 아주 먼 과거 신화에서 얻어진 것이다.[5] 니체는 고대의 디오니소스 신화를 부활시킴으로써 그의 도덕적 반란을 시도한다. 어둡고 역설로 가득 찬 이 신화가 합리적인 아폴론의 신화보다 더 비중 있게 다뤄진다는 것은 기독교적 우주론이 오랫동안 답변해 온 정서적 욕구의 충족에 대한 니체의 관심을 보여 준다. 니체는 반기독교적인 외견을 취한 상태로 종교적 유산 다시 읽기에 나선다.

간단히 말해서, 디오니소스 신화는 순환하며 흘러넘치는, 파괴

서 살아 기어 다닐 수 있었던 것이다."
5 Ophelia Schutte, *Beyond Nihilism: Nietzsche without Masks*, Chicago: University of Chicago Press, 1984, p.8.

적이자 창조적이고, 고통과 환희가 연관된 힘으로서의 '생'을 찬양한다. 여기서 신의 특질은 대립적 요소의 쌍을 위계적 질서나 별개의 영역으로 분리시키지 않은 채로 나뉘어 있다. 디오니소스는 모든 본성을 포용하고 긍정함으로써 양성적이다. 신은 지상적인 동시에 신성하고, 가시적인 동시에 비가시적이며, 젊음의 에너지가 충만할 뿐만 아니라 죽음까지도 품고 있다. 이러한 특성 속에서 반란은 자기희생의 감수와 번갈아 나타난다. 지도자로서 디오니소스는 다양한 단계에서 영웅이거나 폭군이다.

마지막 저작에서 니체는 운명애amor fati, '영원회귀'와 '권력에의 의지'라는 개념에 근거하여 자신만의 디오니소스 신화를 정립한다. 자기긍정과 생의 긍정의 최상의 공식이 니체에게는 '영원회귀'의 이념이다. 이러한 개념은 모든 것 — 모든 모순, 딜레마, 절망, 생과 마찬가지로 죽음을 긍정하는 태도 — 을 포함하며, 그것이 또 한 번 반복되기를 바라기까지 한다. 이 개념은 '나쁜 양심'과 똑같은 심리적 과정에 토대를 두고 있다. 냉정한 시각의 명징함("아시아적이고 초아시아적인 눈", BGE, 68)을 통해, 심지어 가장 절망적이고 어둡고 니힐리즘적인 세계 감각의 승인을 통해 인간은 내부에서 반대되는 것을 발견할 수 있다. 즉, 여기서 "가장 고도의 정신을 지닌 채 생명력이 넘치고 세계를 긍정하는 인간 존재는 영원히 반복되었는바, 이 존재는 지속적으로 존재하는 어떤 것과도 타협하고 어울리는 법을 배울 뿐만 아니라 과거에 존재했고 현재에도 존재하는 것을 갖고 싶어 한다"(BGE, 68). 이러한 영원회귀의 이념 속에 니체가 행한 가치 재평가의 핵심이 들어 있다. 그는 지상의 삶의 추함과 고통에 방향성을 제시했다. 다시 말해, 그는 '고대적 동물적 자아'의 '사악한' 에너지를 승화시켜 거기에 합법적 존재의 지위를 부여했다.

니체는 존재로서의 최고의 정당성을 가장 창조적이고 투쟁적이며 진실한 인물들에게서 찾는다. 이런 사람들은 무조건적으로 '영원회귀'의 이념을 포용한다. 독일 역사에서 이들의 수는 극히 소수였는데, 니체는 괴테, 칸트, 하이네와 쇼펜하우어를 언급할 뿐이다. '실험'하고 자신을 시험하는 능력, 스스로를 최악과 대면하게 하고 '위대한 고통'을 받아들이며 자기 내부의 주인과 노예가 균형을 이루어 서로 맞서게 하는 능력이 니체가 '더 높은 본질'이라 일컫는 특징이다. 하지만 궁극적인 정당화는 미래, 즉 초인의 출현에 숨겨져 있다. 이 개념은 아주 다양하게 해석되어 왔다. 니체적 디오니소스의 해방적이고 생산적인 측면의 최상의 실현으로 고찰될 수 있다.[6] 초인은 자기발견과 자기극복 과정에서 정신의 심오한 창조적 에너지의 해방을 가시화한다.

니체에 의한 새로운 신화의 공식화는 발터 카우프만이 제기한 다음과 같은 질문으로 귀결된다. '이 독일 철학자는 자신이 약속한 가치에 대한 재평가를 얼마나 완수했는가?'[7] 니힐리즘과 기독교 교리의 유해성에 대한 니체의 지속적인 집착은 이러한 한 쌍의 대립물을 넘어서지도, 과거로 묻어 버리지도, 새로운 가치를 창조하지도 못

---

6 *Ibid*., pp.15~16, p.124.

7 Walter Kaufmann, *Nietzsche: Philosopher, Psychologist, Antichrist*, New York: Vintage, 1968, pp.110~113.

했음을 보여 준다(BGE, 136). 니체는 세례자 요한이 처한 상황과 비슷해 보인다. 그는 일종의 토대를 마련한 셈이다. 다시 말해, 그는 인간적 지각과 미래의 재평가를 위한 기대에 대비한 것이다. 아무튼 니체는 많은 독자들이 그의 저작에서 찾아내는 '새로운' 가치들을 창조하지는 못했지만, 그는 최상의 기독교 가치들 ── 사랑, 진실, 금욕주의(자기수양, 자제) ── 을 재정립한다.

『차라투스트라는 이렇게 말했다』와 『선악의 저편』에서 니체는 연민과 이웃 사랑이라는 기독교적 개념에 반하는 자신의 사랑에 대한 정의를 제안한다. 그의 견해에 따르면, 연민은 '건강하고' 강하며 고귀한 자가 약자에게 느끼는데, 그것은 너그러운 박애의 감정인 것이다(BGE, 205~208). 그러나 기독교적 이타주의는 그러한 방정식을 역전시킨다. 분노한 자, 약한 자는 강한 자에게 그리고 서로서로에게 상상 속 정신적 우월감에 준하여 관대하게 대한다. 니체의 주장에 따르면, 이러한 연민은 최악의 것과 허약한 것을 옹호하려는 목적을 지닌 위장된 분노로, 그것은 더 가까운 사람들에게 그들 자신의 비참함을 자각게 할 뿐이다. 진실한 사랑은 거의 경험되지 않는 감정인데, 동등한 자들 사이거나 간접적으로나마 합당한 적수 사이에 가능하다. 니체는 이웃에 대한 사랑보다 자기애의 이념이 더 중요한 것임을 강조한다. 여기서 자기애는 분명한 비전, 자기이해, '운명애'와 '지도적 이념'의 수용과 결합을 의미한다. 지도적 이념은 개인의 지배적 '능력'의 점진적이고 무의식적인 조절에서 발생한다(EH, 254).

니체는 있는 그대로의 삶의 분명한 승인을 가치 있는 것으로 여긴다. 이러한 실존적 진리는 이상주의적 기독교적 세계관과 대립한다. 니체는 쇼펜하우어의 '자연주의적' 세계관을 지지한다. 다시 말해서 감각, 지각, 해석과 판단의 정신생리학적 현실 외에 다른 현실은 존재하지 않는다.[8] 이전에 두 개의 영역으로 분리되었던 모든 양극성이 여기에 포함되어 있다. 니체는 모종의 '더 진실하거나' '더 실제적'이기는 하지만 입증할 수 없는 현실, 예를 들면 물자체나 의지 개념을 거부함으로써 쇼펜하우어에게서 벗어난다. 어쨌든 니체는 최우선 원칙, 즉 지상의 모든 활동에서 발견되는 응집적인 에너지를 찾아낸다. 그것이 바로 '권력에의 의지'이다(BGE, 48). 이러한 원칙은 이원론이 아니라는 사실을 강조해야 한다. 이런 원칙에는, 어떤 의미에서 그 지상적 발현보다 더 나은 내세적이고 불가지적 요소가 존재하지 않기 때문이다. 권력에의 의지의 물리적이고 심리적인 현존은 그것이 갖춘 유일한 현실이다. 이 철학자가 '권력에의 의지'의 일정한 발현을 다른 것의 발현에 비해 분명히 높게 평가하고 있음을 지적해야 한다. 이러한 이념에 대한 거칠고 물리적인 표현은 고려 대상조차 되지 않는다. 니체는 그것이 취하는 보다 고상하고 문화적인 형식들에만 관심을 갖는다. 게다가 창조적이고 성취적이며 삶을 긍정하는 이러한 의지의 발현이 자기부정적이고 죽음과 같은 사제적인 니힐리즘의 발현보다 높게 평가된다.

　　니체가 행한 가치 재평가에서 가장 중요한 부분은 금욕주의 개

---

8 이러한 관점에 대한 분명한 이해를 위해서 다음을 보라. Bernd Magnus, *Nietzsche's Existential Imperative*, Bloomington: Indiana University Press, 1978, pp.25~32.

넘인 것 같다. 여기서 니체는 '철학적 금욕주의'와 사제의 '금욕적 이상'을 구별한다. 사제의 금욕적 이상은 지상에서의 삶을 '잘못된 길', '존재의 다른 양식으로 향하는 다리'로 상정한다(GM, 117). 금욕적 사제는 삶 자체를 파괴함으로써 자신의 결함을 정당화하려 한다. 그리하여 사제가 설교하는 사랑은 복수심에 의해 허위로 모습을 드러낸다. 니체는 철학적 금욕주의라는 관념을 통해 인격의 전일성(TI, 96), 자기애와 세계 긍정의 태도를 높이 평가한다. 우리는 이 두 가지 금욕주의 형태 속에서 원한과 나쁜 양심의 개념에서 본 것과 동일한 대립을 보게 된다. 사제는 본능적인 충동을 억제하고 부정하지만, 철학자는 그것을 승화시켜 그 방향을 전환시킨다. 그러한 승화의 훌륭한 본보기는 『도덕의 계보』 제3장에서 발견되는바, 그 논의는 금욕적 철학자의 의식 속에서 미적 감각으로 변형되는 성적 충동에 관한 것이다. 여기서 니체는 특히 그의 선구자 쇼펜하우어를 다음과 같이 언급한다.

> 미적 상황 특유의 달콤함과 풍부함은 '관능성'의 요소에서 비롯될 수도 있지만 [⋯] 따라서 관능성은 미적 상태가 발현되는 것으로 극복되지는 않지만 [⋯] 단지 변형될 뿐이고 더 이상 성적인 흥분으로 의식되지 않는다. (GM, 111)

니체는 그의 대립자, 즉 금욕적 사제의 위신 추락을 위해 가능한 모든 것을 행하지만, 사제에게 권한을 주었던 것보다 높은 의미의 탐색은 결코 부인하지 않는다. 니체는 사제의 '허위'를 혐오한다.

그러나 고통스러운 장기간의 내적인 훈련에서 유래하는 자의식, 감수성, 세련됨 그리고 기억의 심오함은 인류가 얻은 최상의 성취물이다. 이제 니체는 자신의 목적 달성을 위해 그러한 성취를 활용하려 한다. 기독교 사제가 전前의식적 인류의 '고대 동물적 자아'를 억압하고 그 위상을 손상시키려 한 것처럼, 니체도 그러한 의심스러운 수단을 이용하여 사제를 악랄하고 거짓되고 혐오스럽고 무력하며, 궁극적으로 병들고 파괴적인 자로 심판하려 한다. 니체는 새로운 종류의 도덕적 의식을 도입하는데, 여기서 동물적인 것과 정신적인 것, 자연적인 것과 도덕적인 것, 지상과 천상, 선과 악, 주인과 노예의 구분은 제거되며 그는 이 두 원리의 연속체를 주장한다. 니체는 이러한 모순을 포괄하고 '이러한 대립적 가치들의 진정한 전투장'이 되는 정신에 근거한 새로운 '건강'이라는 개념을 제안한다(GM, 52). 그렇지만 니체는 내세적이고 천상을 바라보는 사제와의 여전히 강한 관계를 보여 준다. 이때 [『도덕의 계보』] 제2절의 말미에서 니체가 언급하는 바는 새로운 유형의 메시아, 즉 초인, "위대한 사랑과 경멸의 속죄자, 그의 압도적인 힘이 어떤 무관심이나 저편 어디에서도 편히 쉬게 놔두지 않는 창조적 정신"이다(GM, 96). 이러한 '메시아'가 비록 내세적이 아니라 지상적이기는 해도, 아직 존재하는 건 아니다. 기독교의 메시아처럼 초인도 미래에 도래할 것이다. 더욱이 타인들의 행위에 대한 '대속'이나 '속죄'의 이념은 여전히 이 유형 속에 살아 있다. 사제에게 그리스도가 '고대의 동물적 자아'의 죄를 속죄하는 존재인 것처럼, 이러한 새로운 인간적 이상은 지상의 원리를 억압하고 부정한 잘못에 대한 죗값을 치를 것이다. 삶을 억압하는 사제의 '금욕적 이상' 대신, 니체의 구원자는 삶을 긍정하는 철학적인 금욕주의의 구현체가 될 것이다. 이러한 새로운 신화적 원형은 기독교와 그것의 타락한 형태인 니힐리즘을 넘어서는 인간적 의식을 취할 것이며, 다른 형태의 도덕적 감수성을 형성할 것이다.

니체는 자기 시대 기독교의 도덕적 가치들을 실질적으로 재평가했다고 말할 수 있다. 그는 형이상학metaphysics을 '메타심리학'meta-psychology으로 교체했고, 이로써 도덕적 의식을 위한 심리적 근거를 제공했다. 도덕적 의식의 기저를 이루는 심리적 태도를 밝혀낸 것이다. 그는 인간 본성의 '고대의 동물적 자아'를, 파괴되어야 마땅한 것으로써의 '악'이라고 부르기를 거부했고, 정신적 삶 속에서 그것의 정당한 기능과 목적을 설정했다. 무엇보다 중요한 것은 그가 두 가지 유형, 즉 우세하고 금지된 도덕적 심리와 육성되고 순화된 도덕적 심리 사이의 긴장을 드러냈다는 사실이다.

니체 철학에는 러시아 독자들을 강하게 매료시킬 법한 감수성이 있었다. 문학적 암시와 추상적 사유의 혼합, 원형으로서의 이념의 인격화, 감정적이고 열정적이며 지극히 논쟁적인 분위기가 19세기 러시아적인 '이념의 문학'과 공명한 것이다. 니체의 강력한 '미래에 대한 불안'감은 러시아의 지적인 삶에서 뚜렷이 엿보이는 메시아주의를 심화시켰다. 그의 후기 저작들에서의 도덕적 탐구, 현존하는 존재론적 허구 및 가치체계들과의 대립이 러시아 독자들에게 매우 익숙하면서도 신선하게 느껴진 것이다. 그들은 문어文語가 사회적 행위의 모델을 제공한다는 오래된 기대에 따라 이 새로운 철학을 처음으로 해석한 것이다. 하지만 부분적으로 니체 철학의 체험을 통해 일부 독자들은 사실상 그들 자신의 문학 유산을 독해하고 평가하는 신선한 방법을 발견한 셈이었다. 무엇보다 중요한 것은 니체의 생기 넘치는 신화에 대한 연구가 도덕적 니힐리즘과 문화적 침체를 넘어서려는 러시아 독자들의 탐색에 처음에는 모델로서 나중에는 논쟁 상대로서 그들의 관심을 끌었다는 데 있을 것이다.

니체 해석의 전제 조건

니체와 러시아 독자들을 연결시키는 감수성은 합리주의 및 실증주의적 가치관을 갖춘 도덕적·형이상학적 반란에 대한 낭만적 충동으로 명확히 특징지어진다. 러시아 독자들은 니체 철학의 목소리와 19세기 중반 러시아 이념 소설에서 발견되는 등장인물들의 목소리의 유사성을 금방 알아차렸다. 니체의 문학·철학적 페르소나 — 전기적인 사실과 문학적 전설의 결합 — 는 도덕적 반란자라는, 러시아 소설에서 즐겨 사용하는 원형과 밀접하게 상응하는 것처럼 보인다. 즉, 니체의 문체, 그의 사상적 경향, 그리고 가장 중요하게는 그의 반란을 조건 지은 심리상태가 바로 그것이다. 실제로 전통적인 가치에 대한 니체의 비판은 러시아의 도덕적 반란의 전통과 여러 차례 비교되면서 니체가 실제로 영향을 미쳤는가라는 질문이 대두될 정도였다.[9] 때때로 그의 이념은 비슷한 러시아적 이념의 전용을 위장술로 감춘 것처럼 보였다. 그럼에도 불구하고 보다 현명한 독자들은 서로의 이념을 구별해 냈고, 이런 차이를 구별하지 못한 독자들 역시 흥미롭고 주목할 만한 방식으로 그들의 선조들을 연결시켰다. 더 나아가 이러한 연관성을 논하기 위해서는 러시아적인 도덕적 반란의 역사와 신화를 니체의 이념과 구별해야 할 것이다.

도덕적 반란자라는 러시아 소설의 원형은 사회·정치적인 병폐로 가득한 문화적 토양에서 발생했다. 1825년의 데카브리스트 반란은 완전한 실패로 끝났지만, 정치적 개혁과 사회적 정의를 탐색한 고귀하고 자유로운 영혼이라는 영웅들의 전설을 남겼다. 이후에 차르 니콜라이 1세의 재위(1825~1855) 마지막 십 년간 사회·정치적 변화를 위한 이론적 근거가 보강되었다. 1840년대에 주요 대학을 중심으로, 특히 모스크바와 상트페테르부르크에서 지식 서클들이 만들

9 러시아 문학의 독자로서 니체가 유럽 문학에 영향을 미친 러시아의 첫 번째 주요 사례를 대표한다는 점을 지적해야 한다. Miller, "Nietzscher's 'Discovery' of Dostoevsky", pp.202~257. 밀러는 '노예의 도덕'이라는 니체의 이념에 미친 '나약한 마음'이라는 도스토옙스키의 이념의 영향을 발견한다. 다른 실례로는 톨스토이와 도스토옙스키의 기독교적 이상이 『안티크리스트』에서 그리스도에 대한 후기 니체의 재고에 미친 영향에서 발견될 수 있다. 니체가 톨스토이의 금욕적 정신성과 도스토옙스키의 '퇴폐적이고' '숭고하며' '아프고' '아이 같은' 그리스도에 진심으로 동의하지 않았을 때조차도, 이 두 작가에 대한 가장 깊은 존경심을 품고 있다(A, 142~143). 그는 이 작가들 각자와 많은 것을 공유한다. 『안티크리스트』에서 니체는 사도 바울과 수백 년의 신학이 그리스도의 것으로 귀결시켰던 모든 것에서 해방된 복음서의 세속적 그리스도를 거의 환희에 차서 재발견하게 된다. 이러한 그리스도의 모습은 축복받은 존재의 의식을 지니고 있다. 그의 도덕성은 악에 대한 무저항이라는 톨스토이의 이념과 매우 비슷하다(A, 145). 도스토옙스키의 기독교 이념과 마찬가지로, 이러한 그리스도의 '신의 왕국'은 '마음속에 있는 경험'이다(A, 147). 두 러시아 작가와 마찬가지로, 니체의 그리스도는 세속적인 실천을 통해서, 축복받았다는 자기 자신의 감정에 따른 삶과 죽음을 통해서, 사랑을 통해서 자신의 마음 상태를 증명한다(A, 148). 니체는 그리스도에게서 자기 자신의 가장 높은 가치를 발견한다. "정신을 해방시켰던 우리, 오직 우리만이 이해되지 못했던 19세기의 그 무엇을 이해하기 위한 조건을 소유한다. 그 진실성은 다른 어떤 악보다 훨씬 더 커다란 '신성한 악'에 대해 전쟁을 시작하는 본능과 열정이다."(A, 148)

어졌다. 이곳에서는 프랑스 사회주의 이론들과 독일의 관념론 및 후기 관념론 철학이 혼란스러운 도취 속에서 뒤섞였다. 시대상을 왜곡할 위험을 무릅쓰고라도 반세기 후 니체 수용을 위한 문화적 서브텍스트를 제공한 사상가들을 구별해야 할 필요성이 있다. 이들 중에서 선두는 뛰어난 사상가는 아니지만 후기 헤겔학파인 막스 슈티르너(1806~1856)였다. 슈티르너의 책 『자아와 그의 자산』*Der Einzige und sein Eigentum*(1845)은 1840~1850년대 러시아에서 어느 정도 열광적인 분위기에서 읽혔다. 무정부주의적인 개인주의 성향의 이 철학은 개인적 의지의 우위를 내세웠다. 그가 사회적 무정부주의를 옹호한 이유는 사회적이고 지적인 완전한 자유 속에서만 각자가 자신의 개성을 충분히 실현할 수 있다고 믿었기 때문이다. 슈티르너는 사회적인 혼란, 국가에 대한 저항과 '만인에 대한 각자의 투쟁'을 고무시켰다. 1840년대 슈티르너의 사상은 벨린스키와 그의 그룹에게 '선한' 에고이즘의 가능성이라는 솔깃한 문제를 제기했다.[10] 이러한 문제는 개인의 유일성과 독자성에 노심초사했던 루진(*Rudin*, 1856)과 시그롭스키 현의 햄릿("Hamlet of Shchegrovsky District", 1852)과 같은 사회적·도덕적 아웃사이더, 즉 투르게네프의 '잉여인간'에 의해서 그럴싸하게 윤색되었다. 1890년대, 슈티르너의 유산은 니체 철학의 무정부적 맥락에 독자들이 감응하게 하는 데 일조했다.[11]

---

10 다음을 참조하라. P. V. Annenkov, *Literatrunye vospominaniia*, Moscow-Leningrad: Academia, 1928, pp.558~563『문학 회상』].

11 Nikolai K. Mikhailovskii, *Literatrunye vospominaniia i sovremtnnaia smuta*, vol.2, St. Petersburg: Vol'f, 1900, p.398『문학적 회상과 현대의 혼란』]; Vladimir A. Posse, *Moi*

1848년에 유럽을 뒤흔든 혁명의 여파로 소규모 지식 서클들 대다수가 체제 전복적이라는 이유로 해체되고 그 구성원들은 처벌을 받았다. 사회를 향한 이념의 출구의 결여는 투르게네프적인 '잉여인간', 즉 사회개혁 방법을 숙고했으나 그것의 실천에는 무력했던 세대를 탄생시켰다. 그러나 개혁 정신이 소멸된 것은 아니었고, 그 후 되살아나 훨씬 더 급진적이고 비타협적이 되었다. 농노를 해방시켰던 1861년 대개혁의 어중간한 결과로 인해 정치적 반란의 분위기가 무르익어 갔다. 1850년대 말 대학생 그룹들 속에서 보다 급진적인 신세대 사상가들이 형성되었다. 지적인 논쟁이 격렬해지고 첨예하게 극단화되었다. 이러한 소란 속에서 중요한 역할을 한 것은 프랑스의 급진 사상과 영국의 과학적 실증주의였다. 독일의 관념론은 지나치게 모호하고 비현실적이라는 이유로 배척되었다. 1890년대 러시아적인 니체 이미지 형성에 선구적인 의미를 지니는 것은

zhiznennyi put': dorevoliutsionnyi period (1864-1917 gg.), Moscow-Leningrad: Zemlia i fabrika, 1929, p.106[『내 삶의 노정: 혁명 이전 시기』]. 슈티르너의 철학은 1860~1870년대 동안에 여러 가지 사회주의와 무정부주의적인 원칙들의 빛을 잃게 만들었다. 니체 철학의 발견과 함께 슈티르너의 철학은 다시 인기를 누렸다. 1894년에 글을 쓰면서 미하일롭스키는 슈티르너를 니체의 '선구자'라 불렀다. 그는 슈티르너의 이기주의 철학을 최고의 야짐으로 요약했다. "나 혼자만 존재한다. […] 그리고 오직 나만이 모든 도덕적 가치의 전달자이다." 고리키를 '발견하고' 그의 명성이 빨리 상승하도록 도왔던 마르크스주의자이자 저널리스트인 포세(Posse)는 슈티르너를 니체와 같은 차원에 놓고 기억했다. 『내 삶의 노정』(The Course of My Life)에서 포세는 다음과 같이 썼다. "나는 슈티르너에게서 총파업의 혁명적이고 해방적인 의의에 대한 천재적인 예상을 발견했다. 나는 그에게서 언론의 자유, 집회의 자유, 그리고 가장 자유주의적인 법률로 그토록 열심히 제한한 다른 모든 자유를 획득할 수 있는 그러한 비밀의 질서, 범죄에 대한 대담한 권리의 선언을 발견했다."

1860~1870년대의 다윈주의였다. 생물학의 진보, 특히 다윈의『종의 기원』과 스펜서의 저작들은 러시아 급진적 유물론 사상의 출발점이 되었다. 니힐리스트 드미트리 피사레프와『아버지와 아들』(1862) 속 그의 문학적 분신 바자로프는 사회적 현실을 오로지 과학적 접근을 통해서만 인식이 가능한 것으로, 초합리적 개념으로 이해했다. 피사레프는 이상적인 인간 사회를 벌집에 비유했고, 바자로프는 인간을 개구리와 동일시했다. 특히 1890년대의 니체 비방자들은 이러한 조악한 유물론, 즉 동물성을 우위에 놓고 인간 본성의 정신적 측면을 부정한다고 니체를 단죄하려 했다.[12]

이처럼 1860년대의 달아오른 전투적 분위기 속에서 뛰어난 러시아 소설들이 등장했다. 여기서의 사회적 불안은 도덕적·형이상학적 불만과 근원적으로 연결되어 있었다. 이러한 소설들에 등장하는 니힐리스트적 개성들 속에서 도덕적 반란이라는 러시아적 전통의 아주 심오한 표현을 발견할 수 있다. 우리가 관심을 돌려야 하는 것은 바로 이러한 인물들이다. 만약 니체 사상이 읽혔던 분위기와 그 분위기 속에서 니체 사상의 독특한 특질을 이해하려 한다면 말이다.

니체의 반항적인 개성과 니힐리스트의 러시아적 원형 사이에는 확실히 강한 유사성이 존재한다. 양자에 대해서는 '더 높은 본질'이라고 특징지을 수 있을 것이다. 양자는 공히 잘 발달된 도덕적인 정

---

12 니체와 러시아 니힐리스트들 사이의 대비적인 논의에 대해서는 다음을 참조하라. Arthur C. Danto, *Nietzsche as Philosopher*, New York: Macmillan Publishing Co., 1970. 단토는 러시아의 과학적 세계관을 강등된 종교적 믿음을 대체하는 새로운 믿음이라 불렀다.

직성, 주위의 삶에 대한 무시, 가치 있는 삶의 목적을 찾고자 하는 강력한 욕망 또는 니체가 '지배적 이념'(Z, 89)이라고 불렀던 바를 공유한다. 양자는 전통적인 가치체계에 도전하고 이 체계의 허위성을 폭로한다. 도덕적 의식에 대한 니체의 연구는 물론 러시아적 전통에서 도덕적 회의는 '인간적인 너무나 인간적인' 것에 대한 깊은 혐오, 다시 말해 구속 없는 인간 본성의 순진성과 예견성에 대한 혐오에 의해 촉발된다. 인간 그 자체는 무익하고 어리석어 보인다. 즉, 잔혹한 농담 같은 것이다. 그러나 무엇보다 서글픈 것은 사람들이 완성에 이를 수 없다는 데 있는 듯하다. 니체는 물론, 러시아적 '반란자들'도 '심장' — 열정, 욕구, 본능, 직관 — 과 '이성' — 자제력, 선명한 시야, 합리성 — 사이의 숙명적 분열을 탐구한다. 러시아 문학의 주인공들을 지배하는 것은 '심장'에 대한 멸시였다. 심장은 그들에게 나약하고 취약한 것으로 여겨졌다. 결과적으로 심장은 이성의 오만함에 의지할 뿐이다. 실례로, 레르몬토프의 『우리 시대의 영웅』(1840) 속의 페초린은 타산적으로 공작 영애 메리의 애정을 얻고 난 후 다시 그 애정을 거부함으로써 경멸받을 만한 인간 본성의 예견성을 자기 자신과 주변 사람들에게 보여 주고 있다. 『아버지와 아들』의 바자로프는 생물학적으로 계산 가능한 크기로 감정을 축소시킨다. 도스토옙스키의 지하생활자(1864)는 예상되고 관리되는 것처럼 보이지 않고자 애쓰면서 다른 극단으로 떨어진다. 비뚤어진 그의 고통에 대한 탐닉은 스스로 주장하듯이 그저 '피아노 건반'이 되는 것으로부터 그를 버티게 해준다. 그럼에도 불구하고 그는 다른 사람들과 마찬가지로 리자와의 애정관계 속에서 '심장'을 모욕한다. 반면에 니체는 그의 출발점이었던 니힐리즘 전통을 극복하려고 한다. 니체는 심장과 이성의 심연에 다리 놓기를 원하며, 인간 본성 속의 비합리적인 것에 정당성을 부여하고 합리적인 것과 비합리적인 것 간의 유용한 상호관계를 설정한다.

소설 속의 니힐리스트들과 니체의 철학적 페르소나는 일종의 도덕적 애매성을 공유한다. 이러한 인물들 속에는 높은 도덕적 감수성과 매우 부도덕한 행위 사이의 간극이 존재한다. 때로는 그들의 행위가 차갑고 끔찍하게 보임에도 불구하고, 그러한 행위는 진실에 대한 열정, 사물의 '불공정한' 본질에 대한 날카로운 의식 및 삶에 대한 지나치게 고상한 요구에 의해 촉발된 것이다. 국외자로서 그들은 일반적으로 받아들여지는 여러 가치들의 불일치와 훌륭하게 받아들여지는 사람들의 자기기만을 인식한다. 그들 모두 ── 페초린, 바자로프,『전쟁과 평화』(1863~1867)의 안드레이 공작, 이반 카라마조프(1880) ── 는 고결성의 불꽃을 지니며 자신은 물론 아주 가까운 사람들에게도 무자비하게 정직하다. 그들의 보다 심오한 비전은 그들의 행동이 갖는 잔혹성을 완화시키고 있을 수 있는 사회적·정신적 완성의 길을 약속하는 것처럼 보인다.

니체에게서 이러한 '자유로운 정신들'은 궁극적으로 보다 생산적이고 삶을 긍정하는 자아의식으로 스스로를 변형시킬 최고 유형의 인간 의식을 갖춘 반면, 러시아 전통 속에서 이러한 정신들은 근본적이고 본능적인 삶 자체에 대한 감각에 적대적인 모습을 보여 준다. 타인의 감정에 대한 무시와 자신의 감정에 대한 모종의 결벽증은 자기 내부의 실제적 요구, 즉 신뢰하고 느끼고 무언가를 믿으며 살아가게끔 하는 요구들의 부정으로 주인공을 이끌어 간다. 결과는 초합리주의의 차갑고 파괴적인 형식과 결합한 기이한 형태의 금욕주의이며, 그것은 세상에 대처하는 능력을 훼손한다. 예를 들어, 페초린은 세상으로부터 점점 더 멀리, 이국적이고 거친 캅카스와 그 너머의 영지로 내몰린다. 안드레이 공작은 전쟁으로 내몰려 치명상을 입는데, 너무나 당연하게도 그의 신체의 '동물적인' 부분, 즉 복부에 상처를 입는다. 바자로프는 티푸스에 걸린 농민들을 치료하다가 손가락을 베이고 감염되어 죽는다. 안드레이 공작의 부상과 같은 '사고'는 신체, 즉 동물적 자아에 대한 의도치 않은 부정으로 이해할 수 있다. 지하생활자는 사회에서 떨어진 어두운 고립의 상태에서 자신과 대화하며, 라스콜니코프는 자살을 생각한다. 또한 스타브로긴과 키릴로프는 자살하고, 이반 카라마조프는 뇌염에 걸린다.

니체는 물론 러시아의 반란자들도 현존하는 가치체계의 실패를 만회하고자 '새로운 인간'이라는 그들 자신의 원형을 구상한다. 이러한 원형들 모두는 이 니힐리스트들이 신뢰하는 기질, 즉 자아와 지력 그리고 의지를 이상화한다. 이것들은 인간 본성과 인간 사회를 고귀하고 아름다운 불가침의 어떤 것으로 급진적으로 변형시키려는 열렬한 바람을 표현하고 있다. 바자로프는 스스로를 새로운 인간의 실질적인 체현으로 바라보는 유일한 사람이다. 그는 끝없는 에너지와 지식 그리고 열정을 지니고 있다. 비록 그에게는 사회를 개조할 건설적인 계획은 없지만, 그는 미래를 현재와는 완전히 차별적인 것으로 예상한다. 다른 개념화의 경우 역사적이거나 종교적인 원형들로 모델화되어 있다. 실례로, 안드레이 공작은 나폴레옹을 완전한 인간의 이상형이라고 믿는다. 여기서 나폴레옹은 영예로운 사령관이며 사회의 개혁자이고 이성적이고 정의로운 통치자이다. 『죄와 벌』(1866)의 라스콜니코프 역시 새로운 사회를 건설하기 위해 특수한 도덕적 특권을 누리는 나폴레옹 같은 지도자를 기대한다.

또 다른 니힐리스트들은 진실과 정의에 대한 요구에 답하기 위해 신비주의적 원형을 상상한다. 도스토옙스키의 『악령』에서 키릴로프는 그리스도를 닮은 수난자, 즉 인신人神이 되기를 꿈꾸는데, 이 인신은 죽음의 공포와 신의 형벌을 극복함으로 형이상학적 불안에서 치유된다. 키릴로프의 도덕적 지향과 니체의 지향은 기독교적 신화를 재독해한다는 점에서 매우 유사하다. 키릴로프와 차라투스트라는 금욕적인 그리스도의 현대판 구현체이다. 니체의 초인은 키릴로프의 인신의 개념과 놀랍도록 유사하다. 미래에 있을 인간 의식의 변형과 해방을 약속한다는 의미에서 그렇다. 양자는 현재의 인간을 보다 완전한 존재를 향해 놓인 '다리'로 본다. 차라투스트라가 생각하는 인간의 이미지, 즉 '원숭이와 초인 사이에 놓인 다리'는 널리 알려져 있다. 키릴로프의 직업은 엔지니어인데 다리를 건설하기 위해 시골로 간다. 그가 건설하려는 '다리'는 물론 정신적인 것이다. 그는 보편적인 행복을 향한 길을 건설하는 일에 자신을 바치고자 한다. 결국 키릴로프는 물론, 니체 역시 억제하는 전통적인 도덕을 생산적인 것으로 교체하고자 하는 것이다. 양자는 절대적이고 속세를 초월한 법과 규범을 거부한다. 인신은 초인과 마찬가지로 자신의 행동이 아닌 자기 스스로를 심판함으로써 도덕적 가치를 재평가한다. 키릴로프는 진정으로 자신을 선하다고 느끼는 사람이 필연적으로 선을 행할 것이라 믿었고, 반면에 니체는 심오한 자기애가 '가치 창조적' 정신성의 필연적 요소라고 주장한다(BGE, 205).

그러나 이 두 가지 원형 사이에는 본질적인 차이가 존재한다. 초인은 키릴로프적 인신이 토대를 둔 소외된 아집을 극복한다는 점에서 키릴로프의 이상과 구별된다. 미래에 있을 변모는 자기인식, 즉 심연을 마주하고도 갖게 되는 삶의 긍정을 통해서 실현된다. 그것은 부정의 극단적 형식, 즉 자살을 통해서 실현되는 게 아니다. 초인은 '육체' 내부의 무의식적인 생명의 힘과의 심오한 연계를 상정하는데, 그러한 힘은 승화된 형태에서 분투하고 창조적이 되며 결국에는 존재 자체를 찬양하는 에너지를 개인에게 부여하는 것이다.

이러한 도덕적 원형들은 그 창조자들과 마찬가지로 애매성에 시달린다. 이 원형들은 보다 고귀한 목적의 실현을 위해 관습적인 표준의 실제적 희생을 대변하는 것이다. 도덕적 혁신은 행위를 통제하는 전통적 승인체계를 거부함으로써 도달되는 것으로 상상된다. 니체는 십계명과 같은 기초적인 법칙이 삶의 에너지의 원천 자체에 파괴적이라고 주장함으로써 이러한 경향을 더욱 강화한다. 니체는 자유로운 정신이 심오한 창조적 힘을 회복하고 살아 생동하는 신화를 조직하기 위해 기존의 법칙들을 넘어서야 한다는 의미에서 "선악의 저편"의 의식을 제기한다. 그러나 러시아 선구자들에 반해 니체는 인간의 감각을 정당하게 평가한다(Z, 44; A, 148). 연민의 미덕을 거부했음에도 불구하고 차라투스트라는 그것을 몰아낼 수는 없었다. 게다가 그는 '사랑'을 드물기는 해도 매우 강하게 동기를 부여하는 힘으로 평가한다. 이와 같이 니체는 러시아의 반란자들과는 달리 오래된 미덕과 투쟁하여 그것을 재평가함으로써 오래된 미덕에 새로운 활력을 부여한다.

러시아 전통에서 도덕적 반란과 그로 인한 니힐리즘은 일종의 고귀하고 영웅적인 질병으로 취급되곤 한다.[13] 이들은 가장 심오한 의미에서 파괴적이고 자멸적이다. 이러한 주인공들은 삶 자체보다는 구원이라는 자신의 신화에 더 밀착되어 있다. 그들은 현실을 이상보다 못한 것으로 치부하여, 지상의 존재에 대한 치명적인 멸시에 사로잡힌다. 여기서 니체는 니힐리즘적 경험의 가치와 삶의 충만함을 동시에 고수하기 때문에 자신의 선구자들을 넘어선다. 니체는 이러한 종류의 질병을, 삶을 긍정하는 의식의 탄생으로 절정에 이르는 '잉태'로 인식한다. 니힐리즘적 반란 속에는 사멸하는, 광적이며 독단적인, 그리고 결국 다시 태어날 디오니소스의 열정이 들어 있다. 반대로 19세기 러시아 작가들은 조화와 극기의 신화들 속에서, 이성과 감정 사이의 끔찍한 분열의 문제에 대한 가장 강력한 '해결책'을 발견한다. 차후, 니체가 그들의 정신적 '권태'에서 비롯한 것으로 거칠게 비판한 바 있는 그러한 가치 구조들은 당시의 러시아 작가들에게는 진정한 구원의 원천이었다.

도덕적 반란에 대한 해결책으로 등장하는 이 두 가지 신화는

---

13 앨런 찬시스(Ellen Chances)는 이러한 등장인물에 대한 러시아 작가들의 양가적인 태도를 보면서 비슷한 점을 지적한다. 그녀는 19세기 소설에서 잉여인간의 원형을 불순응이라는 관점에서 검토하면서 순응을 향한 강력한 충동을 보여 준다. 다음을 참조하라. Ellen Chances, *Conformity's Children: An Approach to the Superfluous Man in Russian Literature*, Columbus: Slavica, 1978.

오랫동안 고통받던 러시아 민중과 자기희생적인 지상의 그리스도에 대한 것이었다. 두 가지 신화는 중세 러시아 기독교에 뿌리를 두고 있지만, 사회 공동체의 이상으로서 오브쉬나обшина와 집단적 신앙의 이념인 소보르노스트соборность에서 새로운 생명을 얻었다.[14] 첫 번째 신화에서 숭배의 대상은 농민 대중이다. 도널드 펭거가 지적한 바처럼, 농민의 형상은 개별성을 개념화한 게 아니라 대중의 성화상이다.[15] 이러한 농민의 형상은 망상에 빠진 잉여인간에 대한 답변이다. 게다가 이러한 유형은 니힐리스트들의 '남성적' 아집과 이기주의에 대조되는 '여성적' 특성들, 즉 무한한 관대, 오랜 인내, 지혜와 보살핌 같은 특성들을 갖는다. 투르게네프의 단편 「살아 있는 미라」(1852)의 인내심 강한 불구자 루케리아, 톨스토이의 단편 「이반 일리치의 죽음」(1886) 속의 친절하고 젊은 농민 게라심, 도스토옙스키의 단편 「농민 마레이」(1876)의 다정한 마레이와 심지어 코롤렌코의 단편 「마카르의 꿈」(1885)의 고통받는 순박한 마카르 같은 인물들은 도덕적 반란자들이 갈망해 마지않던 운명 앞에서의 안정과 대담함을 지니고 있다. 여기서 중요한 것은 마레이를 제외한 모든 인물들이 죽음을 지향하고 있다는 사실이다. 그들이 마주해야 하는 커다란 사건은 그들 자신의 죽음이거나 가까운 누군가의 죽음이다. 그들은

14 겸손, 부드러움, 슬픔에 잠긴 즐거움을 상징하는 신화적 전형은 케노시스[그리스도의 자기 비움과 낮춤]의 러시아적 전통에 깊은 근원을 두고 있다. 이러한 유산에 대한 논의는 다음을 참조하라. G. P. Fedotov, *The Russian Religious Mind*, vol.1, Cambridge: Harvard University Press, 1966, pp.94~130.
15 Donald Fanger, "The Peasant in Literature", ed. W. S. Vucinich, *The Peasant in Nineteenth-Century Russia*, Stanford: Stanford University Press, 1968, pp.231~262.

평온한 기쁨으로 죽음을 맞이한다.

다음으로 지상의 살아 있는 그리스도에 관한 신화는 교회에 의해 확립된 그리스도의 보다 더 추상적인 이념과의 의식적 대조에서 발생한다. 여기서 그리스도의 이미지는 농민의 유형이 그런 것처럼 '여성화되어' 있다. 그러한 첫 번째 인물들 가운데『죄와 벌』의 소냐 마르멜라도바와『전쟁과 평화』의 공작 영애 마리야 같은 여성들이 있다는 사실은 놀랍지 않다. 농민 유형들과 마찬가지로 이 여성들은 평온, 고통의 수용 그리고 희생을 기꺼이 받아들이는 자세를 보여준다. 도덕적 반란자들에게는 이러한 그리스도적인 인물들이 성상화적인 농민의 유형들보다 더 받아들이기 쉽다. 그들은 니힐리즘과 관련하여 실현 가능한 해결책을 제시하는 것으로 보인다. 사회적으로 이런 등장인물들은 작품의 주인공과 동일한 수준에 있으며, 이따금 공작 영애 마리야 또는 알료샤 카라마조프의 경우처럼 주인공들과 혈연적으로 연결되어 있다. 심리적으로 그들은 농민의 유형들보다 더 복잡하고, 성장과 변화의 능력을 지니고 있다. 그들은 도덕적 반란의 경험을 성상화적 농민의 유형보다 더 잘 이해할 수 있으며, 그러한 경험을 살아 있는 신앙의 탐색과 결합시킬 수 있다. 이런 인물들 속에서는 때로 영원회귀와 운명애 같은 니체의 이념과 유사한 존재의 기쁨과 운명에 대한 사랑이 엿보인다. 그러나 거기에는 자기 내부에서 새로운 무언가를 창조하려 한 니체적 갈망이 존재하지 않는다. 이러한 신화들은 존재에서 시작하여 구원으로 가는 길을 보여준다.『카라마조프의 형제들』에서 도스토옙스키만이 존재 내부에서의 자기실현이라는 개념에 접근한다.

또 하나의 인물은 러시아 니힐리즘적 경험과 어느 정도 거리를 두고 있음에도 불구하고 그리스도의 러시아적인 신화화 과정에서 중요한 '문학적 페르소나'로 언급될 만하다. 바로, 철학자 블라디미르 솔로비요프에 관한 것이다. 신비주의적 상징주의 시인인 이바노프, 벨리, 블로크는 솔로비요프라는 인물을 살아 있는 그리스도의 신화와 동일시했다. 벨리는 솔로비요프를 성자의 후광에 둘러싸인 야위고 키가 큰 백발의 모습으로 기억한다.[16] 니체의 범주로 치면, 솔로비요프는 그의 러시아 선구자들을 능가하고 삶을 긍정하는 승화된 도덕의식을 발전시킨 금욕주의 철학자였다. 그의 '신인주의' 이념은 능동적인 개인의 경험과 성장을 강조하면서 도스토옙스키의 그리스도 이념을 확장시켰다. 솔로비요프는 슬라브주의적 개념인 소보르노스트 또는 종교적·사회적 집단주의를 지지하고 정치하게 만들었다. 솔로비요프에게 소보르노스트는 신인주의를 성취하려는 개인들의 결합을 의미한다. 이러한 소보르노스트 개념은 신비주의적 상징주의자의 중요한 모델이 된다.

서로 다른 문화적 배경에도 불구하고 니체와 러시아의 선구자들은 중요한 특징, 즉 근본적인 공통의 취향과 도덕적 감수성을 공유한다. 양자는 19세기의 합리주의와 자유주의에 대한 극단적이고 비판적인 시각을 지니고 있다. 니체는 규범화된 기독교와의 필사적인 투쟁에도 불구하고 러시아의 소설가들과 마찬가지로 기독교 신

---

16 Andrei Belyi, *Vospominaniia o A. A. Bloke*, Munich: Find, 1969, p.28[『블로크에 대한 회상』].

화의 요소들을 자신의 창작에 활용했다. 차라투스트라는 그리스도와 흡사하게 방랑하는 스승이자 선지자이다. 그는 알레고리로 말하며 성경의 이미지를 차용한다. 그러나 니체는 도덕적 반란에 대한 접근에서 러시아 동료들과 본질적으로 구별된다. 니체는 러시아의 니힐리스트적 인물들이 억압하려 했던 것, 즉 인간 본성 속의 비합리적인 것을 포용하려는 충동에 도달한다. 그는 인간 본성의 비합리적인 면을 그저 수용할 뿐만 아니라 거기에서 성장해 나가기를 바란다. 다시 말해 그는 내적 충동을 다른 데로 돌려 그것을 창조적 에너지로 승화시키기를 원한 것이다. 니체는 소설 속 러시아의 선구자들과 마찬가지로 인간 본성의 변화 가능성을 찾고 있다. 그러나 니체는 이러한 목적을 달성하는 길이 자기인식과 자기분석을 통해 열린다고 본다. 그는 인간 본성으로 주어진 '인식 가능한' 기초를 적용하여 관념론적 사유의 위험성을 끊임없이 지적한다. 달리 말해서 니체는 단명할 거짓을 위해 감각적 실제의 부정을 경계한다.

도덕적 반란이라는 러시아적 전통은 니체를 수용하는 데 있어서 니체 텍스트와 세기 전환기 러시아 독자들 사이의 복잡한 상호작용 속에서 기대의 지평으로 작용했다. 때로 니체는 어떤 다른 작가, 무엇보다 자주 도스토옙스키의 사상과 무차별적이고 직접적으로 동일시되곤 했다. 이런 과정들은 니체의 대중화와 통속화 경향과 안드레예프와 쿠프린과 같은 대중적 작가의 수용에서도 관찰할 수 있다. 또 다른 경우, 러시아 문학에서의 도덕적 반란에 대한 메레시콥스키의 재평가와 같은 니체 작품의 독해는 러시아적 전통의 아주 생산적인 재독해를 이끌어 내는 데 도움을 주었다.

어떤 저자의 결정적 영향이 아닌 러시아적 전통의 일반적 원칙은 독자의 '기대 지평'을 규정하는 궁극적인 동인이 되는 한편, 니체 철학이 그러한 기대 지평을 변화시키는 데 얼마나 효과적이었는지의 정도를 규정하는 요인이기도 했다. 파멸적인 '잉여인간'의 다른 버전으로서 초인에 대한 관점은 니체의 '학설'을 궁극적으로 거부하게 하여 러시아적 '해결책'의 새로운 수용을 자극했는데, 그것은 상징주의자와 혁명적 낭만주의자의 저작들에서 재구성될 신지학적이고 집단주의적 신화들이다. 니체의 가장 지속적인 영향은 여러 저자들이 오래된 신화를 어떻게 재생하는가를 보면 알 수 있다. 인간의 본성 속 '지상적인 것'에 대한 니체적 찬양은 그 의미를 상실하지 않으며, 안드레예비치, 루나차르스키와 고리키의 자기창조적 인민의 형상으로, 그리고 상징주의자들의 비극적인 디오니소스적 그리스도의 형상으로 변형된다.

유럽적 맥락에서, 니체 철학에 대한 러시아적 수용은 그것이 시기적으로 매우 일렀다는 점과 논쟁의 강도적 측면에서 특기할 만하다. 그렇다면 ── 다음의 질문이 자연스럽게 제기된다 ── 어째서 독자들이 1890년경부터 니체의 저작 읽기에 그토록 열성적이었는가? 확실히 러시아 문학은 20년간의 도덕적 반란의 경험을 통해 성장했다. 하지만 그 다음의 10년, 즉 1880년대에는 니힐리즘적 인물들은 사라지고, 사회적·도덕적 쟁점에 대한 보다 '고요한' 인민주의적 해결책들이 발견되었다. 비록 니체가 앞선 지적 경향과 긴밀한 연관이 있어 보이지만, 이러한 근접성이 오히려 그의 사상을 친숙하고, 이미 점검되고, 아마도 잘못 이해되거나 심지어 '잘못된' 것으로 제쳐 놓는 원인으로 작용한 것 같다. 실제로 구세대의 많은 지성들 — 철학자 그로트, 문학 편집자 불가코프, 대중소설가 보보리킨[17] — 이 행했을 법한 초기의 니체 독해 방식이 그러했다. 그럼에도 불구하고 이 시기 새로운 사유 방식을 호소력 있게 만들고 니체에 대한 보다 공감적인 독해를 가능케 한 어떤 긴박한 분위기와 경향이 있었음을 지적할 수 있다.

1890년대에 생성된 문학적 결과물에 대해서는 이미 많은 역사 연구서에 충분히 서술되어 있다. 여기서는 이 시대를 새로움에 민감하게 반응하게 했던 특성들을 기술하는 게 유용할 터이다. 그 특성들 중 하나가 바로 정신적 충만함 또는 사회적 결실을 도모하고자 한 인민주의의 실패이다. 1891~1892년의 기근은 농민생활의 끔찍한 고통을 적나라하게 드러내었다. 더 이상 농민생활이 사회적 유토피아의 모델로 유지될 법하지 않았다. 또 다른 동인은 새로운 세대의 작가들, 그리고 보다 중요하게는 다른 사회계층 출신 작가들의 출현이었다. 19세기 전반기의 문학적 결과물은 교양 있는 귀족층과 사제계층에서의 이탈자들의 어수선한 혼합체에 의해 창조되었다. 1861년 대개혁 이후 교육과 사회진출의 기회가 호전된 이전의 농노계층의 자식들과 손자들이 상당히 다른 목적과 가치를 지닌 문화를

---

17 저명한 이상주의 사상가 그리고 전(前)마르크스주의자인 세르게이 불가코프 같은, 보다 젊은 세대의 뛰어난 지성들도 이처럼 느꼈다. 다음을 참조하라. S. Bulgakov, "Ivan Karamazov (v romane Dostoevskogo 'Brat'ia Karamazovy') kak filosofskii tip", *Voprosy filosfii i psikhologii* 61, 1902, pp.826~863[「철학자 유형으로서 (도스토옙스키의 소설 카라마조프의 형제들에서) 이반 카라마조프」, 『철학과 심리학의 문제들』 61호].

건설하기 위해 도시의 전문직 종사자 대열로 흘러들었다. 아주 탁월한 작가들과 문학 활동가들 일부가 농노계층의 후손인바, 그중에는 시인이자 비평가인 브류소프, 유명한 문학철학 살롱의 조직자인 마가리타 모로조바, 체호프, 고리키 그리고 솔로구프 같은 작가들이 있다. 전문직 종사자 및 하급 관료 집안 출신 작가들도 많았는데, 실례로 안드레예프는 토지측량사의 아들이었고 벨리는 유명한 수학자의 아들이었다. 이런 작가들은 그들의 사회적 위치를 획득한 후 인민주의적인 태도를 다른 관점으로 보았다. 혹독한 소부르주아 환경에서 성장한 막심 고리키는 그가 간신히 빈곤한 삶을 이어 갔던 카잔에서 학생운동가들의 생색내는 태도가 그를 얼마나 화나게 했는지를 회상한 바 있다(PSS, XVI, 33). 이 활동가들에게 고리키는 '인민의 아들'이라는 징표 그 이상이 아니었고, 그들의 사회적인 이상을 위한 일종의 마스코트일 뿐이었다. 메레시콥스키는 자신의 초기 시에서 인민의 고통에 대한 도덕적 무게를 어깨에 걸머지려는 전망이 헛되다는 감각을 전달했다. 이런 부류의 사람들은 윗세대 사람들의 윤리적이고 미학적인 구속에서 그들을 자유롭게 할 법한 지적 경향들에 개방적이었다.

도시적이고 전반적으로 미래지향적인 이 새로운 문화는 인민주의가 제기한 모든 것에 저항적이었던 것처럼 보였다. 톨스토이와 인민주의자들과 비슷하게 윗세대 지성인들은 농촌 사회의 이상을 설파했다. 이들은 인류 최상의 유형으로 농민을 우상화하고 농업적 사회 형태를 유지하고자 했다. 그들에게 본보기가 된 것은 전통적이고 원시적이고 '자연적인' 것이었다. 그에 반해, 한두 세대 사이 농민적 뿌리에서 떨어져 나간 많은 젊은 작가들은 그 세계로부터 거리를 둔 채 미래에 관심을 두었다. 공무원과 도시 전문직 종사자들의 자녀들은 시골생활과의 정서적 연대감이 거의 없었고, 그들은 인민주의적인 농촌의 목가성을 믿지 않았다. 이런 작가들은 도시와 도시의 문화적 공동체를 생활의 중심으로 여겼고 그들에게는 '기교'가 '자연'보다 중요했다. 윗세대들이 기존 사회형태의 개선과 변화에 관심을 집중한 반면, 젊은 세대들의 관심은 아직 시도되지 않은 미래의 가능성을 향하고 있었다. 그들이 바그너 오페라의 중세 독일, 또는 야코프 부르크하르트의 고대 아테네 또는 이탈리아 르네상스, 표트르 대제의 18세기 러시아 같은 과거에 관심을 둔다 하더라도 그들은 그 속에서 미래에 대한 전망을 찾곤 했다. 칼 마르크스와 프리드리히 니체와 같은 미래를 지향했던 철학자들과 블라디미르 솔로비요프의 후기 저작에 제시된 묵시록적 기독교가 열광적인 독자를 발견한 것은 놀라운 일이 아니다.

19세기의 마지막 10년은 통상 '과도기'의 하나로 여겨진다. 어떤 경향들은 쇠퇴해 갔고, 다른 경향은 세력을 얻고 있었다. 여기서 우리는 이 시기를 1905년 그리고 1917년의 혁명으로 이어져 1928년경까지 지속되다가 스탈린 시대에 쇠퇴한 문화적·사회적 발전의 필수적인 부분으로 검토할 것이다. 드디어 1880년대의 정치적인 억압과 문화적 침체 상황이 밝고 탐색적인 분위기로 바뀌게 된다.

이 시기에는 아직 새로운 단체들은 발생하지 않았으나 새로운 방향에서의 크고 작은 움직임이 있었다. 메레시콥스키, 브류소프, 고리키, 기피우스처럼 차후 아주 영향력 있는 문학 활동가, 조직가와 이론가로 등장한 이들은, 이전 수십 년 동안의 시민 예술을 대체할 스스로의 미학적 시각을 막 형성해 나가고 있었다. 문학사가들은 보통 이 시기 문학 발전을 상징주의와 리얼리즘으로 나눈다. 그런데 이 두 가지 흐름은 모종의 낭만주의적인 특성을 공유하는바, 특히 초인적인 자아의식, 반쯤 신적인 통찰, 보다 고양된 현실에 대한 갈망이 그것이다. 또한 양자는 신화시학적 경향을 공유한다. 세기 전환기에 메레시콥스키나 발몬트 같은 상징주의자들과 고리키나 루나차르스키 같은 이른바 리얼리스트들 사이에는 적지 않은 대화가 진행되었다. 고리키는 초기 상징주의 잡지『북방 통보』에 기고하기도 했다. 포세와 안드레예비치 같은 초기 마르크스주의 비평가들은 슈티르너, 쇼펜하우어와 니체 같은 비합리주의 사상가들을 적어도 실증주의자들이나 유물론 철학자들과 동격으로 평가했다. 새로운 20세기의 시작과 더불어 두 가지 문학 발전의 흐름 사이의 경계가 메레시콥스키와 기피우스가 주도했던 상트페테르부르크에서보다는 브류소프가 활동하던 모스크바에서 더 개방적인 분위기였다. 실례로, 브류소프, 발몬트 및 다른 모스크바의 상징주의자들은 이 시기 내내 고리키에게 대놓고 환호하고 심지어 그와 협력하기도 했다.

두 흐름 사이에 발생하는 융화하기 어려운 차이에도 불구하고, 새로운 시대의 문학적 선도자, 조직자이자 지도자들로 떠오른 이들은 몇몇 근본적인 미학적 특성을 공유했다. 그들 중 어느 누구도 더 젊은 시인들인 벨리, 블로크가 해냈던 것과 같이 위대한 예술가로서 도드라진 모습을 보이지는 못했다. 그러나 그들 모두는 예술과 창작적 과정을 그 일상적인 경계 너머로 확장시키려는 바람에 이끌렸던 뛰어난 개인들이었다. 메레시콥스키에 대한 안드레이 벨리의 다음과 같은 말은 그들 모두에게 적용될 법하다. "엄청난 재능에도 불구하고 그는 어디에서도 그 재능을 완전히 실현시키지 못했다. 그는 참으로 위대한 예술가도 아니고, 참으로 통찰력 있는 철학자도 아니고, 진정한 신학자도 아니며, 진정한 역사학자나 철학자도 아니다. 그는 그저 시인 이상이고, 그저 비평가 이상이었다."[18] 1890년대의 이러한 예술적 지도자들은 예술을 통해 보다 심오한 숨겨진 진리를 탐색하고 삶 자체의 창조적 원칙들을 파악하려고 했다. 이러한 열정이 다른 사람들의 재능을 고무하고 조직하고 인정하는 진정한 능력과 결합되어 그들을 도래하는 시대의 추동력으로 만든 것이다.

세기 전환기의 문화는 '윤리적' 가치에서 '미학적' 가치로의 변동으로 자주 특징지어지며, 이러한 변동은 주로 니체에 기인하는 것으로 언급되곤 한다. 이 같은 견해는 당시의 '도덕의식의 혁명'의 실제적인 조건들을 지나치게 단순화하는 것이다. 그것은 두 범주의 가치를 대립시키고, 비도덕적인 무심한 태도를 암시한다. 실제로 니체의 지지자들은 인민주의적 신화와 더불어 사회적 의무, 자기헌신, 농민과 '자연인' 및 공동체적 조화에 대한 사랑과 같은 윤리적 규범의 파산을 예리하게 감지했다. 그들은 보다 신선하고, 보다 유망한 전망과 보다 설득력 있는 윤리를 드러낼 만한 다른 세계의 비전을 위해 분투했다. 이런 의미에서 그들은 유미주의자가 아님에도 불구하

---

18 Andrei Belyi, "Merezhkovskii", *Lug zelenyi*, Moscow: Al'tsiona, 1910, p.139[「메레시콥스키」, 『초원은 푸르다』].

고 미적으로 기울어져 있었다. 다시 말해, 전통적인 억압적 윤리에 맨 처음 반란을 일으킨 것도, 새로운 문화적·사회적·정신적인 목적을 솟아나게 할 원천으로써 인간 본성 속의 무의식적이고 창조적인 충동에 주목한 것도 이들이었다. 창조적 충동과 도덕적 의식 사이의 복잡한 상호관계는 이 시대의 주요 쟁점 사안이었던 것이다. 개별 작가들이 찾아낸 독특한 해결 방안을 철저히 분석해 봄으로써 이 시기 전반에 대한 보다 깊은 이해에 도달할 수 있을 것이다.

제3장

니체 철학의 초기 수용

그러나 어느 아침에 그는 새벽이 되기 훨씬 전에 일어나 앉아서 무언가를 오랫동안 숙고하더니, 마침내 마음속으로 이렇게 말하기 시작했다.

무엇 때문에 이토록 놀라서 깨었을까? 어떤 아이가 거울을 들고 내게 다가오지 않았던가?

"오, 차라투스트라여! 거울에 비친 자신을 보라." 그 아이가 내게 말했다.

거울을 보다가 나는 비명을 질렀고, 심장이 덜컥 내려앉았다. 거울 속에 자신의 모습이 아니라, 악마의 낯짝과 조소가 비쳤던 것이다.

진실로 나는 그 꿈의 징조와 경고를 너무나도 잘 이해한다. 나의 가르침이 위험에 처한 것이다. 잡초가 밀이라 불리길 원하는 상황 아닌가!

나의 적들이 강성해져 나의 가르침을 왜곡시켰다. 그리하여 내가 사랑하는 사람들이 내가 준 선물을 부끄러워한다.

나는 나의 친구들을 잃었고, 이제 내가 잃어버린 이들을 찾을 시간이 되었도다!

— 니체, 「거울을 든 아이」 1975

니체의 가르침에는 심오한 사상이 적잖이 들어 있다. 그러나 이상하게도 이 작가는 마치 휘어진 거울 속처럼 자신의 마음속에 사물의 진리를 반영한다.

— 그로트, 「우리 시대의 도덕적 이상」 1893

검열관, 비방자 그리고 대중 해설자들

1889년에 정신착란에 빠지기 직전, 니체는 그의 철학을 이해할 만한 독자를 찾지 못할까 봐 불안해하기 시작한다. 그는 덴마크의 비평가 게오르그 브라네스에게 편지를 써 자신의 저작에 관심을 보일 만한 외국의 지성인들을 소개해 달라고 부탁한다.[1] 니체는 자국인인 독일인들은 그의 사상을 결코 이해하지 못할 거라고 한탄하는 한편, 프랑스인과 러시아인들은 이해할지도 모른다고 여겼다. 브라네스는 특히 니체의 저서가 완전히 금지된 러시아에는 그가 거의 알려져 있지 않다고 확신했다. 그는 기꺼이 몇 명의 인사를 추천했는데, 그들 중에는 페테르부르크의 지적 분위기를 이끌던 안나 드미트리예브나 테니세바 공작 부인이 있었다. 니체는 마지막 저작 『바그너의

---

1 George Brandes, *Friedrich Nietzsche*, trans. A. G. Chater, London: Heinemann, 1914, pp.88~91.

경우』의 복사본을 테니세바에게 보냈다. 알 수 없는 이유로 그는 발송자의 이름을 적지 않은 채 '안티크리스트'라는 서명만 남겼다. 브라네스의 전언에 따르면, 테니세바는 그런 '농담'에 기분이 상해서 "[브라네스가] 자신에게 이상한 친구를 추천했다"고 생각했다.[2] 그럼에도 그녀는 그 저서를 읽고 번역해서 심지어는 1894년 모스크바의 『아티스트』지에 잔혹한 검열을 통과한 짧은 일부분을 출판하기까지 했다.[3]

테니세바가 니체에 대해서 오해했던 유일한 사람은 아니었다. 1891년, 니체를 러시아에 최초로 대중적으로 알린 알렉산드르 레인골트는 『반시대적인 고찰』을 니체의 첫 번째 저작으로, 『선악의 저편』을 마지막 저작으로 잘못 전달했다.[4] 이후 인민주의 비평가 니콜라이 미하일롭스키는 러시아의 지식층 사이에서의 니체에 대한 무지의 수준을 적나라하게 보여 주었다. 근대 독일 철학사의 러시아 번역물에서 니체Ницше라는 이름은 '니췌'Ниче, '닛췌'Нитче로 번갈아 가며 표기되었다(NKM, 444). 이러한 오류로 인해 미하일롭스키는 번역자가 니체가 누구인지조차 알지 못했다는 결론을 내렸다.

젊은 작가 안드레예프는 「세르게이 페트로비치 이야기」(1900)에서 이러한 니체의 초기 수용에 대해 다음과 같이 서술한다. "최근

2 *Ibid.*, p.98.
3 다음을 참조하라. "Vagnerianskii vopros: muzykal'naia problema", trans. O. O. R., *Artist* 40, 1894, pp.61~75[「바그너적인 문제들: 음악의 난제」, 『아티스트』 40호].
4 "Mysli i paradoksy Fridrikha Nitsshe", ed. A. Reingol'dt, *Novosti* 209, 252, 256, 1891[「프리드리히 니체의 사유와 역설」].

러시아에서 니체를 아는 사람은 몇 명 되지 않을 뿐만 아니라 신문이나 잡지에도 그에 관해 단 한 줄의 글도 실리지 않았다. […] [세르게이 페트로비치는] 니체가 누구인지, 젊은 사람인지 늙은 사람인지, 살아 있는지 죽었는지를 알지도 생각지도 못했다."(SP, 244) 이러한 예시는 다음과 같은 사실을 가리키고 있다. 니체의 작품이 러시아 독자들에게 아주 뜻밖의 것으로 다가왔다는 것이다. 아무도 그에 대해서 들은 바도 아는 바도 없었다. 1890년대 초반 러시아에는 이 독일 철학자의 저작을 수용할 만한 독자가 존재하지 않았던 것으로 보인다. 그러나 이는 대부분 검열에 의해 조성된 인위적인 상황이었다. 니체의 수용 초기에 검열관들은 니체와 독자 사이의 일정한 관계를 설정하기 위해 여러 가지 일을 했다. 처음에는 그의 저작에 대한 접근을 막았고, 이후에는 비평적 논의를 제한하고 그러한 논의를 일정한 방향으로 이끌어 가려 했다. 심지어 니체의 저작에 대한 금지가 해제된 1898년이 한참 지난 뒤에도 니체에 대한 오해는 지속되었는데, 이는 애초의 검열에 의한 영향이 반영된 결과이기도 하다.

니체는 러시아에서 저작물 출간이 완전히 금지되었거나 혹은 적어도 삭제로 인해 심하게 왜곡된 유럽의 여러 철학자들 가운데 하나다. 러시아의 검열관들은 전통적으로 유럽 철학을 경계하는 태도를 취했고 아주 세심한 주의를 기울여 개별 저작의 출판을 허용했다. 오직 무해해 보이는 셸링과 쇼펜하우어 같은 철학자들의 저서만 출판될 뿐이었다. 정치적이거나 기독교적인 현존 질서에 도전하는 것으로 보이는 책들은 금지되었다. 이런 범주에서 볼 때 무신론자 루트비히 포이어바흐와 회의론적 신학자인 다비드 슈트라우스와 에

르네스트 르낭의 저작들이 두드러진다.[5]

　　1881년 차르 알렉산드르 2세가 암살된 이후 정치, 종교, 철학 저작들에 대한 검열이 특히 가혹해졌다. 신성종무원장 콘스탄틴 포베도노스트체프를 본보기로 하는 극보수적인 관료들이 아카데미와 종교기관을 장악하고 있었다. 검열관들은 제정 러시아의 위엄에 의문을 품고 신의 절대적 본성을 의심하거나 교회 제도를 비판하는 모든 책을 금지시켰다. 놀랍게도 1880년대 말, 니체의 저작들은 어렵사리 러시아 지성인들의 수중에 들어가기 시작했다. 물론, 니체 저작에 대한 금지는 놀라운 일이 아니다. 이 독일 철학자는 사회 및 기독교 제도, 정치 및 종교 지도자들, 기독교 도덕과 세속적 이데올로기에 대한 아주 도발적인 비판자였으니 말이다. 검열관들은 니체가 전통적인 도덕적 가치와 제도화된 종교의 '적대자'라는 사실을 빠르게 간파했다. 그리고 검열관들은 빠르게 이후 다른 이들이 저지른 숙명적 실수를 저질렀으니, 그것은 니체에게 악명일지언정 이름을 알리게 하는 결과로 이어졌다. 그 실수란, 니체의 도덕의식 연구가 실천 단계에 있는 실질적으로 새로운 도덕적 학설이라고 판단한 것이다. 검열관들은 보고서에서 니체를 '불손한 자유사상가'라거나 '자유의지를 부정하는 극단적인 유물론자'라고 다양하게 명명했다.[6] 어쨌든

---

5 Mauianna Tax Choldin, *A Fence Around the Empire: The Censorship of Foreign Books in Nineteenth Century Russia*, Ph. D. dissertation, University of Chicago, 1979, p.40, 44, 77. 같은 제목의 책으로 출간되었다(Durham: Duke University Press, 1985).

6 다음에서 인용되었다. L. I. Polianskaia, "Obzor fonda tsentral'nogo komiteta tsenzury inostrannoi", *Arkhivnoe delo* 1, 1938, p.88「중앙외국검열위원회 문헌개관」).

새로운 '학설'은 확실히 전통을 전복시키는 것을 의미했고, 따라서 지극히 위험한 것이었다.

1872년에서 1898년까지 대략 25년 동안 니체의 거의 모든 작품들이 금지 상태에 있었다. 알렉산드르 3세 통치기의 마지막 몇 년 동안에 인쇄된 번역 작품들의 수는 손가락으로 셀 수 있을 정도였다. 여기에는 레인골트가 번역한 『인간적인, 너무나 인간적인』에 나오는 몇몇 아포리즘, 위에 언급된 테니세바의 번역과 어느 정도 조악하게 왜곡된 브라네스에게 보낸 편지들이 있다.[7] 1894년 니콜라이 2세 황제의 즉위 이후에 검열정책은 점진적으로 변화했다. 다니엘 발무트는 자신의 연구물에서 니콜라이 시대의 검열관들 사이에서의 우유부단한 분위기를 지적한다.[8] 교육받은 러시아인의 수가 증가하고 작가들과 정치 활동가들 사이에 더욱더 대담한 분위기가 형성되자 이러한 검열관들은 새로운 전략을 고안해야 했다. 그 결과, 때때로 예기치 않은 관용이 발현되었다. 니체의 작품들은 이러한 분위기의 덕을 본 것이다. 1898년에 갑작스럽게 질 나쁜 축약 번역서인 『차라투스트라는 이렇게 말했다』가 율리 안토놉스키의 번역으로 나오고 그 후 몇 해 동안 니체의 거의 모든 저작들이 출판된다. 이

---

7 러시아에서 니체 수용에 관한 가장 훌륭한 참고문헌은 다음과 같다. Richard D. Davies, "Nietzsche in Russia, 1892-1917: A Preliminary Bibliography", *Germano-Slavica* 2, 1976, pp.107~146; *Germano-Slavica* 3, 1977, pp.201~220. 이 참고문헌은 다음의 책에서 축약된 형태로 재현된다. Bernice Glatzer Rosenthal ed., *Nietzsche in Russia*, Princeton: Princeton University Press, 1986, pp.355~392.

8 Daniel Balmuth, *Censorship in Russia, 1865-1905*, Washington D. C.: University Press of America, 1979, p.109, p.116.

러한 폭주는 많은 부수와 판본 및 번역의 부정확성을 특징으로 한다. 1906년 이후에는 검열관의 통제가 완전히 느슨해졌음에도 정확하고 온전한 니체 저작에 대한 번역은 출판되지 않는다. 니체의 저작에 대한 교정판은 1909년에 가서야 일군의 저명한 철학자들과 문학가들에 의해서 시작되었다. 이들 중에는 프랑크, 게르센존, 발몬트, 브류소프, 벨리와 이바노프가 있었다. 이 프로젝트가 중단되기까지 네 권의 저서 —『비극의 탄생』(1912), 『반시대적인 고찰』(1909), 『인간적인, 너무나 인간적인』(1911)과 『권력에의 의지』(1910) — 가 세상에 나올 수 있었다. 그러므로 검열은 두 가지 유형으로 니체 철학의 대중적인 수용에 영향을 미쳤을 것으로 보인다. 니체의 저작이 비도덕적인 이데올로기를 제공한다는 구실로 출판이 금지됨으로써, 그 같은 방향에서 그의 저작에 대한 긍정적인 해석의 배경이 설정되었다. 또한 금지가 느슨해지자 나온 성급하고 질 나쁜 번역은 검열적 관용이 일시적인 데 그치고 말리라는 의구심에 의해 지탱되었을 것이다.

초창기 니체 찬미자들은 그의 작품에 대한 금지에 분노했다. 1898년 마르크스주의자 출판인 블라디미르 포세는 고리키에게 『차라투스트라는 이렇게 말했다』가 잘해야 발췌번역본으로 출판될 것이라고 알렸다.[9] 또한 1904년 당시 상징주의 종교문학잡지 『새로운 길』의 편집자였던 드미트리 메레시콥스키는 어느 편지에서 니체의

9 Arkhiv A. M. Gor'kogo, I. M. L. I., Vladimir Posse to A. M. Gor'kii, St. Petersburg, 13 January, 1899[고리키 기록보관소].

저작이 검열관의 분위기를 파악하는 시금석이라고 언급한다.[10]

검열이 러시아에서 니체 수용에 미친 영향의 온전한 윤곽을 제시하기는 어렵다. 검열의 장벽에는 일련의 독자들로 하여금 니체의 저작에 접근을 가능케 한 이상한 빈틈이 존재했다. 1898년 금지가 해제되기 전에도 검열은 러시아에서 니체의 책들을 완전히 추방할 수 없었다. 1888년에는 니체가 직접『바그너의 경우』한 부를 우편으로 보냈다. 또한 1893년에는 니즈니 노브고로드의 막심 고리키의 친구 가운데 한 사람인 대학생 니콜라이 바실리예프는『차라투스트라는 이렇게 말했다』한 부를 손에 넣는데, 차후 이 책을 번역하지만 출판하지는 못한다.[11] 편집자 페르초프는 자신의 회고록에서 지방도시 카잔의 몇몇 지식인들이 일찍이 1890~1891년에 니체에 관한 대화를 나눈 바 있다고 쓰고 있다.[12] 미하일롭스키는 1894년에『민스크 리스토크』과 같은 지방 신문들이 '잘못 이해된 니체 사상의 확산'이라는 주제를 다뤘다고 언급한다(NKM, 444). 블라디미르 포세는 1895년 코스트로마에서 그 지역 지식인 그룹과 함께 처음으로 니체의 저작을 읽었다고 회고록에 쓴 바 있다.[13] 사실상 1898년 이전의

---

10 Otdel rukopisei, Gos. publ. biblioteka im. Saltykova-Shchedrina, f. 124, no.2780, D. S. Merezhkovskii to M. E. Prozor, 8~21 July, 1904[살티코프-셰드린 국립공공도서관 필사본 부서].

11 Arkhiv A. M. Gor'kogo, E. P. Peshkova to A. M. Gor'kii, Nizhnii Novgorod, 15 October, 1899.

12 P. P. Pertsov, *Literaturnye vospominaniia*, Moscow-Leningrad: Akademiia, 1933, p.7[『문학 회상』].

13 Vladimir Posse, *Moi zhiznennyi put': dorevoliutsionnyi period (1864-1917 gg.)*, Moscow-Leningrad: Zemlia i fabrika, 1929, p.105.

검열이 니체 사상에 대한 접근을 모두 막을 수는 없었다. 그러나 검열은 독자의 범위를 비교적 소수로 제한하는 성과를 거뒀다.

니체의 저작들은 이따금 상트페테르부르크를 방문하며 여러 서적 및 이념을 들여왔던 외국인들의 도움으로 검열을 우회하기도 했다. 게오르그 브라네스는 상트페테르부르크를 자주 방문했으며 니체의 제자였던 루 안드레아스-살로메도 1895~1896년 겨울을 그곳에서 보내기도 했다. 그녀는 초기 상징주의 잡지 『북방 통보』의 편집인 류보프 구레비치와 아킴 볼린스키를 알게 되었는데, 그들은 나중에 그녀의 연구물 『니체 작품 속의 니체』의 일부를 출판한 바 있다.[14] 검열의 추방적 효과는 러시아인들의 여행과 외국에서의 유학으로도 약화되었다. 잘 알려져 있듯이, 당시 평판이 높던 셸링과 헤겔의 철학은 독일의 여러 대학에 입학한 러시아 대학생들을 통해서 러시아에 처음 소개되었다.[15] 유사하게 니체의 사상은 외국에 체류했던 일부 러시아인들에 의해 발굴되었다. 메레시콥스키와 레프 셰스토프는 유럽에 나가 있을 때 니체의 저작을 읽었다.[16] 시인이자 이론가 뱌

---

14 Liubov' Gurevich, "Istoriia 'Severnogo vestnika'", ed. S. A. Vengerov, *Russkaia literatura XX veka (1890-1910)*, Moscow: Mir, 1914, p.255[「'북방 통보'의 역사」, 『20세기 러시아 문학(1890-1910)』].

15 다음을 참조하라. Dmitrij Tschizewskij, "Hegel in Russland", *Hegel bei den Slaven*, Darmstadt: Wissenschaftliche Buchgesllschaft, 1961, pp.145~396. 이 책은 1939년에 파리에서 처음으로 러시아어로 출판되었다. Wsewolod Setschkareff, *Schellings Einfluss in der russischen Literatur der 20er und 30er Jahre des XIX. Jahrhunderts*, Leipzig: 1939(rpt. Nendeln: Kraus, 1968).

16 다음을 참조하라. Bernice Glatzer Rosenthal, "Nietzsche in Russia: The Case of Merezhkovsky", *Slavic Review* 3, 1974, pp.429~452; Ann M. Lane, "Nietzsche in Russian Thought 1890-1917", Ph. D. dissertation, University of Wisconsin, 1976,

체슬라프 이바노프는 독일에서의 대학 시절에 니체에 대해 알게 되었다.[17] 확실히 검열은 이런 사람들을 거의 통제하지 못했다. 그러나 1890년대 검열은 소수의 특권적 지식인에게 미치는 니체 또는 여타의 유럽 사상가들의 영향보다는 오히려 일반 대중 사이의 독자 수가 증가하는 것을 우려했음은 거듭 언급할 가치가 있다. 새로이 등장한 식자층은 인쇄된 말의 위력에 쉽사리 빠져든다. 그러한 독자들은 기존의 지식인들보다 더 순진하고 문자 그대로 텍스트를 해석하곤 했다.[18] 1898년 이전 검열은 니체의 저작 및 그와 연관된 비평들의 대중적 출판을 축소시키는 데 그 역량을 집중했다. 그리고 이 지점에서 검열이 가장 큰 영향력을 발휘했다. 검열관들은 한 줌밖에 안 되는 아포리즘과 소논문 출판을 제외한 니체의 저작과 이에 대한 비평적 해설 대부분을 금지시킴으로써 니체주의의 주요 개념들이 상당히 왜곡된 상태로 대중의 의식 속에 스며들게 했다.

검열관들은 혁명 이전 시기 전반에 걸쳐 니체의 텍스트를 변질시켰다. 그들은 민감한 주제를 다루는 구절들을 삭제하고 번역을 왜곡했다. 검열의 개입으로 인해 가장 타격을 받은 것은 사제들, 기독교적 교리와 의례 그리고 국가 권력에 대한 니체의 비판이었다. 1898년 니체의 저작에 대한 금지가 해제되기 이전에도 니체의 저작

pp.418~486.

17 Olga Deshart, "Vvedenie", Viacheslav Ivanov, *Sobranie sochentnii*, vol.1, Brussels: Foyer Oriental Chrétien, 1971, pp.16~17[「서문」, 바체슬라프 이바노프, 『선집』].

18 일반 독자에 관한 언급은 다음의 책을 참조하라. Jeffrey Brooks, *When Russia Learned to Read: Literacy and Popular Literature, 1861-1917*, Princeton: Princeton University Press, 1985, pp.147~148.

에서 풍부하게 인용문을 사용하는 비평가들이 있었는데, 러시아 독자들에게 니체의 원문을 더 많이 소개하려 했을 것이다. 이러한 발췌문들이 금지된 주제 가운데 어떤 것과 연관된 경우 이따금 왜곡되기도 했다. 예를 들면, 주요 비평가 두 사람—젊은 관념론 철학자 바실리 프레오브라젠스키(1864~1900)와 유명한 인민주의자 니콜라이 미하일롭스키(1842~1904)—은 『즐거운 학문』에서 동일한 구절을 인용했다.

> 미덕에 대한 찬양에는 '헌신성'이 지나치게 적고, '비이기주의'도 지나치게 적다. 달리 말해 미덕(말하자면, 근면, 순종, 순결, 경건, 정의)은 그 소유자들에게 지나치게 열정적이고 만족을 모르게 우세하며 그리고 다른 본능으로 자신의 균형을 잡게 하는 이성을 허용하지 않는 본능과 마찬가지로 그 소유자들에게 대개는 해롭다는 점을 보아야 했을 것이다. (GS, 92, 강조는 인용자)

'경건'die Pietät은 러시아어로 '나보즈노스트'набожность 또는 '블라고체스티예'благочестие에 해당한다. 미하일롭스키의 논문(1894)에서는 'die Pietät'가 번역되지 않았고, 프레오브라젠스키의 논문(1892)에서 이 단어는 '권위와 권력에 대한 존중'으로 번역되었다.[19] 이러한 왜곡에

19 V. P. Preobrazhenskii, "Fridrikh Nitsshe: Kritika morali al'truizma", *Voprosy filosofii i psixologii* 15, 1892, p.136[「프리드리히 니체: 도덕적 이타주의 비판」, 『철학과 심리학의 문제들』 15호].

서 분명한 것은 검열의 흔적인데, 두 논문에서 다른 인용문들은 정확하게 제시되어 있다. 이러한 결함은 종교적인 행동방식에 관한 언급을 삭제하는 데 상당한 노력을 기울였다는 사실을 보여 준다.[20]

1898년 이후 검열에 의한 전체 구절의 삭제와 또 다른 구절들의 변형이 일상화되었다. 니체의 저작 가운데 가장 널리 알려지고 표면상 접근하기 쉬운 작품은 『차라투스트라는 이렇게 말했다』였다. 이 저작에서 검열의 두 가지 유형의 실례를 들어 보자. 1906년 전반적인 검열이 대체로 폐지된 이후인 1913년경까지도 검열관은 『차라투스트라는 이렇게 말했다』의 번역 텍스트에서 중대한 삭제를 행했다. 1913년에 출판된 책에서 번역자이자 편집자인 이즈라즈초프는 서문에서 다음과 같이 밝히고 있다. "『차라투스트라는 이렇게 말했다』의 번역 문제 관련 […] (상트페테르부르크) 지방 법원의 판결에 따라 이번 출판물에서 「사제에 대하여」, 「실직」, 「나귀의 축제」와 「각성」이라는 장의 후반부가 삭제되었다."[21] 이렇듯 삭제된 부분에서 차라투스트라는 사제들의 사악함과 신 자체의 위선에 대해 직설적으로

---

20 조지 클라인은 비평 텍스트에서 니체로부터 인용한 글에 대한 검열의 다른 실례를 발견했다. 레프 셰스토프의 『톨스토이 백작과 니체의 가르침에서 선』(Dobro v uchenii gr. Tolstogo i Fr. Nitshe, 1903)에서 셰스토프가 아마도 검열을 피하기 위해서 독일어로 니체를 인용한다고 클라인은 말한다. 『도덕의 계보』의 해당 부분에서 니체는 다음과 같이 쓴다. "['격분한 자들'은] 흐른 침을 자신들이 핥아야만 하는 (공포로 인해, 결코 공포로 인한 것이 아니다. 하지만 신이 그들에게 권위에 순종하라고 명령했기 때문에) 지상의 강한 지배자들보다 더 훌륭하다고 나를 이해시키려 한다. 그것은 그저 더 나은 것이 아니라 역시 그들에게 '더 나은 것'이다."(GM, 47) 셰스토프의 텍스트 속에는 강조한 구절은 생략되었다. ── 조지 클라인과 버니스 로젠탈의 승낙을 얻었다.

21 Fridrikh Nitsshe, *Tak govoril Zaratustra*, trans. V. Izraztsov, St. Petersburg: 1913, p.19[『차라투스트라는 이렇게 말했다』, 이즈라즈초프 번역].

대놓고 말한다. 차라투스트라는 또한 기독교적 의례를 조소한다. 율리 안토놉스키가 번역하여 대량 출판되고 널리 읽힌 번역서에서는 또 다른 부의 대부분, 실례로 「새로운 우상에 대하여」, 「배신자에 대하여」, 「낡은 서판과 새로운 서판에 대하여」가 삭제되었다.

검열로 삭제된 몇 가지 인용 부분에서는 러시아 전제정치가 승인한 종교적·정치적인 이데올로기의 합법성이 의문시된다. 예를 들어, 검열관들은 「새로운 우상에 대하여」라는 장을 삭제했는데, 거기서 차라투스트라는 현대의 국가가 국민의 정신을 대표한다는 주장을 의문시한다. 다음 인용문에서 강조 표시는 삭제되었던 부분이다.

국가란 온갖 냉혹한 괴물 가운데서 가장 냉혹한 괴물이다. 이 괴물은 냉혹하게 거짓말을 해댄다. 그리하여 그 입에서 "나, 곧 국가가 민족이다"라는 거짓말이 슬슬 기어 나온다.

그것은 거짓말이다! 민족을 창조하고 그 민족에게 신앙과 사랑을 제시한 것은 국가가 아니라 창조하는 자들이었다. 창조하는 자들이 이처럼 생에 이바지해 온 것이다.

많은 사람들 앞에 덫을 설치하고 그것을 불러 국가라고 하는 자들이 있는데 그런 자들이야말로 파괴자들이다. 그런 자들은 저 많은 사람들에게 한 자루의 칼을 걸어 주고 백 개나 되는 욕망을 제시한다.

아직 민족이 건재하는 곳에서는 민족이 국가를 이해하지 못하여 국가를 사악한 눈초리, 그리고 관습과 법을 어기는 범죄로 간주하여 미워한다.

나 너희들에게 징표를 들어 말하노니, 그것은 저마다의 민족이 선과 악에 대한 자체의 언어를 갖고 있다는 것이다. 그 어떤 민족도 이웃 민족의 언어를 이해하지 못한다. 저마다의 민족이 자신들만의 관습과 법의 범위에서 자신들만의 언어를 만들어 냈기 때문이다.

국가는 선과 악에 관한 말을 다 동원하여 사람들을 기만한다. 국가가 무슨 말을 하든지 그것은 거짓말이다. 그리고 국가가 무엇을 소유하든 그것은 훔쳐서 갖게 된 것이다.

국가는 매사에 기만적이다. 물어뜯는 버릇이 있는 국가는 훔친 이빨로 물어뜯는다. 심지어는 그 뱃속의 내장조차도 기만적이다.

무엇이 선이고 악인지에 대한 언어적 혼란. 나는 이러한 징표를 국가의 징표로서 너희들에게 제시하는 바이다. (Z, 75~76)[22]

이러한 니체의 주장은 러시아 전제정치의 세 '기둥' 가운데 하나인 '인민성' 또는 '국민성'의 타당성에 의문을 제기한다. 그리하여 이 부분은 삭제되었고, 남은 부분은 두서없고 부조리한 것이 되어버렸다.

전제정치에 나쁜 영향을 미칠 만한 여타의 부분들 역시 삭제되었다. 실례로, 「왕들과의 대화」라는 장에서 차라투스트라는 정치제도와 종교제도를 공히 모독하는 짧은 노래를 짓는다.

언젠가 내 생각에, 기원후 첫해였으리라
술을 마시지 않았음에도 취한 저 무녀가 말했지.

---

22 Fridrikh Nitsshe, *Tak govoril Zaratustra*, trans. Iuly Antonovsky, St. Petersburg: Tipogr. Al'tsulera, 1903, p.64[『차라투스트라는 이렇게 말했다』, 안토놉스키 번역].

"슬프다, 일이 이렇게 되어 가다니!

퇴락이다! 퇴락이다! 세상이 이토록 비참하게 된 적이 일찍이 없었거늘!

로마는 이제 창녀 그리고 사창가가 되어 버렸구나.

로마의 황제는 가축으로 타락했고, 유태인이 신 자체가 되었구나!" (Z, 260)[23]

검열관들은 이 부분과 여기에 인접한 부분을 삭제했다.

검열관의 펜은 니체가 기독교 가치들, 특히 십계명과 그리스도와 신의 신성에 공공연하게 도전하는 구절들을 삭제했다. 실례로, 니체는 절도와 살인을 금지하는 계율에 내재해 있는 모순을 드러낸다.

"도둑질하지 말라! 살인하지 말라!" 한때 이러한 계명이 신성시되었다. 사람들은 그러한 계명 앞에서 무릎을 꿇고 머리를 조아리며 신발을 벗었다.

그러나 내 너희에게 묻노니, 그런 신성한 계명이 존재하던 시기보다 이 세상에 도둑과 살인자가 더 많았던 때가 일찍이 어디에 있었던가?

생명 자체에는 도둑질과 살인이 없단 말인가? 그리고 저와 같은 계명들이 신성하다고 여겨질 때 진리 자체가 살육당한 것 아닌가?

---

23 *Ibid.*, p.330.

혹은 갖은 생명에 모순되고 거역하는 것을 신성하다고 부른 것 자체가 죽음의 설교가 아니겠는가? 오, 형제들이여, 부숴 버리라, 저 낡은 서판을 부숴 버리라! (Z, 219)[24]

여기서 니체는 진리의 탐색이 '절도'와 '살인'을 포함한다는 암시를 하는데, 물론 그것은 심리적이고 도덕적인 수준에서이다. 그러나 이 대목에서는 범죄에 대한 묵인을 읽어 내기가 쉽다. 검열관들은 그와 같은 바람직하지 못한 해석을 방지하려고 그 대목의 삭제를 요구했다.

그리스도에 대해 찬송에 미치지 못하는 발언들은 「더없이 추악한 자」라는 장에서 삭제되었다. 아래 인용문에서 삭제되었던 부분은 강조했다.

너무나 오랫동안 저들, 소인배들의 권리가 인정되어 왔다. 그리하여 마침내 이들 소인배들이 권력까지 손에 넣게 되었다. 이제는 저들이 '소인배들이 선하다고 부르는 것만이 선하다'고 가르치기에 이른 것이다.

소인배 출신이며 자신을 가리켜 '내가 곧 진리'라고 한 바 있는 기이한 성자이자 소인배들의 대변자이기도 했던 설교자가 한 말이 오늘날 '진리'라고 일컬어진다. 저 불손한 자가 이미 오래 전부터 소인배들을 우쭐거리게 만들었다. '내가 곧 진

24 Ibid., p.271.

리'라고 가르쳐 소인배들에게 적지 않은 망상을 가르친 자.

누가 불손한 자에게 그보다 더 정중하게 호응한 적이 있었던가? 그러나 오, 차라투스트라여, 그대는 그를 지나쳐 가면서 이렇게 말했다. '아니다. 아니다. 세 번 거듭해서 아니다!'

그대는 그와 같은 망상에 빠지지 않도록 경고했다. 그대는 연민을 조심하도록 경고한 최초의 사람이었다. 만인에게도 아니고 그 어느 누구에게도 아닌 그대와 그대 부류의 사람들에게. (Z, 278)[25]

이와 같은 많은 삭제의 효과는 『차라투스트라는 이렇게 말했다』에서 전통적인 기독교적 교리와 동시대의 정치제도에 대한 숙고를 유도하는 비판을 무력화하는 것이어야 했다. 보다 일반적인 견해들은 온전하게 남아 있었다.

독자로 하여금 니체의 기독교에 대한 비판에서 벗어나게 하려는 검열관들의 노력은 왜곡된 번역으로 뒷받침되었다. 가장 눈에 띄는 것은 신에 관한 언급이었다. 신бог이라는 낱말이 자주 신들боги이라는 낱말로 대체되었다. 그리하여 '신의 죽음'은 이교적 만신의 소멸을 의미하는 '신들의 죽음'으로 변경되었다.[26] 이러한 충실치 못한 번역을 통해 차라투스트라와 그리스도 사이의 유사성이 제거되었다. 예를 들어, 차라투스트라가 인간 사회로 내려옴Untergehen을 강림нисхождение으로 번역할 수도 있었을 것이다. 그러나 이런 낱말의 선택

25 *Ibid.*, p.350.
26 *Ibid.*, p.8, 65, 76.

은 차후 예기치 않은 비교를 불러올 수 있다. 그리하여 차라투스트라의 내려옴을 지는 해, 즉 일몰закат이라는 낱말과 비교하는 방식이 선택된 것이다.[27]

검열관들은 온갖 방법으로 니체에 대한 러시아 독자들의 인식을 왜곡했다. 1898년 이전, 그들은 증가 추세에 있던 니체 사상의 유럽적 해석이 러시아로 유입되는 것을 차단했다. 1890년대 유럽에서는 니체 철학에 대한 견해와 평가가 아주 다양하게 존재했음에도 말이다. 안드레아스-살로메와 같은 일부 비평가들은 니체의 저작 속에서 새로운 신에 대한 심오한 개인적 탐색을 찾아낸다. 다른 비평가들, 실례로 니체의 누이인 엘리자베트 푀르스터-니체는 동일한 텍스트를 '지배 인종'이 통치하는 호전적인 국가의 청사진으로 해석했다.

러시아 검열관들은 비평이 니체의 저작을 직접 읽어 보지 못한 독자들에게 미칠 강력한 영향력을 인지하고 있었다. 어떤 에세이는 니체의 '궤변'에 대한 무비판적인 태도 때문에 출판이 금지되었다. 검열관은 '니체에 대한 관심이 순수하게 학문적인' 테두리를 넘어선 독자라면 그와 같은 해석을 '필수적인 [도덕적 가치의] 안내서'로 활용할지도 모른다고 썼다.[28] 1890년대 초에 출판된 유럽의 비평서는 단 두 편이다. 1896년 잡지 『북방 통보』에 아주 적은 분량으로, 산발적으로 실린 루 안드레아스-살로메의 저작 『니체 작품 속의 니체』

27 Ibid., p.6.
28 Polianskaia, "Obzor fonda tsentral'nogo komiteta tsenzury inostrannoi", p.88.

와 1893, 1896, 1901년에 세 차례 저가 판본으로 출판된 막스 노르다우의 저서 『퇴화』가 그것이다.

하나의 긴 장章을 니체 철학에 할애한 『퇴화』에는 뒤틀리고 적대적인 그릇된 해석이 들어 있는데, 이는 러시아인들이 니체에 대한 첫인상을 형성해 나가던 중요한 시기에 러시아의 광범위한 독자 대중에 도달했던 유럽의 유일한 비평이었다. 노르다우는 니체가 병적으로 자기중심적인 자라고 썼다. 그에 따르면 니체의 주인의 도덕, 자유정신 및 초인이라는 개념은 오만과 과대망상증을 이상화했다는 것이다. 그는 니체의 주인의 도덕이라는 개념이 원시적인 인간 유형, 즉 본성상 사디스트인 '맹수'로 구현된다고 보았다. 이러한 주인의 유형은 "스스로의 파괴적인 욕구와 피에 대한 갈망을 약자를 공격함으로써 진정시킨다".[29] 노르다우의 주장에 따르면, 이러한 주인의 유형의 이상은 자유정신과 초인 같은 또 다른 이상적인 유형의 토대에 놓여 있다. 이 모든 것들은, 그가 보기에 자기만족이라는 사디스트적 갈망에 의해 작동한다. 자유정신은 "어떤 충동과 행위를 그것들이 다른 사람들, 즉 무리를 돕는 방식이 아닌, 그 자신을 돕는 방식에 따라 판단하며, 자유정신은 특히나 다른 사람들에게 고통이 되고 해가 될 때조차도 자신에게 기쁨을 주는 일을 행한다".[30] 노르다우는 사디스트적 쾌락주의가 니체의 새로운 도덕의 중심에 있다고 말한다. 러시아의 검열관들은 오로지 노르다우의 해석에 대한 폭

---

29 Max Nordau, *Entartung*, Berlin: Carl Dunker, 1895, p.322.
30 *Ibid.*, p.318.

넓은 접근만을 가능하게 함으로써 대중적 의식 속에서 니체의 형상을 기형화하는 데 크게 기여했다.

니체 철학의 수용과 관련된 경우, 검열관들과 잡지의 편집자들 간에 긴밀한 협력 조치가 취해진 것으로 보인다. 이러한 편집적 관행은 많은 부분에서 니체에 대한 초기 인식을 왜곡시키는 역할을 했다. 대체로 1890년대 러시아의 지적인 담론 매체로서의 잡지와 신문은, 니체에 의한 도덕적 가치 비판에 본래 적대적이던 사회적 공리주의자들, 철학적 관념론자들 및 또 다른 철학적 지향의 편집자들에 의해 통제되었다. 1860년대 동안 급진적인 사회적 공리주의자들인 도브롤류보프, 체르니솁스키, 네크라소프가 선두적인 '두꺼운 잡지'를 통제하고 있었다. 1880년대에는 대부분의 급진적 잡지들이 폐간되었고, 보다 온건하고 어떤 경우에는 반동적인 편집 태도가 취해졌다. 마르크스주의자들과 상징주의자들이 마침내 출판과 편집에서의 발판을 마련한 세기 전환기에 이르기까지 편집자들은 현 상황에 도전하려 하지 않았다. 온건한 인민주의자 미하일롭스키는 당대의 가장 적극적이던 두꺼운 잡지 가운데 하나인 『러시아의 부』*Russkoe bogatstvo*를 이끌었다. 『러시아의 사유』*Russkaia mysl'*와 『유럽 통보』*Vestnik evropy* 같은 또 다른 주요 잡지들 역시 온건 개혁적 관점을 취했다.[31]

---

31 다음을 참조하라. B. I. Esin ed., "Russkaia legal'naia pressa kontsa XIX - nachala XX veka", *Iz istorii russkoi zhurnalistiki kontsa XIX–nachala XX veka*, Moscow: Izdatel'stvo Moskovskogo universita, 1973, pp.3~66[「19세기 말~20세기 초의 러시아 합법 출판」, 『19세기 말~20세기 초의 러시아 언론사』]; B. I. Esin, *Russkaia zhurnalistika 70-80ykh godov 19. veka*, Moscow: Izdatel'stvo Moskovskogo universita, 1963, p.116[『1870~80년대 러시아 언론』].

한층 더 보수적인 잡지들도 있었다. 『러시아 통보』*Russkii vestnik*는 아주 반동적인 잡지 가운데 하나였다. 철학적이거나 문학적인 잡지 들은 당시의 새로운 지적 동향에 온건한 관심을 보이곤 했다. 러시 아의 유일한 철학 잡지 『철학과 심리학의 문제들』*Voprosy filosofii i psikhologii* 과 대중적인 문학 잡지 『외국 문학 통보』*Vestnik inostrannoi literatury*의 경우 가 그랬다. 이 중 잡지 『북방 통보』는 눈에 띄는 예외에 속한다.[32] 이 잡지의 두 명의 편집자 류보프 구레비치와 아킴 볼린스키는 문학적 이고 철학적인 신선한 관점을 열성적으로 소개했다. 잡지의 이데올 로기적 입장을 마련한 볼린스키는 철학적 관념론자였다. 그는 여타 의 대다수 편집자들, 특히나 주류 인민주의자들과 불화를 일으키면 서까지 널리 알려진 견해에 도전하는 이념들을 환영했다.

편집자들은 검열관을 도와서 러시아에서의 니체의 저작에 대한 논의를 제한하고 그에 대한 관심이 확산되지 않도록 했다. 니체에 대한 최초의 소개문은 레인골트에 의해 작성되었는데 짧은 데다가 잘못된 정보까지 담긴 채 1891년 신문 『소식』*novosti*에 실렸다. 1892년 말에는 거의 알려지지 않은 젊은 철학자 바실리 프레오브라젠스키 가 잡지 『철학과 심리학의 문제들』에 「이타주의 도덕 비판」이라는 제목으로 니체 사상에 대한 아주 호감 어린 소개문을 발표했는데 이 때 잡지의 편집자들은 프레오브라젠스키의 긍정적인 평가를 상쇄하 려는 시도를 한다 ── 비난의 어조가 담긴 장황한 주석을 쓴 것이다.

---

32 V. Evgen'ev-Maksimov and D. Maksimov, *Iz proshlogo russkoi zhurnalistiki*, Leningrad: 1930, p.97[『러시아 언론의 과거』].

편집부는 최종 결론이 터무니없어 보이지만 러시아 독자들을 위해 프리드리히 니체의 도덕적 교리에 대한 논의를 게재하기로 결정한다. 그 목적은 현재 서구 문화의 일정한 동향이 어떠한 기이하고 병적인 현상을 낳고 있는지를 보여 주려는 데 있다. (VP, 115)

다음과 같이 이어진다.

종교와 기독교 그리고 신에 대한 증오로 눈이 먼 프리드리히 니체는 인간 종족의 개별 대표자들을 개량한다는 이상의 미명하에 범죄와 소름끼치는 방종, 도덕적 타락에 대한 전적인 관용을 냉소적으로 설파한다. 게다가 일군의 인간은 제멋대로 굴며 어떤 법과 도덕의 테두리로도 제약을 받지 않는 니체 자신과 같은 '천재들'의 칭송을 위한 발판으로 신성 모독적으로 인정된다. (VP, 115~116)

편집자들의 공격은 여기서 그친 것이 아니었다. 바로 다음 호에서 잘 알려진 모스크바대학의 교수 세 사람 — 레프 로파틴과 표트르 아스타피예프(그는 또한 검열관이기도 했다), 『철학과 심리학의 문제들』의 편집자 니콜라이 그로트 — 이 니체의 저작에 대한 상당히 적대적인 평가를 내놓았다.[33] 그들의 글은 니체에 대한 프레오브라젠스키의 극찬을 상쇄하려는 의도를 지니고 있었다. 그 사이 1893년

---

33 M. Bohachevsky-Chomiak and Bernice Glatzer Rosenthal eds., "Introduction", *A Revolution of the Spirit: Crisis of Value in Russia, 1890-1918*, Newtonville, Mass.: Oriental

노르다우의 저서가 출판되었고, 이듬해인 1894년 미하일롭스키는 니체 사상을 명확하게 소개하려는 시도에 돌입한다. 당시 상황으로 볼 때 미하일롭스키가 쓴 세 편의 글은 균형 잡히고 공정해 보였다. 그 당시 비평가들과 편집자들은 주로 탐탁지 않아 하는 견해들을 내놓았다.

초기 문학계의 니체 숭배자들, 예를 들어 메레시콥스키도, 고리키도 이러한 논쟁에 참여하지 않았다는 점이 주목할 만하다. 실례로, 번역가인 나니는 『차라투스트라는 이렇게 말했다: 아홉 편의 발췌문』에 대한 서문을 쓰기를 거부했다. 그로서는 "지금까지 집필된 것들처럼 혼란스럽고 왜곡되고 정직하지 못한 방식으로 니체에 대해 말하는 것"[34]이 두려웠기 때문이었다. 아마도 이것이 검열의 위대한 성공의 표징일 것이다. 검열관은 지식인들의 저작을 난도질하고 그 전언을 왜곡시킴으로써 그들을 침묵시켰다. 그러한 침묵은 1898년 이후의 숭배자들의 상대적인 활기와 비교했을 때 특히 놀랄 만한 것이다. 예를 들면, 이후의 니체 번역자들은 서문의 해설과 각주를 다량 포함시키곤 했다.[35] 당시 활발한 저작 활동을 하며 최고의 철학자로 손꼽힌 레프 셰스토프와 니콜라이 베르댜예프는 니체 사

Research Partners, 1982, p.19.

34 Fridrikh Nittsshe, *Tak govoril Zarathustra*, trans. Nani, St. Petersburg: M. M. Stasiulevich, 1899, vii[『차라투스트라는 이렇게 말했다』, 나니 번역].

35 다음의 책을 참조하라. Fridrikh Nittsshe, *Tak govoril Zarathustra*, trans. A. N. Achkasov, Moscow: D. P. Efimov, 1906[『차라투스트라는 이렇게 말했다』, 아치카소프 번역]. 아치카소프는 조로아스터, 텍스트의 역사, 문체론적 주석과 핵심적 개념의 해석에 대한 상당량의 역사적 정보를 제공한다.

상에 대한 논의에 심혈을 기울였다. 1900년 이후 급진주의자 안드레 예비치와 상징주의자 뱌체슬라프 이바노프와 벨리와 같은 모든 계열의 문학 비평가들도 니체에 대한 평문을 발표했다.

검열관과 편집자가 협력한 결과, 비평적 접근의 편협성과 전반적인 부정적 어조를 낳았다. 니체에 대한 대개의 해석은 익숙한 도스토옙스키와 투르게네프의 주인공들의 관점을 통해서 굴절된바, 그것도 폄하하고 통속화하는 방식이었다. 심지어 호의적이던 미하일롭스키도 니체의 저작에서 자신이 도스토옙스키의 히스테릭하고 신경증적이며 잔인한 지하인간이라고 특징지은 어떤 면을 찾아냈다. 철학적 관념론자인 니콜라이 그로트는 1893년 논문에서 니체를 자신에게 "모든 것이 허용되는" "휘어진 거울"[36] 같은 영혼을 지닌 또 다른 이반 카라마조프로 보았다. 키예프의 비평가 이반 비찰레츠는 이 독일 사상가를 투르게네프의 주인공 바자로프와 비교했다.[37] 비찰레츠는 양자가 공히 인간을 고상한 도덕적 본성을 지니지 않은 순수한 짐승으로 보았다고 주장했다.

이런 비평가들은 대체로 니체가 파괴적인 도덕적 영향을 미친다는 검열관들의 관점을 지지했다. 그들은 검열관들과 마찬가지로 니체의 철학에서 극단적 유물론이 엿보인다는 사실에 격분했다. 그

---

36 Nikolai Grot, "Nravstvennye idealy nashego vremeni: Fridrikh Nitsshe i Lev Tolstoi", *Voprosy o filosofii i psikhologii* 16, 1893, p.148 [「우리 시대의 도덕적 이상: 프리드리히 니체와 레프 톨스토이」, 『철학과 심리학의 문제들』 16호].

37 Ivan Bichalets, "Chelovek-Lopukh i Chelovek-Zver'", *Kievskoe slovo*, 1873 (3 April, 1893), p.1 [「바보 인간과 짐승 인간」, 『키예프의 말』].

들에게는 이 독일 철학자가 신뿐만 아니라 인간의 고결한 분투까지도 부정하는 것으로 보였다. 그로트는 니체가 모든 도덕적 규범을 뒤집어 놓았다고 주장했다. 그는 니체가 "악은 많을수록 더 좋다"고 믿었다고 썼다. 그로트는 이를 아주 어둡고, 아주 '사악한' 충동에 따라 행동하는 사람이 '선한' 사람이라는 의미로 해석했다. 기본적으로 그로트는 니체를 일종의 사회적 다윈주의자로 여겼다. 이들 다윈주의자들의 '원시적'이고 '이교적'인 이상은 "삶의 유일한 목적이 생존, 권력과 힘을 얻고자 하는 투쟁인 짐승"으로 인간을 바라보는 관점을 숨기고 있다는 것이다.[38] 이러한 새로운 반도덕성은 부도덕한 사람들만을 매혹할 수 있는 셈이다. 영향력 있고 대중적인 『외국문학 통보』의 편집자인 불가코프 역시 니체를 위험한 아나키스트이자 "진리, 도덕, 선, 정의 같은 말이 의미를 갖지 못하는"'반도덕주의자'로 특징지었다.[39] 철학자이자 비평가인 추이코가 자신의 글에서 주장하기를, 니체는 "부정하는 자"이거나 "투르게네프라면 니힐리스트라고 말했음직한 사람"이었다. 그런 니힐리스트는 오직 "이기적 쾌락"만을 열망한다.[40]

여기서 엿볼 수 있는 사실은 지식인층이 일반적으로, 검열의 금지에 의해 암시되고 검열관이 행한 몇몇 지적에 명시된 니체에 대한

---

38 Grot, "Nravstvennye idealy nashego vremeni", p.147.
39 F. I. Bulgakov, "Iz obshchestvennoi i literaturnoi khroniki zapada", *Vestnik inostrannoi literatury* 5, 1893, pp.206~207[「서구의 사회와 문학 연대기에서」, 『외국문학 통보』 5호].
40 V. V. Chuiko, "Obshchestvennye idealy Fridrikha Nitsshe", *Nabliudatel'* 2, 1893, p.234, p.247[「프리드리히 니체의 사회적 이상」, 『관찰자』 2호].

관점에 충실했다는 점이다. 대다수 비평가들은 니체의 위험한 도덕적 관점으로 여겨지는 것을 혹평했다. 편집자들은 보다 긍정적인 입장을 전반적으로 부정적인 태도로 조정하려 하였다.

이와 같은 적대적인 분위기에도 불구하고 니체의 사상은 상당한 호기심을 불러일으켰다. 분별력을 잃은 지적 환경을 극복할 해독제를 니체의 철학에서 찾아내는 사람들도 있었다. 니체 철학을 호의적으로 해명하는 프레오브라젠스키와 미하일롭스키의 대중화 작업이 출판 지면에 실릴 수 있었는데, 여기서 어떻게 두 사람이 니체에 관심을 가질 수 있었는가에 대한 질문이 중요하다. 프레오브라젠스키는 러시아 학술 철학계에서 그다지 주요한 인물은 아니었다. 그는 1880년대에 쇼펜하우어와 칸트에 대한 논문으로 유물론에서 관념론으로의 새로운 변화에 기여했다. 니체 철학에서 그는 사회적 의무를 중시하는 러시아 공리주의 윤리학 및 심리학과 생물학을 동일시하는 실증주의적 신화체계를 재고하는 계기와 더불어 인간의 정신적 잠재력을 보다 충실하게 전망할 수 있는 계기를 찾았다. 프레오브라젠스키는 자신의 논문에서 차후 1900년대의 대중적 니체주의 이데올로기의 중심이 될 일련의 쟁점들을 명확히 드러냈다. 그는 니체의 엘리트주의와 연민의 도덕에 관한 비판을 정당화하고 지지하는 것으로 보인다. 그는 악이라는 어휘에 보다 넓은 의미를 부여하고 힘차고 독립적인 자아라는 활기찬 형상을 창조했다. 프레오브라젠스키의 논문은 자기결정적 개인의 대중적 원형 형성 과정에 중요한 원천이 된다.

프레오브라젠스키는 니체가 어째서 연민과 이타주의 같은 전통적 미덕을 무익하게 여겼는가를 해명한 최초의 러시아인이었다. 전통적 미덕은 개인적 만족 이상의 어떤 고상한 것도 아니라는 것이다. 프레오브라젠스키가 쓰기를, "타인에 대한 연민으로 인간은 무엇보다 자기 자신의 욕구를 만족시킨다"(VP, 129). 어느 누구도 타인의 고통을 납득할 수 없고, 그러한 타인에 대한 연민은 사실상 자신에 대한 연민의 어떤 형태일 뿐이다. 프레오브라젠스키의 말에 따르면, 니체는 이웃에 대한 연민에 기초한 도덕은 고통을 치유하고 사회를 향상시키기에는 너무나 나약하다고 주장한다. 설상가상으로 그런 유의 도덕은 활력이 넘치는 창조적 본능을 고무시키는 게 아니라 파괴할 뿐이다. 프레오브라젠스키는 다음과 같이 쓴다. "도덕은 (인간의) 의지를 꺾고 약화시켰으며, 인간의 힘차고 강력한 본능을 제거하여 인간 내부에서 팔딱이는 모든 욕망을 구속하고 길들였다. 또한 그것은 인간 내부의 모든 훌륭하고 화려한 것을 전멸시켜 인간을 보다 단순하고 가치 없게 만들어 버렸다."(VP, 141)

프레오브라젠스키에 따르면, 니체의 철학은 자율적이고 창조적인 인간을 위한 보다 큰 자유를 상정하고 있다. 니체는 이런 인간 유형을 "인류의 모든 것이자 궁극적인 것"으로 간주한다(VP, 145). 이런 유형은 전반적으로 사회를 향상시키는 내적인 힘과 생산력을 갖는다. 니체가 '무리'라고 부른 사람들의 거대한 집단은 오직 이와 같은 '창조자'의 원대한 계획의 실현을 돕기 위해 존재한다.

프레오브라젠스키는 동시대 도덕적 가치의 관점에서 볼 때, 니체적인 개인의 행위는 '악'으로 여겨져야 한다고 말한다. 이와 같은 개인의 혁신에 대한 사랑은 현 질서 지지자의 공포와 증오를 유발할 것이다. 프레오브라젠스키는 니체가 관습적인 악이라는 개념이 변화의 추구를 돕기 때문에 이러한 개념을 중시하는 것이라고 지적한다. 이 대목에서 프레오브라젠스키는 『즐거운 학문』을 다음과 같이 길게 인용한다.

아주 힘세고 악독한 사람들이 지금껏 인간 종족을 가장 멀리 전진시켰다. 그들이 잠자는 정열을 일깨운 것이다. [⋯] 그들은 모순의 정신을 불어넣어 사람들로 하여금 여러 가지 견해를 비교하도록 조장하고 새롭고 위협적인 것으로 여겨지는 것을 활성화시켰다. 그들은 무기를 휘두르고 경계석을 밀쳐 내며 신성한 대상을 훼손함으로써 새로운 종교와 도덕적 가르침을 발생시켰다. (VP, 135)

니체의 악의 개념은 프레오브라젠스키에게 이기적 쾌락이나 한낱 파괴적인 충동의 추구를 암시하지는 않았다. 당시 니체 철학을 비방한 사람들이 생각한 것처럼 말이다. 오히려 악의 개념은 창조적이고 강력하며, 나약하고 관습적인 '미덕'을 위협하는 모든 가치에 적용된다. 이런 의미에서 개인은 성장과 변화를 자극하기 위해 '악'해져야 하는 것이다.

프레오브라젠스키는 니체적인 창조자가 자신의 행위에 대해 짊어지는 커다란 책임을 서둘러 강조한다. "스스로 책임지는 자유로운 인간에 의해서 자유롭게 창조된 이상들만이 실질적이고 의미 있는 가치를 제공할 수 있다. 진정한 인간의 존엄은 타자의 긍정적인 규범에 대한 비굴한 굴종을 통해서가 아니라, 창조적으로 착안된 이상을 향한 자유롭고 고귀한 투쟁 속에서만 발생할 수 있다."(VP, 143~144, 강조는 인용자) 강한 개인은 자기 내부에서 창조에 대한 자극을 찾아야 하고, 타자의 눈에 그것이 악으로 보이든 말든 이러한 자극에 대해 책임지는 자세를 지녀야 한다. 책임 및 존엄과 더불어 니체가 개인의 완전성에 어떠한 의미를 부여했는지는 다음과 같이 강조되고 있다. "전일적이고 완결된 인격을 창조하고 그러한 성격에 스타일과 예술적 통일성을 부여한다는 것은 놀라운 일이다. […] 자기 자신이 되고 자기 내부에서 자기만족을 찾는 것 또한 놀라운 일이다. 자기만족을 찾지 못하는 자는 그걸 이유로 계속해서 타자에게 복수하려 한다."(VP, 145, 강조는 인용자) 프레오브라젠스키는 완전성이 통일성과 스타일이라는 미적 개념과 아주 가까움을 보여 준다. 이러한 미학적 고려는 생산적이며 개인적·사회적으로 성취감을 주는 도덕적 관점에서 윤리적인 고려만큼이나 중요하다.

프레오브라젠스키에 따르면, 실질적인 가치를 찾으려는 개인의 투쟁은 사회 변화에 있어 필수적인 전제이다. 그의 설명으로는 니체가 세계의 역사적 미래에 불화의 시대 ── 사람들이 더 사악해 보이지만, 실제로는 더 정직하고 자신에 대해 책임을 지는 '도덕적 대공위 시대' ── 를 예견했다는 것이다. 이에 뒤이어 정신적 충만함과 창조의 새 시대가 올 것이라고 말이다. 파괴의 열정이 곧 창조의 열정이라는 바쿠닌의 무정부주의 이념이 이러한 시대의 첫 징조였다. 그리고 그것은 그제야 비로소 니체 사상과의 연관 속에서 이해된다.

비록 러시아 독자들이 프레오브라젠스키의 논문에서 악과 자기결정권이라는 설득력 있는 개념을 찾아내기는 했어도 그의 논문을 온전한 의미에서의 대중화로 보기는 어렵다. 확실히 그는 이해하기 어려운 철학을 보다 구체적이고 체계적으로 만들었다. 하지만 그는 니체의 사상을 유사한 수준의 러시아적 사유와 대비하여 뚜렷하게 부각시키지는 않았다. 프레오브라젠스키는 자신의 논문 시작부에서 문체의 맹렬한 활기와 높은 이상이라는 면에서 게르첸과 비교했을 뿐이었다. 니체를 러시아적 맥락으로 끌어들이는 데 훨씬 잘한 쪽은 유감스럽게도 비방 세력이었다 —— 물론 부정적인 맥락이었지만.

프레오브라젠스키는 차후의 니체 철학 수용과 관련된 주요 쟁점, 즉 도덕적 의식을 재고하는 미학적 가치의 역할을 부각시켰다. 차후에 비방자들은 유미주의적 입장이 실제적인 양심의 감각으로 대체되었다는 테제를 내세우기에 이른다. 실제로 프레오브라젠스키는 미적인 자질을 높이 평가한 것으로 보인다. 그는 창조적인 충동, 영웅주의, 개인적 스타일을 칭송한다. 반대로 그는 연민이나 이웃 사랑 같은 전통적 미덕의 가치를 떨어트리기 위해 니체의 사상을 동원한다. 차후 러시아의 독자 대부분이 간과한 것은 프레오브라젠스키의 독특한 시도였다. 그것은 개인의 완전성 및 품위와 사회적 책임이라는 다양한 에토스를 실현할 목적에서 창조적 충동들에 질서를 부여하고, 진·선·미를 종합적으로 재통합하는 타당한 요소로서 미적인 것을 포괄하는 도덕적 의식을 산출해 내려는 시도였다.

1892년 지면에서 발언권이 있던 사람들 가운데 단지 한 사람만이 니체에 대한 프레오브라젠스키의 해석을 지지했다. 니콜라이 미하일롭스키가 바로 그였다. 미하일롭스키는 인민주의자들 가운데 아주 온건한 편이었다. 미하일롭스키의 니체 사상에 대한 관심은 개인의 잠재력의 발전을 조장하는 사회주의 형식에 대한 그의 오랜 탐구와 관련된 것으로 설명할 수 있다. 그는 사회주의가 각자를 최대한 완전한 자기실현으로 이끌어야 한다고 믿었다. 초기에 그는 막스 슈티르너와 같은 아나키스트적 개인주의자들에게 매력을 느꼈다. 드디어 그는 니체 사상에서 동시대 러시아 사상에 결여되어 있던 인간적 개성의 고귀한 이미지를 발견한 것이다. 미하일롭스키는 새로운 철학에 대한 세 편의 논문을 집필했다. 그가 생각하기에, 니체의 저작은 기존 비평가들이 했던 것보다 훨씬 더 진지한 논의를 할 만한 가치가 있었다. 미하일롭스키는 특히 이러한 비평가들이 니체의 주요 사상에 가한 위험천만한 왜곡을 우려했다. 노르다우와 아스타피예프가 니체를 실천적인 이기주의자나 부도덕한 자로 칭한 것은 특히나 잘못된 것으로 보였다.

> 지금껏 우리는 대단히 고결하고 용감한 사상가, 또 다른 관점으로 보면 몽상가이자 극히 고상하게 이해되는 개인주의의 견지에서 자신의 요구를 내세우는 이상주의자를 살펴보고 있다. 인간의 개성이 그에게는 모든 사물의 척도이며, 그는 삶의 충만함과 인간 개성의 품위를 훼손하는 모든 이해관계와 조건들에 대립할 것을 인간 개성을 위해 요구한다. 여기서 통속적 의미에서의 이기주의나 그 어떤 '부도덕함'에 관해서는 언급할 것도 없다. (NKM, 478)

미하일롭스키는 노르다우와 아스타피예프와 같은 비평가들이 또 다른 의미에서 니체를 잘못 해석한다고 지적했다. 그들이 도덕적 의식의 본성에 관한 고찰이 의미했던 것을 일련의 저속한 금언들로 바꾸어 놓은 셈이었다. '진리는 없고, 모든 것은 허용된다'는 니체의 진술이 어떤 이가 선택한 대로 행동할 수 있는 자유를 그에게 부여하는 것은 아니다. 미하일롭스키에 따르면, 니체는 그의 독자들이 관습적인 가치에 대해 의문을 갖고 생각하기를 바랐다는 것이다.

미하일롭스키는 니체의 도덕적 견해와 러시아의 독자들에게 잘 알려진 세 명의 저자 — 슈티르너, 도스토옙스키, 다윈 — 의 관점을 대비시킴으로써 니체의 이념을 구체화하고 친밀하게 만든다. 그의 견해에 따르면, 니체의 이타주의와 공리주의 비판은 슈티르너의 비판과 아주 흡사하다. 두 사람 모두 이타적인 동기의 작용, 예를 들면 가장 이타적인 행위에서조차도 자기실현을 바라는 마음이 작용한다는 생각에 집중한다는 것이다. 두 사람은 이기주의가 그 자체로는 나쁠 게 없다는 점을 보여 준다. 게다가 니체의 '이상적' 인간은 슈티르너의 것과 매우 닮았고, 두 철학자는 최상의 유형의 이기주의자를 존중한다고 미하일롭스키는 암시한다. 니체의 이기주의자는 슈티르너의 것과 마찬가지로 강인하고 자립적이다. 미하일롭스키의 방식으로 말하면, 이러한 원형은 "평온과 부유함을 경멸하고, 그는 활동적이며 굳세고 위험을 추구하며, 그는 공격적이고 (그리고) 힘을 사랑한다"(NKM, 460~461).

미하일롭스키가 새로운 철학의 도스토옙스키적이고 다윈적인 양상에 관심을 갖는 동안 열광적인 그의 어조는 가라앉는다. 예를 들어, 그는 자신의 유명한 논문 「잔인한 재능」(1883)에서 도스토옙스키를 비난했던 것과 동일한 '잔인성'을 니체의 저작에서 발견한다. 독일 철학자, 즉 니체와 도스토옙스키의 지하생활자는 인간의 본성에 대한 동일한 관점을 공유한다고 미하일롭스키는 말한다. 지하생활자는 "인간은 고통을 열렬히 사랑한다"고 주장한다. 『차라투스트라는 이렇게 말했다』에서의 니체와 지하생활자는 둘 다 잔인성과 권력애가 인간 본성의 근원에 있다는 동일한 통찰에 도달하며 그는 다음과 같은 지적으로 글을 맺는다. 그 지적은 니체의 비방자들이 했던 것보다 이 특별한 질문에 관한 더 나은 통찰을 보여 주지는 않는다. "도스토옙스키가 엿보기를 즐겼고 니체의 이론의 토대가 된 잔인성의 음울한 심연, 끝없는 권력애, 악의는 실제로 존재하며 그것들은 인간 정신의 연구에 있어 커다란 관심사임에 틀림없다. 그런데 여기서는 병적이고 불안정한 영혼이며, 그것은 병리적인 경우라 할 것이다."(NKM, 464) 이상적인 인간에 대한 사랑으로 인해 미하일롭스키는 심리적인 탐구와 그 결과로서 나타나는 인간 본성에 관한 반유토피아적 전망에 적대적인 모습을 보였다. 미하일롭스키는 이러한 일부의 문제에서 니체의 비방자를 대체하지 못한 채 동일한 유형의 왜곡되고 자구적인 독해에 머물렀다.

　니체의 초인 이념에서 미하일롭스키는 자연선택과 생존경쟁이라는 다윈의 원칙을 찾아낸다. 여기서 초인은 사회적 개념으로 제시된다. 미하일롭스키에 따르면, 니체는 엘리트, 즉 '귀족'을 선호하는 입장을 취했다. 니체는 "인간을 희생시켜 '초인'을, 달리 말해 대중을 희생시켜 귀족의 고안에 기여했을 법한 사회적 구조를 사회적인 이상으로 상세히 다뤘다"(NKM, 494). 건강하고 강한 귀족계층은 "자체적으로 새롭고 보다 더 고등한 귀족으로"으로 성장하는 것이다(NKM, 494). 이러한 각본에서 미하일롭스키는 다원적인 원칙의 작동을 인지한다. 강자와 적응한 자가 살아남아 실제로 번창하는데, 그것은 오직 힘없는 자, 육체적인 약자와 병자의 희생을 통한 것이다. 그러나 그는 니체의 강조점이 다른 다원주의자들의 것과는 차이가 있다는 점을 인정한다. 니체는 우선적으로 육체적 생존이 아닌 문화적 힘과 건강에 대해 말하는 것이다. 미하일롭스키는 다음과 같이 언급하고 있다. "[니체의] 저작 전반을 보건대, 그는 육체적 건강뿐만 아니라, 특히 문화적 에너지를 높이 평가하는 것이 분명하다."(NKM, 482) 그리고 그는 되풀이해서 말한다. 육체적인 유형에 대한 니체의 논의, 일례로 '금발의 야수'가 의미하는 바는 "약하고 병든 사람들로부터 사회적 배려를 거두어들이고, 초인이 만들어지는 환경에 있는 힘세고 건강한 사람들에게 그 배려를 향하도록 하는 것이다"(NKM, 494).

시종일관 니체에 대해 호감을 가졌던 미하일롭스키는 초인 이념의 엘리트적인 성격에 실망한 것으로 보인다는 점을 언급해야겠다. 그는 니체가 "본래의 그의 진로를 벗어났다"고 느낀다(NKM, 493). 여기서 미하일롭스키는 다음과 같이 추론한다.

니체의 본래 출발점, 즉 개인의 신성함으로 판단하면, 개인은 자신의 방식으로 우리 시대의 일반적 과제에 접목된다고 생각할 수 있을 것이다. 다시 말해, 개인의 있을 법한 완전한 개화를 보장하는 사회적 형식을 발견하는 과제인 것이다. 니체의 독특함은 다음과 같은 결론으로 표현될 수 있다. 이러한 이상은 사실상 성취가 불가능하지만,

그럼에도 불구하고 이상으로 남는다. 크든 작든 그 이상에 접근할 수 있고, 사람들은 이상을 위해 영원히 분투해야 한다(그는 "위대하고 불가능한 것을 위해 싸우다 죽기"를 바란다는 점을 상기하자). (NKM, 494)

미하일롭스키는 약자를 향한 니체의 경멸이 일정한 '조악함'을 보여 준다고 여겼다. 그는 애초 이 독일의 사상가가 각자로 하여금 스스로를 발전시키도록 고무하는 사회적 평등주의의 어떤 형태를 제안한다고 생각했다. 이러한 기대는 분명 그를 실망시켰다.

미하일롭스키는 대중적 해설자로서, 특히 급진적 지식인들에게 커다란 영향을 미쳤다. 1901년에 안드레예비치는 미하일롭스키의 일련의 논문을 그때까지 러시아에서 쓰인 니체에 관한 논문들 가운데 최고라고 칭찬한다. 프레오브라젠스키와 마찬가지로 그는 자신의 독자들을 보다 고양된 '개인'에 대한 탐색으로 이끌었다. 이 두 명의 해설자는 초인의 이념에 가장 큰 관심을 기울였고, 이 이념에 보다 젊은 세대가 바라 마지않을 개인의 자유와 힘의 아우라를 부여했다. 인민주의 비평가 미하일롭스키는 프레오브라젠스키보다 더 폭넓게 사회적 상호작용의 관점에서 이념을 검토했다. 그는 초인을 라스콜니코프의 나폴레옹보다 더 나쁜 무언가로 묘사했다. 이런 부류의 지도자는 자신의 목적 실현을 위해 다수를 기꺼이 희생하려 하는 데서 그치지 않는다. 그의 이상적 사회에서는 엘리트와 대중이 고정된 그룹으로 나뉘었다. 여기서 자기완성은 오로지 소수를 위한 것이다. 어떤 부류의 사회주의자든 그에게 이러한 관점은 니체를 비난하는 것과 마찬가지였다. 안드레예비치와 같은 몇몇 후기 마르크스주의자들은 미하일롭스키의 발언을 니체가 사회 혹은 정치적인 철학자는 아니었다는 증거로 활용했다. 하지만 그러한 인정이 그들로 하여금 자신들의 사회적 관점과 개인을 고양하는 것으로 수용되던 철학 간의 화해 모색을 멈추게 한 것은 아니었다.

　문학 비평가 네스토르 코틀랴렙스키는 1900년에 "서구에서는 일련의 연구서가 이미 나와 있는 이 독일 사상가의 학설이 우리나라에서는 그 가치에 상응하는 다방면의 공정한 조명과 판단을 얻지 못했다"고 슬퍼했다.[41] 실제로 러시아에서 니체에 대한 초기의 비평적 수용은 빈곤했다. 하지만 코틀랴렙스키가 니체 철학에 대한 반향을 그처럼 한탄하던 1900년경, 새로운 세대는 니체의 철학을 자신들의 것으로 포용했다. 지난 세기가 과거사로 사라진 후, 곧이어 보다 젊은 비평가들의 주목할 만한 비평적 에세이들이 나타나기 시작했다. 그리고 젊은 마르크스 비평가 안드레예비치가 언급했듯이 독자들의 관심이 "나날이가 아니라 매시간" 증대하고 있었다.[42]

　시장에는 니체에 대한 유럽의 연구들로 넘쳐 났다. 수십 년간 축적된 비평들이 한꺼번에 나왔다. 일례로, 덴마크의 문학 교수 게오르그 브라네스의 저명한 『귀족적 급진주의에 대한 소론』(덴마크, 1891; 러시아, 1901)과 같은 일부 저작은 뒤늦게야 출판되어 나왔다.

---

41 Nestor Kotliarevskii, "Vospominaniia o Vasilii Petroviche Preobrazhenskom", *Voprosy filosofii i psikhologii* 4, September, 1900, p.532[「바실리 페트로비치 프레오브라젠스키에 대한 회상」, 『철학과 심리학의 문제들』4호].

42 Evgeny Andreevich, "Ocherki tekushchei russkoi literatury: O Nitche", *Zhizn'* 4, 1901, p.286[「현대 러시아 문학 개요: 니체에 대하여」, 『인생』4호].

프랑스의 철학 교수 앙리 리히텐베르그의 호평을 받은 바 있는『니체 철학』(프랑스, 1898; 러시아 1901)과 같은 저작은 훨씬 빠르게 독자들이 접할 수 있었다. 이 시기의 러시아 편집자들은 철학자 게오르크 지멜, 니체의 누이 엘리자베트 푀르스터-니체, 그의 '제자' 페터 가스트, 아카데미 철학자 루트비히 슈타인, 그리고 저명한 비평가 레오 베르크의 니체에 관한 저술의 번역물을 출판했다.

새로운 세기 초반의 지적 분위기는 1880~1890년대에 비해 구속에서 훨씬 벗어나 있었다. 지성인들은 어느 쪽 편도 들지 않고, 하나의 관점이 다른 관점과 전적으로 양립할 수 없다고 결정하지 않고, 예외 없이 모든 이념을 실험했다. 폭넓은 다양한 철학적 입장들이 독해되어 논의되고, 비교되고, 대조되었다. 안드레이 벨리가 그의 회고록에서 언급했듯이, "니체, 솔로비요프, 스펜서, 칸트까지도 우리의 검토 범위에 있었지만, 니체도 솔로비요프도 스펜서도 칸트도 우리의 독단적 견해가 되지는 않았다. 왜냐하면 우리의 세계관은 독단의 파괴라는 전투적인 함성하에서 건설되었기 때문이다".[43]

니체에 대한 수용은 초기에 비해서 훨씬 더 균형이 잡히고 세련되어졌다. 보다 젊은 비평가들은 나이 든 선배들보다 더 깊이 니체 사상에 파고들었다. 그들의 주장에 따르면, 이 독일 철학자는 도덕적, 문화적 그리고 종교적 가치의 본성을 탐구했지만, 이 새로운 사회적 '학설'을 실천 태세가 된 것으로 설파하지는 않았다. 안드레예

---

43 Andrei Belyi, *Na rubezhe dvukh stoletii*, Moscow-Leningrad: Zemlia i fabrika, 1930, p.13[『두 세기의 경계에서』].

비치는 1901년의 논문 「니체에 대하여」에서 다음과 같은 새로운 태도를 표명했다. "니체는 어떤 해결이 아니라 단지 예감이며, 질문에 대한 답변이 아니라 그 질문들의 제기이며, 어떤 지도자나 선지자라기보다는 오히려 경고이자 위협이다."[44]

이러한 상대적인 개방과 관용의 분위기에서 니체의 사상은 여러 지향의 많은 지성들에게 진지한 고려의 대상이 되었다. 서구의 실존주의를 예기한 관점을 발전시킨 바 있는 젊은 비합리주의 사상가인 레프 셰스토프는 도덕적 의식에 대한 용감하고 정직한 니체의 연구를 높이 평가했다. 셰스토프에 따르면, 니체는 다른 사상가들이 그랬던 것처럼 악과 고통의 본성을 무시하고 지나치게 단순화된 도덕체계에 만족하기보다는 오히려 악과 고통의 본성을 다루었다.[45] 자신을 1860년대 급진적 시민전통의 계승자로 여겼던 안드레예비치는 "독단주의와 지적 노예근성"에 대한 니체의 혐오의 진가를 인정했고, 창조적 천재성에 대한 니체의 높은 가치 평가를 존중했다. "인간적 창조의 자유와 그 위력에 대한 믿음"을 니체가 전면적으로 옹호한 점이 안드레예비치의 마음을 움직인 것이다.[46]

위에서 언급한 비평가들과 여타의 비평가들은 그저 니체의 사상을 광범위한 독자 대중이 이해할 수 있게끔 하려는 노력에 대해 양가적인 태도를 가졌다는 사실을 지적하는 게 중요하다. 비록 그들

---

44 Andreevich, "Ocherki tekushchei russkoi literatury: O Nitche", p.287.
45 Lev Shestov, *Dobro v uchenii gr. Tolstogo i F. Nitsshe: filosofiia i propoved'*, St. Petersburg: Stasiulevich, 1900, pp.100~101, p.187 [『톨스토이 백작과 니체의 가르침에서 선』].
46 Andreevich, "Ocherki tekushchei russkoi literatury: O Nitche", p.291.

이 종종 자신들의 논문에서 대중화된 니체의 이미지를 출발점으로 활용했더라도, 그들 자신이 대중 해설자는 아니었다. 예를 들어, 안드레예비치는 1901년 논문의 서두에서 미하일롭스키의 니체 대중화를 상찬했다. 하지만 안드레예비치는 대중화하는 방식으로까지 물러서지 않은 채, 니체의 사상과 관련된 문제들을 쉽사리 체계화하거나 재서술하는 것을 거부했다. 또한 레프 셰스토프와 급진적 사학자 예브게니 타를레(1901)는 니체 사상의 지속적인 '통속화'를 안타까워 했다.[47] 셰스토프는 다음과 같이 대중화에 대해 항변했다. "안타까운 사실은 잡지와 신문들이 일반 대중에게 새로운 철학자의 골자를 '일반적 특징으로', 즉 접근하기 쉽게 완전히 왜곡된 형태로 알리는 데만 골몰한다는 것이다."[48] 셰스토프는 니체가 쾌락주의자도 아니고, 대중이 믿는 바와 같이 '자유사상가'도 아니라고 경고했다. 그는 대다수의 독자들이 니체의 독해가 주는 실제의 지적인 체험의 참맛을 알 만한 태세가 갖춰져 있지 않다는 결론에 도달했고, 그런 시도를 해서는 안 된다고 암시했다.

긍정적이고 대중적인 니체의 이미지가 서서히 형태를 갖추어 갔다. 러시아 문학계의 두 인물, 즉 '데카당' 시인 발몬트와 열렬한 이야기꾼 고리키가 니체 열풍의 중심에 서게 되었다. 이 두 사람은 새로운 삶과 인간의 힘의 새로운 찬양을 요청하는 시인으로서 비평

---

47 E. V. Tarle, "Nitssheanstvo i ego otnoshenie k politicheskim i sotsial'nym teoriam evropeiskogo obshchestva", *Vestnik evropy* 8, 1901, p.729[「니체주의와 유럽 사회의 정치 사회 이론과의 관계」, 『유럽 통보』 8호].
48 Shestov, *Dobro v uchenii*, pp.177~178.

가들에 의해 부각되었다.[49] 발몬트의 시선집 『불타는 건물들』(1901)
과 『태양처럼 되자』(1903)의 시들은 순진하고 젊은이 특유의 에너지
로 충만해 있다. 1898년 문학계에 고리키가 혜성처럼 등장하며 들고
나온 첫 번째 단편소설집은 독자들로 하여금 자신들의 무기력을 일
깨우고 그들을 둘러싼 사회를 점검하고 도전하게 한다.

이 두 사람의 창작과 니체 철학의 연관성은 작가들 자신이라기
보다는 오히려 비평가들에 의해 설정된다. 두 작가가 자신들의 초기
작에서 니체 사상을 인용하고 참조했으며 또 거기서 반란을 위한 영
감을 얻었지만, 그것은 일반 독자들로서는 알 수 없는 방식으로 행
해졌다.[50] 다양한 경향의 비평가들이 니체 철학에 확실하고 긍정적
인 '러시아적' 특징을 부여했는데, 그것은 니체의 철학을 굉장히 유
명한 이 두 작가와 연관시킴으로써 가능한 것이었다. 그렇듯 발몬트
의 미학적 자기중심주의는 니체의 대중적 이미지의 한 요인이 되었
다. 예컨대, 예브게니 아니츠코프는 발몬트적인 니체주의를 예시적
으로 제시하고자 다음의 시구를 인용했다. "나는 생명이고, 나는 태
양이며 아름다움이다 / 나는 동화처럼 시간에 마법을 건다네 / 나는

---

49 다음 책을 참조하라. A. S. Volzhskii, *Iz mira literaturnykh iskanii*, St. Petersburg:
D. E. Zhukovskii, 1906, p.140[『문학 탐색의 세계』]; M. P. Nevedomskii, "Vmesto
predisloviia", intro. to Anri Likhtenberzhe, *Filosofiia Nittsshe*, St. Petersburg: O. N.
Popova, 1901, cxx.cxx[「서문을 대신하여」, 『니체 철학』]. 여기서 고리키는 '천부적인 니
체주의자'(nittsseanets-samorodok)로 불린다. P. Orlovskii, *Iz istorii noveishei russkoi
literatury*, Moscow: Zveno, 1910, p.5[『최신 러시아 문학사』].
50 니체에 대한 더 많은 발몬트의 반향에 대해서는 다음을 참조하라. Edith W. Clowes,
"The Nietzschean Image of the Poet in Some Early Works of Konstantin Bal'mont and
Valerij Brjusov", *Slavic and East European Journal*, Summer, 1983, pp.68~80.

열정에 휩싸여 별들을 창조한다네 / 내가 사랑할 때 나는 온전한 봄이어라 / 내가 키스할 때 나는 빛나는 신이어라."⁵¹ 그리고 대중적 이미지 속에서 니체는 개인의 창조적 힘을 칭송하는 눈부신 노래꾼이 되곤 했다. 발몬트의 시구를 통해 니체는 1880년대의 염세주의를 넘어서는 길을 알려 주었고, 또한 찬란한 햇빛의 느낌, 긍지가 있는 대담한 낙관주의, 활동적이고 창조적인 삶에 접근하는 감각을 독자에게 부여했다.⁵²

러시아에서의 니체에 대한 이미지는 고리키의 주인공들을 통해 취기 어린 무정부적 자유의 자질을 획득했다. 비평가 유리 알렉산드로비치는 고리키가 니체주의의 물결을 타고 명성을 날렸다고 언급했다. "나는 10년 전[1898] 러시아 사회가 얼마나 활기를 띠고 전율했는지, 거의 기도하는 심정으로 경건하게 작가의 새로운 단어 하나하나를 긴장되게 주목했는지 기억한다."⁵³ 그리고 영향의 방정식이 뒤바뀐다. 애초에는 니체와의 연관성이 고리키를 유명하게 만들었지만, 그 다음은 고리키의 부랑자 주인공들이 대중화된 철학자의 이

---

51 "Ia zhizn', ia solntse, krasota / Ia vremia skazkoi zacharuiu / Ia v strasti zvexdy sozdaiu / Ia ves' vesna, kogda kogo liubliu / Ia svetlyi bog, kogda tseluiu". E. Anichkov, "Bal'mont", *Russkaia literatura XX veka*, vol.1, ed. S. Vengerov, Moscow: Mir, 1914, p.86[「발몬트」, 『20세기 러시아 문학』]; Ellis, "Konstantin Bal'mont", *Russkie simvolisty*, Moscow: 1910(rpt. Letchworth: Bradda, 1972), p.54[「콘스탄틴 발몬트」, 『러시아 상징주의자들』].

52 Anichkov, "Bal'mont", p.90.

53 Iurii Aleksandrovich, *Posle Chekhova: Ocherk molodoi literatury poslednego desiatiletiia, 1898-1908*, Moscow: Obshchestvennaia pol'za, 1908, pp.61~66, pp.177~178[『체호프 이후: 최근 10년의 청년 문학 개요, 1898-1908』].

미지를 더 공고하게 만들었다. 고리키의 초기 단편소설을 가득 채운 부랑자들이 러시아 독자층에게 니체 철학을 퍼트리는 전달자가 되었다. 자신의 운명에 대해 스스로 책임을 지는 코노발로프, 모든 권력에 반항하는 첼카시, 육체적 힘과 아름다움을 칭송하는 바렌카 올레소바 같은 고리키의 아주 대중적인 등장인물들은 대중에게 니체 철학을 이해하기 쉽고 매력적으로 만든 대변자였다.[54] 안드레예비치는 대중화에 대한 자신의 거부감에도 불구하고, 고리키가 니체 철학을 러시아의 삶에 가까워지도록 한 것을 높이 평가했다. "니체의 초인은 처음 보기보다 우리와 아주 가깝다. 초인은 생의 공포를 모르며, 언제나 자신의 본성이 알려 주는 대로 행동한다. 그는 자신에게 거짓말하지 않으며, 그는 순진하고 용감하다. [⋯] 어린아이 혹은 천재처럼 순진하고 용감하다. [⋯] 고리키의 부랑자 역시 얼마간 니체주의자다."[55]

메레시콥스키와 고리키는 다른 작가들과의 개인적 유대 및 자신들의 출판과 편집 활동을 통해서 니체의 이념을 대중화하고 전파했다. 두 사람은 다른 비평가들의 니체에 관한 논문의 출판을 도왔으며, 니체 텍스트의 번역물을 출판하려 했으나 실패했다. 그들 각자

---

54 Nikolai K. Mikhailovskii, "O g. Maksime Gor'kom i ego geroiakh", *Kriticheskie stat'i o proizvedeniiakh Maksima Gor'kogo*, St. Petersburg, 1901, pp.53~105[「막심 고리키와 그의 주인공들」, 『막심 고리키 작품에 관한 비평문』]; M. Gel'rot, "Nitsshe i Gor'kii: Elementy nitssheanstva v tvorchestve Gor'kogo", *Russkoe bogatstvo* 5, 1903, pp.25~68[「니체와 고리키: 고리키 창작에서 니체주의의 요소들」, 『러시아의 부』 5호].
55 Evgeny Andreevich, *Knigo o Maksime Gor'kom i A. P. Chekhove*, St. Petersburg: A. E. Kolpinskii, 1900, pp.28~29[『막심 고리키와 체호프에 관한 책』].

에게는 자신들이 영향을 발휘할 수 있는 작가 그룹이 있었다. 벨리는 메레시콥스키를 자신의 문학적 스승 가운데 한 사람으로 인정한 바 있다. 실제로 벨리는 대학생 시절 니체와 메레시콥스키를 선명하게 떠올리며 자신의 첫 번째 문학적 실험인 『심포니』 작업에 매달리던 때를 회상했다. 1905년 이후 메레시콥스키는 파리에서 테러리스트 도망자 로프신을 숨겨 주었고, 로프신의 니체주의적 소설 『창백한 말』(1912)에 영향을 미쳤다. 더 폭넓은 지지층을 가지고 더 많은 작가들에게 힘이 되어 주던 고리키는 니체의 대중화에 더 큰 흔적을 남겼다. 니체의 사상과 연관된 대중적인 소설을 창작하던 몇몇 작가들은 고리키와 친밀하게 접촉하며 작업했고, 그들 일부는 고리키의 문예작품집 『지식』Znanie에 그들의 작품을 발표했다. 그들 가운데는 당시의 아주 성공적인 대중 소설가와 스토리 작가들, 즉 안드레예프, 쿠프린과 아르치바셰프 등이 있었다. 그들 가운데 많은 작가들은 자신의 의지와는 별개로 니체적인 자기결정권의 숭배를 확장시키는 데 일조했다.

대중 해설자들이 니체적인 새로운 인물 유형을 특징짓는 작업을 하는 사이, 전적으로 새로운 독해 방법이 나올 법한 전투적인 환경을 만든 것은 니체의 반대자들과 통속 해설자들이었다. 솔로비요프와 톨스토이 같은 몇몇 사람은 새로운 철학에 대해 진지한 도덕적 반대를 표명한 반면, 보보리킨과 같은 또 다른 사람들은 새로운 풍조에 '니체주의'라는 꼬리표를 달아 구체적인 고정관념과 플롯 상황이라는 쉽사리 이해되는 용어로 그것을 규정했다. 이어서 니체주의적인 도덕적 반란이 문화생활로 강하게 뿌리내리기 이전에 그것을 제거하는 데 몰두했던 자들의 관점에서 니체 숭배 현상을 살펴볼 것이다.

통속적 니체주의

안드레예비치와 셰스토프 또는 메레시콥스키와 같은 젊은 지성인들이 니체 저작을 접할 때 지녔던 개방성과 진지함 그리고 열광에도 불구하고, 그들이 니체를 독해할 때 보여 준 감수성은 그들 자신의 영역 너머로 확장되지 못했다. 심지어 발몬트와 고리키가 보여준 니체주의적인 엄청난 활력의 이미지조차 광범위하게 퍼진 영향력 있는 통속적 이미지와 혼합되었다. 1900년 이후 니체 철학에 대한 관심의 폭발은 양질이든 저질이든 온갖 출판물의 시장 진출을 허용한 보다 관대한 검열로 인해 가능해진 것이다. 니체에 대한 통속적 이미지가 부분적으로 뿌리를 내린 것은 광범위한 무지, 의심스러운 자료에 대한 지나치게 열성적인 출판 및 성급하고 부정확한 번역 때문이었다. 니체의 책이 드디어 여러 판본으로 발행되기 시작했을 때 치체린 출판사와 클류킨 출판사는 저마다의 '작품선'을 출판했다. 출판사들은 니체에 대한 시장을 선점하기 위해 서로 경쟁했다. 이에 대해 어느 사회 평론가는 다음과 같이 언급했다. "'호기를 놓치지 않으려는' 값싼 저작물 출판업자와 장사치들은 분명히 이들[젊은이들]만을 염두에 둔 것이 아니었다. 그들은 『우상의 암흑』[원문대로]과 『안티그리스도에 대한 저작의 단편』[원문대로]을 다양하게 출판하여 『여성은 뭘 바라는가?』와 같은 잘 팔리는 다른 책들과 나란히 자신들의 진열장에 전시했다."[56]

니체에 대한 통속적 관점은 주변에서 벌어지는 정신성의 급격한 변화에 불안감을 느낀 구세대 작가들의 열성적인 지원과 더불어 뿌리를 내렸다. 그들은 젊은 세대의 열광을 가라앉히기로 작정하고 이러한 변화를 고무하는 인물인 니체에 대한 공격을 택한 것이다. 톨스토이의 도덕적 권위와 보보리킨의 오랜 대중적 인기가 별 볼품 없는 니체의 이미지 형성에 일정하게 작용했다. 그러한 이미지는 소비에트 시대에까지 지속되어 아주 번창했다. 이들과 다른 작가들 그리고 지성인들은 대학생들, 신예 소장학자들 사이에 인기를 끌던 개인적 성취욕을 '니체주의'nitssheanstvo라고 불렀다. 그들의 주장대로라면, 니체 사상은 유일무이하게 되고자 하는 갈망, 특색 있는 이념과 통찰력 및 경험을 지니려는 갈망, 짧게 말해 '개인'이 되려는 갈망에 호소력을 발휘했다. 신비주의 경향의 구세대 시인 민스키는 1900년에 글을 쓰면서 개인주의라는 니체적 상표를 실생활에 적용해서는 안 된다고 경고했다. 그가 생각하기에, 니체의 사상은 "방종하고, 예속 상태로 태어나 해방을 갈망하는" 위험천만한 것이었다.[57] 1890년대부터, 탁월한 철학자 블라디미르 솔로비요프는 언론과 자신의 철학적 저작 양쪽에서 니체 사상과 논쟁을 벌여 나갔다. 도덕

56 Nevedomskii, "Vmesto predisloviia", iii.
57 Nikolai Minskii, "Fridrikh Nitsshe", *Mir iskusstva* 19~20, 1900, p.144[「프리드리히 니체」, 『예술 세계』 19~20호].

적 가치에 대한 솔로비요프의 주요 저작 『선의 정당화』(1897)는 절대적인 도덕체계에 대한 니체의 거부와의 의견충돌에 자극을 받아 탄생한 것이었다. 여기서 솔로비요프는 절대적인 도덕적 가치를 선택의 자유라는 개념 및 자기실현의 가능성을 허용하는 윤리와 융화시키려 했다. 그는 1899년의 논문 「초인의 이념」에서 러시아 젊은이들에 대한 니체의 강한 영향에 대해 유감을 표명했다. 그의 관찰에 따르면, 러시아의 젊은 독자들의 마음을 사로잡는 가장 흥미로운 이념 가운데 하나가 초인이라는 것이다. 그는 그러한 또 다른 이념으로 마르크스의 '경제적 유물론'과 톨스토이의 '추상적 도덕주의'를 거론한다. 여타의 니체 비방자들과 마찬가지로, 솔로비요프는 니체의 도덕 철학을 오만과 아집으로 축소시켰다.

> 니체주의의 사악한 측면들이 도드라져 보인다. 나약하고 병든 인류에 대한 경멸, 힘과 아름다움에 대한 이교도적 견해, 그 어떤 예외적인 초인적 의미의 선험적인 전유, 즉 처음에는 개인적으로, 나중에는 집단적으로, 그들의 의지가 나머지 사람들에게 최고 법률인 것처럼 모든 것이 허용되는 '보다 훌륭한' 주인의 본성을 가진 선택된 소수에게 전유되는 것, 이것들이 바로 니체주의의 분명한 오류이다.[58]

솔로비요프는 니체의 엘리트주의 및 이기주의가 끔찍하다는 여

---

58 Vladimir Solov'ev, "Ideia sverkhcheloveka", *Sobranie sochinenii*, vol.8, St. Petersburg: Obshchestvennaia pol'za, 1903, p.312[「초인의 이념」, 『선집』 8권].

러 사람들의 언급을 되풀이한 것이다. 그럼에도 솔로비요프는 여타의 니체에 대한 비방자들보다는 관대했다. 그의 관점으로는, 당시의 니체에 대한 지적 심취를 "우스꽝스럽다. […] 그러나 본질적으로 불가피한 과도기적 단계, 즉 그것 없이는 진정한 성숙함의 도래가 불가능한 '청년기의 열망'"으로 보아야 한다.[59] 이처럼 그에게 니체주의는 새로운 세대의 지적 미성숙의 지표였다.

니체의 숭배는 인민주의 시대의 마지막 거장, 연로한 톨스토이의 반대의 목소리에 부닥쳤다. 이 위대한 소설가는 니체주의가 러시아 사회의 도덕적 퇴보의 표식이라고 확신했다. 그는 자신이 정신병자로 간주하는 자가 젊은이들의 정신을 미혹시킬지 모른다고 불안해했다. 1900년 12월, 톨스토이는 자신의 일기에 다음과 같이 썼다.

나는 니체의 『차라투스트라』와 그가 이 글을 어떻게 썼는지에 관해 그의 누이가 쓴 기록을 읽었다. 그리고 글을 쓸 때 그는 은유적 의미가 아니라 직접적인 정확한 의미에서 완전히 미치광이였음을 확신한다. 다시 말해, 논리 결여, 하나의 생각에서 다른 생각으로 건너뛰기, 비교 대상에 대한 지시가 없는 비교, 결말이 없는 사유의 시작 […] 그는 인간의 삶과 사유의 최상의 토대를 전부 부정하면서 그 자신의 초인적 천재성을 증명하고 있다. 그는 그러한 고정관념idee fixe을 갖고 있는 것이다. 과연 어떤 사회에서 그런 미치광이, 사악한 미

---

59 Ibid., p.310.

치광이를 스승으로 받아들인단 말인가?[60]

다른 많은 니체 철학의 비방자들처럼 톨스토이는 니체 철학에서 위험한 도덕적 혼란상을 보았다. 그의 견해에 따르면, 니체는 러시아 인텔리겐치아가 전통적으로 자기중심주의, 유미주의, 관능성처럼 악이라고 해석해 온 모든 것의 체현자였다. 『예술이란 무엇인가?』*Chto takoe iskusstvo?*(1897~1898)에서 톨스토이는 널리 확산된 '공허한' 유미주의 취향을 비난하면서, 이는 니체의 저작과 바그너의 미학 이론에서 유래한 것이라고 말했다.[61] 톨스토이가 보기에, 훨씬 더 심각한 것은 그가 주변의 구체적인 일상생활에서 목격한 도덕적 문제들에 대한 무관심이었다. 그에게는 니체 사상이 '짐승 같은' 품행을 러시아 최상위 계층에서조차 묵과하게 하는 것처럼 보였다. 아무도 객관적인 도덕규범을 준수하지 않은 채, 다들 그들의 이기적 욕구에 적합한 방법으로 행동한 것이다. 톨스토이는 자기중심주의, 즉 선악의 심판자로서 자아의 견해가 이런 잔혹한 숭배의 중심에 놓여 있다고 믿었다. 그는 자신의 글 「성직자들에게」*K dukhovenstvu*(1902)에서 다음과 같이 썼다.

종교를 부인하는 사람들은 무심결에 한낱 자기애와 거기서 유래하는 육체적 욕정에 불과한 것을 인간 활동의 토대로 삼는다. 이런 사

---

60 L. Tolstoi, *Polnoe sobranie sochinenii*, vol.54, Moscow: Gosizdat, 1935, p.77[『전집』54권].
61 *Ibid.*, vol.30, pp.172~173.

람들 가운데서 이전에는 희미하게 모습을 보이던 것, 즉 유물론자들의 세계관에 항상 은밀하게나마 잠재적으로 내재해 있는 자기중심주의, 악과 증오의 가르침이 발생했다. 이러한 가르침이 최근에는 니체의 학설 속에서 아주 분명하게 의식적으로 표현되었고 사람들 속에서 매우 거친 동물적이고 잔혹한 본능을 일깨우면서 빠르게 확산되고 있다.[62]

니체 사상의 인기가 톨스토이에게는 러시아 사회의 도덕성 붕괴가 임박했다는 표식이었다. 그는 도처에서 도덕적 가치가 흔들리는 징후를 보았다. 저널리즘에서, 교회에서, 순문학에서, 심지어 그가 선호했던 젊은 작가 체호프와 고리키의 작품에서도 그랬다. 1900년 1월 16일 일기에서 톨스토이는 체호프의 유명한 단편 「개를 데리고 다니는 여인」이 "전부 다 니체 사상"이라고 언급했다. "이 작품은 선악을 구별하는 분명한 세계관을 마련하지 못한 사람들에 초점을 맞춘 것이다. 예전에는 사람들이 주춤대며 찾는 자세였지만, 지금은 자신들이 선악의 저편에 있다고 생각하며, 이편에 남아 거의 짐승이 되어 있다."[63] 톨스토이는 비슷한 이유로 고리키의 작품을 불편해했다. 그는 임종 1년 전, 1909년에 다음과 같이 썼다. "나는 고리키의 작품을 […] 읽었다. 이상하게도 나는 그에 대한 나쁜 감정을 품고 그 감정과 싸운다. 그리고 그가 니체처럼 해로운 작가라고 말

---

62 *Ibid.*, vol.34, p.309.
63 *Ibid.*, vol.54, p.9.

하는 것으로 스스로를 정당화한다. 그는 커다란 재능을 지녔지만, 어떠한 종교적인 […] 신념도 없다."[64] 톨스토이는 세상이 미쳐 가고 있다는 확신을 가진 가운데 사망했다. 니체 사상의 광범위한 인기가 세상이 미쳐 간다는 데 대한 확실한 증거였다.

솔로비요프와 톨스토이의 니체 철학 비판은, 두 러시아 사상가가 스스로의 도덕적 권위를 공고히 하고자 서로 간에 그리고 독일 사상가와 논쟁을 벌였던 것이 인정되는 순간 새로운 국면을 맞이한다. 솔로비요프와 톨스토이는 공히 러시아 사회에 정신적 스승으로서 상당한 영향력을 발휘하고 있었다. 도덕적으로나 정치적으로 억압적이던 1880년대, 양자는 정부 및 정부의 월권행위에 맞서는 강력한 도덕적 목소리로 자신을 자리매김했다. 솔로비요프는 1881년에 차르 알렉산드르 2세의 암살범에 대한 감형을 탄원하기도 했다. 톨스토이는 1880년 기독교 신앙으로 회심한 이후 정교회의 독단을 비판하는 일련의 팸플릿을 집필했다. 그는 1890년대에 자기 주변에 상당한 추종자들을 결집시켰으며, 1901년에는 교회로부터 파문당했다. 여기서 솔로비요프와 톨스토이의 니체에 대한 공격은 서로 간의 우위 경쟁이라는 맥락에서 벌어졌다는 점을 깨닫는 것이 중요하다. 두 사람 가운데 더 젊고 덜 알려진 솔로비요프는 나이 든 톨스토이가 자신에게 그랬던 것보다 더 많이 그를 공격했다. 솔로비요프는 그의 마지막 작품 『세 가지 대화』(1900)에서 그의 경쟁자 두 사람에

64 *Ibid.*, vol.57, p.176.

게 아주 격렬한 공격을 가했다. 여기서 그는 소크라테스의 대화 형식으로 '폭력에 의한 악에의 무저항'이라는 톨스토이의 이념을 실질적인 악을 물리치기에는 너무나 나약한 것으로 혹독하게 비판했다. 이 저서의 마지막 부분인 「안티크리스트에 관한 짧은 이야기」에서 솔로비요프는 니체의 초인의 이념을 온갖 미덕의 구현자임에도 불구하고 기본적으로는 오직 자신만을 사랑하는 현대의 종교 재판관으로 그렸다. 종교 재판관은 모두를 위한 정신적 위안과 사회적 안녕을 추구하지만, 비밀리에 무제한적인 권력을 갈망한다. 솔로비요프에게 초인은 지상에 나타난 악의 핵심이다. 그러나 서로 간의 차이에도 불구하고 솔로비요프와 톨스토이는 각자가 니체와 공유했던 것보다 더 많은 공통점을 지녔다. 두 러시아 사상가는 서구의 '자기중심주의'에 대한 러시아의 오래된 불쾌감, 다시 말해 자아를 영속적인 사회적·형이상학적 가치의 자리에 위치시키는 모든 것들에 대한 불쾌감을 공유했다. 양자는 인간 의식 너머에 보다 더 높은, 영구적인 도덕적 원칙이 있어야만 한다는 데 절대적으로 의견의 일치를 보였다. 니체 사상의 강한 영향에도 불구하고, 솔로비요프와 톨스토이의 개별적 추종자들의 사고 속에서는 인간의 한계를 넘어서는 도덕적 규범에 대한 이러한 갈망이 지속되었다.[65] 이러한 삼자 간 논쟁에서 니체는 설 자리를 잃었고, 이후 그의 사상의 통속화는 더욱 공고화되었다.

러시아 니체주의의 광범위한 인식의 형성 과정에 가장 영향력 있는 목소리는 베스트셀러 소설가이자 극작가였던 보보리킨의 것이었다. 보보리킨은 1870년대의 인민주의자들 세대에 속했으며 자유주의적 언론사에서 기자로 일했다. 수많은 그의 소설과 희곡들은 당대의 사회적이고 지적인 동향을 기록했으며, 인텔리겐치아 사이에서 폭넓게 읽혔다. 1880년대 후반에서 1890년대 초반 러시아의 산업화와 기업가 엘리트층의 출현을 그리고 있는 『바실리 테르킨』(1893)과 같은 소설들이 특히 성공적이었다. 보보리킨은 니체 철학을 통속적인 수준으로 귀착시키며, 이 새로운 철학을 자기결정권이라는 일종의 반이데올로기로서 이제 막 탄생한 자본주의의 맥락에 위치하게 했다.

보보리킨이 『고갯길』이라는 제목의 소설로 처음 니체를 통속화한 것은 1893년의 일이었고, 그때는 사람들이 막 니체의 사상을 알기 시작했을 무렵이었다. 이 소설은 『철학과 심리학의 문제들』에서 때마침 일어난 소동으로 인해 더욱 독자들의 관심을 끌 수 있었다. 보보리킨의 후기 작품들과 마찬가지로 이 소설은 니체 사상을 러시아 독자의 머릿속에 분명하고 인식 가능한 버전으로 심어 주는 데 있어서 모든 검열관, 편집자, 비방자들 및 심지어 대중 해설자들이 했던 것보다 더 효과적이었다.

1900년에 보보리킨은 그의 독자들 대다수가 『고갯길』의 주인

---

65 예를 들어, 벨리는 억압적이고 내세적인 도덕적 관점을 만들어 내게 되는데, 그 실례로 솔로비요프를 전용한다(5장을 참조하라). 톨스토이의 신봉자 중 한 사람인 레프 세묘노프는 톨스토이의 안티생기론과 안티상대주의에 강한 영향을 받았다. 그는 자신의 회상기에서 러시아의 젊은이들이 가장 일탈적이고 비인간적인 행위를 정당화하기 위해 니체에 의존했음을 상기시킨다. 다음을 참조하라. L. D. Semenov, "Zapiski", *Trudy po russkoi i slavianskoi filologii*, vol.28, Tartu, 1977, pp.114~115[「수기」, 『러시아와 슬라브 어문학 저작집』 28호].

공을 프레오브라젠스키의 초상으로 여겼다고 언급한 바 있다.[66] 보보리킨의 주인공 이반 코스트리친은 완벽하고 도도한 '부르주아'인데, 부유한 상인 자하리 쿠마초프의 지배인으로 일을 하며 상트페테르부르크대학교에서 고전어를 공부한다. 그는 스스로를 철학자라고 상상하며 아이러니하게도 '창고의 소크라테스'라는 별명으로 알려져 있다. 그는 고용주를 러시아적 생활에 신선한 방향을 제시해 나갈 '새로운 인간'으로 여긴다. 코스트리친은 고용주의 이데올로그이자 대변자와 같은 자세를 취한다.

코스트리친은 자기 말에 귀 기울이는 사람들 누구에게나 조악한 개인주의를 설파한다. 약자와 미천한 자에 대한 멸시와 과거의 전설적 영웅에 대한 숭배가 그의 니체적 신조이다. 그는 문화적으로 부흥하고 정치적으로 위대하던 시대와 그런 시대가 낳은 영웅들을 찬양한다. 그는 "강력하고 아름다운 인류, 즉 그리스, 로마, 르네상스, 신을 닮은 용사들, 신화적 영웅들, 전사들, 창조자에 의해 창조된 것"을 열렬히 갈망한다. "그들은 슬퍼하거나 눈물 흘리지 않고, 자신들의 '자아'를 발전시키는 법, 무엇이 지상에서의 생활을 가치 있게 만드는지를 사람들에게 일깨워 주고 모두에게 제시하는 방법을 알고 있었다."(P, 219~222)

코스트리친의 새로운 인간형인 상인 쿠마초프는 모험적인 르네상스 정신을 지닌 인간의 온갖 상징적 속성들을 갖고 있다. 코스

---

66 Petr D. Boborykin, "O nitssheanstve", *Voprosy filosofii i psikhologii* 4, 1900, p.540[「니체주의에 대하여」, 『철학과 심리학의 문제들』 4호].

트리친이 자부심을 갖는 것은 자신이 힘을 쏟아 일하는 곳의 인간은 르네상스 스타일로 지어진 호화로운 궁전에서 살고 있고, 그 자신은 고전적 교육을 받았다는 사실이다.[67] 코스트리친은 자신과 그의 부유한 고용주에게서 다음과 같이 선언할 러시아 신세대의 선구자들을 발견한다.

우리는 살기를 원하지, 머리에 재를 뒤집어쓰길 원치 않는다. 우리는 사람들을 흔들어 놓고 즐기기를 원한다. 우리는 흐느끼지 않고, 우리가 직접 창조하고 획득하고 아름답게 만든 모든 것들을 더럽고 거칠고 악랄한 군중의 먹이로 넘겨 주지도 않을 것이다! […] 그리고 그러한 세대는 […] 벌써 30년 전부터 태어나기 시작했다. 그저 이 세대는 전혀 이해되지 못했고, 그들이 지닌 믿음의 상징이 왜곡되어 온 것이다. (P, 221)

코스트리친은 영웅적 삶을 갈망한다. 그는 사회의 안녕을 위한 자기헌신과 약자와 하찮은 자에 대한 연민과 같은 낡아 빠진 인민주의적 이상들을 증오한다. 그는 고대의 영웅처럼 되기를 꿈꾸지만, 그의 실제적인 역할 모델은 러시아 문학에 나오는 주인공들이다. 실례

---

67 이 시기에 모스크바 상인들의 자녀들이 고전적인 교육을 받았다는 점은 흥미롭다. 이와 같은 실례로 브류소프와 콘스탄틴 알렉세예프-스타니슬랍스키가 있다. 다음을 참조하라. Liuov' Gurevich ed., *O Stanislavskom: Sbornik vospominanii, 1863-1936*, Moscow: Vserossiickoe teatral'noe obshchestvo, 1948, pp.49~50[『스타니슬랍스키에 대하여: 회상기, 1863-1936』]; Konstantin Mochulsky, *Valerii Briusov*, Paris: YMCA, 1962, p.20.

로, 코스트리친은 투르게네프 작품의 주인공 바자로프와 자신을 동일시하는데, 그들은 똑같이 공리주의적 가치를 경멸한다. "바자로프가 소작농에 관해 했던 말을 기억하지 못하는가? 하찮은 소작농은 행복을 누리게 되겠지만, 나에게서는 '얼뜨기 우엉'만 커 가지 않겠는가? 저항하지 않는다면 대체 이게 무슨 꼴이란 말인가. [⋯] 투르게네프의 의사는 우리의 문학에서 최고로 현명한 사람이다. 다만 저자는 어쨌든 그가 살아남지 못하리라는 걸 알고서 그를 죽인 것이다. 하하!"(P, 221) 구세대와의 대립 속에서 코스트리친은 바자로프를 일종의 초인으로 소생시키고, 그렇게 행동함으로써 니체의 이념을 러시아의 독자들이 보다 쉽게 이해할 수 있도록 만든다.

코스트리친의 관점에서 보면, 이타주의 도덕은 인간의 고결한 충동을 무디게 만든다. 이타적인 사람은 자신보다 더 가난하거나 신분이 낮은 사람들을 도우려고 애쓰기 때문에 인간 정신의 보다 더 고결한 사명을 망각한다. 동시대의 사회적 풍습이 비참한 결과, 즉 니체의 '마지막 인간'과 비슷한 무언가를 만들었다고 코스트리친은 단호하게 주장한다. "선량하고 온순한 동시대의 인간이 무엇으로 변하는지를 살펴보시오. 악취를 풍기지 않는가! 그를 보는 것조차 역겨운 일이다! 내 생각에는 사람들을 정신과 육체의 대대적인 감각 상실로 길러진 줏대 없는 자로 퇴화되게 하는 것보다 문화생활의 토대로 고대 그리스의 노예제도를 지키는 게 더 좋다."(P, 221) 코스트리친은 사회적 공리주의 윤리를 실추시키는 데 성공적인 면모를 보이지만, 그의 고양된 자기중심주의 도덕은 또 다른 지배적 가치체계, 즉 철학적 관념론의 도전을 받는다. 그는 쿠마초프의 아내의 친척인 초로의 지성인 일라리온 공작의 질문을 받는다. 코스트리친이 차라투스트라의 네토프쉬나[68] 또는 도덕적 니힐리즘을 개인적으로 지지하는지가 질문의 내용이다. 코스트리친은 악이 선만큼이나 인간의 진보를 위해 유용할 수 있다고 주장한다. 비록 그가 악의 충동을 개인의 성장에 유용한 것으로 방어는 하고 있지만, 악의 충동이 사회 발전에 가치가 있는 것인지에 대해서는 확신하지 못하고 있다.

일라리온 공작은 헤겔적 세계관을 제안한다. 그도 코스트리친과 마찬가지로 고귀한 인간적 전망을 탐색한다. 진정으로 위대해지려면 인간은 자신과 자신의 운명을 구체화하는 존재가 아니라, 더 큰 역사적 기획에 참여하는 활동가로서 스스로를 자각해야 한다고 그는 느낀다. 일라리온에 따르면, 인간은 오로지 신과 정신적 초월을 향한 변증법적 역사의 진보를 이해할 경우에만 협소한 물질적 실존을 넘어서 성장할 수 있다. "존재는 비존재에 대립된다. […] 그대의 영혼에 이러한 진실이 스며들 때에 그대는 사상의 동요에서 벗어날 수 있다. 그대는 그대의 인간성의 전적인 심오함을 성취할 것이다."(P, 300) 공작에게는 전 인류가 통합되는 모종의 더 높은 목표에 대한 참여 없이는 개인의 위대함은 존재할 수 없다.

일라리온의 철학은 1890년대에 폭넓게 유행한 신비적 경향을 반영한다. 시인 민스키와 솔로비요프를 포함한 일부는 동시대를 대표한 '회색의 유물론'과 화합하지 못했다. 그들은 유물론이 인간의

---

68 [옮긴이] 구원을 위해 성직자의 필요성을 부정하는 구교도 일파.

정신적 본성을 도외시한다고 여겼다. 민스키는 그의 전환기적 저서 『양심의 빛에 비춰』(1889)에서 인간 본성 속의 분투하는 고결한 정신성을 해명하고, 한낱 물질적 필연성을 초월하고자 했다. 솔로비요프는 『선의 정당화』에서 인간적인 실존이 변화무쌍하게 나타나기는 하지만, 그것은 보다 더 높고 영속적인 선의 개념과 연결된다고 주장했다. 그의 주장대로라면, 이러한 가치들이 개인의 삶에 의미를 부여하는 것이다.

솔로비요프와 마찬가지로 다른 철학적 관념론자들은 니체가 세계관상 유물론자였다고 느꼈기 때문에 니체 철학에 대해 종종 부정적인 태도를 취했다.[69] 예컨대 1900년에 민스키는 니체 철학이 다원적 유물론에 기반을 두고 있다며 다음과 같이 주장했다. "니체 철학의 원죄는 종교적 파토스를 자연과학적 파토스로 대체한 것이다."[70] 민스키에 따르면, 니체 철학은 인간의 위대함과 정신적 위력의 원천으로서, 인간을 동물과 구분시키는 신비적이고 이상주의적인 현실 인식의 위상을 실추시킨다는 것이다.

한편 일라리온 공작은 코스트리친을 자신의 특수한 철학으로 전향시키지는 못하지만, 그로 하여금 통속화된 니체주의적 도덕에 의심을 품게 만든다. 이 젊은이는 과거 혁명가였던 리파 우글로바와 사랑에 빠지면서 자신의 개인주의적 관점을 버린다. 그는 자신이 사

---

69 다음을 참조하라. Vladimir Solov'ev, *The Justification of the Good*, trans. N. A. Duddington, London: Constable Co. Ltd, 1918, p.114.

70 Minskii, "Fridrikh Nitsshe", p.141.

랑에 빠짐으로써 개인주의적 자부심을 상실했다는 생각에 고통스러워하지만, 이러한 문제를 다른 사람의 재능을 발전시키는 데 헌신하는 것으로 해결한다. 다시 말해, 그는 우글로바를 위대한 여배우로 만들고자 한 것이다. 코스트리친은 자신의 니체주의적 원칙을 저버리고 노예 도덕의 영향하에 빠져든다. 결국 그는 사랑 하나만으로도 인간을 고결하고 고상하게 할 수 있다고 마음먹는다.

1900년 무렵, 보보리킨은 러시아적인 니체주의의 두 가지 전형적 인물을 창조하는 데 기여했다. 그 가운데 하나는 『찌끼』 *Nakip'*(1899)라는 제목이 붙은 풍자극의 안티히어로였다. 이 작품에서 보보리킨은 새로운 '유미주의' 문화와 자본주의적인 그 후원자들을 조롱거리로 만들었다. 두 번째는 동시대의 도시화된 사회의 성적인 방종에 대한 우려를 보여 준 소설 『잔혹한 사람들』*Zhestokie*(1901)이었다. 이 작품들이 중요한 이유는 『고갯길』과 마찬가지로 광범위한 호소력 때문이다. 한 비평가가 언급했듯이, 이 작품들은 제목마저 중요한데, 그것은 제목이 독자들에게 근래의 이슈의 본질을 예시적으로 보여 주었기 때문이었다.[71] 그 가운데 일부는 심지어 '유행어'가 되기도 했다. 우리의 논의에 가장 중요한 것은 보보리킨의 작품이 지적인 면과 더불어 형식적인 면에서도 대중적인 니체주의적 소설에 영향을 주었다는 데 있다.

1900년 보보리킨은 그의 풍자극 『찌끼』가 겨냥한 것은 젊은 '데

---

71 A. B., "Kriticheskie zametki: 'Zhestokie', roman g. Boborykina", *Mir bozhii* 8, 1901, p.1[「비평 수기: 보보리킨 씨의 소설 『잔혹한 사람들』」, 『신의 세계』 8호].

카당' 문학가의 "무제한적 자기중심주의"였다고 말한다.[72] 이 희곡은 미학적 가치가 매우 빈약하여 진중한 작가들을 분노케 했음에도 불구하고 상당한 대중적인 갈채를 받았다. 미하일롭스키에 따르면, 대중은 비교秘敎적이고 군중을 경멸하는 '데카당파 예술가들'을 희화화하는 데 환호했다.[73] 이 인민주의 비평가는 상징주의 잡지 『북방통보』의 새로운 편집자였던 자신의 오랜 맞수 아킴 볼린스키의 맹렬한 항의를 고소한 듯 바라보았다.

미하일롭스키는 희곡의 주인공인 배우 아나톨리 페레베르제프를 전형적인 데카당 예술가이자 니체주의자로 특징지었다. 그에 따르면, 페레베르제프 같은 사람들은 "자신을 특별히 스스로의 욕망에 따라 […] 행동할 천부적 권리를 소유한 '초인들', 지상의 소금, 타고난 귀족의 일원으로 간주했다".[74] 사실상 페레베르제프는 자신이 말한 바대로 "선악을 넘어서서" 존재한다고 생각했다. 그에게는 "모든 것이 허용된다".

우리의 자아가 더욱더 흥미로워지고 있다. 우리는 내부에 자기 고유의 더 높은 세계를 품고 있다. 오직 그 세계만이 무언가 가치 있는 것이다. 우리는 우리 자신만의 정신적인 영역을 갖는다. 이러한 정신 영역의 상승과 하강을 따라가고, 군중이 접근하기 어려운 아주 정제

---

72 Boborykin, "O nitssheanstve", p.546.
73 Nikolai K. Mikhailovskii, "Literatura i zhizn'", *Russkoe bogatstvo* 2, 1900, p.150, p.152[「문학과 인생」, 『러시아의 부』 2호].
74 Ibid., p.148.

된 감각을 탐색하며, 어딘가에서 무리를 이루는 군중을 경멸하는 것, 이런 것들만이 삶의 의미를 만든다. (N, 5)

페레베르제프는 그 자신의 내적 세계가 유일하게 의미 있는 현실이라고 뜨겁게 믿지만, 보보리킨은 이 세계를 그저 빈약하고 흐릿하게 제시했을 뿐이다. 페레베르제프는 약혼녀 올가에게 온갖 기이한 옷을 입혀 보며 자신을 천재라고 생각한다. (오스카 와일드를 흉내 내어) 올가에게 백합을 가져다주며 그는 자신의 독창성에 스스로 감탄한다. 페레베르제프의 창조적 상상력이 내놓을 만한 최상의 것은 새로운 '죽음의 서재'에서 실험적인 '죽음의 무도'를 상연하려는 계획이다.

보보리킨은 항상 그렇듯이 니체주의를 생성기의 러시아 부르주아와 결부시킨다. 니체주의는 부르주아의 이데올로기인데, 귀족가의 자손이자 인민주의 시대의 적자인 보보리킨은 벼락부자의 위신을 실추시키기 위해서 통속화를 최대한으로 이용한다. 부차적인 인물 니나 보로비나는 페레베르제프의 어리석은 기획을 후원하는 부유한 사업가이자 자칭 니체주의자이다. 그녀는 자신의 돈이 그녀가 선택한 것을 그대로 행할 권리를 준다고 믿는다. 그녀의 말에 따르면, "자본의 힘 없이는 (니체의 저작에서의 표현처럼) '선악의 저편에' 존재할 수 없다"(N, 25). 보로비나는 추측건대 기발하고 위태로운 '죽음의 무도'라는 페레베르제프의 공연에 자금을 지원함으로써 미약하게나마 '선악의 저편'으로 넘어서려는 시도를 한다.

다른 등장인물들은 이러한 니체적 세계관을 비판하며 페레베르제프에게 시집가려는 올가를 만류한다. 모이세예프라는 어떤 인물은 페레베르제프가 '저들 초인들'의 '무리'의 일부라고 선언하며 "그들이 초인이 되는 것도 괜찮다. 짐승처럼 살지 않고, 사랑과 조화 속에서 살기만 한다면 말이다"(N, 16)라고 덧붙인다. 결국 올가는 페레베르제프의 자기중심주의와 엘리트주의 철학을 거부하고 선량함과 겸손이라는 더 전통적 러시아적인 윤리를 받아들인다. 그녀는 "결국에는 어디에 선이 있고 어디에 악이 있는지 알아야 하며, 아름다운 것은 그것이 무언가의 상징이라서가 아니라 고결하고 관대하기 때문이라는 것을 알아야 한다"(N, 28)고 주장한다. 그녀는 풍습의 개탄스러운 변화에 대한 보보리킨의 주요 생각을 재차 확인하며, "이런 말들[고결한, 관대한]은 추방당하고 말았다"고 마무리 짓는다. 올가는 니체주의가 선과 악의 혼동, 미적 가치를 위한 사회적 가치의 희생, 이기적 만족의 탐닉을 의미한다는 통념화된 인상을 재확인한다.

『찌끼』는 1890년대 후반 문화계의 긴장감, 즉 사회와 문학 활동 및 가치 탐색 면에서의 극적인 변화로 야기된 긴장상태를 반영한다. 올가, 그녀의 삼촌 고르부노프 그리고 모이세예프는 1890년대까지 문화계를 주도하던 상류층의 사회적으로 의식 있는 인텔리겐치아를 대표한다. 이들을 통해 보보리킨은 농업개혁의 영향으로 영지와 부를 서서히 상실하는 지주계급의 곤경을 보여 준다. 페레베르제프와 보로비나는 긴밀한 유대관계로 묶인 문학 및 예술 동아리들, 프랑스풍의 카바레와 문학 잡지에서 활발하게 모습을 드러내던 모더니즘 문화를 희화화하는 인물이다. 보로비나는 세기 전환기 예술적 실험에 자금을 지원한 도시의 사업가가 희화화된 형상이다. 그녀에 대응하는 역사상의 인물들은 실제로 훨씬 더 생동하고 흥미로웠다. 예컨대, 모스크바의 모로조프 가문은 프랑스에서 막 가치를 인정받기 시작한 프랑스 인상주의 회화들을 수입한 바 있다. 이 가문의 모로조바 부인은 살롱을 조직하고 젊은 예술가들과 음악가들의 활동을 지원했다.[75] 게다가 철도왕 사바 마몬토프는 모더니즘 문화에 크게 기여했다. 그는 오페라단을 설립하고 거장 표도르 샬리아핀의 재능을 발전시켰다. 그는 모스크바 근교의 자신의 사유지로 예술가들을 초청하여 작업하고 실험하게 했으며, 호화로운 잡지 『예술 세계』*Mir iskusstva*(1898~1904)에 자금을 지원했다. 또한 섬유업자 랴부신스키 일가는 상징주의 잡지 『황금 양털』*Zolotoe runo*(1906~1909) 같은 모더니스트들의 모험적 시도에 자금을 후원했다.[76] 보보리킨이 속한 보수파는 구인텔리겐치아의 에토스를 허물고 온갖 미학적 규범을 위반하며 변화하는 문화계의 영향으로 확실히 불안감을 느꼈다.

보보리킨의 마지막 니체주의적 소설 『잔혹한 사람들』은 놀랍게도 매력적이지 않은 러시아 니체주의자의 초상을 그리고 있다. 주인공 마트베이 프리스펠로프는 자신이 '위버멘쉬 후보자'라고 생각하는 자칭 니체주의자이다(Zh, 2, 32). 그는 '악마적인 이기주의적' 성

---

75 Andrei Belyi, *Nachaol veka*, Moscow-Leningrad: Gosizdat, 1933 (rpt. Chicago: Russian Language Specialties, 1966), pp.460~461 [『세기의 시작』]; James Billington, *The Icon and the Axe*, New York: Vintage, 1970, p.484; Suzanne Massie, *The Land of the Firebird: The Beauty of Old Russia*, New York: Simon & Schuster, 1980, pp.384~406.

76 *Literaturnoe nasledstvo*, vol.85, Moscow: Nauka, 1976, p.286 [『문학유산』 85호].

격을 지녔지만, 그 어떤 능력이나 재능도 지니고 있지 않다. 그는 자신이 "군중 앞에서 '뽐내기'를 하려 하지 않아서 문학적 명성을 얻지 못했다"는 뻔한 거짓말로 이러한 결함을 숨긴다(Zh, 2, 32). 프리스펠로프는 자신의 침실에 니체의 그림을 걸어 놓고 그를 숭배한다. 그는 "인간은 신이다. 그리하여 그의 자아보다 더 높은 것은 없다. 그는 무한정 도발할 수 있고, 그에게 허용되지 않는 것은 없다"라는 통속적인 니체주의적 신념을 갖고 있다(Zh, 2, 27).

『찌끼』와 보보리킨의 보다 초기 소설 『고갯길』에서 통속적인 니체주의는 보잘것없고 혐오스러운 태도를 은폐한다. 『고갯길』에서는 인종주의가 쟁점이다. 『찌끼』에서 그것은 무의미하고 때때로 사디즘적인 스펙터클을 생산하기 위한 예술의 면허증이다. 『잔혹한 사람들』에서 문제는 성적인 영향력을 타인에게 강요함으로써 '권력에의 의지'를 행사하는 것이다. 이러한 니체주의의 마지막 희화화 속에서 보보리킨은 도덕적 규범이 박탈된 사회에서 통용되는 통속적인 니체주의적 가치를 제시하고 있다. 보보리킨의 말에 따르면, 이새로운 사회에서는 모두가 '초월적 감각'이라는 이상을 찾는 과정에 있다. 비정함과 성적 문란이 미덕으로 받아들여진다. 소설의 여주인공 폴리나 베즈루코바는 죽어 가는 남편을 '니체주의적'으로 잔인하게 대한다. 그녀는 연민을 경멸의 표시로 여기며 남편의 고통에 연민을 느끼려 들지 않는다(Zh, 2, 31~32). 한편 그녀는 다른 사람들을 희롱하는데, 그들 가운데 프리스펠로프도 있다. 이 소설에서 모든 사람은 다른 누군가와 불륜에 빠지고, 그 사람을 유혹하여 성적 매력으로 그 혹은 그녀를 제압하려고 시도한다. 누구나 예상할 수 있듯,

프리스펠로프는 주도권을 쥐고 싶어 하지만, 유감스럽게도 자신의 매력이 감소하고 있음을 알게 된다. 마지막 수단으로 그는 성적 협박을 통해 영향력을 발휘하려 하지만, 공포를 느끼거나 어떤 감명을 받은 사람은 아무도 없다. 결국 이 한심한 '초인'은 마지막으로 한 번 사람들에 대한 자신의 우월성을 입증하려 한 그의 결정이 무시당한 것에 화가 난다. 그리하여 그는 니체의 초상화 앞에서 오랜 명상 끝에 자살한다.

폭넓은 대중적 영향력을 발휘하는 자로서의 니체의 권위를 실추시키려는 시도에도 불구하고 보보리킨은 니체 철학에 대한 가장 성공적인 '대중 해설자'로 간주된다. 그는 비록 왜곡된 설명이기는 해도, 새로운 철학을 프레오브라젠스키나 미하일롭스키보다 더 폭넓은 대중이 이해하기 쉽도록 퍼트릴 수 있었다. 실제로 그의 소설 『고갯길』은 대중 해설자 프레오브라젠스키를 대중화했다. 1900년에 보보리킨은 그의 많은 독자들이 프레오브라젠스키를 코스트리친의 모델로 여겼다고 쓴 바 있다.[77] 보보리킨은 자유로운 정신과 초인 같은 니체적 원형을, 특히 바자로프를 그들의 모델로 삼아 러시아적 등가물로 아주 성공적으로 '번역'했다. 니체주의의 명제하에 보보리킨은 러시아적인 도덕적 반란의 '종결' 신화소라고 불릴 법한 것을 소생시켰다. 다시 말해, 사회와 신에 맞선 주인공의 반란은 불가피하게 실패하거나 심지어 자살로 끝난다. 다른 진정한 대중 해설자와는

---

77 Boborykin, "O nitssheanstve", p.543.

달리 보보리킨은 니체와 그의 러시아 선구자들을 구별하려 하지 않았고, 도덕적 봉기의 러시아적 전통을 이 독일 사상가의 저작의 독창성을 더욱 분명하게 밝히기 위해서 활용하려 들지도 않았다. 그럼에도 불구하고 그의 지나친 단순화가 폭넓은 독자들이 이해하기에 용이한 것은 사실이었다. 가장 중요한 것은 보보리킨의 세 편의 니체주의적 작품이 대중문학의 발전에 어느 정도 영향을 미쳤다는 사실이다. 이 작품들은 젊은 베스트셀러 작가들이 상당히 다른 목적에 변용시켜 사용할 만한 등장인물 유형과 서술 전략을 제공했다. 여기서 중심적인 인물은 차라투스트라의 영감을 주는 어조와 바자로프의 오만함 그리고 두 사람의 결단성을 결합한 몽상가이자 정신적 스승이 될 법하다. 코스트리친이 새로운 니체주의적 복음서를 강의하고, 페레베르제프가 올가 앞에서 자신의 니체주의를 과시하고, 프리스펠로프가 그의 동료들에 대한 완전한 권력을 갈망하듯이 대중적인 니체주의적 주인공은 자신의 주위로 그의 설교를 듣는 추종자들을 모은다. 보보리킨의 원형과 차라투스트라가 정신적인 스승으로 작동하는 여러 방법에서의 근본적인 차이는 다양한 유형의 도덕적 의식을 예시적으로 보여 준다. 차라투스트라는 자기 제자들에게 자기발견의 길을 가도록 격려한다. 그는 그 자신을 스승뿐만 아니라 경쟁자나 심지어 '적'으로 설정한다. 그렇듯 그는 정신적 독자성과 실제의 자기탐구를 육성시킨다. 보보리킨의 주인공은 추종자들에게 이른바 자기창조라는 기존의 정설을 강요하는 금욕적인 사제에 더 가까운 역할을 한다. 보보리킨에게는 스승이 창안한 것을 따른다는 오직 하나의 패턴이 존재한다. 이런 종류의 도덕적 반란은 두 가지

방식으로 종결지어질 수 있다. 즉, 주인공이 최종적으로 전통적 규범에 다시 순응하거나, 파멸하는 것이다.

니체와 그의 주요한 러시아 대중 해설자 프레오브라젠스키는 공히 1900년에 사망했다. 비록 니체가 생애 후반 11년간 정신이상 상태였다고 하더라도, 그의 죽음이 그의 대중 해설자인 프레오브라젠스키보다 주목을 받지 못했다는 것은 어쩌면 당시의 새로운 숭배에 어울릴 법한 아이러니인지도 모른다. 대부분의 니체 지지자들은 고통스러운 자기성찰이 아닌, 스스로의 삶을 위한 이미 주어진 것으로서의 새로운 목적을 찾고 있었다. 그러한 목적은 프레오브라젠스키에 의해서, 보다 넓은 범위에서는 그를 둘러싼 통속적인 허구적 희화화를 통해서 지지자들에게 제공된 것이었다. 러시아 문학출판계에서의 니체의 죽음에 대한 유일한 언급은 『예술 세계』의 지면에 실린 수기였다. 반면에 프레오브라젠스키의 죽음은 작가와 비평가들을 포함한 그의 많은 동료들에 의해 언급되었다. 『철학과 심리학의 문제들』 9~10월호가 프레오브라젠스키에게 헌정되었다. '니체주의' 개념이 구체화된 것은 니체에 대한 수기에서보다, 위 잡지의 해당 호에서였다. 표트르 보보리킨과 코틀랴렙스키의 두 논평이 특히 두드러진다. 두 사람은 니체의 저작을 추상적으로 칭송하며 그의 인간적 통찰력의 진가를 인정한다. 하지만 양자는 '니체주의'를 도덕적 규범을 훼손하는 위험한 것으로 바라본다. 보보리킨은 니체주의 도덕을 "신성에 대한 절대적 부정"의 정신으로, "진리와 빛 그리고 지배적 도덕[으로부터] [⋯] 해방의 새로운 세계의 여명"에 대한 예상으로 규정한다.[78] 보보리킨은 실천적인 니체주의가 편협하게 자기 잇속만 차리는 것이라는 니체 철학 비방자들에게 공통된 견해를 되풀이한다. "'선악의 저편'이라는 공식은 최근 몇 년 사이 여러 하찮은 약탈자들과 남녀 도락가들에 의해서 유포된 것이다. 자기 자아의 숭배는 동시대의 탐욕으로, 허영과 관능과 무질서의 소동으로 [전이된] 무한한 이기주의를 은폐하기 위한 편리한 수단이다."[79] 게다가 보보리킨은 러시아 니체주의가 잠재적으로 위험한 정치적 함의를 지닌다고 암시한다. 그의 말에 따르면, 이러한 대중적 철학은 힘이 정의를 만든다는 관점을 지지한다는 것이다. 니체주의자들은 "사회적 질서에 어긋나는 모든 범죄를 발산수단을 찾는 힘의 발현 [으로써]" 용납한다.[80] 코틀랴렙스키는 가능한 한 보보리킨보다 더욱 맹렬하게 니체주의를 비난한다. 그는 프레오브라젠스키를 니체주의자로 부르기를 주저한다. 이는 "[그를] 개인적으로 알지 못하는 독자로 하여금 '니체주의자연'하는 그의 지인들에게서 발견할 수 있었던 뜻밖의 어떤 특질을 그에게 귀착시키지 않도록 하려는 것이었다". 코틀랴렙스키는 일련의 역겨운 인물들 속에서 이렇듯 니체주의자연하는 유형을 파악해 낸다.

이따금 자신의 도덕적 하찮음을 인식하는 데서 구역질을 느끼는 사

---

78 Ibid., p.546.
79 Ibid., p.543.
80 Kotliarevskii, "Vospominaniia o Vasilii Petroviche Preobrazhenskom", p.532.

람들, 별의별 욕망을 다 채우고 이따금 아주 저열한 욕망까지도 채우는 사람들, 현 상황에 만족하지 못하고 자신도 명확히 알지 못하는 무언가를 찾는 사람들, 아름다움에 끌리면서도 그것을 창조할 능력은 없는 신경과민적 기질의 사람들, 마지막으로 거창한 일을 하고 싶어도 가까운 주변 사람들 때문에 하지 못하는 사람들, 이런 사람들은 스스로를 진짜 이름으로 부르기보다는 '니체주의자'라고 말하기를 좋아한다.[81]

러시아의 니체 철학 비방자들은 시대에 맞지 않게 '미 제너레이션'me generation이라고 불릴 법한 것들 사이의 다양한 충격적인 경향 속에서 '실용적인 니체주의'의 표식을 발견한다. 니체 철학의 열성적 지지자들이 구현했고, 대중적 소설에서 생기를 얻으며 문학 비평가들에 인식된 것으로서의 니체주의는 실제로 자기헌신, 선량함과 배려라는 전통적인 윤리적 미덕에 대한 전면적으로 거부로 알려지게 되었다. 이러한 미덕들은 비평가들이 냉담함과 오만함으로 비난한 바 있는 강경함과 외골수 정신으로 대체되었다.

러시아의 통속적인 니체주의는 당대의 쟁점, 사건과 이미 감돌던 분위기가 혼합된 세계관이었다. '선악의 저편', '먼 것에 대한 사랑', '초인', '주인'과 '노예' 같은 니체주의적 주요 표제어들은 이러한 혼합에 의미를 부여하기 위해 사용되었다. 이러한 표제어들은 청

81 Ibid.

년의 반란이라는 이미지에 보다 명확한 윤곽을 부여하고 소기의 양념과 악평을 덧붙였다. 소설류는 니체의 난해한 이념에 구체적인 인간의 형상을 입히는 과정에서 엄청난 역할을 수행했다. 니체를 읽고 그의 표제어들을 인용하거나 모종의 '차라투스트라'적 원칙에 따라 스스로의 삶을 설계하는 문학 속 주인공들은 즉각적으로 실제의 니체 사상과는 조악하기 그지없는 유사성만을 갖는 대중적 세계관의 표현자가 되었다. 이러한 주인공들은 말과 이념을 행동으로 옮겼고, 그럼으로써 스스로가 니체 숭배에서의 역할 모델이 되기에 이른다.

지금까지 우리는 배척 위주로 진행된 니체 철학의 수용 과정을 살펴보았다. 니체의 저작과 러시아 지지자들의 출현은 구세대 인민주의자, 자유주의자와 관념론자들 사이에서 논쟁과 풍자의 형태로 수많은 부정적인 반향을 불러일으켰다. 이러한 통속화는 대체로 러시아 문화에 니체의 사상이 영향을 미치는 걸 배제하도록 방향 지어졌고, 실제로 통속화는 니체 사상, 특히 초인의 이념의 러시아화로 나아갔다. 게다가 구세대 지성인들의 관점은 그들 자신의 문화적 의식의 주목할 만한 양면성을 드러낸다. 이러한 논쟁에서 투르게네프와 그의 소설 주인공 바자로프가 자주 등장했다는 것은 우연한 일이 아니다. 니체의 사상을 통속화하면서 아버지 세대는 아들 세대에 대항해서 싸웠다. 니체 사상의 수용 과정은 스스로의 도덕적인 빈약함에 좌절한 아버지 세대와 그들의 좌절을 전적으로 외면하고 무정부적인 자유의 완강한 요구로 아버지들이 지닌 가치의 실패를 강조한 아들 세대 사이의 깊은 분열을 도드라지게 만들었다. 이들 아버지 세대가 호기심과 매혹에 공포가 기이하게 어우러진 상태로 니체의 도덕 사상을 수용한 사실은 그들이 사활적인 가치를 찾아 헤맨 과정을 암시한다. 새로운 철학은 1860~1870년대의 맹렬한 기대감과 그 시대에 벌어진 이기주의와 리치노스티개성, 인격에 대한 논쟁 및 개인적 이익과 사회적 이익 사이 균형의 탐색에 대한 기억을 소생시켰다. 다른 한편 구세대는 대체로 맹목적인 본능과 열정을 가지고 내적인 자아의 미덕을 파악하려 들지 않았다. 우리는 니체 철학에 대한 그들의 해석 속에서 고삐 풀린 이러한 충동들이 최소한 어리석고 이치에 맞지 않는 이기심을, 최악의 경우 군림과 억압, 불공평을 초래하리라는 염려를 거듭 목도한다. 톨스토이, 미하일롭스키, 보보리킨, 그로트, 솔로비요프와 같은 다양한 사람들의 의식 속에서 사회적 '타자'는 도덕적 충동으로서 개인적 '자아'보다 훨씬 더 중요하게 여겨졌다.

이러한 지성인들에게 새로운 세대는 도덕적인 또 다른 자아alter ego였다. 구세대는 젊은이들의 니체주의 속에서 자기 세대의 '죄악'을 보았다. 그들의 탐색은 1860년대식의 '새로운 사람들'의 급진적 니힐리즘이 대표하던 익살극처럼 보였다. 사실상 세대들 간에 강한 상호작용이 있었음에도 불구하고, 그들 사이에는 도덕적인 심연이 열려 있었다. 만약 구세대가 공동체를 가치의 원천으로 여겼다면, 젊은이들은 이러한 역할을 자아에 부여했다. 구세대는 신세대가 자기극복을 향한 고결한 노력으로 여기는 모든 영역을 범죄로 간주했다. 구세대 자유주의자들과 인민주의자들이 혐오하는 오만하고 이기적인 행동양식들이 젊은 사람들에게는 인간 본성, 궁극적으로는 사회의 개조를 야기하는 의례의 일부였다. 구세대 지성인이 제공한 니체주의의 희화화된 그림은 새로운 숭배의 핵심 파악에 실패한 것이다. 다시 말해, 그 핵심은 젊은이들로 하여금 자기 내면을 살피도록 하여 모든 에너지를 그들 자신에게 집중시키게 한 개조에 대한 열렬한 희망과 거의 종교적인 믿음이다. 대중적인 니체주의 소설류는 자기창조라는 사적인 신화의 의례적인 구현이 되었다. 이 책들은 전례 없는 부수로, 일부는 몇만 부나 팔리고 읽혔고, 이는 1900년대 초반 대중의 도덕적 의식이 변화하고 있음을 보여 주는 증거였다.[82]

---

82 예를 들어 미르스키 공작은 아르치바셰프의 책 『사닌』(Sanin)을 1905년 혁명 이후 러시아 젊은이들의 '성경'이라 불렀다. 다음을 참조하라. Prince D. S. Mirsky, *Contemporary Russian Literature, 1881-1925*, London: George R. Routledge, 1926(rpt. New York: Kraus Reprint Co., 1972), pp.139~140; Richard Stites, *The Women's Liberation Movement in Russia: Feminism, Nihilism, and Bolshevism, 1860-1930*, Princeton: Princeton University Press, 1978, pp.185~188. 스타이츠는 『사닌』이 일으킨 대소동에 대해서 논하고 그것을 체르니솁스키의 『무엇을 할 것인가』가 야기한 파문과 비교한다. 미르스키 역시 베르비츠카야의 소설 『행복의 열쇠』가 대중 도서관에서 가장 수요가 많은 책 목록의 상위에 있었음을 언급한다. 다음을 참조하라. Mirsky, *Contemporary Russian Literature, 1881-1925*, p.147. 판매된 책의 부수에 대해서는 다음을 참조하라. Brooks, *When Russia Learned to Read: Literacy and Popular Literature, 1861-1917*, chap.4, p.154.

제4장

인민주의에서 대중예술로

—— 초인과 자기결정권의 신화

아이는 천진난만이며 망각, 새로운 시작, 놀이, 스스로 구르는 바퀴, 최초의 운동, 거룩한 긍정이다.

그렇다. 나의 형제들이여, 창조의 놀이를 위해선 거룩한 긍정이 필요하다. 정신은 이제 자신의 의지를 욕망하며, 세계를 상실한 자는 자신의 세계를 획득한다.

— 니체, 「세 단계의 변화에 대하여」, 1975

그리고 긍정인가 부정인가 — 모두 나의 몫이다,

　　나는 아픔을 자비로 받아들이며,

　　나는 존재를 축복하고,

　　또한 내가 사막을 창조했다면,

　　그 장엄함은 나의 것이리라!

— 발몬트, 『불타는 건물들』, 1901

그것은 자신에 대한 사랑, 자신의 아름다운 신체에 대한 사랑, 자신의 전능한 두뇌에 대한 사랑, 무한히 풍부한 자신의 감각에 대한 사랑입니다. 아니, 생각해 보시오, 로마쇼프. 누가 과연 당신 자신보다 더 소중하고 가깝습니까? 그 누구도 아닙니다. 당신이 세계의 황제이며, 세계의 긍지이자 자랑거리입니다. 당신은 살아 있는 모든 생명의 신입니다.

— 쿠프린, 『결투』, 1905

신화의 실현

보보리킨의 니체주의적인 '새로운 인간들'은 비록 문학적으로 평면적이기는 하지만 1900년대 이후 생생한 문학적 반향을 불러일으켰다. 상대적으로 존경할 만한 안드레예프와 쿠프린에서부터 추문을 다룬 아르치바셰프와 베르비츠카야에 이르는 대중적인 작가들은 자신들만의 자기결정권의 서사를 창조하기 위해 이런저런 대중적인 고정관념을 출발점으로 활용했다. 젊은이들에게 파괴적인 자기중심주의에서 멀어지도록 경고하고자 했던 노력은 역효과를 가져온 게 분명해 보였다. 특히 『고갯길』과 『잔혹한 사람들』에서 보보리킨은 두드러지게 안성석인 플롯구조와 주인공들을 만들었다. 발본트와 고리키의 격렬한 낭만주의와 생에 대한 열의에 영감을 얻은 젊은 작가들은 논쟁을 하면서도 차라투스트라를 닮은 보보리킨의 주인공들과 그들 모험의 특징적인 양상들을 전용했다. 윗세대 작가의 작품은 젊은 작가들로 하여금 더 앞으로 나아가도록 도전하게 하는 효과를 갖는 것 같아 보였다. 다시 말해서, 젊은 작가들로 하여금 작품의 부정적이고 환원론적인 태도를 떨쳐 버리고, 자기 내부에서 열리는 새로운 세계를 믿는, 그들 자신을 닮은 입체적인 주인공을 창조하게 하는 효과 말이다.

자기결정권이라는 신화는 두 가지 단계에서 서로 다른 두 가지 서사 구조를 가지고 발전했다. 그 초기를 나는 신화의 실현living the myth 단계라고 부를 것이다. 고백의 형식으로 주인공에 매우 가까운 서술자 또는 주인공이 직접 자신의 내적 변화를 성취하기 위한 노력에 대해 언급한다.[1] 독자는 주인공의 내적 투쟁을 따라가고, 어떻게 이러한 투쟁이 다른 세계관과 새로운 에토스의 합리화로 이끄는지를 관찰한다. 두 번째 단계는 신화의 설파teaching the myth이다. 여기서 속박에서 풀려났다고 여기며 미래 인류의 전망을 가진 주인공은 자신의 비전을 설파하는 책임을 떠맡는다. 그 결과는 외부로 방향 지어진 모험 이야기인데, 거기서 주인공은 만남에서 만남을 이어가는 '여행을 하며' 그가 만나는 사람들이 그의 비전에 따라 자신들의 삶을 변화시키도록 부추긴다.

다음의 세 작품은 자기실현을 위한 탐색의 폭을 보여 준다. 안드레예프의 「세르게이 페트로비치에 관한 이야기」, 쿠프린의 『결투』(1905), 그리고 로프신의 『창백한 말』이 그것이다. 이 작가들은 어떤

---

1 급진적 문학에서 자기변화의 더 많은 금욕적인 신화에 대해서는 다음을 참조하라. Katerina Clark, *The Soviet Novel: History as Ritual*, 2nd ed., Chicago: University of Chicago Press, 1985, pp.46~67.

유파에도 속하지 않는다. 니힐리즘을 넘어서는 도덕적 관점의 탐색을 제외하고는 그들을 연결시키는 것은 아무것도 없다. 안드레예프와 쿠프린이 공히 모스크바의 문학 모임 스레다sreda와 고리키와의 긴밀한 유대관계로 연결되었던 것은 사실이며, 두 사람 다 고리키의 문예지 『지식』에 작품을 기고했다. 그러나 이러한 공통점이 갖는 영향은 대수롭지 않은 것이었다. 고리키는 여기서 논의 중인 작품과 같은 안드레예프의 초기 작품들의 열광적인 독자였다. 그는 안드레예프가 위대한 작가가 될 운명을 타고났다고 확신했다. 고리키는 또한 1904년과 1905년에 쿠프린이 『결투』를 완성하도록 설득하는 데 중요한 역할을 했다. 쿠프린의 소설은 그 시대 지방의 군대생활에 대한 놀랍도록 진솔한 장면을 보여 주었다. 일본군과의 전쟁에서 패배한 러시아의 수치가 고통스러울 정도로 생생하게 그려졌고, 고리키는 이 작품에서 폭로된 제국 군대의 실상이 소기의 충격을 미칠 수 있는 시점에 『결투』의 출판을 원했다. 스레다 그룹의 모든 작가들이 고리키에게서 그의 혁명적인 낭만주의 전망을 따르도록 압박을 받았지만, 재능 있는 주요 작가들 가운데 누구도 그렇게 하지 않았다.[2] 대신 그들은 각자 자신만의 특별한 양식과 세계관을 추구했다. 안드레예프는 그 자신이 도덕적 해방의 균열을 통해 들여다본바, 그로 하여금 암울한 도덕적 절망과 정신적 불균형을 탐색하게 했던 엄혹한 '표현주의'적 양식에 도달했다. 쿠프린은 『몰록』(1896)과 『결

---

2 Mary Louise Loe, "Maksim Gor'kii and the Sreda Circle: 1899~1905", *Slavic Review* 1, Spring 1985, pp.49~66.

투』와 같은 그의 초기작들이 보여 준 시사적이고 사회적인 쟁점에서 멀어지면서 섬세한 인상주의적 양식을 발전시켰고 좀 더 개인적이고 내밀한 주제를 다루기 시작했는데, 1905년 망명길에 오른 고리키는 사회정치적 투쟁을 외면하는 그들의 모습에 몹시 실망하게 된다. 그들은 이른바 모더니스트들과 데카당파와 마찬가지로 그 시기 고리키의 비평적 공격의 대상이 되었다.[3]

로프신은 다른 두 작가들과 아무런 연관이 없었다. 혁명 이전 시기 내내 그는 사빈코프라는 본명으로 사회혁명당의 테러리스트로 활동했다. 그는 1905년 2월에 세르게이 알렉산드로비치 대공의 암살을 모의했다. 국외로 도주한 이후, 그는 파리에 거주하고 있던 상징주의자 메레시콥스키와 기피우스와 교류했다. 그는 정치적 아나키즘을 순교의 형태로써 상찬했던 기피우스의 특별한 호의를 누렸는데, '로프신'이라는 그의 필명과 소설 제목을 정해 준 사람이 다름 아닌 기피우스였다.[4]

이 세 명의 작가 모두 많은 부수의 책이 팔리며 대단한 인기를 누렸지만, 그저 베스트셀러 작가들로만 간주할 수는 없다. 그들의 저작은 자신만의 문학적 목소리를 획득하려는 지향을 드러내는 데다가 그들은 대중적인 작가들과 논쟁을 벌임으로써 독자적인 자세를

---

3 다음을 참조하라. *Literaturnyi raspad: kriticheskii sbornik*, 2 vols. St. Petersburg: T-vo izdatel'skoe biuro/EOS, 1908~1909[『문학의 몰락: 비평선집』].

4 Jutta Scherrer, *Die Petersburger Religiös-Philosophischen Vereinigungen: Die Entwicklung des religiösen Selbstverständisses ihrer Intelligencija-Mitglieder (1901-1917)*, Berlin- Wiesbaden: O. Harrassowitz, 1973, pp.182~183.

취했다. 실례로, 니체주의적 작품들에서 그들은 통속적인 니체주의적 고정관념과 논쟁한다. 반면 그들을 고리키와 블로크 혹은 벨리와 같은 '유력한' 작가로 취급할 수는 없다. 그들은 자신들의 문학적이고 철학적인 선구자들의 역량을 온전하게 터득하거나, 그 영향을 그들 자신의 문학적 개성으로 승화시키지 못했다. 결과적으로 이 작품들은 니체 철학에 대한 반향으로써의 모방적 자질을 보여 준다.

안드레예프, 쿠프린, 로프신이 우리의 고찰에 특별한 관심의 대상인 이유는 그들 사이에는 문체적으로나 철학적으로 상대적인 거리가 유지되기 때문이다. 그들의 작품은 인간의 자아를 도덕적 가치와 실존적 의미의 핵심으로 파악하려는 시도가 젊은 작가들 사이에서 광범위하게 이뤄졌다는 데 대한 증거이다. 여기서 논의되는 세 편의 작품에서 내적 탐색과 자기실현의 신화가 발생한다. 모든 작품은 반란에서 시작하여 자기변화를 위한 내적인 탐색을 통해 전개되는 신화적 이야기 구조를 공유한다. 이러한 탐색의 해결책 또한 놀랍도록 유사한데, 이는 일반적인 변화와 변화의 한 형태로써 내적 변화에 대한 확고한 태도를 말하고 있다.

세 작품의 주인공들은 서로 상당히 다른 인물들이다. 그들에게 공통적인 것이라곤 현재의 삶과 '정상 상태'에 대한 경멸뿐이다. 안드레예프의 세르게이 페트로비치는 아주 평범한 대학생인데, 안드레예프의 표현에 의하면 '우리 시대의 전형적인' 인물이다. 그는 친구에게서 초인의 이념에 대해 알게 되어 『차라투스트라는 이렇게 말했다』를 읽느라 형편없는 독일어 지식과 싸우며, 자신의 지루하고 따분한 성격을 변화시키려 한다. 안드레예프가 일기장에 썼듯, 이 작품의 주인공은 "그가 다른 사람이 소유한 권리를 다 갖고 있다는 사실을 깨닫고, 그를 보잘것없게 창조한 자연과 행복에 대한 마지막 희망을 빼앗는 사람에 맞서는 자이다".[5] 쿠프린의 조지 로마쇼프는 지방의 군사 캠프의 장교인데, 군생활의 진부함과 따분함으로 인해 자신이 서서히 황폐화되고 있음을 발견한다. 그는 자신을 개선하려는 열망으로 지방에 왔음에도 불구하고, 자신을 변화시키려는 욕구가 서서히 사라지는 것을 느끼고, 자신도 다른 장교들처럼 무감각하고 무심하게 되리라는 전망에 몸서리를 친다. 이처럼 심신을 무너뜨리는 삶의 영향에서 스스로를 지키려는 최후의 절망적인 시도로 그는 초인의 이념에 매달린다. 그는 자기 자신과 자신이 처해 있는 감각을 마비시키는 조건을 변화시킬 수 있다고 믿으려 애쓴다. 로프신의 조지는 정치적 암살을 계획하고 실행하는 테러리스트이다. 그의 최근 계획은 모스크바 총독을 살해하는 일이며, 그의 목표는 현존하는 사회를 전복하는 것이다. 조지는 사람들을 노예로 변화시키는 정치체계를 증오하고, 모든 유토피아적 계획을 노예화의 형식으로 경멸한다.

현실의 삶을 받아들일 수 없던 각각의 등장인물은 변화를 위한 전략을 탐색한다. 이들은 자신의 내부에서 대안적 의식의 씨앗을 탐색하고 개인적 변화라는 모종의 염원을 발견하여 그것을 실현

---

5 다음에서 인용되었다. L. A. Iezuitova, *Tvorchestvo Leonida Andreeva: 1892-1906*, Leningrad: Izdatel'stvo Leningradskogo universiteta, 1976, p.92[『레오니트 안드레예프의 창작: 1892-1906』].

시키고자 애쓴다. 이러한 염원은 초인의 이념에 전적으로 달려 있다. 세르게이 페트로비치는 당시의 교육받은 독자들이 니체 철학을 파악했을 법한 전형적인 방식으로 초인 이념을 접하게 된 것으로 보인다. 세르게이는 번역본이 없었기 때문에 『차라투스트라』를 원본으로 읽으려 한다. 하지만 그는 독일 문자와 어려운 문법으로 인해 혼란을 겪었던 탓에 막연한 이념 이상의 것은 얻을 수 없었다. 그는 코스트리친을 닮은 이기주의자 룸메이트에게 더 많은 것을 배운다. 이 인물은 자신을 '새로운 인간'이라고 생각하며, 마침 노비코프 Novikov('nov-'는 '새로운'이라는 의미)라는 성을 갖고 있다. 그러나 세르게이는 노비코프가 니체 사상의 요체를 이해하지 못한다는 결론에 도달하고, 스스로 자신만의 해석 찾기에 나선다. 그 결과 드러난 것은 니체의 텍스트에 거의 근거를 두지 않은 그 자신의 러시아적 상상의 산물이다. 정신적 자유를 얻을 가능성이 세르게이로 하여금 자신의 내부를 보도록 고취시킨다. 그를 불타오르게 한 것은 "자기 내부의 모든 가능성을 실현하고 정당하게 힘과 행복과 자유를 누리는, 이해하기는 어렵지만 인간적인 존재로서 초인의 비전"이다(SP, 246). 이러한 비전은 "그의 눈과 가슴에 통증을 느낄 정도로 선명하고", 그것은 "기적적이고 이해하기 어렵지만" 여전히 "단순하고 현실적인" 것으로 보인다(SP, 246). 세르게이의 삶은 새로운 차원으로 나아간다. 그는 스스로에게 "타오르는 불빛에 비친 친숙한 얼굴처럼 완전히 새롭고 흥미롭게"(SP, 246) 보인다. 그는 자신이 변화되리라 믿는다.

『결투』에서 로마쇼프는 정체된 군대생활에서 벗어나리라는 희망을 제시하는 자신만의 초인의 비전과 마주한다. 그의 염원은 자아 및 자신만의 세계를 창조하는 자아의 능력에 대한 발몬트적인 격정적인 믿음과 공명한다. 로마쇼프의 친구로, 장교인 나잔스키는 그의 스승이다. 나잔스키는 자신이 지나치게 진지하게 받아들인 시골에서의 일상적인 정사문제에 압박을 받으며 알코올에 의한 환상의 세계로 은둔한다. 그는 발몬트가 자신의 시에서 찬양한 유형의 빛나고, 힘차고, 자립적인 인간적 존재로 변화될 수 있다고 믿는다.

그것은 자신에 대한 사랑, 자신의 아름다운 신체에 대한 사랑, 자신의 전능한 두뇌에 대한 사랑, 무한히 풍부한 자신의 감각에 대한 사랑입니다. 아니, 생각해 보시오, 로마쇼프. 누가 과연 당신 자신보다 더 소중하고 가깝습니까? 그 누구도 아닙니다. 당신이 세계의 황제이며, 세계의 긍지이자 자랑거리입니다. 당신은 살아 있는 모든 생명의 신입니다. 당신이 보고 듣고 느끼는 모든 것은 오직 당신의 것입니다. 원하는 대로 하세요. 마음에 드는 모든 것을 취하세요. 우주 전체를 통틀어 누구도 두려워하지 마세요, 왜냐하면 당신보다 높은 자는 없으며 아무도 당신에 필적하지 못하기 때문입니다. 때가 도래하여 자신의 자아에 대한 위대한 믿음이 신성한 정신의 불타는 언어와 모든 사람들의 두뇌처럼 영광으로 빛날 겁니다. 그때는 이미 노예도, 주인도, 불구자도, 연민도, 결함도, 죄악도, 질투도 없을 거예요. 그때 사람들은 신들이 되겠지요. [⋯] 그리고 우리의 신체 자체도 빛나고 힘차고 아름답게 변할 거예요. [⋯] 내 머리 위의 저 저녁 하늘을 믿듯이 [⋯] 나는 미래의 저 신적인 삶을 굳게 믿고 있어요. (D, 183)

나잔스키는 새로운 개인이 그 자신의 규칙을 정할 수 있는 신이 되리라 믿는다. 또한 새로운 개인의 자기애가 최상의 가장 아름다운 것을 행하도록 그 개인을 이끌어 가리라는 것이다.

로프신의 주인공 조지는 이어지는 정치적 암살을 계획하면서 그의 행위에 정당성을 부여하고 자유로운 개인의 비전을 공식화한다. 그는 노예 도덕의 형식으로서 온갖 정치적 충성심과 종교적 믿음을 거부한다. 그는 현존 전제정치도 농촌 사회주의 건설이라는 지식인들의 염원도 다 경멸한다. 그가 쓰기를, "만약 내가 할 수 있다면, 나는 모든 책임자들과 통치자들을 살해할 것이다. 나는 노예가 되길 원치 않는다. 나는 노예가 존재하기를 바라지도 않는다"(KB, 7~8). 그리고 그는 토지개혁의 사회주의적 이상을 공격한다. "이런 낡은 동화는 우스꽝스럽고, 15데샤티나[6]의 토지의 분배도 나를 매혹시키지 못한다. […] 나는 노예가 되길 원치 않는다."(KB, 11) 조지의 세계관을 확실하게 관통하는 것은 부정의 정신이다. 조지는 무엇보다 그의 삶에 실재하는 어떤 유대든 단절시키려고 노심초사한다. 그에게는 자신에 대한 긍정적이고 강한 확신이 없다. 앞서 논의된 다른 두 가지 염원의 버전과 마찬가지로 여기에도 실제의 안정된 자아의 개념은 없다.

조지에게 단 하나의 실질적인 '선'은 완전한 자유, 즉 그 자신의 의지의 절대적이고 자유로운 발현이다. 그에게 의무를 씌우는 것은

---

6 [옮긴이] 15데샤티나는 5만 평 정도이다.

죄다 떨쳐 버려야 한다. 보다 중요하게는 그가 '노예가 되지' 않기 위해 그보다 강한 사람들, 그를 위협하거나 혹은 그를 끌어들이고 그의 감탄을 자아내는 사람은 누구라도 파멸시켜야 한다. 이런 판단으로 그는 어떤 이들, 즉 모스크바의 주지사와 사랑에 성공한 경쟁자를 살해하고, 다른 이들, 즉 그의 현재의 정부와 옛사랑을 심리적으로 짓밟는다.

자기변화의 염원이 앞의 세 주인공에게 일정한 결실을 가져오지만, 그들 중 어느 누구도 자기염원의 실현에 어떤 식으로도 성공하지 못했음은 중요하다. 개중 아무도 실제로 스스로를 새롭게 창조하거나 더 나은 삶을 건설하지 못한다. 그들은 이전 세대의 작품 속 '잉여'인간들처럼 헛되이 자신을 소진시킨다. 아무튼 그들의 탐색은 비극적이며, 여러모로 그들은 그들 주변의 따분하고 오만하며 자기만족적인 사람들보다 더 뛰어나다. 일례로, 안드레예프의 반反주인공 세르게이 페트로비치는 자신에 대한 보다 더 분명하고 엄격한 관점을 획득한다. 그는 자신의 정신이 초인이 만들어진 원료로 빚어지지 않았음을 깨닫는다. 사실상 초인에 대한 그의 비전은 그에게 그 자신의 개성이 지닌 공허함과 회색성을 펼쳐 보인다.

그에게는 세르게이 페트로비치라 불리는 사람이 보인다. 그 사람에게는 삶을 행복하게 또는 쓰라리게 하지만, 심오하고 인간적이게 만드는 모든 것이 차단되어 있다. 종교와 도덕, 과학과 예술 역시 그를 위한 것이 아니었다. 산을 움직일 만한 뜨겁고 활동적인 믿음 대신에 그는 자기 내부에서 의례적인 것에 대한 습관과 값싼 미신이 뒤엉킨

형체 없는 덩어리를 느낀다. (SP, 249)

세르게이는 의지도 없고 그를 자극할 만한 절박한 비전도 없다는 것을 깨닫는다. 그는 자신이 그저 개성 없이 서류 작업에 몰두하는 관료나 사업가가 될 수 있을 뿐이라고 여긴다. 그는 자의식이 강한 아카키 아카키예비치와 비슷하다. 아카키예비치는 자신이 보잘 것없는 사람임을 깨닫지만, 그가 존재를 이어 가야만 하는 사회의 경직된 위계질서와 억압적인 선택 결여에 분노하는 법을 알게 되는 사람이다. 세르게이는 생활의 소박한 기쁨을 사랑한다는 것을 깨닫는다. 그는 단순한 작업을 좋아하지만, 다른 사람을 위한 작업일 때는 아니다. 마침내 그는 돈의 위력을 사랑한다는 것을 알게 된다. 그의 최악의 딜레마는 그가 무기력하고 의지박약한 성격을 타고났기 때문에 궁극적으로 그에게는 선이나 악을 행할 선택의 여지가 없음을 알게 된 것이다. 그가 가진 유일한 선택권은 누군가에게 유용하게 되거나 불필요한 잉여의 인간이 되는 것이다. 두 가지 대안 모두 아무런 호소력도 없다. 다시 『차라투스트라』를 참조하며, 세르게이는 만약 스스로 자신의 삶을 통제할 수 없다면, 스스로 생을 마감하기로 작정한다. 최종 해결책은 자살이다.

쿠프린의 『결투』에서의 결말도 똑같이 문제적이다. 로마쇼프는 자신의 정부 알렉산드라 니콜라예바의 남편과 결투를 벌여야 한다. 그는 군대를 떠나 다른 어딘가에서 새로운 인생을 개척하려 하지만 자신의 마음을 다잡을 수가 없다. 친구 나잔스키와 상담한 결과 나잔스키는 다른 대안, 즉 자기애의 철학을 제시한다. 이 철학은 은밀한 결투의 전통에 저항하려는 로마쇼프의 결단을 북돋는 것을 의미하는 것이다. 또한 그것은 명예라는 단어에 새로운 의미, 즉 장교 사회의 인습적인 자만과 허세보다는 '자기확신'이나 '정직성'에 가까운 의미를 제공하는 것을 의미한다. 그러나 나잔스키의 해결책은 현실적 근거를 갖고 있지 않다. 자기결정권이라는 눈부신 염원은 지적이고 정직하며 외견상 자기확신에 차 보이는 나잔스키에게 아무런 도움도 되지 않는다. 자발적인 고립 속에서 그는 반미치광이 상태의 환상과 악몽에 시달리는 알코올 중독자로 변한다. 그는 추악한 현실을 뒤집어엎지 못하며, 그런 현실이 그를 파멸시킨다. 나잔스키의 이상은 로마쇼프를 뒤흔들지만, 로마쇼프는 유감스러운 마음으로 이러한 이상을 '그저 꿈이나 몽상'으로 여기며 떨쳐 버린다(D, 183). 이러한 인식의 결과 로마쇼프에게는 그의 정부 알렉산드라의 소망대로 의미 없는 결투에서 자신을 희생시키는 하나의 길만이 남는다.

더 단호하고 공격적인 테러리스트 주인공,『창백한 말』의 조지에게 결과는 훨씬 더 파괴적이다. 조지는 전적인 자기결정권이라는 미명하에 살인을 저지르고 또 저지르다가 세르게이 페트로비치와 로마쇼프와 동일한 해결책인 자살에 이르고 만다. 로프신의 관점으로 보면, 절대적 자유에의 의지는 궁극적으로 자기파괴적이다. 조지의 자발적인 살인행위는 삶에 대한 그의 의지를 파괴한다. 마지막 살인을 저지른 후, 그는 자기 자신을 심판한다. "피는 피를 낳고, 복수는 복수로 살아간다. 나는 그[경쟁자]를 죽인 것만은 아니다. […] 대체 나는 어디로 가야 하고, 어디로 도피해야 하나?"(KB, 134) 그는 자신의 연인과 결혼한 남자를 살해함으로써 그녀의 삶도 파괴시킨다. 그는 자신이 감탄해마지 않던 그녀의 아름다움, 긍지와 냉담함을 짓밟고, 그녀를 '한낱 인간에 불과'하며 고통받고 천대받는 여인으로 끌어내린다. 이 살인을 통해서 그는 자신의 최후의 '고상한' 감정과 자신의 최종 목적까지 살해한 것이다. 그 결과 초래된 가치의 상실은 '멀리 있는 것'과 '가까이 있는 것'이라는 니체의 용어로 설명될 수 있다. '가까이 있는 것'과 '멀리 있는 것' 사이의 차이가 조지의 삶에서는 완전히 소멸되어 버린다. 니힐리즘의 진정한 본질, 그 무가치함은 조지가 사물 간의 구분 짓기를 하지 못할 때 명확해진다. 그에게는 모든 것이 경멸의 대상이다. 모든 인간적인 것에 대한 조지의 경멸은 그의 삶을 참을 수 없는 것으로 만든다. 그는 다음과 같이 쓴다. "사는 게 참 따분하다. 하루하루, 한 주 또 한 주, 연년이 단조롭게 이어진다. 오늘은 내일 같고, 어제는 오늘 같다. 똑같은 젖빛 안개, 똑같은 회색의 나날들. 똑같은 사랑, 똑같은 죽음. 삶은 비좁은 거리와 같다. 오래된 건물들, 나지막하고 납작한 지붕들, 공장의 굴뚝들."(KB, 139) 조지에게 남겨진 것은 '가까이 있는 것'이고, 그것은 조지의 경멸의 대상에 불과하다. 아이러니하게도 본질적으로 지상적인 것을 부정하는 '저 먼 곳'의 목표를 위해 분투하는 과정에서 그는 모든 것 ─ 그의 고결한 비전, 평가 능력 그리고 가장 중요한, 그 자신의 최상의 감정 ─ 을 죽여 없앤다. 마침내 그의 자유를 향한 의지는 그 자체의 공격으로 돌아서고, 아직껏 간직된 유일한 가치, 즉 생명 자체를 거스르는 데 그 끔찍한 방법을 적용한다. 그의 최후의 행위는 자살이다.

니체 철학의 비방자들은 새로운 숭배의 일면, 즉 외견상의 비도덕성만을 보았다. 그들이 알아차리지 못한 것은 절망적인 불만감과 그에 못지않게 대개의 기준으로 보아 끔찍하고 파괴적이라고 일컬어지는 행위의 동기가 된 변화에 대한 절망적인 기대였다. 중간급 문학에서 드러나는 에토스는 사회적 가치의 광범위한 재검토와 교육받은 독자층 사이에서 허용된 행위의 기준에 대한 지표로서 흥미롭다. 자기제어와 타자에 대한 배려라는 예전의 에토스는 또 다른 사회적 행동방식에 자리를 내주었다.

여기서 논의되는 세 주인공 사이의 강한 공통적인 특성은 이웃에 대한 사랑의 에토스의 단호한 거부와 전투적이고 비타협적인 오만이다. 세르게이 페트로비치의 스승 노비코프는 "정신적으로 허약하고 빈곤한 자"(SP, 225)를 경멸한다. 세르게이 페트로비치 자신도 초인적인 자기의지의 징후를 스스로에게서 탐색하는 사이 대학 동료들을 오만하게 바라보는 법을 배운다. 다시 말해, 그의 동료들의 '자아'는 탐색하는 능력이 그다지 없고, 따라서 지금의 그처럼 특권을 지니지 못한 것이다.

『결투』에서 로마쇼프의 친구 나잔스키는 동정에 대해 훨씬 더 급진적이지만 이해할 만한 불쾌감을 갖고 있다. 나잔스키의 외모는 볼품이 없지만, 쿠프린의 소설에서 단연코 아주 예민하고 도덕적 의식이 있는 인물이다. 그는 군대생활의 낭비와 잔혹함을 증오한다. 그에게는 장교들이 병사들을 괴롭히는 것도, 서로 간에 공허한 '명예'를 과시하는 것도 혐오스럽다. 이러한 사고방식을 변화시키지 못하는 그 자신의 무능함을 보상하는 그의 방식은 자신을 극도로 괴롭히는 것, 즉 무익한 동정의 감정에 맞서서 투쟁하는 것이다. 그는 동정을 '질병'으로 묘사한다.

> 누가 내게 아주 설득력 있게 증명하겠는가? 내가 저들과 어떻게 연
> 관된단 말인가. 저 빌어먹을 이웃, 너저분한 노예, 감염된 자, 백치와
> 말이다. 오, 모든 전설 가운데서도 나는 무엇보다 자비로운 율리안에
> 관한 전설을 온 마음으로 내가 할 수 있는 온갖 경멸을 실어서 증오
> 한다. 문둥이가 말했다. "덜덜 떨려요. 침대 위 내 옆에 누워요. 너무
> 추워요, 가까이 와서 그 입술을 악쳐 나는 나의 입에 대고 내게 숨을
> 불어넣어 봐요." 아, 너무 끔찍하다! 나는 문둥이들이 증오스럽고, 이
> 웃들을 사랑하지 않는다. (D, 182)

동정은 고통을 치유하기에는 너무나 미약하다. 저 미덕의 결함
과 그것이 나잔스키를 지배하는 영향력이 그로 하여금 그 미덕에서
난폭하게 등을 돌리게 만든 것이다.

로프신의 『창백한 말』의 조지는 '이웃'을 경멸하는 데 있어서
가장 비타협적이다. 그는 그에게 무언가를 요구하는 모든 사람과 모
든 것을 경멸한다. 예컨대, 그는 자신의 정부 에르나를 조롱한다. 그
녀의 애착을 일종의 노예근성으로 오해했기 때문이다. 그는 그녀를
'조그만 거지'라 부르며, 그녀의 커다란 손과 늘어진 아랫입술을 거
슬려 한다. 놀랍게도 우리는 여기서 조지가 오직 추한 것만을 용인
할 수 있다는 사실을 깨닫게 된다. 숭고하고 힘센 모든 것은 그의 우
월감을 위협하고, 따라서 반드시 파괴되어야 한다.

확실히 타인들과의 소원한 관계로 인해 무정한 행위가 발생한

다. 이 탐구자들은 무감각하고, 그들의 선조인 잉여인간과 무척 닮아 보인다. 그러나 이러한 무정함이 드디어 앞선 소설들에서 보다 더 폭넓게 수용되는 것 같아 보인다. 극단, 심지어 불법 행위 —— 자기고립, 폭음, 살인과 마침내는 자살까지 —— 가 점점 더 광범위하게 확산된다. 자살의 현저한 확산은 자살이 어째서 자기창조의 러시아적인 신화에 대한 논리적 혹은 허용 가능한 출구인가라는 의문을 불러일으킨다. 이 세 편의 작품에서 자살은 적나라한 지상 현실의 혼돈을 받아들일 수 없는 주인공에게 유일한 '영웅적' 해결책이 된다. 세르게이, 조지 그리고 로마쇼프가 엮여 있는 자기결정권의 염원은 현세에 뿌리내리지 못하고 있다. 이 인물들은 잉여인간이 그랬던 것처럼 이상과 현실 사이의 동일한 숙명적 균열로 고통받으며, 거의 마찬가지의 운명을 맞닥뜨리고 만다. 이 탐구자들 모두 죽음 속에서 현재 삶에서의 도피구를 찾으나, 이들의 자살행위 중 어떤 것도 운명애의 표현은 아니다. 자살은 지상적 존재의 보다 완전한 부정이다.

이러한 도덕적 반란에서 니체 철학의 역할은 이제 분명해 보인다. 대중적인 니체주의적 테마의 명시적인 적용으로 가려진 것에서 우리는 러시아적 전통, 특히 도스토옙스키적인 전통에 대한 반향을 엿볼 수 있다. 여기서 병리학적 임상심리학자로서 도스토옙스키에 대한 미하일롭스키의 환원론적 관점이 재검토된다. 니체의 철학적 용어는 가장 중요한 문학적 선구자, 도스토옙스키가 제기한 도덕적 딜레마의 외피로서 기능한다. 각각의 작품은 이러한 혼란에 대한 분명한 증거를 제시한다. 일례로, 안드레예프의 단편소설에서 세르게이 페트로비치는 그가 두 번이나 명백하게 잘못 인용하는『차라투스트라』에서 따온 금언으로 자신의 자살을 정당화한다. 그는 이렇게 말한다. "만약 너의 삶이 실패한다면, 독충이 네 심장을 파먹는다면, 죽음이 성공임을 알라."(SP, 250, 265) 세르게이 페트로비치는 궁극적인 자유와 승리를 죽음 속에서 발견하리라는 의미로 이 구절을 해석한다. 그가 삶 속에서 자신의 본성을 극복하지 못한다면, 그의 유일한 대안은 자살이다.

세르게이 페트로비치의 '좌우명'은 차라투스트라가 죽음의 의미에 대한 자신의 생각을 드러내는 「자유로운 죽음에 대하여」라는 제목이 붙은 한 절에서 취한 것이다. 차라투스트라는 "제때에 죽어라"라고 말한다. 죽음은 풍요로운 삶에 적합한 결말이 되어야 한다. 차라투스트라의 주장에 따르면, 죽음으로 사람은 자신의 삶을 긍정해야 하고 다른 사람들의 삶을 자극해야 한다. 자살은 이 절에서 전혀 언급되지 않는다. 사실상 이 주제는『차라투스트라는 이렇게 말했다』전체에서 단 한 번, 차라투스트라가 그의 적인 기독교의 '죽음의 설교자들'을 공격할 때 나타난다. 그가 말하기를, 이들 설교의 핵심은 '너희 자신을 죽여라'이다. 참된 신앙의 거짓된 성직자들은 스스로의 삶이 비참하기 때문에 삶을 증오한다. 그들은 행복한 사람들을 고깝게 여기고 비밀리에 그들을 벌하고 싶어 한다. 그들은 '참된' 삶의 지식, 즉 모두가 심판을 받고 징벌을 받는 죽음 이후의 삶의 지식을 지녔다고 자처한다. 그런 사람들에게 죽음은 비참한 삶에 복수하는 방법이다. 세르게이 페트로비치가 「자유로운 죽음에 대하여」에서 취한 인용구는 이 사람들, 즉 '죽음의 설교자들'을 지칭한다. 차라투스트라는 독일어로 다음과 같이 말한다. "삶에서 실패한 사람들이 많다. 독충이 그런 자들의 심장을 갉아먹은 것이다. 그런 자들이 죽는 일에서나마 그만큼 더 성공할 수 있도록 애를 쓴다면 좋으련만."(Z, 98) 차라투스트라는 비참한 사람들에게 죽음을 복수가 아닌 자기실현의 형태로 보라고 충고한다. 여기에서조차도 차라투스트라는 자살을 옹호하지 않는다. 그는 죽음이 삶의 완결일 뿐, 쓰라리고 복수심에 불타는 단절이 아니라고 느낀다.

세르게이 페트로비치에 의한 차라투스트라의 이념의 해석은 도스토옙스키의 『악령』의 키릴로프가 전개하는 자유로운 죽음의 이념에 가깝다. 키릴로프는 '자유로운 죽음'이 자발적인 자살을 의미한다고 확신한다. 그의 말대로라면, 사람들은 죽음을 예상하고 두려워하기 때문에 고통을 받는 것이다. 만약 죽음의 공포가 극복된다면, 지상에서의 삶은 즐겁고 자유로울 것이다. 키릴로프는 불안에서 해방된 '인신'man-god을 열렬하게 염원한다. "지금의 인간은 아직 그런 인간이 아니다. 새로운 인간, 즉 행복하고 긍지를 지닌 인간이 도래할 것이다. 그에게는 사느냐 마느냐가 문제가 아니다. 그가 바로 새로운 인간이 될 것이다. 고통과 공포를 정복한 사람이 스스로 신이 될 것이다."[7] 키릴로프는 온 인류의 해방이 한 사람의 자발적인 희생을 통해 실현될 것을 믿는다. 그는 자신의 딜레마를 풀 역설적인 해결책을 상상한다. 그는 자신과 다른 사람들을 해방시키기 위해서 그가 사랑하는 혹은 사랑하기를 원하는 그 생명을 포기해야 하는 것이다. 그는 어쩔 수 없이 자살을 택한다. 그렇듯 자유는 자살을 통해서 얻어진다는 믿음을 지닌 세르게이 페트로비치는 차라투스트라가 아닌 키릴로프를 따르는 것이다.

쿠프린은 『결투』에서 니체의 사상과 도스토옙스키의 사상을 또다른 방식으로 혼동시킨다. 니체는 군 캠프의 도덕적인 기풍에 공공연한 영향을 미친 사람으로 떠오른다. 그는 『결투』 전체에서 언급되는 유일하게 비허구적인 이름이다(D, 79). 적어도 러시아 독자층이라면 누구나 알아볼 수 있는 니체주의적인 목소리로서의 나잔스키는 이웃 사랑의 윤리에 대한 비판, 즉 당시 러시아 독자가 믿게 된 바대로라면 니체주의적인 비판을 펼친다. 하지만 동정에 대한 그의 격렬한 공격(D, 182)은 『카라마조프가의 형제들』을 잘못 인용한 것이다. 이 소설의 「반란」이라는 장에서 이반 카라마조프는 다음과 같이 말한다.

> 너에게 고백해야 할 것이 하나 있다. […] 어떻게 이웃을 사랑할 수 있는지 나는 결코 이해할 수 없었다. […] 자비로운 요한에 대해 어딘가에서 읽었는데 […] 굶주리고 얼어붙은 길손이 그에게 와서 몸을 녹일 수 있게 해달라고 부탁하자, 그는 길손과 함께 침대에 누워 그를 껴안고 어떤 끔찍한 질병으로 곪고 악취 나는 그의 입에 숨을 불어넣기 시작했다는 거야. […] 사람을 사랑하려면 그 사람이 숨겨져야 하는데, 그가 그저 자신의 얼굴을 드러내고 나면 사랑은 사라지고 만다.[8]

7 Fyodor M. Dostoevskii, *The Devils*, trans. David Magarshak, London: Penguin, 1969, p.126.
8 Fyodor M. Dostoevskii, "Brat'ia Karamazovy", *Polnoe sobranie sochinenii*, vol.14, Leningrad: Nauka, 1976, p.215[「카라마조프가의 형제들」, 『전집』 14권].

나잔스키는 자비로운 요한과 자비로운 율리안을 혼동한다. 나잔스키와 이반은 공히 인간적 결함에 직면하여 동일한 결벽성을 보인다. 그러나 나잔스키는 이반에 비해 지적 능력이 처지는데, 이는 쿠프린이 그의 선구자 도스토옙스키의 그늘 아래에 있는 것과 마찬가지이다. 이반이 자신의 도덕적 반란을 객관화하고 일반화하는 능력을 지닌 데 반해, 나잔스키는 혼란스러워하며 자신의 결벽성에 틀어박혀 있다. "나는 내 이웃을 사랑하지 않으며, 문둥이들을 혐오한다." 이러한 그의 마지막 지적은 도덕적 재평가의 근거라기보다는 오히려 어리석은 개인의 발언으로 보인다.

마지막으로 로프신의 『창백한 말』에서 조지의 도덕적 반란은 니체를 『카라마조프가의 형제들』의 스메르댜코프와 혼동한다. 조지의 동료이자 기독교 신비주의자인 바냐는 조지의 자기결정권의 염원을 아이러니하게 노예의 염원으로 인식한다. 바냐의 관점에서라면, 인간이 지상의 삶을 변화시키고 인류를 해방시키려 한다면, 인간은 지금 여기서 가치 있는 무언가를 찾아내야만 한다.

초인이 다른 것처럼 어른거리네. 그저 초인만 생각해라. 그러면서 사람들은 철학자의 돌을 찾아 인생의 수수께끼를 풀었다고들 믿곤 하지. 하지만 내 생각에 그건 스메르댜코프주의야. 이웃은 사랑할 수가 없지만, 대신에 먼 곳의 사람들을 사랑합네 어쩌네 하지. 주변 사람에 대한 사랑이 없는데, 어떻게 먼 곳의 사람들을 사랑할 수 있겠나? (KB, 31~32)

여기서 바냐는 인생과 인간의 본성에 대한 조지의 경멸을 반격한다. 바냐는 인생을 개선하기 위해서는 현존하는 것의 가치를 검토해야지 그저 거부만해서는 안 된다고 넌지시 말하는 것이다.

조지는 니체의 초인보다는 도스토옙스키의 노예적인 반란자 스메르댜코프에 사실상 더 가깝다. 두 인물은 일단 성취하고 나면 그들을 혼란스럽게 하고 절망에 빠트릴 뿐인 알쏭달쏭한 자유를 갈망한다. 차라투스트라는 자유 자체의 이름으로 자유를 추구하는 것을 경고한다. "아, 위대한 사상은 많을지나, 그 가운데는 풀무 이상의 일도 못하는 것들이 많다. 그것들은 그저 부풀려서 더욱 공허하게 만들 뿐이다."(Z, 89) 그런 사상들 가운데 하나가 자유에 대한 갈망이다. 차라투스트라는 자유를 원하는 사람에게 어떤 '멍에'를 내려놓을 것인가가 아니라 '무엇을 위해' 그것을 내려놓을 것인가를 말하라고 요청한다. 그가 말하기를, "예속을 벗어 버리려다 그 자신의 마지막 가치까지 저버린 자들이 적지 않다"(Z, 89). 자유 자체를 위해 자유를 찾는 사람들은 공허해지고 정신적으로 길을 잃게 된다. 그들은 진정한 니힐리스트들이다. 조지가 바로 그런 유형이다. 니체에게 초인 사상은 새로운 건설적인 삶의 목적이 선명해질 법한 심오한 자기인식의 성취를 의미한다. 자신을 인식해 나가는 과정에서 개인은 의지를 자신의 아집이나 의식적인 충동보다 더 심오한 것으로 이해한다. 이러한 보다 더 심오한 의지는 그의 '운명'이 된다. 도스토옙스키의 인신 사상은 아집을 최상의 것으로 만들었다. 스메르댜코프와 조지 양자 모두에게서 이러한 사상은 완전히 왜곡되어 나타난다. 이 두 사람은 지나치게 단순화하여 자유를 모든 주인의 소멸로 바라본다. 이러한 목적 없는 도덕적 아나키즘은 오로지 황폐함에 이르게 할 뿐이다. 일단 허영심이 충족되면, 그들은 보잘것없는 자신의 모습에 직면한다. 그들이 갈 길을 잃는 것이다.

도스토옙스키의 도덕적 반란과 니체의 초인 사상의 동일시는 양자를 수용하는 데 있어서 중대한 결과를 초래했다. 니힐리즘적인 소외된 잉여인간의 심리에 대한 새로이 고조된 관심은 도스토옙스키에 대한 인민주의자의 환원주의적 관점의 종결을 의미했고, 훨씬 광범위한 독자층 사이에서 실존주의적 탐색의 시대가 시작되었다는 신호였다. 이러한 은밀한 다시 읽기는 극히 중대한 러시아 작가로서 도스토옙스키의 재등장을 촉진시킨 것에 불과했다. 파괴적인 도덕적 재평가의 무게가 니체에게 돌아갔다. 그리고 이는 대중적 철학가로서의 니체의 위신을 실추시키는 데 기여했다. 위에서 언급된 모든 등장인물들은 출판물에서 니체적인 유형들로 인식되었다. 이들 각자가 마주치는 끔찍한 운명은 초인에 대한 믿음의 자연스러운 결과로 여겨졌다. 일부 비평가들은 젊은이들의 타락을 니체의 탓으로 돌렸고, 또 다른 비평가들은 니체의 통속화를 젊은 작가들 탓으로 돌렸다.[9] 아무튼 대부분은 이러한 특수한 철학적·도덕적 충돌이 대중적 풍습에 효용이 되지 못하리라는 데 동의했다.

안드레예프, 쿠프린과 로프신이 사용한 오독의 방식은 그 시대

---

9 기성세대는 니체를 비난하기 십상이었다. 보다 젊은 비평가들은 철학자에 대한 유해하고 그릇된 이해에 이르게 한 점에서 작가들을 비난했다. 다음을 참조하라. E. Anichkov, "Doloi Nitsshe", *Novaia zhizn'* 9, 1912, p.126[「니체를 타도하라」, 『새로운 삶』 9호].

의 문학적 스펙트럼에서 차후 그들의 위치에 영향을 미쳤다. 문학적 스펙트럼의 한쪽 끝을 돈벌이를 위한 작품과 신문 문예란의 저자들이 차지하고, 다른 쪽 끝을 독특한 문학적 개성을 창조하고자 문학적·철학적 선구자들과 투쟁하던 작가들이 차지한다면, 이 세 작가들은 중간의 어떤 공간을 점한다. 확실히 그들은 그들 특유의 '필체'를 산출해 낸다는 의미에서 대중문학과 거리를 두고 있다. 그들은 돈벌이를 위한 작품의 전형적인 글쓰기와 사고방식이 드러내는 상투적인 양식과 의식적으로 논쟁한다. 그들은 문학적 본보기로서 고급문학의 선구자들을 전유한다. 그들은 유서 깊은 문학적 주제와 난해한 도덕적 문제들을 숙고한다. 다른 한편, 그들은 자신들의 선구자들을 서로 구별해 내는 예민함과 독창성이 부족하고, 스승들의 개성을 흡수하여 자신의 것으로 대체할 능력이 없다.[10] 그리하여 그들의 작품은 항상 모방과 왜곡의 흔적을 지니는 것이다.

이 작품들은 중간급 인텔리겐치아, 즉 철학과 과학의 원본 텍스트 파악에 그다지 노력을 기울이지 않았지만, 문학 잡지들을 읽고 당대의 지적 경향에 정통하고자 했던 사람들 사이에 새로운 사상을 전파하는 데 이상적이었다. 쿠프린, 안드레예프, 로프신은 출판물에서 성공적으로 논쟁을 불러일으킴으로써 자기결정권의 신비로운 분

10 예를 들어, 안드레예프는 여러 번 도스토옙스키와 니체를 혼동했다. 다음을 참조하라. K. D. Muratova ed., *Literaturnoe nasledstvo*, vol.72, Moscow: Nauka, 1965, p.88 [『문학 유산』 72호]. 1920년대 영국문학의 중간급 소설에 대한 논의에 대해서는 다음을 참조하라. Q. D. Leavis, *Fiction and the Reading Public*, London: Chatto and Windus, 1932, pp.46~47. 리비스는 또한 중급 문학을 고급예술을 찬양하고 모방하는 문학으로 규정한다. 그녀는 또한 중급 저자가 미적 안목이 부족함도 언급한다.

위기를 확산시켰다.[11] 중간급 인텔리겐치아 독자들이 수용한 것으로
써의 이런 이념은 급진적이고 감칠나는 것이었지만, 비극적일 정도
로 자멸적이었다. 작품의 주인공들은 다른, 보다 더 생산적인 길을
탐색하기 위해 널리 행해지는 스타일이나 도덕적 관점의 전복에는
결코 성공하지 못했다. 그들의 탐색은 함정에 빠져든 느낌으로 끝난
다. 현재의 조건은 받아들이기 어렵고, 아직 인간의 본성은 또 다른
의식의 형태로 돌파해 나가기 위해 필요한 아무런 자원도 제공하지
못했다. 여기서 유일하게 고결한 대안은 자신을 분명하게 알고, 자기
고유의 삶의 목적을 규정하여 살다가 마침내 그것을 품고 죽고자 하
는 투쟁 속에서 엿보인다.

---

11 다음을 참조하라. Iurii Aleksandrovich, *Posle Chekhova: Ocherk molodoi literatury
poslednego desiatiletiia, 1898-1908*, Moscow: Obshchestvennaia pol'za, 1908, p.42; F.
Beliavskii, "Gor'kaia pravda", *Slovo* 157, 22 May, 1905, p.5[「쓰라린 진실」, 『말』157호].
러시아와 더불어 해외에서 광범위한 논의를 불러일으킨 또 한 권의 책인 아르치바셰
프의 『사닌』은 다음 장에서 논의하겠다. 다음을 참조하라. Arskii, "Motivy Solntsa i
Tela v sovremennoi belletristike", *Voprosy pola* 2, 1908, pp.28~30[「현대 순문학에서 태
양과 신체의 모티브」, 『성의 문제들』]; V. I. Rotenstern ed. and trans., *Sud'ba 'Sanina' v
Gernanii*, St. Petersburg: V. I. Rotenstern, 1909, pp.82~83; S. A. Vengerov, "Etapy
neoromanticheskogo dvizheniia", *Russkaia literatura XX veka*, Moscow: Mir, 1914,
p.22[「신낭만주의 운동의 단계들」, 『20세기 러시아 문학』].

신화의 설파

"나는 자신을 뛰어넘어 창조하려다가 파멸하는 자를 사랑한다."

— 니체, 「창조하는 자의 길에 대하여」, 1975
— 베르비츠카야, 『행복의 열쇠』, 1910~1913
아나키스트 얀의 묘비명

1905년 이후에 생겨난 니체주의적인 대중문학은 현생에서의 자기 실현을 위한 보다 더 분명한 전망을 제시했다. 자기해방과 자기결정 권이 드디어 이미 해방된 의식을 지닌 등장인물들에 의해 전파되는 기획이 된 것이다. 이러한 소설들에서 가능성의 범위는 보다 폭넓어 보인다. 여기서의 '스승'은 외견상 절망의 참화와 보다 초기 탐색 자들의 자멸적인 경향을 이겨 냈다. 그는 인간 본성 속에서 긍정할 만한 무언가를 발견한다. 그는 현재의 고통과 침체 상황을 극복하고 인간적 잠재력을 실현하는 전망을 펼쳐 내는 법을 알고 있다.

이러한 대중문학은 특수한 독자층, 즉 사회 중산층의 교육받은 젊은 여성들을 겨냥했다.[12] 1860~1870년대에는 소수의 여성 지성인 과 활동가들이 배출되었을 뿐이지만, 20세기 초반에는 교육받은 여 성들이 지적이고 정치적인 활동에 보다 적극적으로 참여할 수 있었

---

12 Richard Stites, *The Women's Liberation Movement in Russia*, Princeton: Princeton University Press, 1978, pp.159~160, p.168; Jeffrey Brooks, *When Russia Learned to Read*, Princeton: Princeton University Press, 1985, pp.153~165.

다. 이 시기에는 다수의 여성들이 다른 생활 영역에서와 마찬가지로 문학계에서도 보다 높은 지위를 얻어 가고 있었다. 19세기에는 여성들이 독자로서 중요했다면, 이제 그들이 작가와 비평가로서 적극적인 활동을 벌이게 된 것이다. 여성 작가들은 취향과 의식을 창조하는 역할을 해내고 있었다. 보보리킨이 자신의 소설과 희곡에서 전통적인 관습의 전달자인 여주인공들을 창조한 반면, 이제는 전통적인 생활방식 이상의 것을 추구하고 아이의 양육과는 별개의 재능을 실현하는 여성들에 관한 이야기의 수요가 확실하게 형성되었다. 여기서 논의될 세 편의 작품들에서 스승은 언제나 남성이지만, 주요한 제자는 여성이다. 또한 자기실현의 형태는 대개 성적인 해방을 예술적이거나 지적인 재능의 발견과 결합시키고 있다.

이런 유형의 대중적 저작은 그 발전에 있어서 신화의 초기 단계 작품보다 서로 더 밀착되어 있다. 그 주요 원인은 대중문학의 상투적 속성과 관련된다. 이러한 모든 작품들은 동일한 모험적인 플롯을 토대로 창작되었다. 이와 같은 플롯에서 주인공들은 방황 속의 만남을 이어 가며, 그 만남은 결말에서의 극적인 절정을 향해 격렬하게 치닫는다. 이런 유형의 문학에 있어서의 모델은 초기 단계의 문학 모델과는 전적으로 다르다. 초기 단계의 작품들이 자기성찰적이고 고백적 글쓰기 방식에 집중된 반면, 이러한 범주의 글쓰기는 외향적인 '피카레스크' 방식에서 유래한 것이다. 이러한 대중문학에 앞선 모델은 보보리킨의 니체주의적인 소설이었다. 보보리킨의 『고갯길』과 『잔혹한 사람들』 역시 다른 등장인물, 대개의 경우 여성들에게 도덕적 재평가를 강요하는 주인공-스승의 일련의 '도덕적 반란에서의 모험'을 둘러싸고 구성되었다.

여기서 살펴볼 작품은, 미하일 아르치바셰프의 『사닌』(1907), 아나톨리 카멘스키의 『사람들』(1908), 아나스타샤 베르비츠카야의 『행복의 열쇠』(1909~1912)이다. 세 작품은 아르치바셰프의 소설이 다른 두 작품의 직접적인 모델이었다는 의미에서 하나의 그룹으로 묶인다. 베르비츠카야는 심지어 자신의 소설 속에서 『사닌』을 대중 문학의 걸작이라고 언급하기도 했다. 어떤 비평가는 베르비츠카야에 대한 글에 "치마를 입은 사닌"이라는 조롱조의 표제를 붙이기도 했다.[13] 카멘스키는 자신의 작품에서 직접적 인용은 하지 않았지만, 그의 주인공 드미트리 비노그라도프를 성적 해방의 전도자로서 사닌을 본떠서 창작했다.

이 작가들 가운데 누구도 실질적인 문학적 '명망'을 얻지는 못했다. 이들 모두는 유사 외설소설 작가로서 이름을 날렸다. 고리키의 문예지 『지식』에 이따금 기고하며, 안드레예프와 쿠프린과 친분이 있던 아르치바셰프조차 대중적이고 선정적인 산문 작가로 유명해졌다. 아이러니하게도 이들 가운데 가장 존중받지 못한 베르비츠카야가 소설들 속에서 시사적인 가정문제와 여성해방을 다룸으로써 가장 큰 사회적 의미를 지닌 것으로 보인다. 이런 유형의 문학은 여기서 다루는 과제와 관련하여 특별한 의미를 갖는다. 그 이유는 여기서 고찰되는 작품 중에서도 이런 유형이, 당시의 대중적 취향 및 니

---

13 Tan, "Sanin v iubke", *Utro Rossii*, 31 December, 1909, p.3[「치마를 입은 사닌」, 『러시아의 아침』].

체 사상이 문화적 엘리트의 범위를 넘어 널리 스며들고 뿌리내린 방식을 가장 잘 반영하고 있기 때문이다. 이 소설들은 여러 판본으로 수천수만의 기록적인 부수가 팔려 나갔다. 베르비츠카야의 소설들은 상상을 뛰어넘을 정도로 팔렸고, 1914년 무렵에는 총 50만 부를 넘어섰다.[14]

이런 베스트셀러에서 자기결정의 신화는 스스로의 내부에서 가치 있는 무언가를 발견하는 일단의 등장인물을 통해서 구현된다. 변화에 대한 기대가 실현되며, 실현되어야 할 내적 자아가 존재하고, 사회에서 그 자아를 실현하는 방법이 있는 듯하다. 자아의 실현은 스승과 제자가 상호작용하기 위한 구실이 된다. 제자가 새로운 철학을 흡수하여 자신의 요구를 따라 자신의 재능을 발전시킬 자유를 획득하는 정도는 실제의 변화가 어느 정도 가능하다고 믿는가를 보여 주는 지표가 될 것이다.

이 소설들에서 스승들은 전부 자수성가한 남자들이다. 그들은 자신들의 신념을 사회 영역에 적용하며 '잉여인간'의 니힐리즘을 극복한다. 그들은 모두 독립적이며, 그들 가운데 아무도 그들의 '잉여적 선구자들'을 억압하고 배척했던 사회적·국가적인 위계질서에 억압당하지 않는다. 예컨대 아르치바셰프의 주인공 블라디미르 사닌은 상대적으로 자유로운 조건에서 성적 쾌락주의 철학을 형성해 나간다. 그에게는 지하생활자가 품은 것과 같은 원한에 대한 어떠한

---

14 Brooks, *When Russia Learned to Read*, p.154.

암시도 없다. 그는 온화하게 말하고 자기 주변 사람들의 말을 경청한다. 사닌 역시 고독으로 인해 파멸하지도 않는다. 그는 고독한 개인주의자들에게 부족한 전염성 강한 삶에 대한 열정과 투지로 충만하다. 여름 동안 그는 시골에 있는 가족의 영지를 방문하러 집으로 가는데, 곧바로 집중적인 관심의 대상이 된다. 그는 자신의 쾌락주의적 관점을 차츰 드러내면서 톨스토이즘이나 급진적 사회주의와 같은 경쟁 이데올로기들과 기꺼이 논쟁을 벌인다. 사닌의 복제품인 카멘스키의 『사람들』 속 드미트리 비노그라도프는 대체로 똑같은 방식으로 행동한다. 그 특유의 성적 해방의 신념은 페테르부르크의 가정과 살롱에서 설파되었고, 거기서 그는 지인들의 성적인 금기를 드러내고 성적인 실험을 부추긴다. 사닌과 비노그라도프 양자 모두 개인적 생활과 사적인 침실의 범위에서 활동한다. 이에 반해 베르비츠카야의 『행복의 열쇠』 속 스승은 광범위한 정치적 변화라는 보다 큰 차원에서 활동한다. 얀은 혁명을 선동하기 위해 아름다운 벨라루스의 어느 시골 벽지로 떠나는 혁명가이다. 그의 성격 속에는 로프신이 그려 낸 조지의 예속에 대한 증오심과 원기를 북돋는 프레오브라젠스키적인 활력이 결합되어 있다. 예속에서 벗어나려 하는 조지와 달리, 얀은 개인적 개화의 전망을 실현하기 위해서 자유를 갈망한다.

작품의 역동성은 스승과 제자의 상호작용에서 드러난다. 전자가 자신의 새로운 철학을 강요하려 애쓰는 사이, 자신에게 펼쳐진 기회에 도취된 후자는 스승의 영향에서 벗어나려고 분투한다. 보통 반란의 첫 번째 단계에서 여성 주인공은 맹목적인 성적 충동에 굴복한다. 사실상 아르치바셰프의 소설에서 사닌의 아름답고 유능한 누이 리다는 (사닌의 충고에도 불구하고) 거칠지만 잘생긴 병사에게 홀딱 반하여 그의 아이를 잉태한다. 그녀의 자기해방 시도는 너무나 짧게 끝나고 만다. 카멘스키의 『사람들』 속 여성 주인공 나데즈다는 자신의 스승 비노그라도프의 성적인 접근에 저항하지만, 다른 남자들과의 성관계의 기쁨을 발견한다. 베르비츠카야의 『행복의 열쇠』에서 여주인공 마냐 엘초바는 스승 얀과의 예의 그 욕정의 밤을 갖지 않는데, 그 이유는 단지 얀이 호수에서 어린 소년을 구하려다 물에 빠져 죽기 때문이다. 죽음을 앞두고 얀은 사랑의 간교함과 남자에게 예속될 위험성에 관해 알려 주고자 했다. 얀의 경고를 기억하면서도 자신을 어쩌지 못하는 마냐는 잔인한 반동분자이지만 강인하고 매혹적으로 잘생긴 지주 니콜라이 넬리도프에게 굴복한다. 리다처럼 그녀도 임신을 한다. 그러나 다른 여성들과 달리 마냐는 이러한 불편에 굴복하지 않는다. 상당한 고통과 고뇌를 겪은 후, 그녀는 아이를 얻고 위대한 무용가의 길로 나아간다.

이 작품들에서 존재에 대한 태도는 낙천적이고 희망적이다. 이와 같은 소박한 주인공들은 보다 내성적인 반란자들의 특성인 괴멸적인 자기역설과 인간 혐오에 빠지지 않는다. 여주인공들은 대개 처음의 파괴적인 자기해방의 실험을 견뎌 내고 성공을 위해 나아간다. 세 편의 소설 가운데 『사닌』은 그다지 희망적이지 않은 작품이지만, 여기서는 대부분의 사람들이 살아남는다. 사닌의 누이 리다는 자살을 시도하지만, 오빠가 그녀를 구한다. 그녀의 모험 정신은 꺾이고, 그녀는 결혼을 함으로써 정체되고 권태로운 기존의 삶으로 되돌아간다. 아르치바셰프의 소설 속 두 번째 여주인공 지나 카르사비나 역시 궁극적으로 전통적인 가치체계로 되돌아오기는 했지만 보다 더 성공적으로 보인다. 카르사비나는 일찍이 학교 선생으로서 자신의 재능을 시험한다. 게다가 그녀는 재능 있는 가수이기도 하다. 그녀는 모종의 인민주의적이고 개혁적인 이상주의에 헌신하기는 했지만, 그녀 역시 주변을 지배하는 성적인 각성의 분위기에 자극을 받는다. 그녀는 사회민주주의자인 연인과 사랑을 나누려고 하지만, 그가 성불구자임이 드러난다. 나중에 사닌은 노 젓는 배의 바닥에서 그녀의 순결을 빼앗는다. 그리하여 그녀의 진짜 연인이 절망감에 자살하지만, 그녀는 좌절에 빠지지 않는다. 그녀는 화를 내며 사닌의 냉담한 쾌락주의를 거부하고 연인의 죽음에 대해 그를 책망한다. 비록 사닌이 염두에 둔 바는 아니더라도, 카르사비나는 자신의 세계관을 고수함으로써 새로운 자아의 감각을 획득한다. 그녀의 가치관의 중대한 문제는 그것의 전통적 속성에 있다. 아르치바셰프의 암시에 따르면, 이런 가치관은 절실하고 필수적인 변화의 모델을 제공할 수가 없다.

카멘스키의 소설『사람들』에서 나데즈다는 성애를 현실 긍정의 생산적인 목표로 방향을 전환하는 데 있어서 리다와 카르사비나 보다 더 나아간다. 그녀와 비노그라도프는 제각각 성적 해방의 무정부적 단계를 거쳐서 간다. 결국에 그들은 19세기 소설 속 동류의 인물들이 그랬던 것처럼 성적 에너지를 거부하는 게 아니라 그것을 보다 고차원적인 목적으로 향하게 하는 법을 배운다.『행복의 열쇠』에서 마냐 엘초바 역시 그녀의 의지를 예속시킬 수 있는 육체적 욕구를 창조적 충동으로 승화된 성애와 분리하는 법을 배운다. 그녀는 넬리도프와 절교하고 얀의 제자 가운데 한 명과 서유럽으로 떠나고 거기서 그녀는 댄서로서 자신의 재능을 발전시킨다. 베르비츠카야는 그것은 거친 본능 자체가 아닌, 예술과 문화 속 성적 충동의 고차원적 긍정임을 시사한다. 그러한 긍정이야말로 지상에서의 삶을 진정으로 변화시킬 수 있다는 점에서 그렇다.

자기결정권과 관련된 이런 이야기들은 모두 사회적 관습과 행동양식에서의 실제적 변화를 암시한다. 모든 대중적인 (중간급 문학 역시) 니체주의적 작품들에서 개인의 변화는 전통적인 가치의 거부라는 부정의 단계에서 시작되어 부도덕한 행위로, 마침내는 내적 발견으로 이어진다. 스승은 자신의 지지자들에게 널리 받아들여지는 도덕의 공허함을 지적한다. 예컨대 사닌은 자신의 쾌락주의 철학을 자아망각과 사회봉사라는 전통적 에토스에 대한 답변으로 해석한다(VS, 167~169). 사닌의 견해에 따르면, 사람들은 '모든 감정과 욕구와 갈망의 재평가' 시기를 지나쳐 왔고, 이제는 육체의 자유를 요구한다(VS, 275). 수세기 동안 신체와 육체적 욕구에 대한 부정을 거치고 난 후에야 사람들은 그것들이 인간 본성의 정당한 일부라고 인정할 태세를 갖추었다. 사닌은 각자가 자신의 신체를 완전히 해방시키고, "인간과 그의 행복 사이에는 아무것도 없으며, 각자가 접근가능한 모든 쾌락에 두려움 없이 자유롭게 몸을 맡기게 될" 시대를 염원한다(VS, 276~277).

『사람들』의 드미트리 비노그라도프는 자기부정을 위선의 한 형태로 특징짓는다. 그의 최고의 가치는 어떤 대가를 치러도 상관없는 정직함이다.

대체로 내 생각은 육체에 종기가 충분히 곪았다면, 재빨리 그것이 터지게 해야 한다는 거다. 사람들이 주변의 부담, 주로는 내적인 거짓의 부담을 인식하기 시작을 하면, 때로 이런 거짓을 무너트리는 데는 아주 사소한 자극만으로 충분하다. [⋯] 바로 이곳을 살짝 찌를 필요가 있다. 그리고 나는 실제로 그것이 나의 성스러운 사명이라 생각한다. 이제는 생각할 게 아니라 행동해야 한다. 머리로는 우리가 다수의 위대한 자유를 오래전에 다 겪어 봤기 때문이다. 다만 누군가 좀더 용감한 사람이 다가와서 외치기만 하면 된다. (L, 16)

비노그라도프는 '외치는 자'의 역할을 자임한다. 그는 일반적 도덕적 관점에서 역시 거칠다. 충분히 예상할 수 있듯, 그는 인간 성격의 허약한 자질과 군중심리를 경멸하고 확고한 의지를 지닌 사람을 좋아한다.

『행복의 열쇠』의 얀은 연민과 이웃 사랑의 윤리를 경멸하는 데 있어 모든 스승들 중에서 가장 노골적이다. 그는 이러한 미덕이 인간 본성의 생산적인 면을 억누른다고 느끼며, 마냐에게 이런 미덕들을 피하라고 경고한다.

오, 이런 연민하고는! [⋯] 마냐, 당신의 심장에 이런 기생 식물을 자라게 하지 마세요! 이것은 영혼의 잡초예요! 그것은 황금 곡식의 들판을 파괴하는 잡초랍니다. 이런 잡초의 왕국은 끝이 없어요! 만약 이런 소름끼치는 감정 때문에 얼마나 많은 사람들이 죽었고, 얼마나 많은 가능성들이 이 세계에서 사라졌는가를 통계 내서 본다면, 세계

가 공포로 몸서리칠 거예요. (KS, I, 104~105)

얀은 대다수의 '니체주의자'보다 더욱 무자비하게 비참하고 가련한 사람들을 혐오한다. "약자들은 강자의 발에 매달려서 그들을 뒤로 끌어당긴다. 약자들과 가련한 자들은 유형수의 발에 달린 무거운 추처럼 우리 뒤에 질질 끌려오며, 영혼의 비상을 지체시키고 사랑의 무게와 연민의 요구로 우리의 염원의 날개를 부숴 놓는다."(KS, I, 105) 얀의 생각대로라면, 사랑은 통상 어떤 사람을 다른 사람의 노예로 만든다. 오로지 하나의 희귀한 형태의 사랑, 즉 자기애만이 사람을 자유롭게 하고 진심으로 다른 사람을 대하고 그들을 사랑하게 하는 것이다. 이처럼 자기결정권과 연관된 스승들은 연민이 자기주장과 내적인 부의 탐구 욕구를 무화시킨다는 데 의견이 일치한다. 그들은 이러한 미덕을 굳건한 성격, 확신, 살아가고 성장해서 힘센자가 되려는 스스로의 권리를 고집하는 것으로 대체한다. 여기서 다시 얀이 가장 설득력 있는 대변자로 등장한다.

우리들 모두는 여론에 대한 공포, 즉 우리에게서 멀고 낯선 사람들의 견해로 인한 공포 때문에, 그리고 가까운 사람들에 대한 의무감, 자식과 가족에 대한 사랑을 이유로 영원히 젊고 영원히 변화무쌍한 자신의 영혼을 짓밟고 불구로 만든다. 거기 영혼 속에서 비밀스럽게 손짓하는 목소리가 들린다. […] 그 목소리들만을 들어야 한다. 오직 그 목소리들만을 믿어야 한다. 자기 자신이 되어야 하는 것이다! (KS, I, 107)

자기결정이라는 신화에서 두드러지는 행위의 특성은 폭력의 낭만화이다. 『사닌』과 『사람들』 그리고 『행복의 열쇠』에서 스승들과 제자들은 모두 금기와 불법적 행위에 이끌린다. 여기서 새로운 사람들은 특히 정치적 테러리즘과 성적인 공격성을 통해서 자신을 내세운다. 사닌은 이러한 충동을 간명하게 표현한다.

> 어떤 자연인이 자신이 소유한 것은 아니지만 좋은 물건을 본다면, 그는 그 물건을 취한다. 또한 그가 자신에게 넘어오지 않는 아름다운 여성을 만난다면, 그는 완력 혹은 기만을 이용해 그녀를 취할 것이다. 그것은 아주 자연스러운 일이다. 왜냐하면 쾌락의 욕망과 쾌락에 대한 이해는 자연인이 동물과 구별되는 드문 특징들 중의 하나이기 때문이다. (VS, 26~27)

여기서 사닌은 중요한 문제를 제기한다. 폭력은 그 자체가 목적이 아니라는 것이다. 누군가 자신의 잠재력을 최대한도로 실현하고 삶에서 쾌락을 얻는 것은 부분적으로 개인의 권력에 대한 지각에 달려 있다. 쾌락과 권력은 밀접하게 연결된 것이다. 자기실현은 그저 자신의 재능을 집중적으로 발전시키고 외부와 단절된 상태에서 변화하는 것만을 의미하지 않는다. 그것은 적어도 대중문학에서는 모종의 억압자로부터 자유를 쟁취하거나, 보다 긍정적으로는 특정 맥락 속에서 자신의 의지를 확립하는 것에 의한 권력관계의 변화를 의미한다. 여기서는 한낱 법의 위반이 그 목적은 아니다. 그것은 자기 자신과 다른 사람들의 삶 속에서 개인의 권력을 강화하고 그 권력을 향유하는 것이다. 이러한 소설들에서의 결말은 추상적인 도덕적 가치의 논쟁을 넘어서서 약간은 충격적인 행동, 테러리즘 활동과 추악한 범죄에 이른다.

　새로운 신화의 기저에 놓인 권력욕은 성적인 관계에서 특히 두드러진다. 여기서는 동등한 관계가 없으며, 오직 주인과 노예가 있을 뿐이다. 자기실현을 향한 첫걸음으로써의 성적 해방이라는 이념은 누구나 다 자신을 실현하는 것은 아니라는 아이러니를 숨기고 있다. 다시 말해, 누군가는 늘 자기 성욕의 희생자거나 상대방의 성적 취약성을 이용하는 다른 누군가의 희생자가 되곤 한다. 따라서 성적인 애착에서 벗어나기 위해 싸우고 자신의 욕망을 통제하는 여성들만이 자신들의 잠재력을 충분히 실현할 수 있게 된다. 해방된 여성들 가운데서 아주 급진적으로 자기본위의 이기적인 여성, 즉『행복의 열쇠』의 여주인공 무용수 마냐 엘초바조차도 인종주의자이며 초보수적인 지주 넬리도프를 향한 어둡고 파괴적인 정념과 끊임없이 싸운다. 이러한 정념은 개인적 야망과 미적인 영감보다 더 깊이 그녀의 영혼을 사로잡는다. 마냐는 넬리도프가 그녀에게 휘두르는 권력을 이겨 낼 수가 없다. 그녀는 무용수로서의 생활을 버리고 지방에 있는 그에게로 돌아가고, 결국 이 두 사람은 자살하고 만다. 자신을 완전하게 해방시킨 여성은『사람들』의 나데즈다뿐인데, 그녀는 비노그라도프의 성적인 접근에 저항하고 인생에서의 자신의 길을 찾아 나선다. 그녀는 자신의 가치관을 발견하고 스스로 배우며, 상당한 지적 재능을 발전시킨다. 결말에서 그녀는 '무자비한 정직성'이라는 비노그라도프의 철학을 깎아내린다. "나는 두려워하고 싶다!

나는 거짓말하고 싶다! 나는 거짓을 듣고 말하고 싶다! […] 너희의 폭로에 이젠 질렸다. […] 어째서 넘어진 자를 밀치고, 어째서 타인의 일에 간섭하고 드는 것인가!"(L, 167) 나중에 나데즈다는 규율 잡힌 노동과 학문 연구가 사람들이 오랫동안 빠져 산 사회적이고 윤리적인 허위를 극복하는 가장 진실한 방법이라는 관점에 도달한다. 결국 그녀는 비노그라도프 스스로 자신의 관점을 바꾸도록 만든다.

자기실현이라는 대중적 이데올로기에는 흥미를 돋우는 모호성이 있다. 여기서 변화라는 개념은 지도적 원칙으로서의 의지에 대한 믿음과 생의 활력의 원천으로서 자아에 대한 믿음에 기반을 두고 있음에도 불구하고, 근본적으로는 내부로부터가 아니라 위로부터의 변화를 의미한다. 여기서 스승들은 이른바 자기발견의 이데올로기를 얼토당토않게 제자들에게 강요한다. 이 소설들이 언급하는 바에 따르면, 성공적인 자기실현은 자아에 대한 외부적 작용을 통해 가능해진다. 개인의 내적인 힘과 의지에 대한 신뢰의 결여는, 이른바 해방된 등장인물들이 불가피하게 스승 또는 심지어 주인의 손아귀에 놓이는 이런저런 상황으로 되돌아가는 것에서 드러난다. 리다 사니나는 결혼하며, 나데즈다는 연상의 작가와 결혼생활을 하다가 그를 떠나 비노그라도프를 다시 찾아간다. 그리고 마냐 엘초바는 강압적인 넬리도프에게 되돌아간다. 이러한 인물들은, 로프신의 조지처럼 자유를 쟁취해 놓고도 그 자유를 가지고 어디로 가야 할지를 확신하지 못한다. 주인 밑에서 생활하는 습성이 여전히 강한 힘을 발휘하는 것이다.

스승과 제자의 관계는 소설의 허구적 상황을 넘어 새로운 대중

독자층에 대한 베스트셀러 작가의 관계로 옮겨 간다. 정말이지 교훈적 경향은 러시아에서 진화해 온 대중문학의 중요한 특징인 것이다. 비평가 코르네이 추콥스키가 1908년 「지적 포르노그라피」라는 비꼬는 듯한 제목의 논문에서 지적한 것처럼, 성적인 해방은 인민주의나 마르크스주의와 동등한 하나의 '학설'로 독자들에게 받아들여지고 있었다.[15] 중간급이나 하급 독자들은 확실히 오락, 기분 좋은 자극 그리고 모험에 관심을 가졌다. 그러나 그들은 지적인 허세 또한 드러내고 있었다. 그들은 '교양 있는 사람'이 되고자 했고, 소설가인 스승들에게 흔쾌히 '가르침'을 받고자 했다. 이러한 독자들은 인텔리겐치아 사이에서 이념이 얼마나 큰 가치를 지녔는지를 알아차렸고, 당대의 '이념적인 유행'에 뒤처지지 않게 해주는 지적 양식을 기꺼이 받아들였다. 예컨대 여섯 권짜리 소설 『행복의 열쇠』에 푹 빠졌던 어느 여성 독자는 상상 속에서 남부 유럽을 여행하며 포룸 로마눔Forum Romanum과 고대 그리스의 다른 기념물들 그리고 이탈리아 르네상스에 관해 알게 되고, 또한 스펜서, 다윈과 니체에 관한 대화를 엿듣게 되었다. 이런 유의 문학에는 이념적 경향이 드러나는데, 비슷한 수준의 다른 서방 문학에서는 좀체 나타나지 않는 성향이다.[16] 이

---

15 K. Chukovskii, "Ideinaia pornografiia", Rech' 304, 11 December, 1908, p.2[「이념적 포르노그라피」, 『담화』 304호].
16 영국의 저급한 소설과 그 독자들에 관한 논의에 대해 다음을 참조하라. Leavis, Fiction and the Reading Public, pp.48~64. 리비스는 교양 없는 독자층 사이에서 종교적 감성의 충족에 대한 요구, 특히 "도덕적 체계를 뒤바꾸는 엄청난 생명력"에 대한 요구를 언급한다(p.64). 또한 다음을 참조하라. Leo Lowenthal, "The Reception of Dostoevski's Work in Germany: 1880-1920", ed. Robert N. Wilson, The Arts in Society, Englewood Cliffs,

넘에 대한 대중적인 열망은 표트르 보보리킨 같은 작가들이 계승하여 통속화시킨, 투르게네프, 도스토옙스키와 체르니솁스키의 이념적 소설들의 유산들로 표현되었다. "이념의 논리적 결과는 곧 행동"이라는 페초린의 사상이 이제는 대중적 독자의 수준에서 새롭게 인식된다. 위대한 사상가들의 이념은 이를 실천하고 설파하는 영웅과 악당들을 통해 통속화된 형태로 구현된다.

소설가에 의한 독자 대중의 윤리적이고 문화적인 교육 방법은 문화적 수용 과정에도 함의하는 바가 크다. 이른바 고급문학에서 영향의 초기 단계를 묘사하는 '스승과 견습생' 관계가 선구자와 베스트셀러 저자 사이에는 존재하지 않는다. 여기에는 중간급 작가들이 통속 해설자의 신용을 문제 삼거나 철학 원전에 대한 그들 자신의 이해에 도달하려는, 비록 혼란스럽더라도 진지한 시도조차 없었다. 이러한 과정은 친밀하고 쉽게 이해되지만 틀림없이 부정확한 이념을 포장하는 행위에 가깝고, 그러한 이념에는 차후 어떤 사상가의 이름이나 이를 쉽게 알아볼 수 있는 핵심어가 새겨진다. 실례로, 사닌에게는 '초인'이라는 꼬리표가 달린다(VS, 263). 또한 비노그라도프는 스스로를 '니체주의 게으름뱅이'와 '응접실의 차라투스트라'라고 아이러니하게 부른다(L, 88). 얀은 『차라투스트라』를 빈번히 인용하는 데다 『차라투스트라』의 모방작을 쓰느라 바쁘며, 심지어 그

N. J.: Prentice-Hall, 1964, pp.122~147. 로언솔은 독일의 중간계급 대중을 허울뿐인 "문화적 요구"를 소유한 것으로 특징짓는다. 그는 그들에게서 도덕적으로 그리고 정치적으로 무관심하고, 정신적으로 게으르며, 내적으로는 직접적이며 그리고 어느 정도 반쯤은 종교적인 안락을 추구하는 점을 발견한다.

의 사후 추종자 중 어떤 이는 그 작품을 출판하고자 한다. 얀이 사고로 익사했을 때, 니체와의 동일시는 『차라투스트라』에서 인용한 묘비명에 의해 강화된다. "나는 자신을 뛰어넘어 창조하려다가 파멸하는 자를 사랑한다."(KS, I, 138)

니체의 철학을 활용함에 있어서 1910년대의 베스트셀러 작가들과 1890년대의 초기 통속 해설자들 사이의 본질적 차이는 그 철학에 대한 평가 속에 들어 있다. 보다 초기의 작가들은 니체에 대해 부정적인 태도를 취한 반면, 20세기 초의 베스트셀러 작가들은 니체의 저작을 자기 세대의 합법적인 관점의 일부로 받아들였다. 이 시기에는 1890년대와 같이 통속적 니체주의에 대한 강력한 비난은 아예 없었다. 실례로, 사닌의 개인적 철학은 막스 노르다우가 니체의 위험한 '웃고 있는 사자'의 이상으로 여겼던 것과 긍정적인 어조로 공명한다. 사닌의 외모는 '훌륭한 맹수'의 힘찬 건강미와 에너지를 발산한다. 그는 "키가 크고 금발에다 어깨가 떡 벌어진 외모"에 "평온하고 입꼬리로만 살짝 조소하는 표정"을 지녔다(VS, 3). 냉담한 편에다 사람들 사이에서 예의바르게 행동함에도 불구하고, 사닌은 근본적으로 노르다우의 주인 개념과 무척 흡사한 일종의 '자연인'이다. 그는 친구들 사이에서는 자제하는 모습을 보여 주지만 혼자일 때면 자신의 원초적 본능을 분출한다. 뇌우가 치는 동안 "사닌은 온몸으로 생명과 힘을 느끼면서 두 팔을 쫙 벌리고 웅대한 공간의 한쪽 끝에서 다른 쪽 끝으로 하늘을 따라 우르릉 쾅쾅 울려 퍼지는 천둥에 맞서서 행복에 겨운 소리를 느릿느릿 목청껏 외쳐대기 시작했다"(VS, 250). 사닌의 의도적이고 폭력적인 쾌락주의의 이념은 "다른 사람들에게 […] 해를 끼칠 […] 때조차도 그에게 기쁨을 주는 것"을 행하려는 금발의 야수의 불합리한 충동이라는 노르다우의 시각에 대한 긍정적인 복제로 보인다.

또 다른 실례를 제공하는 것은 1890년대 보보리킨의 소설 『고갯길』과 베르비츠카야의 『행복의 열쇠』에서 반유대주의에 대한 대조적인 태도이다. 보보리킨의 소설에서 니체적인 사상은 인종주의적으로 보여서 혐오스럽게 받아들여진다. 반면, 베르비츠카야의 소설에서 사회적 다윈주의자라는 의미에서의 니체적 반유대주의자들은 애매하게 다루어지고 심지어 낭만적으로 묘사되기도 한다. 『고갯길』에서 주인공인 스승 이반 코스트리친은 『도덕의 계보』의 일부를 터무니없고 과장된 형태로 바꿔 말함으로써, 보보리킨의 반유대주의적 정서의 실상을 여실히 보여 준다.

> 증오, 악의, 질투와 절도 같은 유해한 흐름은 어디서 인류에게 스며들었는가? 이 유대인들, 즉 모욕당하고 천대받으며, 비참하고 가난한, 나병에 걸리고 혐오스러운 자들에 대해 연민을 설교하는 자들한테서 유래한 것 아니겠는가? […] 그들과 그들의 선지자 및 스승들이 선과 악이라는 태고로부터 내려오는 건강한 개념을 파괴했다. 그들의 가르침에 따르면, 항상 훌륭하다고 생각되었던 모든 것, 달리 말해서 강하고 빛나며 풍부하고 비범하며 관대하고 용기 있는 모든 것을 그들은 악과 결합으로 취급하기 시작했다. (P, 218~219)

이러한 코스트리친의 말은 그의 사상만큼이나 추하다. 그가 결국 자신의 공리적인 이상의 실상을 드러냈지만, 독자는 그의 인종주의가 어떤 방식으로도 도덕적 대안이 될 수 없다고 느끼게 된다.

베르비츠카야는 『행복의 열쇠』에서 보보리킨처럼 니체주의와 인종주의를 연계시키는 것의 타당성에 대해서도, 인종주의적 편견의 도덕적 가치에 대해서도 의문을 제기하려 하지 않는다. 심지어 반유대주의적 관점을 지니고 있는 것도 가장 매력적인 등장인물들이다. 예컨대, 얀은 자신의 유대인 기업가 친구 마르크 스테인바흐를 좋아하지만, 친구를 유대인으로서 극히 예외적인 사람이라 느낀다. 얀은 스테인바흐가 '아리아인의 정신'을 지닌다고 보는 것이다. 베르비츠카야의 잘생긴 악당 넬리도프는 과격한 반유대주의자이다. 그가 "유대인을 증오하고"(KS, II, 17) 1880년대 도덕적 쇠락을 '유대놈들'zhidy의 탓으로 돌린다는 걸 모두 인식하고 있다. 게다가 그는 흑색백인단과 그들의 유대인 집단학살pogrom을 지지한다. 넬리도프는 반동적이고 위험한 관점을 가지고 있음에도 불구하고 강렬하고 매력적이다. 베르비츠카야는 보보리킨이 코스트리친에게 행한 것과 같은 비판을 넬리도프에게 하지 않는다. 거꾸로, 독자는 마냐의 눈을 통해서 그를 만나게 되는데, 그녀는 여러 의혹에도 불구하고 어쩔 도리 없이 넬리도프를 사랑한다. 그녀는 그의 매정하고 난폭한 성격을 낭만화한다. "그는 아킬레스처럼 벌거벗어야 한다. 그는 트로이에서 전투를 벌여서, 머리카락을 잡고 패배한 헥토르의 몸을 이리저리 끌고 다녀야 한다. 그리하여 여자들과 전리품을 취해야 한다. 신과 대등한 자로서, 사람들과는 그 주인으로서 대화해야 한다. 세계는 그와 같은 사람들을 위한 것이다. 그러한 무정하고 오만하며 탐욕스러운 사람들을 위한 것이다."(KS, II, 19) 도덕적인 분개에도 불구하고 독자를 사로잡는 것은 넬리도프의 야수적인 매력이다. '모두가 곧잘 증오하는' 악당으로서 넬리도프의 구조상의 중심적 역할과 강력한 도덕적 대립자의 부재가 그에게 일종의 정당성을 부여한다. 그의 관점은 코스트리친의 관점에서 행해진 것과 같은 논박이 전혀 행해지지 않는바, 베르비츠카야의 소설에는 일라리온 공작과 같은 도덕적 권위를 가진 인물이 아무도 없기 때문이다.

보보리킨의 초기 통속적인 소설들이 의도치 않게 니체의 사상을 확산시키는 결과를 가져왔다고 한다면, 자기결정권 문제를 내세운 대중문학은 러시아에서의 니체의 평판에 어떤 영향을 미쳤는가? 이러한 베스트셀러 작품들은 주로 독자들의 머릿속에 이미 형성된 니체주의적인 고정관념을 미화하고 강화시켰다. 아이러니하게도 니체주의적인 자기충족성을 찬양한 이런 소설들은 제1차 세계대전 발발 직전 몇 해에 걸쳐 철학자 니체의 위상을 실추시키는 또 다른 국면 발생에 일조했다. 이 독일 철학자는 가장 대중적인 저작 『차라투스트라는 이렇게 말했다』에 '모두를 위한, 누구를 위한 것도 아닌 책'이라는 부제를 달았다. 여기서 그는 그의 책을 모두들 쉽게 이해할 것임을 시사한다. 다시 말해서 모두가 책 속의 말들을 읽을 수 있고, 거기에 제시된 어떤 쟁점들은 이해할 수 있다는 것이다. 그러나 부제가 추가로 암시하는 것은, 그 누구도 저작에서 의도한 바대로 그 저작을 해석하거나 니체가 제기한 문제를 해결할 수도 없다는 것이다. 러시아에서의 대중적인 니체 열풍은 부제에 대한 이러한 해석을 뒷받침한다. 일반적으로 적용될 만한 원칙을 찾고자 했던 독자들은 그러한 원칙을 니체의 작품에서 찾을 수 있었다. 『차라투스트라는 이렇게 말했다』는 그런 사람들을 위한 '새로운' 윤리의 안내서가 되었다. 하지만 비평가 예브게니 아니츠코프가 언급했듯이 대부분의 독자들에게 있어서 니체의 진정한 철학은 '일곱 개의 봉인 너머에'[17] 여전히 머물고 있었다.[18] 시간이 지남에 따라 니체가 모든 사람들을 위한 철학자가 아니라 니체와 그들 자신만의 개인적 대화를 이끌었던 극소수의 예술가들과 사상가들을 위한 철학자였다는 것이 분명해졌다. 차후 문학적·철학적 자기규정의 초기 단계에는 상징주의자들과 혁명적 낭만주의자들이 니체에 대한 통속적인 고정관념과 투쟁하게 된다.

우리의 마지막 과제는 어떠한 '문화와 내적 세계의 소중한 실상들'이 니체에 대한 대중적 반응 속에서 명백히 드러났는가를 묻는 것이다. 또한 어떤 문화적이고 도덕적 가치들이 대중 작가들의 니체 사상에 대한 왜곡 속에서 드러났는가? 당시의 대중적인 니체주의 현상은, 이른바 도덕적 규준에 대한 반란이 어떻게 지적 엘리트를 넘어서 글을 읽고 쓸 줄 아는 다른 수준의 사회계층으로 확산되었는지를 보여 준다. 대중적인 니체주의가 처음에는 근본적으로 '민주적인' 것으로 표명되었다는 점을 지적하는 것이 중요하다. 다시 말해서, 각자가 차후 자신을 넘어서기 위해서 있는 그대로의 자신을

---

17 [옮긴이] 전혀 알 수 없는 곳에
18 Anichkov, "Doloi Nitsshe", pp.133~134.

'알고' 들여다보려는 바람과 의지를 스스로 인지하기만 한다면 다들 '초인'이 될 수 있음을 암시한 것이다. 그것은 모든 투쟁하고 탐구하는 개인이 가치가 있으며, 그러한 각자가 위대한 창조적 잠재력을 지녔다는 약속이었다. 다른 한편, 소설 속에 재연된 것으로서의 대중적인 니체주의는 스스로의 약속을 훼손한다. 그럼으로써 어떠한 다른 적합한 삶의 목적을 제시하지도 않은 채 독자적이며 자기결정에 의해 자력으로 움직이는 개인의 가치에 의문을 드리운다. 또한 여타의 가치체계를 일축함으로써 독자들이 딛고 선 도덕적 토대를 뒤흔들어 놓은 것이다.

자기발견이라는 대중적 니체주의 신화가 지닌 민주적인 함의에도 불구하고, 그것은 어떤 사회 그룹을 위한 이데올로기로도 작동하지 않았다. 통속적인 니체주의적 작품들은 사회 체제에 대한 명확한 통찰이 결여되었으며, 모든 사회 이데올로기와 사회현실에 대해 비판적일 뿐이었다. 이런 경향에 내재한 아나키즘은 급속한 산업화 과정에 휩쓸린 사회의 일반적 불안을 가중시켰다. 사실상 보보리킨은 자신의 초기 니체주의 풍자작품들에서 이러한 새로운 지적 경향을 부상하는 부르주아지의 자연스러운 이데올로기로 규정했다. 하지만 대중적인 니체주의 문학은 정반대되는 평가를 내렸다. 여기서 사업의 세계는 자기실현의 기회를 대중적 상상력에 제공하지 않았다. 반대로 비즈니스와 금전은 '추악한 현실'에 속하는 것으로 간주되었다. 세르게이 페트로비치는 자신이 사업가나 관료가 되는 것 말고는 아무짝에도 쓸모없는 사람임을 인정하며 스스로를 책망한다. 애초 돈의 '무시무시하고 강력한 힘'에 매료되었던 그는 곧 부가 삶의 문제를 악화시킬 뿐이라는 것을 깨닫는다(SP, 263). 이와 유사하게 『사람들』에서 드미트리 비노그라도프는 청부업자, 교사, 치과의사 같은 따분한 도시의 직장에 안주하려는 생각에 저항한다. 『행복의 열쇠』에서 돈과 기업가 정신은 조롱당한다. 부유한 사업가 마르크 스테인바흐는 선량하고 친절하지만 활력이 없는 사람이다. 그의 부는 자기 자신의 염원을 실현하기 위한 수단이 될 수가 없다. 왜냐하면 그에게는 염원이랄 게 없기 때문이다. 오히려 그는 자신의 부를 절박한 염원을 가진 사람들이 처리하도록 맡긴다. 혁명을 유발하려는 얀과 춤추기를 원하는 마냐 엘초바에게 그는 자신의 돈을 내어 준다. 보보리킨의 견해와 상관없이, 비즈니스와 산업 그리고 물질적인 부는 존중받지 못하고 어리석은 일상의 영역에 속한 것으로 여겨진다. 러시아의 대중적인 문학의 상상력 속에서 그것들은 자기실현의 염원과는 아주 거리가 멀다.

마르크스 같은 여타의 도덕적 반란자들과는 달리 니체는 대의명분의 옹호자로서는 성공적이지 못했다. 니체주의를 단순화하고 체계화하려는 시도들에도 불구하고 그의 철학은 지나치게 애매모호했다. 초인과 자유로운 정신의 이념은 진정한 대중적 이데올로기로 굳어지지 않았다. 미국에서 스펜서의 사상, 러시아에서 마르크스주의, 또는 독일에서 통속적 니체주의 이념이 정착되었던 것과는 대조된다. 그리고 젊은이들에 의한 개인적 반란의 열풍이 사라지자, 대중적 니체주의의 '초인들'은 공공의 적이라는 평판을 얻었다. 니체의 가장 접근하기 쉬운 개념들은 경멸적인 용어로써 상투어로 쓰이기 시작한다. 지나치게 단순화된 형태로 아주 쉽게 이해된 초인의 이념은 만연한 통속화의 대상이 되었다. 독일어 단어 '위버멘쉬'Übermensh 는 러시아인들에게 이상하고 심지어 우스꽝스럽게 들렸다. 비평가 네베돔스키는 이 독일어가 '뒤틀린 미소를 불러일으키는' 거의 외설에 가까운 소리의 복합체인 '이우버멘쉬'iubermensh로 빠르게 변형되었다고 전한다.[19] 초인에 해당하는 러시아어 스베르흐첼라베크 sverkhchelovek는 수용될 수 있었지만, 그 단어의 옛 교회 슬라브어 복수형 스베르흐첼라베키sverkhchloveki(스베르흐류디sverkhliudi가 아니다) 는 러시아인의 귀에 — 틀린 문법은 아니지만 — 이상하게 들렸다. 다양한 신조어들이 스베르흐첼라베크를 모델로 하여 파생되었다. 실례로, 스베르흐보샤크sverkhbosiak, 초부랑자, 스베르흐네고댜이sverkhnegodiai, 초망나니, 스베르흐파트리오트sverkhpatriot, 초애국자 혹은 스베르흐소바카sverkhsobaka, 초견공를 들 수 있다.

니체주의자라는 용어처럼 초인이라는 단어는 아이러니컬하게도, 부도덕한 사람을 의미하거나 과장된 자부심을 가진 사람을 의미하게 되었다. 보보리킨의 '초인 후보자들'은 이러한 이해의 일면을 잘 보여 준다. 비평가들도 이 용어를 비슷한 방식으로 사용했다. 예를 들면, 미하일롭스키는 메레시콥스키가 그린 레오나르도 다빈치를 "교회를 지으나 매음굴을 지으나 마찬가지인 [⋯] 초인"으로 언급했다.[20] 레닌은 자신의 논문 「당조직과 당문학」(1905)에서 '부르주아'

---

19 M. P. Nevedomskii, "Vmesto predisloviia", Anri Likhtenberzhe, *Filosofiia Nittshe*, St. Petersburg: O. N. Popova, 1901, ii.

20 Nikolai K. Mikhailovskii, *Poslednie sochineniia*, vol.1, St. Petersburg: Russkoe bogatstvo, 1905, p.77[『최신 선집』1권].

작가들을 '문학적 초인들'로 희화화했다.[21] 또한 민스키는 고리키의 주인공들을 평범한 부랑인의 지적 능력을 한참 넘어선 '새로운 시골의 니체주의'를 설파하는 '초부랑자'라고 조롱했다.[22] 스베르흐첼라베크라는 낱말은 1911년에 발행된 블라디미르 달의 러시아어사전 제4판에 처음 등장했다. 여기서 이 단어의 직역된 통속적 정의에 최종적인 권위가 부여되었다. 스베르흐첼라베크는 "자신을 인간보다 더 높은 무언가로 간주하는 개인"으로 규정되었다.[23]

결과적으로 대중의 사고에서 니체 사상의 가치가 추락했음에도 불구하고, 우리는 이 사상이 강력한 영향력을 지녔다고 추론할 수 있다. 대중적 니체주의는 질문과 도전의 전반적 사회 분위기를 증대시켰다. 대중적 마르크스주의와 여타 반란의 이데올로기들과 더불어, 대중적 니체주의는 관례화된 규범을 의문시하고 광범위한 미학적·사회적·정치적 흔들림에 신빙성을 부여했다.

지금까지 니체 사상의 대중적 수용 과정에서 강조된 사회적 행위 속의 변화에 대해 논의했다. 게다가 이러한 대중문학 작품들에서 자아, 사회, 세계, 전통과 변화를 평가하는 뚜렷한 패턴이 나타난다.

---

21 V. I. Lenin, "Partiinaia organizatsiia i partiinaia literatura", Sochineniia, vol.10, Moscow: Gosudarstvennoe izdatel'stvo politicheskoi literatury, 1952, p.27[「당조직과 당문학」, 『선집』 10권].

22 N. Minskii, "Filosofiia toski i zhazhda voli", Kriticheskie stat'i o proizvedniiakh Marsima Gor'kogo, Kiev: A. G. Aleksandrov, 1901, p.21[「우수의 철학과 의지의 갈증」, 『막심 고리키 작품에 대한 비평문』].

23 F. P. Filin ed., Leksika russkogo literaturnogo iazyka XIX-nachala XX veka, Moscow: Nauka, 1981, p.226[『19~20세기 초의 러시아 문학어 어휘론』].

대중적 니체주의에서는 비합리적이고 무의식적 삶에 대한 내적 방향설정과 의식적 삶, 즉 지각, 직관, 의지와 격정 속에서의 그 영향이 관찰된다. 이러한 정신의 현상들은 급진적으로 평가되었다. '좋은 것'은 유일하고 미적인 쾌락을 주고 영웅적이며 힘찬 것이다. '나쁜 것'은 도덕적이고 일상적이고 평범한 것이다. 니체주의적인 문학은 '나쁜' 현재의 형태에서 '좋은' 잠재적 형태를 향한 자아의 총체적이고 즉각적인 변화에 대한 강렬한 욕구를 보여 준다. 동시에 도덕적 감정은 마비되는데, 이것이 일종의 '나쁜 것'으로 매도당하고 따라서 특정한 종류의 행위들에 대한 제재가 모두 제거되기 때문이다.

내 견해로 대중적 니체주의는 대중적 의식 속에서 사회적 격변에 긍정적으로 대응할 수 있는 극단적인 정신상태의 심화를 보여 준다. 이러한 정신상태는 심오한 도덕적·형이상학적인 불안에 근거를 둔다. 이 장에서 분석된 여섯 편의 작품에서 니체주의적인 주인공들은 스승들(차라투스트라들)과 탐구자들(잠재적인 초인들)이라는 두 개의 범주로 나뉜다. 다섯 명의 스승들(노비코프, 사닌, 비노그라도프, 얀 그리고 잠재적으로 나잔스키까지)은 현재 있는 그대로의 세계와 인간 행위가 총체적으로 거짓되고 경멸할 만한 것이라는 관점을 전달하며, 또한 '해방된' 정신으로부터 새로운 인생에 대한 사랑, 자각, 창조와 자아감이 시작되리라 약속한다. 그들이 볼 때 관건은 내면 바라보기와 무의식적인 자아와의 숨김없는 대면을 통해 비합리적 생명력, 즉 성욕, 격정, 본능을 해방시키는 데 있다. 스승들과 그 제자들 사이의 관계를 다시 살펴볼 가치가 있는 까닭은 개인의 변화가 어떻게 일어나는지에 대한 열쇠를 제공하기 때문이다. 스승들은 전부 그들의 제자들에게 친절하고 관대하지만, 기본적으로 그들을 경멸한다. 그들이 해방을 주창하는 수단은 힘인데, 드물게는 정신적 강요, 대체로는 육체적 폭력 형태로 나타난다. 스승들은 통상 자신들의 신념에도, 제자들에게도 도덕적으로 충실하지 못하다. 그들은 자신들이 수행한 실험의 결과에도 책임을 지지 않는다. 그들은 사라지거나(노비코프) 달아나거나(사닌) 죽는다(얀). 비노그라도프만이 예외적으로 결말에서 '자신의 아가씨를 취한다'. 더 높은 존재 형태를 발견한다는 미명하에 스승들은 모든 도덕적 가치를 저버린다.

여기서의 탐구자들, 즉 세 명의 남자와 네 명의 여자들은 대체로 인생에서 그들에게 주어진 역할에 만족하지 못하거나 따분해 한다. 그들은 (나데즈다를 제외하고) 스승의 처방에 따라 '정상적인' 삶을 경멸하는 법을 배우고 자신의 내부에서 새로운 자아를 발견할 수 있다고 믿는다. 이러한 실험 속에서 『행복의 열쇠』의 마냐 한 사람만이 진정한 자기실현에 도달한다. 결국 그들 모두는 자신의 내적인 자질의 한계에 절망한다. 적어도 탐구자들은 자신이 자리하고 있던 주변의 윤리적 가치체계를 허물어뜨린 채, 현 세계에 대한 증오와 자신에 대한 경멸이라는 불안한 토대 위에 살아남게 된다. 대개는 자신을 파멸시키거나 자살로 생을 마감한다. 여기서 진정한 예외는 나데즈다로, 그녀는 드미트리 비노그라토프라는 자신의 파트너를 얻는다. 나데즈다와 드미트리는 자기발견과 자기결정권을 향한 니체주의적인 탐구를 거친 후 서로에게 정착할 태세를 갖추게 된다. 두 사람은 서로 아무런 유감도 없고 상대에게서 압박을 느끼지도 않는다. 각자는 있는 그대로의 자신을 이해하고 받아들인다. 그들은 자기 내부의 니힐리즘적인 니체주의를 수정한다. 절제와 점진적인 발전을 드러내는 그들의 예는 정신적인 불안을 극단적으로 해결하려는 당시의 폭넓은 경향의 배경에서 예외적임을 다시금 언급할 필요가 있다.

　기대와는 달리 대중적 니체주의에 내포된 가치 지향은 자멸적이다. 훌륭한 삶을 자기 내부에서 찾을 수 있다고 한 신조는 결국 개인을 몰락으로 이끌었다. 새로운 개인주의 속에는 니체가 니힐리즘의 근원이라고 느꼈던 동일한 '관념론적' 이원론이 도사리고 있다. '가까운 것'과 '먼 것', 즉 현재의 우울한 삶과 미래의 약속된 문화적 부 사이에는 운명적이고 메울 수 없는 심연이 놓여 있다. 널리 용인된 인간 행위와 평가의 규범들은 '나쁜 것'으로 취급된다. '좋은 것'은 여기와 지금의 경계 저 너머에 있다. 그것은 우리 존재의 대척점에 있다. 니체 자신의 도덕의식과는 달리, 궁극적으로 대중적인 니체주의의 심리상태가 악과 선, 저급한 것과 고상한 것, 죽음과 새로운 삶 사이의 연속성을 인정하지 않는다는 사실을 강조해야 한다. 각각의 대립쌍의 성분들은 독립된 영역에 존재한다. 이 둘 간의 유일한 연결지점은 총체적이고 근본적인 변화뿐이다. 결국 탐구자들은 자신들의 인간적 결함을 떨쳐 버릴 수 없음을 깨달음으로써 자신들을 쓸모없는 나쁜 사람으로 여기게 된다. 따라서 실현 가능한 어떠한 선의 개념도 파기된다. 남겨지는 것은 악뿐이다. 만족스러운 창조적 원칙으로서 자아의 개념은 그 신뢰를 상실한다. 그렇듯 대중화된 니체주의적인 주인공들과 여주인공들은 결국 니체가 시대의 질병이라고 진단했던 '니힐리즘'적인 관점에 이르게 된다. 그들이 직면한 선택은 부정적인 양자택일, 즉 부조리와 파멸에 있으며, 그들은 파멸을 선택한다. 다음과 같은 사닌의 말은 근원적인 절망을 포착한 것이다. "나라면 당장의 세계적인 파국을 택하겠다. 앞으로 2천 년 동안의 러시아적인 무의미하고 헛된 삶보다는 말이다."(VS, 168)

이제 어떠한 긍정적인 전망도 부재한 상황에서 대부분의 폭력은 변화라는 미명하에 행사된다. 대중적 니체주의 작품 속에서 그것은 자아에 대한 폭력으로 구체화된다. 유일하게 '선'하고 영웅적인 행위는 자기파괴를 통해 자기 안의 악을 부정하는 것이다. 파괴 의지가 외부, 즉 고상한 문화, 사회 전반 그리고 전 인류를 향하게 하려면, 아주 작은 것, 다시 말해 믿을 만한 '높은' 이상이 제시하는 정당화가 요구된다.[24] 현실 증오와 극단적 변화에 대한 갈망은 혁명 이전의 두 문학운동, 즉 디오니소스적 그리스도 신화를 기본으로 하는 구신주의와 프로메테우스적 대중의 신화를 기본으로 하는 건신주의에서 그 반향이 주어질 것이다.

24 마르크스주의 역사학자인 타를레는 1901년에 일찍이 니체주의에 대한 대중 숭배가 그 추종자들로 하여금 사회도덕적인 금지를 돌파할 수 있도록 도울 수도 있다고 암시했다. 사회적인 관습의 일반적인 쇠퇴는 온갖 종류의 급진적인 정치적·사회적 이론들이 현실화될 수 있는 가능성을 만들었다. 다음을 참조하라. E. V. Tarle, "Nitssheanstvo i ego otnoshenie k politicheskim i sotsial'nym teoriam evropeiskogo obshchestva", *Vestnik evropy* 8, 1901, pp.704~750, esp.730.

제5장

신비주의적 상징주의자들

——디오니소스적 기독교 문화의 생성

예술가인 동시에 기독교인은 존재하지 않는다.

— 니체, 『우상의 황혼』, 1975

위대한 개인주의자 니체는 러시아 상징주의 그룹 전체에게 한때 기독교로의 전환을 의미했다. 니체가 없었더라면 우리의 신기독교 강론은 생겨나지 않았을 것이다.

— 벨리, 「러시아 문학의 현재와 미래」, 1907

니체의 진정한 본질은 인간적 선을 대신하는 악령의 악에 대한 역설적인 긍정이 아니라, 인간적인 선악의 '저편에' 존재하는 높고 '초인적인' 또는 솔로비요프의 용어로는 '신인적인' […] 종교적 가치에 대한 전적으로 참된 긍정이다.

— 메레시콥스키, 『혁명과 종교』, 1908

니체가 정신적인 암흑기에 들어서야 마치 무의식적인 동시에 예언적인 듯 […] 디오니소스에게서 고통받는 신을 간파해 내는 것을 깨닫는 건 끔찍하다. 어느 편지에서 그는 자신을 '십자가에 못 박힌 디오니소스'라고 부른다. 디오니시즘과 지금껏 그토록 가혹하게 배척하는 기독교 사이의 동질성에 대한 뒤늦고 예기치 않은 이러한 인정은 나의 영혼을 뒤흔든다.

— 이바노프, 『니체와 디오니소스』, 1904

드미트리 메레시콥스키의 새로운 그리스도: '영혼'과 '육체'의 종합

니체의 사상이 기독교적인 신화시mythopoetry를 일신하는 촉매제 역할을 했으리라는 주장은 몇몇 이유로 합당해 보이지 않는다. 니체 자신은 '기독교적인' 모든 것의 공인된 적이었고, 그는 기독교 의례, 도덕과 신앙을 전면적으로 공격했다. 기독교적 경건함은 니체가 보기에 인간의 창조성의 안티테제였다. 그것이 존재를 찬양하는 감각적이고 예술적인 의지를 억압하기 때문이었다. 니체가 위대한 기독교인으로 상찬한 바 있는 파스칼조차도 삶을 '보다 빈약하게' 보이게 만드는 '반예술가'antiartist였다(TI, 72). 예술에서 상징주의자들의 종교적 탐색의 명확한 토대는 러시아적인 전통과 훨씬 가까운 것으로 보인다. 인민주의 시대의 작가들 속에는 위대한 종교 사상가들이 있었다. 솔로비요프, 도스토옙스키와 톨스토이는 러시아 세기 전환기에 발생한 새로운 형태의 종교적 의식을 대변한 주요 선례였다.

사실상 솔로비요프와 톨스토이는 니체 철학을 논박하고 거기에 통속적 비도덕성의 낙인을 찍는 데 기여했다. 통속적인 비도덕성은 대중적 니체주의의 핵심을 이루는 것이기도 하다. 그러나 상징주의자들은 니체 사상에서 전혀 다른 무언가를 보았다. 메레시콥스키는 솔로비요프와 톨스토이가 확산시킨 통속적 관점 — 니체가 선과 악을 뒤바꾸었다는 — 을 거부했고, 니체에 대한 대중적 숭배를 '어른에게 치명적인 소아병'으로 판단해 거리를 두었다. 그는 이 독창적인 철학에서 '지배적 이념'과 실존주의적 의미에 대한 통찰력 있는 탐색을 높이 평가했다.[1] 벨리는 니체 사상을 아포리즘적 규칙과 계명의 목록으로 축소시키는 대중적 니체주의 경향을 조롱하는 한편, 니체를 그리스도 유형의 사상가로서 평가했다.[2] 니체 사상은 상징주의자들과 이들의 러시아 선구자들 사이의 관계 속에서 젊은 작가들에게 러시아 전통을 새롭게 인식하게 하는 외부적 판단 기준, 즉 일종의 거울 역할을 했다. 그것은 젊은 작가들로 하여금 미학적이고 종교적인 쟁점을 간과해 온 급진적이고 시민적 이데올로기의 고정된 판단을 넘어서게 했다.

상징주의 시인들 사이의 상당한 차이에도 불구하고 메레시콥스키, 이바노프, 블로크 그리고 벨리는 니체의 철학에 대한 개별적인 반응이라는 면에서 아주 동일한 방향성을 보여 주었다. 이들을 매료시킨 것은 니체 사상의 종교적이고 신화적 관점과 삶에 대한 포괄적 비전 그리고 삶 속에서 인간적 창조성의 역할이었다. 그들은 니체의

---

1 D. S. Merezhkovskii, *Polnoe sobranie sochinenii*, vol.12, St. Petersburg: Vol'f, 1911, p.257[메레시콥스키 전집]. PSS(1911)로 표시.

기독교에 대한 냉혹하고 외견상의 총체적인 부정에 동의하지는 않았지만, 그들 모두는 스스로가 정신적 갱생에 대한 니체의 깊은 갈망이라 여긴 것에 열렬히 반응했다. 중요한 것은 니체에 대한 상징주의자들의 독해가 그들로 하여금 개인적 관점을 정립하도록 자극했다는 점이다. 각 작가들의 도덕적 의식에 대한 차별적 특성들은 니체 사상을 수용하는 과정에서 드러난다.

가장 먼저 살펴볼 작가는 드미트리 메레시콥스키일 텐데, 그 이유는 그가 처음으로 1890년대의 신비적인 분위기를 표현했으며, 여타의 종교적 경향의 상징주의자들의 반향을 부른 실존주의적 탐구의 맥락을 만든 인물이기 때문이다. 그는 기껏해야 그저 그런 소설가이자 모호한 사상가였지만, 비평가, 편집자, 조직가이자 지성인의 한 사람으로서 메레시콥스키는 더할 나위 없이 중요한 인물이었다. 지성인으로서 그는 차후 여러 작가들이 자신들의 해결 방안을 마련한 바 있는 질문을 던지고 종교적·미학적 과제를 제기했다. 그는 개인적·문화적으로 폭넓은 영향력을 행사했는데, 여타의 다른 작가들은 자신들의 문학적 정체성 탐색을 통해 이에 맞서고 넘어서야 했다. 뱌체슬라프 이바노프는 메레시콥스프키와 같은 세대에 속했고 나이도 거의 비슷했다. 두 사람은 공히 인민주의의 열병을 앓았다 (메레시콥스키는 미하일롭스키와 글렙 우스펜스키를 '두 명의 첫 스승들'

2 Andrei Belyi, "Fridrikh Nitsshe", *Arabeski*, Moscow: 1911(rpt. Munich: W. Fink, 1969), p.90.

이라 불렀다).[3] 이러한 치기 어린 열광은 고전어문학 및 역사의 발견으로 사그라든다. 하지만 메레시콥스키와 다른 작가들이 상징주의 시학과 형이상학을 향해 나아갔던 1890년대 십 년간 이바노프는 유럽에 머물면서 로마의 역사에 대한 소양을 키워 나갔다. 부분적으로 메레시콥스키에 감화된 이바노프는 1900년대 초반에 러시아의 무대로 돌아왔으며, 약간 늦었어도 그 후 강한 영향을 미쳤다.

1880년대 말 메레시콥스키는 그로 하여금 위대한 종교 문화의 이상을 형성하도록 이끈 도덕적 전환을 체험했다. 그는 반(反)실증주의적 이데올로기와 금욕주의적 도덕을 내세운 인민주의의 쇠퇴기, 즉 예술의 시민적 지향성이 퇴색하는 과정에서 성장했다. 이 시기에 메레시콥스키는 심각한 정신적 위기를 겪는다.[4] 그는 실증주의적 접근의 불충분성을 오래전부터 느껴 왔고 인간 존재의 보다 심오한 의미를 탐색했다. 민중narod에 대한 인민주의적 헌신은 더 이상 그를 지탱시킬 수 없었다. 그의 많은 초기작에서는 민중의 끔찍한 고통에 직면한 자신의 나약함과 무용함의 감정이 전달되고 있다.[5] 한때 인텔리겐치아로 하여금 그들의 인생을 대중의 평안과 계몽을 위해 헌

3 S. A. Vengerov, *Russkaia literatura XX veka*, Moscow: Mir, 1914, p.292[『20세기 러시아 문학』].

4 Otdel rukopisei, "Publichnaia biblioteka im. Saltykov-Shchedrina", fond K. Vladimirova, no.150, Zapisnye knizhki, no.379[고문서분과, "살티코프-셰드린 공공도서관"].

5 다음을 참조하라. "Poetu"[시인에게], "Poroi, kak obraz Prometeia"[때로는 프로메테우스의 형상으로], "I khochu, no ne v silakh liubit' ia liudei"[바라지만 나는 사람들을 사랑할 힘이 없다], "Naprasno ia khotel otdat' vsiu zhizn' narodu"[헛되이 나는 한 생을 민중에게 바치고 싶었다]. *Polnoe sobranie sochinenii*, vol.22, Moscow: Sytin, 1914, pp.5~12. PSS(1914)로 표시.

신하게끔 했던 성전의 불은 재가 되고 말았다. 작고 몰아적인 시민적 시인의 이상은 운동이 사멸했음에 대한 고통스러운 상기에 불과했다. 메레시콥스키는 1890년대 가장 저명한 시인 세묜 나드손과의 만남을 상기한 바 있다. 그들이 나눈 장시간의 대화는 두 가지 주제 — 나드손은 줄곧 죽음에 대해, 메레시콥스키는 종교에 대해 — 에 집중되어 있었다.[6]

1890년대 초반에 메레시콥스키는 러시아 문화를 뛰어넘어 정신적 영감을 얻고자 했다. 대학 시절 그는 스펜서와 콩트에서 시작하여 쇼펜하우어, '데카당' 시인인 보들레르와 포 그리고 고전주의 비극에까지 거슬러 올라가는 방식으로 연구했다. 그는 고대의 영웅들에 대한 칼라일의 사랑을 흡수했다. 그는 야코프 부르크하르트처럼 고대와 르네상스 문화를 인류적 위업의 최고봉으로 간주했다. 고대의 그리스와 로마 문화는 고급예술을 무익하고 피상적이며 궁극적으로 비도덕적인 것으로 단죄했던 인민주의 미학에 대한 답변이었다. 1891년에 메레시콥스키와 그의 아내 지나이다 기피우스는 지중해로 여행을 떠났다. 그는 로마와 피렌체의 아크로폴리스 및 교회와 궁전들을 신적인 경지의 영웅들의 작품으로 여기며 경탄을 금치 못했다.[7] 바로 여기에 인민주의에 대한 진정한 대안, 즉 활기차고 낙관적인 종교적 의식이 있었다. 고대의 기념비에 영감을 불어넣은 신

---

6 Vengerov, *Russkaia literatura XX veka*, p.291.
7 다음을 참조하라. D. S. Merezhkovskii, "Misticheskoe dvizhenie nashego veka: Otryvok", *Trud: Vestnik literatury i nauk*, vol.18, 4(1893), pp.33~40[「우리 시대의 신비주의 운동: 단편」, 『문학과 과학 통보』 18호].

넘은 인간의 창조적 천재성을, 인민주의 윤리가 그랬던 것처럼 사회적 책무에 포섭하기보다 찬양한 것이었다. 이러한 배경에서 메레시콥스키는 니체의 저작과 조우한다.[8] 그는 자신의 발견에 즉각 압도되었고 그야말로 '전율'했다.[9] 메레시콥스키가 1900년에 쓰게 되듯이, 니체의 사상은 고대 그리스 문화의 현재적 부활이자 다가오는 위대한 종교 시대의 예고로 보였다(LTD, 4). 젊은 메레시콥스키는 타 시대의 종교예술에서 스스로의 형이상학적 불안에 대한 답변을 찾았다고 생각했다.

이러한 개인적인 재각성은 메레시콥스키의 혁신적 논문 「현대 러시아 문학의 쇠퇴의 원인과 새로운 흐름에 관하여」(1892)에서 처음 감지된다. 여기서 메레시콥스키는 그의 인민주의적 선배들을 단죄했다. 그는 러시아가 진정한 고급문화를 갖지 못했음을 한탄했고 종교적 의식이 살아 있는 곳에서만 위대한 문화적 작품들이 생겨날 수 있다고 선언했다. 메레시콥스키는 신약성서의 표현을 활용하여 생동하는 문화는 "둘 또는 셋이 모이는 곳"에서만 번창할 수 있다고

8 Bernice Glatzer Rosenthal, *Dmitry Sergeevich Merezhkovsky and the Silver Age*, The Hague: M. Nijhoff, 1975, p.18. 메레시콥스키와 니체에 대한 다른 분석은 다음을 참조하라. Bernice Glatzer Rosenthal, "Nietzshe in Russia: The Case of Merezhkovskii", *Slavic Review* 3, 1974, pp.429~452; Edith W. Clowes, "The Integration of Nietzsche's Ideas of History, Time, and 'Higher Nature' in the Early Historical Novels of Dmitry Merezhkovsky", *Germano-Slavica* 3, no.6, Fall 1981, pp.401~416; Bernice Glatzer Rosenthal, "Stages of Nietzscheanism: Merezhkovsky's Intellectual Evolution", *Nietzsche in Russia*, Princeton: Princeton University Press, 1986, pp.69~94.

9 Valerii Briusov, *Dnevniki, 1890-1910*, Moscow: Sabashnikov, 1927, p.53[『일기』, 1890-1910』].

썼다.[10] 여기서 그가 의도했던 "둘 또는 셋"은 예술의 심오하고 신비 적인 본성을 이해하는 시인과 비평가들이었다. 게다가 메레시콥스 키에 따르면, 위대한 예술작품은 지각 가능한 상징을 통해서 영원한 진리를 드러내고 신비에 접했던 사람들만이 이해할 수 있는 일종의 성사聖事였다.[11]

이제 메레시콥스키의 목표는 고급예술에서 종교적 의미의 깊이 를 찾아내는 것이다. 몇 년이 지난 후, 특히 1905년 이후 그에게서는 문화와 종교의 관계가 역전된다. 이때 메레시콥스키는 지상의 삶을 포용하고 찬양함으로써 영웅적 행위와 창조적 활동을 성장시키는 기독교 의식 규명에 가장 큰 관심을 기울인다. 시종일관 니체에 대 한 메레시콥스키의 해석과 재해석은 그의 사상이 발전하는 단계들 을 반영한다. 이 독일의 철학자는 메레시콥스키의 종교의식의 탐색 에서 초기에는 가장 중요한 모델이었다가 나중에는 도발적인 경쟁 자가 된다.

메레시콥스키의 '니체' 시기는 일반적으로 1890년대로 국한되 며,[12] 그는 니체에게서 유미적이고 반기독교적인 관점을 차용한 것 으로 주장되어 왔다.[13] 하지만 1899년 그가 종교적인 회심을 하고 니

---

10 Merezhkovskii, PSS(1914), vol.18, p.181.

11 *Ibid.*, pp.214~217.

12 Rosenthal, "Nietzsche in Russia", p.446. 로젠탈은 자신의 최근 저작 "Stages of Nietzscheanism"에서 이러한 생각을 발전시킨다(각주 8을 참조하라). 여기서 그녀는 신 기독교주의 속에서 지상에 대한 니체적인 사랑을 기독교적 천상의 진리와 통합하려는 메레시콥스키의 노력에 집중한다.

13 Ibid., p.433.

체를 부정하며 기독교로 돌아갔을 때, 그의 새로운 기독교는 강한 니체적인 감수성과 개인주의를 포함하고 있었다. 아무튼 메레시콥스키의 니체와의 깊은 관련성, 즉 형이상학적 요구에 합치하면서도 지상의 삶을 존중하고 찬양하는 종교적 가치들에 대한 메레시콥스키의 지속적인 탐색에 기인하는 관련성은 명백해 보인다. 자신이 명명한 '역사적 기독교' 윤리에 대한 초기 메레시콥스키의 비판과 그의 감각적이고 '이교도'적인 도덕의식은 최초의 모방 단계로 여겨질 수 있다. 그 시기는 원숙한 상징주의보다는 대중적 니체주의와 더 많은 공통점을 갖는다. 여전히, 이른바 그의 '유미주의' 시기에조차도 니체 사상에 대한 메레시콥스키의 관심은 사활적인 종교적 가치들에 대한 갈망에 기인한다. 1900년에 그는 옛 유럽의 '묘지'에서 그리스 신들, 즉 아폴론과 디오니소스를 부활시킨 유럽의 사상가로 니체를 환영했다(LTD, 4). 메레시콥스키의 사상에서 1899년 전후 20년을 연결시키는 것은 그가 니체의 작품에서 발견한바, '부활' 이념에 대한 지속적인 숙고였다.

메레시콥스키가 비평가들이 줄곧 그와 연결시키곤 했던 대중적 니체주의와 완전히 결별했음에는 의심의 여지가 없다. 심지어 그는 일찍이 1897년 자신의 시 「평온」에서 "무법 상태 속의 진실", "혼돈 속의 조화" 그리고 "악 속에서 선"을 찾곤 하던 동시대인들의 도덕적 혼란을 지적한 바 있다.[14] 이러한 잘못된 탐색은 절망으로 이어질

---

14 D. S. Merezhkovskii, "Spokoistvie", *Severnyi vestnik* 2, 1877, p.238[「평온」, 『북방 통보』 2호].

뿐이었다. 1905년 이후 그는 다시금 니체주의를 "어른들에게는 성홍열처럼 치명적인 소아병"으로 단죄한다.[15] 그러나 통속화에 대한 이러한 가혹한 공격을 원전 자체에 대한 거부로 보아서는 안 된다. 「혁명과 종교」(1908)에서 메레시콥스키는 대중적 니체주의의 완고한 혼란상과 니체의 도덕적 의식을 구별해 냈다.[16] 메레시콥스키는 통속 해설자들이 니체의 저작에서 감지하곤 했던 '인간의 선을 넘어서는 사악한 악에 대한 긍정'과는 아주 다른 무언가를 니체가 염두에 둔 것이라고 주장한다.

1900년을 전후해서 메레시콥스키는 새로운, 보다 생산적인 성숙기에 접어들었다. 이 러시아 작가는 드디어 자신의 철학적 스승을 극복하려는 결연한 시도를 단행한다. 그는 니체를 통속화하거나 폄훼하는 것이 아닌, 자신의 선구자로서 '그를 제 위치에 놓는 것'으로 자신의 목적을 달성했다. 메레시콥스키는 미래를 창조하는 데 선구자들과 대등한 경쟁자로서 미래에 대한 불안의 정신에 충만하여, 과거의 위대한 사상가들을 도래할 '제3의 성서'Third Testament 시대에 있을 모든 역사 시대의 최종적이고 완벽한 종합과는 멀리 떨어져 있는 이들로 보았다. 따라서 니체와 여타 위대한 19세기 사상가들은 현재의 지성들이 올라서서 미래를 조망할 어깨를 내어 주었을 뿐이었다.

메레시콥스키가 그의 스승을 극복한 또 다른 방법은 스승의 이념을 러시아화하는 것, 다시 말해 니체의 사상을 러시아의 종교 전

---

15 PSS(1911), vol.12, p.257.
16 PSS(1914), vol.13, pp.69~70.

통에 용해시키는 것이었다. 논문 「평화가 아니라 검」(1908)에서 니체는 여러 도덕적 반란자 중 한 사람으로 묘사되었다. 이 반란자들은 대체로 러시아인으로, 바쿠닌, 톨스토이, 도스토옙스키를 포함하고 있었으며 이들은 메레시콥스키에게 새로운 기독교 신앙을 위한 초석이 된 바 있다.[17] 그리고 「혁명과 종교」에서 니체는 블라디미르 솔로비요프와 동일시되고, 초인의 이념은 솔로비요프의 '신인'과 동일시된다.[18] 메레시콥스키 자신의 민족적 계보에 니체를 배치하는 것은 1899년 이전 종교적 탐색의 '이교적인' 미적 단계를 훨씬 넘어서는 니체의 저작에 대한 그의 독해와 재독해의 중대한 과정을 엿볼 수 있게 한다. 이러한 문학적·철학적인 상호관계는 메레시콥스키 자신의 신기독교 신화의 공식화에 있어서 본질적인 역할을 하게 될 것이다.

메레시콥스키의 종교적 사유는 미적인 지상의 '이교주의'와 도덕적·금욕적인 '역사적 기독교'라는 가치체계의 양극단 사이에 놓여 있다. 메레시콥스키는 초기 단계의 탐색에서 무엇보다 이교적인 충동에 대체로 주의를 기울인다. 지상의 감성에 대한 그의 명백한 사랑의 토대에는 기독교 윤리에 대한 중요한 재검토가 놓여 있다. 이러한 재검토를 통해 메레시콥스키는 전통적 종교의 취약점을 체계화하여 새로운 종교적 의식으로 넘어간다. 여기서 니체의 기독교 비판이 그에게 본보기로 작용한다. 초기 역사 3부작 소설 『그리스도

---

17 *Ibid.*, p.12.
18 *Ibid.*, pp.69~70.

와 안티그리스도』(1895~1902)에서 그는 통속적이고 문자 그대로 노예적인 심리의 버전을 그가 '역사적 기독교'라 불렀던 것의 토대로 삼는다. 역사적 기독교 신봉자는 자기부정에 가득 차 있으면서도 니체의 '죽음의 설교자'처럼 원한을 품고 있다. 이 유형은 지상의 삶과 인간의 신체 및 감각을 경멸하고, 이러한 것들의 훼손과 폄하에 그의 억압된 모든 에너지를 쏟아붓는다. 예컨대 메레시콥스키의 첫 소설 『신들의 죽음: 배교자 율리아누스』(1895)에서 비잔틴의 율리아누스 황제는 이교적인 의례의 재건을 위해 견고화된 기독교의 영향력에 맞선 투쟁을 벌인다. 황제의 뜻에 반대하는 사제단의 한 사람이 역사적 기독교의 정신성을 발휘하여 다음과 같이 묻는다. "이처럼 오물을 뒤집어쓴, 이 같은 육체의 인간이 되는 것이 부끄럽지 않겠습니까?"(J, 59) 메레시콥스키가 보여 주듯, 이러한 기독교 신자들은 위선적이다. 이들은 연민과 관용을 설교하고 있음에도 이단자들을 잔인하게 공격하고 지상의 존재를 찬양하는 자들에 분노한다. 메레시콥스키의 관점에 따르면, 이런 사람들은 비참하고 파괴적이며 진정한 사랑의 능력을 갖고 있지 않다. 3부작의 두 번째 소설 『부활한 신들: 레오나르도 다빈치』(1900)에서 메레시콥스키는 피렌체의 수도승 지롤라모 사보나롤라를 도덕적으로 추악하고 원한을 품은 광신자로 묘사한다. "낮은 이마 아래 움푹 파인 두 눈은 석탄처럼 타들고, 추한 모습의 낮은 턱은 떨리는 듯 앞으로 툭 튀어 나왔다."(LV, 235) 사보나롤라는 이교주의와 지상의 모든 것에 대한 적이다. 그는 레오나르도와 보티첼리 같은 피렌체의 장인들의 작품에서 발견한 '이교도적 마법에 빠진 악마'를 제거하기 위해 성스러운 군대를 조직한다(LV, 238). 그의 유일한 관심사는 파괴에 있다. 무언가 새로운 것을 창조하기엔 정신적으로 너무나 무력한 상태에 있기 때문이다.

1905년 혁명 이후 파리로의 자진 망명 시절 메레시콥스키는 역사적 기독교의 취약점에 지속적으로 주목한다. 이러한 관점들은 메레시콥스키가 유미적인 '이교주의'에서 신기독교적 신비주의로 종교적 회심을 한 사실을 염두에 둔다면, 초기에 그가 했던 기독교 반대 발언과의 놀라운 일치를 보여 준다. 이제 그는 '지상', 감각, 신체, 의지 — 오직 종교적 신앙의 맥락에서 — 를 인정하고 긍정할 필요를 느꼈다.[19] 기독교는 전통적으로 지상의 것을 천상의 것에 도덕적으로 대립시킴으로써 극복할 수 없는 심리적 심연을 만들었다. 그는 「평화가 아니라 검」에서 다음과 같이 문제를 제기한다.

> 기독교는 늘 둘 가운데 하나를 행했다. 한편으로는 온갖 실체화를 거부함으로써 교회, 그리스도의 육체를 형체 없는 추상으로, 모든 실재의 존재에 대한 부정으로 바꾸어 놓았다. 그리하여 교회는 단지 눈에 보이지 않는 것만이 아니라 존재하지 않는 것이 되었다. 다른 한편으로는 교회를 실체화하려 함으로써 그리스도의 육체를 짐승의 신체로, 국가적 리바이어던으로 바꾸어 놓았고, 사랑과 자유 속의 내적인 통일성을 강제와 폭력에의 외적인 속박으로 바꿔치기 했다. 그러한 강제와 폭력은 결국에는 늘 살인이며, 악마, 다시 말해 태초의 살인

---

19 Rosenthal, "Nietzsche in Russia", p.446.

자에 대한 봉사에 다름 아니다.[20]

전통적인 기독교 도덕은 지상의 존재라는 문제의 실제적인 해결책을 발견하지 못했다. 두 가지 대안은 무의 지점에 이르는 완전한 금욕주의거나 육체적 강압과 정신적 억제로 보인다. 논문에서 메레시콥스키는 건강한 종교와 생동하는 문화의 핵심 요인을 성욕으로 규정한다. 현존하는 교회는 성적 욕구의 문제에 대처할 수 없다. 교회는 예술, 철학, 정치 행위와 과학 탐구 속의 승화된 성욕의 형태들을 억압하거나 제대로 다루지 못한다. 「혁명과 종교」에서 메레시콥스키는 누구도 성적 욕구를 한꺼번에 부정하고 긍정할 수는 없기에 기독교도이자 예술가가 동시에 될 수는 없다는 니체의 도발에 동의하는 것으로 보인다.

만약 성性이 뜨거운 지점, 다시 말해서 '신 안의 존재'에 대한 매우 실제적이고 동시에 신비주의적 긍정이라면, 성의 부정은 그와 마찬가지로 존재, '현세', 현상의 세계, 지상 및 육체에 대한 매우 실제적이고 동시에 신비주의적 부정이다. "나의 왕국은 이 세상에 속한 것이 아니다."[요한복음 18:36] "세상을, 이 세상에 있는 것을 사랑하지 말라. [⋯] 이 세상에 있는 모든 것은 육신의 욕정이고, 시야의 욕정이며 그리고 이생의 자랑이기 때문이다."[요한일서 2:15~16] 그렇기에

---

20 Merezhkovskii, PSS(1914), vol.13, p.32.

성장하고 꽃을 피우는 ── 문화, 과학, 예술, 사회생활이 있는 ── 세계의 육체를 기독교에 포함시키려는 온갖 시도들은 어떤 결과로도 이어지지 못한다. 이 세상으로 복귀하면 인류는 자연스럽게 기독교에서 멀어져 이교적이 되며, 반대로 기독교로 돌아오면 인류는 이 세상으로부터 멀어진다.[21]

여기서 언급한 시기에 문학자, 비평가, 언론인으로서 메레시콥스키의 노력은 그 주안점에서의 많은 변화가 있었으나, 그가 '정신'Dukh과 '육체'Plot'라고 부른 기독교적인 것과 이교적인 것의 종합을 새로운 종교적 세계관 속에서 지속적으로 성취하고자 했다. 이러한 새로운 종교는 니체가 가려낸 신성한 것과 동물적인 것, 정신적인 것과 성性적인 것 사이의 파괴적인 대립을 극복해야 했다.

메레시콥스키는 혁명 이전 시기의 자신의 모든 글을, 실패한 금욕주의적 기독교로부터 그가 '제3의 성서' 시대라고 부른바 미래의 기독교-이교적 종합에 이르는 길을 추적하는 신화적 메타서술에 연계시키고자 한다. 니체 철학에 대한 여타의 신화시학적 반향과 마찬가지로 메레시콥스키의 서사도 종말론적이다. 하지만 다른 베스트셀러 작가들이나 상징주의자들과는 달리 메레시콥스키는 한결같이 낙관적이다. 그는 아주 가까운 미래에 인류의 종교적 의식의 급진적인 자기극복을 예감한다. 메레시콥스키의 신화는 서사시적·역사주

---

21 *Ibid*., pp.77. 강조 표시 삭제.

의적 성향과 역사적 사실에 대한 분명한 관심 덕택에 명백하게 비신화적이고 심지어 실증주의적인 것으로 보인다. 그의 접근은 니체가 아폴론적인 것이라 규정한 의미에서 '순진한' 것이다(BT, 43). 그는 역사적 사건들 속에서 초인간적인 힘의 패턴과 작용을 확인하는바, 그 힘은 합리적으로 인식될 수 있고 이해되고 예측이 가능한 것이다. 메레시콥스키는 현재의 신화적 사건에 대한 목격자이면서 다가올 제3의 성서 시대의 선지자 역할을 자임한다. 그는 니체가 자신에 대해 사유한 방식과 마찬가지로, 자신을 새로운 가치의 창조자로 바라본다. 차라투스트라가 형편없는 현재의 극복을 위해 따라갈 정신적인 길을 지적했던 것과 마찬가지로 메레시콥스키는 미래에 대한 그의 예견을 각인시키고자 한다.

메레시콥스키의 신화창조의 중핵인 아폴론적 역사주의는 그의 소설과 비평 그리고 신지학적 작업의 모든 측면에서 일관되고 있다. 역사에 대한 그의 사유의 중심은 시간 개념으로, 디오니소스적 순환성과 대중화된 헤겔주의의 목적론적 시간성temporality을 종합하는 것이다. 3부작 소설 『그리스도와 안티그리스도』에서 그는 도덕의식의 역사를 지상의 이교적 충동이라는 테제와 내세의 기독교적 충동이라는 안티테제 사이의 일련의 갈등으로 바라본다.[22] 뒤따르는 각각의 갈등에서 양자 사이의 모순은 더욱 뚜렷해지고, 결국은 하나의 충동이 완전히 압도해서 다른 충동을 대체한다. 러시아 역사도 그러했다. 메

---

22 Rosenthal, *Merezhkovsky and the Silver Age*, p.100.

레시콥스키 3부작의 마지막 소설『안티그리스도: 표트르와 알렉세이』(1902)에서 인간적 의지의 화신인 표트르 대제는 기독교적 내세관을 옹호하는 아들 알렉세이를 살해한다. 이러한 이교적 충동은 총체적인 도덕적 격변을 야기하면서 완전한 승리를 구가한다. 거꾸로 문학비평적 에세이에서 메레시콥스키는 19세기 러시아 순문학에서 역행하는 도덕적 발전 과정을 추적하는데, 여기서는 자기부정, 인간 본성에 대한 경멸, 그리고 체념이 더욱 우세해진다. 이교적 약동감이 완전히 억압된다. 러시아 전통 속 이러한 도덕의식의 극단성은 메레시콥스키로 하여금 최종적인 종합의 시간이 도래하고 러시아 토양에서 그 순간이 올 것이라고 믿게 할 근거가 되었다.

니체적인 디오니소스의 시간성은 순환적이고 역사적인 이러저러한 종교적 충동의 부활 속에서 감지된다. 니체의 개념 속에서 시간은 동일한 형태의 의식, 상황과 경험으로 영원히 회귀함으로써 순환적으로 작동한다(Z, 237~238). 메레시콥스키는 일찍이 신들과 신화들 및 이와 결부된 가치들은 순환적으로 부활한다고 주장했다. 이교적인 약동성은 시대에서 시대를 거쳐 재천명되고, 이러한 이교적 약동성의 기독교적 내세관과의 충돌은 위대한 종교 문화 창조의 조건을 만들어 낸다. 이러한 이념의 니체적인 모델은『톨스토이와 도스토옙스키』(1900)의 서문에서 강조되며, 거기서 메레시콥스키는『비극의 탄생』을 고대의 신들 및 지상을 긍정하는 그들의 세계관의 부활이라고 환영한다.

시간에 대한 선형적 이념과 순환적 이념의 결합을 통해서 메레시콥스키는 일종의 상승하는 나선구조로서의 역사적 시간관을 획득한다. 모든 이교적 신들의 부활은 그 이전보다 더 위대한 문화적·종교적 융성을 가능케 한다. 그가 「평화가 아니라 검」에서 명확히 밝힌 최종 목적은 이른바, 제3의 성서 시대인바, 그것은 '육체', 즉 이교적 약동성과 '정신', 즉 기독교적 사랑 그리고 정신적 부활을 위한 분투의 완벽한 종합이다. 메레시콥스키의 역사적 의식은 이 지점에서 멈추는 듯하다. 일단 이러한 종합이 성취되면, 시간도 더불어 멈추는 것이다. 아이러니하게도 미래는 비역사적이다.

메레시콥스키 신화에서의 역사주의는 차후 그가 자주 그리고 성공적으로 이용한 소설과 비평 장르, 즉 역사소설과 방대한 문학사적 연구가 뒷받침한다. 3부작 소설 『그리스도와 안티그리스도』에서 그는 세 시기 ― 로마제국 말기, 이탈리아 르네상스, 표트르 대제의 러시아 제국 시기 ― 를 기반으로 이교적 가치의 부활을 검토한다. 그의 종교적·미학적인 러시아 작가 분석은 순문학을 진화하는 민족적 도덕의식의 기록으로 활용한다. 여기서 그는 이교성과 기독교성의 최종적이고 전체적인 종합 및 인간 정신의 부활에 이르게 하는 도덕의식의 패턴을 발견한다. 메레시콥스키의 저명한 비평서 『톨스토이와 도스토옙스키』는 작가의 전기와 문학작품, 종교적 사유를 도덕적 진화의 서사시적 체계로 통일시킴으로써 주어진 주제에 포괄적으로 접근한다.

아폴론적인 '순진한' 감수성에 충실한 메레시콥스키는 인간의 다른 어떤 감각보다 시각을 강조한다. 그는 도덕의식의 역사적 진화는 인식할 수 있고 이해할 수 있다는 인상을 전달하기 위해 풍부한 시각적 이미지를 활용한다. 조각, 모자이크, 회화 같은 시각 예술

작품이 이교적 도덕과 역사적 기독교 도덕 간의 특정한 갈등 단계를 이해할 수 있는 열쇠를 지속적으로 제공한다. 실례로, 『배교자 율리아누스』에서 전능한 그리스도의 프레스코는 율리아누스 통치 초기 비잔틴에서의 내세적 가치의 우위를 표현하는 것이다.

> 그것은 그리스도의 아리우스파[23]적인 형상이다. 황금빛 후광이 빛나고 비잔틴 황제의 것을 닮은 왕관을 쓴 채 거무스레하고 핼쑥한 준엄한 얼굴에 연로한 모습으로 코는 길쭉하고 입은 꾹 다물고 있다. 오른손으로 그는 세계를 축복한다. 왼손에는 책이 들려 있는데, 거기에는 이렇게 쓰여 있다. "너희에게 평화를 주노니, 나는 세계의 빛이니라." 그는 웅대한 왕좌에 앉았고, 로마의 황제는 […] 그의 발에 입을 맞추었다. (J, 28)

율리아누스는 이교 사원을 다시 열고 인간적 존재의 우위를 재천명한다. 이교적 관능성을 되살리려는 노력에도 불구하고 그의 신新이교주의는 지난날 위대함의 피곤한 재현이다. 고대 그리스의 조각상은 약동성의 소진을 드러낸다. "벌거벗은 순결한 소년 디오니소스는 반쯤 누워서 향연에 지친 듯 술잔을 든 손을 떨구고 있다. 표범이 남은 포도주를 핥아먹는다. 그리고 모든 살아 있는 것에 기쁨을 주

---

23 [옮긴이] 아리우스파는 그리스도의 신성을 부정하고 인성만을 인정하는 기독교분파로 니케아 공의회(325년) 이후 이단으로 규정되었다. 기독교의 정통 해석에서 그리스도는 신성과 인성을 동시에 모두 갖는 신인으로 설명된다.

는 신은 친절하고 지혜로운 미소를 머금고 신성한 포도주의 힘이 야생의 짐승을 길들이는 듯 응시한다."(J, 209) 디오니소스는 니체가 식별해 낸 바 있는 공정한 지도자로도 폭군으로도 보이지 않는다. 오히려 그는 즐기려는 의지를 상실한 피곤한 쾌락주의자다. 기독교 예술은 온갖 엄숙성에도 불구하고 더욱 위대한 내재적인 힘을 갖는다. 시종일관 소설에서 도덕적 무게를 갖는 것은 기독교의 프레스코와 이콘들이다.

거꾸로, 『부활한 신들: 레오나르도 다빈치』와 『안티그리스도: 표트르와 알렉세이』는 공히 고대 신들의 조각상의 재발견과 여기에 따르는 이교적 가치의 부활에서 시작된다. 『부활한 신들: 레오나르도 다빈치』에서 위대한 장인의 도제는 고대의 조각상을 발굴해 내고 그것의 온기와 약동감에 경탄한다. 『안티그리스도: 표트르와 알렉세이』에서 비너스상은 표트르의 궁정 정원에 설치하기 위해 배에 실려 페테르부르크로 운송된다. 인간의 의지와 이성의 재확인 및 감각의 재발견은 거대한 창조적 충동을 불러일으킨다. 레오나르도의 회화(메레시콥스키는 '바쿠스'와 '세례 요한'을 언급한다)에서 기독교적 테마들은 이교적인 세속성과 혼합되고 이 두 가지 전통의 더 높은 상호교감cross-fertilization을 가리키는 것으로 보인다. 여기서 이미 궁극적인 종합의 윤곽이 모습을 드러낸다.

종교적 회심 이후 메레시콥스키의 시각적 이미지 활용은 그 성숙도를 더해 간다. 『톨스토이와 도스토옙스키』와 『레르몬토프』(1911)와 같은 저작에서의 시각sight은 어떤 통찰insight에 이를 정도로 깊어진다. 가시적인 디테일은 더 이상 한낱 도덕의식의 알레고리가 아니다. 여기서 이 비평가는 육체적 외양과 정신적 실재 사이의 괴리를 허용하는 새로운 종류의 시각을 착상한다. 예컨대 톨스토이 작품 속 등장인물의 풍부한 육체적 특성은——플라톤 카라타예프의 둥글둥글함 또는 안나 카레니나와 암말 프루프루 사이의 유사점——지상을 부정하는 도덕적 관점을 감추고 있다. 반면에 메레시콥스키는 도스토옙스키의 등장인물과 레르몬토프의 시와 '문학적 페르소나'에 대한 후기의 연구에서 육체적 고통과 도덕적 건강 사이의 유의미한 관계를 감지한다. 질병, 광기와 추함은 여기서 지상의 존재에 대한 부정을 나타내지 않는다. 그것들은 보다 심오한 긍정을 숨기고 있는 것이다. 최악과 마주하고 그 속에서 새로운 힘을 발견하는 능력을 갖춘 니체적인 금욕 철학자와 마찬가지로, 도스토옙스키와 레르몬토프는 메레시콥스키에게 삶을 긍정하는 의식의 러시아적 모델을 제공한다.

제3의 성서 시대를 향한 역사운동의 증거를 메레시콥스키는 역사적 인물들의 삶 속에서 발견한다. 이들은 자신들의 소우주 속에서 도덕적 의식의 신기원을 이루는 웅대한 변화를 실천한다. 이들 각자는 자기 정신 속에서 두 가지 도덕적 관점의 거대한 투쟁을 견디고 있다는 의미에서 니체의 '보다 높은 인간'과 어떤 면에서 닮아 있다 (GM, 52). 이들 모두는 니체가 '인간의 새로운 위대함'이라 불렀던 것을 향해 나아가는 길을 가리키는 그 시대의 국외자인 것이다(BGE, 137).

전통적 기독교 금욕주의와 내세관에 반하는 메레시콥스키의 반란을 표현하는 다섯 명의 인물은 다음과 같다. 그의 소설 속 배교자 율리아누스, 레오나르도 다빈치, 표트르 대제, 러시아 문학사 속의 레르몬토프와 도스토옙스키가 그들이다. 이들 모두는 짙은 감각성과 아나키즘적 반란을 결합하는 디오니소스적 약동감을 공유한다. 율리아누스는 디오니소스와 여타 이교 신들의 제단을 다시 세움으로써 음울한 증오에 가득 차고 적의를 품은 성직자들의 수중에서 도덕적·종교적 권력을 빼앗는다. 레오나르도는 르네상스의 걸작들을 지상의 '허망함'이라 비난하며 그것들을 불태우는 방식으로 지상을 부정하는 수도승 사보나롤라의 영향력에 저항한다. 표트르는 아마도 모든 메레시콥스키의 반항자 가운데 가장 단호하고 비극적인 인물일 것이다. 그가 행한 정교회와의 투쟁은 가정불화로 비화한다. 가장 보수적인 성직자들이 표트르의 독실한 아들 알렉세이 주위로 모여든다. 표트르는 알렉세이를 살해함으로써 자신의 정치적 반대자들을 비롯하여 자신에게도 치명상을 입힌다. 『톨스토이와 도스토옙스키』와 『레르몬토프』에서 메레시콥스키는 역사적 기독교의 생기 없는 니힐리즘적 힘에 다시 도전장을 내민다. 레르몬토프와 도스토옙스키에 대한 논의를 통해 그는 대부분의 19세기 러시아 문학에서 엿보이는 체념과 화해의 자세를 공격한다. 그는 디오니소스주의자 레르몬토프를 근대 러시아 문학의 희생양으로 간주한다. 레르몬토프는 형이상학적 반란으로 인하여 저평가되고 냉대받은 것이다. 메레시콥스키는 레르몬토프에게서 정신적 부활의 맹아가 드러날 것이라 암시하며 그를 작가이자 정신적 위력의 소유자로 재평가한다. 러시아 작가들이 그를 매도함으로써 위대한 종교 문화의 정수를 이루는 자기 내부의 힘을 무력화시켰다고 주장하는 것이다.

이에 반해 폭넓은 사랑을 받는 톨스토이는 메레시콥스키에게 있어서 현재의 '역사적 기독교' 정신의 구현자였다. 톨스토이는 파괴적인 러시아적 육체부정의 정수를 보여 준다. 메레시콥스키는 니체가 노예의 심리라고 단죄한 바와 흡사한 자기비하와 내세관을 톨스토이에게서 발견한다. 그의 예술은 마음과 몸, 정신과 육체의 간극을 드러낸다. 여기서 정신은 육체를 억제하며, 작가로서 톨스토이의 힘은 등장인물에게 살아 있는 육체를 부여하는 '이교적' 능력에 있다는 것이다. 하지만 메레시콥스키는 도덕주의자 톨스토이의 '사제 같은' 천성이 예술가 톨스토이를 훼손하는 것으로 상정한다. 걷잡을 수 없는 자기혐오와 끔찍한 죽음의 공포가 궁극적으로 삶에 대한 그의 사랑을 위태롭게 하는 셈이다(LTD, 231). 톨스토이는 그 자신은 물론 주인공들의 현세적 특성을 부정하고 농민 생활 속의 위대한 '진리'에 직접 빠져들길 원한다. 그러나 메레시콥스키가 지적하듯 톨스토이는 성공에 이르지 못한다. 그는 자기비하의 문제를 해결하지 못하고, 그런 감정이 그가 착수한 모든 일에 악영향을 끼친다. '심연'에 대한 그의 자각이 그를 압도한 것이다.

메레시콥스키는 역사, 특히 러시아 역사에서 디오니소스적 충동을 식별하는 데 가장 큰 주의를 기울인다. 그는 이러한 충동을 발견하지만, 늘 불완전한 형태 속에서였다. 초기 두 주인공 율리아누스와 레오나르도에게서 디오니시즘은 길들여진 상태로 방향 지어져서 사실상 메레시콥스키가 당대에 찾고자 한 위대한 종교 문화의 결실을 맺는다. 메레시콥스키는 러시아 문화에 관심을 두면서 날것의 야만적인 형태로 디오니소스적 충동을 발견한다. 표트르 대제의 형상 속에 구체화된 그러한 충동의 외부 지향적 격렬성은 러시아가 아직 젊고 길들여지지 않았으며, 위대한 철학적·종교적 개화를 산출할 에너지를 갖고 있음을 암시한다. 표트르는 자신이 새로운 인간 종족을 창조하는 프로메테우스적인 꿈을 꾼다(PA, 152). 그러나 황제의 잔혹성과 폭군적이고 반기독교적인 열정은 더 고도의 궁극적인 종합의 기회를 위협하는 것과 다르지 않다. 그는 러시아적 삶에서의 정신적 충동을 모조리 파괴할 뻔했다.

레르몬토프는 원초적인 디오니소스적 에너지를 승화시키고, 그 에너지를 온전히 파괴하지 않은 채 방향을 잡은 최초의 러시아 작가이다. 메레시콥스키는 레르몬토프와 그의 시적 주인공들을 고통받는 악마라는 면에서 그려 낸다(ML, 26). 니체의 디오니소스적 그리스인들이 흉포한 디오니소스 앞에서의 공포에서 스스로를 보호하기 위해 눈부신 올림포스 신화시 속의 가면과 비극적 축제를 활용하는 것처럼, 레르몬토프는 제 앞에 펼쳐진 공허의 비전을 위장하기 위해서 저속한 익살과 반항적인 시적 주인공들을 활용한다. 다시 말해, 이 비전이 그의 동시대인들에게 온전히 이해되었다면, 그는 완전한 추방자가 되었을 것이다. 레르몬토프의 가면 속을 탐색하는 순간 메레시콥스키는 요람 이전과 무덤 너머의 내세에 대한 무서운 통찰력을 지닌 어둡고 고통받는 정신을 발견한다. 이러한 통찰에 자극받아 레르몬토프는 지상의 운명에 도전하고 신의 섭리에 의문을 제기하는 것이다. 메레시콥스키는 신의 사랑을 받으며 고통을 감내했고 시련을 통해 신과 삶에 대한 사랑을 되찾은 욥과 레르몬토프를 비교한다. 그리하여 레르몬토프가 악마적 내세관과 신에 대한 도전

정신으로 높은 삶의 가치의 이해에 도달하고 있음을 드러내는 것이다. 장편서사시 「동자승」Mtsyri에서 레르몬토프는 '지상에 대한 비지상적인 사랑'을 표현한다(ML, 48). 삶에 대한 탐구, 자연에 대한 찬양및 사랑에 대한 갈망 속에서 레르몬토프는 19세기 다른 작가들이 이뤄 내지 못한 지점에 도달한다. 즉, 그는 '일종의 새로운 성물'을 포착해 낸 것이다(ML, 48). 메레시콥스키는 레르몬토프에게서 러시아인의 종교적 르네상스의 원초적 뿌리가 발견될 수 있다는 결론을 내린다.

메레시콥스키는 표도르 도스토옙스키의 삶과 예술에서 성숙한디오니소스적 정신에 더욱 가까운 무언가를 발견한다. 도스토옙스키는 레르몬토프와 마찬가지로 존재에 대한 자신의 진정한 비전을감추고 있다. 공포를 조장하는 질병, 즉 뇌전증에 위장되어 있는 것은 지상에 대한 깊은 사랑이다. 이 질병은 "생명력과 최종 한도까지도달한 정신성의 섬세함, 첨예화, 집중으로 충만한"(LTD, 219) '과잉'overfull ── 니체 철학의 핵심어 임신을 메레시콥스키는 이렇게 쉽게 다루고 있다 ── 이다. 메레시콥스키는 도스토옙스키의 질병에서새로운 도덕의식의 가능성을, 그의 예술에서는 존재의 궁극적인 긍정을 발견한다.

메레시콥스키의 정신적 갱생에 대한 탐색이 심화될수록, 그의정신적 스승인 니체에 대한 통찰도 깊어 간다. 더 이상 니체는 한낱도덕적 반란자가 아니다. 도스토옙스키에 관한 논평에서 메레시콥스키는 니체를 다시 거론하는바, 이때 거론되는 니체는 문학 비평가이자 종교심리학자로서이다. 비평가 니체는 메레시콥스키에게 도스토옙스키 ─ 그를 인민주의자 미하일롭스키는 '잔인한 재능'이라고 규정한 바 있다 ─ 에 대한 놀랄 만한 새로운 독해에 도달하는 수단을 제공한다. 도스토옙스키는 위대한 비극 작가이자 종교 사상가로서 모습을 드러낸다. 비극에 대한 니체의 음악적 개념화에서 메레시콥스키는 도스토옙스키 소설에 대한 신선한 독해의 실마리를 얻는다. 바흐친이 '폴리포니'라는 용어를 사용하기 수십 년 전 메레시콥스키는 도스토옙스키 작품에서의 어조의 특성을 언급한다. 우리는 도스토옙스키의 등장인물들 각자를 그들이 말하는 방식에 따라 인식한다. 그들은 스스로의 목소리와 어법으로 구별되는 것이다. 우리는 도스토옙스키의 등장인물의 목소리를 듣는 데 반해, 육체적 본성에 맞춰 살아가는 톨스토이의 등장인물들은 시각적으로 본다. 도스토옙스키의 등장인물들은 톨스토이의 주인공처럼 어떤 예정된 숙명으로 자신을 '희생시키기'보다는 오히려 자신의 비극적 운명을 뒤쫓는다(LTD, 119). 도스토옙스키의 주인공들의 개성은 그들을 "정신적 존재로서 최종의 찬란한 정상"에 접근시키는 고통을 통해서 더욱 심화되고 풍요로워진다(LTD, 119). 니체가 자신을 낮췄던 아담이 아닌 반란자 프로메테우스에게서 더욱 고결하고 삶을 긍정하는 도덕의식을 발견한 것처럼(BT, 71), 메레시콥스키는 도스토옙스키의 비극적 반란자들을 톨스토이의 서사적 '희생자들'보다 더 약동하는 존재로 이해한다.

메레시콥스키는 종교 사상가로서 도스토옙스키에게서 니체와의 적잖은 공통점을 발견한다. 그는 니체의 도덕적 탐구와 그가 제시한 '해결책'을 정신적 부활의 전조인 '질병'의 형태로 바라본다.

메레시콥스키는 니체의 개별 이념들과 도스토옙스키의 주인공들 사이의 이념적 유사성을 발견한다. 예를 들면, 고리대금업자 노파를 살해하도록 라스콜니코프를 몰아간 그의 병적인 마음의 상태는 '선악의 저편'으로 들어서려는 시도의 결과이다. 또한 인신man-god에 대한 키릴로프의 탐색은 차라투스트라의 초인에 대한 염원을 닮아 있다(LTD, 134). 이반 카라마조프의 형이상학적 무료함과의 투쟁은 영원회귀 이념을 다루는 니체의 유희와 유사하다(LTD, 181). 도스토옙스키의 여러 이념을 검토한 결과 메레시콥스키는 자신의 동시대에 그 이념들이 갖는 중요성을 예견한다. 당대의 러시아 지성들이 퇴보에서 재건으로 나아갈 수 있었던 것은 도스토옙스키(그리고 니체)적인 정신적 '임신'을 통한 작업의 결과였다.

메레시콥스키의 메타서사의 최종 단계는 새로운 종교적 의식을 체계화한 것이다. 그는 새로운 그리스도의 이미지 속에서 이교적 '육체'와 기독교적 '정신'의 종합을 통해 그러한 체계화를 시도한다. 통상적으로 메레시콥스키의 소설과 비평에서는 예술가와 작가들이 등장하는데, 이들은 새로운 그리스도를 상상하거나 혹은 직접 체현한다. 메레시콥스키의 첫 소설 『배교자 율리아누스』에서 율리아누스의 친구인 예술가 아르시노에는 그리스도에 대한 자신의 표상을 다음과 같이 표현한다. "황야에서 육체와 정신을 괴롭히며 고행하는 자들은 성모 마리아의 온화한 아들과 거리가 멀어요. 그분은 아이들, 자유, 향연의 즐거움과 하얀 백합까지도 사랑했어요. 율리아누스, 그분은 삶을 사랑한 거예요! 다만 우리가 그분을 버렸고, 그래서 정신적으로 혼란하고 음울해진 거죠."(J, 336)

메레시콥스키는 역사적 기독교의 엄격한 그리스도를 거부하는 동시에 지상을 사랑하고 찬양하는 진정한 그리스도를 펼쳐 보인다. 소설 속 레오나르도는 그리스도의 이미지 속에서 이교적인 것과 기독교적인 것의 신선한 종합을 보여 준다. 레오나르도는 많은 사람들이 자신을 '안티그리스도'의 종복이라 생각함에도 불구하고, 스스로를 기독교인이라 여긴다. 그는 복종과 자기비하의 윤리를 거부함과 동시에 자기 자신의 사랑 개념을 누구보다 더 충성스레 숭배하고 실천한다. 레오나르도는 지상을 경멸하고 최후의 심판에 대한 공포로 청중을 몰아넣는 사보나롤라를 증오한다. 차라투스트라처럼 레오나르도도 즐거움과 쾌활함 같은 정신적인 태도를 받아들인다. 레오나르도에게 선의 이상은 아시시의 성 프란체스코였으며, 그는 수도승임에도 지상에 대한 사랑과 니체의 철학적 금욕주의의 '즐거운 학문'과 유사한 것을 설교했다. 레오나르도의 언급대로라면, "아시시의 성 프란체스코는 우울을 악덕 중의 악덕이라 불렀고 신을 만족시키기를 원하는 사람이라면 그는 항상 즐거워야 한다."(L, 379) 레오나르도의 기독교적 비전에는 미래에 펼쳐질 위대함의 씨앗이 들어 있고, 그의 예술은 인간적인 것과 신적인 것을 공히 긍정하고 찬양한다. 하지만 레오나르도는 자신의 비전으로 다른 사람들을 설득하고 격려할 저력이 모자라다. 그의 제자들까지도 여전히 '역사적 기독교'의 기준으로 그를 안티그리스도로 판단한다. 이런 관점에서 보면 디오니소스는 사실상 악마라 할 것이다. 결과적으로 레오나르도의 많은 작품들은 파괴되고, 그는 여전히 군주정의 후원자들과 종교재판관들에게 휘둘리게 된다.

메레시콥스키는 러시아 역사 속 신기독교의 진정한 선구자를 작가들 속에서 찾았다. 세기의 문턱에서 메레시콥스키는 자신의 종교적·문화적 비전을 뒷받침하고자 도스토옙스키와 톨스토이의 모종의 종합을 시도한다. 다시 말해, 그것은 예술적 재능과 종교적 본성이 동시에 갖춰지는 상황에 대한 모색이다. 톨스토이는 자신의 이교주의에 시달리는 이교도이다. 그는 이를 헛된 것으로 보고 결국에는 사제 같은 금욕적인 생활방식으로 귀의한다. 이에 반해서 도스토옙스키의 등장인물들은 비육체적이고, 외견상 그의 세계관은 내세적이다. 그런데도 그는 죽음과의 충돌, 징역살이의 고통, 뇌전증과의 싸움을 통해서 이 세상에 대한 열정인 긍정에 도달한다. 이러한 그들의 경험의 결합 속에서 도스토옙스키와 톨스토이는 도래할 도덕의식의 창시자인 것이다(LTD, 188).

　　'보다 높은 인간'에 대한 메레시콥스키의 궁극적인 모델은 이교도와 기독교도를 하나로 결합한다. 그런데 놀랍게도 그것은 비기독교적인 유형 속에서의 결합이다. 메레시콥스키는 톨스토이와 도스토옙스키 같은 기독교적 구도자를 낳은 인민주의 시대를 넘어 안정되며 조화롭고 '귀족적인' 푸시킨의 시대를 들여다본다. 메레시콥스키가 1906년 쓴 글에 따르면, 푸시킨은 이른바 도래할 종합에 필수적인 자질, 즉 정신적 갈등 속에서 보다 높은 조화를 펼쳐 보일 능력을 상징한다. "세계사적 의미를 갖도록 예정된 모든 창조의 필연적 조건은 신 안에서의 자기 자아 부정으로서의 새로운 신비주의와 영웅주의 속 자기 자아의 신성화로서 이교주의라는 두 원리가 내재하며 그 두 원리가 다양한 조화의 수준에서 상호작용하는 것이다."(ASP, 72) 니체의 철학자처럼 메레시콥스키의 푸시킨도 갈등을 통하여 자신의 스타일과 개성을 창조한다. 그는 자기 내부의 실존을 찬양한다. 그 차이는 메레시콥스키의 이상적 인간이 이원론적인 형이상학적 구조 내에서 작동한다는 데 있다. 니체의 철학자가 주인과 노예의 도덕심리적 충동 간의 내적인 투쟁을 이어 간다면, 메레시콥스키의 새로운 기독교인은 영원한 신의 이념과 신으로서의 자아 이념 사이에서 투쟁한다.

메레시콥스키의 변증법적 체계는 사실상 그럴싸한 신화로 구체화되지 못했다. 안드레이 벨리는 메레시콥스키의 저작을, 토대는 보이지만 정상이 안개로 가려진 에펠탑에 비유한다.[24] 이 구세대 상징주의자의 저작은 혼란스럽고 추상적이다. 그가 비록 신화시학적 사유의 씨앗을 뿌리기는 했어도, 역사적인 서사를 신화시로 변화시키지는 못했다. 그의 역사적인 등장인물들은 우주적 체계의 귀감이 되었을 뿐 살아 있는 인간이 되지는 못했다. 그의 이데올로기는 열정이 부족했다. 그럼에도 불구하고 메레시콥스키의 전망은 한 세대의 시인들에게 가치를 재고하게 할 만큼 충분히 도발적이었다. 메레시콥스키는 철학자 베르댜예프가 '우리의 르네상스'라고 불렀던 것의 본질을 누구보다 더 강렬하게 느꼈으며, 실제로 그는 그러한 이념의 주도자들 가운데 한 사람이었다.[25] 1898~1905년 시기에 그는 종교

---

24 Andrei Belyi, "Merezhkovskii", *Lug zelenyi*, Moscow: Al'tsiona, 1910, p.150[「메레시콥스키」, 『초원은 푸르다』].

25 N. A. Berdiaev, "O novom religioznom soznanii", *Sub specie aeternitatis*, St. Petersburg: M. V. Pirozhkov, 1907, p.341[「새로운 종교적 의식에 대하여」, 『영원한 상에 있어서』].

적인 문화 부흥을 조직하고 체계화하는 일에 매우 적극적이었다. 그는 신관념주의 잡지 『북방 통보』와 협력했으나, 잡지는 이미 한물간 시민-인민주의적인 미학적 신조에서 벗어난 상황이었다. 그는 초기 모더니즘 잡지 『예술 세계』에도 글을 싣곤 했다. 그와 기피우스는 1899년부터 1904년까지 상트페테르부르크 종교철학회의를 조직했다. 여기서 소수의 교회 고위층 인사, 저명한 사상가와 작가들이 신지학적이고 미학적인 쟁점을 논의하고자 모이곤 했다. 메레시콥스키와 기피우스는 초기 신비주의적인 상징주의의 중심이 된 두 개의 잡지, 『새로운 길』*Novyi put'*과 『삶의 문제들』*Voprosy zhizni*을 편집했다.

메레시콥스키는 상대적으로 예술적 황무지에 있었음에도, 작가들의 상상 속에서 다른 종류의 예술의 가능성을 일깨우는 데 성공했다. 이러한 예술은 그 자체 이상의 것을 예고하거나 인간의 고통만이 아닌 다른 주제들에 관심을 쏟는 것이었다. 보다 중요한 것은 그가 온갖 종류의 창조 활동에 동기를 부여하고 그것을 북돋우는 새로운 사유 방식을 탐사했다는 데 있다. 그의 신기독교 사상의 '신비주의적 리얼리즘'은 내세적이고 반反예술적인 역사적 기독교의 이원론을, 지상의 존재를 영원보다 더 찬양하는 형이상학적 이원론으로 대체했다. 내세적 이념으로서의 신은 실패했으나, 영원한 것에 대한 향취는 사라지지 않는다. 자기 시대에서의 부활의 탐색을 통해 메레시콥스키는 살아가면서 번영하려는 갈망과 형이상학적 의미에 대한 욕구, 이 두 가지 모두를 충족시키고자 했다.

이제 신기독교 신화의 선구자로서 니체에 대한 원래의 문제로 되돌아가 보자. 니체의 사상은 분명 기독교에 대한 도전이었고, 그것은 메레시콥스키로 하여금 보다 활기찬 종교적 관점을 향하도록 자극했다. 메레시콥스키는 니체 철학의 독해를 통해 도덕의식 및 종교와 문화의 방향성을 발견했다. 그리하여 그는 러시아의 문학적 유산에 대한 재평가로 나아갈 수 있었다. 결과적으로 메레시콥스키는 니체 사상에 대한 새로운 통찰로 러시아 비평을 풍요롭게 한 것이다. 그의 독해는 대중예술에서의 니체에 대한 통속화를 넘어서는 길을 제시했다. 메레시콥스키는 다른 비평가들에 훨씬 앞서서 기독교 전통과 니체 철학의 친밀한 관계를 암시한 것이다.

상징주의자들은 일반적으로 니체의 도덕 철학을 지나치게 유미주의적이라고 보았지만, 니체의 저작에서 새로운 종교적 감수성을 파악해 냈다. 메레시콥스키에 의한 니체 독해는 그로 하여금 러시아 문학에서의 위대한 종교적 이념, 즉 디오니소스적인 부활의 정신과 비슷한 무언가를 탐색하도록 했다. 메레시콥스키는 도스토옙스키와 솔로비요프의 신인神人 사상, 즉 영원성의 인간적 구현에서 그것을 발견했다.

니체에 의한 도덕의식의 탐구는 메레시콥스키에게 인민주의적인 그의 선구자들의 권위를 약화시키고 러시아 문학사를 재평가하며 포괄적인 새로운 비전을 얻을 법한 강력한 도구를 제공했다. 톨스토이의 이른바 '인민중심주의'는 사제의 정신성과 비교됨으로써 가치가 하락했다. 육체와 감각에 대한 톨스토이의 부정이 '지상의 신비주의'로 가는 길을 열어 준 것이다. 메레시콥스키의 저작은 심지어 추상적이고 도식적인 경우라고 하더라도, 적어도 인간의 존재, 성욕과 감각을 긍정하려는 바람으로 포화되어 있다. 특히 창조적 활동에서의 승화를 위해서 말이다.

　메레시콥스키에 의한 러시아 문학사의 새로운 독해는 잡계급[26]-인민주의 미학에 대한 총체적 재평가로 이어졌다. 그리하여 이러한 사회참여적인 작가들은 가장 낮은 곳에 자리매김된다. 위대한 종교적 이념의 재현이라는 면에서 고리키 같은 '자연주의적'이고 철학적으로 유물론적인 작가들은 니힐리스트로 간주되어 최하층에 배치된다. 체호프는 살짝 높은 위치에 놓인다. 벨린스키에 의해 상찬 받은 바 있는 고골은 메레시콥스키에 의해 높이 평가되었다. 그것은 고골이 유물론의 '해악'을 인식해 냈기 때문이다. 도덕적 반란자들은 메레시콥스키의 위계질서의 정상 가까운 곳에 위치한다. 이러한 반란자들 가운데 '갈릴리 사람' 톨스토이는 '사제적으로' 육체를 부정한다는 이유로 가장 낮은 위치에 있다. 정상에는 '디오니소스적' 정신인 레르몬토프와 도스토옙스키가 있다. 또한 그 최고봉에는 인민주의자들과 특히 1860년대의 니힐리스트들이 권좌에서 몰아낸 민족적 천재 푸시킨이 있다. 푸시킨은 이교적인 것과 기독교적인 것, 육체와 정신, 지상과 영원 같은 상충하는 가치를 그의 작품 안에서 조화시키고 종합하는 '더 높은 인간'의 능력을 지니고 있다. 그는 다가올 러시아 르네상스의 전조이다. 러시아적 유산에 대한 미적·종교적 재평가를 담은 메레시콥스키의 비평적 저작은 새로운 도덕의식

---

26 [옮긴이] 잡계급(Raznochíntsy)은 러시아에서 18~19세기 귀족이 아닌 도시의 중간 계급을 의미한다. 그들은 주로 사제나 상인, 하급관리, 전문직, 농민 출신으로 구성되었다. 1860년대에는 잡계급 지식인층이 두각을 드러냈으며, 그들은 귀족 출신 지식인층보다 급진적인 사상과 강한 반전제주의 성향을 가지고 있었다.

의 규정에 매우 귀중하고 견고하게 기여했다고 볼 수 있다.

　마지막으로 가장 중요한 것은 니체의 도덕 철학 ── 러시아의 기독교 신비주의가 아닌 ── 이 메레시콥스키에게 새로운 종교적 관점을 제안했다는 사실이다. 니체의 도덕 철학이 러시아 문학에서 부족하게 보였던 실존의 방향성을 제시했던 것이다. 메레시콥스키가 상정했듯이, 러시아 최고의 도덕적 반란자들은 부정을 통해서 존재를 긍정했다. 그러니까 레르몬토프와 도스토옙스키는 '지상에 대한 비지상적인 사랑'을 제기한 것이다. 만약 우리가 메레시콥스키의 특징적인 어구 뒤집기를 음미해 본다면, 니체가 '비지상적인 것에 대한 지상적인 사랑'을 가지고 러시아적 전통을 보완했음을 알 수 있다. 다시 말해, 니체는 내세적인 것도, 그 자체로서 인간 본성의 가치를 떨어뜨리는 것도 아닌, 대립적 가치들을 껴안고 보다 더 높은 약진을 고무시키는 새로운 가치체계를 제안한 것이다. 니체의 이원론은 지상의 현실에 토대를 두고, 지상의 가능성들을 긍정하고 북돋았다. 니체의 주기적 자기극복(즉, 영원회귀) 이념이 니체의 심오한 지상성과, 메레시콥스키가 영원성의 본질이라고 여긴 러시아적 부활 이념 사이의 균열을 메운 것이다. 궁극적으로 메레시콥스키는 니체를 경유해서 자기만의 지상적인 대립쌍에 이르렀다. 그는 '지상/천상', '인간적인 것/신적인 것' 대신 '육체/정신'과 '인간/신인God-man'에 도달한다. 그 결과는 러시아 전통의 일부가 되었는바, 그것은 니체 사상의 굴절된 거울상을 경유한 것이었다.

저승의 그리스도: 그리스도-디오니소스 신화

메레시콥스키의 신기독교적인 탐색은 보다 젊은 상징주의자들의 종교적·미학적 관점 정립에 자극제가 되었다. 그의 활동은 더 높은 기대와 형이상학적 탐색의 분위기 형성에 크게 기여했다. 메레시콥스키는 새로운 의식을 형성시킨 용어의 확립을 도왔지만, 그는 근본적으로, 차후 예술적으로 보다 생산적인 형태의 신기독교 신화를 탄생시키는 산파 역할에 그쳤다. 젊은 작가들은 그의 시야에서 흠결을 감지했다. 벨리는 메레시콥스키 저술의 중대한 허점 중 하나가 산만성과 추상성에 있음을 알아보았다.[27] 알렉산드르 블로크는 이교적인 충동과 기독교적 충동의 종합이라는 메레시콥스키의 중심 사상에 의구심을 제기한다.[28] 그의 견해에 따르면, 지상의 진리와 신적인 진리는 본성상 서로 모순되는 것이다. 삶은 갈등과 역설이었고, 그 두 진리를 종합하고 서로 간의 조화를 도모하는 것은 삶 자체를 부정하는 것이었다.

신화창조를 그 목적으로 두었음에도 불구하고 메레시콥스키의 이론은 살아 있는 신화가 되지는 못했다. 다시 말해서 인간과 초인을 연결시키는 진정한 서사, 즉 지상에서의 사물들의 '올바른' 질서 설정에는 성공하지 못한 것이다. 내적인 경험보다 외적인 역사 패턴

---

27 Belyi, "Merezhkovskii", p.150.

28 Avril Pyman, "Aleksandr Blok and the Merezhkovskijs", ed. W. N. Vickery, *Aleksandr Blok Centennial Conference*, Columbus: Slavica, 1984, p.246.

에 초점을 맞추면서 이 이론은 지나치게 도식적이 되었다. 메레시콥스키의 공공연한 주의주의主意主義에도 불구하고 그의 역사적 주인공들, 더 좁게는 그의 문학적 인물들은 거대한 역사적 기획에 의해 조절되는 꼭두각시에 그쳤다. 두 사람의 위대한 선구자, 즉 솔로비요프와 니체의 저작에 비해 메레시콥스키의 이론은 어떠한 종교적 사고방식이나 창조의 심리학을 제시하지는 못했다.

대신 메레시콥스키는 20세기로의 전환기에, 훨씬 더 광범위한 기독교적 정신성의 재발견에 있어 특유한 경향을 수립해 낼 수 있었다. 바로, 니체의 창조적 충동에 대한 칭송을 기독교적 맥락에 삽입한 것이다. 상트페테르부르크의 종교철학회와 모스크바의 솔로비요프협회의 많은 구성원들, 실례로 세르게이 불가코프 혹은 예브게니 투르베츠코이는 외견상 양립할 수 없는 도덕적 견해들의 이러한 조합을 단호하게 배격해야 할 것으로 보았다.[29] 그들에게 있어 니체는 뛰어난 니힐리스트이기는 했어도 어딘가 이반 카라마조프를 닮은 그릇된 길을 간 사람이었다. 하지만 상징주의 시인과 이론가 집단에게는 니체가 새로운 기독교 사상에 이르게 하는 가교였다는 벨리의 관찰은 적절성을 지닌다. 메레시콥스키는 '육체'와 '정신'에 대한 저만의 색다른 종합을 관철해 낸 것이다. 더 나아가 디오니소스와 그

---

29 예를 들어 다음을 참조하라. Sergei Bulgakov, "Ivan Karamazov (v romane Dostoevskogo 'Brat'ia Karamazovy') kak filosofskii tip", *Voprosy filosofii i psikhologii* 61, 1902, pp.826~863; E. N. Trubetskoi, *Filosofiia i psikhologii* 61, 1902, pp.826~863[『철학과 어문학』 61호]; E. N. Trubetskoi, *Filosofiia Nitsshe: Kriticheskii ocherk*, Moscow: I. N. Kushnerev, 1904[『니체 철학: 비판적 개요』].

리스도 간의 역설적 상호관계와의 격투 경험을 바탕으로 각각의 상징주의자들, 즉 이바노프, 벨리와 블로크는 저마다의 독특한 신화 형성으로 나아간다.

이러한 검토를 뱌체슬라프 이바노프에서 시작해 보자. 상트페테르부르크 상징주의 무대에 등장하기 이전에 이미 그는 독자적으로 기독교-디오니소스적인 세계관에 도달해 있었다. 이바노프는 메레시콥스키보다 훨씬 더 생동감 있고 예술 철학적으로 성숙하게 정신적·심리적인 부활에 관한 내적인 '기적극'奇蹟劇을 기획했다. 도래할 위대한 역사적 종합 대신에 이바노프는 내재적 변모의 의례를 제안했다.

1890년대 중반에 이바노프는 블라디미르 솔로비요프의 '성애'sexual love 이념을 개인적이고 종교적인 공현公現 신화의 디오니소스적인 것의 개념과 융합했다. 그리고 1891년, 그는 니체의 『비극의 탄생』을 찾아 읽기 시작한다.[30] 니체의 사상은 이바노프가 자전적인 글에 썼듯이 그의 도덕적 전망, 그리고 가장 중요하게는 사랑의 개념을 재정립하는 데 도움을 주었다. 이러한 변화는 그의 개인적인 삶에 즉각적인 영향을 미쳤다. 이것은 친절과 의무라는 전통적인 윤리에 기반을 둔 결혼에 파경을 초래하여 어떤 열광적이고 신비주의적인 자기발견에 들어서게 했다.

더욱더 충만하고 강력하게 나의 생각의 지배자가 된 사람은 니체였다. 이러한 니체주의는 1895년에 아내를 향해 그간 쌓여 온 깊고 부드러운 애정과 나를 완전히 사로잡은 새로운 사랑 사이에서 내가 가혹하고 책임감 있는, 그러나 양심적으로 올바른 선택을 하는 데 도움을 주었다. 이 새로운 사랑은 그때부터 다만 커지고 정신적으로 깊어지도록 운명 지어졌지만, 처음에는 이런 감정이 나는 물론 내가 사랑했던 여인에게도 범죄적이고 어둡고 악마적인 열정으로만 느껴졌다. [⋯] 우리들은 서로를 통해서 각자 자신과 자신보다 더 큰 것을 발견했다 ── 바로 신을. (SS, II, 19~20)

이렇듯 사랑에 빠진 상태 속에는 자기변모, 그보다 더 크고 온전한 자아의 재발견, 그리고 연인과의 관계에서의 신적인 일체감이라는 신화적 사건의 중핵이 상존한다. 이러한 중핵이 이바노프의 미학이론에서 창조적 해방의 신비적이고 정신적인 의례로 발전하게된다.

이바노프는 「그리스의 고통받는 신의 종교」라는 표제의 긴 글에서 처음으로 디오니소스-기독교적인 종교적 견해를 펼쳤다. 그는 1903년 파리에서 열린 일련의 강연회에서 처음으로 이런 내용을 강의했다. 그 후 얼마 지나지 않아 상트페테르부르크에서 메레시콥스키는 이바노프에게 자신의 종교문학 잡지 『새로운 길』을 통해 그 강의 내용을 출판해도 되는지를 묻는 편지를 쓰기도 했다(SS, II, 21). 그리하여 이바노프의 러시아 독자들이 유럽에서 장기 체류한 이바노프가 러시아로 돌아오도록 그의 마음을 끌어당기게 되었다. 그는

30 Fedor Stepun, *Mystische Weltschau*, Munich: Carl Hanser, 1964, p.202.

1905년에 상트페테르부르크에 정착했고, (이 시기 파리에 있었던) 메레시콥스키와 기피우스를 대신해 몇 년 동안 상징주의 문학의 중심 인물로 활동했다. 그가 주도한 '문학의 수요일' 모임은 신비적이고 기독교-디오니소스적인 문학적 숭배의 발전을 촉진시켰다.

이바노프는 자신의 독일 스승 니체가 그리스의 신 디오니소스를 미학적 원칙으로만 바라본다고 비판했다.[31] 이바노프의 해석은 신화시학적 창조 및 종교적 감정으로 승화된 성적 충동의 화신으로서 디오니소스라는 개념에서 출발한다. 그는 디오니소스적 원리의 보다 높은 문화적 국면을 '엑스터시'에 이르는 신비적 체험의 일부라는 관점에서 규정했다. 『도덕의 계보』의 니체와 『사랑의 의미에 관하여』의 솔로비요프와 마찬가지로 이바노프는 승화를 심리적 과정으로 바라보는바, 야수처럼 외부를 향하는 본능적인 충동이 이런 심리적 과정을 통해 내부로 유도되어 의식적이고 가치부여적인 힘이 되기에 이른다. 이바노프에게 있어서 날것 그대로의 성적인 욕정은 정신적 의식과 창조적 영감이 샘솟는 원초적 토양이다. 성애적인 욕정 속에서 그가 '위험한 광기'opasnoe bezumie라 부른 것이 발생한다.[32] 내부로 유도되어 승화된 이러한 힘은 변모되기에 이른다. 이렇게 전환된 힘은 생산적이고 보다 고차원적인 활동의 생명선이 되는 것이다.

---

31 *Ibid.*, p.253.
32 Olga Deshart, "Vvedenie", *Viacheslav Ivanov, Sobranie sochienii*, vol.1, Brussels: Foyer Oriental Chrietien, 1971, p.34[「서문」, 『뱌체슬라프 이바노프, 선집』 1권].

이바노프는 1890년대에 처음 니체를 읽고 니체의 저작에서 자신이 감지한 이른바 초개인주의sverkhindividualizm를 받아들였다. 1890년대 말 솔로비요프를 방문한 그는 이 러시아 신비론자가 쓴 어떤 것에도 동의하지 않는다고 오만하게 밝혔다. 이에 대해 솔로비요프는 다정한 포옹과 함께 이렇게 말했다. "당신은 니체주의에 머물지는 않을 것입니다."[33] 1904년 이바노프는 애초 자신(그리고 대부분의 초기 독자들)을 매혹시킨 에고의 신성화를 거부하는 대신 니체 사상의 보다 더 심오한 다른 측면, 즉 종교적 탐색에 관심을 갖기 시작했다. 인간적인 고난을 정당화하려 한 니체의 노력과 차라투스트라를 통해 자신의 가장 위대한 적수, 즉 그리스도를 극복하려 한 그의 시도는 이바노프에게 깊은 호감을 불러일으켰다.

이바노프는 디오니소스 숭배에 대한 학술적 연구와 개인적인 종교적 탐색을 통해 기독교 신화에 대한 고유한 해석에 도달한다. 표도르 스테푼이 지적하듯이, 이바노프의 작업에서 디오니소스적인 것과 기독교적인 것은 결코 동일시된 적이 없다. 고대 그리스인들에게는 디오니소스가 실제로 신이었던 데 반해서, 이바노프에게 디오니소스는 어떤 심리적인 상태를 상징한다. 하지만 신앙의 실제 대상과 개인적인 전유의 모델은 그리스도이다. 이바노프가 그리스도에게 디오니소스적 자질을 부여하고는 있지만, 이바노프의 도덕적 의식 속에 여전히 지배적인 것은 십자가형과 부활이라는 기독교 신화

33 Ibid., p.34.

이다. 「그리스의 고통받는 신의 종교」에서 이바노프는 디오니소스 숭배를 기독교에 앞선 현상으로 여긴다. 여기서 그는 디오니소스 주신제와 기독교의 십자가형 사이의 유사성을 정식화한다. 양자의 의례는 인간 존재를 찬양하는바, 아무것도 부정하지 않은 채 궁극적으로 인간 존재의 아주 심오한 역설을 아우르고 있기 때문이다. 여기서 이바노프는 생명력과 파괴적 폭력, 자기와 타자, 남성적인 것과 여성적인 것, 인간적인 것과 신적인 것이라는 대립쌍의 신화적 통일성을 간파한다. 그리스도와 그의 신화적인 전조인 디오니소스는 한편으로는 과잉 및 창조적 에너지로서의 삶을, 다른 한편으로는 죽음, 살해 그리고 무질서로서의 삶을 체현한다. 신을 향한 인간 영혼의 갈구는 자기긍정과 동시에 자아의 궁극적인 희생과 파괴를 표현한다. 「그리스의 고통받는 신의 종교」에서 이바노프가 쓰고 있듯이, "신을 향한 열정적인 지향은 개인성의 경계를 깨뜨린다. 다시 말해 사랑이 깨어나는 곳에서 에고는 사멸한다."[34] 성적인 오르가슴은 여기서 신을 탐색하고 신과 조우하는 과정에 대한 주된 메타포이다. 성애적인 열광 속에서 인간은 스스로의 '에고'$_{ego}$ 또는 차라투스트라가 '작은 이성'이라 부른 것을 포기하고, 보다 심오한 '자아'$_{self}$를 발견한다. 드디어 인간은 '엑스터시'의 상태에 도달한다. 그는 글자 그대로 '자신을 넘어서서' 보다 충만하고 보다 폭넓은 의식을 경험하는 것이다. 인간 정신이 신과 조우하여 변모의 에너지가 외부로

---

34 V. I. Ivanov, "Ellinskaia religiia stradaiuschego boga", *Novyi put'* 5, 1904, p.35.

발산된다. 다시 말해, 개인적인 것이 전체적인 것과 합류하고 불경한 것은 신성한 것이 되며, 에고의 파괴가 삶의 새로운 감각을 촉발시키는 것이다.

이바노프는 이러한 창조적 과정을 자기 내부의 신을 탐색하는 신비적-주신제적 경험이라고 생각한다. 「미학적 원리의 상징론」(1905)에서 이바노프는 니체의 기하학적이고 지리적인 이미지들을 정신적 풍경의 메타포로 차용한다(SS, I, 824). 니체에게서 평원, 사막, 바다, 지평선 같은 수평적인 직선이 '자연', 즉 무의미의 상징이라면, 이바노프에게 있어서 그것은 심리적이고 형이상학적인 특이성, 즉 유물론적 학설의 일원론을 의미한다. 이바노프에 의하면, 이러한 수평선은 영혼의 삶을 무시하는 것으로 창조적 영감과는 관계가 없는 것이다. 니체에게서의 산과 계곡, 상승과 하강은 자기성찰, 운명에 대한 탐구 및 의미의 창조와 관련된다. 이바노프에게 상승하는 나선 그리고 상승하고 하강하는 선들은 정신의 신과의 상호작용을 상징한다. 또한 이러한 상호작용은 상승, 지상으로의 귀환, 어둠의 혼돈으로의 하강이라는 기본적인 세 단계를 갖는다.

이러한 신화적 구조와 기독교적 모델 사이의 유사성은 명확해 보인다. 그리스도는 골고다 언덕을 올라가서 십자가형을 당한다. 그러고는 아래로 옮겨져 매장되어 지옥으로 내려간다. 이러한 그리스도의 수난이 부활에 이르는 것과 마찬가지로, 이바노프의 신화적 의례의 결론 역시 정신적인 변형과 창조적 해방 상태에 이르는 것이다. 그 첫 단계에서 '에고'는 지상적 상태에 반란을 일으킨다. 이바노프는 이러한 단계를 **보고보르체스트보**bogoborchestvo 또는 '신과의 투쟁'이라고 부른다. 인간의 '에고'는 자기 자신과 자신의 힘을 긍정함으로써 상승하여 신에게 도전한다. 이바노프에 따르면, 이러한 도전에 내포된 것은 에고를 신에게 제물로 바치려는 갈망이다. "제물을 바치는 사람은 신성한 것을 지상으로 하강케 하고 신의 담지자 bogonosets가 된다. 신과 투쟁하고 신적인 것을 담지한 상승의 파토스는 희생적 행위 속에서 해결된다."(SS, I, 824) 이러한 분투하는 정신에 신은 지상으로 하강하여 가시적인 아름다움으로 화답한다. 여기서 이바노프는 『차라투스트라는 이렇게 말했다』에서 다음과 같이 인용한다. "힘이 자비로워져서 가시적인 세상으로 내려온다. 나는 이러한 하강을 아름다움이라 부른다." 창조적 변형은 세 번째 단계, 즉 '악마적인' 디오니소스 왕국으로의 하강 없이는 있을 수 없다. 이러한 내부의 왕국은 무의식적인 위대한 삶의 힘으로서 '자아'에 대한 차라투스트라의 이념과 유사하다(Z, 61~62). 아나키 상태, 즉 무한하고 무질서한 공허로부터 강렬한 에너지가 나오는바, 이는 아폴론적인 형식, 즉 인식적이고 지각적인 창조 속에서 자신을 실현한다. 이바노프는 이러한 과정에서 성적인 욕정의 역할을 강조한다.

성의 깊은 뿌리가 거처하는 임신의 밤 내부에는 성의 분리가 없다. 상승은 남성적이고, 하강이 여성적 원리에 부합한다면, 저기서 아폴론이 빛을 발하고 여기서 아프로디테가 미소를 짓는다면, 혼돈의 영역은 양성적인 남녀 디오니소스의 영역이다. 이 영역에서의 생성은 어두운 잉태의 감촉으로 양성을 결합시킨다. (SS, I, 829)

창조적인 의지에는 이렇듯 자신의 에고의 포기와 신과의 합일이 따라온다. 창조적 개인은 신이 스스로를 현현하는 수단, 즉 아폴론적 형식이 된다.

이바노프의 저작에서 디오니소스와 그리스도의 연관은 다양한 측면에서 고찰되고 있다. 신화적 서사의 수준에서 디오니소스의 고통과 그리스도의 십자가형은 삶의 갱신을 촉발하는 유사한 신화소로 검토된다. 또 다른 유사성은 종교적 갱신에서 성애적인 사랑의 역할에서 엿볼 수 있다. **공동체적 정교정신**sobornost', 다시 말해 부분의 전체와의 결합이라는 동일한 목적은 고대의 야만적인 디오니소스 주신제 및 솔로비요프의 세련된 '성적인 사랑'의 이념, 즉 그리스도와 소피아(신적인 지혜의 원칙), 정신과 육체, 사랑하는 자와 사랑받는 자 간의 성적인 결합을 통해서 성취된다. 스테푼의 견해와 달리나는 이바노프의 그리스도 형상이 내세적 양상을 벗어 버리고 감각적이고 지상적이며 활력을 주는 자질을 획득했음이 분명하다고 믿는다. 이바노프의 그리스도는 디오니소스적 유산을 재배치한다.

이바노프의 기독교-디오니소스 신화는 일정한 도덕적 관점을 내포한다. 이따금 상징주의자들이 그들의 미학적 탐색에서 윤리를 저버렸다는 주장이 제기되곤 한다.[35] 이러한 관점은 어떤 신비주의적 상징주의자들에게도 해당되지 않는데,[36] 특히 이바노프에게 더욱

---

35 예를 들면, Oleg Maslenikov, *The Frenzied Poets*, Berkeley: University of California Press, 1952, p.7. 다른 실례들은 제1장과 제2장에서 제시되었다.
36 [옮긴이] 이른바, 2세대 상징주의자들

그렇다. 그는 미학에 관한 에세이 전반에 걸쳐 전통적인 가치들을 재평가하고 재배치한다. 「그리스의 고통받는 신의 종교」에서 이바노프는 있는 그대로의 '도덕'을 생명력이 시들해지는 징후라고 주장하고는 있지만, 그 후 「니체와 디오니소스」(1904)에서 그는 디오니소스 '이념'과 기독교 '이념' 양자가 공히 '노예'의 도덕에 기초한다고 단언한다(SS, I, 723). 또한 그는 논문 「아테나의 창」(1904)에서 상징주의자들의 예술적이고 종교적인 탐색이 반사회적이라는 널리 확산된 견해에 의문을 제기한다. 당시의 인민주의적이고 시민적인 전통에서 반사회적인 것은 '반도덕적'으로 이해되곤 했다. 이바노프의 주장에 따르면, 예술은 강력한 '공동체적인'sobornyi 성격을 갖는다. 다시 말해 예술은 인간 존재의 본질적이고 공통적인 것을 드러내고자 분투한다는 것이다.

이러한 기독교 신화의 비전은 자기희생과 사랑이라는 미덕에 새로운 의미를 부여한다. 러시아의 전통적 기독교가 그리스도의 전 생애에 대한 개인적 모방 쪽으로 방향 잡혀 있는 반면, 이바노프의 기독교는 정신적인 갱생의 계기, 즉 스스로를 신에게 바치는 것과 작은 에고small ego로부터의 해방의 실현에 초점을 맞춘다. 이와 관련하여 이바노프는 기독교적 사랑을 재평가한다. 다시 말해, 이웃에 대한 사랑이 전통적으로 의무의 수행을 의미한다면, 타자의 발견으로서의 사랑이라는 이바노프의 이념은 자기발견을 위해 없어서는 안 될 부분이며 작은 에고의 구속으로부터의 해방을 가져오는 것이다. 따라서 이바노프는 외부에서 부여된 의무와 자기부정의 에토스 대신에 상호적인 자기발견과 타자와의 상호작용을 통한 풍부화로서 호소력 있고 유기적인 사랑의 에토스를 상정한다.

　이바노프와 후세대 상징주의자들은 메레시콥스키, 브류소프와 발몬트 같은 선배 세대와는 달랐으며, 실제로 개인의 의지를 평가하는 데 있어서 동시대의 대중적 정서와도 달랐다. 「니체와 디오니소스」에서 이바노프는 니체가 의지에 지나치게 정당성을 부여했다고 비판한다. 이바노프의 견해대로라면, 초인과 권력에의 의지 같은 개념들은 협소한 개인적 '에고'를 신성화함으로써 디오니소스적 '자아'와의 상호작용을 제약한다. '지상의 것을 사랑하라'는 니체의 요청에도 불구하고, 이바노프는 이러한 선별된 '주도적 이념들'이 삶을 부정하는 새로운 이상의 철학적 토대를 놓는다고 주장한다.

　메레시콥스키와 이바노프의 신기독교적 전망의 주된 차이는 개인 및 에고의 개념 그리고 개인적 지각력과 평가의 가치에 대한 서로 다른 접근에 있다. 메레시콥스키는 자의식적이고 분투하는 '보다 높은 인간'을 높이 평가한다. 이바노프의 저작에서 개인의 의지는 극복되어야 하고 보다 큰 전체와 융합해야 하는 어떤 것으로 검토된다. 심지어 창조적 행위조차도 개인의 적극적인 의지의 결과가 아니라 에고와 의지를 버리고 디오니소스의 저력이 지닌 보다 심오한 생명력을 발산하려는 것이다. 의지에 찬 반란, '아니다라는 발화' 행위는 개인성의 희생, 신비적인 공동체와의 합일, 그리고 궁극적으로는 정신적인 부활에 이르게 하는 신화적이고 순환적인 패턴의 첫 번째 부정적 단계일 뿐이다. 그렇듯 러시아적인 신기독교적 관점은 에고와 의지를 점진적으로 평가절하하는 방향으로 전개되고, 이러한 핵심 개념들은 솔로비요프가 사용한 **공동체적 정교정신**sobornost'과 니체의

'대자아'Large Self 이념의 결합으로 대체된다.

이바노프적인 신화는 다양한 방법으로 실현되었다. 그의 첫 두 시집 『길잡이 별』Kormchie zvezdy(1903)과 『투명』Prozrachnost'(1904)에는 디오니소스 신께 바치는 의례상의 기도문처럼 낭송하는 주신찬양적인 시들이 다수 포함되어 있다.[37] 상트페테르부르크의 타우리스 궁전 건너편 '타워'[38]에서 매주 행해진 이바노프의 모임에서는 신비한 기대감의 디오니소스적 분위기가 지배적이었다. 그와 그의 아내 리디아 지노비예바-간니발은 겸손하고 친근하게 모든 사람들을 환영했으며 그녀는 늘 그리스식 키톤을 걸치고 있었다. 이 모임은 메레시콥스키와 기피우스의 모임에 비해 이데올로기적 제약이 훨씬 덜했다고 전해진다.[39]

1905년 혁명 후 얼마 안 있어 이바노프는 '신비주의적 아나키즘'으로 알려진 기이한 사회운동에 관여하게 되었다. 이 운동의 창시자 게오르기 출코프에게 그리스도는 궁극의 혁명가였고 혁명은 궁극적인 창조적 행위였다.[40] 출코프는 혁명이 공동체적 정교정신의 원

---

37 이바노프의 비평적 논문들은 일종의 주해로서 그의 시와 매우 밀접하게 관련되어 있다. 이 두 가지 비평과 시는 디오니소스의 본성을 해명하는 데 전념한다. 비평적인 논의를 하는 중에 그는 자주 자신의 처음 두 선집에 나오는 시를 예로 들면서 인용한다. 이러한 방법은 이해하기 매우 어려운 그의 시를 명확하게 하는 데 유익한 결과를 가져온다.

38 [옮긴이] 1905~1909년 이바노프가 거주한 6층 건물의 맨 위층 아파트로, 건물의 모서리가 둥근 탑과 비슷하여 '타워'로 명명되었다. '이바노프의 타워'는 상트페테르부르크의 가장 저명한 문학-예술 살롱 가운데 하나이며, 이바노프의 '수요일' 모임에는 러시아의 저명한 지식인들이 한자리에 모였다.

39 Avril Pyman, *The Life of Aleksandr Blok*, vol.1, Oxford: Oxford University Press, 1979, p.229.

40 Jutta Scherrer, *Die Petersburger Religiös-Philosophischen Vereinigungen*, Berlin-

칙, 즉 자기와 타자의 통합에 기초한 유토피아 사회로 안내할 것이라 믿었다. 사회적 관계는 연모vliublënnost'의 정신으로 좌우될 것이다. 출코프, 블로크 등과 더불어 이바노프는 바람직한 사회적 일체감을 창조하는 데 도움을 주는 일종의 디오니소스적 극장을 구상했다.[41] 이러한 운동 자체는 성공적이지 못했지만, 여기서 언급하는 중요한 이유는 이 운동이 기독교에 대한 지속적인 디오니소스적 재평가에 주목하도록 했기 때문이다.

이바노프의 기독교-디오니소스 신화는 주요 젊은 상징주의자 시인 블로크와 벨리의 반응을 불러일으켰다. 1905~1906년의 짧은 기간 동안 두 작가는 이바노프와 지노비예바-간니발의 아파트를 자주 방문했다. 그들은 이곳에서 밤새 열린 모임의 디오니소스적 신비감과 마법적인 분위기에 매혹되곤 했다. 벨리는 신비주의적 아나키즘이 모습을 드러내자마자 이에 반대했고, 곧이어 이 운동의 주창자들과 관계를 단절했다. 그 후 2년간 벨리는 모스크바의 상징주의 잡지 『저울』Vesy을 통해 많은 이들이 상징주의 정신의 속류화로 여긴 것과 치열한 논쟁을 벌였다. 반면에 블로크는 지노비예바-간니발이 사망한 1907년까지 이바노프와 매우 친밀한 관계를 유지했다.

이바노프의 영향은 시인 블로크가 새로운 그리스도의 드라마를

Wiesbaden: O. Harrassowitz, 1973, pp.159~167. 또한 다음을 참조하라. Martha Bohachevsky-Chomiak and Bernice Glatzer Rosenthal eds., *A Revolution of the Spirit*, Newtonville, Mass.: Oriental Research Partners, 1982, pp.191~193.

41 다음을 참조하라. Bernice Glatzer Rosenthal, "Theater as Church: The Vision of the Mystical Anarchists", *Russian History* 4, 1977, pp.122~141.

펼쳐 내는 연작시 『눈의 가면』Snezhnaia maska(1906.12~1907.1)에 잘 드러나 있는 것으로 보인다. 이 작품에서는 전통적인 기독교에 대한 블로크의 반감뿐만 아니라 이바노프의 부활 신화로의 강한 이끌림을 엿볼 수 있다. 벨리는 자신이 상징주의의 형제라고 불렀던 블로크를 '부활하지 못한 그리스도'라고 적절하게 언급한다.[42] 실제로 이 시기 블로크의 예술은 온갖 어둠과 정열 속에서 삶을 지속하고 지상과 폭풍우에 스스로를 제물로 바치려는 뉘우침 없는 갈망을 전달한다. 전반적인 혁명의 해였던 1905년, 블로크는 전통적 기독교에 반하는 개인적인 반란을 경험한다. 그 첫 번째 징후는 그의 가까운 친구 예브게니 이바노프에게 보낸 편지에서 발견할 수 있다. 그는 "무엇을 위해서도 […] 나는 그리스도에게 치유받으러 가지 않겠다. 나는 그를 알지 못하며, 알고 있었던 적도 없다. 이러한 부인에는 불길 같은 건 없고, 그저 적나라한 부정이 있을 뿐"이라고 썼다. 이어서 "이러한 자기부정 속에서 나는 스스로 건강하고 활기 있다고 느낀다"[43]고 쓴 블로크는 인종忍從과 몰아, 평화와 조화의 전통적인 그리스도를 부정했다. 그는 전통적인 도덕적 구속에서 벗어나서 살아가고자 하는 아나

---

42 다음에서 인용되었다. Konstantin Mochulsky, *Andrei Bely: His Life and Works*, trans. N. Szalavitz, Ann Arbor: Ardis, 1977, p.87. 벨리는 1907년 아내 류보프를 향한 다음의 시에서 자신을 "부활하지 못한 그리스도"라고 불렀던 블로크의 이 표현을 차용했을 것이다. "존재했던 것을 애도하지 않으며, / 나는 너의 고귀함을 이해했다. / 그래. 너는 — 고향의 갈릴리 / 나 — 부활하지 못한 그리스도에게"(O tom, chto bylo, ne zhaleia, / Tvoiu ia ponial vysotu: / Da. Ty —rodnfia Galileia / Mne —nevoskresshemu Khristu), SS8, vol.8, p.187.

43 다음에서 인용되었다. Pyman, *The Life of Aleksandr Blok*, p.172.

키즘적인 갈망을 느꼈다. 이 시기 블로크는 자신의 이전 스승 블라디미르 솔로비요프를 부정하며 그의 신비주의 형식을 '권태와 산문체'라고 칭했다.[44] 그는 예브게니 이바노프에게 다음과 같은 편지를 쓰면서 반反기독교적 극단으로 치닫는다. "만약 내가 몇 년 전에 당신을 만났더라면, 아마 나는 당신의 손에서 온기가 도는 성배를 받아 마셨을 것입니다. 하지만 나는 눈멀고 취해서 광기의 날카로운 모서리만을 감지할 수 있습니다. [⋯] 그 어떤 급변의 지점에서 갈릴리인이 내게 출현하셔도 상관없습니다. 하지만 제발, 지금은 아닙니다."[45] 이러한 자신의 내부에서 우러난 디오니소스적인 신과의 투쟁 bogoborchestvo의 분위기에서 블로크는 미하일 브루벨의 예술을 관통하는 어두운 반란의 정신에 강력하게 이끌렸다. 1905년 여름에 그는 도스토옙스키의 『죄와 벌』을 다시 읽었고 그 작품은 그의 무정부적 기운만을 북돋았을 뿐이었다.

블로크의 반란은 정치적 색채가 모호하다. 1905년의 파업 기간에 처음으로 그는 노동자들의 곤경에 주의를 기울이게 되었다. 노동자들은 그에게 희생자나 수난자가 아니라 그와 같은 반란자였다. 이처럼 블로크의 커져 가는 사회적 관심은 시적인 '형제' 벨리의 비판을 초래했다. 벨리는 상징주의의 고도의 신비주의적 진리를 배반했다고 그를 질책했다. 블로크는 자신이 신비주의자인 적이 없다고 반박했으며, 『어릿광대극』*Balaganchik*(1906)에서 그는 이전에 자신을 고

44 *Ibid.*, p.172.
45 *Ibid.*, p.174.

무시켰던 상트페테르부르크의 신비주의자들, 즉 메레시콥스키와 그의 모임을 어리석고 흐리멍덩한 어릿광대라고 혹평했다.

이러한 격앙된 분위기에서 블로크는 뱌체슬라프 이바노프와 리디아 지노비예바-간니발을 알게 되었다. 블로크는 이미 이바노프에 대해 알고 있었고 그에 대한 글을 읽은 바 있었다. 1905년, 그는 이바노프의 두 번째 시집 『투명』에 대한 논평을 쓰기도 했다. 이듬해에는 보다 긴 에세이 『뱌체슬라프 이바노프의 창작』*Tvorchestvo Viacheslava Ivanova*을 출판했다. 손위의 시인 이바노프는 '데카당파'의 모방적 서정성을 넘어서는 데 기여할 법한 재능을 지닌 사람으로서 블로크의 관심을 끌었다. 또한 블로크는 그러한 모방적 서정성을, 니체의 용어를 차용하여 고대 그리스 문화의 알렉산드리아 시대에 견주어 말한 바 있다(SS8, V, 7~8). 이바노프의 예술에서 블로크는 신화시적인 '순수시의 원천', 즉 '서약$_{obetovanie}$과도 같이 과거와 미래를 반영'할 수 있는 문화의 '기억'을 감지해 냈다(SS8, V, 12~13). 이바노프와 지노비예바-간니발과 직접 대면한 블로크는 그들의 진심 어린 '디오니소스적' 태도에 매료되었다.[46] 블로크가 참석한 첫 수요일 모임의 주제는 '에로스'였는데, 여기서는 서로 관점이 아주 상이한 사람들이 모여 논쟁을 벌였다. 예컨대 마르크스주의자 루나차르스키는 고전학자 젤린스키와 논쟁을 하는 식이었다. 전반적 분위기는 활력으로 가득 찼으며, 메레시콥스키와 기피우스의 모임처럼 불화를 일으

46 *Ibid.*, p.228.

키거나 지적으로 무미건조하지도 않았다.[47] 블로크는 신비주의에 대한 반감이 있었음에도 불구하고, 그가 그 자체로서의 기독교와는 확연히 구분 지은 바 있는 모종의 신비주의를 받아들였다. 블로크는 그것을 해방의 힘으로 파악한 반면, 기독교는 규칙과 제약의 건조한 원칙으로 보았다.[48]

이바노프와 지노비예바-간니발의 영향하에서 블로크는 『비극의 탄생』을 재발견한다. 그는 1900년 러시아어 번역본이 처음 나왔을 때 그 저작을 읽은 바 있었다. 그러나 당시에 이 작품은 신성한 소피아의 신비주의적 계시를 기대하며 푸른 하늘을 우러르던 이 이상주의 시인에게 이렇다 할 관심을 끌지 못했다. 드디어 블로크는 자신의 공책에 긴 구절들을 옮겨 적어 가며 이 작품을 전폭적으로 받아들이기 시작했다. 블로크는 이바노프의 야간 모임이 주는 디오니소스적 분위기에 이끌려 다시 활기를 찾았다.[49] 이바노프는 「유곽의 신」Bog v lupanarii이라는 제목의 시에서 블로크를 수수께끼 같고 활기찬 매혹적인 신의 조각상으로 묘사한다. 블로크의 첫 전기 작가인 콘스탄틴 모출스키는 블로크가 1906년 말의 몇 개월간 사실상 새로운 활력을 얻었던 것으로 보인다고 주장했다. 그의 두 눈은 '생기를 잃고' '미동도 없는' 상태를 벗어났고, 그의 신체에서는 '경직성'이

---

47 *Ibid.*, p.229.
48 Aleksandr Blok, *Zapisnye Knizhki*, Moscow-Leningrad: GIKhL, 1965, pp.72~74, p.84, p.86[『공책』].
49 Pyman, *Life of Aleksandr Blok*, p.230.

사라졌다.[50] 블로크는 이제 매혹적인 미남으로 보이게 되었다. 그는 자신의 새로운 시작품을 낭송하던 자정과 새벽 사이의 시간을 위해서 살았다.[51] 『닥터 지바고』에서의 보리스 파스테르나크의 서술을 믿어 본다면, 당시 문학계는 블로크라는 숨을 쉬었다.

1906년 말 블로크는 『북방의 디오니소스』*Giperboreiskii Dionis*라는 제목의 희곡을 구상하고 초안을 작성하는바, 그는 이 희곡에서 신을 불러내고자 한다. 여기서 그는 자신이 오랫동안 지속해 온 소피아에 대한 연구를 이바노프의 신화와 결합시킨다. 그리하여 여성 신격인 소피아는 예전의 천상의 광채를 잃고 어두운 디오니소스적 특질을 획득한다. 블로크는 의식적으로 디오니소스를 불러내려 하며 고통과 갱생이라는 신의 순환을 재현하려 애를 쓴다. 그는 자신의 공책에 다음과 같은 이바노프의 경고를 적어 넣었다. "디오니소스를 부질없이 불러내어서는 안 된다. […] 만일 내가 변모하지 않는다면, 나는 이대로 고통 속에서 죽을 것이다."[52] 그는 위험을 감수할 수밖에 없다고 느꼈다. "하지만 머잖아 이러한 새롭고 신선한 [시적인] 순환이 도래할 것이다. 그리하여 알렉산드르 블로크는 디오니소스에게로 [갈 것이다]."[53] 12월 29일 밤, 그는 자신의 새 희곡의 초안을 작성했다. 블로크는 이바노프식 신화의 첫 단계, 즉 상승 단계가 재연될 발단 지점을 썼을 뿐이었다. 배경은 한겨울의 높은 산이며, 주요

---

50 Mochulsky, *Andrei Bely*, p.57.
51 *Ibid.*, p.178. 블로크는 바로 그 만남의 시간에 『눈의 가면』을 처음으로 낭독했다.
52 Blok, *Zapisnye knizhki*, p.84.
53 *Ibid.*, p.86.

등장인물은 홀로 산을 오르는 청년이다. 그는 신의 담지자가 되도록 선택되었다.

신은 여성의 형상으로 그에게 하강한다. 그리고 여기서 희곡은 멈춘다. 희곡은 주인공의 디오니소스적 혼돈으로의 하강으로는 전진할 수가 없다. 청년은 자신을 신에게 온전히 내맡길 수가 없기 때문이다. 대신에 그는 신의 도덕적 성격, 즉 여신이 과연 선한지 악한지에 관한 추상적인 사색에 빠져든다. 그리하여 신화적인 희곡은 시들해져 버린다. 이 에피소드는 이 시기 블로크의 도덕의식의 어떤 면을 해명할 수 있게 하기에 언급할 가치가 있다. 여기서 도덕적 판단 행위는 삶과 욕정에 대치되는 것이다. 도덕 그 자체는 금지와 규제로 이해되었다. 첫 신화적 희곡의 실패는 심오한 창조적 에너지를 분출시키려면 도덕을 극복해야 함을 암시하는 것이었다. 이런 의미에서 블로크는 다른 모든 상징주의자들과는 상당히 달랐으며 이들보다 더 원초적이고 자연스럽게 '디오니소스적'인 것으로 보인다. 흥미롭게도 시인은 그의 가장 뛰어난 연작시 가운데 하나인『눈의 가면』에서 여성인 타자와의 만남에 자신을 송두리째 내맡김으로써 전통적 도덕을 의식적으로 내버린다. 블로크의 결정대로라면, 오직 이런 방식으로만 살아갈 수 있는 동시에 삶의 충만함을 느낄 수 있는 셈이다.

블로크는 1907년 1월 첫 두 주 사이『눈의 가면』을 창작한다. 블로크가 홀딱 반한 여배우 나탈리야 볼로호바에게 헌정된 이 연작시는 연애담으로 구성되어 있다. 연작시는 「눈」Snega과 「가면」Maski 두 부분으로 나뉜다. 전반부 「눈」에서 시인은 연인에게 환심을 사려는 행위를 우주적인 **신 탐색**bogoiskanie과 **신과의 투쟁**bogoborchestvo으로 경험한다. 후반부인 「가면」은 다방면에서 동일한 상황을 다루지만, 사회풍자적인 어법을 사용한다. 해학적인 표면상의 사건인 「가면」은 판에 박힌 세속의 사랑 놀음이다. 블로크는 아이러니한 재치로 사회적 관습을 조롱하지만, 인간적인 것과 신적인 것의 보다 심오하고 비극적인 상호침투를 다루지는 않는다. 이러한 대비에 의해 신비적 경험은 속세에서 멀리 떨어진 다른 영역에 배치된다. 마지막 시편들에서 시인은 신화적 드라마를 다시 펼치는바, 그는 최종적으로 자신을 신의 제물로 바친다.

이 연작시의 제1부 「눈」에서 연인은 환유의 디테일을 통해서 디오니소스 신의 모습으로 드러난다. 연작의 첫 시편 「눈의 와인」Sne-zhnoe vino에서 그녀는 메두사의 "묵직하고 구불구불한 머리카락"v tia-zhelozmeinykh volosakh을 지녔고, 와인 잔에 비친 그녀의 모습은 요동치는 뱀 모양으로 구부러지고 뒤틀려 있다zmeish'sia v chashe zolotoi. 제2부 「가면」의 초반부에서 시인은 이번에는 자기 패러디의 정신으로 유사한 이미지를 사용한다. 또한 사회적 에티켓의 '가면들'은 제1부 「눈」에서 사용된 디오니소스적인 갖가지 이미지의 유동적이고 찰나적인 자질을 무화시키고 굳어지게 한다. 예컨대, 욕정의 상징들, 즉 뱀과 날개들은 구체적이고 심지어 투박한 대상물로 단순화된다. 일례로, 여성용 구두의 발가락 부위에 수놓아진 조그마한 뱀과 책장에 놓인 목재 양각된 큐피드상이 그것이다.

연작시는 이바노프의 에세이에 묘사된 디오니소스적 의례와 흡사하게 처리된다. 여기서 시인은 이바노프의 「미학적 원리의 상징론」에서처럼 그리스도의 형상으로 화한다. 그는 반란을 일으키고 자신의 의지를 주장하며 신을 불러들여 마침내는 디오니소스의 양성적인 혼돈에 스스로를 내맡긴다. 이러한 혼돈에서 신비적이고 창조적인 새로운 의식이 발생한다. 이러한 부활은 짧은 시간 동안만 지속될 뿐이다. 연작시의 결말에서 시인은 호소력 있는 자기모순을 활용해 자신은 한낱 인간에 불과하며 본질적으로 어떤 연인과도 별반 다를 게 없음을 인정한다. 그는 '눈의 불더미' 위에서의 마지막 희생을 받아들인다.

디오니소스적인 부활의 의례는 일관되게 십자가형이라는 전통적인 그리스도 신화의 공간적이고 시간적인 표지로 틀지어져 있다.[54] 상승과 하강이라는 수직적 운동과 더불어 우리는 연작시의 제1부인 「눈」이 시간적으로 3일 동안 벌어진다는 데 주목한다. 세 번째 시 「최후의 길」Poslednii put'은 첫 일몰 표지이고, 열 번째 시 「연모」Vliublennost'는 두 번째 일몰, 제1부의 열여섯 번째 시이자 마지막 시 「눈 속에서」V snegakh는 세 번째 일몰의 표지이다. 이러한 시간적 범위는 제2부 「가면」의 마지막 시편 「눈의 불더미」Na snezhnom kostre에서 "삼일 밤 동안 정직했다"고 말하는 여주인공의 입을 통해 요약된다. 시간과 공간의 이러한 유사함으로 시인은 자신을 전통적인 그리스도와 대조하고, 그리하여 벨리의 언급처럼 '부활하지 못한' 지상의

54 『눈의 가면』에서의 그리스도주의적 모티브를 추적하는 작업에 세심한 노력을 기울인 티모시 웨스트팔렌에게 감사를 표한다. Timothy Westphalen, "Imagistic Centers in Aleksandr Blok's 'Snezhnaja maska'", B. A. honors essay, Illinois: Knox College, spring 1982.

그리스도라는 새로운 의식을 환기시킨다.

　전통적인 십자가형과 시인이 표현한 십자가형의 대조가 그 목적이다. 십자가형의 본래 목적은 신 앞에서의 영원한 부채감, 즉 절대적인 미덕의 원칙을 사람들에게 상기시키는 것이었다. 그 목적은 구속하고 길들이는 것이다. 블로크가 표현한 희생제의는 전통적인 도덕적 심판에 반하는 반란을 칭송한다. 시인 자신이 욕정의 어두운 지하세계로 들어감으로써 내세적인 미덕의 척도를 거역한다. 연작시의 세 번째 시편 「최후의 길」에서 블로크는 저 멀리 저녁노을 속 '흰 눈의 거품' 위로 보티첼리의 비너스와 비슷하게 떠오르는 훨씬 더 감각적이고 신적인 다른 존재를 포착한다. 석양 속 "멀리 떨어진 사원 위로 우울하게 / 마지막 십자가가 서서히 사라졌다"na dal'nem khrame bezotradostno / Dogorel poslednii krest(214)는 장면에서 그는 전통적인 도덕적 구속을 상징적으로 내던지는 것이다. 인간의 죄악과 희생의 전통적 상징으로서의 십자가는 그 의미를 상실한다. 아나키즘적이고 디오니소스적인 그리스도는 '제2차 세례'Vtoroe kreshchenie(216)를 통해 전통적인 가치가 전복되는 '새로운 세계'로 들어간다. 거기서 감각, 성욕, 욕정 같은 악에 의해 '천국'으로 이끌린다. 그와 그의 연인은 어떠한 제약도 없고 오직 감각만이 존재하는 혼돈의 디오니소스적 밤으로 입장한다.

　연작시의 제2부 「가면」에서 시인은 보다 온화한 아이러니를 내포한 도덕적 의식을 다룬다. 윤리적인 감각은 피상적인 무언가로서 사회적 외양, 즉 일종의 덫일 뿐이다. 이러한 감각은 제2부의 첫 시편 「가면을 쓰고서」Pod maskami에서 시인의 내적 창공이 열리는 순간 사라진다. "가면 아래서는 별이 총총히 빛났지. / 누군가의 이야기가 미소를 짓고, / 밤이 고요히 스러진다. // 사색에 잠긴 양심은, / 심연 위로 고요히 유영하며, / 시간을 저 멀리 끌어간다."A pod maskoi bylo zvezdno. / Ulybalas' ch'ia-to povest', / Korotilas' tikho noch'. // I zadumchivaia sovest', / Tikho plavaia nad bezdnoi, / Uvodila vremia proch'(236) 제1부에서처럼 여기서 역시 시인은 온갖 제약— 이성, 도덕적 의식, 합리성 —을 거부한다. 이는 삶 자체, 즉 신비적이고 열정적이며 보이지 않는 정신의 세계를 탐색하기 위한 것이다.

전통적인 도덕적 가치의 묵살은 처음에 반란을 일으키는 이바노프식의 상승의 단계, 즉 신과의 투쟁 단계와 일치한다. 이 단계의 또 다른 측면은 신을 압도하려는 시인의 시도이다. 연작의 두 번째 시 「눈의 결합문자」Snezhnaia viaz'에서 블로크는 신이 그의 창작물, 즉 "그대는 나의 시에 사로잡힌 결합문자"Ty-stikhov moikh plennaia viaz'(212)라고 선언한다. 그는 약간 거만하게 '그녀'를 대한다. "내게 몸을 맡긴 건 그대가 처음은 아니다. / 어둠의 다리 위에서"Ty ne pervaia mne predalas' / Na temnom mostu(212).

이러한 도전과 더불어 시인은 「눈보라에 휩싸인」Nastignutyi metel'iu에서 신을 불러내는 데 성공한다. 그녀의 숭고한 현존은 거센 눈보라 속에서 시인의 세상을 뒤집어 놓는 능력을 통해서 느껴진다. 시인은 그녀가 불러일으킨 엑스터시를 통해서 그녀의 현존을 인식한다. 시인은 신의 담지자가 되어 '작은 이성', 즉 건방진 에고와 거들먹대는 오만을 버린다. 시인은 우주적 허공 속으로 돌진하고 거기서 새로운 감각을 발견한다. 세상이 온통 뒤죽박죽이 되어 별들은 '검고' 배는 하늘 위를 항해하는 격이다. 드디어 시인은 우주적 카오스의 심오한 진리를 엿볼 기회를 얻는다. 그는 그것으로 고통스러워하기는커녕 자유를 느낀다. 그는 숨 막히게 허공 위를 비상하는 감각을 맛보며 무無 위를 위태롭게 항해하는 배들을 지켜본다. 그는 엑스터시 상태에 있는 것이다,

세 편의 시 이후에 나오는 시 「날개」Kryl'ia에서 시인이 우리를 이끌어 가는 곳은 내적인 열정의 세계다. 블로크는 광활한 대양의 이미지를 이용하여 디오니소스적 영역의 무한성을 전달하고자 한다. 여기서 그는 우리가 의식적이고 도덕적인 자아라는, 제약되고 예측 가능하며 친숙한 '대지'에서 멀어져 있음을 상기시킨다. 이 대지의 '석비들', 즉 규칙과 제재가 이제는 안개 속에서 간신히 보일 뿐이다 (221). 그럼에도 불구하고 시인의 황홀 상태는 인간의 삶에 놓인 궁극적인 한계, 다시 말해 죽음의 아련한 의식 속으로 서서히 사라진다. 열정과 유쾌한 흥분을 통해서 시인은 아직 받아들일 준비가 되지 않은 운명을 감지한다. 그는 자신의 '십자가', 즉 스스로 겪게 될 십자가형이 있을 것임을 안다. 그는 고통과 희생의 운명에 도전함으로써 자기주장을 한다. 그는 "불타오르는 겨울의 불길이 / 위협적인 / 저 먼 곳의 십자가를 살라 버리기!"chtob ogon' zimy paliashchii / Szheg groziashchii / Dal'nii krest!(226)를 바란다. 그보다 그는 "윙윙 울리는 화살처럼 / 검은 별들의 심연으로 날아가기"letet' streloi zveniashchei / V propast' chernykh zvezd(226)를 갈구한다.[55]

시인은 연작시 제1부 후반의 「물러가라!」Proch'!에서 모종의 부활을 체험한다. 그는 삼일이 지났다는 말과 함께 "권태"istoma에서 벗

어나 "창조 작업"k sozidaiushchei rabote / Vorotis'(227)으로 돌아가라는 요청을 받는다. 이 시는 하나의 태양이 아니라 여러 개의 태양에서 방출되는 아폴론적인 한낮의 빛으로 충만하다. 기독교적 체험과의 명백한 유사성이 되살아난다. 시인은 여기서 그 어느 때보다 자기를 부정하는 그리스도의 모습에 가깝다. 그는 '암자' 또는 '동굴' 속 고행자에 비견된다. 그는 "눈의 족쇄"snegov okovy(228)를 짊어지고 있으며, 허공으로 하강한 후 삼일 밤낮이 흘렀음을 깨닫는다. 이러한 유사성에도 불구하고 시인은 자신이 속세를 떠난 고행자가 아님을 상기시킨다. 그는 그 자체의 깊이를 갖고 부침하는 지상의 이념을 제외한 어떠한 현실의 이념도 조롱한다. '천국'은 우스꽝스러운 동화의 나라로 취급된다. 시인은 천국의 "황금 지붕을 인 대저택"v zlatoverkhie khoromy(227)으로 올라가기를 거부하고, "천국의 딸들"에게 "사멸하는 천국의 낡은 문을 향해" 멀리멀리 날아가라고 말한다Proch' leti, sviataia staia, / K staroi dveri / umiraiushchego raia!(228). 그는 천사들 그리고 천사들의 선물이나 칭송 같은 '다른 세계'와의 어떠한 관계도 원치 않는다. 그는 어떠한 "성찬"Prichastie도 원하지 않는다. 시인은 자신을 디오니소스적 그리스도라고 단언한다. 다시 말해, 그는 현존재로 여기 이 지상의 "어두운 암자"v pomerkshei kel'e(229)에서 어떤 어려움과 고통이든 감당하며 머물기를 원한다. 그는 부엉이와 야수들을 천사보다 더 좋아한다. 이보다 이른 시기의 시에는 대천사

---

55 [옮긴이] 「불안」(trevoga)에서 인용.

가 두 개의 검을 교차해서 만든 십자가로 시인을 위협하는 장면이 있다. 이제 그는 자신의 암자에서 자신의 십자가를 만들 검을 갖고 있노라고 답한다. 그의 운명은 여기 이 지상에서 비롯한 것이다. 그는 '암흑의 나날의 징조'를 알아차리고 그것을 자기 운명으로 기꺼이 받아들인다. "나의 유쾌함이 두 빛줄기로 쏟아져 나온다."struit moe vesel'e / Dva lucha(229)

제1부 「눈」의 마지막 시편들에서 블로크는 이바노프의 신화적 구조를 변형시킨다. 그는 니체의 지혜 개념과 비슷한 무언가에 도달한다. 그는 심오한 창조에 이르는 법 이상의 것을 감각한다. 다시 말해, 그는 자기 자신의 지상의 운명에 대한 비전을 얻는 것이다. 그리하여 그는 다시금 열정의 '눈보라'에 자신을 희생한다. 그는 자신의 에고를 완전히 단념한다. 시인은 제1부의 마지막 시 「눈 속에서」에 이르기까지 1인칭 대명사 나를 단 한 번도 사용하지 않는다. 그는 에고와 의지를 상실한 것이다. 그의 지상적 자아는 3인칭 시점으로 객관화된다. 시적인 의식은 많은 의식들과 균형을 이룬다. 여기서 '그녀'She는 디오니소스적 정신으로, '그'He는 운명에 맞서 싸우는 지상적 자아로 등장하는 것이다. '그녀'의 시각은 살아 있는 것들로 하여금 인생의 고난을 넘어서 별들을 지향하고 심연과 죽음을 직시하게 하는 영원성의 관점이다. 그녀는 영원성과 죽음을 포용한다. '그'는 죽음을 피할 길이 없음을 수용하는 비극을 겪는다. 제1부의 마지막 시 「눈 속에서」에서 시인은 ──「명정酩酊의 노래」Song of Intoxication라는 장의 차라투스트라와 유사하게 ── 영원성, 즉 초인과의 신화적 연관에 도달한다. 그는 영원의 상 아래에서sub specie aeternitatis 삶을 바라본다. 그

는 창공을 가로질러 뻗어 있는 은하수에 자신을 견줘 보고 있다. 그는 '그녀'를 '영원성' 또는 '무한성'으로 대한다. 그는 '세계의 감옥'을 영원한 무늬uzor의 일부로 파악하며 그것을 긍정한다.

연작시의 결말부에서 시인은 다시금 자신의 지상에서의 운명을 환영하고 기쁘게 받아들인다. 그는 "사멸은 내게 유쾌하다"pogibnut' mne veselo(250)라고 재확인한다. 여기서 그는 자신을 신성한 연인의 희생양으로 바친다. 그는 불타는 십자가에 '못이 박힌' 자이다. 지상의 운명에 대한 최종적인 긍정은 개인적 고유성의 환상을 포기한다는 것이다. 최종적인 가치는 삶을 살아 나가며 지상의 경험을 쌓는 것이지, 그 경험을 더 높고 손댈 수도 반복되지도 않는 고유한 것으로 고정시키는 것이 아니다. 그는 거듭 새로워진 아이러니로, '그녀'에게 스스로를 내맡긴 구분되지 않는 숱한 '주인공들' 중의 한 사람인 자신을 비웃지만, 죽음 속에서조차 시인은 생성의 자질을 긍정한다. 그는 죽음이 생에 걸맞은 대단원이 되어야 한다는 차라투스트라의 이념을 실현한다.

다음과 같은 의문이 떠오른다. 블로크는 이 시기 새로운 그리스도 신화를 어떻게 전유하고 있는가? 이 신화는 블로크 자신의 도덕적 의식의 어떤 면을 보여 주는가? 이바노프가 그리스도를 온건하게 '디오니소스화'한다면, 블로크는 그것을 극단으로 몰고 간다. 이전에 그가 메레시콥스키식의 지상의 육체와 천상의 영혼의 조화로운 종합이 작동하리라는 데 대해 의혹을 가졌던 것처럼 이제 그는 악마적이며 어둡고 미숙하나마 정열적이고 생동하는 지상의 이름으로 천사들과 황금의 궁전들이 즐비한 내세를 거부하고 권좌에서 끌어내린다. 그는 어떤 미지의 미래를 기대하고 준비하기보다는 오히려 삶의 역경을 겪으며 고통받고 자신을 인식하며 죽어 가는 것을 선호한다.

니체의 수용 및 그 시기의 의식 전체에 널리 확산되었던 쟁점에 관한 또 하나의 요점이 제기되어야 한다. 그것은 당대의 도덕적 의식의 혁명에서 미적인 것과 윤리적인 것 사이의 상호관계이다. 블로크는 다른 어떤 이들보다 더, 윤리가 미학적 관심에 희생되었다는 식의 고정관념에 합치하는 사람처럼 보인다. 그의 편지와 수기는 연작시『눈의 가면』과 마찬가지로 어떤 억압적인 형태의 도덕적 판단에 대해서도 무정부적 거부를 표현한다. 그는 도덕을 전적으로 거부하는데, 그에게 있어서 도덕은 사람을 바보로 만드는 규제에 불과하다. 그는 반란을 일으키고 자신을 파괴할 자유를 얻는다.『눈의 가면』에서 블로크는 우리의 정신적 본성 전반의 맥락에서 도덕적 의식의 표피성과 나약함을 강조한다.

이바노프와 달리 블로크는 '나와 너'I-thou 관계의 사회적이고 윤리적인 측면을 비꼬아 말한다. 에고를 포기하는 행위와 '너'의 발견은 진정한 형태의 신비적 경험으로 여겨진다. 윤리적인 것은 사실상 내적 세계를 표출하는 데 해롭다. 하지만 블로크의 아나키즘은 통속 해설자들이 비판하고 러시아 니체주의자들이 설교한 조야한 이기주의와는 상당히 거리가 먼 것이다. 이는 오히려 니체가 프로메테우스의 드라마 속에서 보았던 비극적인 디오니소스적 세계관을 연상시킨다. 다시 말해, 시인은 외적인 힘의 우세를 비판하면서도 내부의 활력을 키우는 방식으로 인간의 삶을 긍정하는 영웅적이고 고양된 죄를 범한다. 결국 블로크는 자신의 도덕적 책임의 형태에 도달한다. —— 그는 자신의 운명을 받아들이고 긍정하는 것이다. 그는 원한 없이 죽음을 대면한다.

블로크의 연작시는 러시아 신비주의적 상징주의 내부의 균열을 드러낸 여러 문학적 사건들 가운데 하나였다. 1906~1907년, 벨리와 메레시콥스키, 기피우스는 모스크바의 잡지 『저울』을 활용하여 페테르부르크의 '신비주의 아나키스트들' —— 출코프, 이바노프와 블로크 —— 에 대한 비판의 포화를 퍼부었다. 공격의 초점은 지상적이고 이따금 속류적인 관능성과 인민주의 함의를 지닌 출코프의 이데올로기이기는 했지만, 출코프는 신비주의적 상징주의를 분열시킬 만큼 사상가로서의 재능도 없었고 충분히 뛰어난 존재도 아니었다.[56] 논쟁의 실질적 핵심은 이론가 이바노프와 시인 블로크의 디오니소스적 기독교, 그 감각 지향성과 성애적인 것의 긍정이었다. 『저울』을 두고 결집한 모스크바 분파는 페테르부르크 시인들, 특히 블로크가 상징주의의 근본적 상징, 즉 숭고미와 지혜로서의 '신성한 소피아'를 폄하한다고 느꼈다.[57] 그들은 페테르부르크 반대자들의 '더럽고 너저분한' 에로티시즘을 매도했다.[58] 벨리와 기피우스, 메레시콥스

---

56 *Literaturnoe nasledstvo*, vol.92, 3(1982), p.299[『문학 유산』 92권]. 신비주의적 아나키즘에 대한 다른 관점은 다음을 참조하라. Bernice Glatzer Rosenthal, "The Transmutation of the Symbolist Ethos: Mystical Anarchism and the Revolution of 1905", *Slavic Review* 4, December, 1977, pp.608~629.

57 Andrei Belyi, "Na perevale No.7: Shtempelevannaia kalosha", *Vesy* 5, 1907, p.52[「고갯길 7호에서: 스탬프 갈로샤」, 『저울』 5호].

58 Andrei Belyi, "Review of 'Tsvetnik Or'", *Vesy* 6, 1907, p.68[「'한 송이 꽃 Or[외침]'에 대

키는 테우르기아theurgy로서의 시에 대한 견해, 즉 시인은 고귀한 신비적인 전망을 위임받은 자라는 견해를 옹호했다. 그들 사이의 의견 차이가 얼마나 크든 지상을 포용하려는 메레시콥스키의 과도하게 지적인 노력에도 불구하고, 이들 세 사람은 궁극적으로 영원한 진리를 갈망했다. 그들은 인간 정신에 미치는 초인적('역사적'이거나 '초월적') 힘의 작용을 통한 정신적 변모를 기대한 것이다.

블로크는 1910년 자신의 논문 「러시아 상징주의의 현황에 대하여」에서 이러한 테우르기아적 접근의 위험성을 지적한다. 블로크의 논증에 따르면, 신비적 전망이 자기암시적인 것이고, 이른바 우주적 힘이 날조된 것에 불과하다는 인식은 단지 니힐리즘적인 자기모순을 낳을 뿐이다. 여기서 블로크는 이전과 마찬가지로 정신적 변모가 오직 인간 정신의 내부, 즉 자아가 이끄는 내부의 신적인 것과의 투쟁 속에서 일어날 수 있다는 이바노프의 관점에 동의한다.[59] 시인은 내적 발견이라는 예술적 '지옥'을 여행하고 자기 내부의 근원적인 생명의 힘을 발산해야 한다. 이곳의 지상에서 가상의 영원한 왕국의 조화를 창조하려는 시도 대신 블로크는 "세계로부터 그리고 우리의 불타 버린 영혼 속에 여전히 살아 있는 어린아이에게서 새로이 배울 것"을 요구한다(SS8, V, 436). 논문 전반에서 니체적인 형상을 환기시키며 블로크는 '위대한 정오의 시간'의 예리한 빛을 견뎌 낼 수 있

한 리뷰」, 『저울』 6호].
59 1910년보다 더 이른 시기에 자신의 강좌 「상징주의 성서」(Zavety simvolizma)에서 이바노프는 상징주의 예술을 일종의 디오니소스적-금욕주의적 실천, 즉 개인이 내부적으로 신을 위해 희생하는 "개인적 자아의 내적인 공적"으로 특징지었다. SSI, 602~603.

고(V, 425), 낡은 초월적 실체를 아이러니하게 언급하며(V, 429), 자기 내부의 '어린아이'의 창조적이고 디오니소스적인 힘을 찬양하는 (V, 436) 지상의 신비적인 상징주의를 그려 낸다.『어릿광대극』은 초월성을 넘어선 블로크의 니힐리즘적 단계의 첫 걸음이었다. 그리고 『눈의 가면』으로 그는 새로운 신비적 상징주의를 구현했다.

벨리, 그리고 십자가에 못 박힌 디오니소스

니체 철학을 지지한 러시아 상징주의자들 가운데 안드레이 벨리는 가장 모순적이고 난해한 인물이다. 벨리의 전쟁 이전의 산문에서 '지상'과 '천상' 사이의 균열은 이 둘을 화해시키려는 그의 열정적인 노력에도 불구하고 메워지지 않는다. 실제로 첫 두 편의 소설『은빛 비둘기』와『페테르부르크』에서 이 둘 사이의 모순은 해결될 수 없는 것처럼 보인다. 전쟁 이전 시기 벨리는 자신의 선구자들과 동시대인들이 개진한 신화적 해결책을 반박하지만, 자신의 해결책은 발견하지 못한다. 벨리는 메레시콥스키의 순진하게 삶을 긍정하는 신기독교도, 이바노프의 지상적인 디오니소스적 세계관도, 부활하지 못한 그리스도의 형상을 한 블로크의 숙명론적 아이러니도 받아들이지 못한다. —— 게다가 블로크는 비록 덧없을지라도 열정적이고 활기찬 지상을 위하여 천상이라는 추상적인 영원한 이념을 거부한다. 블로크와 달리, 그는 모든 신비주의적 상징주의자들이 고심해야 했던 형이상학적 의미화의 위기를 조정해 내지 못한다. 벨리의 도덕의식은 지상적 존재로서 자기실현의 희망, 그리고 지상적 가능성에 대한 불신과 아이러니의 강한 감각 사이에서 분열한다. '지상'은 비난을 자초하며, 생명과 재생력의 원천이 되기에는 지나치게 경멸스럽고 너무나 그로테스크하다. 반면에 '천상'은 거기서 활력과 자양분을 얻기에는 너무나 멀고 추상적이며 접근이 요원하다.

벨리의 본원적이고 파괴적인 양가성은 개인적인 기독교적 부활의 신화를 만들려는 반복된 시도 속에서 극명히 대비되어 나타난다. 그의 딜레마의 핵심에는 신화의 존재론적 본성에 대한 문제가 있다. 신화는 인간의 창조적 의지의 산물이며 지상의 고통과 열정에 대한 찬양인가? 아니면 신화는 초월적인 실체에 뿌리를 둔 것인가, 즉 신화적 진실은 절대적이고 불변하는 것인가? 신화적인 진실은 능동적으로 창조되고 실현되고 시험되어야 하는 것인가, 수동적으로 받아들이고 이해되어야 하는 것인가? 그의 청년기에 영향을 미친 두 사람의 주요한 철학적 스승에 대한 벨리의 반응은 이러한 대조를 극명히 드러낸다. 대략 비슷한 시기인 1900년경에 벨리가 탐독한 니체와 솔로비요프의 저작은 공히 매혹적이었지만 서로 상반되는 대안을 이 젊은 작가에게 제시한다. 그것들은 벨리가 화해시킬 수 없고 그 자신의 도덕의식의 분열을 격화시키는 대안을 담고 있었다. 솔로비요프는 벨리의 상상 속에서 순수하고 성자 같은 모습의 금욕적 화신으로 나타난다. 그는 역사적으로나 지리적으로 벨리와 가까웠다. 젊은 시인은 솔로비요프의 가족, 특히 그의 조카 세르게이와 교분이 두터웠다. 벨리는 솔로비요프와 겨우 몇 번 만났고, 그의 철학적 발전에서 가장 중요한 만남은 1900년 봄에 이뤄졌다. 그와의 보다 친밀한 교분은 그해 솔로비요프의 갑작스러운 죽음으로 허락되지 않았다.[60] 곧이어 솔로비요프 숭배가 모습을 드러냈고 그 중심에 벨리가 있었다. 벨리는 무엇보다 솔로비요프 사상의 종말론적 관점에 매료되었다. 이바노프가 솔로비요프의 사랑의 철학을 상찬했고, 블로크가 소피아의 초월적 형상을 추구했다면, 벨리는 고인이 된 철학자의 '예언적인' 마지막 작품 「안티그리스도에 관한 이야기」에 특별한 의미를 부여했다.[61] 벨리는 솔로비요프의 철학을 "구세계의 해변을 떠나라고 [우리에게] 호소하는 소리"라고 일컬을 만큼 자신을 매료시킨 천상의 자질을 포착한다.[62]

니체 철학은 벨리가 가진 기질의 또 다른 측면에 호소력이 있었고 창조적 의지의 잠재력과 지상의 존재의 가능성을 보여 주었다. 1899년 모스크바대학 1학년생 시절 『차라투스트라』를 접한 벨리는 니체에 대한 '광적인 열정'에 휩싸였다.[63] 『두 세기의 경계에서』라는 저작에서 밝혔듯이 그는 그때 처음으로 완벽하게 살아 있음을 느꼈다. 니체는 그에게 "그 이론적이거나 미학적인 의미가 오직 공동창작sotvorchestvo의 길에서 드러나는 활력 넘치는 형상의 창조자tvorets"

---

60 Magnus Ljunggren, *The Dream of Rebirth: A Study of Andrei Belyi's Novel Peterburg*, Stockholm: Almquist and Wiksell, 1982, p.18; Andrei Belyi, *Vospominaniia o A.A. Bloke*, Munich: Fink, 1969, p.24[『블로크에 대한 회상』].

61 Andrei Belyi, *Vospominaniia ob Aleksandre Bloke*, Letchworth: Bradda, 1964, p.14[『알렉산드르 블로크에 대한 회상』].

62 *Ibid.*, p.39.

63 Andrei Belyi, *Na rubezhe dvukh stoletii*, Moscow-Leningrad: Zemlia i fabrika, 1930, p.465[『두 세기의 경계에서』].

로 보였다.[64] 니체 철학의 발견은 그가 과학과 유물론-실증주의적 세계관에서 예술과 신新이상주의로 전환하는 결정적 요인이 된 것으로 보인다. 벨리의 삶에서 자주 그랬던 것처럼, 니체에 대한 그의 열광도 동일하게 강한 반작용에 의해 서서히 약화되었다. 모스크바대학의 저명한 수학자로 벨리의 존경받던 아버지는 아들에게서 일어난 변화를 이해할 수 없었다. 문제를 보다 어렵게 만든 것은 벨리의 지적이고 정신적인 보루였던 솔로비요프의 가족이 그의 새로운 우상 니체를 노골적으로 낯설게 여기고 반감마저 드러냈다는 데 있다.[65]

벨리는 1899년 러시아어 번역본이 나왔을 때『비극의 탄생』을 읽었지만, 1904년 즈음 이 책을 다시 읽고 니체에 대한 신선한 시각을 갖추게 되었다.[66] 니체의 사상은 이전처럼 활기차게 지상에서의 자기실현 욕구와 보다 높은 의미의 종교적 탐색 사이의 틈을 메우는 데 도움이 될 것처럼 보였다. '십자가에 못 박힌 디오니소스'의 형상으로 니체의 사상은 벨리에게 포괄적인 종교적 신화를 형성시킬 가능성을 보여 주었다. 그는 논문「러시아 문학의 현재와 미래」(1907)에서 니체적인 반란이 러시아 상징주의자들로 하여금 기독교에 관심을 돌리도록 그들을 각성시켰다고 지적했다.[67] 1908년에 그는 논문「프리드리히 니체」에서 독일 철학자 니체를 '삶의 종교'의 토대

---

64 *Ibid.*, p.466.
65 *Ibid.*, p.468.
66 Belyi, *Vospominaniia* (Fink), p.20.
67 Andrei Belyi, "Nastoiashchee i budushchee russkoi literatury", *Lug zelenyi*, Moscow: Al'tsiona, 1910, p.81 [「러시아 문학의 현재와 미래」, 『초원은 푸르다』].

를 놓은 위대한 '삶의 스승'으로서 그리스도와 나란히 위치시켰다.[68] 벨리가 쓰기를, 디오니소스적 영원회귀 이념은 니체가 실존을 실험하고 죽음을 맞이한 니체적인 '골고다'였다. 차라투스트라가 벨리에게 그가 초기 순문학 작품에서 모방한 도덕적 반란의 모델이었던 것처럼, '십자가에 못 박힌 디오니소스'는 상징적인 이미지 이상의 것이 되었고 실제로 벨리의 마음 깊숙이 삶의 목표를 제시했다. 블로크에 관한 회고록에서 벨리는 상징적인 이미지를 탐색하면서 "니체의 전기에 바싹 다가섰다"고 기억했다.[69] 그 뒤 1912년 스위스의 바젤에서 인지학적 명상을 실행하는 동안, 벨리는 디오니소스-기독교적 신화의 두 가지 양상, 즉 희생과 부활을 체험했다. 그는 자신이 그리스도처럼 십자가에 못 박히는 중이라고 믿었다. 또 언젠가 그는 고대 그리스 제의에서의 디오니소스처럼 자신이 신체적으로 갈가리 찢기고 있는 것처럼 느꼈다.[70] 벨리는 니체가 처음 전신을 약화시키는 병의 발작을 견디던 것과 같은 상태에 처해 있음을 예리하게 자각했다. 이전 스승과의 동질감은 압도적인 것이었다.

앞선 철학적 선구자와의 강한 동일시에도 불구하고 벨리는 자신의 모든 저작에서 독창성을 극도로 고집했다. 그는 자신이 '주의자' 또는 '추종자' 따위가 아니며, '쇼펜하우어주의자', '솔로비요프주의자', '니체주의자' 등의 어떤 표식으로도 분류될 수 없다고 회

68 Belyi, "Fridrikh Nittsshe", *Arabeski*, Munich: W. Fink, 1969, p.90.
69 Belyi, *Vospominaniia* (Letchworth), p.101.
70 Ljunggren, *The Dream of Rebirth*, p.77.

고록에 쓰고 있다.[71] 이러한 고집은 선구자가 그에게 더 가까워질수록 물리적·시간적·이데올로기적으로 훨씬 더 강해진다. 예를 들어, 1901년에 벨리가 처음 출간한 산문작품 「제2심포니」에서 니체는 "위엄 있는 얼굴, 검은 콧수염과 처진 눈썹을 한 땀에 젖은 마부"로 묘사된다(SII, 134). 동시대인들은 훨씬 더 예리한 비판과 때로는 재치 있지만 불쾌한 조롱의 대상이 되곤 한다. 독창적이 되려는 욕구는 벨리가 급진적으로 금욕적인 도덕적 관점을 발전시킴에 따라 더더욱 적합지 않게 보일 것이다. 하지만 그것이 아무리 부적합해 보일지라도 완벽한 독창성을 향한 그의 충동은 늘 그대로였고, 그것은 벨리가 자신의 문학작품에서 철학적 스승의 사상을 수용하는 데 대단히 중요한 역할을 한다. 벨리가 인정하려 하든 말든, 니체 철학에 대한 그의 해석은 그가 바라는 것보다 '독창적'이지 않다. 그의 독해는 선배 상징주의자인 메레시콥스키와 이바노프의 관점에 의해 현저히 좌우되는 것이다. 그들은 벨리로 하여금 실증주의에 대한 반항에서 기독교에 대한 재전유로 도덕적 탐색을 전환하도록 돕는다. 이 두 사상가의 신화적인 구조물은 벨리의 사유 속에서 창조적 의지와 초월적 존재 사이의 대립을 격화시킨다. 이들과의 논쟁을 통해서 벨리는 기독교 신화에 대한 그 자신만의 독특한 해석에 도달한다.

메레시콥스키는 벨리의 초기 창작에 강한 영향을 주었다. 두 번째 스승 이바노프에 비해 메레시콥스키가 벨리에게 보다 깊은 인상

71 Belyi, *Na rubezhe*, p.13.

을 주었다고 말할 수 있다. 선배로서 메레시콥스키가 정신적으로 보다 덜 위협적이었으므로 그 영향을 극복하기가 더 용이하기도 했다. 젊은 작가의 마음을 사로잡은 것은 도덕적 재평가에 대한 메레시콥스키의 지적인 접근 및 새로운 기독교 시대로 향하는 역사적 기획의 흐트러짐 없는 낙관적인 이념이었다.[72] 벨리 또한 인간의 창조적 의지에 대한 메레시콥스키의 소박한 믿음을 좋아했다.[73] 『두 세기의 경계에서』에서 벨리는, 1900년 무렵 메레시콥스키는 그의 사유의 지배자였고 니체와 더불어 자신의 산문 『네 편의 심포니』 집필에 영감을 주었다고 언급했다.[74] 두 사람은 1901년 솔로비요프 가족의 집에서 만났다. 얼마 지나지 않아 벨리는 상트페테르부르크에서 메레시콥스키가 조직한 종교철학 모임에 참석하곤 했다. 벨리는 비평가로서의 메레시콥스키의 능력을 재빨리 알아차렸다. 그의 글에 따르면, 메레시콥스키가 가장 먼저 니체 철학의 진가를 알아봤고 고골, 도스토옙스키 및 톨스토이를 새로이 독해함으로써 19세기 러시아 문학을 재발견했다는 것이다.[75]

벨리는 라이벌이 된 선배 상징주의자에 관한 재미난 풍자 글에서 '지상'과 '천상'이라는 '두 진리'를 종합하려 한 메레시콥스키의 잘못된 시도를 강조한다. 「제2심포니」와 논문 「메레시콥스키」(1907)에서 공히 벨리는 메레시콥스키의 영적 초점의 결핍을 비웃는다.

72 Belyi, *Vospominaniia* (Letchworth), p.101, p.159.
73 Belyi, "Nastoiashchee i budushchee russkoi literatury", p.61.
74 Belyi, *Na rubezhe*, pp.402~403.
75 Belyi, "Nastoiashchee i budushchee russkoi literatury", p.85.

「제2심포니」에서 벨리는 사람들이 부조리한 일상에 빠져 있는 도시 풍경을 묘사함으로써 실존주의적 권태의 장면을 그린다. 여기서는 시인, 철학자와 사제 모두 일관성 없는 사유를 하고 어리석은 말을 한다. 이러한 설정 속에는 한 사람이 아닌 두 사람의 메레시콥스키가 등장한다. 한 사람은 메레시코비치Merezhkovich이고, 다른 한 사람은 드로지콥스키Drozhzhikovsky이다. 후자의 이름은 '효모'drozhzhi, 드로지에서 파생된 것이지만, 나중에 벨리가 조롱조로 말하듯 그는 진정한 갱생을 위한 정신적 발효소를 제공하지 못한다(SII, 299). 메레시코비치는 '이교와 기독교의 통일'이라는 메레시콥스키가 즐겨 사용한 주제를 설파한다(SII, 252). 벨리는 도덕적·정신적인 부활을 예언하려는 드로지콥스키의 시도에서 더 많은 것을 도출해 낸다. 벨리는 자신의 풍자적인 대역의 이념의 길고 부조리한 어떤 목록을 제공함으로써 메레시콥스키 사유의 애매성과 부적합성을 지적한다. 이러한 "신식의 유망한 재능"은 "소멸된 거인들을 부활시켰다". 그는 그들의 이념들을 결합시켰고, 그는 이러한 사상의 진화를 알아차렸다(SII, 206). 또한 그는 새로운 진리를 언급할 자세가 된 것처럼 보였다(SII, 208). 그는 "초인의 성스러운 의미"에 대해서도 이야기한다(SII, 209). 게다가 그는 "정신적인 갱생 […] 신학과 신비주의와 교회의 종합 가능성을 예상한다"(SII, 209~210). 그는 또 "정신의 세 가지 변모 양상을 지적했다"(SII, 210). 마침내 드로지콥스키는 구체적인 초점의 결여와 그의 개성에 어떠한 실질적 새로움이 없음으로 인해 위신이 실추된다. 1907년에 벨리는 더욱 간결하고 구체적이며 효과적인 표현을 써서 메레시콥스키를 '전문성 없는 전문가'라고 특징짓는다.[76] 벨리는 메레시콥스키가 자신의 지적인 '에펠탑' 정상의 안개 속에서 그 밑에 있는 사람들에게 인쇄된 종잇조각 비를 뿌리는 모습을 묘사한다. 벨리가 암시하듯, 메레시콥스키의 일관성과 구체성 결여는 예언을 갈망하는 다수의 지성인 집단조차도 그의 예언을 이해할 수 없는 것으로 만든다.

이에 비해 뱌체슬라프 이바노프의 영향은 지적으로 억제되거나 통제되지 않았다. 벨리는 분명히 난처한 상태에 있었으면서도, 1905년경에는 이바노프에게 매료되어 있었다. 벨리는 메레시콥스키의 기여에 공개적인 감사를 표했음에 반해, 이바노프의 한층 더 지대한 영향에 대해서는 좀체 인정하려 들지 않았다. 벨리는 이바노프가 "우리의 사상에 토대를 제공했음"을 인정하면서도 이바노프의 결점이라고 여긴 지점에 대해 적대적이고 불쾌하게 대했다.[77] 이바노프의 지상적이고 감각적인 사상은 벨리에게 분명히 반감을 불러일으켰다. 그는 이바노프에게서 놀라운 결벽성, 까다로움, 점잔 빼는 모습을 발견한 것이다.

벨리는 1903년과 1904년에 처음 나온 이바노프의 「그리스의 고통받는 신의 종교」를 읽었음에 틀림없다. 『블로크에 대한 회상』에서 벨리는 이 시기 『비극의 탄생』을 탐독하게 되어 "십자가에 못 박힌 디오니소스"의 문제와 씨름하게 되었다고 언급했다. 비록 벨리는 독자적인 디오니소스의 발견을 암시하기는 했어도, 이바노프에 의해

---

76 Belyi, "Merezhkovskii", p.139.
77 Belyi, *Vospominaniia o A. A. Bloke* (Letchworth), p.112.

일반화된 디오니소스 신화를 자신의 것으로 전용했다. 1904년에 그는 다음과 같이 썼다. "십자가가 나타나고 […] 이와 함께 때로는 반란이나 때로는 희생으로 해결되는 십자가의 비극이 나타난다." 그리고 또 다른 대목에서 "십자가에 못 박힌 디오니소스의 상징을 통해 니체의 전기에 바싹 다가감으로써 나는 (1904년에) 이미 고통과 희생의 문제를 자신의 과제로 설정했다"고 적었다.[78]

차후 이바노프는 벨리의 창작 활동에 중요한 방조자 역할을 했다. 신비주의적 아나키즘에 대한 심각한 견해차에도 불구하고, 1908년 그들은 서로 친밀해졌다. 1912년 초반, 벨리는 페테르부르크에 있는 이바노프의 타워에서 두 번째 소설의 몇 개 장을 낭독했다. 이바노프는 그 작품의 제목으로 『페테르부르크』를 사용할 것을 추천했다. 같은 해 후반 벨리가 바젤에 체류할 때, 이바노프가 그곳을 방문했고 심지어 그는 벨리와 함께 머물며 인지학적인 명상을 하고 싶어 했다. 두 사람은 니체와 그의 바젤에서 생활 그리고 초기 정신병에 관해서 많은 대화를 나누었다.[79] 이러한 이바노프와의 대화는 벨리로 하여금 그리스도의 십자가형과 디오니소스적인 육체적 고통을 통한 정신적 부활이라는 이중의 정신적인 경험을 강화했다고 추측해 볼 수 있다. 게다가 『페테르부르크』의 두 주인공 니콜라이 아블레우호프와 알렉산드르 두드킨이 겪는 그 같은 고난은 벨리의 이바노프적인 망상이 그의 소설에서 신화적 서사 형식을 취하게 되었음

78 *Ibid.*, p.14, p.101.
79 Ljunggren, *The Dream of Rebirth*, p.77.

을 암시한다.

아마도 자신의 창조 활동과 심리에 미친 이바노프의 강한 영향력 때문에 벨리는 자신의 선배를 비판할 때 아주 가혹했던 것으로 보인다. 그는 이바노프가 상징주의를 '통속화'한다고 분개한다. 그는 이바노프를 '공기를 더럽히는 자'라고 불렀는데, 이것은 '진정한' 상징주의에 내재하는 깨끗하고 고결하며 비의적인 가치를 흐리고 혼란시켰다는 것을 의미한다.[80] 벨리는 이바노프의 민중성narodnost'을 좋아하지 않았다. 그것은 벨리가 보기에 본래 대중화될 수 없는 이념을 폭넓은 대중에게 퍼트리려는 집요한 지향에 불과했다. 그 결과가 숭고함의 '통속화'인 것이다. 벨리는 이바노프가 "그리스도와 디오니소스, 성모와 평범한 여인 사이 [⋯] 사랑과 에로티시즘, 동정녀와 마이나데스 사이 등식 같은 것"을 도입하는 것을 용서할 수 없었다.[81] 여기서 벨리가 육체적인 순수와 비의를 높이 평가하고, 신체적·육체적·감각적인 것을 멀리하고 있음이 완연하게 드러난다. 이바노프의 통속화에 대한 벨리의 염려는 첫 장편소설 『은빛 비둘기』에서 풍자적으로 모방한 대응 양상으로 표현될 만큼 아주 강했다. 여기서 그는 디오니소스가 그리스도는 아니고 모든 여인이 성모는 아니며 에로티시즘 역시 진실한 사랑은 아님을 보여 주고자 했다.

기독교 신화에 대한 벨리의 독특한 전유는 그의 깊은 양면성을 반영한다. 이바노프에 대한 반감에도 불구하고 그는 지상의 도덕적

---

80 Belyi, *Vospominaniia o A. A. Bloke* (Letchworth), p.113.
81 *Ibid.*, p.113.

반란자에 대한 진정한 호감을 보여 준다. 그것은 그가 블로크를 그렇게 명명했듯이 '부활하지 못한 그리스도' 그리고 '십자가에 못 박힌 디오니소스'에 대한 호감이기도 하다. 그는 또한 금욕적인 정화, 새로운 아이 같은 순결로 여겨진 부활에 대한 갈망에 이끌렸다.

전쟁 이전 벨리의 산문 속 주인공들은 저자의 딜레마를 여러 각도에서 재현한다. 그들의 인격에는 디오니소스적인 그리스도의 요소가 들어 있다. 그들이 있는 그대로의 삶을 부정하는 충동에 이끌리는 이유는, 세계를 재생시킬 수 있는 자신들의 창조적인 의지의 능력을 믿기 때문이다. 그들은 재생으로 가는 길을 안다고 확신한다. 하지만 그들의 꿈과 상상은 때로 자신들이 확신하는 바와 모순된다. 그들의 고차원적 목적은 통상 어떤 면에서 금욕적이며 지상적인 것을 부정한다. 그들의 이상은 인간적 본성을 재생시키는 대신, 인간 본성의 폭력적 측면을 압도하고 진정시키려는 의지를 드러낸다. 벨리의 첫 번째 도덕적인 반란자로 「제2심포니」에서 등장하는 이는 세르게이 무사토프이다. 그는 붉은 수염의 열정적인 금욕주의자로 이 작품의 부조리한 세계에 의미를 부여한다. 그는 별개의 세부사항들 속에서 묵시록의 징후를 간파한다. 벨리의 선구자 메레시콥스키처럼 무사토프 역시 "제3의 왕국이 목전에 있다"고 예언한다(SII, 211). 그러나 인간의 창조적 의지를 부분적으로나마 신뢰한 메레시콥스키와 달리 무사토프는 마법을 걸어 인류에게 미래를 강제할 초월적 힘을 조작하고자 한다. 또한 그는 「안티그리스도에 관한 이야기」에서 솔로비요프의 묵시록적 통찰과 차라투스트라의 영원회귀 이념을 전유하고 있다.

무사토프의 우주적 관점은 지상의 사건들과 초월적인 힘들이 알레고리적으로 결부되어 있다는 메레시콥스키의 순진한 믿음을 드러내고 있다. '지상'은 '천상'의 상징적인 재현이자 가시적인 징표이다. 무사토프는 그리스도의 탄생이라는 1900년 이전의 사건으로의 귀환을 예언한다(SII, 253). 그는 모스크바에서 마차를 타고 가며 종말을 경고하는 블라디미르 솔로비요프를 보았다고 주장한다(SII, 280). 그는 솔로비요프적인 묵시록의 형상, 즉 태양을 두른 여성 소피아의 환영을 불러내고, 안면이 있는 어느 여인을 소피아의 현현이라고 믿는다.

무사토프가 상상 속에서 그려 내는 미래에 대한 전망은 지배권 대한 그의 집착을 드러낸다. 그가 상상 속에서 보는 태양을 두른 여인은 정치 권력을 상징하는 독수리의 날개로 날아간다. 그녀는 확실히 솔로비요프의 소피아나 플라톤적인 지혜의 힘 또는 재생시키는 사랑의 상징도 아니다. 그녀는 권위주의적 비전을 강화하는 '사내아이'를 안고 있다. 이 사내아이는 "쇠막대기를 들고 백성들을 방목하게끔" 예정되어 있다(SII, 248). 여기엔 이바노프 또는 블로크적인 신비주의 유형에서 분명하게 보이는 주의설은 흔적도 없다. 무리에 대한 니체적인 경멸은 매우 가혹하게 실현되어 있다. 여기서 벨리의 묵시록적 전망은 지상 부정적이고 가혹할 뿐만 아니라 단연코 독재적이다. 이러한 묵시록은 인간의 해방과 재생이 아니라 절대적인 부정과 통제를 가져올 것이다.

벨리는 초자연적인 힘을 조종하려는 무사토프의 욕망을 비웃는다. 그는 자신의 주인공을, 알렉산드로프가 적절하게 부른 '우주적인 농담의 과녁'으로 만들었다.[82] 무사토프는 자신이 알게 된 어떤 여인과 그녀의 아이가 자신의 환영의 지상적 현현임을 믿는다. 그는 소년처럼 옷을 입고 있는 아이가 실제로는 소녀라는 것을 발견하고서 몹시 실망하지 않는가!(SII, 299) 남성적인 우주적 질서와 통제에 대한 무사토프의 갈망은 세상의 실질적인 힘과는 일치하지 않아 보인다. 그럼에도 불구하고 질서와 통제의 욕망은 벨리의 도덕적 반란자들과 그들의 신비적 전망에 동기를 부여하는 무의식적인 힘이 될 수 있다. 이러한 심취의 또 다른 측면, 즉 인간의 외양을 하고 돌아다니는 능동적이고 초인간적 악의 힘에 의해 혼란을 겪고 조종당하고 끝내는 파멸하게 될 것에 대한 두려움은 벨리의 후기 저작들에서 나타난다. 따라서 억압에 대한 그의 망상에도 불구하고 무사토프는 어떤 면에서 벨리의 주인공 가운데 가장 낙천적이고 덜 불안정한 인물이다.

또 다른 인물인 「귀환, 제3심포니」(1902)의 예브게니 한드리코프 역시 금욕적이고 비현세적인 본성의 소유자다. 하지만 무사토프와 달리 그는 정겹게 얼빠져 있고 사람들을 조종하려 하는 법이 없으며 우주적 통치의 환상에서 자유롭다. 한드리코프는 일종의 고차원적인 영원회귀의 의식을 가지고 살아간다. 그러한 의식은 그 주위의 모든 것에 데자뷔의 아우라를 부여한다. 이 심포니는 세 개의 '악장'으로 나뉘어 있다. 주인공은 애초 바닷가에서 노인과 함께 사는

---

82 Vladimir Alexandrov, *Andrei Bely: The Major Symbolist Fiction*, Cambridge: Harvard University Press, 1985, p.40.

아이였는데 이후 그는 화학과 학생이 되고 끝내는 바다로 되돌아온다. 각각의 새로운 주기마다 주인공은 동일한 등장인물 및 상황과 마주치고 동일한 감정을 맛본다. 그는 거듭하여 형이상학적인 예감, 즉 깨어나려 하는 숨겨진 파괴력의 공포에 압도당한다. 이러한 감각의 작용하에 화학 석사학위를 마친 한드리코프는 전공 동료들과 그들의 협소하고 자족적인 물질주의적 가치와 '자유주의적인' 사회적 관점에 저항하게 되었다. 아마도 벨리가 처음 『차라투스트라』를 펼쳐 읽고 '상징주의적' 세계관을 찾아냈을 때, 그 자신에게도 비슷한 일이 일어났을 것이다. 한드리코프는 다음과 같이 항의한다. "과학, 예술, 철학 및 사회적 관심의 발전에 의해 펼쳐질 인류의 평온한 미래를 나로서는 알 수가 없다."(SIII, 80) 무사토프와 달리 한드리코프는 수동적인 인생의 관찰자이며, 그의 평온함은 그로 하여금 우주적 존재를 보다 깊이 통찰하게 한다. 하지만 그는 자기 주위에서 느껴지는 공허하고 우쭐거리는 태도로 인해 행동에 나선다. 결과적으로 그는 정신이상 선고를 받고, 얼마 후에 솔로비요프를 연상시키는 키 큰 노인이 운영하는 요양소로 보내진다.

한드리코프의 내세적인 예감은 무사토프적인 묵시록과 한 가지 특징을 공유한다. 두 사람 공히 지상, 즉 인간 본성과 있는 그대로의 인간 문화를 평가절하고, 니체와는 달리 인간의 잠재력을 거의 믿지 않는다. 현세적인 삶에는 내재한 의미가 없으며, 그것은 기껏해야 우스꽝스럽고 최악의 경우 기괴하다. 인류의 유일한 장점은 스스로를 부정하고 극복하려는 갈망이다. 그것이 없다면 인류는 절망적이다. 대체로 이러한 부정적 관점에도 불구하고 이 두 작품 모두 희망의 어조로 종결된다. 「제2심포니」의 결말에서 무사토프가 아는 여인 (태양을 두른 여성, 즉 소피아의 지상적 현현)은 진짜 아기 예수가 앞으로 출현할 수 있다고 암시한다. 「제3심포니」에서 한드리코프는 현생에서 물에 빠져 익사하지만, 아이가 되어 첫 부분의 노인이 있는 바닷가의 생활로 돌아간다. 하지만 지금 여기와 영원한 것 사이의 틈이 메워지지 않는다는 것은 더욱 분명해진다. 인간적이고 지상적인 삶의 맥락에서 부활은 더더욱 불가능해 보인다.

최선의 방법은, 벨리가 전쟁 이전의 두 소설에서 보여 주는 것처럼 은둔이다. 수동적인 명상을 통해 자신의 지상의 조건에 대한 명백한 이해에 도달하기를 희망할 수 있는 것이다. 벨리는 십자가에 못 박힌 디오니소스의 비극을 직접 구현해 봄으로써 이러한 결론에 도달한다. 그의 주인공은 가장 높은 차원에서 지상의 삶을 긍정하며 거기에 뛰어들지만, 그 숙명적 위험성을 너무 늦게 깨달아 자신을 구원하지 못한다. 『은빛 비둘기』의 표트르 다리얄스키가 바로 그러한 디오니소스적 인물이다. 다리얄스키는 투르게네프적인 약혼녀와 그녀의 영지에서 함께하고자 시골로 떠난 시인이다. 그는 가까운 소도시의 신흥 종교에 휘말려 들어 새로운 신비적인 애정 편력을 위해서 약혼녀를 버린다.

어떤 면에서 다리얄스키는 시인 블로크에 대한 심각한 패러디로 여겨질 수 있다. 그는 '우리는 새로운 장소에 있는 듯하다'라는 블로크의 시를 인용한다(SD, 306; SS8, II, 403; VIII, 305). 블로크처럼 다리얄스키 역시 '자연력에 맹목적으로 자신을 내맡길' 능력을 지닌다. 그의 도덕의식은 신비주의적 상징주의자들이 공유하는 영적 변모에 대한 갈망을 반영한다. 다리얄스키는 그저 시인 이상의 무엇인가, 즉 '삶의 예술가'가 되려는 야망을 지닌 벨리적인 형태의 차라투스트라를 모방한다. 그의 창조적인 노력은 "여태 발견되지 않은 삶에 걸맞은 행동"방식의 탐색에 집중되어 있다(SD, 134). 그는 폭력적이고 공격적이며 육체적이고 정서적인 충동을 악마적인 '고대 짐승의 이미지'로 깎아내리는 낡아 빠진 도덕의 권위를 떨어트리고자 한다. 다리얄스키는 공격적인 동시에 순종적인 인간 본성의 모든 측면을 포괄할 새로운 선의 감각을 창조하기를 꿈꾼다. 그는 '새로운 인간의 온전함'을 찾기를 원하는 것이다. 다리얄스키는 이전 시대 대중적 니체주의의 주인공들이 경험하는 정신적인 나약함을 공유한다. 그들은 완전한 형이상학적 자유와 마주쳐 건설적인 행동을 촉진할 법칙과 규율을 자신에게 강제하기에는 너무도 나약하다. 그들과 마찬가지로 다리얄스키 역시 자기파괴를 향한 의지를 보여 준다. 그의 태도는 섬세한 감성들에 모욕적이다. 그는 무례하고, 역겨운 냄새가 나며, 난폭하게 행동한다. 그는 앞선 대중문학 속의 인물들과는 달리 개인적인 파경을 모면하기 위한 조치를 취한다. 그는 자신보다 위대하게 여겨지는 힘에 관심을 돌린다. 애초에 그는 투르게네프적인 상류층 환경에 빠져든다. 그 뒤 그는 자신의 존재가 시시하고 보잘것없음을 알고서 '러시아 민중'의 신비로운 삶에 관심을 돌린다. 여기서 민중narod이라 함은 인민주의자들이 사용하는 의미가 아니라는 점이 중요하다. 여기서의 민중은 농민이 아니라 소상공인들meshchane로 형성된 도시민이다. 다리얄스키가 이사한 소도시의 명칭은 첼레베예보Tselebeevo이다. 첼레브니Tselebnyi라는 단어는 특히 유기적인 민간요법에 의한 치유를 암시하는 것으로 다리얄스키의 실제 심리적 욕구와는 어긋난다. 그는 의식적으로는 민족적 규모의 영적인 변모의 달성을 바라지만, 무의식적으로는 자신의 영적인 불안으로부터의 구원을 갈망한다. 그가 치유받기를 바라는 상황은 그의 반란적인 행위가 1860년대와 1870년대 도덕적 반란자들이 고통받은 것과 같은 유형의 정신적 '질병'에 의해 동기부여되었음을 암시한다. 벨리가 보기에 이러한 질병은 실질적으로 새로운 의식을 기약하는 니체적인 의미의 '임신' 개념이 아니다. 다리얄스키는 한계를 넘어서는 것이 아니라 기존의 것과 새로운 것 사이의 심연을 아우르는 자신의 고통을 해결하고자 할 뿐이다.

다리얄스키의 모험은 이바노프의 그리스도-디오니소스 신화를 재연한다. 그것은 이 신화를 못마땅해 하는 벨리의 통속적인 해석으로 나타난다. 벨리는 이바노프가 모호하게 만들었다고 여긴 원형 속에서의 차이점을 명확히 말한다. 다시 말해, 벨리는 이바노프가 사랑과 에로티시즘, 성모와 임신한 여인, 그리스도와 디오니소스 사이에 설정한 등호를 제거한 것이다. 이 작품과 『페테르부르크』에서 벨리는 둘 사이의 모종의 연관성을 인정한다. 하지만 그것은 다만 '지상적인' 미덕 — 활력적인 열정, 재생의 에너지, 고통을 겪는 능력 — 을 소유한 사람이 초월의 기회라는 면에서, 그리고 지상적 미덕의 이상적인 대응물 — 고결한 사랑, 부드러움, 정신적 부활에의 의지 — 을 성장시킨다는 면에서 다른 사람들보다 더 큰 기회를 갖는다는 의미일 뿐이다.

다리얄스키는 사랑 속에서 이바노프의 '공동체적 정교정신'sobornost' 관념과 흡사한 어떤 것, 즉 두 자아의 정신적이고 육체적인 통합 및 더 높은 단계의 환희에 찬 의식으로의 돌파구를 탐색한다. 그와 귀족 여성 카탸의 순수하고 플라톤적인 관계는 이러한 욕구를 만족시키지 못한다. 이에 반해 마트료나와의 관계에서 그는 불타는 정열과 그로 하여금 협소한 자의식을 넘어서게 하고 생명 창조적인 전체에 소속감을 부여하는 삶의 욕망을 발견한다.

마트료나와의 애정관계 속에서 다리얄스키는 반란과 희생, 뒤이은 재생이라는 이바노프식의 과정을 경험한다. 그 결과는 예상에 부합하지 않는다. 거기서 벨리는 재생이 아닌 도덕적이고 정신적인 완전한 파멸을 예견한 것이다. 『은빛 비둘기』에서 거친 디오니소스적 열정은 기독교적인 타인에 대한 자기희생 개념과 분명하게 연관되어 있다. 다리얄스키는 야수적인 반란성과 맹목적인 디오니소스적 열정을 소유하고 있다. 그는 '비둘기' 종파에 자신을 내맡김으로써 혼란과 자의식의 상실, 뒤이은 판단력의 상실까지도 체험한다. 이렇게 타자 속으로 몰각한 자아의 결과는 지각과 감각상의 고통스러운 분열이다. 이와 유사한 연애 경험은 다리얄스키를 황홀과 고통의 혼란으로 몰아넣는다.

무의식적인 강력한 힘에 자아를 디오니소스적으로 희생하는 것은 십자가형이라는 기독교적 상징을 통해, 최종적이고 비극적인 의미가 더해진다. 다리얄스키는 붉은색 셔츠를 입고 있다. 벨리에게 붉은색은 기독교적인 수난과 고통을 의미하는 자주색에 해당하는 등가물인 일종의 신세계New World이다.[83] 다리얄스키가 마트료나와의 첫 밀회를 기다리는 동안, 그는 무심결에 뾰족뾰족한 전나무 가지로 자신이 쓸 화관을 엮는다. 그리스도의 가시 면류관과의 유사성이 분명해 보인다. 이 일이 있고 얼마 안 있어 다리얄스키는 기독교적인 '지옥', 즉 위협적이고 이바노프적인 성적 욕정의 지하왕국으로 내려간다. 두 편의 심포니의 주인공들과는 달리, 다리얄스키는 그의 본성의 육체적이고 정서적이며 감각적인 측면의 긍정을 통해서 진정으로 의식을 확장시킨다. 하지만 그 결과는 니체가 바라 마지않던 '새로운 인간의 위대함'도 아니고 이바노프가 탐색하던 창조적 발산과 정신적 전일성의 결합도 아니다. 그 대신 다리얄스키는 보다 더 전통적인 기독교적 관점에 부딪친다. 다시 말해서, 육체적인 욕정이 도덕적인 굴종과 진리를 향한 의지의 혼란으로 이어지는 것이다. 최고의 선은 일종의 연민이다. 이는 인간을 감각적인 욕망에서 해방시키며 인간으로 하여금 타자의 영혼의 고통과 아름다움에 열려 있게 만드는 것이다. 따라서 다리얄스키는 육체적 추함을 통해 빛나는 마트료나의 정신적 아름다움을 인식한다. 그는 연민과 뒤섞인 열정을 지닌 그녀를 사랑한다. 그녀도 결국 그의 비극적 숙명을 이해한다. 마트료나는 다가올 희생의 상징, 즉 구리 십자가를 그에게 건넨다. 그녀 또한 확장된 의식을 향해 돌파해 갈 것처럼 보인다. 그녀는 사악한 수호자이자 '비둘기'의 수장인 쿠데야로프의 정신적 지배에 저

---

83 *Ibid.*, p.51.

항한다. 하지만 그녀와 다리얄스키가 처한 카오스적인 디오니소스적 조건에서 두 사람 다 너무 나약해서 악마적이고 영리한 쿠데야로프의 기도를 전복시킬 수가 없다.

활력 있는 의식의 탐색 속에서 다리얄스키는 자신이 승리하기에는 너무 나약하다는 사실을 비극적으로 자각한다. 그는 자신이 악의 힘에 희생되리라는 것을 깨닫는다. 자신의 경험을 통해서 그는 전통적인 인민주의적 지혜를 넘어서는 독자적인 도덕의식을 획득한다. 인민주의적인 지식인이 추상적이고 성상화적인 형태로 민중에게 자신을 희생했다면, 보다 더 깊은 지혜를 얻은 다리얄스키는 끔직한 나태와 무지 그리고 자신들 내부의 억압적인 힘에 예속된 상태의 민중을 목도한다. 그는 민중 속에 내재해 있는, 그들을 분열시키고 혼란시키고 지배하려는 악의 힘을 분명하게 인식한다. 그는 그로 하여금 '러시아 민중' 가운데서 도덕적 갱생을 맹목적으로 찾도록 한 내면의 나약함을 극복한다. 아쉽게도 그는 이러한 통찰을 하게 됨으로써 강해지지만 동시에 자신의 현재의 취약점에 대한 분명한 이해에 도달한다. 그는 자신이 실패할 운명에 처해 있음을 알고 있다. 그는 진실을 직시할 줄 알고 쿠데야로프에 대한 새로운 통찰을 명료하게 표현할 수 있는 감탄스러운 꿋꿋함을 지니고 있다. 서술자는 다리얄스키를 자신에게 도래할 십자가형을 고결하게 받아들이고 축복하는 그리스도의 형상으로 받아들인다. 다리얄스키는 여기서 평가한다는 것(니체의 관점에서 보면, 최상의 인간 활동)이 무엇인지를 배우고 자신의 운명을 이해하게 된다. 그의 비극은 그가 분명하게 알고 있음에도 불구하고 행동으로 옮기기에는 너무 나약하다는 데 있다. 그는 전모를 아는 희생자인 셈인데, 쿠데야로프가 획책하는 것의 악랄한 핵심을 드러내지만 그것을 물리칠 능력은 갖고 있지 않다.

벨리에 의한 갱생 신화의 전유는 이바노프와의 미적이고 윤리적인 차이를 반영한다. 벨리는 신비주의적 무정부주의와 거리를 둔다. 그는 고골적인 그로테스크성을 지닌 소도시 사람들의 삶을 묘사한다. 알렉산드로프가 지적하듯이, 벨리는 다리얄스키의 친구 시미트가 취하는 '수동적 지식'의 밀교적 입장에 동의한다. 그럼에도 불구하고 서술자는 다리얄스키의 탐색에 매우 밀접한 입장에서 진정으로 그에 공감하는 것으로 보인다. 그는 다리얄스키의 이야기를 그로테스크한 통속성 속의 비극으로 표현한다. 자신과 그 뒤를 이어 다른 이들을 존재의 보다 높은 수준으로 끌어올리려는 다리얄스키의 욕구는 그것이 아무리 미약하고 잘못 방향 지어진 것일지라도 서술자의 감탄을 자아낸다.

이바노프와 벨리 사이의 가장 커다란 차이점은 디오니소스적인 것에 대한 이들의 평가에서 찾아볼 수 있다. 디오니소스적 원리에 대해 이바노프는 잉태의 카오스라는 시각을 가졌던 반면, 벨리는 그것의 끔직한 파괴적인 힘을 잊지 못한다. 디오니소스적인 원리에서 이바노프가 파악해 내는 부활의 힘은 벨리에게는 갈피를 잡을 수 없게 하고 어둠 속으로 몰아가는, 눈에 보이지 않는 더 깊은 힘의 위장물일 뿐이다. 그러한 힘의 구현으로서 쿠데야로프는 니체의 금욕주의적 사제의 새로운 화신이며, 내적인 힘에 의해 변모한다. 그는 강렬한 인물이긴 하지만, 무정부 상태를 초래하고 판단을 마비시켜 궁극적으로 다른 사람들을 억압하기 위해 스스로의 매력과 설득의 재능을 이용한다. 쿠데야로프는 다른 사람들 내부의 생성력에 깊이 분개하고 그 힘을 조작함으로써 끝내는 파괴하고자 한다. 니체적인 사제처럼 그는 성적으로나 정신적으로나 무력하지만, 다른 사람들을 길들여서 압제하려는 의지를 갖고 있다. 쿠데야로프 스스로는 새로운 그리스도를 탄생시킬 수가 없다. 따라서 자신의 목적을 달성하려면 다리얄스키를 사로잡아야 한다. 그의 이름이 암시하듯이(러시아어 '쿠데스니크'는 '마법사'를 의미한다) 그가 할 수 있는 일은 마법을 거는 것이다. 디오니소스적 원리는 외견상의 생명력에도 불구하고 이런 식의 악용에 너무나 취약하기 때문에 진정한 부활로 이어지지 않는다. 벨리의 관점에 따르면, 디오니소스의 어둡고 압제적인 측면이 끝내는 우위를 점해야 마땅하다.

벨리는 『페테르부르크』에서 과감하지만 도덕적 양가성의 문제에 대한 만족할 수 없는 해결에 도달한다.[84] 도덕적 진리는 선험적으로 존재하며 그것은 에고와 자아의 힘에서 자유로워진 감수성을 통해서만 인식될 수 있다. 『은빛 비둘기』에서 벨리가 보여 주듯이, 직관적으로 생성되어 실현되는 신화는 비극적이게도 파멸과 적극적인 악의 원칙의 승리로 이어진다. 두 번째 소설에서 벨리는 아나키스트 두드킨의 이야기 속에서 다리얄스키의 이야기를 새롭게 등장시킨다. 하지만 초월적인 그리스도와 유사한 데우스 엑스 마키나_{deus ex}

---

84 『페테르부르크』에서 니체적 모티브에 대한 논의는 다음을 참조하라. Virginia Bennett, "Echoes of Friedrich Nietzsche's *The Birth of Tragedy* in Andrej Belyj's *Petersburg*", *Germano-Slavica* 4, Fall 1980, pp.243~259.

machina가 사건의 진행에 개입하여 '도덕적 반란자'를 이전과는 다른 여전히 비극적이긴 해도 '더 나은' 결과로 이끈다.

『페테르부르크』에 그려진 생존은 벨리가 생각하는 악에 대한 축약도이다. 그것은 하나의 지상의 정신, 즉 하나의 자아가 모든 타자들을 통제하는 것에 대한 표명이다. 페테르부르크는 하나의 자아가 지배력을 행사하는 풍토심리학적인 중심지이다. 역사적으로는 그 자아가 표트르 대제이고, 이 소설에서는 표트르의 허구적이고 관료주의적인 후손, 즉 원로원 의원인 아폴론 아폴로노비치 아블레우호프이다. 결과적으로 이어지는 온갖 타자들에 대한 상징적인 압박과 제거 역시, 페테르부르크를 러시아적인 도덕적 반란의 온상으로 만든다. 벨리는 표트르 대제의 동상, 즉 청동 기마상을 러시아가 둘로 분열된 것의 상징으로 언급한다(P, 64). 바위 위에 앞발을 쳐든 말은 러시아의 아들들이 그들이 출생한 대지에서 이탈하는 것을 의미한다. 이러한 상징적인 멀어짐 속에 벨리의 도덕적·심리적 딜레마의 핵심이 있다. 여기서 마음은 심리와 단절되고, 에고는 신체와, 정신은 감각과 단절된다.

벨리의 소설 속 페테르부르크는 이 도시의 상당히 영향력 있는 주민 아폴론 아폴로노비치의 정신의 구조물이다. 아폴론은 그를 앞선 제우스나 표트르 대제와 마찬가지로 소설의 다른 등장인물들을 그의 두뇌를 통해 '창조해 낸다'(P, 20). 고대 그리스와 러시아의 선배들과 마찬가지로 그는 권력을 공고화하고 유지해 나가는 데 관심을 쏟는다. 반란자들, 즉 알렉산드르 두드킨과 니콜라이 아블레우호프는 각각 아폴론의 정신적인 서자이며 법적이고 생물학적인 아들인데, 이들은 아폴론의 권력 상실 우려에 대한 구체화이다. 그들은 고유의 '신체'나 더 큰 '자아'와도 동떨어진 어떤 전능한 정신의 산물을 대표한다. 이러한 우세하고 합리적인 의식은 계략의 그물망을 통해 성장한 공포증을 조작하고 통제한다. 아폴론에게는 리판첸코를 수장으로 하는 한 무리의 첩자들이 있다. 그러나 아폴론은 그들이 사실상 이중 첩자라는 사실을 모른다. 이들은 어두운 반란 세력을 부양하고 고무하는 듯이 보이지만, 실제로는 그 세력을 폭로하고 파괴하는 활동을 한다. 아폴론의 권력은 반란자들이 살아가는 디오니소스적 환경 ─ 도취, 착란과 도덕적 혼란 ─ 을 첩자들이 조작함으로써 유지된다. 니콜라이 아블레우호프는 갈가리 찢겨지는 느낌으로 고통받고(P, 127~128), 두드킨은 리판첸코가 교묘하게 몰아넣은 속수무책의 지속적인 만취 상태로 살아간다.

이중 첩자들은 폭탄을 만든다. 이는 반란자들이 아폴론을 죽이는 데 사용하도록 설득하기 위한 것이다. 그렇다면 누가 더 큰 힘을 갖고 있는가가 의문이다. 생명의 위험에 처한 아폴론인가. 새로운 문화, 다른 사회질서, 그들 스스로의 권력을 바라는 반란자들인가. 그도 아니면 양 진영 사이에서 이득을 취하는 중간자들인가. 리판첸코와 그 일당은 『은빛 비둘기』의 쿠데야로프처럼 모든 상황을 파악하여 알고 있다. 아폴론은 무의식적인 어두운 힘 앞에서 공포로 마비되고 억압을 통해서만 그 힘을 통제할 수 있는 명징하고 합리적인 세계의 화신이다. 이중 첩자들은 두 세계에서 직분을 수행하며, 두 세계를 냉혈하게 이간질한다. 그들은 상황을 통제하고 자신의 권력을 다른 사람들에게 강요한다.

이러한 디오니소스적 반란자들에게 그리스도는 반란자적인 인물들, 특히 니콜라이와 두드킨에게 모습을 드러내는 보다 고등한 힘, 즉 '슬프고 키가 큰' 그리스도의 영묘한 형체의 개입을 통해 밝혀진다. 활용되지 않고 망각된, 잠재적인 도덕적 양심을 일깨운다. 니콜라이는 자신이 저지르려는 범죄를 떠올리고는 진저리를 치고 (P, 127~128), 두드킨은 그리스도의 수난을 상상 속에서 체험한다. 그는 광란의 악몽과 만취의 와중에 십자가에 매달린 그리스도의 모습을 상상함으로써 스스로를 진정시킨다. "불면증이 있을 때 내가 좋아하는 자세는 […] 두 팔을 양쪽으로 벌리고 벽에 마주하여 달라붙어 있는 것이다."(P, 60)

벨리가 도덕적 진리의 축소판으로 받아들인 그리스도의 형상은 그의 초기 '십자가에 못 박힌 디오니소스' 이념, 이바노프의 갱생적인 창조라는 원형, 또는 블로크의 삶을 긍정하는 운명론과도 매우 거리가 멀다. 희미하나마 한 가지 유사성은 대체로 환유적인 캐리커처로 가득한 이 책에서 디오니소스적 반란자들인 니콜라이, 특히 두드킨이 유일하게 인간적인 등장인물이라는 데 있다. 이들이 바로 '슬프고 키가 큰' 형상이 접근하는 세 명의 등장인물 가운데 두 사람이다. 디오니소스적 반란자는, 벨리가 생각하기에, 진정한 그리스도를 감지할 능력을 갖춘 유일한 사람이다.[85] 사실상 그리스도의 형

---

85 여기서 벨리는 1908년에 메레시콥스키가 진술했던 것을 되풀이한다. 메레시콥스키는 바쿠닌, 슈티르너, 니체, 도스토옙스키와 톨스토이 같은 19세기 무정부적 개인주의자들은 처음으로 새로운 종교를 인지했을 것이라고 말했다. 다음을 참조하라. Merezhkovskii, PSS(1914), vol.13, p.12.

상은 육체와 의지를 상실한 기억의 명료성과 판단력을 대표한다. 이 형상은 '생경한 자'라고 올바르게 명명되었다.[86] 이것은 벨리가 보았다고 주장했던 솔로비요프의 창백한 그림자 또는 어떤 제스처에 불과한 이반 카라마조프의 그리스도만큼이나 무상하고 내세적이다. 심지어는 용서의 표시로 대심문관에게 입맞춤하는 이반의 그리스도만큼 삶을 긍정하는 것도 아니다. 벨리의 그리스도는 그저 등장해서 폭로의 말을 한다. 도스토옙스키 소설 속 이반의 그리스도처럼 벨리의 유령 역시 소설 세계의 말로 표현되는 착란 상태, 즉 혼란스러운 풍자적 암시의 그물망, 말장난, 소리의 연상, 상투적 대화, 소리와 의미의 분열, 불분명한 소리들에 관여하지 않는다. 그는 고발하는 말을 할 뿐이다. "모두가 나를 부인한다."(P, 119) 그리고 이후 "당신들 모두 나를 뒤쫓으며 박해한다!"(P, 220) 대부분의 시간을 그는 계속하여 침묵하지만, 침묵 속에서 강력하고 직접적인 영향력을 발휘한다.

'슬프고 키가 큰' 형상의 효과는 전통적이고 구속적인 도덕의식을 환기시키는 데 있다. 그 만남의 결과로 니콜라이와 두드킨은 자신들이 범하려는 중대한 범죄, 즉 그들의 '아버지' 아폴론 아폴로노비치의 암살을 심사숙고할 수 있게 된다. 그리스도의 형상은 니콜라이에게 일종의 백일몽처럼 나타난다. 그의 느낌에 "마치 슬픈 누군가가 그의 영혼 속으로 […] 들어온 것 같았고, 그 누군가의 눈의 밝은 빛이 그의 영혼을 관통하기 시작했다"(P, 220). 니콜라이는 자신

---

86 Alexandrov, *Andrei Bely*, p.143.

의 삶의 패턴을 분명하게 인식하기 시작한다. 그 기이한 만남 이후 그는 서둘러 폭탄을 싸매어 네바 강에 던져 버리려 한다. 비록 성공하진 못하지만, 그의 도덕의식과 상황 판단력이 다시 각성된다.

두드킨의 그리스도 형상과의 만남은 행동에 대한 판단력뿐만 아니라, 그의 위치에 대한 명확한 지식과 누가 그의 진정한 정신적 동맹자이며 누가 적인지에 대한 감각을 일깨운다. 두드킨은 리판첸코가 폭탄을 자신에게 넘겨줘서 '형제' 니콜라이를 배신하도록 부추겼음을 알아차린다. 두드킨은 리판첸코가 '배신자'임을 깨닫는다. 아이러니하게도 두드킨이 리판첸코를 살해하는 동기가 된 요인은 도덕적인 판단이다.

그리스도 형상과의 만남은 두드킨으로 하여금 비극적 행동을 하게 만드는 초자연적인 것과의 세 차례의 만남 가운데 첫 번째의 것이다. 그 두 번째와 세 번째가 악마적인 인물 시시나르프네와 청동의 기사와의 만남이다. 페르시아의 테러리스트 시시나르프네는 차라투스트라에 대한 패러디이다. 시시나르프네는 두드킨에게 이반 카라마조프에게 나타난 악마처럼 모습을 드러낸다.[87] 이러한 만남을 통해 두드킨은 무의미한 단어 엔프란시시Enfranshish와 이 단어가 뒤집힌 시시나르프네Shishnarfne가 표현하는 마음속 착란 상태에서 벗어난다. 그는 기억과 자신에 대해 돌아볼 수 있는 능력을 회복하는 것이다. 두

---

87 Carol Anschuetz, "Bely's *Petersburh* and the End of the Russian Novel", ed. J. Garrard, *The Russian Novel from Pushkin to Pasternak*, New Haven: Yale University Press, 1983, p.126.

드킨은 리판첸코와 그의 테러 조직이 자신을 속이고 그들의 끔찍한 음모에 자신을 끌어들였음을 깨닫는다.

하지만 리판첸코는 여전히 두드킨을 향한 공포의 힘을 유지하고 있다. 그가 두드킨의 의지를 통제하는 것이다. 두드킨은 또 다른 악마적인 유령, 즉 청동의 기사와의 환상적인 만남을 통해서 이러한 공포를 극복한다. 이러한 형상은 푸시킨의 청동의 기사와 석상 손님의 몽환적인 버전을, 최고의 의지 표현으로서 표트르 대제에 대한 메레시콥스키의 성격 묘사와 결합시키는 것이다. 또한 벌겋게 달아오른 파이프에 대한 언급(P, 214)은 『표트르와 알렉세이』의 도입부를 상기시킨다. 거기서 표트르는 뜨겁고 붉은 불씨가 가득한 담배 파이프를 피우는 우뚝 솟은 검은 실루엣으로 묘사된다(PA, 25). 청동의 기사는 두드킨의 정맥을 '금속'으로 가득 채우는바, 그것은 리판첸코를 극복하고 그를 죽이는 데 필수적인 의지이다. 초월적인 힘과의 만남을 통해서 두드킨은 소설적인 선임자 다리얄스키를 넘어선다. 그는 다리얄스키를 파멸시키고 그 자신마저 파멸의 위협에 처하게 하는 디오니소스적인 착란을 극복한다. 마침내 그는 '아니라고 말하는' 단호함을 가짐으로써 사슬을 벗어던지고 행동하게 된다. 그는 리판첸코를 살해하고, 음모는 실패한다. 그로써 두드킨 자신도 미쳐 버린다.

두드킨의 행동은 끔찍한 디오니소스적 속임수에서 벗어나는 첫걸음에 불과하다고 벨리는 암시한다. 디오니소스의 어두운 측면의 폭로는 반드시 필요했던 부정적인 행동인데, 그것은 초월적 그리스도의 종말론적 부활을 통해 '진정한' 평가 수단을 복원하는 데 쓰이

는 것이다. 하지만 이내 최악의 상황이 발생한다. 그리스도를 가장
잘 지각할 수 있는 등장인물들인 아폴론의 사생아들, 즉 혁명가들은
파멸되고 온전한 것이 거의 없게 되는 것이다. 아버지마저도 성불구
자로 드러난다. 메레시콥스키가 염원한 문화의 탄생은 시시한 것이
되고 만다. 이바노프의 디오니소스 숭배는 그 대립물을 낳는다. 혼돈
의 디오니소스적 힘에 자아를 희생시킨 것은 모든 것의 최종적인 파
괴로 이어진다. 남은 세상에는 어떤 창조적인 충동도 부활도 없다.
벨리의 세계는 그 광채에도 불구하고, 전쟁 이전 시대에 가장 니힐
리즘적인 것으로 취급된다. 그것은 1910년 블로크의 다음과 같은 논
증에 대한 일종의 입증으로서의 니힐리즘인 셈이다. 블로크에 의하
면, 초월적인 전망만으로는 상징주의의 존속에 충분치 않으며, 지상
의 상징주의, 디오니소스적 상징주의를 받아들여야 한다는 것이다.

　　벨리의 소설은 기독교 신화의 어떤 새롭거나 전통적인 결말, 즉
'부활'이나 '구원'으로 이어지지 않는다. 벨리는 자기 내부와 자신
이 수용한 도덕적 반란의 문학 전통 속에서 창조적이고 도덕적인 균
열을 심화시킬 뿐이다. 벨리는 활기찬 디오니소스적인 힘과 정신적
부활 및 심리적 총체성에 대한 자신의 희망을 종합할 수 없으며, 그
로 인해 그는 디오니소스적 원리를 내쫓아 버리는 것이다. 훨씬 후
에 출판된 미하일 불가코프의 소설 『거장과 마르가리타』(1940)의 거
장과 마찬가지로 벨리는 평온을 얻지만 거기에는 총체성이나 새로
운 삶은 없다. 사실상 영원회귀의 끔찍한 현실, 즉 니체가 '못 박힌'
'골고다'는 소설의 결말에서 새롭고, 보다 치명적인 의미를 갖는다.[88]
소설적 해결을 통해서 벨리와 러시아 문학은 시들고 생명력 없는 한

물간 과거로 회귀한다. 러시아 문화의 토양 위에서 니체가 고대 그리스사의 타락 시기, 즉 알렉산드리아 문화로 보았던 것이 되살아난다. 니콜라이는 이집트 사막으로의 솔로비요프의 순례를 되풀이한다. 솔로비요프는 태양을 두른 여인의 요청으로 떠나 거기서 눈부신 계시를 기다린다. 니콜라이는 단순히 이를 반복하며 그런 식으로 아무런 생생한 신앙도 없이 의례를 '존속시킨다'. 본질적으로 그는 알렉산드리아 도서관이 고대 디오니소스 문화에 했던 역할을 러시아 상징주의에 수행한다. 니콜라이는 아버지의 죽음 이후 시골에 있는 가족의 영지로 돌아가서, 톨스토이적인 농부의 옷을 입고, 금욕적인 사제의 고요하고 규칙적인 잿빛의 삶을 살아간다. 다시 그는 한때 존속했던 신화를 모방하지만, 원본의 절박함이 느껴지지 않는다.

여기서 질문이 제기되어야 한다. 이 위대한 상징주의 소설은 상징주의 문학이, 다른 작품들과 다른 시대의 인용구의 집적지로서의 알렉산드리아 도서관 그 이상이 아님을 인정한다는 것인가? 유타 셰러가 질문했듯, 신비주의적 상징주의자들은 새로운 의식을 향한 돌파구를 열었는가, 아니면 그 실험은 실패한 것인가?[89] 벨리는 자기 부정적인 관점, 즉 예술이 '불필요하고 한가한 두뇌 게임'이라는 플라톤적 견해를 가지고 자신의 소설을 시작한다(P, 35). 결말 부분에서 벨리는 "예술가인 동시에 기독교인은 존재하지 않는다"는 니체의 주장에 동의하는 것 같다. 그는 전통적인 기독교의 도덕적 금욕주의

---

88 Belyi, "Fridrikh Nittsshe", p.84.

89 Scherrer, *Die Petersburger Religiös-Philosophischen Vereinigungen*, p.57.

와 예술의 악마적 감각주의 가운데 어느 하나를 선택하고 예술을 거부했는가? 만약 그렇다면, 본래의 질문으로 되돌아가야 한다. 어째서 그는 문학적 선구자들 및 동시대인들과 그토록 열정적인 논쟁을 이어갔는가? 그리고 어째서 그는 자신의 독창성에 절망적으로 관심을 기울였는가?

기막히게 현란한 언어구사에도 불구하고 벨리의 도덕적 의식은 놀랍게도 보수적이고, 심지어 그가 전통적인 가치 판단을 불화를 일으키는 파괴적인 극단으로 몰고 간다는 의미에서 초보수적이다. 그의 문학적 개성에는 복고적이고 '순응적인' 사제의 사고방식이 적잖이 들어 있다. 그의 산문은 관능적이고 열정적이며 제멋대로의 것, 즉 삶 자체를 겨냥한 잘 조준된 날카로운 공격이었다. 그의 도덕적 의식은 이른바 격세유전이었다. 다시 말해, 그는 절대적 타자, 즉 우주적 질서 속의 선의 원칙을 고수했다. 부분적으로는 천성적인 얌전빼기로 인해, 부분적으로는 위대한 동시대인들, 즉 이바노프와 블로크의 강력한 영향에 대응하려 하면서 벨리의 세계관은 현저하게 지상을 경시하며 삶에 부정적이고 내세적이 되었다. 예술가로서의 벨리를 구원한 것은 자신의 내면의 '사제'와 맞선 투쟁이었다. 그는 도덕적 반란을 부정하거나 억압하기보다는 그 비극을 느끼고 겪으며 살았다. 그는 쿠데야로프와 리판첸코와 같은 문학적 인물에 힘입어 자기 내면의 사제를 객관화했다. 결국 자신도 모르는 사이 그는 지상을 부정하는 기묘한 창조적 힘을 실현했다. 그는 직접 등장하고, 자기 이미지로 문학 텍스트의 세계를 만들며, 그것을 혁신할 스스로의 권리를 한결같이 주장했다. 벨리는 근본적인 신비주의자로 불

릴 법하다. 그의 도덕의식은 19세기의 작가들보다는 15세기의 금욕
주의자 닐 소르스키를 더 연상시킨다. 닐 소르스키의 헤시카스트적
신비주의, 즉 신비적 정적주의는 그 스스로가 자신의 전망을 표현하
기 위해 새로운 단어들을 찾아야 한다고 느꼈을 만큼이나 근본적으
로 지상 부정적이고 천상적이었다. 소르스키의 '조어'에 대한 변호
는 아마도 벨리의 독창성 변호에 가장 가까울 것이다. 알렉산드로프
가 언급했듯이, 벨리는 수용된 언어의 불충분함을 지적한다.[90] 그는
자기혁신을 이용함으로써 지상의 힘을 약화시키고 초월적인 통찰을
전달한다. 이바노프를 잇는 제2의 이론가, 블로크를 잇는 제2의 시
인의 역할을 피하고자 벨리는 알렉산드로프가 적절하게 명명한바,
내세적 힘의 '대필자'라는 지위를 전유한다.[91] 그런 사람으로서 그는
지상을 절멸시키는 니체의 기독교적인 '비예술가'라는 아이러니한
작업을 수행하지만, 그것은 능수능란하고 놀라울 만큼 독창적인 방
법이었다.

결론적으로 신비적 상징주의자들의 니체 전유는 이전 러시아에
는 존재한 적이 없는 일련의 새로운 비전을 이끌어 냈다. 종교적이
고 실존주의적인 예술의 토대를 찾고자 한 상징주의자들의 투쟁은
그들로 하여금, 기독교적 '비예술가들'이 자신들의 '시들한' 형상으
로 삶을 재현하여 삶을 '빈약하게' 한다는 니체의 도발에 대응하도
록 이끌었다. 따라서 각양각색이지만 그들 대부분은 항상 주목할 만

---

90 Alexandrov, *Andrei Bely*, p.128.
91 *Ibid.*, p.25.

하고 독창적인 방법으로 이전 세대의 러시아 작가들을 파탄시킨 이 율배반을 해결할 수 있었다.

이러한 상징주의적인 신화시학의 과정에서 니체는 '스승'의 역할보다는 '가능자'의 역할을 했다. 종교적 감성과 예술적 기질은 양립할 수 없는 것이라는 니체의 주장은 이 양자를 화해시키도록 신비주의적 상징주의 독자들의 도전의식을 북돋웠다. 디오니소스적 그리스도 신화를 통해서 상징주의자들은 19세기 러시아의 이 양자 사이의 빈틈을 메울 저마다의 해결책을 찾아냈다. 벨리를 제외한 러시아 상징주의자들은 지상적 존재의 더 높은 긍정으로서 종교를 재정립했다. 예술은 이들 각자에게 개인적인 스타일과 전망의 다양성과 독창성 속에서 삶을 찬양하며 풍요롭게 하는 삶의 신비주의적 의례였다. 아마도 이바노프가 누구보다 더 전적으로 관능과 자제라는 대립하는 충동을 화해시킨 것으로 보인다. 그는 다른 두 상징주의자보다 더 지상의 존재를 찬양하는 종교적 견지에서 니체의 승화의 도덕심리학을 적용해 나갔다. 그는 두 가지 도덕적 관점의 균형을 잡아 자기발견과 도덕적 제약을 하나로 엮어 낼 수 있었다. '천성적인' 디오니소스적 그리스도로서의 블로크는 에로틱한 충동을 시적인 영감으로 승화시켰다. 블로크는 도덕적 제약을 희생함으로써 다른 이들보다 훨씬 더 큰 범위에서 열정을 찬양했다. 벨리는 진정한 의미에서 신비주의적 상징주의자들의 또 다른 자아alter ego이다. 그는 디오니소스적 의식의 어둡고 억압적인 측면을 조명한다.[92] 그는 디오니소스적 충동과 그리스도적 충동을 분리시켰지만, 양자 사이의 어떤 교량을 발견한다는 의미에서 본질적으로 상징주의자이다. 벨리의 위대한 러시아의 선구자들인 고골과 톨스토이는 에로스와 아가페, 즉 예술의 감각성과 종교적 감성의 금욕주의 사이의 모순을 화해시킬 수 없었다. 벨리 역시 끝내 신화적 중간지대를 발견하지 못함으로써 실패했다. 세 번째 소설 『코티크 레타예프』*Kotik Letaev*(1916)의 출판 이후 그의 주목할 만한 저작은 오직 회고록과 비평이었다. 하지만 러시아의 두 선구자와 달리 벨리는 비평이라는 안전한 거리를 두고 고상한 예술로서의 '지상'을 계속하여 찬양했다. 그의 풍부한 비평적 연구들, 특히 고골에 대한 연구는 러시아에서 이 장르의 고전으로 남았다.

벨리는 당대의 매우 심각한 도덕적 딜레마를 표출시켰다. 심지어 신의 '죽음'과 초월적인 도덕원칙의 붕괴 후에도 외부의 통제하는 힘에 대한 기호는 사라지지 않았다. 도덕의식의 혁명의 본질적 특징은 자발성 및 자기실현에 대한 욕구와 더 나은 것으로 변화시키는 인간의 잠재력에 대한 의혹의 역설적 결합이었다. 인간의 창조력에 대한 새로 생겨난 믿음은 실험과 전통으로부터의 일탈을 심판하는 오래된 도덕적 관습에 의해 훼손되었고, 어떤 외적인 권위에 의해 주어지는 제약이 합법성을 띠는 것처럼 보였다. 대중적인 작가들은 자기실현 과정에서 스스로를 파멸시키거나 어떤 외부의 지배적

---

92 서유럽 모더니즘의 동일한 경향에 대해서는 토마스 만(Thomas Mann)의 『파우스트 박사』(*Doktor Faustus*)에 대한 포스터의 논의를 보라. John Burt Foster, *Heirs to Dionysus*, Princeton: Princeton University Press, 1981. 포스터는 디오니소스주의와 그것의 궁극적인 악마화에 대한 만의 양가성에 대해 논의한다. 하지만 포스터는 만이 디오니소스적 창조성과 정치적 폭정 사이의 직접적인 연관을 니체에 대한 왜곡된 이해로 여기고 있음을 보여 준다.

인 영향에 굴복하는 많은 주인공들을 통해 이와 같은 패턴을 보여주었다. '지상'에 대한 찬양에도 불구하고 메레시콥스키는 최우선적이고 통제적인 체계로서의 역사관을 유지했다. 혁명적 낭만주의 작가 ― 고리키, 안드레예비치와 루나차르스키 ― 역시 어떤 단일한 지도자가 인류에게 부과한 강압적인 가치체계의 영향을 받았을 것이다. 이러한 맥락에서 자발적인 내적 충동은 보다 나약하고, 결국에는 왜곡되고 오용되기 쉬운, 보다 더 취약한 것으로 받아들여졌다. 오직 두 작가, 이바노프와 블로크만이 외부적으로 강요된 권위로서의 도덕이라는 이념을 떨쳐 버렸다. 그들에게는 대화의 원칙이 지배적이었다. 인간을 뛰어넘는 디오니소스적 힘은 그들에게 인간의 의지가 담론 과정으로 들어서는 동력이었다. 갈등 속에서 삶의 에너지가 방출되었고 존재는 보다 더 풍요로워졌다.

마지막으로 우리는 디오니소스적인 그리스도가 기독교적 가치의 재평가인지를 어느 정도 결론지어야 한다. 그 대답은 확실히 그렇다는 것이다. 이에 대한 벨리의 과격한 반박에서조차도 디오니소스적인 그리스도의 모습은 전통적인 러시아 문학적 원형의 의미심장한 재공식화에 해당한다. 러시아에서 그리스도의 형상은, 구원이 현세에서 그리스도를 모방함으로써만 가능하다는 의미에서 언제나 '지상적'이었다. 강조점은 지금 이곳에서의 인간 의식의 정화로서 부활의 이념에 놓인다. 가장 급진적인 인신주의적kenotic 세계관에조차 올바른 금욕주의적 수행을 통해서 신의 본질을 '인지'할 수 있다는 이념이 포함된다. 반면에 사후세계는 서구의 기독교 체계에서와 같은 위안을 결코 주지 못했다. 여전히 러시아적인 그리스도는 잠재의식적인 '동물적 자아'에 대한 강한 부정의 전형이었다. 여기서는 우밀레니예умиление, umilnie의 이상──자비, 온화함, 순종, 몰아 그리고 육체적 욕정──의 단호한 억압이 지배적이다. 만약 러시아적인 전통의 그리스도가 부정이라는 개념을 떠받친다면, 디오니소스적인 그리스도는 승화의 원칙에 해당한다. 에고와 의지 그리고 성욕은 그 날것의 육체적인 표현이 아니라, 보다 고차원의 인간의 노력에 쏟아내는 삶의 에너지로 언명되었다. 사실상 부활은 이 '사악한' 충동의 내적인 승화 과정이라는 측면에서 이해되었다. '지옥'은 가장 비밀스러운 정신적 변형이 진행되는 내적 왕국으로서의 합법성을 부여받는다. 그리스도의 십자가형에 대한 서술은 새로운 의미를 획득한다. 그리스도는 더 이상 인간적인 '악'의 희생물이거나 제물이 아니라, 긍정적이고 극적인 정신의 개혁자 역할을 떠맡는다. 그리고 그리스도의 십자가형과 부활은 더 이상 비움과 정화의 과정이 아니라 전환과 변형의 과정으로 여겨졌다.

제6장

혁명적 낭만주의자들

—— 사회적 반란과 신화시

우선 예술가들을 떼어 내고 보자. 그들은 저마다의 가치 평가와 가치 평가의 변화가 **그 자체로** 주목을 받을 정도로, 세상에서 그리고 세상에 **맞서서** 충분히 독자적인 자세를 취하지 못한다! 그들은 어느 시대에나, 어떤 도덕이나 철학 또는 종교의 시종이었다. 그들은 불행하게도 자주 자신들의 추종자와 후원자의 지나치게 나긋나긋한 신하였고, 구세력이나 새로이 등장한 세력에 대한 예민한 후각을 지닌 아첨꾼이었다는 사실은 말할 것도 없다. 그들은 적어도 요새나 버팀목, 이미 확립된 권위를 필요로 한다. 예술가들은 외따로 서 있지 못하며, 홀로서기는 그들의 가장 깊은 본능에 위배되는 것이다.

— 니체, 「금욕주의적 이상은 무엇을 의미하는가?」 1969
(체호프에게 보내는 고리키의 편지에 인용)

창조의지에 대한 고리키의 찬양

막심 고리키는 세기 전환기 러시아 문학계의 가장 인기 있는 인물이었다. 1890년대 광범한 칭송을 받았던 체호프는 이제 고리키의 별이 자신의 별보다 더 빛나고 있음을 느꼈다. 그는 자신의 잠재적 경쟁자에게 아쉬운 듯 유머러스하게 다음과 같이 썼다. "내가 가장 젊은 소설가였는데 당신이 등장했고, 그 즉시 나는 나이가 들어 이젠 어느 누구도 나를 가장 젊다고 하지 않습니다."[1] 고리키는 새로이 등장한 다음 세대 젊은 작가, 그 이상이었다. '몽매한 대중'을 동정했으나 그들에 대한 명확한 개념을 갖지 못했던 러시아의 교양 있는 지성들에게 뜻밖의 인물인 고리키의 문학계 등장은 묵시록적 의미의 사건이었다. 발몬트의 표현에 따르면, 고리키는 순수 '디오니소스'

1 Anton Chekhov, *Selected Letters*, Berkeley: University of California Press, 1975, p.382.

적 에너지의 화신으로서 독자들 앞에 등장했다.[2] 그는 민중 자체의
목소리였고, 지성인들의 이론이나 염원보다는 어떤 민족적 '진실'과
의 더 견고한 연결고리였다. 고리키의 기백은 두드러졌다. 그는 어떤
인민주의 작가들보다 더 대단한 활력을 가지고 자신이 출생한 사회
의 비참한 상황 및 이와 연관된 도덕적이고 정신적인 마비를 드러내
고 공격했다. 그는 러시아 사회가 더 나아질 수 있다는 자신의 열렬
한 믿음을 세상에 공포했다. 사람들이 각자 현실안주와 탐욕, 잔인함
을 의식적으로 극복하고, 자신의 내부에 잠들어 있는 위대한 창조적
의지를 실현한다면 삶은 변화될 수 있다는 것이 그의 주장이었다.

고리키라는 별의 상승은 1900년경 니체주의의 대유행과 나란
히 진행되었고, 비평가들은 신속하게 작가와 철학자의 세계관 간의
유사성을 언급했다. 멘셰비키 비평가 네베돔스키는 이 젊은 작가를
'순수 러시아적인 니체주의자'로 보았다.[3] 비평가 유리 알렉산드로
비치에 따르면, 고리키는 니체주의의 견인차였다. 그는 단독으로 당
대의 체념적인 분위기에 전투적인 활력을 가져온 것이다. 또한 알렉
산드로비치에 따르면, 고리키의 주인공들은 독자들에게 다음과 같
이 외치는 듯했다. "체호프는 이제 그만! 눈물, 신음, 슬픔도 이제 그
만! 삶, 자유, 용기, 존재를 향한 자랑스러운 '긍정' 만세!"[4] 대개의

---

2 K. Bal'mont, *Izbrannoe*, Moscow: Khudozhestvennaia literatura, 1980, p.444[『선집』].

3 러시아어 표현은 '우리의 타고난 니체 주의자'(nash nittssheanets-samorodok)이다. M. P. Nevedomskii, "Vmesto predisloviia", foreword to Anri Likhtenberzhe, *Filosofiia Nittsshe*, St. Petersburg: O. N. Popova, 1901, cxx[「서문을 대신하여」, 『니체 철학』].

4 Iurii Aleksandrovich, *Posle Chekhova: Ocherk molodoi literatury poslednego desiatiletiia, 1898-1908*, Moscow: Obshchestvennaia pol'za, 1908, p.178[『체호프 이후: 최근 10년의 청

비평가들은 작가와 철학자 사이의 분명한 유사성에도 불구하고 영향의 가능성을 부인했다. 일개 시골의 작가가 수도에서도 최근에야 겨우 주목받기 시작한 외국 사상가에 정통하리라고는 생각조차 못했던 듯하다. 니콜라이 미하일롭스키는 그들이 각각 독자적으로 시대의 분위기를 감지했다고 주장함으로써 다수가 공유하는 의견을 표명했다.[5]

그럼에도 불구하고 고리키가 니체를 매우 흥미롭게 여겼고, 심지어 대중적 니체 숭배를 이용해 주류 문학계로 자신의 등장을 촉진시키려 했다는 충분한 증거들이 존재한다. 여러 회고록에 따르면, 니체 철학은 고리키가 사람들에게 깊은 인상을 남기고 싶을 때, 대화에서 언급하는 첫 번째 주제였다. 고리키의 잠재력을 간파하고 그가 국민적 명성을 얻는 데 도움을 준 마르크스주의 편집자 블라디미르 포세는 1898년 볼가강 연안 도시 니즈니 노브고로드에 있는 작가를 처음 방문했던 일을 이렇게 회상했다. 집주인은 『차라투스트라는 이렇게 말했다』의 일부를 읽는 것으로 손님을 환대했으며, 낭독하는 사이사이 고리키는 "형제여, 이건 정말 굉장한 말이야!"라며 감탄하곤 했다.[6] 또 다른 회고록의 저자 니콜라이 투마노프는 1899년 고리키와 장차 그의 최대 적수가 되는 메레시콥스키와의 희귀한 만남을

년 문학 개요, 1898-1908』].

5 Nikolai K. Mikhailovskii, "O g. Maksime Gor'kom i ego geroiakh", *Kriticheskie stat'i o proizvedeniiakh Maksima Gor'kogo*, St. Petersburg, 1901, p.96[「막심 고리키와 그의 주인공들」, 『막심 고리키 작품에 관한 비평문』].

6 Vladimir Posse, *Moi zhiznennyi put': dorevoliutsionnyi period(1864-1917 gg.)*, Moscow-Leningrad: Zemlia i fabrika, 1929, p.151[『내 삶의 노정: 혁명 이전 시기』].

기록한 바 있다. 이 만남에서 두 사람은 공동의 스승인 니체에 대해서 열띤 논쟁을 벌였다.[7] 그 당시의 주요 작가와 비평가들에게 보낸 몇몇 편지에서 고리키가 빈번히 니체를 인용하고 논의했음을 알 수 있다.[8] 니체식의 어구 전환은 고리키의 관점을 뒷받침하는 데 자주 사용되었다. 이렇듯 고리키가 니체를 스승으로 삼은 징후가 분명하게 엿보인다.

1890년대 말 국내적인 명성을 떨치려는 고리키의 초창기 노력에서는 니체 철학이 눈에 띄게 모습을 드러낸다. 젊은 작가는 베스트셀러 작가가 되고 광범위한 독자층을 사로잡는 작품을 내놓기 위해 갖은 노력을 기울였다.[9] 그의 단편집은 1898년과 1899년에 세 권으로 출판되었고, 니체 사상에서 영감을 받은 이야기를 중점에 두고 구성되었다.[10] 실례로, 1권의 주요 단편은 「첼카시」와 「매의 노래」였고, 이후 두 권의 마지막 단편은 각각 니체의 강령적 진술을 담은 「잘못」과 「독자」였다. 고리키의 노력은 출판업자인 도로바톱스키와 차루시니코프를 설득하여, 유명한 비평가 안드레예비치(1863~1905)에게 고리키의 이름과 작품을 광고하는 데 도움이 될 책을 의뢰하

---

7 G. M. Tumanov, *Kharakteristiki i vospominaniia*, vol.2, Tiflis: Trud, 1905, p.48[『성격묘사와 회상』].

8 다음을 참조하라. Gor'kii to F. D. Batiushkov, October, 1898, SS30, vol.28, 33; Gor'kii to K. P. Piatnitskii, December, 1901, *Arkhiv A. M. Gor'kogo*, vol.4, Moscow: Khud. lit., 1954, p.58[『고리키 기록보관소』]; Gor'kii to L. N. Andreev, *Literaturnoe nasledstvo*, vol.72, Moscow: Nauka, 1965, p.88[『문학 유산』 72권].

9 Betty Y. Forman, "The Early Prose of Maksim Gorky, 1892-1899", Ph. D. dissertation, Harvard University, 1983, esp.539~582.

10 Ibid., pp.567~571.

게 하는 데 이르렀다.[11] 그 결과 『막심 고리키와 체호프에 관한 책』 (1900)이 출간되었다. 작가와 출판업자, 비평가는 니체와 엮이면 책의 판매고를 높일 수 있다는 데 뜻을 같이했다. 연구서의 초반에서 안드레예비치는 작가와 철학자의 분명한 연결고리를 만들었다. "니체의 초인은 보기보다 훨씬 더 우리에게 가깝다. 초인은 생명의 공포를 알지 못하며 언제나 자신의 본성이 암시하는 대로 행동한다. 그는 자신에게 거짓을 말하지 않으며, 순진하며 용감하다. […] 어린아이나 천재처럼 순진하고 용감하다. […] 고리키의 부랑자 역시 어딘가 '니체주의자'이다."(MG, 28~29)

니체주의자로서 고리키의 평판은 러시아 독자층에 국한되지 않고, 1905년 이후 그가 추방당함으로써 더욱 확산되었다. 1906년 미국 방문 시기 고리키는 니체에 관한 토론의 기회를 기꺼이 받아들였다.[12] 같은 해에 니체의 여동생 엘리자베트 푀르스터-니체는 고리키가 니체의 작품을 좋아한다는 말을 듣고 그를 초대하여 바이마르의 니체 기록보관소를 방문하도록 했다.[13]

니체 사상에 대한 고리키 특유의 개방적이고 열광적인 칭송을 염두에 둔다면, 어째서 고리키가 특정 시기에 그의 스승을 공개적으

---

11 N. S. Dorovatovskii, "Pis'ma Maksima Gor'kogo k S. P. Dorovatovskomu", *Pechat' i revoliutsiia* 2, 1928, pp.68~88[「막심 고리키가 도로바톱스키에게 보낸 서신」, 『인쇄와 혁명』 2호].

12 W. L. Phelps, "Gorki", *Essays on Russian Novelists*, New York: Macmillan Publishing Co., 1911, p.219.

13 Arkhiv A. M. Gor'kogo, IMLI, Elizabeth Förster-Nietzsche to A. M. Gor'kii, Weimar, 12 March, 1906[고리키 기록보관소].

로 통속화하고 폄하하는 쪽을 선택했는지 이해하기 어렵다. 고리키는 작가로 활동하며 세 차례 ─1905년 러시아 혁명, 1923년 두 번째 해외 망명 후, 1930년 스탈린 체제의 러시아로 최종 귀환[14]한 뒤 ─ 니체 철학을 권위주의적이고 전제적인 사회적 독트린이라고 말했다. 1905년 그는 「속물주의 일고」에서 니체의 부르주아 철학이 비양심적인 개인주의자들을 현혹시킨다고 썼다(SS30, XXIII, 344~345). 1923년 고리키는 그의 자전적 3부작 중 제3권 『나의 대학』에서 니체의 도덕적 관점이 그가 카잔대학의 학생들과 교제하던 시절 알고 지내던 어떤 무자비한 경찰의 관점과 유사하다고 보았다. 이러한 '통속적인 니체주의자'인 등장인물은 연민의 감정을 '해로운 것'으로 보았다. 그는 사회가 "강하고 건강한 사람들을 도와야 그들이 힘을 쓸데없이 낭비하지 않는다"고 주장했다. 약자들은 결코 힘의 원천이 될 수 없으므로 약자들을 돕는 것은 잘못이라 생각한 것이다. 약자들은 사회의 나머지 구성원을 끌어내리기만 할 뿐이다(SS30, XXVI, 73). 마지막으로, 1930년의 논문 「직업에 대한 대화」에서 고리키는 니체의 도덕 철학을 '잔혹성의 설교'라고 불렀다. 그에 따르면 니체가 "삶의 참된 목적은 고결한 유형의 사람들, 즉 초인들을 창조하는 것이며, 여기에 필연적 조건이 노예제"라고 가르친다는 것이다. 그는 자신의 장광설을 그의 스승의 글에 대한 잘못된 인용구로 끝맺었다. 「낡은 서판과 새로운 서판에 대하여」에서 차라투스트라는 "쓰러

---

14 [옮긴이] 고리키가 소련으로 최종 귀환한 것은 1933년이었다.

지는 것은 밀어 버려야 한다"고 주장한다(Z, 226). 차라투스트라의 생각은 한 시대를 풍미하고 사라지는 가치들에 대한 것이지만, 고리키는 '~하는 것'을 훨씬 더 냉담한 '~하는 사람'으로 의인화한다. 고리키의 글에 따르면, 니체의 도덕적 관점은 '쓰러지는 사람은 밀어 버리라'는 것으로 요약할 수 있다(SS30, XXV, 320).

우리는 이러한 공격을 존 버트 포스터가 『디오니소스의 계승자들』에서 제기하는 모델처럼 예술적 창의력의 경쟁으로 해석해야 하는가? 아니면 이러한 공격은 후계자 고리키를 독특하고 독창적인 작가로 자리매김하게 하는 의도적이고 반복적인 오독의 일부인가? 우리는 이러한 패턴의 몇 가지 측면을 확실히 살필 수 있다. 하지만 나는 여기에 고리키의 창조적 상상력의 본질에 더 가까운 어떤 다른 현상이 작용한다고 믿는다. 니체 철학에 대한 고리키의 매우 엇갈린 반응은 그의 도덕적 감수성의 커다란 균열을 반영하는 축소판이다. 여기서 사적인 문학적 자아와 공적인 문학적 자아 간의 갈등을 파악할 수 있다. 고리키의 사적인 서신들에서 니체 사상은 인간의 자기 창조에 대한 개인적이고 열광적인 그의 확신을 뒷받침하는 반면, 공적인 논쟁에서는 민중을 위한 자기희생을 주장하는 급진주의자들 가운데 널리 퍼진 도덕성의 치명적인 적으로 간주된다. 1898년 편집자 바튜시코프에게 보낸 예의 그 편지에서 고리키는 『차라투스트라는 이렇게 말했다』의 "사람은 극복되어야 하는 그 무엇이다"라는 반복구를 인용하며, "나는 믿습니다, 믿어요! 인간은 스스로를 넘어설 것입니다"라는 열광적 신앙 고백으로 끝맺는다(SS30, XXVIII, 33). 또한 고리키는 화가 일리야 레핀과의 서신에서 인간의 본성은 해방을 예기하는 방대한 양의 잠재된 창조적 가능성을 함유하고 있다고 시사한다(SS30, XXVIII, 101). 이 편지에서 그는 자신의 니체적인 단편소설들 가운데 한 편인 「독자」를 언급하는 방식으로 신중하게 니체를 인용한다.

이에 반해서 니체에 대한 고리키의 공개적인 진술은 언뜻 보기에 매우 적대성을 띤 데다가 통속적이다. 이런 맥락에서 고리키는 약자에 대한 연민과 노동자의 권리 인정이라는 사회 공리적 가치의 옹호자를 자처한다. 여기서의 에토스는 일부 진실한 것이기는 하지만, 고리키의 사회적 관점의 적절한 발전에 강한 관심을 보인 급진적 비평가와 후원자들을 위한 겉치레인 것으로 보인다. 중요한 점은 고리키가 작가로서 자신의 미래가 급진적 정치가들의 지지 여부에 크게 좌우되던 위기의 순간에만 이러한 공적인 자세를 취한다는 사실이다. 실례로, 1905년 혁명 이후 고리키는 추방당했고, 초창기 러시아 독자들에게서 누리던 인기가 위기에 봉착한다. 그 사이 레닌과 루나차르스키 같은 볼셰비키 활동가들과의 관계가 점점 중요해지고 있었다. 내전 후인 1923년에는 출국으로 인해 러시아 출판계 및 독자들과의 관계가 난관에 봉착한다. 당시 고리키의 출국은 이전 추방 시절 동지인 레닌이 승인한 것이었다. 신생 소비에트 체제에 대한 그의 태도는 명확하지 않았고, 망명한 많은 러시아 작가들의 운명이 된 잊혀짐이 고리키를 위협하기도 했다. 1930년 무렵 고리키는 옛 동지들에게로 돌아왔고 '혁명의 바다제비'로 존경을 받으며 온갖 명예를 걸머쥐었으나, ── 그의 이름은 신생 소비에트 지도상에 넘쳐 났고, 그는 자율적이면서도 잘 조절되는 '영향력'을 발휘하며 폭넓은 독자층을 얻었다——그 대가를 지불해야만 했다. 이 모든 경우, 급진적이고 권위주의적인 권력은 그의 문학적 명성과 영향을 소멸시키거나 복원할 수 있게 도왔다. 그가 치러야만 했던 대가는 적어도 공적인 면에서 예술적이고 이데올로기적인 독립을 포기하는 것이었다.[15]

니체에 대한 고리키의 공개적인 거부 행위는 작가의 도덕적 감수성의 근본적인 부조화를 암시한다. 그는 내심 두 가지 인간적 관점 사이에서 투쟁을 벌인 것이다. 그는 대중의 자기변화를 갈망했고 민중의 자기결정력을 굳게 믿는 동시에, '대중'을 구성하는 개별 '자아들'이 내적인 에너지를 광범위한 사회문화적 재생으로 변환시키는 데 필수적인 윤리적 자질을 지니고 있는지를 의심했다. 행위의 자유가 주어지면, 실생활 속의 개인은 자신의 이익에 복무하며 편협한 자신의 풍요를 위해 집단적 잠재력을 조금씩 낭비한다. 대규모의 사회적 변화라는 목표를 달성하려면, 개인의 에너지는 외적이고 이데올로기적 제재를 가함으로써 통제되고 인도되어야만 한다. 니체에 대한 고리키의 두 가지 반응이 함축하는 바는 자발적인 인간의 힘에 대한 환희이다. 게다가 이러한 환희에는 아무런 인도 없이 그

---

15 다음을 참조하라. Mary Louise Loe, "Gorky and Nietzsche: The Quest for a Russian Superman", ed. Bernice Glatzer Rosenthal, *Nietzsche in Russia*, Princeton: Princeton University Press, 1986, pp.251~274. 로에는 고리키의 니체적 관점을 그와 레닌, 그리고 이후 스탈린 사이의 불화의 핵심으로 바라본다. 주의주의와 사회적 공리주의 사이의 고리키의 내적 갈등은 카테리나 클라크가 사회주의 리얼리즘 소설에서 바라보는 '자생성'과 '의식' 사이의 갈등에 또한 일치한다. 다음을 참조하라. Katerina Clark, *The Soviet Novel: History as Ritual*, Chicago: University of Chicago Press, 1981, pp.15~24.

자체로 방치된 힘이 불러일으킬 법한 변화에 대한 불신이 섞여 있는 것이다.

고리키의 도덕관은 또한 니체에 대한 세 번째 사적인 인용에서 더 미묘한 음영을 얻는다. 그는 인간 본성의 자만과 무기력에 대한 경멸을 뒷받침하기 위해 니체를 활용한다. 1897년과 1910년, 두 편의 편지에서 고리키는 당시 사회에 대한 혐오의 표현으로써 니체의 '반민주적' 관점을 옹호했다.[16] 이러한 발언들을 통해서는 고리키가 인간의 자기창조에 대한 믿음의 기반을 어디에서 찾고 있는지 이해하기가 어렵다. 현존하는 인간의 본성에서 드물게 보이는 자질을 소중히 여기는 니체와 달리, 고리키는 동시대인에게서 어떠한 희망 어린 특징도 찾아내지 못한다.

니체에 대한 고리키의 발언에서 모습을 보이는 공격적 생기론, 그리고 보편적인 동정심 및 조화에 대한 유토피아적 염원과 '인간적인 너무도 인간적인 것'에 대한 은밀한 경멸의 혼화는 그의 기이한 도덕의식을 드러낸다. 이는 금욕주의 철학자의 생산적인 자기창조를 설교하는 니체적 사제만큼이나 부조리한 어떤 것이다. 여기서 떠오르는 문제는 이러한 분열된 감수성이 고리키의 예술에 어떤 영향을 미쳤는가, 그리고 어떠한 문학적 해결책이 발견되었는가에 있다. 이러한 의식의 균열이 고리키의 예술에서 찾는 의의는 1899년 고리

---

16 Arkhiv A. M. Gor'kogo, IMLI, A. M. Gor'kii to A. L. Volynskii, Nizhnii Novgorod, December, 1897. 또한 다음을 참조하라. A. M. Gor'kii to L. A. Nikiforova, March-April, 1910.

키가 체호프에게 보내는 편지에 매우 잘 표현되어 있다. 이 편지에서 고리키는 예술가들이 부지중에 "어떤 도덕이나 철학 또는 종교의 시종"이며 "구세력이나 새로이 등장한 세력에 대한 예민한 후각을 지닌 아첨꾼"이 되었다는 니체의 사상을 인용한다. 이러한 생각에는 두 가지 의미가 담겨 있다. 이는 이데올로기에 복무하는 지배적이고 급진적인 공리적인 예술 미학을 전복시키고, 예술을 사회적 자기규정과 자기결정의 독자적인 힘으로 만들고자 하는 고리키의 자기 자신에 대한 도전을 표현한다. 또한 거기에는 자연스러운 창조적 충동과 그것의 예술적 표현만으로는 사회의 변화를 추동하는 통찰과 의지가 부족할 수 있다는 불안한 경고가 담겨 있다. 예술의 운명은 대체로 새로운 의식을 형성하고 창조하는 것이라기보다 사회적 이데올로기에 봉사하는 것일지도 모른다. 고리키의 예술과 그의 개성을 생동하는 흥미로운 것으로 만드는 것은 생기론자적 충동과 사회공리주의자적 충동 사이의 긴장, 그리고 이 둘 가운데 어느 것에도 완전히 굴복하기를 거부하는 그의 자세이다.

1890년대 중반 고리키의 초기 단편소설의 두드러진 특징은 모든 도덕적 제재를 거부하는 생기론적인 반란이다. 그리고 이러한 초기 단편소설로 고리키는 악이 선이고 선이 악이라는 통속적인 니체적 개념의 형성을 돕는다. 고리키는 드러내 놓고 프레오브라젠스키가 '악'으로 정의한 것에 심취했다. 여기에는 겁 없는 독자성과 강인한 개성이 공격성 및 폭력에의 의지와 결합되었으며, 이것들은 내적인 통합성과 자기확신의 표식이다. 차후 상징주의 그룹의 저명한 편집자였던 표트르 페르초프는 일찍이 1892년 고리키 작품의 호전적인 분위기를 기억하며 그것을 니체와 결부시켰다. 페르초프가 편집 작업을 시작한 지방의 잡지 『볼가 통보』에 고리키가 몇 편의 초기 단편을 넘겼던 것이다. 페르초프는 이렇게 말한다. "나는 단편 가운데 한 편에서, 젊은 고리키에게 그토록 특징적이었던 니체 정신으로 쓰인 상당히 불손한 시편을 기억한다."

생명은 순간이다.
감각은
모든 생명의 본질과 의미라네.
범죄를
무엇보다 덜
삶 속에서 질책해야 한다.[17]

여기서 범죄는 생명력의 표식이다. 제약으로서의 '도덕적 심판'과 해방으로서의 '삶'은 명확히 대립적이지만, '삶'이 보다 더 우선적인 가치이다.

사회적 변화와 혁신에 이르는 길을 암중모색하면서 고리키는 세 가지 주요한 인간적 원형을 탐색한다. 먼저, 범죄자와 몽상가라는 두 가지 원형은 그의 선행자인 인민주의자에게서 계승된 것이다.[18]

---

17 P. P. Pertsov, *Literaturnye vospominaniia*, Moscow-Leningrad: Akademiia, 1933, pp.30~31 [『문학 회상』].
18 Betty Y. Forman, "The Early Prose of Maksim Gorky", pp.100~104, pp.183~192.

범죄자는 기존 사회 풍습의 불충분성을 명징하게 제시한다. 몽상가는 기존의 사회적 조건을 넘어서는 데 필요한 사고방식을 갖추었지만, 전망이 부족하다. 세 번째의 예술가-지도자 유형은 고리키가 인민주의 전통을 극복했음을 나타내고, 새로운 사회참여적인 미학을 창조하고자 한 노력에 해당한다. 이러한 유형은 다른 두 가지 원형이 갖춘 힘을 소유하고 있는 데다, 그 힘을 자신의 목적에 맞게 다른 이들을 전향시키고 통제하는 데 필요한 외향적인 폭발적 에너지와 결합시키고 있다.

「말바」, 「방랑자」, 「첼카시」 같은 고리키의 부랑자 소설에서는 '고결한' 범죄자들이 중심인물로 등장한다. 이들 모두는 노예가 되느니 무법자의 삶을 선택한 것처럼 보인다. '정상적'이고 정직한 존재라 해도, 자존감은 상처받기 쉽고 정신은 무뎌지며 인격의 통합성은 훼손된다. 여기서 범죄는 억압적인 사회경제적 환경과 이런 환경의 소산인 도덕적 타락에 맞서는 항거이다. 주인공들 각자는 평범한 삶으로의 귀환을 심사숙고하지만, 몇 가지 사건을 겪으며 스스로가 자신의 운명을 통제한다는 점에서 현재의 삶이 더 낫다는 확신에 이른다.

「첼카시」에서 그리샤 첼카시는 항구도시 오데사의 무기력한 삶에 반항한다. 여기서의 삶은 암담하다. 사람들은 기계의 노예가 되고, 그들의 삶은 배 선창에서 소진된다. 이에 반해 첼카시는 자신의 자유를 위해 살아가며, 생존에 필요한 것은 훔친다. 그가 절도를 즐기는 것은 거기에 동반되는 도전성 때문이다. 그의 강도질은 거대한 기계에 맞서는 일종의 반란이자 고유한 인간성의 재확인으로 정당화되는 것 같아 보인다. 첼카시는 사실상 다른 사람들에게 부족한 모종의 도덕적 통합성을 갖추고 있다. 그는 그가 한 약속 몇 가지를 지킨다. 그는 하기로 약속한 일을 완수하고 공범자들에게 아낌없이 보답한다.

첼카시는 젊은 농부 가브릴라를 만나면서 도둑으로 살아가는 자신의 삶에 의문을 갖기 시작한다. 그는 난바다에 떠 있는 배에서 몇 가지 밀수품을 이동시키는 일을 돕도록 가브릴라를 '고용'한다. 두 사람은 보트에 짐을 싣고 돌아오며 대화를 나눈다. 가브릴라는 농지를 소유하여 자립하는 삶을 꿈꾼다. 부두로 나온 것도 땅 한 뙈기를 사기 위해 필요한 돈을 벌고자 함이었다. 가브릴라의 말을 들으면서 첼카시는 애수에 싸인 채 고향 마을을 상기하며 어딘가에 정착해야 하지 않는가를 생각한다. 하지만 그는 가브릴라에 대해 좀 더 알게 되면서 자신이 자유로운 삶을 선호한다는 사실을 재확인한다. 젊은 농부는 범죄를 저지르다가 위험을 감수해야 하는 상황에 처하면 비겁해지고 동료를 배신하는 면모를 드러낸다. 이후 약탈품을 나눌 때 가브릴라는 자신이 돈을 모조리 차지하고 싶은 탐욕에 사로잡혀 동료를 죽일 뻔한다. 두 사람 가운데 더 고결한 면모를 보여 주는 건 첼카시다.

자유로이 제멋대로 구는 '고결한' 범죄자에 대한 고리키의 젊은이다운 열광은 그가 범죄자와 그 해악을 사회적 시각에서 표현할 때 완화된다(사라진다는 의미는 아니다). 「카인과 아르템」(1898)에는 '정글' 같은 도시생활 속의 힘센 자와 권리가 없는 자 간의 도덕적 관계에 대한 우화가 있다. 이야기는 러시아 남부 지역을 배경으로 하는 데, 거리의 불량배 아르템과 유대인 행상 카인의 관계는 카인이 아르템의 생명을 구하면서 시작된다. 이에 대한 감사의 표시로 아르템은 거리에서 카인이 모욕이나 부당한 일을 당하지 않도록 계속 카인을 보호하지만, 결국에는 그 역시 다른 이들처럼 카인을 경멸하며 더 이상 그의 경호원 노릇을 하지 않겠다고 결정한다. 아르템은 잘생겼고 기품 있으며 자유로운 사람이지만, 노르다우식 통속적 니체주의의 '주인' 유형의 야수적이고 억압적이며 방자하게 폭력적인 인물이다. 그는 '고대의 동물 그 자체'이다. '웃고 있는 사자'와 아르템의 유사성은 고양이와의 빈번한 비교에서 드러난다. 그는 흉포하고 잔혹하지만 아름답고 자기 확신에 차 있다. 그는 고양이처럼 행동한다. 그는 "양지에서 고양이처럼 몸을 쭉 펴며 볕을 쬔다"(R, III, 131). 거리를 어슬렁거리는 그의 모습은 "커다란 짐승처럼 침울하고 조용하며 극도로 아름답다"(R, III, 135). 노르다우는 주인을 "그 원초적 본능이 이기적이고 타자에 대한 배려가 결여된 채로 자유롭게 어슬렁대는 외로운 맹수"로 서술한다.[19] 아르템은 그의 고독한 삶의 방식에서 그러한 주인과 닮아 있다. "그에게는 동료애가 발달되지 않았고, 그는 사람들과 잘 어울리려 들지 않는다."(R, III, 133) 그는 늘 혼자서 일하며 그의 노획물을 결코 나누지 않는다. 그는 "자신의 파괴적 충동과 피에 대한 갈증을 진정시키고자 약자들을 공격하는" 노르다우식 주인처럼 잔혹하다.[20] 아르템은 거리에서 종종 '사냥'을 한

---

19 Max Nordau, *Entartung*, Berlin: Carl Dunker, 1895, p.326.
20 *Ibid.*, p.322.

다. 그는 타인의 상품을 마구 내던지고 가판을 부수며 원하는 것은 무엇이든 훔친다.

아르템은 죽음과 스친 후에야 도덕적 면모를 변화시킬 능력을 갖추는 것처럼 보인다. 카인의 연민과 친절이 그보다 힘센 자인 아르템에게 영향을 미치는 듯하다. 아르템이 자신을 구한 사람을 보호하겠다고 나선 것이다. 하지만 끝내 그는 이러한 합의에 만족하지 못하고 자신의 약속을 거둬들인다. 그의 판단에 따르면, 배려와 친절은 자기 성격의 자질이 아닌 데다 그런 척하는 것도 정직한 일이 아니다. 이러한 야만인조차 그만의 심히 국한된 통합성의 감각을 지닌다. 아르템은 자신이 아무도 동정하지 않음을 깨닫고, 그런 사실을 인정하는 것이 거짓말하는 것보다 낫다고 느낀다. 아르템은 카인을 멀리 쫓아내며, "사실대로 […] 마음 내키는 대로 행동해야 한다"고 생각한다(R, III, 164).

고리키는 순진하고 직선적인 방식으로 노르다우의 개념을 받아들임으로써 니체의 도덕적 견해를 '폄하'시킨다. 그는 사회적으로 노예 유형은 주인을 '통제'하거나 주인으로 하여금 자신의 힘에 의문을 품게 만들어 보다 덜 잔인하게 행동하도록 유도할 수 없다는 데 있어 노르다우라는 통속 해설자의 뜻에 동의한다. 고리키의 초기 단편소설들은 니체가 '강한 것이 옳다'라는 거친 이데올로기를 옹호하는 사회 철학자에 불과하다는 생각을 강화함으로써 니체 철학의 통속화에 일정하게 기여했음을 반복할 필요가 있다.

1890년대에 고리키는 섬자 전통적인 윤리적 판점으로 복귀한다. 여기서 방자한 '범죄자' 유형이 억압적이고 비도덕적이며 정의

롭지 못한 것은 그가 아무런 사회적 양심 없이 경제력을 행사하는 순간이다. 실례로, 『포마 고르데예프』에 등장하는 부유한 상인들, 즉 야코프 마야킨을 비롯한 다른 이들은 물건을 착복하거나 훔치고, 가난한 자를 착취하는 방법으로 돈을 번다. 그들은 극소수를 제외하고 모든 이들을 억압하는 사회체계를 지지한다. 고리키는 1901년 레오니드 안드레예프에게 쓴 편지에서 이 세계가 주인과 노예로 분열되어 있다고 말했다. 그리하여 주인은 노예를 탄압하고 노예는 해방을 꿈꾼다는 것이다.[21] 고리키가 자신의 사회적 적수들의 비도덕적 품행을 비난하기는 했어도, 그 스스로는 자신이 그들에게 강요한 바로 그 윤리적 규범을 유지하려 하지 않았음을 지적해야 한다. 그에게는 심원한 창조적 에너지의 해방을 위한 경계 허물기가 어떤 적합한 윤리적 규범을 수립하고 집행하는 것보다 더 크게 비쳤을 수 있다.

인간 본성의 강렬하고 활기차며 제멋대로인 측면에 대한 고리키 특유의 끌림은 변함없이 지속되었다. 이러한 자질들은 서서히 자유롭고 정의로우며 생산적인 사회에 대한 포괄적인 유토피아적 전망으로 승화되고 종합되었다. 그의 '몽상가' 유형의 인물들의 난폭하고 위법적인 충동은 자기 내부로 돌려진다. 이러한 유형은 니체적인 의미의 '나쁜 양심'을 지닌 사람처럼 스스로의 에너지와 폭력을 자신에 맞서는 방향으로 돌린다. 이 유형은 자신을 파괴해서라도 존재를 시험하고 더 높이 나아가 필연의 법칙이 말하는 것 이상이 되

---

21 *Literaturnoe nasledstvo*, vol.72, p.122.

려는 내적 갈망을 충족시키고자 한다. 이러한 시험과 의구심 그리고 도전은 니체와 고리키에게 있어 세계를 변화시키는 심원한 창의력의 서곡이다(Z, 90~91). 이러한 인물은 절제의 경계를 넘어서서 내적 충동에 자신을 내맡김으로써 인류 모두를 보다 고결하게 재생시킨다. 그는 니체가 '지도적 이념'이라 부른 것에 이르는 길, 즉 인간의 정신을 떠받치고 세계를 형성하는 행위를 정당화하는 모종의 커다란 실존주의적 목적을 암중모색한다. 고리키의 몽상가들에 대한 좋은 본보기는 「매의 노래」(1895)에 등장하는 매와 『포마 고르데예프』(1899)의 포마 고르데예프이다. 이러한 몽상가는 무법자 유형과 반란자적인 자질을 공유한다. 몽상가는 관습적인 도덕에 내재한 거짓에 저항한다. 그는 엘랑élan[22], 희생에의 의지, 운명애를 지녔지만, 창조자-주인공이 갖추게 될 '지도적 이념'을 아직은 갖고 있지 못하다. 여기서 고리키는 더 이상 니체의 대중화된 해석에 의존하지 않고, 니체의 주요 텍스트와 상호작용한다. 그동안 대중화되고 통속화된 니체 철학이 고리키의 무법자 소설에 특정 인물의 유형과 테마를 제공했었다면, 이제는 그가 특히 당시 갓 번역된 『차라투스트라는 이렇게 말했다』와 『비극의 탄생』을 직접적으로 읽었음이 보다 분명해진다.

　「매의 노래」에서 고리키는 운명애라는 개념을 매의 캐릭터로

---

22 [옮긴이] 엘랑은 발레에서 '도약'을 의미하는 용어로 많이 사용된다. 아마도 저자는 베르그송의 개념으로 '생의 약동'을 의미하는 élan vital(엘랑비탈)을 염두에 둔 것 같다.

극화한다.[23] 매의 노래는 '용감한 자의 광기'와 죽음에 직면해서도 투쟁을 감행하는 자들을 찬양한다. 매가 해안선을 따라 죽 늘어선 절벽 위로 솟구쳐 오른다. 매는 상처를 입은 상태였음에도, 죽음을 향해 바다로 뛰어들기에 앞서서 마지막으로 한 번 푸른 하늘을 향해 비상한 것이다. 이 우화적인 이야기의 또 다른 주역으로 등장하는 율모기는 매의 도덕적 맞수로, 햇볕을 쬐면서 안전하고 안락한 삶을 선호한다. 용감한 매와 신중한 율모기는 차라투스트라의 알레고리적인 미덕의 표현물, 즉 당당한 독수리와 영리한 뱀과 유사하다. 차라투스트라는 자신을 자기극복으로 이끄는 이러한 두 가지 특성에 신뢰를 보낸다. 「건강을 되찾고 있는 자」라는 장에서 차라투스트라를 완벽한 절망에서 구한 것은 동물들이다. 그는 이 동물들에게서 영원회귀라는 새로운 철학을 배운다. 「매의 노래」를 집필할 때 고리키가 차라투스트라의 동물들을 고려했음을 알려 주는 편지 두 편이 남아 있다. 이때 고리키는 매가 아닌 독수리를 염두에 두었음이 분명하다. 이 두 편지에서 그는 독수리를, 그리고 '율모기와 독수리'에 관한 어떤 소작품을 언급하고 있기 때문이다(PSS, II, 386). 고리키의 동물들은 성격 면에서 차라투스트라의 동물들과 유사하다. 비견되는 두 뱀은 신중하고 현명한 데다 영리하며, 두 맹금은 당당하고 용감하다. 차라투스트라는 독수리를 "태양 아래 가장 당당한 동물"로

---

23 다음을 참조하라. Betty Y. Forman, "Nietzsche and Gorky in the 1890's: The Case for an Early Influence", ed. Anthony M. Mlikotin, *Western Philosophical Systems in Russian Literature*, Los Angeles: University of Southern California Press, 1979, pp.153~164.

환영한다(Z, 53). 대양은 매의 용감한 마지막 비상을 "당당한 자들에게 빛과 자유를 향해 나아가라는 호소"라고 전한다(PSS, II, 242). 여기서 매와 독수리는 둘 다 익숙한 것을 넘어 미지의 것으로 나아가는 데 필요한 광적인 대담성을 지니고 있다.

고리키는 의인화된 두 가지 미덕의 관계를 극단화시킨다. 편협한 세계관을 지닌 율모기는 정확히 말해 매의 적대자가 아니지만, 그보다 덜 매력적인 존재다. 차라투스트라의 동물들은 함께 날아가고 있기는 하지만, 뱀이 독수리의 모가지를 감고 있다. 반면, 고리키의 뱀은 바위 위에서 편안히 졸고 있다. 율모기의 신중함은 『차라투스트라』에서의 뱀만큼의 미덕을 갖고 있지 않은 듯하다. 또한 차라투스트라의 뱀은 적응 능력이 있는 반면, 고리키의 율모기는 관찰력이 예리할 뿐 고리타분하다. 이 율모기는 니체의 '마지막 인간' 및 후기 고리키의 소부르주아적 인물들과 보다 많은 공통점을 갖는 듯하다. 고리키에 의한 이 두 가지 미덕의 변형에 더하여, 우리는 여기서 러시아 전통의 부차적인 영향을 목도한다. 분투가 아닌 자살을 통한 재생 이념은 차라투스트라의 자기극복 관점보다는 키릴로프의 것에 더 가까워 보인다.

고리키의 작품에서 '신중한 뱀'이 폄하되고 투쟁보다는 자살이 우선됨으로써 니체의 영원회귀 이념은 길을 잃는다. 여기서 니체의 이념은 아나키즘적이고 니힐리즘적인 영웅주의로 대체된다. 첫 장편 『포마 고르데예프』에서 고리키는 처음으로 실지보다 과장된 비극적 주인공을 창조하고, 『비극의 탄생』에 대한 그의 관심을 여실히 드러낸다. 폴릴로프의 번역으로 1899년 출간된 『비극의 탄생』은,

니즈니 노브고로드에 있는 고리키의 서재에 소장되어 있었다. 고리키는 그리스의 영웅들을 자기 작품 속 주인공의 모델로 구상했다. 그는 포마를 인간이라는 굴레를 깨부수려 한 헤라클레스처럼 묘사했다. 포마의 형상에서 고리키는 아폴론적 전망보다는 디오니소스적 반란을 강조한다. 그의 다른 초기 작품 속에서와 마찬가지로 현존 질서에 대한 부정은 영웅적인 것으로 받아들여진다. 하지만 포마는 이런 유형의 인물들 중, 자신의 반란 목적을 고민하는 최초의 인물이다. 자수성가한 선박업계 부호의 아들인 포마는 거의 초인적인 에너지와 힘을 지니고 있다. 포마는 상인 공동체에서 고립된 채, 사회에 대한 죄책감에 시달린다. 그는 무정한 상인들의 행동에 질색하지만 그가 항의하는 방법은 효과적이지 못하다. 그는 음주에 빠지고 부를 탕진하며 스스로를 파괴한다. 뒤늦게 버림받은 자로 낙인찍히고 나서야 그는 격분해서 요목조목 근거를 들어 가며 동료 상인들을 비난한다. 볼가의 상인 집단 전반의 부당함에 대한 포마의 반란은 강력하지만 목표가 분명치 않으며, 끝내는 그 자신을 파괴한다. 포마의 행위는 맹목적인 열정에 의한 것이었다. 새로운 질서에 대한 명징한 아폴론적 염원을 지닌 니체의 비극적 주인공과는 달리, 순수 디오니소스적 차원의 포마에게는 자신의 열정을 쏟아 내고 보다 나은 사회 질서를 구상할 상상력과 지성이 부족하다.

니체의 비극적 주인공처럼 포마는 자연조건을 어기는 '범죄'를 저지른다. 자연법을 어기는 젊은 상인의 반란은 사회경제적 관점에서 '가혹한 경제 상황은 부자와 탐욕스러운 자들이 약자와 가난한 자들을 착취하고 억압하도록 부추긴다'고 표현된다. 니체의 자연법 개념과 마찬가지로 고리키의 경제법칙 개념은 부당하고 잔인해 보이지만, 이 법칙을 고수하는 사람들을 살아가게 한다. 그러나 포마는 이런 법칙을 위반한다. 그는 일꾼들에게 매우 친절하며 아낌없이 돈을 쓰고 동료들의 부패상을 폭로한다. 어린 시절부터 포마는 일꾼들을 관습대로 무자비하게 다룰 수가 없었다. 그 대신에 그는 굶주린 농부들에게 곡물을 나눠 주고 억압당하는 사람들의 권리를 옹호한다. 소설의 결말에서 그는 반쯤 미쳐 자제력을 잃은 상태에서 상인들의 잔인성을 들먹이며 비난을 퍼붓는다.

> 구신 당신이 조카들한테 동냥을 준다고? 어디 하루 1코페이카씩 줘 보라고 [⋯] 적잖이 [⋯] 그 아이들 걸 훔쳐 냈는데도 [⋯] 보브로프! 어째서 정부한테 털렸노라 비방을 해대서 그 여자를 감옥에 처넣었나? 그 여자 꼴 보기가 싫었으면, 아들한테나 넘길 일이지 [⋯] 아무튼 아들놈이 또 다른 정부 년하고 놀아났으니 [⋯] 그걸 몰랐다고? 오! 이런 뚱돼지 같은 년 [⋯] 그리고 루프 당신은 다시 매음굴을 열어서 손님들을 보리수 껍질 벗기듯 벗겨 내 보던가. [⋯] 나중엔 악마 새끼들이 네 놈 껍질을 발가벗겨 놓을 테니, 하하! 거 낯짝이 경건해 보이니 사기꾼 짓 하기 딱 좋겠군! [⋯] 그땐 누굴 죽인 거지, 루프?
> (R, IV, 360)

포마는 이러한 삶의 압박감을 참아 내지 못하지만, 확고한 자기 가치체계가 뒷받침되지 않는 가운데 내면의 공허에 직면해야 한다. 그는 명백한 삶의 질서 이면의 극심한 혼돈을 목도한다. "어떤 이가

강 위의 보트에 있다."포마는 쇼펜하우어와 니체를 자기 식으로 바꿔 말한다(BT, 36). "나룻배는 훌륭할지 몰라도, 그 배 아래 쪽은 언제나 심연이다. […] 나룻배는 튼튼하다. […] 자기 발밑의 이 깜깜한 심연을 감지한다면 […] 어떤 나룻배도 그를 구해 내지 못할 것이다."(R, IV, 330~331) 매와 포마에게서 넘쳐나는 '용감한 자의 광기'는 반란을 생산적인 결말로 돌리기에는 불충분하다. 그래서 명확한 전망이 요구되는 것이다.

결국 포마는 가장 평범한 정신착란에 빠진다. 그의 광기는 아이러니하게도 니체의 비극적 주인공의 신성한 광기가 그랬던 것처럼 삶을 재확인시켜 주지 않는다. 『포마 고르데예프』는 주인공이 정신병원에 갇히는 절망의 음조로 종결된다. 그는 선지자로 존경받는 대신에 조롱조의 '예언자'라고 불린다(R, IV, 374). 하지만 고리키의 소설이 궁극적으로 표현하는 것은 세계가 진정으로 더 나은 방향으로 변화하려면 사람들에게 더 나은 삶에 대한 강렬한 염원이 필요하다는 감각이다. 예술의 목적은 이러한 염원에 대한 욕망을 불러일으키고 그 윤곽을 그려 내기까지 하는 것이다.

고리키의 초기 작품들에서 그려지는 원초적 생명력과 반란의 충동은 사람들을 사회 변화로 추동할 만한 긍정적인 사회적 전망을 산출하지는 않는다. 고리키는 사회적 의무라는 인민주의자의 공리주의적인 윤리의 재평가에서 필수적인 사회적 의식을 끌어낸다. 이 젊은 작가는 전통적 의미에서의 연민의 미덕에는 비판적이지만, 그는 활기찬 —— 이후에 그가 부른 바에 따르면 '적극적인' —— 연민을 모색한다. 초기 작품에서 그는 온순함과 연민을 거짓된 선량함과 의

지부족으로 깎아내리며 '참된' 사회윤리를 탐색한다. 그의 비전은 항상 연민의 미덕의 재평가에 달려 있다. 거짓된 미덕의 두 가지 좋은 예는 「잘못」(1896)의 키릴 야로슬랍체프와 「카인과 아르템」의 카인이다. 야로슬랍체프는 프레오브라젠스키의 대중화된 이타주의에 관한 비판을 극적으로 표현한다. 「잘못」에서 야로슬랍체프는 신경쇠약을 앓는 옛 지인을 방문하여 도움을 주고자 하는지 아닌지를 결정해야 한다. 그는 어째서 도와주기를 원해야 하는지, 자신이 정말로 이 지인에게 연민을 느끼고 있는지 의문을 갖는다. 그의 심적 의혹은 "연민을 느낄 때 우리는 무엇보다 자신의 감정적 욕구를 충족시킨다"는 프레오브라젠스키의 사상과 상통한다(VP, 129). 누군가가 상처를 입었을 때 우리는 마치 자신이 상처 입은 것처럼 고통을 느낀다. 이러한 감각은 마치 타인이 우리 자신이라도 되는 것처럼 타인을 돕도록 우리를 자극한다. 야로슬랍체프는 크랍초프를 방문하고자 하는 것이 단지 자기 위안을 얻기 위한 것은 아닌지를 묻는다. "내가 왜 그에게 가야 하나? […] 이것은 호기심이나 동정심인가? 아니면 의무감? […] 광기는 거의 죽은 거나 다름없는데 […] 놀라운 일이다. 어째서 인간은 죽어갈 때 더 많은 관심을 불러일으키는가. […] 우리는 […] 연민을 갖게 되고 그에 대한 말을 나눈다. […] 죽음 또는 죽음의 도래가 우리를 서로 가깝게도 한다. […] 타인의 죽음을 지켜보며 우리는 우리 자신 역시 죽는다는 사실을 상기하고, 타인의 모습을 통해 자신에 대한 연민을 느낀다."(R, I, 153) 야로슬랍체프의 결론에 따르면, 연민은 자기중심주의의 한 형태일 뿐이다. 연민에 빠진 사람은 타인의 회복을 돕는 대신 자신의 처지를 안쓰럽게 여기는 것이다.

병자 또는 약자에게 연민을 느낀다는 것은 우리 자신의 행복감을 입증하는 것이기도 하다. 프레오브라젠스키는 연민의 감정은 '우리 자신의 힘을 자각'하는 기쁨을 제공한다고 썼다. 우리가 돕고자 하는 마음을 갖는 것은 그렇게 하는 것이 우리의 행복감을 재확인시켜 주기 때문이다. 크랍초프를 방문한 상황에서 야로슬랍체프는 '연민에 싸여 울음'을 터트릴 지경에 처한다. 그가 두 사람 가운데 더 건강하고 강하다는 사실을 알기 때문이다(R, I, 167). 하지만 이런 종류의 연민은 견고하지 못하다. 프레오브라젠스키는 병든 사람이 회복할 때 그는 더 건강한 사람의 원망을 받곤 한다고 지적한다. 그의 말에 따르면, "연민의 반대급부는 가까운 사람이 그가 뭔가를 원하고 행할 수 있다는 데서 오는 기쁨을 누리는 것에 대한 심각한 적대감이 되곤 한다"(VP, 130). 두 가지 감정은 공존한다. 고리키의 단편소설에서 야로슬랍체프는 옛 동급생 크랍초프가 미치지 않았을 뿐만 아니라 매우 강한 정신과 영혼을 지녔음을 알고 그에게 분개한다. "그는 크랍초프가 전혀 가엾지 않았고, 그의 의기양양한 모습에 심지어 약간 화가 나기도 했다."(R, I, 168) 야로슬랍체프는 짜증이 나서 환자로 알려진 자에게 더 이상 아무런 감정도 느끼지 않는다.

고리키는 연민과 이타주의의 '이기적인' 본질을 보여 줬지만, 그는 타인에 대한 적극적인 연민이 사회를 통합하는 강력한 결속력임을 느낌으로써 이를 지속적으로 주장하게 된다. 두 편의 작품 「잘못」과 「카인과 아르템」에서 고리키는 연민에 대한 일종의 재평가를 시작한다. 이러한 재평가가 가능한지 여부와 그 효과가 어떤 것인지는 두고 볼 일이다. 두 번째 예로, '선량한' 사람인 카인은 야로슬랍 체프보다 더 복잡한 인물이다. 카인은 나약하고 어떤 면에서는 비열하지만, 앞선 인물만큼 무기력하지는 않다. 고리키는 어째서 카인이 나약한가를 제시하지만, 그를 정말로 선량한 사람으로 옹호하는 듯하다.

카인의 외모와 성격은 니체 철학을 통속화한 막스 노르다우의 『퇴화』에 토대를 둔 것이다. 노르다우는 니체의 노예 관념을 그의 반유대주의의 증거로 인식했다. 노르다우는 니체의 이념을 사회정치적 맥락으로 해석하여 노예 도덕의 개념을 '문명화'와 민주주의, 주인의 도덕을 '야만성', 강자에 의한 약자의 육체적 억압으로 옹호한다. 그러므로 카인은 『선악의 저편』에서 니체가 은유적으로 묘사하고, 『퇴화』에서 노르다우가 문자 그대로 유대인 유형으로 해석하는 노예 유형인 듯 보인다. 이런 유형은 "겁쟁이에다 신경질적이고 비열하며 [⋯] 의뭉하게 곁눈질하는 의심이 많은 사람, 학대를 용인하는 자학적인 인간 사냥개, 구걸하는 아첨꾼이며 무엇보다 거짓말쟁이다"(BGE, 205).[24] 카인은 정말로 비겁하고 신경질적이며 자학적인 인간 사냥개이다. "사람들이 그를 조롱할 때, 그는 죄지은 듯 미소를 지을 뿐이고, 심지어 이따금은 자신을 못살게 구는 자들에게 마치 그들 가운데 존재할 권리의 대가라도 지불하듯 자신을 비웃는 걸 돕는다."(R, III, 128) 그는 의심이 많지만 비열하거나 거짓된 사람은 아

24 Nordau, *Entartung*, p.422.

니다. 무엇보다도 그는 노예 유형이 으레 그러리라 여겨지는 것처럼 원한을 품은 자는 아니다. 사실상 화자는 주인공이 지닌 미덕을 강조한다. 화자는 비록 카인이 친절하고 유능하며 지적이긴 하지만, 운명에 쫓기는 인물이라고 거듭 지적한다. 그가 겁 많고 의심이 많은 것은 숱하게 털리고 얻어터진 적이 있기 때문이다.

비록 비참할 정도로 무방비하지만, 카인은 자신의 도덕적 감각에 따라 행동하기 때문에 야로슬랍체프보다 도덕적으로 더 강해 보인다. 카인은 사람의 생명을 구하는 선행을 하지만 그는 보상을 받는 게 아니라 다른 불량배들과 다를 바 없는 잠재적인 압제자 아르템에게서 더 학대받을 수도 있음을 알고 있다. 그럼에도 그는 자신의 이해관계에 반해 아르템을 돕는다. 여기서 고리키는 그저 자기연민의 포장이 아니라 실질적이고 긍정적이며 삶을 긍정하는 연민의 형태를 보여 준다. 하지만 여기서 연민은 제약하고 '길들이는' 미덕의 일종임을 지적할 필요가 있다. 그것은 아르템의 폭력적 충동을 잠시나마 억제하게 하지만, 그러한 에너지를 보다 높은 목적으로 전화시키는 힘을 갖지는 못한다. 우리는 「잘못」에 등장하는 마르크 크랍초프라는 인물을 통해 연민을 창조적 미덕으로 재규정하려는 보다 강력한 시도를 발견하게 된다.

고리키는 '창조자'의 원형 속에서 생기론적인 도덕적 충동과 공리주의적인 도덕적 충동 사이의 간단치 않은 균형을 발견한다. 세 편의 단편소설 「잘못」, 「독자」(1898), 그리고 「인간」(1904)에서, 고리키는 비호자와 상관없이 '주동자'prime mover가 되고자 하는 그의 욕구를 충족시킬 사회 변화의 전망을 벼려 낸다. 중요한 것은 고리키

특유의 도덕적 시각 형성에 중심적 역할을 하는 이러한 작품들 속에서 고리키와 니체의 상호작용이 심화된다는 사실이다. 고리키는 대중화된 니체 철학과의 논쟁을 한편에 제쳐 두고 자신이 칭송해마지 않은 작품『차라투스트라는 이렇게 말했다』에 대한 저만의 해석에 몰두한다. 그리고 그는 차라투스트라의 초인에 대한 전망을 자기 특유의 창조자에 대한 전망으로 대체하고자 한다. 여기서 창조자-주인공은 생동감 넘치는 신화를 착안하고 가치와 태도를 창조하며 대중들에게 자기극복의 영감을 주는 기념비적 규모의 예술가이다. 그가 품은 내적인 자산이 사회개혁에 필요한 에너지를 제공한다. 이러한 에너지는 앞날 모든 사람이 평등하며 삶을 긍정하는 사랑과 연민으로 서로를 대하는 사회질서를 창조하려는 유토피아적 염원으로 전환된다.

「잘못」에서는 낡은 도덕과 새로운 도덕 사이의 전이가 그려진다. 여기서 고리키의 몽상가는 후기 인민주의의 수동적이고 고통받는 정신을 거부하고 공격적인 미래 창조자의 전망을 마련한다. 그는 연민을 공격적이고 창조적인 충동과 결합시키는 색다른 도덕적 전망을 고수한다. 「잘못」에서 마르크 크랍초프는 창조자로 등장한다. 그는 시대를 앞서 살아가며 그의 강렬한 염원은 아무도 귀담아 듣지 않는다. 크랍초프는 사람들이 진정으로 서로를 사랑하며 그들 자신의 창조적 잠재력을 실현하게 될 미래 사회의 전망을 위해 자신을 희생한다. 그는 니체가 비판했던 바와는 차이가 나는 새로운 것, 즉 삶을 긍정하며 창조적인 연민의 도덕을 설파한다.

크랍초프는 니체의 러시아적인 구현으로 모습을 드러낸다. 그의 외모 묘사는 잘 알려진 니체의 모습과 닮아 있다.

> 키릴 이바노비치는 크랍초프의 모습을 눈앞에 떠올렸다. 그는 중키
> 의 마르고 앙상하며 신경질적인 사람으로, 움찔대는 검은 콧수염과
> 불타고 희번덕거리는 아몬드형의 검은 눈을 지녔다. 주름진 하얀 이
> 마를 따라 짙은 눈썹이 무섭게 요동치고, 그 눈썹은 거칠고 뻣뻣한
> 머리카락 쪽으로 기어오르는가 하면 문득 아래로 곤두박질쳐 눈구
> 멍을 아예 덮어 버리기도 했다. (R, I, 154)

날카로운 눈, 짙은 눈썹, 짧은 머리며 검은 콧수염이 우연히 닮
은 것이라고 말하기는 어렵다. 게다가 크랍초프라는 인물은 여러 면
에서 차라투스트라와 닮았다. 두 사람은 공히 미래에 대한 자신들의
염원을 공유할 법한 문하생을 찾는 선지자이다. 여기서 차라투스트
라는 미래의 인간 의식, 크랍초프는 미래 사회의 변화를 염원한다.
두 사람은 인간을 창조자로 상상하며, 스스로의 창조 정신을 실현하
는 사람들이 더 나은 새로운 세상을 향한 길을 안내하게 되리라 주
장한다. 근본적인 차이는 크랍초프가 유토피아적인 반면, 차라투스
트라는 단연코 반유토피아적이라는 데 있다.[25]

크랍초프는 연민의 이념에 대한 설득력 있는 재평가를 제안한
다. 그는 사람들로 하여금 자신들이 살고 있는 '쓰레기 구덩이'를 변

---

25 다음을 참조하라. n. 45.

화시키도록 고무시킬 연민의 개념 구상에 전념한다(R, I, 166). 사람들은 '창조자'가 될 수 있으며 "행복의 성소를 지음으로써 사막의 모래밭을 소생"시킬 수 있다(R, I, 154). 고리키가 고안한 '적극적인' 연민의 이념은 표면상의 역동성과 창조성에도 불구하고, 니체가 전통적인 연민에서 보았던 것과 동일한 문제를 지닌다. 연민은 윤리적 제약을 전제하는 미덕인 것이다. 이러한 토대에서는 생명력 넘치는 신화체계를 세울 수가 없다. 이러한 연민은 인간 본성을 제약하고 길들이며 ― 소위 연민의 적대자인 니체조차 그러한 효과를 부정적으로 보지는 않았다 ― 궁극적으로 인간 본성의 공격적이고 생동하는 측면을 부정한다. 진정한 사랑과 달리 연민은 생명에 자양분을 줄 수가 없다. 고리키가 활용하는 일련의 형상은, 경멸적이고 삶을 부정하는 태도가 그릇됨을 드러낸다. 지금의 세계는 구원의 희망도 없고, 미래의 인간 사회를 성장시킬 맹아도 없는 '쓰레기 구덩이'이며 '사막'이다. 고리키의 관점 속에는 낡은 연민의 이념을 손상시키는 파괴적인 경멸이 숨겨져 있다. 크랍초프는 모든 사람들이 나아가야 한다고 보는 단 하나의 목표를 지니고 있으며, 따라서 개인과 개인을 구별하는 창의적 재능과 생명력에서 비롯되는 차이를 부정한다. 결국 목표 그 자체 ― '행복의 성소' 건설 ― 는 삶과 투쟁을 가로막고 현존을 풍성하게 하기보다는, 유토피아적 평화를 확립하려는 갈망을 암시한다.

크랍초프는 자신의 대담성과 운명애로 인해 끝내 정상의 범위를 넘어서게 된다. 그의 유토피아적 세계에 대한 염원이 너무도 강렬해서 그는 현실 세계의 규칙과 법칙에 따라 살아갈 수가 없다. 크랍초프의 염원, 즉 그가 삶을 영위하는 이유가 결국 그를 파멸시킨다. 사람들은 그를 정신병자로 여기고, 포마 고르데예프처럼 그도 정신병원에 감금된다. 크랍초프는 그러한 염원이 미래세대를 위대한 업적으로 이끌리라는 영감을 품고 세상을 떠난다.

이러한 몽상가의 원형은 사람들을 현재의 삶이라는 수렁에서 끌어내는 데 더 높은 비전이 필수적이라는 고리키의 신념을 뒷받침한다. 하지만 이러한 유형은 다른 사람들로 하여금 그러한 예를 따르도록 하기에는 에너지가 부족하다. 이러한 유형은 버림받은 자나 미치광이로 낙인찍혀, 가르신의 「붉은 꽃」(1883)의 환자 또는 체호프의 「제6병동」(1892)의 그로모프 같은 1880년대와 1890년대 초반 단편소설들의 공상가-주인공들과 마찬가지로 좌절의 운명을 맞는다. 억압적인 사회적 상태가 지속되는 동안 결국 무너지는 사람은 주인공이다.

고리키는 「독자」에서 인간의 의식을 기념비적으로 표현하는 새로운 예술가 유형을 직접적으로 호출한다. 이러한 예술가는 순수예술 영역의 전문가, '목적 없는 합목적성'을 지닌 아름다운 대상을 창조하는 칸트주의자 그 이상일 것이다. 여기서 예술가는 자신의 창조역량을 인간의 본성 자체를 변화시키는 것에 쓰게 될 사회적 지도자이다.

어느 늦은 밤 문학 모임에서 돌아온 젊은 작가는 유령 같은 악마적인 인물과 마주친다. 이 낯선 자는 작가의 모든 작품을 통독했다고 말하며 그의 글쓰기의 목적을 알고자 한다. 젊은 작가가 주저하자 '독자'는 현대예술의 결함에 관해 장황하고 통렬한 비판을 쏟아 낸다. 독자는 그 어조와 비평 스타일, 그리고 창조에 관한 철학 측면에서 차라투스트라를 상기시킨다. 이 두 사람은 농담조의 재치와 감정이 잔뜩 실린 훈계조의 표현을 섞어 사용한다. 「시인들에 대하여」와 「창조하는 자의 길에 대하여」에서 차라투스트라는 평범한 예술가들은 대체로 개인적인 야망을 충족시키기 위한 글을 쓴다고 주장한다. 차라투스트라에 따르면 야망은 기껏해야 애매모호한 미덕이라 선행의 동기를 부여하지만 그것은 단지 대중적 찬사를 얻으려는 최종 목적을 위한 것에 불과하다. "아아, 명성에 대한 갈망이 얼마나 많은가!" 차라투스트라는 「창조하는 자의 길에 대하여」에서 그렇게 말한다. "야망에 불타는 자들의 경련이 얼마나 극심한가! 네가 욕망에 사로잡힌 자거나 야망에 불타는 자들 가운데 있지 않음을 보여 달라."(Z, 88~89) 이와 비슷하게 고리키의 '독자'는 젊은 작가가 오로지 대중의 감탄을 얻기 위해 글을 쓴다고 주장한다. 차라투스트라와 마찬가지로 독자는 한낱 야망 따위가 창조성에 대한 진정한 자극, 즉 신선하고 활기찬 세계 전망을 너무나 자주 대체한다고 주장한다. 독자는 차라투스트라와 정확히 동일한 곁말놀이로 자신의 사상을 표현한다. 차라투스트라가 Ehrgeiz야망와 Ehre명예라는 두 단어를 대비시킨 것처럼, 여기서의 독자 역시 chestoliubie야망와 chest'명예 사이의 연관성을 인식한다. 이 두 언어의 대비는 야망의 부정적 의미를 두드러지게 한다. 야망은 말 그대로 '명예에 대한 사랑'이지만, 명예 그 자체는 아니다. 그것은 명예라는 말에 포함된 개인적 고결성의 감각을 제대로 대체하지 못한다. 진실로 창조적 정신은 내적 감각을 따라야 하는 것이지, 다른 사람들의 취향과 의견을 따르는 것이 아니다.

차라투스트라의 선례에 뒤이어, '독자'는 동시대 작가들의 정신의 허영과 아둔함, 사고의 피상성과 진부함을 비판한다. 차라투스트라는 "약간의 정욕과 약간의 권태, 이것이 지금껏 그들이 도달한 최상의 생각들이다"라고 쓰고 있다(Z, 151). '독자'는 시인의 근본적인 독창성 결여에 대한 차라투스트라의 분노에 공명한다. "모든 것이 단조롭고 단조롭다, 단조로운 사람들, 단조로운 생각과 사건들 […] 사람들은 언제 반란의 정신과 정신 부활의 필연성에 대해서 말하게 될까? […] 삶의 창조에 대한 요청은 대체 어디에 있는 걸까?"(R, III, 244).

독자는 더 심오한 세계 창조적 에너지를 찾아내기 위해, 한 사람이 해내야만 하는 자기수양에 대한 차라투스트라의 생각을 반복한다. 두 사람 모두 예술가는 독자들의 기대에서 자유로워야 한다고 믿는다. 하지만 그러한 자유는 작가가 자기 내부에서 지표가 되는 압도적인 힘을 감지하는 경우에만 건설적이다. 차라투스트라는 말한다. "너는 스스로를 자유롭다고 하겠는가? 내가 너에게 듣고 싶은 말은 멍에에서 벗어났다는 것이 아니라 너를 지배하고 있는 사상에 대해서다!"(Z, 89) 이와 마찬가지로 '독자'는 젊은 작가에게 어떤 위대한 목적을 이루려고 하는지를 묻는다. 젊은이는 대답이 없다. 하지만 이러한 질문을 던짐으로써 고리키는 사회적 신화 창조자로서의 예술가라는 저만의 이념을 형성해 나가기 시작한다.

예술가가 내적으로 얻는 자유의 상태가 진정한 창조에 필수적인 '혼돈'을 촉발시킨다. 여기서 고리키는 대격변의 본성과 '진정한 창조'의 의미라는 이 두 가지 면에서 니체 철학을 왜곡한다. 차라투스트라에게 고된 자기반성과 무익한 사고방식의 내적 파괴는 자기극복이라는 개인적 목적과 의식의 변화를 향한 첫 단계이다. 니체는 각자에게, ──아주 평범한 독자에게까지도── 내적으로 안주와 위안에 대한 '위대한 경멸'의 감각을 키우도록 촉구한다. 니체는 적어도『차라투스트라는 이렇게 말했다』에서는 자기변화의 광범위한 사회적 영향에 대해 탐구하는 게 아니라, 개별적인 자아에게 잠재적으로 유익한 결과에 집중한다. 그에 반해서 고리키는 선동적인 생각들을 위로부터 전체로서의 '무리'에게로 주입시키는 방식을 통한 변화를 상상한다.

니체가 자기비판적인 태도의 표현이라고 본 것을, 고리키는「독자」에서 사회적 상황에 적용한다. 니체는 글쓰기를 작가 자신의 영혼을 드러내는 과정으로 바라본다. 니체는 자기비판적인 독자성을 권장하지만, 고리키는 자기변화가 예술가-지도자의 엄격한 후견 아래 생겨날 것이라고 제안한다. 독자의 의식은 작가의 예술적 재료이다. 작가는 독자들이 일제히 스스로를 비판하게 만들어야 한다고 고리키는 말한다. 작가는 독자들로 하여금 고통을 겪게 하여, 스스로의 결함을 자각하게 함으로써 개선될 수 있게 하는 것이다. '독자'는 젊은 작가에게 다음과 같이 말한다. "사람을 아프게 하는 것을 두려워 마라. 만일 그대가 그 사람을 사랑해서 벌주는 것이라면, 그는 당신의 처벌을 이해하고 그것을 합당한 것으로 받아들일 것이다. 그가 아파하며 스스로를 부끄러워할 때, 뜨겁게 그를 보듬어 주라. 그러면 그는 거듭날 것이다."(R, III, 248~249) 차라투스트라가 내적인 투쟁으로 여긴 것을 여기서의 '독자'는 예술가-지도자에 의한 독자-추종자의 사회적 '교육'으로 인식한다.

차라투스트라와 마찬가지로 고리키의 독자도 창조 과정에서 '악'의 중요성을 강조한다. 니체에게 있어 생산적인 악은 시대에 뒤떨어진 신화와 거기에 동반되는 도덕적 가치를 파괴하는 수단이다 (Z, 139). 차라투스트라의 관점대로라면 그러한 악은 그가 문화적 활력과 연관시키는 지속적인 창조 과정에 본질적이다. 고리키의 독자는 여기서도 역시 니체 철학의 왜곡을 지속한다. 그는 악을 새로운 태도 형성에 앞서 존재하는 사회적 신화를 파괴하는 수단으로 보는 것이다. 악이어야 하는 것은 사람들이 아니라 예술가-지도자다. 그는 사람들이 사회적 신화를 무너뜨리고 전복시키도록 고무시켜야 하는 자인 셈이다. 진정한 작가라면 독자에게 진실한 감정을 일깨워야 한다. "진실한 감정이란 자유로운 삶의 형식들을 창조하기 위해 그 감정을 망치처럼 휘둘러 다른 삶의 형식들을 부수고 파괴해야 한다. […] 분노, 증오, 용기, 부끄러움, 혐오 그리고 마지막으로 악독한 절망 —— 이것들이 지상의 모든 것을 파괴할 수 있는 추진력이다."(R, III, 245~246) 고리키의 독자가 암시하는 대로라면, '악독한' 감정은 급진적인 사회 변화의 재료이다. 이러한 감정이 없다면, 사회를 재건한다는 궁극적으로 창조적인 명분을 위한 대변동도 있을 수 없을 것이다. 창조자의 역할은 사람들로 하여금 항거하고 의문을 갖도록 격려한 다음, 대지를 비워 내 유토피아를 건설하는 것이다.

고리키의 독자는 윤리관의 측면에서 차라투스트라에게서 벗어난다. 마르크 크랍초프나 포마 고르데예프 같은 고리키의 다른 도덕적 반란자들처럼 '독자' 역시 연민과 다른 사람들에 대한 사랑이라는 전통적 가치를 거듭 긍정한다. 위대한 유토피아를 건설하게 될 예술가-지도자는 인류에 대한 따뜻한 연민을 느껴야 한다. 하지만 반복해서 언급되어야 하는 것은 고리키의 미래지향적인 비전 속에는 근본적인 파괴와 창조의 신화시학적 사안이 우세하고, 윤리적 고려는 한쪽으로 밀려난다는 사실이다. 사회 변화의 과정에서 연민의 위치는 여전히 문제적이다. 고리키는 연민이 생성적인 감정이라고 주장하지만, 그의 단편들에서 그것은 통제관계, 특히 독자-추종자에 대한 예술가-지도자의 통제를 내포한다.

단편이 끝날 즈음 '독자'는 고리키의 위대한 염원을 표명한다. "오, 불타는 심장과 강인하고 만사에 통달한 지혜를 갖춘 엄격하고 사랑스러운 인간만 나타난다면!" 하고 '독자'는 통탄을 금치 못한다 (R, III, 247). 코롤렌코나 미하일롭스키 같은 인민주의 스승들처럼 고리키는 영웅적인 주인공을 염원하며 이에 대한 글을 썼다. 실례로, 「이제르길 노파」(1895)에서 단코는 자신의 불타는 심장을 잘라 내 햇불처럼 들고 종족을 위험에서 구출하기 위해 앞장을 선다. 1902년 「인간」을 쓰기 전까지 고리키는 긍정적인 전망을 지닌 창조자를 만들어 낼 수가 없었다. 그의 창조자는 차라투스트라의 말로 바꾸면, '원동자'first motion이며 '자체 추진하는 바퀴'이자 세상을 자기 주위로 '회전하게' 만드는 힘이라 할 것이다. 「인간」은 자신의 '지배적 이념'을 표현하려 한 고리키의 가장 열정적인 시도였다. 이런 믿음의 천명이 진정으로 생명력 있는 재생의 신화를 제공하는 데 실패했음은 역설적이다. 왜냐하면 고리키는 다른 시대의 오래된 유형과 가치들을 자신의 것으로 만들지 못하고 그것을 회생시키는 데 그쳤기 때문이다. 그 결과는 감상적이고 허위적인 울림을 지닌 설교이다.

이 알레고리적 이야기에서 고리키의 주인공인 '인간'Man[26]은 자신의 성격 내부의 이성적이고 심리적인 힘의 화신과 투쟁한다. 이 '인간'은 사랑, 믿음과 우정의 미덕이 거짓된 가치로 변질되었다고 느끼고 절망에 직면한다. 그는 자신의 삶에는 진정한 목적이 없다고 주장한다. 그러나 이러한 절망에서 새로운 미덕의 지각과 분명한 삶의 목표가 솟아난다. '인간'은 사회의 재생을 위해 분투하며 사람들에게 서로에 대한 사랑과 존경을 고취시킬 태세를 갖춘다.

「인간」에서 고리키는 『차라투스트라는 이렇게 말했다』에 대한 집중적인 전유를 지속한다. 여기서의 주인공 '인간'은 러시아적 작가의 원형, 즉 예술가-지도자의 구현이다. 불행하게도 고리키의 신앙 고백으로 의도된 이 작품은 전작에 대한 서투른 모방이었다. 각각의 행위와 각각의 말이 눈먼 디오니소스적 힘을 내부로 불러들인다. 「읽기와 쓰기에 대하여」라는 장에서 차라투스트라가 표현한 것처럼 창조자는 "피로 글을 쓴다"(Z, 67). 고리키는 이런 이념을 '키치'적이고 로코코식의 문체로 바꿔 표현한다. "인간이 걸어간다. 그는 힘들고 고독하며 당당한 길을 심장의 피로 적신다. 그 뜨거운 피로 불멸의 시의 꽃을 피워 낸다."(R[1919], IX, 4)

---

26 [옮긴이] 고리키는 일반명사 '인간'(Chelovek)의 첫 글자를 고유명사처럼 항상 대문자로 썼다. 이렇게 대문자로 시작되는 '인간'은 무언가 특별한 의미를 내포하게 된다. 본문에서는 '인간'이라고만 표시한다.

이러한 형상은 전통적 의미에서의 시인의 예술성보다 더 근본적인 창조성을 구현한다. 그것이 종교적이고 도덕적인 가치를 형성해 내는 것이다. 차라투스트라와 '인간'은 둘 다 스스로 동기를 부여하는 강렬한 '지배적 이념'을 갖고 있다. 그것은 그들의 노력의 지침이 되며 그들은 거기에 목숨을 바친다. 차라투스트라에게는 그것이 초인이고, '인간'에게는 '생각'Mysl' 자체이다. 이러한 맥락에서 [대문자로 시작되는 ─ 옮긴이] '생각'은 '인간'의 가장 뜨거운 열정, 명료성과 빛에 대한 추구를 의미한다. 이러한 '생각'은 바자로프의 과학에 대한 신앙처럼 해석되곤 했다. 하지만 그것은 오로지 격정이라는 측면에서만 1860년대 사람들의 사유와 유사성을 띤다. 이러한 지배적 이념은 그것이 정서적인 면과 더불어 지적인 면을 긍정한다는 점에서 러시아적 선각자와 구별된다. '인간'은 사랑, 우정과 믿음이라는 낡고 거짓된 미덕을 파괴함으로써 '생각'의 힘을 발견한다. 그는 차라투스트라처럼 이러한 미덕을 생을 부정하는, 불임의, 위선적인 것으로 취급한다. 이 인간은 "교활하고 저속한 사랑의 계책, 사랑하는 사람을 소유하려는 욕망, 비하에의 소망"을 이해하고, "우정의 타락한 가슴 속에서 계산적인 조심성, 잔인하고 텅 빈 호기심, 질투의 썩은 얼룩"을 발견한다. 마침내 "부동의 믿음 속에서" 그는 "모든 감정을 예속시키려 하는 무한한 힘에 대한 흉포한 갈증"을 느낀다(R, IX, 5~6). 새로운 미덕, 즉 '생각'을 통해서 그의 삶의 목적이 분명해진다. 그는 "삶의 암울한 혼돈에 빛을 비추고, '생각'으로 버려진 자유와 아름다움 그리고 사람들에 대한 존경의 견고한 토대 위에서 새로운 무언가를 창조하고자" 분투할 것이다(R, IX, 9). 여기에는 연민에 대한 언급이 없다는 게 흥미롭다. 대신 고리키는 다른 가치들에 접근한다.

고리키의 '인간'과 차라투스트라의 창조자 간에는 결정적인 차이가 존재한다. 「독자」에서와 마찬가지로 사회적 재생이 개인의 자기극복을 대체한다. 고리키의 인간은 자신의 정신적 탐색은 대중을 재생시키는 과정의 첫 단계에 불과하며, 이러한 과정이 마침내 사회 전체의 변화를 낳을 것이라고 믿는다. 그는 "나의 사명은 서로가 서로를 먹어 치우는 동물들의 피비린내 나는 역겨운 덩어리로 겹먹은 사람들을 엮어 놓은 매듭을 풀어헤치는 데 있다"고 말한다(R, IX, 8~9). 이전의 그 어디에서보다 여기서 더 고리키의 예술가-지도자는 오만한 사제적인 기질을 드러낸다. 그는 부정적인 표현을 써 가며 사람들을 '역겨운 덩어리', 즉 길들이기와 지도를 필요로 하는 동물들로 바라본다. 사람들은 자기수양과 자기개발 능력이 없는 것처럼 보인다. 지배의 충동은 그의 말속에 표현된 생기론적인 자발성을 부인한다. 고리키의 도덕적 의식은 전반적으로 기묘한 절충주의의 빛을 발한다. 여기에는 긍정과 자기개발이라는 금욕주의 철학의 이데올로기와 금지하고 지배하고자 하며 끝내는 생명을 주는 직관적 충동까지 부정하는 사제의 의지가 뒤엉켜 있다. 결과적으로 '세속의 사제'라 칭할 법한 지도자 유형이 창조되는 효과로 이어진 것이다. 보편적인 자기실현 시도는 궁극적으로 스스로에 의한 동기부여, 자기창조 그리고 자기인식을 통하는 게 아닌 묵인과 복종, 세속의 사제에 봉사하는 방식으로 벌어진다.

초기 작품에서 고리키는 반란적인 '동물적 자아'를 영웅화하는 데, 이는 단지 이러한 자아를 벌하고 욕보여서 '길들이기' 위한 것이다. 고리키는 전통적인 '반동적' 미덕, 즉 다른 사람에 대한 연민에 호소함으로써 자신의 목적을 달성하는 이러한 미덕을 부활시키며 합당치 않게 연민에 생성적인 자질을 부여한다. 반면, 크랍초프와 여타의 이상적 유형의 인물들은 삶을 변화시키도록 사람들을 고무하는 (반동적이 아닌) 적극적인 연민에 대해 언급한다. 문제는, 동일한 미덕이 약자에 대한 '악하고' 공격적인 행위를 억제하는 동시에 창조적이고 공격적인 행위를 용인할 수는 없다는 점이다. 고리키는 연민을 그것이 아닌 어떤 것으로 바꿔 놓았다. 그 결과는 거짓된 도덕적 분위기이다. 고리키는 동물적인 공격성과 폭력을 자신의 예술가-지도자 유형 속에서 승화시킨다. 이러한 유형은 이상적인 사회적 관계의 용접공으로서 이 역할 속의 원초적이고 파괴적인 충동을 창조적인 것으로 승화시킨다. 하지만 여기서 다시금 흡사 생산적인 듯 보이는 도덕적 관점은 조작과 지배의 의지로 인해 허위임이 드러난다. 예술가-지도자는 스스로를 '창조'하고 자기 운명을 내적으로 개척했는지는 모르지만, 인류 대중이 모든 것을 망치지 않고 폭력적 충동을 규율에 맞춰 정돈하고 조정하는 능력을 믿지 않는다. 역설적이게도 예술가-지도자는 대중소설에서의 자기결정권의 스승처럼 추종자들에게 그들의 창조적 에너지의 실현을 강제하지 않는가!

고리키는 궁극적으로 '인간'에 대한 멸시와 자기변모에 대한 권위주의적 접근으로 인하여 '인간'에 대한 자신의 믿음을 손상시킨다. 체호프에게 보낸 편지에서 고리키는 예술가는 후원자에게서 자유로울 수 없다는 우려를 표명하는 동시에, 외부로부터 부과된 지침

없이는 궁극적으로 자기창조가 불가능하다고 믿는다. 전통적이고 신적인 규제력의 자리에 이제는 인간적 권위, 즉 예술가-지도자가 들어서 있다.

「인간」은 니체적인 도덕적 반란과 사회지향적인 미학 이론을 종합하려는 고리키의 가장 충심 어린 시도였다(PSS, VI, 462). 고리키는 이 작품이 러시아의 사회참여적인 문학의 미학적 신조가 되기를 바랐다. 하지만 이 소설은 너무 서툴게 쓰였고, 창조자-주인공은 대부분의 작가들에게 너무 권위적으로 여겨졌다. 이 작품은 주인공의 암묵적 엘리트주의로 인해 급진적 비평가들 사이에서 거의 지지를 얻지 못했다. 과거 고리키의 스승 가운데 한 사람인 블라디미르 코롤렌코는 "고리키의 '인간'은 [⋯] 진정으로 니체적인 인간인데," 그것은 그가 "군중을 경멸하기" 때문이라고 주장했다.[27] 이러한 강령적인 작품의 실패와 더불어 고리키는 예술가-지도자가 되는 것에도 실패했다. 고리키는 자신이 전에 일축한 바 있는 '특정 도덕의 시종'으로서의 예술가라는 전통적 입장을 극복하지 못했다. 이러한 실패는 고리키가 공개적으로 스승 니체와 단절하는 계기로 작용했을 것이다. 니체는 예술가에게 '시종' 그 이상이 되라고 촉구한 바 있다.

이러한 참사의 또 다른 결과는 고리키가 비교적 권위적인 볼셰비키 정당 쪽으로 경도된 것이었다. 고리키는 자신이 자신의 강령에 맞춘 '원동자'가 되지 못한다면, 그렇게 된 누군가에 봉사할 운명

---

27 Zhurnalist (V. Korolenko), "O sbornikakh tovarishchestva 'Znaniia' za 1903 g.", *Russkoe bogatstvo* 8, 1904, p.132[「1903년 '지식' 동지회 문집에 대하여」, 『러시아의 부』 8호].

이었다. 고리키의 초기 이력을 살펴보면, 그는 마르크스 이론에 거의 관심을 보이지 않았다. 1898년 블라디미르 포세에게 그가 마르크스주의를 싫어하는 이유는 그것이 "인간을 경시하기" 때문이라고 말했다.[28] 하지만 1905년이 되기 얼마 전 고리키는 볼셰비키를 지지하기 시작했고, 모로조프 같은 부유한 숭배자들에게도 그렇게 하도록 촉구했다. 1905년, 고리키는 스스로 그보다 더 설득력 있어 보이는 지도자의 압력에 굴복했다. 같은 해, 고리키는 레닌의 논문 「당 조직과 당문학」에서 자신의 실패작 「인간」보다 더 호소력 있는 문학적 강령을 발견한다. 레닌은 작가들에게 영웅적인 노동계급을 찬양하고, 그들의 정치의식을 고양시키라고 촉구했다. 그는 예술가 개개인은 무기력한 "문학의 초인"이라고 주장했다.[29] 오직 집단과 당과의 협력을 통해서만 예술가는 미래 세계를 구축하는 일에 참여할 수 있다. 그리하여 고리키는 부분적으로 레닌의 지도에 따라 명백히 '니체적인', 즉 개인주의적인 이념을 공개적으로 거부했고, 선전소설 『어머니』와 같은 사회 평론적인 작품의 집필에 노력을 경주했다.

1905년의 정치적 혼란 이후 고리키는 볼셰비키 활동에 전적으로 몰두하게 되었다. 그는 망명 중에도 당 자금 마련을 위한 작업을 했으며, 볼셰비키 출판물에 많은 작품을 실었다. 여기서 중요한 점은 고리키가 카프리 섬에 노동자 학교를 설립하는 데 힘을 보탰다는 사

---

28 Posse, *Moi zhiznennyi put'*, p.126.

29 Vladimir Lenin, "Partiinaia organizatsiia i partiinaia literatura", *Sochineniia*, vol.10, Moscow: Gosudarstvennoe izdatel'stvo politicheskoi literatury, 1952, p.27[「당조직과 당문학」, 『선집』 10권].

실이다. 망명 기간 동안 고리키는 레닌의 개인적인 후견 아래 있었다. 레닌은 고리키를 좋아해서 그의 문학 활동이 볼셰비키의 대의명분에 충실해지도록 애썼다. 이러한 강한 지지와 예술가-지도자로서 위상을 찾는 데 실패한 그의 경험에 비추어 볼 때, 고리키는 볼셰비키 사상에 순응하는 것이 어떤 면에서 바람직하다고 여겼을지도 모른다.

이 시기 그의 예술가-지도자에 대한 염원은 사라진 것처럼 보이지만, 실제로는 그렇지 않았다. 고리키는 비록 새로운 신화의 창조자는 아니었지만 사회적 의식의 주요 지도자이자 창조자였다. 고리키의 니체적인 작품 몇 편은 코롤렌코를 비롯한 사람들의 비판에도 불구하고, 대중적인 혁명문학으로 생명을 이어 갔다. 「매의 노래」와 「인간」, 이 두 작품은 각종 집회와 모임에서 자주 낭독되곤 했다. 1919년 전장의 붉은 군대 병사들이 들었던 깃발에는 이런 슬로건이 적혀 있었다. "용감한 자들의 광기에 맞춰 우리는 노래한다."

고리키의 공공연한 니체 철학 수습 기간은 끝이 났다. 창조자의 재생적인 에너지, '악독한' 반란, 운명애는 그 의미를 상실했지만, 1905년 이후 '혁명적 낭만주의' 정신으로 인민주의 신화를 폭넓게 재평가하는 근본적 자극제로 재등장하게 되었다. 고리키를 비롯한 혁명적 낭만주의자들이 상상한 러시아 민중은, 더 이상 인민주의자들이 숭배한 수동적이고 고통받는 대중이 아니었다. 고리키의 개념상 민중은 강한 자기결정 의지를 지녔다. 그들은 억압자에 대항해 범죄를 저지를 태세가 되어 있었고, 그들 스스로의 비전과 실존적 목표를 인텔리겐치아에게 강제하고 있었다. 이 시기에 떠오른 건신주의 운동God-building movement에서 고리키는 두 가지 도덕적 충동, 즉 창조적 의지를 믿고자 하는 열망과 그것이 궁극적으로 유토피아 사회를 창조할 능력을 지녔는지에 대한 의문 사이에서 계속하여 씨름하게 된다.

인민주의적인 신화의 재전유

고리키는 자신의 혁명적 낭만주의의 전망을 여러 문학 그룹에 불어넣고자 했다. 그는 짧은 기간 동안 문학 잡지 『북방 통보』를 둘러싸고 모더니즘 작가들과 만족스럽지 못한 관계를 이어 갔다. 그리고 더 오랜 기간 그는 스레다 서클에서 안드레예프, 쿠프린, 부닌 등의 작가들과 작업했으나, 그들의 변화를 이끌어 내는 데는 성공하지 못했다.[30] 고리키의 예술가-지도자 이념은 젊은 마르크스주의 문학 비평가인 안드레예비치(1863~1905)와 아나톨리 루나차르스키의 가장 큰 공감을 얻었다. 그들 역시 고리키처럼 인민주의 사상을 거부하면서도 러시아 마르크스주의의 결정론적 측면에 불만을 느끼고 있었다. 그들 모두에게 이러한 측면은 도덕적·미학적인 쟁점들에 적대적인 것처럼 보였다. 그들은 일부 독자적인 노력과 일부 고리키와의 교류를 통해 자신들의 마르크스주의 신조의 부족한 부분, 즉 노동하

---

30 다음을 참조하라. Mary Louise Loe, "Maksim Gor'kii and the Sreda Circle: 1899~1905", *Slavic Review* 44, 1, Spring 1985, pp.49~66.

는 대중의 활력 넘치는 이미지를 보충해 나가기 시작했다. 이러한 이미지는 19세기 러시아 특유의 민중에 대한 믿음의 여러 요소들과 미래 사회의 창설자로서 프롤레타리아트의 세계사적인 역할에 대한 마르크스주의 신념, 그리고 인간의 창조성에 대한 니체적인 칭송을 흡수한 것이다.[31] 이러한 요소에 기초하여 대중 혁명이 이전의 이론보다 훨씬 더 실현가능한 것으로 여겨지는 신화적인 서사가 창조되었다. 이러한 서사는 형편없는 현재에서 찬란한 미래로 향하는 출구를 제시함으로써 그 지지자들의 강한 종교적인 요구에 부응했다. 또한 그것은 사회구조와 상호관계의 변화 이상의 것을 약속했다. 다시 말해, 인간 의식이 변화하리라는 희망을 준 것이다. 이러한 서사는 예술적인 천재들이 본질적인 역할을 하리라는 미래에 대한 견해를 제시함으로써, 사회지향적인 예술가들의 미래에 대한 불안을 키웠다는 점이 가장 중요할 것이다.

집단주의 신화를 착상한 세 사람의 '혁명적 낭만주의자들'을 밀도 높은 그룹이라고 보기는 어렵다. 그들은 기껏해야 고리키를 통해서 느슨하게 연결되어 있는 사람들이었다.[32] 1905년 무렵에 나온 그

---

31 다음을 참조하라. George L. Kline, "'Nietzschean Marxism' in Russia", ed. F. J. Adelman, *Demythologizing Marxism: A Series of Studies in Marxism*, The Hague: M. Mijhoff, 1969, pp.166~183; George L. Kline, "The 'God-Builders': Gorky and Lunacharsky", *Religious and Anti-Religious Thought in Russia*, Chicago: University of Chicago Press, 1968, pp.102~126; J. C. McClelland, "Bogostroitel'stvo", ed. J. L. Wieczynski and Gulf Breeze, *The Modern Encyclopedia of Russian and Soviet History*, Fla.: Academic International Press, 1977, pp.42~45; Raimund Sesterhenn, *Das Bogostroitel'stvo bei Gor'kij und Lunacarskij, bis 1909*, Munich: Otto Sagner, 1982.
32 다음의 저작에서 '혁명적 낭만주의자'(revolutionary romantic)라는 용어를 차용한다.

들의 많은 저작들은 텍스트적 암시와 세계관 면에서 서로 긴밀한 관계에 있다. 안드레예비치와 루나차르스키의 비평적 에세이들은 고리키 작품의 주제를 인용하고 윤색한다. 이 에세이들은 원문 텍스트를 확장하고, 그것을 고양된 사회와 개인적인 진실의 원천으로 제시하는 데 도움을 준다. 1908년과 1909년 고리키의 건신주의적 작품들은 루나차르스키 사상의 영향을 반영한다. 이 세 사람의 혁명적 낭만주의자들은 대중의 창조적 의지에 대한 그들의 염원에 필요한 심리학적인 토대를 니체에게서 찾는다.

루나차르스키는 고리키의 볼셰비키 최대 후원자이자 이미지메이커로 잘 알려져 있다. 안드레예비치 역시 많은 면에서 동일한 역할을 수행했으나, 그 기간은 1905년까지였다. 두 사람은 고리키의 문학적 개성을 활용해 스스로의 혁명적 염원을 채색했다. 안드레예비치는 1890년대 말 언젠가부터 마르크스주의에 매료되었고, 적어도 1893년부터 니체의 사상과 씨름하고 있었다.[33] 안드레예비치와 고리키의 교류는 포세의 잡지 『인생』zhizn에서 두 사람이 함께 일하던 1899년에 시작되었다. 안드레예비치는 1860년대와 1870년대의 급진주의자들에 대한 많은 글을 썼지만, 당대의 문학에 관한 그의 첫 주저는 고리키 작품의 발행인이 작품 광고를 목적으로 의뢰한

E. B. Tager, "Revoliutsionnyi romantizm Gor'kogo", *Russkaia literatura Kontsa XIX-nachala XX v. 90-e gody*, vol.1, Moscow: Nauka, 1968, pp.213~243 [「고리키의 혁명적 낭만주의」, 『19세기 말~20세기 초반, 90년대 러시아 문학』].

33 Ann Marie Lane, "Nietzsche in Russia Thought 1890-1917", Ph. D. dissertation, University of Wisconsin, 1976, pp.502~503.

『막심 고리키와 체호프에 관한 책』(1900)이다. 이 책은 고리키의 첫 단편집 판매를 위한 초기 홍보 과정에서 크게 부각되었고, 지속된 니체 철학 대중화 과정에 중요한 역할을 했음을 거듭 언급할 필요가 있다.[34] 이 저작에서 안드레예비치는 고리키의 예술에 관해 논의하면서 마르크스와 니체를 하나로 연결시켰다. 그는 고리키의 부랑자 주인공들 속에서 러시아의 삶을 변화시킬 프롤레타리아 정신이 서서히 각성하는 것을 발견해 냈다. 그의 주요 저작『러시아 문학의 철학 체험』(1905)은 인간을 뛰어넘는 '개성'lichnost' ── 사회적 재생과 각자의 자기실현을 보장하는 ── 의 개념 설정에 바쳐졌다. 안드레예비치는 19세기 러시아 문학에서 개성의 역사를 분석하고 동시대의 발전상에 대한 고찰로 이 책을 끝맺는다. 이 책의 출간을 원활하게 한 사람은 바로 고리키였다. 그는 자신의 동업자인 퍄트니츠키에게 책의 완결을 위한 선금을 안드레예비치에게 지불하라고 부탁한 바 있다. 이 저작은 최종적으로 고리키의 출판사 '지식'Znaniye에서 발행되었다.[35] 이 책에 전개된 프롤레타리아트의 비전은 루나차르스키와 고리키가 이후에 제기한 건신주의 신화를 앞지른 것이다. 이들과 몇몇 볼셰비키들이 1905년 후 이탈리아 망명 중에 건신주의 신화를 발전시킨 바 있다. 안드레예비치는 그의 사상이 완전히 무르익기도 전인 1905년 사망했다. 그가 살아 있었다면, 건신주의 활동에 참여했

---

34 Dorovatovskii, "Pis'ma Maksima Gor'kogo k S.P. Dorovatovskomu", p.72.

35 다음을 참조하라. K. D. Muratova, "Soputniki (V. Veresaev i M. Gor'kii)", *M. Gor'kii i ego sovremenniki*, Leningrad: Nauka, 1968, p.58[「동행자들(베레사예프와 고리키)」, 『고리키와 그의 동시대인들』].

을 것임에 틀림없다.

아나톨리 루나차르스키는 보다 뒤에 고리키의 작품 세계를 발견하여, 1903년 처음 그에 관한 글을 썼다. 안드레예비치와 마찬가지로, 그는 고리키를 장차 닥쳐올 일에 대한 예언자로 인정했다. 이 비평가와 작가의 관계는 상당한 주목을 받았다.[36] 루나차르스키의 영향 아래 고리키가 집단주의 신화를 최종적으로 작성하게 되었다는 논의가 있었다. 하지만 최근 제스테르헨이 주장하듯, 고리키는 루나차르스키를 알기 훨씬 이전에 이미 스스로의 사회적·미학적인 관점을 형성시켰다.[37] 실제로 1905년 이전, 고리키는 인간을 뛰어넘는 고독한 예술가, 즉 자기 예술을 통해 사회적 관계를 단독으로 변화시킬 법한 예술가의 원형 마련에 주력했다. 그 같은 기념비적인 창조적 정신은 새로운 신화의 중심으로 남겠지만, 그것은 '집단화된' 형태였다. 이 세 명의 주요 혁명적 낭만주의자 모두, 어떤 신화가 형태를 갖추기 한참 전에 독자적으로 특정한 입장에 도달한 것으로 보인다. 1905년 이전에 고리키가 대중의 신화적 이미지를 변경하는 촉진제로서 역할을 했다면, 1905년 이후에는 루나차르스키 — 이탈리아 카프리 섬의 볼셰비키 노동자 학교의 여타 구성원들, 즉 보그다

36 두 가지 유용한 논고는 다음과 같다. N. A. Trifonov, "A. V. Lunacharskii i M. Gor'kii (k istorii literaturnykh i lichnykh otnoshenii do Oktiabria)", ed. K. D. Muratova, *M. Gor'kii i ego sovremenniki*, Leningrad: Nauka, 1968, pp.110~157「루나차르스키와 고리키(시월혁명 이전 문학적-개인적 관계 이야기」, 『고리키와 그의 동시대인들』]; N. A. Trifonov, "Soratniki (Lunacharskii i Gor'kii posle Oktiabria)", *Russkaia literatura* 1, 1968, pp.23~48「동지들(시월혁명 이후 루나차르스키와 고리키)」, 『러시아 문학』 1].

37 Sesterhenn, *Das Bogostroitel'stvo bei Gor'kij und Lunacharskij, bis 1909*, p.161.

노프와 바자로프 역시 ── 의 반엘리트적인 관점이 고리키에게 영향을 주었다.[38] 어떻든 고리키는 이전의 비평가와 후원자와의 관계보다 루나차르스키와 훨씬 밀접했다. 고리키가 러시아 독자층과의 가혹한 단절과 초기 예술사회적 전망의 실패를 경험하던 1905년 이후의 시절, 루나차르스키는 고리키에게 ── 그가 필요로 했던 ── 레닌에 대한 평형추 역할을 해주었다. 레닌은 예술을 정치적 목적으로 사용하는 것 외에는 관심이 없었던 반면, 루나차르스키는 이러한 등식을 뒤집어 정치와 혁명을 형태부여적인 심오한 미학적 힘의 표현으로 바라보았다. 고리키와 루나차르스키는 카프리 학교에서 협력하며, 프롤레타리아 출신 엘리트가 될 것으로 예상되는 망명 중인 소규모의 볼셰비키 노동자들에게 19세기 러시아와 유럽 문학을 강의했다. 두 작가는 반모더니즘적인 마르크스주의 문학비평 선집『문학의 몰락』(전2권, 1908~1909)과 논문집『집단주의 철학 개설』(1908)을 함께 작업했다. 그들은 1917년 볼셰비키 혁명 직후 몇 해간, 기존의 문화제도를 보존하고 새로운 것을 수립하기 위한 작업에서 다시 한번 긴밀히 협조했다.

자기창조적인 노동 대중의 신화는 1905년 안드레예비치의 저작『러시아 문학의 철학 체험』에서 처음 표현되었고, 건신주의 시기(1907~1911)의 저작들 ── 루나차르스키의「사회민주주의 예술의 과제」(1907)와 그의 철학적인 주저『종교와 사회주의』(1908~1911), 고

---

38 이 사람들은, 비록 그들이 클라인이 보여 준 것 같은 고유한 니체적 마르크스주의 형식을 가졌더라도 여기선 논의되지 않는다. 그들은 검토 중인 신화에는 크게 기여하지 않았다.

리키의 「개성의 붕괴」(1909)와 『고백』(1908) —— 에서 최종적으로 다듬어졌다. 혁명적 낭만주의자들은 부분적으로는 전통적인 도덕적 사고방식에 대한 니체의 도전 및 그의 신화시적인 호출에 대해 응답함으로써 미래에 대한 독특한 전망과 스스로의 관점에 도달할 수 있었다.

집단에 대한 새로운 표상은 19세기 인민주의자들이 농민 대중에 관한 신화를 의식적으로 재평가한 것을 기반으로 구축되었다. 문화적이고 사회적인 총체성의 담지자이자 연민과 자기부정의 미덕의 소지자로서의 민중에 대한 강고한 믿음은 1890년대 무렵, 끝없는 빈곤에 대한 무기력한 연민 또는 기껏해야 사회적 침체에 대한 분노로 변질되었다. 인민주의자들이 농민에 대한 신화를 깎아내리는 분위기가 광범위하게 퍼진 것이다. 체호프는 농민들은 무지하며 짐승 같고 불결한 삶의 수렁에 빠진 자들이라고 폭로했다. '시민적' 시인들은 민중의 고통을 짊어지는 과업에 대한 무력감을 고백하기도 했다. 고리키는 농민의 탈신화화에 있어서 아주 가혹했다. 마르크스주의자들은 이에 대해 한층 더 비난조였다. 러시아 최초의 마르크스주의자 게오르기 플레하노프는 1909년, 인민주의자들이 농민을 동정하여 잘못된 길로 갔다고 썼다.[39] 그는 러시아 농민의 딱한 처지가 그들 스스로의 탓이라고 주장한다. 농민들은 선천적으로 탐욕스럽고 이

---

39 Georgii Plekhanov, "Pervye shagi sotsial-demokraticheskogo dvizheniia v Rossii (1909)", *Sochineniia*, Moscow: Gosizdat, 1927, pp.176~197[「러시아에서 사회민주주의 운동의 첫걸음」, 『선집』].

기적인 데다 무심하고 퇴영적이라는 것이다. 플레하노프의 견해에 따르면, 사회적 조건의 실질적인 개선은 농민이 아니라 성장하는 도시 프롤레타리아트에 의해서 시작될 것이다.

안드레예비치와 루나차르스키는 스스로를 새로운 유형의 비평가로 자리매김하려는 노력의 일환으로 인민주의적인 믿음의 평판을 떨어뜨린다. 안드레예비치는 마르크스주의 잡지 『인생』에 인민주의적인 입장을 공격하는 일련의 논문들을 게재했다. 그는 『러시아 문학의 철학 체험』에서 농민 공동체의 오랜 이상이 실패했다는 관점을 그럴싸하게 전개시킨다. '노예제 속의 자유'와 '빈곤 속의 평등'이라는 오래된 미덕은 더 이상 실효성이 없다는 것이다(O, 418~421). 그의 주장대로라면, 인민주의의 신화는 지성인들의 소외된 상상의 산물이었다. 루나차르스키는 글렙 우스펜스키에 관한 1903년의 글에서 인민주의 예술을 일축한 바 있다. 그는 다음과 같이 썼다. "우리는 수난자들에겐 관심이 없고, 저항자들에게 관심을 갖는다. 농민 집단이 언젠가 사회의 이해관계의 중심에 다시 들어설 운명이라면, 그들은 이를 고통을 당함으로써가 아니라 적극적인 생동성 zhiznedeiatel'nost'을 발현함으로써 성취해야 할 것이다."(LSS8, VI, 289) 루나차르스키는 신화창조적인 주요 개설서 가운데 하나인 「사회민주주의 예술의 과제」에서 노동 대중의 새로운 이미지는 인민주의적인 신화의 잿더미 위에서 형성되어 왔음을 분명히 했다.

간난신고의 수동적인 농민 집단, 즉 대상으로서의 민중은 '동정하는 예술가들'을 필요로 했고, 이러한 동정은 러시아의 지적인 과거 세대의 펜과 위대한 예술가들의 붓에 의해 최고 경지에 도달했다. 하지만 주체로서의 민중은 역사의 창조자, 즉 스스로의 위대한 사명, 그 규모 [⋯] 그리고 스스로의 행복추구권에 대한 자각에 도달한 프롤레타리아트이다. 그와 같은 민중은 색다른 표현자를 필요로 한다. 사실상 마치 농부인 양하는 예술가들muzhikovstvuiushchie khudozhniki은 농부 자체를 표현한 게 아니라, 농부에 대한 인텔리겐치아의 열렬한 믿음을 표현했다. 그들이 예술에서 분명하게 내비치는 자기부정과 금욕주의가 바로 여기서 비롯한다. 프롤레타리아트 예술가는 프롤레타리아트와 밀접히 결합해야 하고 그들의 전투적이고 이기적인 분위기, 즉 계급적이고 집단이기적인 분위기를 표현해야 한다. (LSS8, VII, 160)

루나차르스키는 인민주의 세계관 비판을 예술가, 비평가, 민중 간의 색다른 — 좀 더 적극적이고 활기찬 — 상호관계를 분명히 밝히는 데 활용한다. 이러한 자기규정에 대한 노력의 또 다른 측면을 언급해야 한다. 루나차르스키와 여타의 건신주의자들은 볼셰비키-마르크스주의적인 틀에서 이데올로기적으로 적법한 예술의 역할을 찾아내는 데 골몰했다. 러시아 마르크스주의의 미적 관점은 레닌과 플레하노프의 저작들에서 표현되었듯 허구적인 상상력에 상당히 적대적이었다. 혁명적 낭만주의자들은 눈에 띄지 않는 심오한 사회 변화의 흐름과 예술적 환상의 연관성을 천명함으로써, 예술적 환상을 정당화하고자 했다. 하지만 그들은 이러한 입장이 지닌 문제들과 불가피하게 충돌했다. 그들은 인민주의적인 신화를 소외된 정신의 위조물로 깎아내림으로써 프롤레타리아트와 관련한 그들의 처지와의 유사성을 암시한다. 결국에는 그들의 신화 역시, 인간 정신의 모든 산물과 마찬가지로 조작된 허구였다. 안드레예비치는 하나의 민중 숭배가 다른 민중 숭배로 대체되고 있음을 이후의 건신주의자들보다 더 분명하게 지각했다. 하지만 그는 자기모순에 떠밀려 유토피아적 염원을 꾸며 내는 것을 멈추지 못했다. 반면 루나차르스키는 그와 여타의 사회민주주의 예술가와 비평가들이 미래에 대한 특권적인 관점을 제공한 사회적 변화의 맹목적인 힘에 관여되었음을 흔들림 없이 주장했다.

오래된 민중신화의 도덕적 본질과 신뢰를 떨어뜨림으로써 혁명적 낭만주의자들은 스스로를 민중의 선지자이자 대변인으로 자리매김했다. 그들에게 고리키는 '진리'와의 연결고리였고, 사모우치카samouchka, 즉 자수성가한 작가 이상이었다. 고리키는 스스로를 의식하게 된 몽매한 대중의 화신이었다. 안드레예비치가 썼듯이, 그의 부랑자는 "깨어나고 있지만 아직은 규정되지 못한 프롤레타리아의 자의식"의 상징이었다(O, 520). 이렇게 원초적이고 자의식을 갖게 된 지 얼마 안 된 괴물을 구체화하여 칭송하고 거기에 목적과 방향을 제시하는 역할은 안드레예비치나 루나차르스키 같은 이론가와 비평가들이 떠맡게 된다. 그럼으로써 그들은 미래에 대한 스스로의 강한 불안감을 완화시키고, 유력한 선행자들을 대신해서 미래의 민족의식에 흔적을 남길 것이다.

신화를 만드는 과정의 다음 단계는 낡은 신화의 집단주의적 '껍데기'를 가져다 쓰는 것이었다. 그들의 주인공은 민중의 한 사람으로 이제는 공격성으로 가득차 현존질서를 인내하지 못한다. 가령 인민주자들이 그려 낸 민중의 형상이 여성화되어 있었다면, 그 체현물은 어린아이 같은 특성을 지니고 있다. 그 인물의 도덕의식은 사제적이지도 않고 철학적 금욕주의의 특성도 띠지 않는다. 이런 동물적인 자아는 도덕적 자기반성도, 범죄나 연민을 억제할 줄도 모르며, 호메로스의 그리스인들과 매우 흡사한, 거칠고 원시적인 영웅주의를 구현한다. 안드레예비치는 민중 주인공의 전형으로서의 고리키의 부랑자와 니체의 초인을 비교한다. 여기서 둘 다 '자신에게 거짓말을 하는' 유형이 아니며, 둘 다 '어린아이나 천재처럼 순진하고 용감하다'(MG, 29). 이러한 주인공은 "갖가지 사회적 조건들, 다시 말해 허위, 위선, 인습 사이에서 갑갑하고 숨이 막힐 때면 절대적인 정신적 자유를 가질 내적 세계의 권리를 용감하고 당당하게 선언한다"(MG, 52).

혁명적 낭만주의 비평가들은 초기 고리키와는 달리 '낡은' 미덕인 연민과 호의를 과소평가한다는 점을 지적하는 게 중요하다. 이러한 것들은 위신이 추락한 인민주의 시대에 속한다는 것이다. 안드레예비치의 주장에 따르면, 연민의 감정은 진정한 창조적 개성의 실현을 방해한다. 범죄의 정신은 변화와 실험을 위한 필수 조건이다(O, 28, 63). 따라서 혁명적 낭만주의의 프롤레타리아 민중을 특징짓는 것은 즐거운 파괴이다. 그는 프레오브라젠스키가 초인을 악인으로 보았던 것과 거의 똑같은 의미에서 '악인'이다. 그의 인격에서 범죄는 난폭하지만 아름다운 영웅주의의 아우라로 덮여 있다. 「예술에 대한 대화」(1905)에서 루나차르스키는 이러한 분위기를 전달하기 위해 대담한 니체적인 언어를 사용한다.

삶은 투쟁이며, 전쟁터다. 우리는 이를 숨기지 않고, 이에 기뻐한다. 왜냐하면 노동의 무게와 아마도 피의 강을 통해서 보다 장대하고 아름다우며 인간적인 삶의 형식의 승리를 보기 때문이다. 빛, 투쟁, 정력, 삶, 자신과 타인의 진실이 더 커지고, 무슨 일이 있든지 안정과 평화를 갈망하는 모든 병든 것, 시큼한 것과 무기력한 것은 모두 꺼져라! 우리는 가혹한 진리와 산에서 불어오는 찬바람 역시 두렵지 않다. 끔찍해도 '가혹치 않은' 괴물 같은 일상조차도 두렵지 않다. (DI, 160)

여기서 새 주인공의 핵심적 자질은 안드레예비치가 프롤레타리아 개인주의라 불렀고 루나차르스키가 집단적 이기주의라 명명한 것일 수 있다.[40] 이러한 특성은 새로운 주인공을 평범하고 고립된 힘없는 개인 이상으로 고양시키고, 그에게 대규모로 파괴하고 창조하는 무정부적 에너지를 부여한다. 그는 하나로 합쳐진 '나'이자 '우리'다. 이러한 주인공 속에는 니체가 '작은 이성', 즉 에고라고 불렀을 법한 것에 더해, 보다 광대한 '자아' —— 인간 집단과 개인적 자아의 깊고 무의식적이지만 왕성한 통일체 —— 도 포함되어 있다. 안드레예비치

---

40 루나차르스키는 「도덕의 문제와 메테를린크」에서 이것을 "거대 심리의 개인주의"(макропсихический индивидуализм)라고 부른다. 다음을 참조하라. A. V. Lunacharskii, *Etiudy*, Moscow-Peterburg: Gosizdat, 1922, p.256[『시론』(試論)]. 이러한 통찰에 대해서 조지 클라인에게 감사를 표한다.

에 따르면, '프롤레타리아 개인주의'는 "인간 개인의 내밀한 측면들의 완전한 자유와 완전한 독자성, 즉 믿음과 예술적 창조의 영역을 평화롭고 협동적인 생산의 이해관계, 정밀과학의 결론 및 사회적 정당성으로의 완전한 종속"과 결합시킨다(O, 534). 안드레예비치는 개인적 자아와 사회의 집단적 자아의 조화로운 균형을 광범위한 문화적 개화의 조건으로 이해한다.

루나차르스키와 고리키는 안드레예비치에 비해 새로운 개성 개념의 인식론적 함의, 즉 존재에 의미를 부여함에 있어 새로운 자아의 역할에 더 많은 관심을 기울인다. 그들은 집단적 인간을 의미와 가치의 분배자라는 '신성한' 위치에 두고자 상당한 노력을 기울인다. 루나차르스키는 프롤레타리아적 개성을 '전투적'이고, '집단적으로 자기중심적'이며, 적극적이고 공격적이며 장대하게 창조적인 것으로 특징짓는다. 고리키의 『별장 거주자들』(1905)에 대한 논평에서 루나차르스키는 집단적인 주인공을 시대에 뒤처진 사회 제도에 맞선 투사로 그리기보다는 신화와 믿음의 기념비적 파괴자, 미래로 가는 교량 건설자, 새로운 세계관의 대장장이로 그려 낸다. 집단적 인간의 투쟁은 길거리가 아니라 상상의 세계에서 벌어진다. 루나차르스키는 집단적 인간이 "현실을 인식하는 비극적인 길, 현실과 투쟁하는 힘겨운 길을 따라 앞으로 나아가다가 가슴을 할퀴는 예리한 대리석 모서리를 부수고 심연 위에 다리를 놓으며" 전진하는 모습을 살핀다(LSS8, II, 9). '집단적 이기주의'는 새로운 인간으로 하여금 '환상', 즉 존재에 형태와 목적을 부여하는 살아 있는 신화를 포착할 수 있게 한다. 『차라투스트라는 이렇게 말했다』의 「창조하는 자의 길에 대하여」에 표현된 주의설을 직접 참조해서 루나차르스키는 다음과 같이 쓴다.

> 인간은 자유자재로 꿈과 환상을 창조한다. 이러한 꿈과 환상이 인간을 창조적 승리의 길을 따라 힘의 성장으로, 자연을 지배하는 위풍당당한 행복으로 이끈다면 말이다. 심지어 꿈이 실현될 수 없더라도 이상이 힘에 부치는 것이어도, 문제는 다만 인간이 용감해야 하고 앞으로 나아가려 해야 한다는 점이다. 비록 꿈을 빼앗기더라도 인간이 강하기만 하다면, 그는 자신의 다르지만 더 아름다운 꿈을 창조한다. 그를 기다리는 것은 그 무엇보다 아름다운 꿈일 것이다. (LSS8, II, 10)

루나차르스키에 따르면, 최상의 염원은 '경이로운 인간의 꿈', 온전한 '인류의 삶'이다. 이후 그는 『종교와 사회주의』에서 다시 니체를 언급하며 '세계에 의미를 부여하는 것'이 인간의 삶의 목적임을 거듭해서 말하게 된다. 이제 그는 이러한 과제를 "구체적인 형태의 인간 사회 속에서 세계가 정신에" 집단적으로 "종속되는 것"으로 규정한다(RiS, 46).

1907년 『메르퀴르 드 프랑스』에서 진행한 종교적 믿음에 관한 설문조사의 답변에서 고리키는 인간이 더 높은 목적을 위한 종교적 필요에 따라서 '신들'을 창조한다는 유사한 생각을 표명했다.[41] 여기

---

41 다음 논문에서 인용되었다. A. V. Lunacharskii, "Budushchee religii", *Obrazovanie* 10, 1907, pp.5~7[「미래의 종교」, 『교육』 10호].

서 신과 전통적인 이원론 체계는 집단적 인간에 의해 일원적 유토피아 세계의 주인인 창조자로 대체된다. 인류는 집단적 자아를 통하여 옛 신에게서 가치를 규정하는 힘으로써의 합법적 지위를 빼앗는다.[42] 따라서 인간의 질서를 관통하는 신화적인 초인의 힘은 세계 창조적인 프롤레타리아트의 것이다.

신화 건설의 마지막 단계는 인간을 뛰어넘는 '주체'를 위한 서사적 '술어'였다. 여기서 성스러운 시간은 매우 가까운 미래이다. 쇠퇴한 질서는 기존의 자본주의 사회의 절름거리는 소부르주아 개인주의에 다름 아니다. 건신주의 서사에서 무기력한 '나'는 만능의 '우리'와 결합함으로써 재생하게 된다. 이 이야기의 전형적인 진행은 디오니소스적인 순환과 일맥상통한다. 맹목적인 대중은 강렬하지만 방향성 없는 삶에 대한 갈망을 갖는다. 그들은 사회적 속박에 맞서 싸우고, 그들 가운데 위대한 지도자를 배출함으로써 자의식과 발언권을 키운다. 지도자는 그의 개인적인 의식을 서서히 발전시키고 대중의 관념 속에서 신성한 특질을 얻게 된다. 이처럼 신격화된 가운데 지도자는 그에게 생명을 부여하는 대중의 힘으로부터 고립되어 간다. 그는 대중을 억압하지만, 결과적으로 그 자신이 치명적으로 약화된다. 결국 그 지도자의 자리에 작고 무력하며 고립된 무수히 많은 자아들이 등장한다. 이것이 바로 사회가 처해 있는 조건을 발견하는 단계이다. 이렇듯 고립된 자아는 오직 거대한 인류 전체의

---

42 Sesterhenn, *Das Bogostroitel'stvo*, p.44.

초인적 생명력과 결합하여 마침내 진정한 개성을 되찾는다. 여기서 '나'와 '우리', 단수와 복수가 기적처럼 융합한다. 이러한 결합 과정에서 막대한 세계형성적인 에너지가 방출된다. 온갖 유토피아 사상가들처럼 혁명적 낭만주의자들도 자신들이 원하는 미래 상태에 도달하는 순간, 시간의 진행이 멈추기를 염원했다. 그러므로 그들의 관념대로라면, 디오니소스적인 순환이 재생의 지점에서 정지해 버리는 셈이다. 그 결과는 자아와 대중 간의 완벽한 균형을 허용하는 유토피아적 사회질서이다. 세 사람의 혁명적 낭만주의자들은 러시아가 민족적인 상승과 자아와 집단의 재통합 직전에 있는 것으로 보았다. 성스러운 시간이 눈앞에 있는 것이다.

이렇게 일반화해 볼 수 있는 내용은 안드레예비치의 『러시아 문학의 철학 체험』에서 처음으로 윤곽을 드러낸다. 여기서 우리는 니체 그리고 후에 고리키가 새로운 의식의 전제 조건으로 본 것, 즉 자기의심과 자기경멸을 무엇보다 먼저 감지한다. 안드레예비치의 저서는 문화적 열세의 깊은 압박감을 표현한다. 그의 관점대로라면, 동시대 러시아의 고급문화는 서유럽의 업적을 '번역'한 것에 불과하다. 그 결과는 우스꽝스럽고 하찮은 형태의 개인주의이다. 서로를 비교하는 두 지성인(여기서 안드레예비치는 투르게네프 작품 속의 이미지를 차용한다)은 두 그루의 자작나무를 비교하는 것만큼 어리석다(O, 28). 그는 또한 민족의 지적 자산을 낭비하는 점을 들어 자본주의, 특히 거친 형태의 러시아 자본주의를 비난한다(O, 431). 그는 절망의 힘을 동원하여, 모든 사람들이 신이 되고 각자의 집단으로 흘러들면서도 여전히 개인적 실현이 가능한 유토피아적 시간을 가공해 낸다.

진정한 개인의 해방과 발전 과정은 불안과 투쟁을 통해서, 기존의 사회적 제약의 위반을 통해서 진행된다. 고리키와 더불어 안드레예비치는 이와 같은 위대한 '범죄'는 위대한 재생을 위해 필요하다고 주장한다(O, 28). 그렇듯 그는 "사회 세력들과 계급적 모순의 자유로운 발효"를 촉구한다(O, 34).

안드레예비치는 노동계급의 초인적인 힘이 프롤레타리아 개인주의의 최고로 생산적인 시대를 구축하는 성스러운 시간의 도래를 상상한다. "당장은 아니더라도 오늘날의 소시민적이고 형이상학적이며 반대파적인 개인주의 대신에 프롤레타리아 개인주의가 무대에 등장할 것이다."(O, 534) 더 높은 수준의 집단적인 개인을 창출하는 평가의 기준은 유토피아적 마르크스주의다. 그것을 안드레예비치는 '프롤레타리아트의 종교'라 부른다(O, 497). 여기서 러시아적 문맥에서는 처음으로, 마르크스주의가 이론에서 생동하는 신화시학적인 시스템으로 변화한다. 안드레예비치는 사회주의가 미래의 종교라는 루나차르스키의 이단적인 주장을 3년 정도 앞지른다. 안드레예비치의 저작에서 집단적 개인에 대한 신화적 구체화는 루나차르스키나 고리키의 저작에 비해 제대로 이뤄지지 않았다. 하지만 그의 사상의 방향은 분명해 보인다. 만약 그가 일찍 사망하지 않았다면, 그 역시 유사한 결론에 도달했을 것이다.

안드레예비치와 마찬가지로 루나차르스키는 개인적이고 사회적인 변화의 성스러운 시간을 미래로, 그것도 심지어 매우 가까운 미래로 간주한다. 특히 1905년 무렵에 쓴 그의 저작에서는 사회적 변화가 임박해 있음을 암시하는 절박감이 엿보인다. 일찍이 1905년 루나차르스키는 프롤레타리아의 '멋들어진 환상'이 곧 더욱 멋진 현실로 결실을 맺을 것이라고 썼다. 미래 —— 여기서 루나차르스키는 「고린도전서」(고린도인들에게 보낸 첫 번째 편지) 13장 12절을 인용하여 자신의 태도가 종교적 신비주의자와 얼마나 가까운가를 보여준다 —— 가 지금은 우리에게 '거울에 비친 것처럼' 나타나지만, 이후에는 우리가 미래를 '직접 마주하여 인식하게' 될 것이다(LSS, II, 10). 루나차르스키는 『미지의 세계』(1906)에서 집단적 형태의 개인을 '죽음에서의 구원'을 초래하는 신성한 상태에 있는 존재로 이해한다. 그가 만든 신화형태와 이후 고리키의 신화형태에서 핵심 사건은 "자기 자신과 자신의 육체적 '나'로부터 위대한 '우리', 즉 창조적이고 전투적이며 진보적인 인류로의 무게중심 이동"이었다(VMN, 71). 그 결과, 삶의 충만감이 극대화되고 세계를 변화시키는 에너지가 발산된다.

루나차르스키는 『종교와 사회주의』에서 이러한 신화적인 변용 이후의 생산적인 단계를 탐구한다.[43] 루나차르스키의 관점에 따르면, 작은 자아는 열광의 활기찬 감각을 통해서 더 큰 자아와 융합한다. '열광'enthusiasm이라는 루나차르스키의 개념은 뱌체슬라프 이바노프의 '황홀'ecstasy과 어렴풋하게나마 비교할 만해 보인다. 이 두 개념 모두 가장 강렬한 '삶'의 감각을 표현하기 때문이다. 하지만 이바노프의 신에 항거하는 자bogoborets는 자기 정신 안에서 투쟁을 수행하고,

---

43 이 저작에서 조명된 루나차르스키의 이론에 대한 보다 온전한 논의는 다음을 참조하라. Sesterhenn, *Das Bogostroitel'stvo*, pp.40~69.

반면 루나차르스키의 개인은 보다 더 큰 사회적 전체와 통합된다. 이바노프의 구신주의자는 그가 '작은 이성'을 신에게 제물로 바치는 순간, 작은 에고 너머에 ── 문자 그대로의 '엑스-터시'ex-stasy 상태에 ── 있게 된다. 이에 반해 루나차르스키의 새로운 인간은 자기 내부에 남은 채, 자기 자신이자 동시에 더 큰 전체 민중의 일부인 자신을 자각한다. 새로운 인간은 민중과 결합하여 신이 되고, 다시 말해 환상의 창조자 ── 원대한 실존적 목적의 창조자 ── 가 된다. 이러한 지속적이고 강렬하며 종교적인 열정의 궁극적인 결과는 사회주의 제도의 수립이며, 그것은 행복, 총체성, 자아실현의 탐색과 기술적·과학적인 진보를 촉진함으로써 인간의 삶을 최고로 고양시킨다.

모든 낭만주의적 혁명가들 가운데 고리키는 1906~1913년의 망명 기간 동안 쓴 작품에서 집단적 개성의 신화를 상세하게 극화해냈다. 「개성의 붕괴」(1909)에는 고리키의 문화적·사회적 변용의 이념이 추상적으로 설명되어 있다. 고리키는 개성의 고질병을 집단으로부터 전면적인 고립의 결과로 진단한다. 민중은 역사적으로나 지금이나 원초적인 생명 에너지의 원천이다. 고리키가 상상한 대로라면 국가에 대한 자아의 관계와 각자의 창조적 능력은, 니체 사상에서 아폴론적인 것과 디오니소스적인 것 사이의 상호관계와 유사하게 보인다. 고리키의 주장에 따르면, 민중에게서 고립된 상태의 개인은 무력해져서 아무것도 창조할 수 없다. 형태를 부여하는 개인의 지적인 능력이 자신의 내부로 향하고 결국 공허한 상태가 되고 마는 것이다. 죽음에 대한 관조는 이러한 자기언급적인 예술에서 주요한 주제가 된다.

진정한 창조성은 예술가와 그의 민족의 창조적인 유산 사이에 강력한 정신적인 유대가 있을 때에만 발현된다. 예술가의 작품은 대중이 무의식중에 직관적으로 만들어 낸 신화들에서 비롯한다. 고리키의 말에 따르면, 19세기 민중은 '수천의 만프레드'[44]로 흩어져 각자 자신의 정신적 아픔에 대해 노래한다(SS30, XXIII, 36). 그리고 그는 드디어 새롭고 강력한 사회적 통합이 형성될 조건이 무르익었다고 말한다. 자본주의의 압제가 단일한 의지로 연합하고 행동하도록 프롤레타리아트를 자극한다는 것이다. 이러한 새로운 세력 속에서 고리키는 신화를 직조하고 영웅과 신들을 낳는 데 필요한 맹목적인 창조력을 인지한다. 물론 이러한 과정은 고리키가 자신의 저작 초반에 윤곽을 그린 역사적 패턴을 따라갈 수도 있다. 여기서 고리키는 오펠리아 슈테가 '퇴행적-진보적' 사유라고 명명한 것을 보여 준다. 그런 사유를 니체는 디오니소스 신화를 창조하며 사용한 바 있다. 고리키와 니체 양자 다 미래의 이정표를 탐색하는 데서 먼 과거를 바라본다.[45] 원시 사회에서 인간을 뛰어넘는 영웅의 이념은 공동체의 일부가 소멸할 때에 발생한다. 살아남은 구성원 각자는 무의식중에 자신의 최상의 행위들을 이 기억 모형 속에 투여한다. 영웅은 인간의 운명에 도전하고 그렇게 함으로써 인류 전체를 고귀하게 만들고 인류의 가능성을 실현시킨다(SS30, XXIII, 29).

---

44 [옮긴이] 바이런 시의 낭만주의적 주인공.

45 Ophelia Schutte, *Beyond Nihilism: Nietzsche Without Masks*, Chicago: University of Chicago Press, 1984, p.8.

대중의 상상력 속 원초적인 반란자 원형의 출현은 심오한 창조적 에너지를 발산시킨다. 이 반란자 원형은 광범위한 문화적 활동의 중심이 되고, 예술가 개인과 공동체는 서로를 풍요롭게 만드는 상호 관계로 접어든다. 예술가는 대중의 신화에서 소재를 얻는 대신에 신화에 최고의 표현을 부여한다. 고리키는 이러한 과정에 대한 가장 좋은 실례가 독일 종교개혁의 시기에 있다고 본다. "이러한 사회적 폭풍의 시대에 개성lichnost'은 자신들의 대표 기관으로 선택한 수천의 의지의 집중점이 되고, 아름다움과 힘의 놀라운 빛으로 제 민족의 염원의 밝은 불길 속에 우리 눈앞에 떠오른다."(SS30, XXIII, 34). 애초 고리키는 파우스트를 민중 전체에 의해 창조된 영웅, 수천의 개인적인 의지의 산물로서의 영웅이며, 시간이 훨씬 지난 뒤에 가서야 예술가 괴테의 천재성에 의해서 보다 완벽해진 영웅이라고 지적한다. 고리키는 자기 시대에 새롭게 부상한 프롤레타리아 집단 속에서 미적·사회적 반란, 해방 및 창조적 발산의 유사한 과정의 징후를 민감하게 의식하고 있다.

고리키의 이론적 구성은 그 순환성이라는 면에서 디오니소스적 기원을 드러낸다. 쇠락과 죽음이 재생과 번갈아 나타난다. 이러한 새로운 형태의 신화에서 영웅과 공동체의 관계, 사실상 그 공동체 자체는 서서히 변형되다가 마침내 붕괴된다. 영웅은 자신을 반⊕신적인 힘으로 간주하여 스스로를 공동체로부터 분리시킨다. 이 단계에서 영웅은 먼저 활기 넘치는 창의성을 잃고, 그 한참 뒤에는 자신의 권력마저 잃는다. 후기 단계의 디오니소스와 마찬가지로 영웅은 폭군이 되어 사람들을 육체적으로, 이데올로기적으로 억압한다. 영웅은 자기 이미지대로 유일신 ——가치를 규정하는 본질적인 에너지를 사람들에게서 빼앗는 그 어떤 것——을 창조한다. 최종적 죽음의 단계에서 영웅은 평범한 사람이 된다. 화려하고 반항적인 영웅과 신화를 창조하는 민중은 더불어 소멸되고, 수천의 하찮은 사이비 영웅들로 교체되는 것이다. 이제 고리키는 집단이 원숙해져 재생의 순간에 도달했다고 암시한다.

흥미롭게도 고리키는 러시아에 건신주의의 시기가 임박해 있다고 알리면서도 자신의 이론이 함축한 결과는 탐구하지 않는다. 즉, 러시아 민중의 더 원시적인 단계로의 강압적인 회귀, 자신의 이미지대로 유일신을 창조한 공포의 독재자에 의한 민중 탄압 같은 것 말이다. 여기서 스탈린주의와 '개인숭배'에 대한 직접적이고 문학적인 조짐을 추측해 낼 수 있을 것이다. 아무튼 고리키는 다른 혁명적 낭만주의자들이나 니체처럼 최초의 해방적인 폭풍을 무엇보다 갈망했다. 투쟁과 생명을 부여하는 에너지의 분출에 대한 그들의 갈망은 그 궁극적인 결과들을 무시할 정도로 큰 것이었다.

고리키는 건신주의 소설 『고백』에서 신화시학적 에너지를 분출시키고 집단적 영웅의 자의식과 방향성을 창조할 대중적 감각의 원초적인 추진력을 극화한다. 저자 고리키처럼 고아인 주인공 마트베이는 수많은 직업을 전전하고 온 나라를 사방팔방 돌아다니며 다양한 사람들을 만난다. 그의 방랑은 실존적 의미와 정당화에 대한 탐색으로 변화한다. 그는 정신적인 스승을 찾지만, 그가 만난 온갖 사람들은 공허하고 오만하며 '사제' 같은 유형일 뿐이며, 세계는 보잘것없이 고립된 개인들로 가득하다. 마트베이는 우연히 또 다른 방랑자 이예구디일을 만나고 그에게서 루나차르스키적인 '열광'을 발견한다. 이예구디일은 차라투스트라를 닮았으나 러시아적인 종파의 면모를 지닌다는 점이 다르다. 그는 러시아적인 성직자들의 전통적인 역할을 수행하지만, 그들의 어떤 교의에 수용되기에는 너무나 이단적이다. 그는 정교 사제이자 수도승인데, 그 교의와 두 지위에 의거한 육체적이고 개인적인 생활방식이 지나치게 제약적이라고 여긴다. 이예구디일은 니체적인 선행자처럼 쾌활하고 불경하며, 삶에 대한 그의 넘쳐흐르는 열정을 어떤 하나의 교의로 억누를 수가 없다. 그는 차라투스트라와 마찬가지로 "온통 기쁨에 취해 있다"고 말하는 것만 같다(PSS, IX, 341).

이예구디일을 통해 마트베이는 내면에서 자신의 신을 찾으며 삶에 도취된 자신의 감정에 대한 믿음을 갖는 법을 터득한다. 그 자신을 비롯한 모든 이들에게서 내적으로 넘쳐나는 에너지는 결국 새로운 영웅의 모습으로 합쳐질 것이다. 이예구디일은 인류의 다수 대중을 이러한 창조적 힘으로 간주한다. 민중은 기나긴 예속의 상태에서 이제 막 벗어나는 중이지만, 사회의 지도자들은 신앙의 대상이 선험적으로 결정되는 것처럼 보이도록 믿음을 조작했다. 이렇게 신앙은 대중을 억압하고 속박하기 위해 이용되곤 한다. 지도자들은 대중에 대한 스스로의 권력을 유지하기 위하여, 대중을 온순하고 무기력하다고 보는 세계관을 옹호해 왔다. 그들은 민중의 기념비적인 창조적 에너지를 과거의 어느 신화적인 시대로 이동시켰다. 이상은 대상화되었고 창조의 원칙은 인간 정신 너머의 더 높은 영역에서 나타나게 되었다. 인간의 창조적 천재성의 이념은 그 위신이 실추되었고, 종교적 이상은 그것을 처음 잉태한 민중을 통제하고 진정시키는 수단이 되었다.

이예구디일은 공포와 억압을 물리치고 민중에게 그들 본연의 폭발적인 창조력을 되돌려 줄 새로운 신의 창조자로서 "지상의 모든 일하는 민중"을 환영한다. 그는 다음과 같이 말한다. "보라, 민중의 의지가 깨어나 강제로 흩어진 위대한 것이 합쳐지고 있다. 벌써 숱한 사람들이 지상의 모든 힘을 하나로 통합할 방법을 찾고 있다. 이 힘들로부터 빛나고 아름답게 모든 것을 아우르는 지상의 신이 생겨나리라!"(PSS, IX, 342)

'작은 이성'이 더 큰 '자아'와 결합하는 신화적 과정은 마트베이가 자신과 같은 노동자들의 공동체에 합류하는 것으로 완성된다. 그는 그들의 공장에 일하러 가고, 그의 열광의 감정은 서서히 넘쳐흘러 다른 사람들의 열광과 합류한다. "사람들의 눈길ochi이 이글거리고 그 속에서 각성된 인간의 영혼이 빛을 발한다. 나의 시야 역시 넓어지고 민감해진다. […] 그대는 자기 앞에 열려 있는 심장들에서 힘을 길어 올려 그 힘으로 그들을 하나의 심장으로 묶으리라."(PSS, IX, 384) 마트베이는 시위 중인 대규모 군중 앞에서 연설을 시작하고, 대중의 지지와 호의에 그의 기운은 북돋아 오른다. 그는 연설가로서의 자신이 그들의 의지의 화신으로 변화하고 있음을 느낀다. 그는 새롭게 떠오르는 영웅이다. 하지만 그가 거기서 힘을 얻는 유일한 자는 아니다. 집단 속에 서면 누구라도 전체의 커다란 에너지로 고무된다. 새로운 의식은 어떤 젊은 아가씨가 대중의 신앙을 통해 완치되는 대중 집회에서 등장한다. 마침내 '나'는 개인적 자아에 대한 완전한 의식을 간직한 채 '우리'가 된다.

창조자로서의 대중의 신화는 여러 원천의 창조적 변형으로 보일 수 있다. 여기서 원천 자체는 배척되는 한편 어떤 양상들은 새로운 이념의 요구에 적합하게 변용된다. 조지 클라인은 포이어바흐의 종교인류학이 고리키 작품의 중요한 원천들 가운데 하나라고 지적한다.[46] 포이어바흐의 강한 영향은 사람들이 신을 창조한 뒤 자신의 피조물로부터 소외되어 억압받았다는 고찰 속에서 직접적으로 느껴진다. 다른 즉각적인 영향을 미친 사람들로는 마르크스, 니체, 러시아 인민주의자들이 있다. 니체의 역할은 그의 사상이 사회주의적인 신화로 변용되는, 공공연히 반사회주의적이고 반유토피아적인 사상가라는 면에서 독특하다.

혁명적 낭만주의자 세 사람(안드레예비치, 루나차르스키, 고리키)은 니체 사상의 열렬한 숭배자였다. 비록 그들이 니체의 사회적 관점을 거부했다 하더라도, 그들은 니체 철학에 충실코자 했다. 그것은 그들이 니체 철학 속에서, 파괴적인 인민주의적 자기부정과 마르크스주의의 정서적 메마름에 대한 해독제를 보았기 때문이다. 안드레예비치는 셰스토프와 더불어 니체에 대한 논문을 쓴 최초의 젊은 지성 가운데 한 사람이었다.[47] 『러시아 문학의 철학 체험』에서 그는 니체를 고리키 및 마르크스와 더불어 지식인들이 미래를 지향하게 하

---

46 Kline, *Religious and Anti-Religious Thought in Russia*, pp.103~104.
47 Andreevich, "Ocherki tekushchei russkoi literatury: O Nitche", *Zhizn'* 4, 1901, pp.286~321, chap.3, nts.4 and 6.

는 데 영향을 미친 인물로 손꼽았다(O, 423). 루나차르스키는 1902년의 논문 「러시아의 파우스트」에서 니체를 활력이 넘치는 사상가로 추켜세웠다.[48] 그는 초인의 '건강한' 에고이즘과 권력에의 의지라는 이념 속에 내재한 창조적인 충동을 특히 애호했다. 1905년 이후 루나차르스키와 고리키는 공개적으로 니체를 부르주아 철학자로 분류했지만, 그들의 주요 목적은 '모더니스트' 및 대중적인 니체 철학 숭배에 대한 평판을 떨어트리는 데 있었다. 그렇게 함으로써 그들은 이 독일 철학자에 대한 보다 나은 또 다른 독해가 이루어질 수 있음을 내비쳤다. 혁명적 낭만주의자의 집단에 관한 신화는 니체 철학에 대한 성숙한 반응이었다. 여기서 그들은 독특한 '니체적인' 관점과 정서가 더 이상 '니체'라고 인식될 수 없을 정도로 그의 사상을 변형시켰다. 니체 사상을 그들 자신의 것으로 만든 것이었다.

혁명적 낭만주의자들이 사용한 변형의 패턴은 특정한 평가 방법을 암시한다. 그들에 의한 니체 사상의 흡수는 니체의 회의주의를 혐오하고 그의 신화시학적 파토스를 애호하는 일반적인 러시아적 패턴을 따른다. 그들은 시대에 뒤처진 인민주의 신화와 그 가치체계를 무너트리기 위해 니체의 반어법을 활용하고, 그들 자체의 신화를 확립한 뒤에는 철학적 회의주의를 '냉소주의', 곧 부르주아 정신성의 바람직하지 못한 양상으로 평가 절하한다.[49] 따라서 니체는 단순

---

48 Lunacharskii, "Russkii Faust", *Voprosy filosofii ii psikhologii* 3, 1902, pp.783~795[「러시아 파우스트」, 『철학과 심리학의 문제들』 3호].

49 Gor'kii, "O tsinizme", *Literaturnyi raspad: kriticheskii sbornik*, vol.1, St. Petersburg: 1908[「냉소주의에 대하여」, 『문학의 몰락: 비평선집』].

화되고 거들먹거리는 어떤 것이 되어 그의 사상에서 신화시학과 반어법 사이의 본질적 균형이 제거되고 만다.

　신화를 구축하려는 니체의 노력은 폭력적이고 일반적으로 외향적인 충동을 승화시키는 것, 다시 말해 보다 높은 문화적 목적을 위해 그 에너지를 자기 자신에게 되돌리는 것을 포함한다. 니체의 산문은 호소력이 강한 거의 감각적인 갈망으로 충만하다. 혁명적 낭만주의자들은 니체로부터 승화의 과정 — 결과적으로 개인적 에너지가 공동체 전체의 반항적 의지와의 통합으로 이어지는 과정 — 을 전용한다. 레이문드 세스터헌은 니체의 미래에 대한 시각은 집단주의적인 건신주의의 요소를 지녔다는 견해를 과감하게 피력했다.[50] 하지만 만년의 니체의 신화 구축 노력이 새로운 집단 건설을 향하고 있는 것으로는 보이지 않는다. 니체에게는 통상 자아 속 '나-너'의 관계, 마음의 상상 속 '주인'의 충동과 '노예'의 충동의 투쟁이 사회에서 자의식이 강한 개인과 집단의 상호관계보다 중요하다. 니체가 사회적 관계를 논할 때 그의 화제는 보통 지배자와 피지배자의 상호작용이지, 대중 집단 속 동등한 사람들 간의 상호작용이 아니다. 하지만 고대 그리스인들의 원시적인 디오니소스적 집단이 초기 니체에게는 매혹적이었음은 지적되어야 한다. 이후에 차라투스트라는 고대인들을 참된 가치를 부여하는 힘으로 제시한다(Z, 75). 그럼에도 불구하고 이들의 이미지는 미래에 대한 니체의 디오니소스적 정

---

50 Sesterhenn, *Das Bogostroitel'stvo*, pp.101~108.

식화 속에서 강하게 모습을 드러내지는 않는다. 안드레예비치와 루나차르스키 그리고 고리키가 그려 낸 공동체는 니체가 디오니소스적 그리스인들에게서 본 원시적 공동체와 더욱 유사하다. 이 양자 간의 차이는 혁명적 낭만주의자들이 디오니소스적 집단과 개인적 의식 및 아폴론적 창의성의 균형 유지에 대해 어느 정도 제한된 개념을 지녔다는 데 있다.

혁명적 낭만주의 신화의 바탕에서 우리는 어떤 측면에서 니체의 것과 가까운 미학적 전망을 발견한다. 니체는 창조적 활동을 세 가지로 구별한다. 『비극의 탄생』에서 니체는 **쿤스트**Kunst, 즉 공예, 예술, 형성력形成力에 대해 특별히 언급한다. 『차라투스트라는 이렇게 말했다』에서 쿤스트는 '실천'이나 '방식', 또는 교활함이나 기만이라고 멸시적으로 이해되는 예술의 의미로 협소하게 사용된다(Z, 193~194, 225, 268~269, 281). 여기서 니체는 일반적으로 쿤스트를 샤펜Schaffen으로 교체한다. 이 단어는 제작, 구축, 가공이라는 보다 폭넓고 적극적인 함의를 갖는다(Z, 55, 88~91, 102). 그는 창조자 유형을 지칭하고자 **데 샤펜데**der Schaffende라는 용어를 사용한다. 매우 드물게 사용되는 실러식 표현 **쇠풍**Schöpfung은 심오한 자아의 신화시학적이며 평가적인 창의성을 의미한다(Z, 101, 139, 146; BT, 38). 『차라투스트라는 이렇게 말했다』에서 니체가 샤펜을 쇠풍보다 훨씬 더 빈번하게 사용하기는 하지만, 쇠풍이 더 무게감을 갖는 듯하다. 니체와 마찬가지로 혁명적 낭만주의자들, 특히 루나차르스키와 고리키는 **이스쿠스트보**iskusstvo, 예술, 공예**와 트보르체스트보**tvorchestvo, 가치부여적인 창조적 충동를 구별한다. 유사성은 여기까지다. 니체는 당대 예술Kunst을 조롱하는 순간, 고급문화Schaffen를 인류의 가장 위대한 업적으로 여기는 것이 된다. 반면에 루나차르스키는 「예술에 대한 대화」 및 여타의 저작에서 심오한 창조성을 예술 그 자체보다 높이 평가한다. 「냉소주의에 대해」(1908)에서 고리키는 모든 고급문화와 그 예술 형태들을 평가절하한다(SS30, XXIV, 6). 또한 「개성의 붕괴」에서 그는 예술의 고전적 대작들과 저자들의 흠을 잡는다. 비록 쇠퐁과 트브로체스트보라는 용어 둘 다 가치부여적인 창조성을 대표한다 하더라도, 이 두 용어는 니체와 혁명적 낭만주의자들에 의해 매우 다르게 다뤄진다. 쇠퐁은 내적인 정신적 충동인 반면, 트보르체스트보는 대중이 집단적으로 발휘하는 거대한 의지로 어떤 한 사람이 그걸 소유하는 것은 아니다. 루나차르스키는 고리키의 희곡 『별장거주자들』에 대한 논평에서 현실을 형성하고 의미를 배치하는 일반적인 인간의 충동을 환영한다. 『종교와 사회주의』에서 그의 관심을 끄는 것은 이러한 대중의 거대한 창조적 의지이다. 오직 이러한 의지만이 사회 변화에 동기를 부여할 수 있다. 예술가와 그 작품은 지상을 뒤흔드는 집단의 의지의 부속물에 불과하다. 고리키는 「개성의 붕괴」에서 이러한 입장에 동의한다. "예술iskusstvo은 개인에게 달려 있고, 창조tvorchestvo는 집단만이 할 수 있다."(SS30, XXIV, 34) 니체가 아폴론적인 쿤스트를 보다 심오한 디오니소스적 충동의 최상의 결과로 이해하는 반면, 고리키와 루나차르스키는 집단적 의지의 생명부여적인 쇄도를 가치 있게 여기며 개인의 예술작품에서는 상대적으로 허황되고 허약한 어떤 것을 발견한다. 이런 견지에서 혁명적 낭만주의자들은 '위대한 예술은 민족적 원형을 창조하고 민족적 의지를 표현해야 한다'고 주장한 낭만주의적인 선조, 즉 벨린스키나 그리고리예프와 더 가까워 보인다.

혁명적 낭만주의자들은 여타의 사고체계를 변형시키고 전유하기 위해 니체 철학을 활용한다. 실례로 그들 모두가 스스로를 마르크스주의자 또는 최소한 마르크스주의에 가깝다고 여기기는 했지만, 마르크스주의의 정서적이고 철학적인 결함을 예민하게 감지했다. 고리키는 일찍이 마르크스주의가 인간을 '하찮게 만든다'는 이유로 마르크스주의를 비판한 적이 있음을 기억해야 한다. 루나차르스키는 이데올로기적 반대자들, 모더니스트들과 관념론자들의 마르크스주의에 대한 비판을 강하게 느꼈다. "[…] 마르크스주의의 적들은 이 이념을 언제나 변함없이 '건조한 도그마'로 여기고자 한다. 마치 돌덩이처럼 생명이 없고 발전 능력이 결여된 죽어 버린 어떤 것으로 치부하고자 한다."[51] 1919년 루나차르스키는 건신주의를 정당화하며 '과학적 사회주의'로는 평범한 사람들에게 다가갈 수 없다고 말한다 — 종교 형태로 제시한다면, 마르크스주의는 더욱 접근하기 쉬워질 것이다.[52] 마르크스와 니체 철학의 공통적인 주제들은 클라인에 의해 연구된 바 있다.[53] 하지만 혁명적 낭만주의의 사유에서 대

---

51 다음을 참조하라. *Literaturnyi raspad*, vol.2, St. Petersburg: EOS, 1909, p.89[『문학의 몰락』 2권].

52 Trifonov, "A. V. Lunacharskii i M. Gor'kii", p.132.

53 클라인에 따르면, 이 두 철학자에게는 일반적 역사주의가 특징적이다(『종교적 사상과 반종교적 사상』에서 클라인은 초인을 "인간의 역사적 자기초월"로 이해한다[107]). 즉, 그것은 미래에 대한 강한 지향성, 미래의 건설을 위한 현재 사회 파괴의 정당성, 그리고 개인적 창조성의 승인이다.

립 속의 유사성에 대한 창조적 기능은 명확하지가 않다. '화해'라는 말은 실제의 전유 과정을 묘사하기에는 너무 안이해 보인다. 니체와 마르크스의 사상은 대중적으로 적대적인 것으로 인식되었기 때문에, 그들의 상호관계를 적대적이지만 생산적인 변형으로 생각하는 것이 보다 정확해 보인다. 이러한 변형 속에서 각각의 사상은 '훼손' 되어, 통상적인 해석에서 벗어나 중대하고 활력 있는 재평가를 도모하기 위해 활용되었다. 따라서 혁명적 낭만주의자들은 니체의 주의설에 기대어 러시아 마르크스주의 사상의 결함을 지적한 것이다. 그와 동시에 그들은 독일 철학자, 즉 니체에게 신세진 부분을 반니체적 성향의 급진적 서클의 독자들에게 성공적으로 숨겼다. 그들은 심지어 니체를 사멸하는 계급의 퇴폐적인 철학자로 여기는 급진주의자들의 통속화에 가담했다. 미래에 대한 불안감에 압도당한 그들은 이런 방식으로 철학의 두 선구자를 대립시키고 자신들을 미래에 대한 독창적 평가자로 제시하기에 이른다. 집단주의적 신화를 직조함으로써 그들은 혁명 전후 반향을 불러일으킬 러시아적 영혼의 심금을 확실히 건드린 것이다.

　새로운 신화에 가장 깊은 영향을 준 것은 아마도 자생적인 인민주의 전통일 것이다. 인민주의 전통은 그 영향이 중요했던 만큼 더 거칠게 도외시되고 왜곡되었다. 여기서 자기부정과 연민의 사회적 윤리에 대한 니체의 공격은 인민주의 신화를 평가절하하고 이 신화에서 온갖 가치 평가적인 힘을 제거하는 데 이용되었다. 그 뒤, 회의론이라는 도구는 내버려졌다. 인민대중에 대한 신화는 나중에 마르크스와 니체 철학의 미덕이 결합하여 부활했다. 다시 말해, 두 가지 미래지향적 의식, 즉 노동하는 대중에 대한 마르크스주의적 믿음 및 인간 의지의 의미화 활동에 대한 니체의 강조가 결합하는 것이다. 니체적인 영향의 가장 기본적인 양상은 자기부정과 순종의 '미덕'에서 그리고 개인적 의지와 열정의 부정에서 사회적 활동으로 전환되는 비합리적인 에너지가 긍정으로 이동하는 데서 발견된다. 개인과 집단의 에너지의 융합은 활동적이고 황홀하며 궁극적으로 자기긍정적인 것이다. 왜냐하면 이러한 융합은 고양된 존재감을 불러일으키기 때문이다.

살아 있는 신화는 도덕규범을 확립하고 보존하며 '올바른' 행동 양식을 제시한다. 새로운 신화에 의해 확립된 가치들은 1905년에서 1911년에 처음 표현된 신화보다 더 오래 지속되었다. '나쁜 것'과 '잘못된 것'은 현재 집권하는 자본주의적 엘리트, 현존하는 사회경제적인 구조 전체, 이 구조에 의한 물질적 부의 무분별한 축적 강조 그리고 이 구조가 낳은 지상을 부정하는 이원론적 신앙의 형태로 규정되었다. '좋은 것'과 '올바른 것'은 원초적 생명력, 인간을 뛰어넘는 집단의 광범위한 에너지, 자양분으로서의 대중의 보다 깊은 맹목적인 의지와 개인적 자의식의 균형에 대한 재확인이었다. 현재의 거대한 파괴는 미래의 장대한 건설을 위해 묵인된다.

이 신화는 진정한 재평가인가 아니면, 그저 다른 버전의 군중의 도덕에 해당하는가라는 의문이 떠오른다. 혁명적 낭만주의자들의 분투의 기저가 되는 도덕미학적 의식은 불명확하고 복잡하다. 혁명적 낭만주의자들은 신선한 창조성을 조장하고 대중의 기념비적인 창조적 충동을 앞세우는 데 열중하면서도 그것이 스스로를 입증하게 놔두는 데는 난감해 한다. 혁명적 낭만주의의 신화는 인민주의적인 선구자들과 근본적인 '내세적 성격'을 공유한다. 루나차르스키와 고리키 두 사람 다, 퇴폐적이라고 여겨지는 당대의 가치 구조를 무너뜨리고자 한다. 현재의 것 가운데는 보존할 게 아무것도 없다. 고급 예술은 한물간 그 형태와 더불어 대중의식의 신화시학적인 난폭한 힘에 자리를 내줘야 한다. 고급문화의 정제된 자기반성과 개인의 자의식의 사변적인 논리구조는 대중의 '열광'에 자리를 내줘야 한다. 이론과 관련해서는 재평가라 부를 수 있지만, 예술창작과 비평에서는 혁명적 낭만주의자들 가운데 누구도 그러한 염원을 실현시키는 데 성공하지 못했다. 예를 들어,『고백』의 말미에서 고리키의 주인공 마트베이는 신앙에 의한 치유의 집회에 자리하는데, 거기서 한 불구자가 걷는 능력을 회복한다. 이렇게 모두를 사로잡고 통합시키는 감정이 연민zhalost'이다. 비록 이러한 정서가 일정한 치유력을 갖고 있다고 하더라도, 그것을 신화시학적 에너지의 발현으로 볼 수는 없다. 고리키는 옛 그리스도의 자리에 대중을 세워 놓았다. 기껏해야 그가 묘사한 장면은 비할 데 없이 강력한 신약성서 속 어떤 에피소드의 감상적인 재현일 뿐이다. 연민의 도덕에 대한 고리키의 설득력 없는 거듭된 천명에도 불구하고, 인민주의적인 가치의 진정한 재평가를 지적하는 것은 가능하다. 예술 그리고 특히 심오한 창조적 에너지가 인민주의적인 규범에서처럼 사회적 감정에 적대적인 것으로 여겨지지는 않는다. 사실상 혁명적 낭만주의자들은 이러한 미적 충동을 새로운 사회에 대한 상상적 개념화의 원천으로 보았다. 자연과 시골의 전통은 더 이상 미래의 유토피아를 위한 토대가 아니며,

거꾸로 인간의 기교는 인류의 이익을 위해서 자연을 정복하는 데 있다. 그러한 재평가의 또 다른 측면은 대중의 맥락 속에 있는 자아의 확실성과 동시에 비합리적 가치들의 생명력을 긍정하려는 시도이다. 여기서 관점의 변화는 새로운 신화에서 살아남은 군중심리의 요소를 위장하는 역할을 한다. 자아가 반대하고, 저항하고, 집단의 것과는 다른 태도를 취할 권리는 부정된다. 대중의 의지가 '옳은 것'이다. 대중의 의지에 맞서는 자아는 그가 가진 권력의 정도에 따라 낙오하거나 압제적이 된다. 오직 정당한 자아는 들끓는 대중의 의지와 더불어 움직이고 거기에 윤곽을 부여하는 자이다. 여기서 새로운 억압이 발생할 가능성이 상당해 보인다. 실제로 1930년대에는 개인과 대중 모두를 해방시킬 목적에서 기획된 신화가 부활하여, 되레 그들을 억압하고 길들이기 위해 활용된다.

건신주의와 관련된 모든 것과 마찬가지로 민중의 신화는 레닌에 의해 이단으로 철저히 거부되었다. 루나차르스키는 심한 질책을 받았지만, 그 신화를 단념하지 못했다. 그는 1910년 이탈리아 볼로냐에 노동자 학교를 다시 열었을 때 학교 운영을 계속해 도왔고 1911년『종교와 사회주의』제2권을 발행했다. 심지어 소비에트 시기에도 그는 건신주의 신화에 명시된 대로 니체 철학의 보편적 가치를 고집스레 믿었다. "니체의 저서에는 삶, 투쟁, 발전을 긍정하는 어떤 계급이라도 수용할 수 있는 별개의 지면과 장들이 발견된다."[54]

54 Trifonov, "A.V. Lunacharskii i M. Gor'kii", p.114.

집단적 투쟁에 대한 열광에도 불구하고, 혁명 이후 루나차르스키는 그의 정치적 견해를 상당히 변경시켰다. 타이트는 루나차르스키가 혁명 초기에 쓴 역사 희곡들에서 지도자들 —— 심지어 대중을 탄압하는 압제자라 하더라도 —— 의 편을 들고 있음을 보여 주었다. 타이트는 여기서 예상치 못한 '권위주의적' 특징을 간파한다.[55] 이러한 논의는 루나차르스키의 발전이 예기치 않은 것은 아님을 보여 주었다. 루나차르스키의 건신주의 작업은 그가 느끼기에 실현되지 않을 수 없는 미래 사회의 개념에서 영감을 받은 것이다. 이것이 저절로 발생하지 않는 경우, 루나차르스키는 오래전의 고리키처럼 그것이 실현되도록 강압적이고 횡포한 지도자 원형에 기댄다.

레닌은 소설 『고백』이 출판되고 1년이 지난 1909년 말에야 비로소 피후견인인 고리키와 화해했다. 레닌은 애초 고리키가 자발적으로 루나차르스키와 보그다노프의 편에 가담한 것으로 믿었다고 쓴 바 있다. 하지만 레닌이 마음을 바꾼 것은 작가가 '뜻하지 않게' 그 변절자 그룹에 들어갔음을 알고 나서였다.[56] 이러한 정치적 압력에도 불구하고, 인간의 심오한 창조성의 신화는 고리키에게 매력적이었다. 아무리 왜곡되고 뒤틀렸다고 해도 1898년 이후 그것은 고리키의 일관된 믿음이었다. 1913년 이 문제가 다시 불거졌을 때도 레

---

55 A. L. Tait, "The Literary Biography of A. V. Lunacharsky: Problems and Perspectives", 다음의 미출간 자료를 참조하라. ICSEES Conference, Washington, D.C., 3 November, 1985.

56 B. Meilakh, "Iz temy: Lenin i Gor'kii", *Voprosy literatury i estetiki*, Leningrad: Sovetskii pisatel', 1958, p.121 [「주제: 레닌과 고리키」, 『문학과 미학의 문제들』].

닌은 고리키의 신념을 바꿀 수 없었다. 그해 사면 후 러시아로 돌아온 고리키는 에세이 「다시 카라마조프주의에 대해」에서 그의 경쟁자들 ― 철학적 관념론자들과 신비주의적 상징주의자들 ― 을 공격했다. 그는 다음과 같이 썼다. "당신에게는 신이 없다. 당신은 신을 창조하지도 않았다. 신들은 발견되는 것이 아니라, 창조되는 것이다."[57] 레닌은 이 글을 보고 격분했다. 고리키에게 보내는 레닌의 편지는 레닌의 직선적이고 유물론적인 관점과 그가 자신의 통제하에 두고자 했던 보다 안목 있고 철학적이며 문학적인 지성들의 관점 간의 본질적인 차이를 드러낸다. 루나차르스키와 고리키는 그들의 건신주의 동료 보그다노프와 마찬가지로 어떤 현상을 평가하고 판단하는 데 있어 주체의 의식이 행하는 독립적이고 동기부여적인 역할을 일관되게 주장했다. 이에 반해 레닌은 판단, 해석, 의견은 "사회 세력들의 상호관계, 여러 계급의 객관적인 상호관계"에 의해 생성된다는 단순화되고 진부한 관점을 완강하게 유지한다.[58] 주관적인, 다시 말해서 비합리적이거나 주의설적인 세력들은 레닌의 관점에 따르면 그 자체로 어떤 정당성도 갖지 못한다.

1905년에 그랬던 것처럼 고리키는 성공하지 못한 '지배적 이념'을 철회하는 입장에 다시 서는 것처럼 보였다. 하지만 이전에 굴복하지 않았던 것처럼 이때도 그는 굴복하지 않았고 단지 전술을

---

57 다음에서 인용되었다. Vladimir I. Lenin, *Polnoe sobranie sochinenii*, vol.48, Moscow: Politicheskaia literatura, 1970, p.226[『전집』 48권].
58 *Ibid.*, p.226.

바꿨을 뿐이었다. 그는 대중의 세계 창조적 에너지와 자신의 전기적 연관성을 강조했다. 카프리에서의 일이 끝난 직후 집필한 자전적 3부작의 제1권 『어린 시절』(1913)에서 고리키는 암암리에 자신을 창조적 개성의 진정한 화신으로 묘사했다. 『어린 시절』은 고리키의 가족, 특히 그의 할아버지와 할머니를 건신주의적인 에너지의 원형으로 보여 준다. 할머니는 전체 민중, 사실상 자연 전체의 집단적인 에너지와 연결되며, 반면 할아버지는 자기본위적인 소부르주아적 사고방식을 갖는다. 두 인물 모두 신실한 기독교인으로 그려진다. 하지만 고리키는 두 사람 각자가 기도하는 신을 그 개인의 무의식적인 환상, 그 혹은 그녀의 계급이 가진 사고방식의 산물로 여긴다. 실례로, 할아버지 카시린은 인색하고 엄격하며 관대하지 못하다. 그의 신 또한 그러하다. "저항할 수 없는 신의 위력에 대해 들려주시며 할아버지는 언제나 우선적으로 신의 잔혹함을 강조하셨다. 사람들이 죄를 범해 물에 빠져 죽고, 다시 죄를 범해 불에 타 죽었으며, 그들의 도시도 파괴되었다. 신께서는 사람들을 기아와 떼죽음으로 벌하셨고, 그분은 항상 대지를 내리치는 검, 죄지은 자를 치는 채찍이셨다는 식이었다."(Ch, 106) 할아버지의 신은 고리대금업자와 같아서 가혹하고 탐욕스럽다. "하느님은 좀 인색한 편이야. 그분은 몇 년을 몇 분으로 치르시지. […] 이자 같은 건 안중에도 없으시고."(Ch, 172) 이러한 신은 교리와 의례의 엄격한 준수를 요구하는 것처럼 보인다. 누구든 제대로 된 말을 되풀이해 '올바른' 방법으로 기도해야 한다.

이에 반해 할머니의 신은 많은 부분에서 그녀처럼 즐거워하고 친절하며 너그럽다. "할머니의 신은 온종일 할머니와 함께 있고, 할머니는 심지어 동물한테도 신에 관해 말씀하신다. 사람과 개, 새, 벌과 풀들 같은 모든 것이 그저 공손하게 신에게 순종한다. 신은 지상의 모든 것에 한결같이 선량하고 한결같이 친근하시다."(Ch, 101) 이러한 신은 지상의 모든 것을 찬양하고 인간의 창조성을 환영한다. 할머니는 신을 찬양하고자 쉴 새 없이 새로운 말을 찾아낸다. 그 결과는 사람을 도덕적으로 행동하도록 이끄는 살아 있는 개인의 믿음이다. 어린 소년 알렉세이가 도덕 교육을 받은 것은 할아버지가 아니라 할머니를 통해서다. 아이는 할아버지가 신 앞에서 '으스대는' 모습을 본다(Ch, 155). 반면 할머니가 신과 자연에 대해 말할 때의 아름다운 말들 그리고 동물과 사람 모두를 똑같이 대할 때의 상냥함은 알렉세이의 마음을 사로잡고 마찬가지의 상냥한 태도로 행동하도록 그를 이끈다. "할머니의 신은 나로서도 이해할 수 있었고 무섭지도 않았다. 하지만 신 앞에서 거짓말해서는 안 되었다 — 그것은 부끄러운 일이다."(Ch, 102)

할머니의 신이 사실상 양성적이라는 것은 흥미롭다. 여기서 신은 남성의 형상 못지않게 다른 성 — '성모 마리아', '황금 태양' 또는 '소중하기 그지없는 천국의 심장'[59] — 의 형상으로 언급된다(Ch, 100). 이러한 양성성은 어느 한쪽의 성의 외관을 하고 나타나는 디오니소스를 상기시킨다. 그러한 신은 모든 생명을 긍정하고, 전일적이며 생명을 부여하고 양육한다. 할머니의 신은 할아버지의 신과 달리

---

59 [옮긴이] 러시아어 단어에는 성 구별이 있다. 인용된 단어들은 여성과 중성을 사용하고 있다.

어느 하나의 도그마에 그치지 않을 만큼 풍요롭다. 고리키는 분명히 할머니의 편에 서서 그녀를 이 책의 주요 인물로 만든다. 이렇게 그는 신화적 인물의 위상에 대한 예전의 주장을 재확인한다. 어린 소년으로서 그는 할머니의 모습으로 나타나는 민중의 세계 창조적인 에너지에 노출되고 이러한 에너지로 가득 채워진다. 그의 역동적이고 자유로운 의지의 원천이 여기에 있다.

이 작품으로 고리키는 문학적 원숙함의 정점에 도달했다. 그가 정치에서 물러나 『고백』과 『어린 시절』을 통해서 러시아 독자층을 되찾게 되자, 초기의 도덕적 절충주의, 즉 개인적 믿음과 사회정치적 이데올로기의 압박 사이의 갈등은 잠잠해지고 유연해졌다. 『어린 시절』에서 고리키는 자신의 창조적 신화에 가장 독창적이고 적합한 표현을 발견했다. 직접 자신의 과거를 창조한 저서인 이 자서전에서 그가 러시아와 서유럽의 스승들을 '극복'하여 이데올로기적·양식적 독자성을 획득했음은 흥미롭다. 이 작품은 진정한 양식적 풍부함과 도덕적 완결성 면에서 두드러진다. 그가 거기에 필적하는 글을 쓴 것은 오직 몇 편의 작품에서뿐이었다.

세계 창조적인 민중의 신화는 볼셰비키의 한 분파가 주의설적인 개념을 급진적인 혁명적 사상에 도입하려 한 총체적인 노력의 일환으로써 중요성을 갖는다. 볼셰비키적인 대의명분을 강화하고 대중화하는 데 있어서 혁명적 낭만주의자들이 행한 중심적 역할을 확인하려면, 혁명적 낭만주의자들의 생기발랄한 민중의 형상을 "생산 수단을 소유하지 못한 생산자"로서의 프롤레타리아로 표현한 플레하노프의 규범적이지만 무미건조한 정의와 비교하는 것으로 충분하다.[60] 이러한 신화가 정치 지도부에 의해 묵살되고 현실 정치와 관련 없는 것처럼 보였음에도 불구하고, 대중의 의지에 따른 사회 재생의 이념은 생명을 이어갈 수 있었다. 이 연구가 비록 혁명 이전의 문학에 대한 니체의 영향의 분석으로 제한되기는 하지만, 이러한 니체 수용의 양상이 소비에트 시기에도 강하게 반향을 일으켰음을 언급해야 한다. 카프리 학교의 조직가들이 질책을 받고 심지어 그 일부는 당에서 제명되기도 했지만, 그들은 1917년 혁명 이후의 시기에 소비에트의 문화·교육 기관의 조직과 운영을 돕도록 소환되었다. 건신주의 신화의 초기 소비에트 문화에 대한 영향은 연구를 요하는 과제이다.[61] 1920년대 후반 이 신화의 부활은 또한 주목할 만하다. 예상할 수 있듯이, 여기서 살아 있는 신화가 스탈린적 재건을 위해 활용되었다.[62] 끝으로, 개인의 작은 이성과 심오한 에너지의 발산을 위

---

60 Georgii Plekhanov, "Proletariat i krest'ianstvo(1903)", *Sochineniia*, vol.12, Moscow: Gosizdat, 1927, p.286[「프롤레타리아트와 농민계급」, 『선집』 12권].

61 Sesterhenn, *Das Bogostroitel'stvo*, p.118. 또한 다음을 참조하라. Clark, *The Soviet Novel*, pp.147~155. 자먀친의 『우리들』은 건신주의에 대한 디스토피아적 반응으로 읽을 수 있다고 생각된다.

62 혁명적 대중은 최초의 혁명적이고 낭만적인 신화 속에서 부여받은 자율성과 생명력과 가치를 만드는 힘을 상실한다. 왜냐하면 이러한 자율성과 힘은 당을 위해서 속박되고 희생되기 때문이다. 1925년에 루나차르스키는 『비평 스케치』(*Kriticheskie etiudy*)에서 1905년경에 쓰인 자신의 논문들을 재출판했다. 여기에 논문 「사회민주주의 예술의 과제」(Zadachi sotsial-demokraticheskogo khudozhestvennogo tvorchestva)와 선집 『문학의 몰락』(*Literaturnyi raspad*)의 논문들이 실렸다. 『비평 스케치』의 서문에서 루나차르스키는 논문의 건신주의 이데올로기를 '오류'라고 철회하고 '당의 엄격한 심판'을 '여러 면에서의 진리'로 규정함으로써 당에 의한 재전용 과정에 도움을 주었다. 그는 집단화와 산업화의 맥락에서 신화를 매혹적으로 만들 수 있는 연관성을 간파한다. 그것은 '세계 재건(perestroika mira)의 이념'이다. 하지만 이제는 당은 지도하고, 대중은 단지 원초적인 물리력을 제공할 뿐이다.

한 집단적 자아의 수렴으로서의 개성이라는 개념은 사회주의 리얼리즘의 '긍정적 주인공'의 선례로 작용했으리라 추정해 볼 수 있다.[63]

건신주의 신화는 혁명운동의 토양에 뿌리박고 있다. 혁명적 낭만주의는 풍부한 형식으로 러시아 마르크스주의 대의명분에 필요한 열정을 제공했지만, 궁극적으로 더욱 긴급한 정치적 이데올로기적인 사안에 종속되었다. 혁명적 낭만주의자들의 문학과 비평 작업은 마르크스주의를 대중화하고, 마르크스주의 미학 이론을 개념화하고 혁명적 열기를 자극하는 데 도움이 되었다. 니체 철학과의 대결은 대중에 대한 태도의 중대한 변화를 부추겼다. 평등주의와 연민의 군중도덕에 대한 니체의 비판은 급진주의자들을 자극하여 자신들의 가치체계를 점검하고, 보다 활기차고 왕성한 에토스를 발전시키게 했다. 니체의 신화시적 충동과 인간의 창조성에 대한 그의 강조

게다가 고리키도 1927년 논문 「십 년 동안」(Desiat' let)에서 건신주의 시절을 다시 언급한다(SS30, XXIV). 루나차르스키보다 더 일관되게 그는 인간의 "기적을 창조하는 능력"에 대한 자신의 신념을 유지했다. 1920년대 말에 고리키는 지난 십 년 동안의 소비에트 사회의 성취에 의해서 정당화된 그의 신념을 확인했다. 급진주의자로 망명한 예카테리나 쿠스코바(Ekaterina Kuskova)에게 보내는 1929년 편지는 고리키가 여전히 자신의 주의주의적 신화의 본질을 진정으로 신뢰했다는 것을 보여 준다. "[소비에트의 삶에서] 나에게 중요한 것은 급속하고 전면적인 개성의 발전, 새로운 문화적 인간, 즉 원서로 셸리(Shelley)의 작품을 읽는 설탕정제공장 노동자의 탄생이다. […] 그와 같은 사람들에게 분투하고 있는 것들 가운데 사소하고 저주받은 진실은 필요치 않다. 그들에게 필요한 것은 그들 스스로 창조하는 그런 진리이다." 다음 책에서 인용되었다. Richard Hare, *Maxim Gorky: Romantic Realist and Conservative Revolutionary*, London: Oxford University Press, 1962, pp.122~123.

63 예를 들어, 루나차르스키는 고리키의 『별장 거주자들』(Dachniki)에 대한 논평에서 고리키의 니체-마르크스적인 주인공들을 서술하면서 "긍정적인"(polozhitel'nyi)이라는 용어를 사용한다. 다음을 참조하라. LSS8, II, 29.

는 혁명적 낭만주의자들의 미래에 대한 전망에 편입되었다. 비록 급진주의자들이 결국에는 그들의 독일 스승과 의절했어도 그들은 니체 철학의 생기 넘치는 양상들을 흡수했다.

제7장

결론

20세기 초반 러시아 문학에서의 니체 수용에 대한 우리의 고찰은, 이 시기를 그 전후 시기와 구별시키는 문화적인 역동성을 드러내 보였다. 문학사적 유물을 검토하는 일종의 역사적 연구에서 벗어나 시대의 내적인 문학-철학적 관계, 시대의 생생한 사회·문화적인 대화 및 시대의 특징적인 독서와 해석의 패턴이라는 범주에서 그 시대를 구체화할 수 있었다. 이러한 접근방식을 취함으로써 현저한 사회적 폭과 예술적 활력을 지닌 다층적인 문학 문화의 장면들을 펼쳐 보였다. 대중적·중도적·비의적인 담론 방식의 상호작용은 활기찬 변화의 자극제가 되었고, 실제로 20세기 초반 러시아의 위대한 비평과 예술작품들이 생산되는 결과로 이어졌다. 작가들이 니체와 여타의 주요 철학적 선구자들을 해석하고 전유한 방식을 고찰함으로써 문학적 르네상스를 향한 이데올로기적 운동을 추적할 수 있었다. 이 시기의 출발점은 1890년대의 자동화된 이념에 대한 논의와 이데올로기적인 논쟁이었다. 예컨대, 한때 번성했던 '이념 소설'은 앞서 보보리킨의 소설에서 보았듯 상투화되는 과정에 있었다. 이러한 장르상의 대화들, 장황한 논쟁과 철학적으로 동기가 부여된 행위의 진부한 버전은 메레시콥스키와 고리키 같은 신진 작가들의 창작에서도 나타난다. 이들의 텍스트에서 선구자들의 창작을 전유하는 스타일은 흔히 통속적이었고, 선구자들의 세계관이 가진 특이성은 무시되었다. 긍정적이든 부정적이든 새로운 지적 경향을 판단하기 위해 철학적 자료가 이용되었다.

이러한 자동화 과정은 곧이어 나타난, 독서와 해석을 위한 혁신의 맥락을 설정했다. 작가들은 널리 퍼져 있는 독해의 진부한 속성을 인지하고 그것과 논쟁하기 시작했다. 이러한 현상은 고리키와 메레시콥스키, 심지어 벨리와 같은 주요 작가들의 이력에서뿐만 아니라 중간급의 작가들 사이에서도 관찰된다. 이러한 과정이 시장에서의 성공을 위해 쓰인 베스트셀러 대중소설에서는 발생하지 않았음을 거듭 말해야 한다. 여기서 상투적인 '해석'은 문화적으로 교양이 없거나 반쯤 교양 있는 독자들을 '교육'할 뿐만 아니라 자극하기 위해서 무차별적으로 차용되었다.『사닌』에서 아르치바셰프는 니체의 통속 해설자 노르다우에 의해 처음 형성된 이념과 표현들을 맹목적으로 베꼈다. 베르비츠카야는『행복의 열쇠』에서『사닌』을 대거 차용했다. 이러한 책들의 흥미와 신선함은 양질의 미적·철학적인 해석에 있는 것이 아니라, 쉽게 이해되는 모험적 구성으로 유행하는 이념을 통합한 데 있다. 이러한 구성은 불충분한 교육을 받은 독자들로 하여금 새롭고 그럴듯한 자기발견과 자기결정에 대한 이야기에 참여하게 한다.

독창성을 내세웠던 작가들은 이러한 상투적인 독해를 재검토하거나 종종 거부함으로써, 작가로서 자신만의 스타일과 정체성을 발전시켰다. 그들은 통속 해설자들과의 논쟁 속에서 과거에 관심을 돌려, 위대한 러시아 선구자들의 신화적 전망을 전유하고 자신만의 것으로 재구성했다. 안드레예프는 보보리킨이 그려 낸 니체적인 '새로운 인간'의 형상과 논쟁하며 그것의 대안을 탐색하는 가운데, 니체를 경유해 도스토옙스키에 대한 새로운 해석으로 나아갔다. 쿠프린과 로프신 역시 통속화된 형태의 니체 사상과 논쟁하였고, 그 대안을 찾다가 도스토옙스키를 재발견했다. 1890년대 메레시콥스키와 고리키는 공히 니체가 그 주요 이데올로그였던 개인주의의 대중적 숭배의 확산에 일조했다. 차후 두 작가가 모두 초기 입장에서 물러나 그들이 폭넓게 관여했던 대중화된 니체주의와 논쟁했다. 그 과정에서 그들 역시 문화적 과거에 관심을 돌렸다. 각각의 사례에서의 결과는 깊이 사유된 신화의 재검토였다.

이러한 격동이 진정한 도덕의식의 혁명을 초래했는가? 하는 문제는 여전히 남아 있다. 그 답은 혁명이 결국에는 신선한 통찰력을 펼쳐 주는 오래된 질문의 새로운 표현임을 허용한다면 확실히 그렇다는 것이다. 남은 것은 이제 도덕의식의 혁명의 본질적 특성과 니체 사상의 발견이 그 혁명에서 수행한 역할을 규정하는 것이다.

20세기 초반의 문화는 흔히 '묵시록적'이라 불린다. 이 책에서 검토된 문학작품들은 현재와 가까운 과거에 대한 급진적인 부정과 미래에 대한 강한 우려를 보여 준다. 그러나 보통 이 문화와 관련된 예언적 전망은 오로지 당대에 널리 퍼져 있던 미래에 대한 불안의 어떤 표현일 뿐이다. 극단적인 결말 —— 많은 주인공들이 선택하곤

하는 죽음, 파산, 자기파괴 — 의 빈도는 불길한 예감을 강하게 자아낸다. 하지만 더욱 중요한 것은 이러한 해결 방안을 성공적인 문화적·정신적 변화를 위한 신화적인 서사를 창조하려는 광범위한 노력의 일환으로 보아야 한다는 데 있다. 비록 작가들이 처음에 구상한 결과가 도출된 건 아니었다 해도, 앞서 검토된 텍스트들에서는 복합적이고 미래지향적인 전망이 드러난다. 작가들이 애초 기대했던 이전의 모든 인간 경험으로부터의 총체적인 이탈은, 복잡한 방식으로 과거와 뒤섞이는 보다 생산적인 변화의 개념화에 자리를 내준다. 이러한 미래파적인 상상은 '진보적-퇴행적' 사고방식에 기초한다. 미래에 대한 불안을 해결하는 작가들의 방식은 가까운 과거의 선구자들의 평판을 떨어트리고 먼 과거를 부활시키는 것으로 이어진다.

결과적으로 미래에 대한 비전은 예상 밖으로 원시적이다. 인민주의적인 사고방식에 '수도자적'(금욕, 자기부정)이고 '여성적'(고통, 부드러움, 동정)인 것이 다수 포함되어 있다면, 당대의 새로운 문학적 감수성은 '세속적'이며 때로는 '아이' 같기도 하다. 다시 말해서 충동적이고 정력적이며 직접적이고 순진하며 조잡하다. 새로운 시작, 즉 혼돈, 잉태 그리고 유년의 이미지가 어디서나 발견된다. 로프신은 원시적이고 사회적인 아나키를 들먹이고, 베르비츠카야는 호메로스식 그리스인의 순진한 영웅주의를 대중화한다. 이바노프와 블로크는 태초의 영적인 어둠의 배경에서 혁신을 상상하며, 이바노프는 잉태라는 측면에서 창조적 충동의 촉발을 언급한다. 벨리는 어디서나 아이를 변화된 의식의 상징으로 바라본다.

아마도 가장 명확한 원시주의적 형상들은 그 시대의 위대한 두 명의 '상징 창조자' 메레시콥스키와 고리키의 작품에서 발견되는 것 같다. 고리키는 유토피아를 원시적인 대중 사회로 상상한다. 그는 디오니소스적 공동체를 불러낸다. 메레시콥스키는 시종일관 소설과 문학비평에서 먼 역사적 과거를 탐색한다. 그는 러시아의 역사적 맥락에서 인민주의와 잡계급 지식인 문화를 거꾸로 가로질러, 표트르 시대의 러시아 문화와 가장 위대한 문학적 천재 알렉산드르 푸시킨에 대한 문학적 상상력을 다시 펼쳐 보인다. 표트르의 형상화는 벨리의 『페테르부르크』에서도 찾아볼 수 있다. 흥미롭게도 벨리 소설의 김 빠지는 결말은 가까운 과거를 회복시켜 톨스토이의 인민주의적인 이념을 연상시킨다. 세기 전환기 '진보적-퇴행적'인 사고방식의 맥락에서, 이러한 가까운 과거로의 복귀는 창조적인 상상력의 실패, 즉 패배를 통렬히 인정하는 것이다. 벨리는 여기서 자신만의 부활의 신화를 획득하지 못했을 뿐만 아니라, 동시에 메레시콥스키와 이바노프의 구성물까지 끌어내린다. 세 번째 소설 『코티크 레타예프』에서 그가 자신의 신화에 도달할 때, 규범적이고 원시적인 이미지로 아이를 활용하는 점은 주목할 만하다. 그는 의식적인 인간적 현존을 넘어 태아기의 전의식적인 존재까지 탐구한다. 인간적 의식의 기원에 대한 추적과 회복의 과정에서 그는 비록 매우 사적이기는 해도 진정한 새로운 정신의 총체성을 체험한다.

이 시대의 다른 전형적인 특징은 작가들의 이른바 개인주의적 에토스이다. 작가들은 분명히 인간의 상상력, 의지와 에너지를 재생의 원천으로 대한다. 애초 그들은 자기 자신들을 보다 높은 개인으로, 아름다운 착상의 창조 그 이상의 것을 해내는 새로운 '메타예술가들'로 여긴다. 그들은 새로운 사회와 문화, 가장 중요하게는 새롭고 완전한 인간 정신을 상상하려고 한다. 그들의 최종 목적은 인간 의식의 변모이다. 그들의 개인주의는 일반적인 종류가 아니다. 그들은 자기실현과 개인적 의지의 발현을 각자의 권리로 여기지 않는다. 이 작가들은 차후의 정치적인 '개인숭배'를 예고하는 것으로 보이는 놀라운 획일성으로, 대중을 사회적이고 문화적인 변화로 이끌어 가는 단일한 사회적 지도자로 뛰어난 개인을 상상한다. 메레시콥스키는 율리아누스 황제와 표트르 대제와 같은 과거의 위대한 정치적 지도자들을 주시한다. 고리키는 인간의 사회적 의식을 예술적 재료로 사용하는 예술가-지도자, 인간을 뛰어넘는 [대문자로 시작되는] '인간'을 영웅화한다. 베르비츠카야는 이러한 유형을 혁명가 안으로 내세워 대중화하고, 젊은 벨리는 사람들을 쇠막대로 통치할 전능자 그리스도를 상상한다. 가장 중요한 것은 이 모든 작가들이 나중에 그들의 독재적-개인주의적인 원형을, 인간의 가장 소중한 자질, 즉 자발적이고 창조적인 천재성을 위해서 지나치게 폭압적이고 억압적이며 파괴적인 것으로 변경한다는 데 있다. 이러한 개인주의 유형의 가장 큰 결실은 그들이 후기에 다른 소중한 타자 —— 그게 인간 집단이든 내적인 악마적 영혼이든 —— 와의 상호작용을 탐색하는 자아에게 진정한 창조적 의지를 부여한 일이다.

마지막으로 니체 철학의 지지자들이 미적 가치를 위해 윤리적 가치를 희생했는지에 대한 사고, 즉 애초에 우리가 의문을 제기했던 일반화의 문제로 되돌아가야 한다. 확실히 에토스에서 뮈토스로의 강조점 이동은 니체 철학에 대한 응답의 모든 수준에서 우세하게 나타난다. 기성의 선하거나 옳은 판단에 대한 규범은, 새로운 의식을 향해 가기 위해 그것을 돌파하려는 극심한 욕망에 직면하여 그 가치를 상실한다. 전통적인 도덕규범은 도전을 받고 파괴된다. 전통적인 도덕적 판단은 탐구와 발견 그리고 창조적 발산에 적대적인 것으로 인식된다. 그러나 도덕적 판단의 역할과 의미에 대한 논란은 여전히 문학적 상상력의 중심에 있었고, 심지어 블로크나 로프신의 도덕적 아나키의 사유에도 있었다.

이 시기의 외견상의 심미주의에 대한 논의에서는 앞서 검토한 작가들이 예술에 대해 어떤 관점을 고수했는지를 고려해야 한다. 만약 이 작가들이 자신들과 독자들을 세상에서의 새로운 인식과 행위 방식으로 안내하는 인식론적인 수단으로서의 예술에 큰 비중을 두고 있었다면, 그들의 심미주의는 예술을 위한 예술에 대한 믿음으로 이해될 수 없다. 성숙기 그들의 작품에서는 인공적 산물이, 예술적이거나 메타예술적인 활동에 동기를 부여하는 맹목적인 창조적 에너지보다 낮게 평가되고 있다. 인간의 고안물, 즉 예술은 본질적인 창조적 충동, 즉 창작에 비해 상대적으로 미약한 발현으로 다뤄진다. 예컨대, 메레시콥스키는 예술을 변화를 부르는 역사적 힘에 대한 알레고리로 고찰한다. 고리키는 완성된 예술작품이 아니라 자생적인 창조성을 진정한 변화의 힘으로 여긴다. 어떤 초월적 힘의 '대필자' — 스스로가 선택한 예술적 역할 — 로서 벨리는 초월적이고 보다 고차적인 존재를 암시하는 한에서만 예술을 가치 있게 여긴다.

자서전에서 니체는 "궁극적으로 그 누구도 책을 포함한 사물에서 이미 알고 있는 것 이상을 알아내지 못한다"는 생각으로 미래의 모든 독자에게 도전장을 내밀었다(EH, 261). 그는 그 자체로서의 영향이라는 것이 있는지, 사람들이 스스로의 경험에서 배우는 것인지에 대해 의문을 가졌다. 확실히 러시아 독자들 대부분은 러시아의 낭만주의 작가들을 독해하는 데 익숙해진 통속적인 방식으로 니체를 읽는다. 심지어 더 젊고 보다 혁신적인 작가들조차도 니체의 철학에서 자신의 철학을 다각도로 강화시키는 감성을 발견했다. 도덕 의식의 혁명은 러시아의 전통, 러시아적 가치와 러시아의 신화를 다시 읽는 것이었지만, 니체 저작에 대한 독해 경험은 이러한 전통을 새로운 빛으로 조명했고, 이것이 차이를 만들었다. 도덕 비평가이자 신화 탐색자로서 니체는 러시아적인 도덕적 반란의 충동을 재생시키는 결정적인 촉매였다.

옮긴이 후기

니체 철학을 통한 러시아 문학 읽기

정보화 시대에 이은 4차 산업혁명 시대를 경쟁 속에서 살아가는 현대의 우리로서는 사실상 인간 삶의 본성 탐구에 전념하거나 관심을 쏟을 여지가 거의 없다. 한창 배움의 길에 있는 대학생들조차 철학자들의 사상을 직접 들여다보며 인생의 의미를 탐구하는 공부는 엄두를 내지 못한다. 심오한 철학 사상을 인터넷상의 각종 정보 데이터나 대중화된 금언 형태로 섭렵할 뿐이다. 물질적 풍요 속, 과시적 소비를 통해 권력과 부를 대물림하는 시대에 인간은 내면적 삶의 가치와 목적을 상실하고 내면의 텅 빈 공허를 목도하곤 한다. 게다가 인류가 코로나 팬데믹의 온갖 공포를 겨우 물리쳐 가는 순간, 러시아는 이웃 국가 우크라이나 침공을 감행했다. 세계인들의 엄중한 비판과 각종 제재뿐만 아니라 의구심의 눈초리가 러시아로 쏠렸다. 이런 시기에 러시아 문학의 한 시대를 니체라는 키워드로 읽은 번역서를 독자들에게 제안하게 되었다. 전반적으로 이 책은 19~20세기 정치·경제·사회적 전환기 러시아 문학의 격랑과 부흥 속에서 니체 철학의 직간접적 역할을 여러 각도에서 조명한다.

이디스 클라우스의『러시아 문학, 니체를 읽다: 도덕의식의 혁명에 관하여』*The Revolution of Moral Consciousness: Nietzsche in Russian Literature, 1890-1914*는 국내의 상징주의 연구자들에게는 비교적 잘 알려진 저서다. 하지만 이 책의 미덕이 비단 상징주의 등의 당대 러시아 문학 전반에 미친 니체의 영향 연구에만 있지는 않다. 오히려 니체 철학의 핵심에 접근하고자 할 때, 그 철학을 어떻게 이해할 것인가를 백여 년 전 러시아 문학에서의 다면적인 니체 철학 수용 양상을 통해 굉장히 흥미롭게 설명한다고 볼 수 있다. 이 책은 1988년 노던일리노이 대학출판부에서 초판이 나왔고, 2018년에 재인쇄되어 지금도 쉽게 구매할 수 있다. 또한 1999년에는『러시아에서의 니체: 도덕적 의식의 혁명』*Ницше в России: Революция морального сознания*이라는 제목으로 러시아어 번역본이 출판되었다. 이러한 출판 자체만으로도 이 연구서의 우수성과 시의성을 일정하게 대변하는 것으로 여겨진다.

앞서 미덕이란 말을 사용했지만, 클라우스는 니체가 무엇보다 '연민'을 포함하여 기존의 미덕, 혹은 도덕 체계에 대해서 더할 나위 없이 신랄하게 비판한 것에 주목한다. 물론 니체 이전에 철학자들이 연민의 감정을 긍정적으로만 다뤘는지 구체적으로 확인할 수는 없다. 니체에 따르면 원래의 "연민은 건강하고 강하며 고귀한 자가 약자에게 느끼는 너그러운 박애의 감정이다. 그러나 기독교적 이타주의는 그러한 방정식을 역전시킨다. 분노한 자, 약한 자는 강한 자에게 그리고 서로서로에게 상상 속 정신적 우월감에 준하여 관대하게 대한다. 이러한 연민은 최악의 것과 허약한 것을 옹호하려는 목적을 지닌 위장된 분노로, 그것은 더 가까운 사람들에게 그들 자신의 비참함을 자각게 할 뿐이다"(본문 59쪽 참조).

니체는 『비극의 탄생』, 『도덕의 계보』, 『선악의 저편』, 『차라투스트라는 이렇게 말했다』 등의 저작에서 운명애, 영원회귀, 권력에의 의지 등의 핵심 개념으로 자신의 철학을 정립했다. 자기 자신에 대한 긍정과 생의 긍정을 공식화한 '영원회귀'의 이념은 자기 반복을 바라는 한에서 모든 것(예를 들면, 생과 함께 하는 모순, 딜레마, 절망과 죽음 등)에 대한 긍정적 태도를 의미한다. 니체의 초인은 '신은 죽었다'는 사실을 받아들이고, 스스로 인생의 고통과 추함을 인식하며 창조적 생명력을 받아들이는 고독한 존재다. 이러한 초인은 자신을 시험하고 최악과 대면하기를 주저하지 않고 이에 따른 큰 고통을 받아들이며, 자기 내면에서 '주인'과 '노예'를 맞서게 하여 정신적 균형을 이룰 만한 능력을 갖춘 존재다. 기존의 도덕을 비판하면서 니체가 새로운 종류의 도덕을 제안한 것이다. 저자의 말에 따르면, "여기서는 동물적인 것과 정신적인 것, 자연적인 것과 도덕적인 것, 지상과 천상, 선과 악, 주인과 노예의 구분은 제거되며, 니체는 이 두 원리의 연속체를 주장한다. 그는 이러한 모순을 포괄하고 '이러한 대립적 가치들의 진정한 전투장'이 되는 정신에 근거한 새로운 '건강'이라는 개념을 제안한다"(본문 62쪽 참조).

저자는 니체 철학의 주요 개념 가운데서도 특히 도덕적 가치 체계와 행위의 주체로서 개인의 문제를 거론한다. 나아가 저자는 그것의 러시아적 수용 방식을 신화라는 개념 장치를 통해서 설명한다.

저자는 신화를 특정 담론 체계로 규정하며, 실제의 삶의 과정보다는 종교적 구원의 신화를 염두에 두고 있다. 하지만 이러한 종교적 신화에 대한 의미는 저자의 탐색 과정에서 확장되므로 여기서 신화 개념은 롤랑 바르트의 신화 개념으로 읽어도 무방할 것 같다. 이러한 이해 속에서 신화 개념은 의미화 실천의 이데올로기 혹은 협의의 문화 개념으로 확장될 수 있을 것이다. 여기에 참고로, 저자가 문학작품과 작가들을 분류하는 방식이 다분히 위계적임을 지적해야 한다. 지난 세기까지의 이러한 구분 방식은 그 경계가 무너진 현재의 문화 분석 양상과는 약간의 거리가 있지만, 그것이 분석의 현재적 효력을 제약하는 것은 아니다.

이 책에서 저자의 관심이 집중된 부분은 러시아 문학에서 니체 철학이 얼마나 창조적으로 수용되었는가 하는 것이다. 예를 들어, 상징주의자들은 전통적 종교의 한계를 인정하고 니체적인 지상의 삶에 대한 사랑을 수용하여, '역사적 기독교'의 내세성을 극복하고, 지상의 기독교적 이상향을 추구한다. 반면에, 건신주의자들은 사회적 변혁과 부활에 이르는 길을 탐색하면서, 창조성과 자기 결정권이라는 니체적인 개인의 자질을 집단적 주체인 민중에게 적용하여, '집단적 인간'의 이상을 만들어 내고자 한다.

* * *

이 책의 번역은 모스크바 유학시절 알게 된 어느 동료의 권유로 시작되었다. 19~20세기 전환기 러시아 문화에서의 니체 철학 독해 방식의 연구는 동시대의 문화를 연구과제로 삼은 연구자에게 매우 도전적이고 흥미로웠다. 하지만 번역을 시작하고 이내 번역 과제가 예상을 뛰어넘어 예사롭지 않음을 알게 되었다. 러시아 문화에서 니체 철학의 수용 양상을 다루는 이 책은 간단명료하게 번역될 수 있는 녹록한 내용이 아니었다. 특히 니체 철학의 핵심 용어의 번역 문제뿐만 아니라 당대 러시아 문화의 구체적 발현체로 적용된 양상을 일관성 있게 한국어 번역으로 풀어내는 작업은 상당한 시간을 요구했다. 러시아어 문학작품의 원문 번역은 영어 원저를 그대로 옮기지 않았고, 러시아어 번역본과 인터넷 원문 서비스 등을 활용하여 하나하나 러시아어 원문을 찾아서 번역했다. 니체의 독일어 텍스트는 영어 원저를 그대로 번역하되, 니체의 독어 직역본(〈책세상 니체전집〉, 책세상)을 교차 확인하여 문장을 다듬었다.

번역 과정에서 무엇보다 니체 철학과 러시아 문학에 대한 선행학습이 없는 독자라도 어지간히 이해할 수 있도록 가독성을 높이는 데 심혈을 기울였다. 우선 저자가 니체 철학과 러시아 문학에 대한 해박한 지식을 바탕으로 자신의 일목요연한 분석 틀을 적용하기에 이 책을 읽기 위해서는 니체 철학의 총체적 이해가 필수적이리라는 생각은 갖지 않아도 좋을 것이다.

끝으로 이 책의 번역과 출판에 도움을 주신 분들께 고마움을 전하고 싶다. 가장 먼저 원고를 꼼꼼히 읽고 조언을 마다하지 않은 아내 변춘란에게 감사를 표한다. 그리고 흥미로운 책을 소개해 준 최진석 선생님, 몇 년을 끌어온 번역 작업을 기다려 주고 세심하게 편집 작업을 진행해 준 그린비출판사와 편집부에 진심으로 감사드린

다. 그리고 연구자의 길을 가는 데 길잡이가 되어 주신 부산외국어
대학교와 경북대학교의 여러 은사님들께 감사를 드린다. 모스크바
대학교에서 박사 논문을 집필하는 데 안내자가 되어 주신 알렉산드
르 도브로호토프 교수님께 특히 감사를 전하고 싶다.

2022년 8월

천호강

참고문헌

Achkasov, A., *Arcybashevskii "Sanin" i okolo polovogo voprosa*, Moscow: Kn. mag. A. D. Drutmana, 1908.

Aleksandrovich, Iurii, *Posle Chekhova: Ocherk molodoi literatury poslednego desiatiletiia, 1898-1908*, Moscow: Obshchestvennaia pol'za, 1908.

Alexandrov, Vladimir, *Andrei Belyi: The Maior Symbolist Fiction*, Cambridge: Harvard University Press, 1985.

Andreas-Salome, Lou., "Fridrikh Nitsshe v svoikh proizvedeniiax", *Severnyi vestnik* 3, 1896, pp.273~295; 4, 1896, pp.253~272; 5, 1896, pp.225~239.

_____, *Nietzsche in Seinen Werken*, Vienna: C. Konegen, 1894.

Andreev, Leonid N., "Rasskaz o Sergee Petroviche", *Sobranie sochinenii v 8-i tomakh*, vol.2, St. Petersburg: 1908.

Andreevich, Evgeny(E. A. Solovyov), *Kniga o Maksime Gor'kom i A. P. Chekhove*, St. Petersburg: A. E. Kolpinskii, 1900.

_____, *Ocherki po istorii russkoi literatury XIX veka*, St. Petersburg: N. P. Karbasnikov, 1902.

_____, *Opyt filosofii russkoi literatury*, St. Petersburg: Znanie, 1905.

_____, "Ocherki tekushchei russkoi literatury: O Nitsshe", *Zhizn'* 4, 1901.

Anichkov, E., "Doloi Nitsshe", *Novaia zhizn'* 9, 1912, pp.114~139.

_____, "Bal'mont", *Russkaia literatura XX veka*, vol.1, ed. S. Vengerov, Moscow: Mir, 1914,

Annenkov, P. V., *Literaturnye vospominaniia*, Moscow –Leningrad: Academia, 1928.

Anon., "Sverkhchelovek vremen vozrozhdeniia", *Knizhki nedeli* 6, 1900, pp.208~211.

Anschuetz, Carol, "Bely's *Petersburg* and the End of the Russian Novel", ed. J. Garrard, *The Russian Novel from Pushkin to Pasternak*, New Haven: Yale University Press, 1983, pp.125~153.

_____, "Ivanov and Bely's Petersburg", ed. R. L. Jackson and L. Nelson, *Vyacheslav Ivanov: Poet, Critic and Philosopher*, Jr. New Haven: Yale Center for International and Area Studies, 1986, pp.209~219.

Arskii(N. Ia. Abramovich)., "Motivy Solntsa i Tela v sovremennoi belletristike(O nichsheanstve v 'Sanine')", *Voprosy pola* 2, 1908, pp.28~30; 3, 1908, pp.27~31.

Artsybashev, Mikhail, *Sanin*, Letchworth: Bradda, 1972.

Astaf'ev, P. E., "Genezis nravstvennogo ideala dekadenta", *Voprosy filosofii i psikhologii* 16, 1893, pp.56~75.

Averintsev, S., "Poeziia Viacheslava Ivanova", *Voprosy literatury* 8, 1975, pp.145~192.

Azadovskii, K. M. and V. V. Dudkin, "Problema 'Dostoevskii –Nitsshe'", *Literaturnoe nasledstvo*, vol.86, 1973, pp.678~688.

B., A.(A. I. Bogdanovich), "Kriticheskie zametki(Petri Aleksei)", *Mir bozhii* 3, 1904, pp.7~10.

_____, "Kriticheskie zametki: 'Zhestokie', roman g. Boborykina", *Mir bozhii* 8, 1901

Bal'mont, K, *Izbrannoe*, Moscow: Khudozhestvennaia literatura, 1980.

Balmuth, Daniel, *Censorship in Russia, 1865-1905*, Washington, D.C.: University Press of America, 1979.

Basargin, A.(A. I. Vvedenskii), "Kriticheskie zametki: Kesarevo i bozhie", *Moskovskie vedomosti* 241, 3 September, 1905, pp.3~4; 248, 10 September, 1905, pp.3~4.

Batiushkov, F., "Komediia li tragediia individualizma", *Novosti* 104, 16 April, 1900, pp.2~3.

_____, "V mire bosiakov(M. Gor'kii: Ocherki i rasskazy)", *Kosmopolis* 11, 1898, pp.95~120.

Bedford, Charles Harold, *The Seeker: D. S. Merezhkovsky*, Lawrence: University of Kansas Press, 1975.

Belen'kii, E. I., "Zametki ob aforizmakh M. Gor'kogo", *Uchenye zapiski omskogo ped. in-ta*, vol.15, Omsk: 1961.

Beliavskii, F., "Gor'kaia pravda", *Slovo* 157, 22 May, 1905, p.5.

Belyi, Andrei, "Fridrikh Nitsshe", *Arabeski*, Moscow: 1911; rpt. Munich: W. Fink, 1969.

_____, "Na perevale No.7: Shtempelevannaia kalosha", *Vesy* 5, 1907.

_____, "Review of 'Tsvetnik Or'", *Vesy* 6, 1907.

_____, "Fr. Nitsshe", *Vesy* 7, 1908, pp.45~50; 8, 1908, pp.55~65; 9, 1908, pp.30~39.

_____, "Merezhkovskii", *Lug zelenyi*, Moscow: Al'tsiona, 1910.

_____, *Na rubezhe dvukh stoletii*, Moscow–Leningrad: zemlia i farika, 1930; rpt., Letchworth: Bradda, 1966.

_____, *Nachalo veka*, Moscow–Leningrad: Gosizdat, 1933; rpt. Chicago: Russian Language Specialties, 1966.

_____, *Peterburg*, 1916; *Petersburg*, trans. R. A. Maguire and J. E. Malmstad. Bloomington: Indiana University Press, 1978.

_____, *Serebrianyi golub'*, Munich: W. Fink, 1967; *Silver Dove*, trans. G. Reavey, New York: Grove Press, 1974.

_____, "Simfoniia: 2-aia dramaticheskaia", *Chetyre simfonii*, Munich: W. Fink, 1971.

_____, *Vospominaniia o A. A. Bloke*, intro. G. Donchin, Letchworth: Bradda, 1964.

_____, *Vospominaniia o A. A. Bloke*, Moscow–Berlin: 1922~1923; rpt. Munich: Fink, 1969.

Bennett, Virginia, "Echoes of Friedrich Nietzsche's The Birth of Tragedy in Andrej Belyj's Peterburg", *Germano-Slavica* 4, Fall 1980, pp.243~259.

Berdiaev, N. A., *Dukhovnyi krizis intelligentsii*, St. Petersburg: Obshchestvennaia pol'za, 1910.

_____, "Creativity and Morality", *The Meaning of the Creative Act: An Essay in the Justification of Man*, New York: Harper, 1955[1916].

_____, *Smysl tvorchestva: Opyt opravdaniia cheloveka*, 1916; rpt. Paris: YMCA, 1985.

_____, *Sub specie aeternitatis*, St. Petersburg: M. V. Pirozhkov, 1907.

Berg, L., *Sverkhchelovek v sovremennoi literature: Clava k istorii umstvennogo razvitiia XIX veka*, trans. L. Gorbunova, Moscow: I. N. Kushnerev, 1905.

Berlin, Isaiah, *Russian Thinkers*, Harmondsworth: Penguin, 1979.

Bichalets, Ivan, "Chelovek–Lopukh i Chelovek–Zver'", *Kievskoe slovo* 1873(3 April, 1893), p.1.

Billington, James H., *The Icon and the Axe*, New York: Vintage, 1970.

_____, *Mikhailovskii and Russian Populism*, Oxford: Clarendon, 1958.

Blok, Aleksandr, *Sobranie sochinenii v 8-i tomakh*, Moscow: GIKhL, 1960~1963.

_____, *Zapisnye Knizhki*, Moscow–Leningrad: GIKhL, 1965.

Bloom, Harold, *The Anxiety of Influence*, New York: Oxford University Press, 1973.

_____, *A Map of Misreading*, New York: Oxford University Press, 1975.

Boborykin, Petr D., *Pereval*, in *Sobranie romanov, povestei i rasskazovv 12-i tomakh*, vol.7, St. Petersburg: A. F. Marks, 1897.

_____, *Nakip'*, St. Petersburg: 1900.

_____, "O nitssheanstve", *Voprosy filosofii i psikhologii* 4, September, 1900, pp.539~547.

_____, "Zhestokie", *Russkaia mysl'*, 1901.

Bogdanov, A. A., *Novyi mir*, Moscow: Dorovatovskii i Charushnikov, 1905.

Brandes, George, "Fridrikh Nitsshe: Aristokraticheskii radikalizm", *Russkaia mysl'* 11, 1900, pp.103~153; 12, 1900, pp.143~161.

_____, *Friedrich Nietzsche*, trans. A. G. Chater, London: Heinemann, 1914.

_____, "Maksim Gor'kii(1901)", *Sobranie sochinenii*, vol.19. St. Petersburg: n.d., pp.285~299.

Bridgewater, Patrick, *Nietzsche in Anglosaxony: A Study of Nietzsche's Impact on English and American Literature*, Leicester: Leicester University Press, 1972.

Briusov, Valerii, *Dnevniki, 1890-1910*, Moscow: Sabashnikov, 1927.

Brooks, Jeffrey, *When Russia Learned to Read: Literacy and Popular Literature*,

1861-1917, Princeton: Princeton University Press, 1985.

Bulgakov, F. I., "Iz obshchestvennoi i literaturnoi khroniki zapada", *Vestnik inostrannoi literatury* 5, 1893, pp.197~224.

Bulgakov, Sergei, "Ivan Karamazov (v romane Dostoevskogo 'Brat'ia Karamazovy') kak filosofskii tip", *Voprosy filosofii i psikhologii* 61, 1902, pp.826~863.

Chances, Ellen, *Conformity's Children: An Approach to the Superfluous Man in Russian Literature*, Columbus: Slavica, 1978.

Chekhov, Anton, *Selected Letters*, Berkeley: University of California Press, 1975.

Choldin, Marianna Tax, *A Fence Around the Empire: The Censorship of Foreign Books in Nineteenth Century Russia*, Durham: Duke University Press, 1985.

Chuiko, V. V., "Obshchestvennye idealy Fridrikha Nitsshe", *Nabliudatel'* 2, 1893, pp.231~247.

Chukovskii, K., "Ideinaia pornografiia", *Rech'* 304, 11 December, 1908, p.2.

Cioran, Samuel D., *The Apocalyptic Symbolism of Andreij Belyj*, The Hague: Mouton, 1972.

Clark, Katerina, *The Soviet Novel: History as Ritual*, Chicago: University of Chicago Press, 1985[1981].

Clowes, Edith W., "A Philosophy "For All and None": The Early Reception of Friedrich Nietzsche's Thought in Russian Literature, 1892–1912", Ph. D. dissertation, Yale University, 1981.

_____, "The Integration of Nietzsche's Ideas of History, Time, and 'Higher Nature' in the Early Historical Novels of Dmitry Merezhkovsky", *Germano-Slavica* 3, no.6, Fall 1981, pp.401~416.

_____, "The Nietzschean Image of the Poet in Some Early Works of Konstantin Bal'mont and Valerii Brjusov", *Slavic and East European Journal*, Summer 1983, pp.68~80.

Danto, Arthur C., *Nietzsche as Philosopher*, New York: Macmillan Publishing Co., 1965.

Davies, Richard D., "Nietzsche in Russia, 1892–1917: A Preliminary Bibliography", *Germano-Slavica* 2, 1976, pp.107~146; 3, 1977, pp.201~220.

Deshart, Olga, "Vvedenie", *Viacheslav Ivanov, Sobranie sochentnii*, vol.1, Brussels:

Foyer Oriental Chrétien, 1971.

Donchin, Georgette, *The Influence of French Symbolism on Russian Poetry*, The Hague: Mouton, 1958.

Dorovatovskii, N. S., "Pis'ma Maksima Gor'kogo k S. P. Dorovatovskomu", *Pechat' i revoliutsiia* 2, 1928, pp.68~88.

Dostoevskii, Fyodor M., *The Devils*, trans. David Magarshack, London: Penguin, 1969.

_____, *Polnoe sobranie sochinenii*, vol.14, Leningrad: Nauka, 1976.

Eliade, Mircea, *Myth and Reality*, New York: Harper, 1963.

Ellis(Lev Kobilinskii), "Konstantin Bal'mont", *Russkie simvolisty*, Moscow: 1910; rpt. Letchworth: Bradda, 1972, pp.51~121.

Engel'gardt, N., "Poklonenie zlu(Po povodu romana g. Merezhkovskogo 'Otverzhennyi')", *Knizhki nedeli* 12, 1895, pp.140~172.

Esin, B. I. ed., *Iz istorii russkoi zhurnalistiki kontsa XIX-nachala XX veka*, Moscow: Izdatel'stvo Moskovskogo universiteta, 1973.

_____, *Russkaia zhurnalistka 70-80ykh godov 19. veka*, Moscow: Izdatel'stvo Moskovskogo universiteta, 1963.

Evgen'ev-Maksimov, V. and D. Maksimov, *Iz proshlogo russkoi zhurnalistiki*, Leningrad: 1930.

Fanger, Donald, "The Peasant in Literature", ed. W. S. Vucinich, *The Peasant in Nineteenth-Century Russia*, Stanford: Stanford University Press, 1968, pp.231~262.

Fedotov, G. P., *The Russian Religious Mind*, vol.1, Cambridge: Harvard University Press, 1966.

Felitsyn, S., "Komnatnyi Zaratustra", *Izvestiia knizhnykh magazinov T-va M. O. Vol'f* 1, 1910, pp.17~18.

Filin, F. P. ed., *Leksika russkogo literaturnogo iazyka XIX-nachala XX veka*, Moscow: Nauka, 1981.

Forman, Betty Y., "The Early Prose of Maksim Gorky, 1892-1899", Ph. D. dissertation, Harvard University, 1983.

_____, "Nietzsche and Gorky in the 1890's: The Case for an Early Influence", ed. Anthony M. Mlikotin, *Western Philosophical Systems in Russian Literature*, Los Angeles: University of Southern California

Press, 1979, pp.153~164.

Foster, John Burt, *Heirs to Dionysus: A Nietzschean Current in Literary Modernism*, Princeton: Princeton University Press, 1981.

Freeborn, Richard., *The Russian Revolutionary Novel*, Cambridge: Cambridge University Press, 1982.

G — v, G.(G. A. Grossman), " 'Sanin' i nemetskaia kritika", *Russkie vedomosti* 3, 4 January, 1909, p.4.

Gautama, *Koe-chto o nitssheantsakh*, St. Petersburg: N. N. Klobukov, 1902.

Gel'rot, M., "Nitsshe i Gor'kii: Elementy nitssheanstva v tvorchestve Gor'kogo", *Russkoe bogatstvo* 5, 1903, pp.25~68.

Gerasimov, N. I., *Nitssheanstvo*, Moscow: I. N. Kushnerev, 1901.

Gippius, Z. N., *Dmitrii Merezhkovskii*, Paris: YMCA, 1951.

Glinskii, B., "Bolezn' ili reklama? Literaturnyi molodezh'", *Istoricheskii vestnik* 2, 1896, pp.636~648; 6, 1896, pp.932~936.

Golovin, K. F., *Russkii roman i russkoe obshchestvo*, St. Petersburg: A. F. Marks, 1904.

Gor'kii, Maksim, *My Childhood*, trans. R. Wilks, Harmondsworth: Penguin, 1980.

_____, *Polnoe sobranie sochinenii*, Moscow: Nauka, 1968~1972.

_____, *Rasskazy*, St. Petersburg: Znanie, 1903.

_____, *Sobranie sochinenii v 30-i tomakh*, Moscow: GIKhL, 1949~1956.

_____, "O tsinizme", *Literaturnyi raspad: kriticheskii sbornik*, vol.1, St. Petersburg: 1908

Gornfel'd, A. G., "Eroticheskaia belletristika", *Knigi i liudi: literaturnye besedy*, vol.1, St. Petersburg: Zhizn', 1908, pp.22~31.

Grot, Nikolai, "Nravstvennye idealy nashego vremeni: Fridrikh Nitsshe i Lev Tolstoi", *Voprosy o filosofii i psikhologii* 16, January, 1893, pp.129~154.

Gurevich Liuov' ed., O Stanislavskom: Sbornik vospominanii, 1863–1936, Moscow: Vserossiickoe teatral'noe obshchestvo, 1948.

Hahn, Beverly, *Chekhov: A Study of the Major Stories and Plays*, Cambridge: Cambridge University Press, 1977.

Hare, Richard, *Maxim Gorky: Romantic Realist and Conservative Revolutionary*, London: Oxford University Press, 1962.

Hingley, Ronald, *Russia: Writers and Society in the Nineteenth Century*, 2nd ed., London: Weidenfeld and Nicolson, 1977.

Iezuitova, L. A., *Tvorchestvo Leonida Andreeva: 1892-1906*, Leningrad: Izdatel'stvo Leningradskogo universiteta, 1976.

Ivanov, V. I., "Nitsshe i Dionis", *Po zvezdam*, St. Petersburg: Ory, 1909; rpt. Letchworth: Bradda, 1971, pp.1~20.

_____, *Po zvezdam*, 1909; rpt. Letchworth: Bradda, 1971.

_____, *Sobranie sochinenii*, Brussels: Foyer Chretien Oriental, 1971~.

_____, "Ellinskaia religiia stradaiuschego boga", *Novyi put'* 5, 1904.

Ivanov-Razurnnik, R., *Russkaia literatura XX veka: 1890-1915 gg*, Petrograd: Kolos, 1920.

_____, *Istoriia russkoi obshchestvennoi mysli: Individualizm i meshchanstvo v russkoi literature i zhizni XIX v*, St. Petersburg: M. M. Stasiulevich, 1907.

Jauss, Hans Robert, *Literaturgeschichte als Provokation*, Frankfurt: Suhrkamp, 1970.

Kamenskii, Anatolii, *Liudi*, St. Petersburg: Progress, 1910.

Karlinsky, S. ed., *Anton Chekhov's Life and Thought: Selected Letters and Commentary*, trans. M. H. Heim and S. Karlinsky, Berkeley: University of California Press, 1975.

Katalog rassmotrennykh inostrannoiu tsenzuroiu sochinenii zapreshchennykh i dozvolennykh s iskliucheniiami, s 1-go iiulia 1871 g, po 1-e ianvaria 1897 g, St. Petersburg: Tipografiia ministerstva vnutrennikh del, 1898.

Kaufmann, Walter, *Nietzsche: Philosopher, Psychologist, Antichrist*, New York: Vintage, 1968.

Kaun, Alexander, *Maxim Gorky and His Russia*, New York: Benjamin Blom, 1931.

Kelly, Alfred, *The Descent of Darwin: The Popularization of Darwinism in Germany, 1860-1914*, Chapel Hill: University of North Carolina Press, 1981.

Kline, George L., "'Nietzschean Marxism' in Russia", *Boston College Studies in Philosophy* 2, 1968, pp.166~183.

_____, "'Nietzschean Marxism' in Russia", ed. F. J. Adelman, *Demythologizing Marxism: A Series of Studies in Marxism*, The Hague: M. Mijhoff, 1969.

_____, "The Nietzschean Marxism of Stanislav Volsky", ed. Anthony M. Mlikotin, *Western Philosophical Systems in Russian Literature*, Los Angeles: University of Southern California Press, 1979, pp.177~195.

_____, *Religious and Anti-Religious Thought in Russia*, Chicago: University of Chicago Press, 1968.

Knapp, Shoshana, "Herbert Spencer in Cexov's 'Skucnaja istorija' and 'Duel'": The Love of Science and the Science of Love", *SEEJ* 29, 3, Fall 1985, pp.279~296.

Kogan, P., "Nashi literaturnye kumiry: Nitsshe", *Russkoe slovo* 206, 5 September, 1908, p.2.

Koltonovskaia, E. A., "Nasledniki Sanina", *Kriticheskie etiudi*, St. Petersburg: Prosveshchenie, 1912, pp.69~83.

_____, "Problema pola i ee osveshchenie u neorealistov", *Obrazovanie* 1, 1908, pp.114~130.

Kostka, Edmund, "Maksim Gorky: Russian Writer with a Western Bent", *Rivista di letterature moderne e comparate* 23, 1970, pp.5~20.

Kotliarevskii, Nestor, "Vospominaniia o Vasilii Petroviche Preo-brazhenskom", *Voprosy filosofii i psikhologii* 4, September, 1900, pp.501~538.

Krainii, A.(Z. Gippius), *Literaturnyi dnevnik*, St. Petersburg: M. V. Pirozhkov, 1908.

Kriticheskie stat'i o proizvedeniiakh Maksima Gor'kogo, Kiev: A. G. Aleksandrov, 1901.

Krutikova, N. E., *V nachale veka: Gor'kii i simvolisty*, Kiev: Naukovo dumka, 1978.

Kuprin, Aleksandr, "Poedinok", *Sochineniia v 2-kh tomakh*, Moscow: Khudozhestvennaia literatura, 1981, pp.68~219; *The Duel*, trans. A. R. MacAndrew, New York: Signet, 1961.

Lane, Ann Marie, "Nietzsche in Russian Thought 1890-1917", Ph. D. dissertation, University of Wisconsin, 1976.

Leavis, Q. D., *Fiction and the Reading Public*, London: Chatto and Windus, 1932.

Lengyel, Bela, *Gorky es Nietzsche*, Budapest: Akadémiai Kiadú, 1979.

Lenin, Vladimir I., *Sochineniia*, vol.10, Moscow: Gosudarstvennoe izdatel'stvo politicheskoi literatury, 1952.

_____, *Polnoe sobranie sochinenii*, vol.48, Moscow: Politicheskaia literatura,

1970.

Lermontov, M. Iu., *Geroi nashego vremeni*, Moscow: Khudozhestvennaia litertura, 1985.

Letopis' zhizni i tvorchestva A. M. Gor'kogo, Moscow: Akademiia nauk, 1958~1960.

Likhtenberzhe, G., "Fridrikh Nitsshe: Etiud", *Obrazovanie* 10, 1899, pp.17~34.

Lichtenberger, Henri, *La philosophie de Nietzsche*, Paris: Alcan, 1898.

Literaturno-esteticheskie kontseptsii v Rossii kontsa XIX-nachala XX v, ed. B. A. Bialik, Moscow: Nauka, 1975.

Literaturnyi raspad: Kriticheskii sbornik, 2 vols., St. Petersburg: T-vo izdatel'skoe biuro/EOS, 1908~1909.

Ljunggren, Magnus, *The Dream of Rebirth: A Study of Andrei Belyi's Novel Peterburg*, Stockholm: Almquist and Wiksell, 1982.

Loe, Mary Louise, "Maksim Gor'kii and the Sreda Circle: 1899~1905", *Slavic Review* 44, 1, Spring 1985, pp.49~66.

_____, "Gorky and Nietzsche: The Quest for a Russian Superman", ed. Bernice Glatzer Rosenthal, *Nietzsche in Russia*, Princeton: Princeton University Press, 1986.

Lopatin, L., "Bol'naia iskrennost'(Zametka po povodu stat'i V. Preo-brazhenskogo Fridrikh Nitsshe: Kritika morali al'truizma)", *Voprosy filosofii i psikhologii* 16, 1895, pp.109~114.

Lowenthal, Leo, "The Reception of Dostoevski's Work in Germany: 1880~1920", ed. Robert N. Wilson, *The Arts in Society*, Englewood Cliffs N. J.: Prentice-Hall, 1964, pp.122~147.

Lunacharskii, A. V., "Budushchee religii", *Obrazovanie* 10, 1907, pp.1~23; 11 1907, pp.31~67.

_____, *Etiudy*, Moscow-Peterburg: Gosizdat, 1922.

_____, *Kriticheskie etiudy*, Leningrad: Knizhnyi sektor Gubono, 1925.

_____, *Otkliki zhizni*, St. Petersburg: O. N. Popova, 1906.

_____, *Religiia i sotsializm*, St. Petersburg: Shipovnik, 1908.

_____, "Russkii faust", *Voprosy filosofii i psikhologii* 3, 1902, pp.783~795.

_____, *Sobranie sochinenii v 8-i tomakh*, Moscow: Khudozhestvennaia literatura, 1963~1969.

L'vov-Rogachevskii, V., *Ocherki po istorii noveishei russkoi literatury(1881-1919)*, Moscow: V.C.S.P.O., 1920.

Magnus, Bernd, *Nietzsche's Existential Imperative*, Bloomington: Indiana University Press, 1978.

Makarov, A. A., *Legenda o nitssheanstve A. M. Gor'kogo kak burzhuaznaia reaktsiia na rasprostranenie filosofii marksizma v Rossii*, Candidate diss., Moskovskii gosudarstvennyi universitet, 1972.

Martha and Bernice Glatzer Rosenthal eds., *A Revolution of the Spirit: Crisis of Value in Russia, 1890-1918*, Bohachevsky-Chomiak, Newtonville, Mass.: Oriental Research Partners, 1982.

Maslenikov, Oleg, *The Frenzied Poets*, Berkeley: University of California Press, 1952.

Massie, Suzanne, *The Land of the Firebird: The Beauty of Old Russia*, New York: Simon & Schuster, 1980.

Mathewson, Rufus W., Jr. *The Positive Hero in Russian Literature*, 2nd ed., Stanford: Stanford University Press, 1975.

Meilakh, B., "Iz temy: Lenin i Gor'kii", *Voprosy literatury i estetiki*, Leningrad: Sovetskii pisatel', 1958, pp.106~125.

Merezhkovskii, D. S., *Antikhrist: Petr i Aleksei*, St. Petersburg: M. V. Pirozhkov, 1906.

_____, "L. Tolstoi i Dostoevskii", *Mir iskusstva*, pp.1~12, 13~24, 1900.

_____, *M. Iu. Lermontov*, 1911; rpt. Letchworth: Prideaux, 1979.

_____, "Misticheskoe dvizhenie nashego veka: Otryvok", *Trud: Vestnik literatury i nauk*, vol.18, 4, 1893, pp.33~40.

_____, *Polnoe sobranie sochinenii*, vol.12, St. Petersburg: Vol'f, 1911.

_____, *Polnoe sobranie sochinenii*, vol.22, Moscow: Sytin, 1914.

_____, *Pushkin*, 1906; rpt. Letchworth: Prideaux, 1971.

_____, *Smert' bogov: Julian otstupnik*, St. Petersburg: M. V. Pirozhkov, 1906.

_____, "Spokoistvie", *Severnyi vestnik* 2, 1877, p.238.

_____, *Voskresshie bogi: Leonardo da Vinci*, St. Petersburg: M. V. Pirozhkov, 1906.

Mikhailovskii, B. V., *Tvorchestvo M. Gor'kogo i mirovaia literatura, 1892-1916*, Moscow: Nauka, 1965.

Mikhailovskii, Nikolai K., "Literatura i zhizn'" (Review of Englegardt's *Progress, kak evoliutsiia zhestokosti*; Boborykin's *Nakip'*; L. Shestov's *Dobro v uchenii gr Tolstogo i F. Nitsshe*), *Russkoe bogatstvo* 2, 1900, pp.139~167.

_____, "O g. Maksime Gor'kom i ego geroiakh", *Kriticheskie stat'i o proizvedeniiakh Maksima Gor'kogo*, St. Petersburg: 1901.

_____, "Literatura i zhizn': O Fr. Nitsshe", *Russkoe bogatstvo* 11, 1894, pp.111~131; 12, 1894, pp.84~110.

_____, *Literaturnye vospominaniia i sovremennaia smuta*, vol.2, St. Petersburg: vol'f, 1900.

_____, *Poslednie sochineniia*, vol.1, St. Petersburg: Russkoe bogatstvo, 1905.

Miller, C. A., "Nietzsche's 'Discovery' of Dostoevsky", *Nietzsche Studien* 2, 1973, pp.202~257.

Minskii, Nikolai, "Filosofiia toski i zhazhda voli", *Kriticheskie stat'i o proizvedeniiakh Maksima Gor'kogo*, Kiev: A. G. Aleksandrov, 1901.

_____, "Fridrikh Nitsshe", *Mir iskusstva* 19~20, 1900, pp.139~147.

_____, *Pri svete sovesti*, 2nd ed., St. Petersburg: Iu. N. Erlikh, 1897.

Mirsky, Prince D. S., *Contemporary Russian Literature, 1881-1925*, London: George R. Routledge, 1926; rpt. New York: Kraus Reprint Co., 1972.

Mirza-Avakian, M. L., "F. Nitsshe i russkii modernizm", *Vestnik erevanskogo universiteta: Obshchestvennye nauki* 3, 18, 1972, pp.92~103.

Mochulsky, Konstantin, *Andrei Bely: His Life and Works*, trans. N. Szalavitz, Ann Arbor: Ardis, 1977.

_____, *Valerii Briusov*, Paris: YMCA, 1962.

Muratova, K. D. ed., *Istoriia russkoi literatury kontsa XIX-nachala XX veka: Bibliograficheskii ukazatel'*, Moscow-Leningrad: Akademiia nauk, 1963.

_____, *M. Gor'kii i ego sovremenniki*, Leningrad: Nauka, 1968.

_____, "Maksim Gor'kii i Leonid Andreev", *Literaturnoe nasledstvo*, vol.72, Moscow: Nauka, 1965, pp.9~60.

Nalimov, A. P., "Nitsheanstvo u nashix belletristov", *Interesnye romany, povesti i rasskazy luchshikh pisatelei*, St. Petersburg: 1905, pp.94~99.

Nevedomskii, M. P., "Vmesto predisloviia", foreword to Anri Likhtenberzhe, *Filosofiia Nittsshe*, St. Petersburg: O. N. Popova, 1901, i-cxliv.

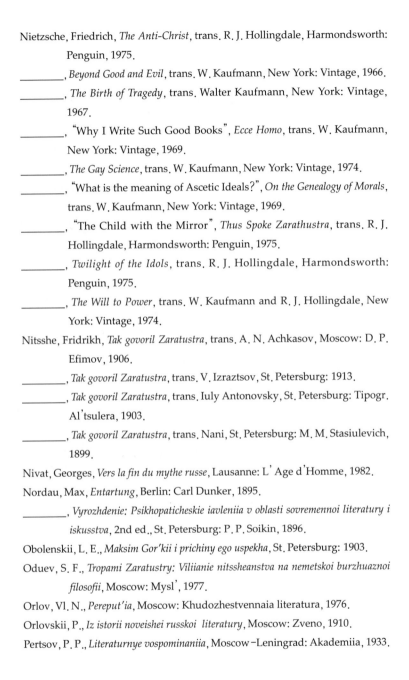

Nietzsche, Friedrich, *The Anti-Christ*, trans. R. J. Hollingdale, Harmondsworth: Penguin, 1975.

_____, *Beyond Good and Evil*, trans. W. Kaufmann, New York: Vintage, 1966.

_____, *The Birth of Tragedy*, trans. Walter Kaufmann, New York: Vintage, 1967.

_____, "Why I Write Such Good Books", *Ecce Homo*, trans. W. Kaufmann, New York: Vintage, 1969.

_____, *The Gay Science*, trans. W. Kaufmann, New York: Vintage, 1974.

_____, "What is the meaning of Ascetic Ideals?", *On the Genealogy of Morals*, trans. W. Kaufmann, New York: Vintage, 1969.

_____, "The Child with the Mirror", *Thus Spoke Zarathustra*, trans. R. J. Hollingdale, Harmondsworth: Penguin, 1975.

_____, *Twilight of the Idols*, trans. R. J. Hollingdale, Harmondsworth: Penguin, 1975.

_____, *The Will to Power*, trans. W. Kaufmann and R. J. Hollingdale, New York: Vintage, 1974.

Nitsshe, Fridrikh, *Tak govoril Zaratustra*, trans. A. N. Achkasov, Moscow: D. P. Efimov, 1906.

_____, *Tak govoril Zaratustra*, trans. V. Izraztsov, St. Petersburg: 1913.

_____, *Tak govoril Zaratustra*, trans. Iuly Antonovsky, St. Petersburg: Tipogr. Al'tsulera, 1903.

_____, *Tak govoril Zaratustra*, trans. Nani, St. Petersburg: M. M. Stasiulevich, 1899.

Nivat, Georges, *Vers la fin du mythe russe*, Lausanne: L'Age d'Homme, 1982.

Nordau, Max, *Entartung*, Berlin: Carl Dunker, 1895.

_____, *Vyrozhdenie: Psikhopaticheskie iavleniia v oblasti sovremennoi literatury i iskusstva*, 2nd ed., St. Petersburg: P. P. Soikin, 1896.

Obolenskii, L. E., *Maksim Gor'kii i prichiny ego uspekha*, St. Petersburg: 1903.

Oduev, S. F., *Tropami Zaratustry: Viliianie nitssheanstva na nemetskoi burzhuaznoi filosofii*, Moscow: Mysl', 1977.

Orlov, Vl. N., *Pereput'ia*, Moscow: Khudozhestvennaia literatura, 1976.

Orlovskii, P., *Iz istorii noveishei russkoi literatury*, Moscow: Zveno, 1910.

Pertsov, P. P., *Literaturnye vospominaniia*, Moscow –Leningrad: Akademiia, 1933.

Phelps, W. L., *Essays on Russian Novelists*, New York: Macmillan Publishing Co., 1911.

Plekhanov, Georgii, *Izbrannye filosofskie proizvedeniia*, vol.3, Moscow: Gosudarstvennoe izdatel'stvo politicheskoi literatury, 1957.

_____, *Literaturnoe nasledie Plekhanova*, vol.7, Moscow: Gosudarstvennoe sotsial-ekonomicheskoe izdatel'stvo, 1939.

_____, *Sochineniia*, Moscow: Gosudarstvennoe izdatel'stvo, 1923; rpt. Moscow: Gosizdat, 1927.

Polianskaia, L. I., "Obzor fonda tsentral'nogo komiteta tsenzury inostrannoi", *Arkhivnoe delo* 1, 1938, p.88.

Posse, Vladimir, *Moi zhiznennyi put': dorevoliutsionnyi period(1864-1917 gg.)*, Moscow-Leningrad: Zemlia i fabrika, 1929.

Preobrazhenskii, V. P., "Fridrikh Nitsshe: Kritika morali al'truizma", *Voprosy filosofii i psixologii* 15, 1892, pp.115~160.

Primeau, Ronald ed., *Influx: Essays on Literary Influence*, Port Washington, N. Y.: National University Publications, 1977.

Pyman, Avril, "Aleksandr Blok and the Merezhkovskijs", ed. W. N. Vickery, *Aleksandr Blok Centennial Conference*, Columbus: Slavica, 1984, pp.237~270.

_____, *The Life of Aleksandr Blok*, 2 vols., Oxford: Oxford University Press, 1979.

Reingol'dt, A., "Bol'noi filosof", *Ezhemesiachnye sochineniia* 8, 1900, pp.253~258.

_____ ed., "Mysli i paradoksy Fridrikha Nitsshe", *Novosti* 209, 1891.

Ropshin, V., *Kon'blednyi*, Nice: M. A. Tumanov, 1912.

Rotenstern, V. I. ed. and trans., *Sud'ba 'Sanina' v Germanii*, St. Petersburg: V. I. Rotenstern, 1909.

Rosenthal, Bernice Glatzer, *Dmitri Sergeevich Merezhkovsky and the Silver Age: The Development of the Revolutionary Mentality*, The Hague: M. Nijhoff, 1975.

_____, *Nietzsche in Russia*, Princeton: Princeton University Press, 1986.

_____, "Nietzsche in Russia: The Case of Merezhkovskii", *Slavic Review* 3, 1974, pp.429~452.

_____, "Theater as Church: The Vision of the Mystical Anarchists", *Russian*

History 4, 1977, pp.122~141.

_____ , "The Transmutation of the Symbolist Ethos: Mystical Anarchism and the Revolution of 1905", *Slavic Review* 4, December, 1977, pp.608~629.

Russkaia literatura kontsa XIX-nachala XX v, ed. B. A. Bialik, 3 vols., Moscow: Nauka, 1968~1972.

Savodnik, V. F., "Nitssheanets sorokovykh godov: Maks Stirner i ego filosofiia egoizma", *Voprosy filosofii i psikhologii*, September–October, 1901, pp.560~614.

Scherrer, Jutta, *Die Petersburger Religiös-Philosophischen Vereinigungen: Die Entwicklung des religiösen Selbstverständnisses ihrer Intelligencija-Mitglieder (1901-1917)*, Berlin–Wiesbaden: O. Harrassowitz, 1973.

Schopenhauer, Arthur, *Essays and Aphorisms*, trans. R. J. Hollingdale, Harmondsworth: Penguin, 1981.

Schutte, Ophelia, *Beyond Nihilism: Nietzsche without Masks*, Chicago: University of Chicago Press, 1984.

Semenov, L. D., "Zapiski", *Trudy po russkoi i slavianskoi filologii*, vol.28 Tartu: 1977.

Sesterhenn, Raimund, *Das Bogostroitel'stvo bei Gor'kij und Lunacharskij, bis 1909*, Munich: Otto Sagner, 1982.

Setschkareff, Wsewolod, *Schellings Einfluss in derrussischen Literatur der 20er und 30er Jahre des XIX. Jahrhunderts*, Leipzig: 1939; rpt. Nendeln: Kraus, 1968.

Shestov, Lev, *Dobro v uchenii gr. Tolstogo i F. Nitsshe: filosofiia i propaved'*, St. Petersburg: Stasiulevich, 1900.

_____ , *Dostoevsky, Tolstoy and Nietzsche*, trans. Bernard Martin, Columbus: Ohio State University Press, 1969.

Sokolov, A. G., *Istoriia russkoi literatury kontsa XIX-nachala XX veka*, Moscow: Vysshala shkola, 1979.

Solov'ev, Vladimir, *Sobranie sochinenii*, St. Petersburg: Obshchestvennaia pol'za, 1902~1907.

_____ , *The Justification of the Good*, trans. N. A. Duddington, London: Constable and Co. Ltd., 1918.

Spengler, Ute., *D. S. Merezhkovskii als Literaturkritiker: Versuch einer religiosen Begrundung der Kunst*, Luzen: C. J. Bucher, 1972.

Stammler, Heinrich, "Dmitri Merezkovskii: 1865-1965", *Welt der Slaven* 12, 1967, pp.142~152.

_____, "Julianus Apostate Redivivus: Dmitri Merezhkovsky: Predecessors and Successors", *Welt der Slaven* 11, 1966, pp.180~204.

Stepun, Fedor, *Mystische Weltschau*, Munich: Carl Hanser, 1964.

Stites, Richard, *The Women's Liberation Movement in Russia: Feminism, Nihilism, and Bolshevism, 186-1930*, Princeton: Princeton University Press, 1978.

Szilard-Mihalne, L., "Nietzsche in Russland", *Deutsche Studien* 12, 1974, pp.159~163.

Tager, E. B., "Revoliutsionnyi romantizm Gor'kogo", *Russkaia literatura kontsa XIX-nachala XX veka, 90-e gody*, vol.1, Moscow: Nauka, 1968, pp.213~243.

Tait, A. L., "The Literary Biography of A. V. Lunacharsky: Problems and Perspectives", unpublished paper, read at ICSEES Conference, Washington, D.C., 3 November, 1985.

Tan (Vladimir Bogoraz), "Sanin v iubke", *Utro Rossii*, 31 December, 1909, p.3.

Tarle, E. V., "Nitssheanstvo i ego otnoshenie k politicheskim i sotsial'nym teoriam evropeiskogo obshchestva", *Vestnik evropy* 8, 1901, pp.704~750.

Thatcher, David S., *Nietzsche in England, 1890-1914: The Growth of a Reputation*, Toronto: University of Toronto Press, 1970.

Trifonov, N. A., "Soratniki(Lunacharskii i Gor'kii posle Oktiabria)", *Russkaia literatura* 1, 1968.

_____, N. A. Trifonov, "A. V. Lunacharskii i M. Gor'kii(k istorii literaturnykh i lichnykh otnoshenii do Oktiabria)", ed. K. D. Muratova, *M. Gor'kii i ego sovremenniki*, Leningrad: Nauka, 1968.

Tolstoi, L., *Polnoe sobranie sochinenii*, vol.54, Moscow: Gosizdat, 1935.

Trotsky, Leon., *Literature and Revolution*, New York: Russell and Russell, 1957.

Trubetskoi, E. N., *Filosofiia Nitsshe: Kriticheskii ocherk*, Moscow: I. N. Kushnerev, 1904.

_____, *Filosofiia i psikhologii* 61, 1902

Tschizewskij, Dmitrij, *Hegel bei den Slaven*, Darmstadt: Wissenschaftliche Buchgesellschaft, 1961.

Tumanov, G. M., *Kharakteristiki i vospominaniia*, vol.2., Tiflis: Trud, 1905.

Tynianov, Iu., *Texte der russischen Formalisten*, vol.1, Munich: W. Fink, 1969.

Vengerov, S. A., *Russkaia literatura XX veka*, Moscow: Mir, 1914.

Verbitskaia, Anastasia, *Kliuchi schast'ia*, Moscow: Kushnerev, 1910~1913.

Volynskii, A. L.(A. L. Flekser), "Literaturnye zametki: Apollon i Dionis", *Severnyi vestnik* 11, 1896, pp.232~255.

Volzhskii, A. S.(A. S. Glinka), *Iz mira literaturnykh iskanii*, St. Petersburg: D. E. Zhukovskii, 1906.

West, James, *Russian Symbolism: A Study of Vyacheslav Ivanov and the Russian Symbolist Aesthetic*, London: Methuen, 1970.

Westphalen, Timothy, "Imagistic Centers in Aleksandr Blok's 'Snezhnaia maska'", B. A. honors essay, Illinois: Knox College, spring 1982.

Wieczynski, J. L. and Gulf Breeze eds., *The Modern Encyclopedia of Russian and Soviet History*, Fla.: Academic International Press, 1976~1987.

Wolfe, Bertram, *The Bridge and the Abyss: The Troubled Friendship of Maksim Gorky and V. I. Lenin*, New York: Frederick A. Praeger, 1967.

Zernov, Nicolas, *The Russian Religious Renaissance*, New York: Harper & Row, 1963.

Zhirmunskii, V. M., *Bairon i Pushkin*, Leningrad, 1924; rpt. Leningrad: Nauka, 1978.

Zhurnalist(V. Korolenko), "O sbornikakh tovarishchestva 'Znaniia' za 1903 g.", *Russkoe bogatstvo* 8, 1904, pp.129~149.

찾아보기

러시아 문학, 니체를 읽다
─도덕의식의 혁명에 관하여

초판1쇄 펴냄 2022년 8월 22일

지은이 이디스 클라우스
옮긴이 천호강
펴낸이 유재건
펴낸곳 그린비
주소 서울시 마포구 와우산로 180, 4층
대표전화 02-702-2717 | **팩스** 02-703-0272
홈페이지 www.greenbee.co.kr
원고투고 및 문의 editor@greenbee.co.kr

주간 임유진 | **편집** 홍민기, 신효섭, 구세주, 송예진 | **디자인** 권희원, 이은솔
마케팅 유하나, 육소연 | **물류유통** 유재영 | **경영관리** 유수진

ISBN 978-89-7682-686-2 93890

學問思辨行: 배우고 묻고 생각하고 판단하고 행동하고
독자의 학문사변행을 돕는 든든한 가이드 _그린비 출판그룹

그린비 철학, 예술, 고전, 인문교양 브랜드
엑스북스 책읽기, 글쓰기에 대한 거의 모든 것
곰세마리 책으로 통하는 세대공감, 가족이 함께 읽는 책